全本名著·课程化阅读丛书

我是猫

[日]夏目漱石◎著　　彭彦彬◎译

北京燕山出版社
BEIJING YANSHAN PRESS

图书在版编目（CIP）数据

我是猫 /（日）夏目漱石著；彭彦彬译. -- 北京：
北京燕山出版社, 2020.5
ISBN 978-7-5402-5668-5

Ⅰ.①我… Ⅱ.①夏… ②彭… Ⅲ.①长篇小说—日
本—近代 Ⅳ.①I313.44

中国版本图书馆CIP数据核字（2020）第048064号

书　　　名：我是猫
作　　　者：夏目漱石
责任编辑：朱　菁　姜栋栋
封面设计：阳光旭日
出版发行：北京燕山出版社有限公司
社　　　址：北京市丰台区东铁匠营苇子坑138号嘉城商务中心C座
邮　　　编：100079
电话传真：86-10-65240430（总编室）
印　　　刷：清苑县永泰印刷有限公司
开　　　本：690mm×960mm　1/16
字　　　数：311千字
印　　　张：21
版　　　次：2020年5月第1版
印　　　次：2020年8月第2次印刷
书　　　号：ISBN 978-7-5402-5668-5
定　　　价：41.00 元

前言

我 是 猫

书籍是屹立在时间的汪洋大海中的灯塔，而文学名著无疑是灯塔上那盏最闪亮耀眼的明灯。它历经千年淘洗，遗存华章，福及人类；它开启心智，滋润生命，塑造灵魂。它是一种文化底蕴，更是一种文化的传承。

世界文学名著是经过时间检验、得到世界广泛关注和认可的文学样本，在那些或平凡或伟大的故事里蕴藏着高尚的思想和真挚的情怀，是每个人不可或缺的精神养料。尤其对于处在人生成长阶段的中小学生，广泛阅读中外经典文学名著更是起着举足轻重的作用。教育部制定的《全日制义务教育语文课程标准》和《普通高中语文课程标准》的基本精神，也是要培养新一代公民，使他们具备良好的人文素养和科学素养，拥有创新精神、合作精神和开阔的视野，提升包括阅读理解与表达交流在内的多方面的基本能力。

那么，如何调动学生的阅读兴趣，达到最佳的阅读效果，既能用名著唤醒青少年的灵性，点燃智慧之灯，又能兼顾学习的现实需要呢？我们秉着对学生高度负责的态度，精心选取了数十种世界经典名著，并对这些图书进行了市场综合考察及调研。我们发现，只有将阅读和写作以及语文知识的积累结合起来，才能真正达到既能应对学生考试的需要，又能提高学生文学素养的目的。为了实现以上目标，我们特别邀请了国内教育界权威专家和众多中小学语文特级教师，编写了本套书，奉献给广大中小学生。

本套书在传统名著阅读文本的基础上，加入了多个辅助性阅读版块。除了文前的"走近作者""作品导读""写作特色""特色人物"等提纲挈领、高屋建瓴式的阅读集讯外，又针对每本书的不同特点设置了正文的评点批注，还在每个阅读任务完成后设置了阅读自我测评，达到巩固阅读效果的目的。

本套书所选篇目经典，版本权威，体例科学，栏目精彩。我们有理由相信，它一定能够成为广大中小学生的良师益友，为学生文学素养的提升打下坚实的基础，带他们畅游更多彩的艺术人生。

编　者

阅读集讯
YUEDUJIXUN

走近作者

夏目漱石（1867—1916），本名夏目金之助，日本近代作家，被称为"国民大作家"。他出生在东京一个小官吏家庭，两岁时被父母过继给一户姓盐原的小官吏做养子，跟着养父母受尽颠沛流离之苦，十岁时才回到亲生父母身边。少年时代，夏目漱石对中国古典文学产生了浓厚的兴趣，十四岁就开始学习汉语，熟读先秦典籍和唐诗宋词。一八八八年，夏目漱石考入东京第一高等中学，与同学正冈子规结为挚友，受其影响开始涉足文学创作；次年九月，他以汉语写成的暑假游记《木屑录》脱稿，署名为"漱石顽夫"。他的正式笔名"夏目漱石"即由此而来。

一八九〇年，夏目漱石考入东京帝国大学（今东京大学）文科大学英文科就读，毕业后被校长保荐进入东京高等师范任教，先后在爱媛县松山中学、熊本第五高等学校担任教职。一八九九年十月，夏目漱石被日本文部省派往英国伦敦留学，一九〇二年十二月留学期满归国，进入东京帝国大学讲授英国文学，同时为一些杂志期刊撰写诗歌杂文。

一九〇五年一月，《杜鹃》杂志发表了夏目漱石的短篇小说《我是猫》，在日本读者中引起巨大轰动。在广大读者以及杂志社编辑的强烈要求下，三十八岁的夏目漱石开始续写连载，把这部最初并没有完整构思的短篇小说铺延成了一部二三十万字的长篇巨著，从而使他一举成名。此后的十年中，大器晚成的夏目漱石继续笔耕不辍，不断有《哥儿》《虞美人草》《坑夫》《三四郎》《从此以后》《春风之后》《行人》《心》和长篇小说《明暗》（遗稿）等佳作问世。

他对东西方的文化均有很高造诣，既是英文学者，又精擅俳句、汉诗和书法。写小说时他擅长运用对句、迭句、幽默的语言和新颖的形式。他对个人心理的描写精确细微，开启了后世私小说的风气之先。

作品导读

《我是猫》是一部具有独特形式的批判现实主义小说，以一位穷教师家的猫为主人公，从猫的视角来观察人类的心理，淋漓尽致地反映了二十世纪初，日本中小资产阶级的思想和生活，尖锐地揭露和批判了明治"文明开化"的资本主义社会。

这只猫的主人苦沙弥是一个贫穷而又有点迂腐的教师，他甘居清贫，自视清高，每天过着无聊的生活。资本家金田老爷要给女儿找对象，他看上了苦沙弥的朋友水岛寒月，便先后派自己的老婆和铃木到苦沙弥家了解情况。苦沙弥对金田和他的女儿没有好感，说了一番讽刺的话，反对水岛寒月和金田女儿的婚事，并把铃木来访的名片扔了。这种做法激怒了金田老爷，他买通了车夫、学生等一些人一起和苦沙弥作对，扰得苦沙弥苦不堪言，气得发疯，可是最后却又无可奈何。

苦沙弥无力反抗社会，只是和周围的一帮朋友——美学家迷亭、理学士水岛寒月、哲学家独仙等起讨论着一些无聊的问题，打发着日子。他们即使有各种想法，却始终没有任何行动。

作为旁观者的那只猫也感到无聊得很，便偷喝了啤酒，最后掉进水缸淹死了，故事随之结束。

小说中的"我"便是"猫"，是虚构的、独特的艺术形象，不仅具有动物的习性，而且具有人的思想意识，而作者借"猫"的眼表达自己对客观事物的认识和态度。《我是猫》对大背景下体现出来的社会环境、教育制度以及各阶层人性的特点做了深层次的刻画。

本文结构自由灵活，没有一般长篇小说所谓的完整情节结构，而是以"猫"的所见所闻为主线，将人物活动、作者意图贯穿起来。这种没头没尾的结构方法，虽然显得松散，却给了作者灵活组织材料的最大方便，给读者充满展示了明治时代的风貌，让读者看到了那个时代不同阶级、阶层，不同思想、职业、性格的代表人物。

作者选用了许多日本古典文学中的诙谐语言，同时大量引用了古今东西哲人达士的名言，处处闪射着机智和文采，也使小说的语言生动简洁、滑稽幽默，形成独特的语言风格。

猫

人物简介：

"我"是本文的叙述者。偶然的机会，"我"来到苦沙弥家，后来就从一只无家的猫变成了有家的猫。

形象特点：

富于哲理，精干辞辩，对人类的弱点讽喻得十分透骨。博学多识，通晓天地古今。

苦沙弥

人物简介：

猫的主人，一个中学英语教师，其貌不扬，是"如牡蛎般在硬壳中躲避的本性"、只知从书本中讨生活、一有机会就大讲知识可贵的教师。他甘居清贫，自视清高，不把有钱有势的金田老爷放在眼里。一旦自尊心受到伤害，他也会拍案而起。然而他的反抗是有限的，无力的。他除了躲在书房里写一些低水平的文章外，就是和朋友们一起发牢骚。连猫都认为他是教育界的耻辱。苦沙弥痛恨军事封建帝国主义的统治，对现实不满却又沾染了许多坏习气。

形象特点：

为人正直、爱慕虚荣、不求上进。

《我是猫》诸篇，轻快洒脱，富于机智，是明治文坛上的新江户艺术的主流，当世无与匹者。

——鲁迅

夏目漱石的伟大，不只因为他在文学上的造诣，更因为蕴涵在其文字中的、能动摇灵魂阴暗面的那股力量。

——村上春树

他（夏目漱石）以更广阔的视野、更超拔的高度、更有使命感而又游刃有余的态度对待社会和人生，是日本近代文学真正的确立者和一代文学翘楚。

——著名翻译家林少华

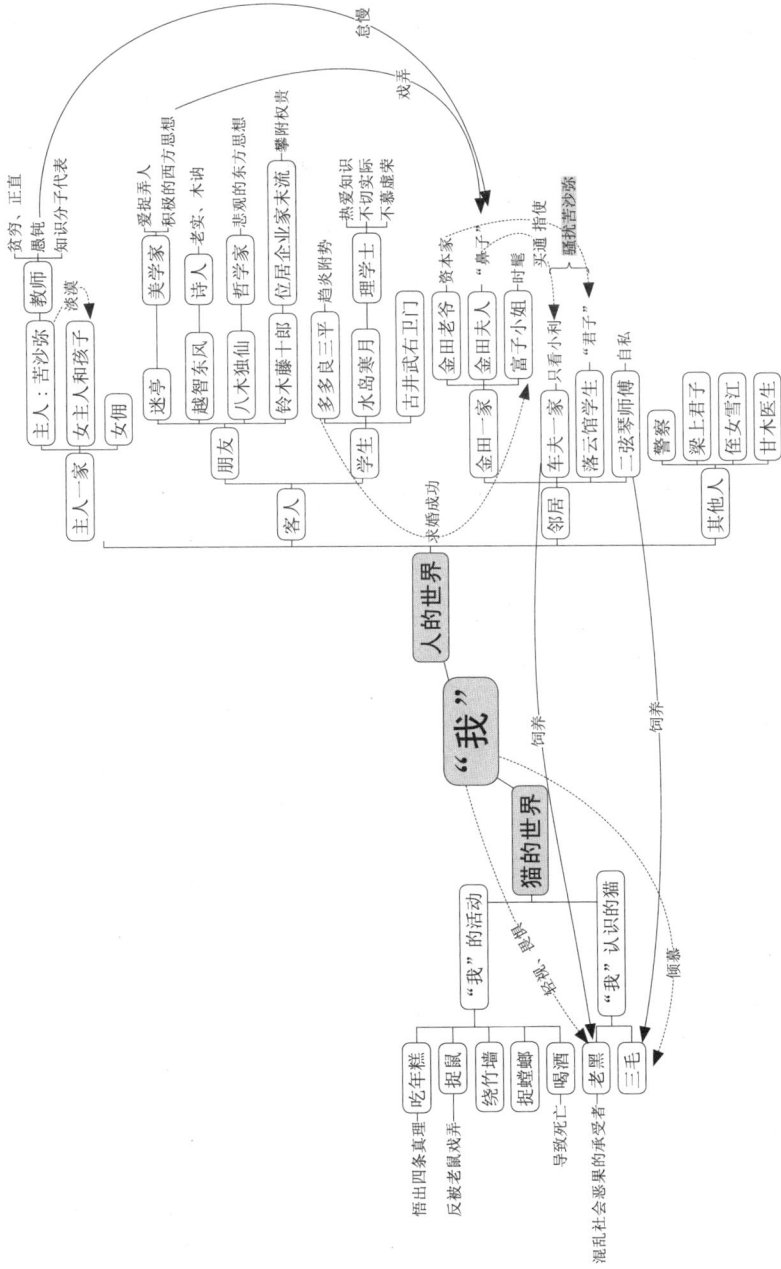

思 维 导 图

"我"

人的世界

- 主人一家
  - 主人：苦沙弥 —— 教师（贫穷、正直 愚钝 知识分子代表 冷漠）
  - 女主人和孩子
  - 女佣
- 客人
  - 朋友
    - 迷亭 —— 美学家（爱捉弄人）
    - 越智东风 —— 诗人（老实、木讷）
    - 八木独仙 —— 哲学家（悲观的东方思想）
    - 铃木藤十郎 —— 位居企业家末流（积极的西方思想）
  - 学生
    - 多多良三平 —— 趋炎附势
    - 水岛寒月 —— 理学士（热爱知识 不切实际 不慕虚荣）
    - 古井武右卫门
- 金田一家
  - 金田老爷 —— 资本家
  - 金田夫人 —— "鼻子"
  - 富子小姐 —— 时髦 "君子" 自私（攀附权贵）
- 邻居
  - 车夫一家 —— 只看小利
  - 落云馆学生
  - 二弦琴师傅（藐视苦沙弥 指使 买通 指使）
- 其他
  - 警察
  - 梁上君子
  - 佗女雪江
  - 甘木医生

猫的世界

- "我"的活动
  - 吃年糕 —— 悟出四条真理
  - 捉鼠 —— 反被老鼠戏弄
  - 绕竹墙
  - 捉蟑螂
  - 喝酒 —— 导致死亡
- "我"认识的猫
  - 老黑
  - 三毛 —— 混乱社会恶果的承受者

（连接关系：总慢、戏弄、求婚成功、饲养、倾慕、藐视、轻视）

阅 读 计 划

一 　时间规划

　　《我是猫》共有十一章，建议利用四周的时间读完，每天的阅读时间控制在30分钟内。为了保证阅读的质量，阅读过程应该是完整的，不要断断续续地阅读。《我是猫》是一本形式独特的讽刺小说，在阅读中要注意寻找那些能够体现作者批判和讽刺性质的段落或语句。同学们要先适应作者的叙事特点和语言特点，并在阅读的过程中随时将自己的疑惑和感悟批注出来，以便查询和讨论。这些批注可能会成为你读懂小说最好的帮助。

　　下面将为同学们提出阅读建议以供参考，同学们可以在此基础上进行调整，使整体阅读有的放矢。

　　第一周：阅读第一章至第三章。

　　快　读：第三章。这一章的内容虽然不是精读部分，但还是比较重要的。因为在这一章中与猫的主人不属于同一类人的"鼻子夫人"出场了，请你关注作者对她的外貌和语言描写；也要注意这位"鼻子夫人"对主人和迷亭说话时的不同态度，那么，为什么会存在这种不同？而这些不同的态度又为后文故事的发展起到了什么作用？

　　精　读：第一章和第二章。可以慢慢地品读这两章，结合批注逐步适应夏目漱石的叙事方法和语言特点，同时关注文中的细节描写。

　　第二周：阅读第四章至第六章。

　　快　读：第四章和第六章。在第四章中，猫通过自己的外出将故事发生的地点转移到了金田家，这样可以突破唯一场景的局限，引出金田一家的人物形象和生活风貌，有助于我们更好地理解人物和故事冲突。阅读第六章时，要注意在雄辩家们饶舌的泡沫中去体会作者笔下这群空虚、无聊的知识分子的日常生活。

精　读：第五章。主人的家中来了一位"君子"，而整章的故事内容都是围绕着这位"君子"的到访过程和最终结果展开的，请你结合批注感受作者借猫之口为读者呈现出的幽默的讽刺。

第三周：阅读第七章至第九章。

快　读：第七章和第九章。在第七章中，猫带我们进入公共浴室。在这里，猫看到的、听到的会给你带来哪些思考？当然也不要忽略了本章开头所描述的猫的运动细节。在第九章中，主人开始认真思考"精神病院内外，谁是真正的疯子"这个问题，这是作者对当时社会混乱现状的深刻思考，我们要仔细体会。

精　读：第八章。随着一批"君子"的登场，主线还在继续，主人也开始"上火"了。面对主人的境况，三类人给了主人三种不同的建议，这三种建议分别体现了这三类人的不同性格特点。注意体会。

第四周：阅读第十章和第十一章。

快　读：第十章。车夫老婆为了金钱舍弃自己的孩子来达到骚扰主人的目的，作者尖锐的讽刺在这一章体现无遗。本章中还有一位新出现的人物，他是谁？他有什么故事？他又是个怎样的人？请你梳理文字，勾画重点语句，做好批注。

精　读：第十一章。本章中五位知识分子齐聚主人家的客厅，话题围绕着寒月展开，却漫无边际。最后寒月回老家结婚，多多良趁机向金田小姐成功求婚。在偷喝了多多良带来的啤酒之后，猫落入水缸，结束了自己短短两年的生命，告别了这混乱、无耻的世界。请你结合批注去体会猫的心境和作者的心境。

二　阅读方法

作者生平与写作背景相结合 >>>

当我们面对一本著作年代离我们甚远的翻译小说时，如若对作者所处的时代和小说的历史背景有一定的了解，是有助于我们更深入地读懂小说的。

夏目漱石是日本近代著名作家，原名夏目金之助，笔名漱石。漱石出生时夏目家已经没落，作为小儿子（家中第八子）的漱石被过继给严原家，直到十岁才回到亲生父母身边。养父母情感不睦、亲生父兄与他感情淡薄、亲生母亲早逝，使得漱石从十九岁即开始离家外宿。这些经历造成了他敏感、倔强、孤独的性格，也使他对亲子关系冷淡，这在《我是猫》中主人苦沙弥每天长时间独自待在书房却什么也不做，以及在他对三个女儿的态度上都有所体现。而书中的主人公——猫没有名字，一出生就被抛弃的经历也影射了作者自己。

夏目漱石自幼喜欢汉学，少年时曾立志以汉文出世，明治三十四年他远赴英国留学，之后回到日本做了一名教师。强烈的历史意识、外国文化思潮的影响都促使他成为"靠东学、西学两条腿走路的人"。他的作品风格朴实、幽默，结构巧妙、多样，描写生动、细腻，语言朴素、诙谐，其中有对日本文学传统巧妙的吸收与创新，也有对西方理性思维和丰富学识的摄取和消化。

作为明治时期的知识分子，夏目漱石的作品常以知识分子作为主要人物，对他们的刻画精细而透彻。在《我是猫》中也真实地再现了以苦沙弥为首的知识分子的生活，他们正直、善良、鄙视世俗、不满现实，但也胸无大志、无所事事、故弄玄虚、哗众取宠，作者有力地鞭挞和嘲笑了他们的弱点，而在辛辣的讽刺背后，也隐藏着作者的苦闷和悲哀，正如作者所说："比嘲笑他们我更嘲笑我自己，像我这样嬉笑怒骂是带有一种苦艾的余韵的。"

《我是猫》成书于日俄战争（1904—1905）期间。日本和俄罗斯为了争夺对中国辽东半岛和朝鲜半岛的控制权，在中国东北发动了这场帝国主义列强之间的争夺战。这一战争背景在小说中就多次出现：

画上有可能是北极熊，因为今年是和俄国开战的第二年。（第二章）

听说最近传来了日本和俄国开战的消息。作为日本猫儿，我一定是向着日本的。（第五章）

据说东乡大将也曾为此大伤脑筋，因为俄国的波罗的海舰队来的时候，究竟会穿过对马海峡，还是开往津轻海峡，抑或远远绕过宗谷海峡。（第五章）

据说在旅顺战役中，全靠海军进行的间接射击才获得卓越的战功。（第八章）

日本自明治维新之后，对外开放，努力向西方学习，吸收西方文明，但这种学习又有一定的盲目性，缺少判断。在小说中猫对于运动项目和海水浴的评论，就是作者对这种盲目性的批判。明治维新还使得日本资本主义迅速发展，人们对于金钱的热情日益高涨，拜金主义日益严重。加之在日俄战争中，日本战胜了兵力财力数倍于它的俄国，这些使得日本人的自信力大大增强，相当一部分的日本人感到日本已经成为世界上的强国之一。作为知识分子面临着两种选择，要么攀附权贵融入上流社会，要么固守原有立场成为社会的边缘人。小说中对以金田老爷为代表的资本家以及甘愿做金田老爷走狗的铃木藤十郎、多多良三平的无耻行径，对车夫一家、落云馆君子们追逐金钱、损人利己的行为进行了尖锐的揭露和深刻的批判，也表明了作者的选择。

了解作者的生平有助于我们深入作品，并可以站在作者的角度去思考和品评；了解作品的写作背景有利于我们理解小说中的人物性格设定、语言特点，以便我们更好地理解作者透过小说内容所要表达的思想和情感。

快速阅读与精读相结合 》》

《我是猫》可以说是一部非常不像小说的小说。它既没有什么统一完整的故事情节，也没有大的戏剧性冲突，几乎是由无数片段的插话式的细节构成全篇，形成了一种独特的艺术风格。我们可以采取快速阅读和精读相结合的方法来阅读这部小说。

专注是快速阅读的基础。在阅读过程中，我们要迅速接受文字中的信息。如果遇到意义不明的词句，可以结合上下文来理解。《我是猫》由于其写作时代背景，可能经常会出现需要回读的情况，不必担心，在前两章的阅读过程中可以放慢阅读速度，等你适应了作者的语言风格、叙事方式后再逐步提高阅读的速度。

仅有速度还是不行的，《我是猫》这部小说中很多反映作者思想的段落还是需要我们把字字句句读明白的，这就是精读的作用。精读要细读多思，反复琢磨，反复研究，边阅读边分析边评价，务求明白透彻，以便体悟作者精神，吸取文字精华。做批注是帮助我们精读的一种很好的方法。

阅读与批注结合 》》

鲁迅曾说："不动笔墨不读书。" 批注是一种常用的读书方法，是我们在阅读的时候随手、随心、随性的读书习惯。读书的过程，尤其是在精读的过程中，最好能够用各种颜色的笔或各种自己熟悉的批注符号在书中进行批注，方便以后查阅。批注要简洁、精练，语言通顺，尽量用自己的话来进行概括。

目录

我 是 猫

这一周我们就要和夏目漱石笔下的猫相识、相知，猫会带着你认识它的主人。随着主人的学生、朋友的到访，你可以通过猫来感知这些人的性格特点。前两章，你可以跟随着批注来理解小说内容。第三章，随着"鼻子夫人"的出场，小说的一条主线逐渐铺陈出来，请你留意寻找。

一

我是猫，名字嘛……还没有。（小说用第一人称"我"进行叙述，"我"是谁呢？小说的第一句话就告诉了我们，"我"是猫，作者将以"猫"的视角进行叙述，展开故事。这种写作方法有何好处呢？）

如果问我是在哪里出生的，我自己也不知道！我恍惚记得好像是在一个阴暗潮湿的地方，我奶声奶气地哭，并发出"喵喵"的声音。在那儿，我第一次与"人类"相遇。我第一次看见的那个人是个寄人篱下的穷学生，后来听说，他们是人类中最凶狠的一种。听说他们经常把我的同胞们抓去煮着吃。不过当时我还不懂事，所以一点儿没觉得害怕，但是当他把我放在手掌上"嗖"的一下高高举起来的时候，我感觉有点晕晕乎乎的。我在穷学生的手掌上稍微平静了一下，就看到了他的脸，想来这就是我有生以来第一次和所谓的"人"打了个照面。那时我就觉得这家伙可真是个怪物，直至今日，在我脑海中仍然保留着这种感觉。本来应该有毛装饰的脸却寸草不生，光溜溜的简直跟个烧水壶没什么两样。此后，我也见过很多只猫，但从没见过哪只毁容到这种程度。除此之外，脸的中央有黑洞高高隆起，还不时从里边咕嘟嘟地喷出烟雾来，那烟太呛了，让我难以忍受。（作者的创作比较倾向于现实主义，描写生动，语言朴素而细腻，作品风格朴实感人。你可以在第一章中找一找类似的细腻生动的语句，并在之后的阅读中仔细体味作者的写作风格。）后来我才弄明白，那东西就是人类抽的香烟。

我正在这个穷学生的掌心里舒适地坐着，忽然感觉天旋地转，弄不清是穷学生在动还是我自己在动，总之，我头也晕，眼也花，胸闷得厉害。心想：这下子可完蛋喽。结果，只听"咚"一声，我被摔得两眼冒金星。只记得这些，之后发生的事，我怎么也想不起来了。

之后，我苏醒过来，那个穷学生已经不见踪影，身边众多的兄弟姐妹也都不知去向，而我那最可亲可爱的妈妈，也不知道去了哪里。这是一个全新的地方，和我最初待的地方完全不一样，这里特别明亮，亮得刺眼。目前发生的一切太稀奇古怪了，我寻思着。我试着慢慢地爬了几步，但还是觉得全身疼得厉害。原来，我是被穷学生从稻草堆上扔进了低矮的竹林里了。

我费了半天劲好不容易才爬出了低矮的竹林，映入眼帘的是一个很大

我的批注

的池塘。我坐在池塘边，开始思考我接下来应该怎么办，一时半会儿，我也想不出个好主意。一会儿，我突然意识到，也许等我哭一会儿，那个穷学生会来找我呢。我"喵喵"地叫了几声，连个人影也没看到。很快，一阵阵凉风呼呼地从池面掠过。太阳也渐渐落山了，我感到非常饥饿，想哭都哭不出声音来了。万般无奈，我决定去找点吃的东西。接着，我顺着池塘慢慢转向左边。我全身又酸又疼，但只能拖着身子，用尽全力向前爬，总算爬到了一个有人类气味的地方。我想只要能进里边，总会有点办法的。让我欣慰的是竹篱笆破了一个洞，这让我顺利地进了院子。缘分这东西真是不可思议，假如篱笆没有破洞，或许我就变成路边的饿死鬼了。常言道："一树之荫，前世之缘。"说得正确极了。直到现在，这个破洞依然是我去拜访邻家三姑娘的交通要道。我虽然已经钻进那个院子，却不知道接下来该怎么办。眨眼工夫，天已经暗了下来，我肚子饿得咕噜直响，又冷得厉害，偏偏天上下起雨来，我一秒钟也无法忍受了。无奈之下，我只好向一个既亮堂又温暖的地方爬去。现在回想起来，我已经钻进了这户人家的屋子里。在这里我除了看到穷学生之外，又有机会再次看到其他的人。首先，我碰到的是女仆阿三，阿三比那个穷学生凶狠多了。一见面她就立刻抓起我的脖子把我扔到了门外。我心想这次没命了，只好紧紧闭着双眼，听天由命了。然而我饥寒交迫，万般难耐，只得趁阿三不注意的时候，又一次溜进了厨房。但是没多久，我又被扔了出来。在记忆中我反复四五次被这样扔出来，然后再爬进去。从那以后，我恨透了女仆阿三。直到偷走了她的秋刀鱼，我总算出了口恶气，消除了心里的愤怒。当我最后一次被阿三抓起来准备扔到外边的时候，这家的主人边走进来边说道："太吵了，出什么事了？"阿三拎着我对主人说："这只小野猫太讨厌了，我三番五次把它从厨房扔出去，可它总是又钻进来。"主人捋着鼻子下边的那两撇黑胡子，对我全身上下看了一遍，然后说道："那就把它留在家里吧。"就又返回里屋。显而易见，主人是个言谈不多的人。（这是"我"的主人的第一次出场，"我"对他的第一印象是"言谈不

2

多"。请你认真阅读这本小说，并尝试用几个关键词来描述"我"的主人。）

阿三又气呼呼地把我扔进了厨房，一肚子不满。就这样，我才算在这所房子里安了家。

我很少能和主人见上一面。据说他的职业是教师，每天他从学校回家就一头扎进书房，基本上就不怎么出来了，家里人认为他是个了不起的读书人，至少他努力对外界维持着这样的印象。我经常蹑手蹑脚地悄悄向他的书房观望，总是看见他在摊开的书本上睡觉，有时候睡得口水都流到了书本上。看来，他并不像家里人说的那样勤学好问。由于肠胃不好，他皮肤暗沉，呈现出缺乏弹性的病态。但是他偏偏贪嘴，每次大吃大喝之后就吃肠胃消化药，然后打开书本翻上两三篇就打瞌睡，口水都流到了书本上，这是他每晚重复的功课。虽然我是一只猫，但我也经常思考："教师这个职业真是轻松，如果来世投胎能够做人的话，我非当教师不可。打个盹、睡个觉就能胜任的工作，我们猫也能干呀！"尽管如此，每当有朋友到家来访，我家主人总是牢骚满腹地说，世界上没有比教师更辛苦的职业了。

我的批注

我刚刚进这个家的时候，除了主人之外，其他人对我一点儿都不好。无论我走到哪里，他们总是一脚把我踢开，不爱搭理我。直到今日，他们也没给我起个名字，这一事足以证明我实在不受重视。万般无奈，我只能尽量讨好收留我的主人，待在他的身边。主人每天早晨要读报纸，这个时候，我总是乖乖地趴在他膝盖上。他中午睡觉时，我就趴在他的背上。这倒不是由于我非常喜欢主人，而是没人理睬我，所以不得不这样做，实在是寄人篱下，身不由己呀。后来，我的经验越来越多，每天早晨我趴在盛热饭的小木桶上，晚上就睡在暖炉上，晴天的中午，我当然是趴在温暖的走廊上晒太阳。在夜里，我偷偷地钻进孩子们的被窝里和她们一起睡，这才是最开心的。主人家有两个小姑娘，一个五岁，一个三岁，两个孩子每晚在同一个房间的同一个被窝里睡。我总想在她俩之间找个容身之地，千方百计地挤进去。但是有时我没有这么好的运气，如果不小心把她们其中的一个弄醒，我就要遭殃了。这两个孩子，尤其是那个年龄小的脾气最不好，不管多晚她都会高声哭叫："猫来啦，猫来啦！"于是，那位患有神经性胃痛的主人，一定会被吵醒，迅速从隔壁的房间跑过来把我赶走。例如前几天，他为此用尺子狠狠地打了我的屁股。

我跟人类生活久了，通过细致的观察越发觉得人们都是非常随性的。（"我"为什么会有这样的想法呢？人类有哪些"随性"的行为呢？）尤其是

3

两个经常与我睡在一张床上盖一床被子的小女孩儿更是胡作非为。她们只要兴起，想怎么样就怎么样，随手就把我拎起，头朝下来个倒立，或者无端往我头上套个袋子，再不然就把我往外边扔，甚至塞到黑洞洞的炉灶里。但是我却不能表现出一点儿不服，否则就会被他们全家追得满屋跑，进行迫害。前几天，我只在席子上轻轻地磨了几下爪子，立刻引发女主人的咆哮。此后，轻易不准我进入客厅了。即使我在厨房的地板上冻得浑身哆嗦，他们也全然无动于衷。

我最尊敬的白夫人就住在对面那条街道，每当我见到她，总是听她说："人类是世界上最冷酷无情的生物了！"前几天，白夫人产下四只既漂亮又可爱的小猫。但是没想到第三天，那家的穷学生竟把小猫们全部扔进了后院的池塘里。白夫人流着泪一五一十地把这件事告诉了我，她接着说："为了让我们猫族捍卫亲子之爱，为了我们的家庭生活过得更幸福快乐，我们一定要对人类宣战，彻底消灭人类。"我觉得她说得句句在理。(作者将猫人格化，赋予猫人类的情感，读起来亲切自然。)三公子是我的邻居，他也异常气愤地对我说："人类完全不懂什么是所有权。"对于我们猫族来说，自古以来，无论沙丁鱼的脑袋，还是鲻鱼的肠子，谁先发现，谁就有享用的权利。如果碰上想不守规矩的，就可以用武力解决。但是人类却完全没有这种观念，我们找到了美味的东西，一定会被他们抢夺一空。他们仗着胳膊粗、力气大，毫不羞耻地抢夺本该属于我们的食物。白夫人的主人是个军人，三公子的主人是个律师。由于我的主人是个教师，因此关于这类事，我要比他们两位好受得多。只要能一天一天地顺利混过去，我就知足了。(正如作者所说"由于我的主人是个教师……我要比他们两位好受得多"，猫的个性也反映了主人的个性。白夫人为了捍卫自己的权利，与人类斗争到底的主张，三公子对人类无原则的强盗行径的愤慨和"我"的知足都反映了各自主人的性格特点。)虽说他们是人类，也不见得一辈子兴旺发达。猫族的美好时代总会到来，让我们静下心来等待吧。

说到随性，我倒想起来我家主人因为随性而吃亏的事情。我那主人原本就没有一点比别人高明的地方，但他偏偏喜欢在什么事情上都插一手。有时候，他把自己写的俳句投到《杜鹃》杂志上；有时候他写"新体诗"投给《明星》杂志；有时写错乱不堪的英文；还练过射箭，学过"谣曲①"。并

———————————————————————

① 谣曲：日本一种古典乐剧，来自中世纪的日本传统舞乐和外来舞乐。

且还有一段时间，他把小提琴拉得吱嘎作响。然而遗憾的是，他没有一件事做得像样。不过，别看他因消化不良经常精神不振，但只要做起这些事情来就立刻活力四射。他竟然在厕所里唱起了"谣曲"，因而邻居们给他起了个绰号叫"茅厕先生"。他倒是毫不在意，还大声唱道"吾乃平宗盛①是也"，唱得自我陶醉，惹得左邻右舍

我的批注

一听他唱就笑作一团："快听，平宗盛又来了。"等我在这位主人家住了大约一个月之后，有一天他发工资，提着个大包匆匆忙忙地赶回家里，也不知道他在想些什么。我很好奇，他这是买的什么？原来是水彩颜料、画笔，还有华特曼②的纸。看来从今天起主人要一心一意作画，放弃"谣曲"和"俳句"了。果不其然，从第二天起他每天在书房里专心绘画，连午觉都不睡了。至于他画出来的东西，谁都判断不出来究竟画的是什么。也许对于他自己来说，也觉得画得太不成样子了。有一天，一个研究美学的朋友(这位朋友是这部小说的一位主要人物，在第二章中我们将会了解他的名字，同时随着这位朋友的不断到访我们会对他有更深入的认识。)来拜访，他们说了一些话被我听到了，内容如下：

"画画真是太难了。看别人画觉得没什么技术含量，可自己一提笔才意识到绘画真不容易啊。"主人表达了这样的见解，这是他做人诚实的一面。他的朋友透过金丝边眼镜看着他的脸说："不可能刚开始就画得很好嘛。不可能像你这样连屋也不出，只靠想象画画就能画得好的。意大利画家安德里亚·特尔·萨尔德曾说：'一个人若要从事绘画，就需要临摹自然本身。天上有繁星，地上有霜露，上有飞禽，下有走兽，池塘里有金鱼，乌鸦站立在朽木上，大自然就是一幅美妙绝伦的画啊。'你不如试试写生，可能会画出一幅像样的作品来。"

"咦？安德里亚·特尔·萨尔德这样说过吗？我还不知道呢。说得没错，确实是这样。"主人佩服得五体投地。而那人金丝边眼镜后闪过一丝嘲讽的笑意。(你对这位朋友的第一印象是什么？)

第二天就在我像往常一样午睡，感到舒服惬意的时候，主人破例走出了书房，真是意外，他在我背后不知道干什么，没完没了。忽然，我偷偷地把眼睛眯成一条小缝，看看他在做什么。原来他在学习安德里亚·特尔·萨尔德

———

① 平宗盛（1147—1185）：日本平安时代后期的武将。
② 华特曼：一种水溶性色彩画纸，产自英国。

呢，学得专心致志。他遭到朋友的一番奚落后，竟然真的开始写生了，拿我当第一个写生的模特儿。见此情景，我哭笑不得。由于睡得很充足，这会儿特别想打个呵欠。但是看着主人那么一丝不苟地挥动着画笔，我就尽量纹丝不动地忍耐，好像如果我晃动身子，就对不起他了。他已经勾勒出我的轮廓了，正在给我的面部涂颜色。坦率地说，我在猫族里还真不是英俊的。无论是身材、毛色或是面部的眉眼儿，都不敢妄言优于同类。然而我长相再怎么丑陋，也不应该是主人画出来的那副怪异的模样啊。先说毛色就不一样，我的毛色像波斯猫，浅灰中带着淡黄，很像漆树树皮的纹理。这一点，无论谁看，都是不容置疑的事实。然而主人涂抹的颜色，说黄不黄，说黑不黑，称灰色略显勉强，叫褐色又不合适，是几个颜色混合在一起的色彩，是什么颜色，无法分辨。更令人发指的是，画上的猫居然没有眼睛。当然，他也不是不可原谅，因为他画的是我熟睡时的样子，但是，在画里连像眼睛的地方都找不到，根本分辨不出这只猫是瞎子还是睡着了。我在心里默默地想：像你这种画法，无论你怎么模仿安德里亚·特尔·萨尔德，也是徒劳一场。但是他那股热忱劲实在让我钦佩。本来我打算尽量保持一个姿态，但是我这泡尿已经憋了不是一时半会儿了。我全身的筋肉都紧绷到难以忍耐的地步，多忍一分钟也不行了。不得已，我只好抱歉了。我把两条腿使劲向前伸，头使劲向下压，大大地伸了个懒腰。反正已经破坏了主人的计划，事已至此，再保持一动不动也没用了，索性借此机会到房后解决一下内急吧。我慢慢地溜走了，紧接着，主人失望夹杂着愤怒，在客厅中大声叫道："你这个蠢东西。"我家主人习惯用"蠢东西"这种词来骂人。除此之外，他就不会用别的词骂人了，所以我就不在乎了。我为了他憋了这么长时间，他却丝毫不能体谅我坚持到现在的苦衷，一个劲儿地骂我"蠢东西"，真是太没有人情味。假如在平常我趴在他背上的时候，他多少给个好脸色，对于这种责骂我也能忍受，关键他从来没对我做过一丁点儿好事，因为我撒尿，他就骂我是"蠢东西"，这也太不像话了。据说人类总认为自己力量强大，所以非常骄傲自大。他们如此胆大妄为，如果不出来个比他们更厉害的物种来收拾他们，真不知道今后他们的嚣张气焰将发展到什么地步！

我的批注

如果人类只随性到这个程度，还是可以忍耐的。但是我听说，这件事是人所做的众多坏事儿中，远远算不上可恶的。

我家屋后有个约十平方米的茶园，虽然面积不大，但清新怡人，阳光充足，是个很不错的地方。每当家里的孩子们嬉嬉闹闹，吵得我不能舒服地睡觉的时候，或是在我无所事事心绪不宁的时候，我总是到这里来养养我的精气神儿。那是在十月小阳春的一天，阳光和煦。在午后两点左右，我吃过午饭，美美地睡了一觉。之后，为活动下筋骨，我悠闲地来到茶园，顺着每一株茶树根部发出的味道，我来到西边杉树篱笆墙下。我看见一只大黑猫正压在枯萎的菊花丛上酣然入睡。它好像一点也没有注意到我已经走近，或者它感觉到了，却丝毫不在乎，依然响着浓重的鼾声，惬意地睡着。我不得不佩服它的胆量，擅自跑到别人家的院子里，还能睡得如此心安理得。它是只纯种黑猫，没有一点杂色。（作者对黑猫的细节描写以及之后"我"与老黑的对话描写，带入了猫的主人的性格特点。通过猫的视角从另一个侧面反映了当时的社会状态。）刚刚过了正午，清亮明媚的阳光照射在它有光泽的毛上，令柔软的皮毛中闪耀着一种肉眼看不到的火焰。它的身体足足比我的大了一倍，它魁梧的体魄堪称猫类大王。我出于钦佩和好奇，竟然忘乎所以，站在它的面前，全神贯注地注视着它。梧桐树伸出的细枝，延伸到了杉树篱笆上。恰在此时，遇到小阳春时节微风的轻轻吹拂，两三片梧桐叶稀稀疏疏地飘落下来，落到残存的枯菊丛中。突然间，这位大王睁开了圆溜溜闪闪发光的眼睛，这眼睛比人类所珍爱的琥珀更加光彩夺目，直到今日我依然难忘。它一动不动，它深邃的双眼中射出的锐利目光全部集中在我这窄小的额头上。它责问我："你是什么东西？"作为一个大王，说出这样的话有失斯文，但还是令我惊慌失措，因为这种声音十分沉稳，字字凝聚着杀气，足可以令猎犬感到畏惧。我意识到即将发生的危险，不得不说几句应酬的话。于是，我故作镇静，面无表情地回答："我是一只没有名字的猫儿。"但是就在这时，我的心脏跳动得确实比往常剧烈。它以极端藐视的态度说道："什么？你也是猫？真没看出来，简直不敢相信！你住在哪？"它丝毫没把我放在眼里。我回答："我就住在这儿的教师家里。"它马上说："我琢磨着也是，看你那样，瘦得连点儿肉都没有。'"它神情傲慢，说话盛气凌人。听它的口气，就知道不像善良人家喂养的猫。不过，看它膘肥体壮，毛色光亮，平时享用的肯定是美味佳肴，日子过得一定不错。我忍不住问道："那你是谁呢？""我是人力车夫家的老黑呀。"他回答时语气中带着自豪。车夫家的老黑是家喻户晓的粗鲁猫，具有十足的野性。不过，正是因为它的主人是车夫，它又走到哪都表现得很强势，光有力气没有教养，所以基本没人和它来往，并且还集体孤立它。刚一听到它的名字，我就觉得有点不舒心，与此同时，我还萌发了几丝轻蔑之意。首先，我想试试它才学浅陋到什么程度，接着有了下面的对话：

我问："你说说，车夫和教师到底谁厉害？"

老黑回答道：“那当然是车夫厉害啦。看看你家主人，弱不禁风的。”

我说：“你就是因为生活在车夫家，所以才这么强壮吧。看样子，车夫家油水很足呀。”

老黑说：“不许胡说！不管我走到哪里，吃吃喝喝都不会犯愁的。你这家伙要是不信就跟在我后边试试，别只在茶园里瞎转了，不出一个月，我保证你胖到让人认不出来。”

我说：“这事先不急！但是关于住宿方面，我总认为车夫家没有教师家地方大。”

老黑说：“笨蛋，房子再大能填饱肚子吗？”（你能从作者对“我”与老黑的对话描写中，感受到“我”心底优越感十足，但表面上小心翼翼又有点谄媚的形象吗？）

它十分恼火，那像被削尖的竹子一样耸立的耳朵，不断抖动，大摇大摆地走了。从这次相识之后，我和老黑成了好朋友。

此后，我还见到老黑好多次，每次见面，它都对车夫大肆吹捧。事实上，有关人类违背道德的事情，我也都是从老黑那里听说的。

一天，在温暖的茶园里，我像往常一样和老黑躺着天南海北地闲聊。它又把老掉牙的光荣史当成刚发生的事，翻来覆去地大吹大擂。接着，它忽然问我：“你这家伙，以前捉过多少只老鼠？”在智慧方面，我向来相信老黑远远比不上我。而在力量和胆量方面，我承认老黑比我强得多。即便是这样，当老黑这样问我时，我多少还是有点难为情。不过，事实就是事实，来不得半点弄虚作假。于是我老实地回答道：“其实我早就想捉老鼠了，但是目前还没有抓到过。”老黑哈哈大笑起来，就连鼻子尖一带翘得老高的长须都跟着晃动起来。原来，老黑由于傲慢，难免有些弱点。因此当它自我吹嘘的时候，你只要表现出毕恭毕敬的样子，并不停发出咕噜声，它就成了一只最好摆弄的猫。我接近它后，很快掌握了这个诀窍。所以遇到这种情况，如果硬要为自己辩护，形势会越弄越僵，更加不利于自己，必然会吃亏。于是我寻思：不如索性让它大讲特讲自己的光荣史，暂且敷衍它几句。

我 的 批 注

我确定想法后，便摆出一副坦诚的表情，故意鼓动道：“老兄德高望重，一定捉过不少的老鼠吧。”果然，它得意扬扬地顺着我的话回答道：“没多少，也就三四十只吧。”然后又说：“我一个可以对付一两百只老鼠，不过就是对黄鼠狼没办法。有一次我可是被黄鼠狼害惨了，真是倒了八辈子霉。"我赶忙做出感兴趣的样子，应声道："居然还有这事！"老黑好像受到了鼓励，眨巴眨巴大眼睛说道："那是去年年底大扫除的时候，我家主人到廊下仓库搁了一袋石灰，你猜发生什么事？一只大黄鼠狼惊恐地从里面蹿了出来。"我故作感慨："我的天！""虽然是黄鼠狼，也没比老鼠大到哪里去。我心想拿下这个畜生太容易了，便一直对它紧追不放，到了泥沟，它掉了进去。"我喝彩道："干得太漂亮了！""不过，到了关键时刻，这家伙竟然用出最后一招，放了个大臭屁，哎呀，真是熏死人了！从那之后，我一见黄鼠狼就想吐。"说到此处，它好像又被去年的臭味熏到了一样，把前爪伸到鼻头前扇了两三下风。我也感到有些不舒服，但为了激励它，我说："不过，哪只老鼠要是被你盯上，那它的小命也就玩完了。你绝对是捉鼠能手，把老鼠当作日常食物，才使得你身材这么魁梧，皮毛这么光亮吧。"我这样说，本来是想讨好老黑的，没想到效果适得其反。它长长地叹了口气，说道："想起来就真觉得没趣，谁又曾想到，人类才是世上最野蛮贪婪的。无论我怎样拼命地捉老鼠，他们总会抢走我逮的老鼠，送到警察局。至于是谁捉的，警察才不会关心。每只老鼠可换来五分钱的奖励。我的主人靠我抓的老鼠，已经赚了一元五角钱，可是他连一口好吃的都没赏给我。人类就是装正经，其实都是强盗呀！"虽说老黑一向不学无术，但对生活的真相它还是看得很透彻的。因此一说到这事儿它就情绪激动，背上的毛都立了起来。见此情景，我便见机行事，草草说了几句话就赶快回家去了。此后，我决定不再去捉老鼠，也不再跟着老黑到处寻找美味可口的食物，不当老黑的小跟班了。比起吃美味佳肴还是睡觉更舒心。看来，即使

我 的 批 注

猫儿住在教书人的家里，生活习惯也会受他影响。不注意的话，说不定早早晚晚也很可能生胃病。

说到教师，我家主人近些天也意识到，自己在绘画领域也不会有什么发展。他在十二月一日的一篇日记中写道：

今天的聚会上，我第一次和某某相遇，听说他这个人以前喜欢拈花惹草。见到他后，发现他确实在嫖妓上有一套。由于他本性使然，女人们自然倾心于他。因此，与其说他本性风流，不如说他享乐至上。听说他娶了个艺伎当老婆，真是令人羡慕。其实，有些人之所以说别人放纵，是因为他们自己没有本事去放纵。与此同时，有些人自称是放纵高手，但其中不少人是没有资格去放纵的。他们是死要面子，而并不是不得已而为之。

我们不用为这些人担心，因为他们就如同我画的水彩画一样，最终是高不成低不就的。即便这样，他们仍称自己有资深的嫖妓经验。如果这个道理说得通，只要到酒馆小酌几杯，或是出入下妓院，就可获得嫖妓高手的称谓；而我，也可自称为出人头地的画家了。比起自称为嫖妓高手的蠢人来说，那些土里土气的乡下人，虽然对嫖妓的规矩一无所知，却显得高尚不少，就如同我以不会画水彩画为美好一样。

对于"嫖妓高手"的这一番言论，我实在是不敢苟同。而且，主人作为一名教师，不应该说羡慕别人娶了个艺伎的老婆，这种想法太愚昧。唯独他对自己水彩画的鉴赏力，还真是句句在理。尽管主人有自知之明，但是终究不甘心。过了两天之后，也就是十二月四日，他在日记上记录道：

昨天晚上我梦到，自己意识到自己在水彩画上造诣尚浅，便把画好的一幅画扔到一旁。不知这幅画被谁镶进一个漂亮的匾额里，挂到了横楣上，那个匾额很精致。连我自己也觉得，这幅画变成了佳作，太让人兴奋了。我一个人对这幅出色的作品欣赏了好长时间。恰在此时，我也随着天亮清醒了。随着日光洒入房间，那幅画的现实情况也清晰起来，它依然拙劣如初。[正如"我"对主人的评价，他在日记中还是有自知之明的，但终究不甘心，这和大庭广众之下的主人的形象是否相同？为什么相同（不同）？]

看来，主人做梦都对自己的水彩画念念不忘。这样说来，这位先生自己所说的"高手"，按道理说肯定不是水彩画家。

主人梦中对水彩画夸大其词的第二天，接待了那位多日未见的脸上仍挂着金丝眼镜的美学家。他刚坐下来就开口问道："画得怎么样了？"主人平静地回答道："听了你的忠告，我正在写生上下功夫。你说得没错，通过写生，可以对以往不曾关注的形体、微妙的色彩变化等了解得更深入。看来，当今西洋人很早就主张写生，所以能在绘画上有这番成就。安德里亚·特尔·萨尔德说得太精辟了。"他赞佩了一番安德里亚·特尔·萨尔德，却闭口不谈日记的事。美学家挠挠头，边笑边说道："兄弟，跟你说实话吧，那是我瞎编的。""瞎编？瞎编什么？"主人还没意识到他被耍弄了。美学家得意扬扬地说："还没听出来吗，当然是你不停夸赞的安德里亚·特尔·萨尔德，那个人是我瞎编出来的。你竟然信以为真了，真是出乎意料。哈哈……"我站在廊前，听到这些话，不能不设想："这种事情，也不知主人在今天的日记中会怎么写。"这位美学家就喜欢以捉弄人为乐趣，总喜

我的批注

10

欢编些从没发生过的事。他丝毫没顾忌安德里亚·特尔·萨尔德给主人的情绪带来多大的影响。他又十分得意地讲开了道理："真是的！人们经常把我说的玩笑话当成真的，这种事情能极大地激发起滑稽的美感，很有意思。之前，我对一个学生说，尼古拉斯·尼克尔贝曾经劝说吉本，对于一辈子的巨作《法国革命史》，不要用法文来撰写，于是他的作品用英文出版了。哪知道那位学生的记忆力实在太好了，居然在一次日本文学会上演讲时，把我所说的话郑重其事地重复了一遍，真是太滑稽了。然而，当场的听众大约有一百人，竟然没有一个人不凝神倾听的。还有更有意思的呢：前一阵子有一个聚会，参与者都是文学家，有人说到哈里森①的历史小说《塞奥法诺》时，我立即给出评价：'那是历史小说中的白眉，特别是女主人临死的那一段，描写得真是阴森恐怖，寒气逼人。'坐在我对面的那位万事通先生，听我这么一说，立即接话道：'没错，没错，那段情节的确是妙笔生花。'由此可知，那个人和我一样根本没读过这本小说。"我那个患有神经性胃病的主人，听后惊讶地问道："你这样胡编乱造，要是对方读过那本书那可不得了。"主人的话给人感觉好像只是怕露馅后颜面尽失，哄骗人是不要紧的。这时，美学家面不改色地说道："这有什么，遇到这种事，就说和别的书弄混了呗。"说完，哈哈大笑起来。虽说这位美学家戴着斯文的金丝边眼镜，但是他的本质与车夫家的老黑颇有相似之处。主人边抽着日出牌香烟边吐烟圈，他脸上的神情好像在说："我可没有那个胆量。"美学家的眼神好像也在表达："你之所以画不好画，就是因为你胆量太小。"接着，美学家又说："不过，说句实在话，玩笑终归是玩笑，画画确实不是一件容易的事。据说，列昂纳多·达·芬奇曾让他的弟子去画教堂的墙壁上渗了的水渍。当然，上厕所时，只要对渗水的墙壁专心致志地观察，就会发现那奇妙而又独具天然的图画就在上边。你用心尝试下，一定会画出妙趣横生的好画来。""你又在骗人吧。""这回可是千真万确的呀。只有达·芬奇才会有这么独到的见解。"主人说："没错，确实很独到。"主人半信半疑，不过，直到今天他好像还没有在厕所里写过生呢。

后来，车夫家的老黑腿瘸了。它那油光锃亮的毛也渐渐黯淡下去，变得稀疏。曾经被我夸奖过的比琥珀还美丽的眼睛，现在已经堆满了眼屎。最让我惊诧的是，后来它意志低沉，身体也渐渐衰弱了。我和它最后一次见面是在茶园，那天我问它："你怎么了？"它说："我再也不敢碰黄鼠狼的臭屁，我也怕了鱼店老板的扁担了。"（老黑的结局有点可悲。无法再捉老鼠的

---

① 哈里森：英国法学家、作家、哲学家。

11

老黑对主人来说就失去了作用，也就失去了原来优厚的生活条件。在这段描写中，其实还隐含着老黑的一点点虚荣，你发现了吗？）

赤松林被两三层的红叶点缀着，就像被遗忘在很久以前的梦。厕所前边有个洗手盆，在这周围，凋落的红白山茶花相互交错，现在也飘零殆尽。两丈多长的廊檐朝南，冬日的阳光很快就斜到一旁。基本上每天都是北风凛冽的日子，我感觉午睡时间都被迫缩短了不少。

主人每天去学校，一回来就进书房。他总是对到来的客人说："不想当老师了，不想当老师了。"水彩画也几乎不画了。胃药也不见功效，也不再吃了。而小孩们每天都坚持去幼儿园，这种坚持倒是让人佩服。她们放学后，唱会儿歌，拍会儿球，还不时揪着我的尾巴，将我倒着提起来。

我还保持纤细的身材，因为没吃到什么好吃的，最起码身体健康，腿也没有瘸，就这样日复一日地生活着。我绝不捉老鼠。对于阿三这个厨房女佣，我还是那么讨厌她。我仍然没有名字，却有无止境的欲望。我已打定主意，这辈子就在这个教师家里做个没有名字的猫。

二

新年之后，作为一只猫儿我已经小有名气，也不用再忍气吞声了，真是值得高兴的事情。

主人在元旦的清晨收到一张彩色的明信片，是一个跟他有很深交情的画家朋友寄来的贺年卡。卡片是用彩色笔画的，上边是红颜色，下边是绿颜色，正中间是一只蹲着的动物。主人在书房里，对它横着看完竖着看，自言自语道："这颜色搭配得简直太妙了！"本来，他已经欣赏了一番，应该放下了，但他依然翻来覆去看个没够。时而转动身子，时而把胳膊伸得老长，活像个老头儿让人家占卜"三世"一样，时而又把画片拿到鼻子前，对着窗户不停地欣赏。我趴在他的膝盖上被危险地晃来晃去，再这么研究下去我非得被甩到地上不可，期盼他赶快停下来。他好不容易放慢了动作，这时，我听他小声嘀咕道："这究竟画的是什么呀？"可见，主人赏识的是画片上的颜色，却搞不懂画上画的是个什么动物，所以才一直冥思苦想。我就纳闷了："这画片真能让人费解成那样？"我半睁开蒙眬的睡眼，不慌不忙地一瞧，毋庸置疑，这肖像画的就是我。（"我"的主人原来如此愚钝啊，这么简单明了的图画都看不明白。阅读至此，请你用几个词语来描写主人的性格特点。）这位画家虽然不见得会称自己为安德里亚·特尔·萨尔德，但不愧是一位画家，形体和色彩都画得很逼真。任何人看，也无疑是一只猫。而且画功出类拔萃，只要一个人稍微有点鉴赏能力，就会一眼看出这不是别人家的猫，而是我啊。这么点明摆着的小事，主人竟然费尽心思也分辨不出，不禁觉得人真有点可怜啊。如果可能，我真想对他说，画的就是我啊。就算他认不出是我，起码也要让他知道那是只猫儿。不过，毕竟人类没有受过上天的这份眷顾，他们不理解我们猫族的语言，因此虽然遗憾，也只好就此作罢。

我须在这里向读者声明：人类总会平白无故地用轻佻的口吻对我们进

我的批注

行评价，时不时就"猫儿、猫儿"地说个不停，这让我非常不满，也是非常欠妥的。就连自认为博古通今的教师，也常常认为牛马是从人类的边角料中产生的，而猫儿是从牛马的粪便中制造出来的，可是这着实不合规矩。我们虽然是猫儿，但也绝对不是那么粗制滥造就能画得像的。或许，乍一看，所有的猫都是千篇一律，像一个模子里刻出来的，似乎任何一只猫也毫无独特的个性。实际上，只要你走进猫的社会里观看一番，就会体会到人们经常说十个人有十个长相，对于我们猫儿的社会来说也是如此。例如眼神、鼻子的形状、色泽和走路的姿态；都有各自的区别。对于松弛有度的胡须，竖立起的耳朵，尾巴下垂到什么地步，每只猫都是截然不同的。美与丑，善与恶，贤与愚，一切的一切，可以说千差万别。（作者用平实的语言写出所有的猫看似相同，实则千差万别。这里借猫之口写人，是在告诉读者世界上的人都有独特的个性，每个人都是截然不同的。）尽管差别如此明显，人类还是看不出来，也不知是不是因为人只知道用眼睛向上仰望星空，所以他们无法识别我们长相一类的事情，更别提对我们的性格有所了解，真是可怜。人类虽然有很大进步，但仅在这一件事情上，是力不从心的。说句实在话，人类并不像他们自信的那么了不起，这就更难上加难了。就拿我那位没有同情心的主人来说吧，他根本不明白爱是建立在相互了解的基础上的，你还能指望他了解猫吗？他这个人脾气怪异，就像一只奇怪的巨型牡蛎一样吸附在书房里，从未跟外界有所接触。（在本章中，"我"多次将主人形容成一个"牡蛎"，思考一下牡蛎有什么样的特点。这样的比喻反映了主人怎样的个性？）他还摆出一副特别了不起的模样，真是太搞笑了。其实不仅是这样，摆在他眼前的很明显是我的画像，但是他完全没有看出来，还说"画上有可能是北极熊，因为今年是和俄国开战的第二年"。他说出这样令人不解的话，居然丝毫不感到惭愧，足以证明他并非高深莫测。

我趴在主人的膝盖上眯着眼睛仔细思考这些事的时候，女佣送来了第二张贺年卡。我瞅了一眼，贺年卡上印刷的是四五只排成一行的外国猫，有的手握钢笔，有的正在翻书本学习，其中有只猫没在座位上，正在桌角旁边跳着西方流行的"猫呀，猫呀"的西洋舞。贺卡上端用日本墨写着"我是猫"，墨迹很浓。右侧还写了一首俳句："读书啊，舞蹈啊，猫儿的新年好欢乐。"这是主人昔日教过的学生寄来的。不管是谁看上一眼就会明白画的含义，可惜愚钝的主人又露出百思不得其解的表情，还自言自语道："真奇怪，难道今年是猫年？"很明显，他并没有意识到我已经小有名气了。

就在这个时候，女佣又送来第三张贺年卡，这张没有画，上边只写着"贺喜新年"，旁边还有一行字："顺请传达对爱猫的问候。"不论主人多么迂腐固执，看到这么明白的字，可算是弄明白了。他鼻子发出哼的声音，对我瞧了一眼，与以往截然不同的是，那眼神中带有些许敬佩之情呢。主人一向不被世人重视，突然这么受关注，多亏沾了我的光，这样看来，他用那副眼神看我，倒也理当如此。

　　这时格子门上的小铃铛响了，发出叮叮咚咚的声音，可能又有客人前来拜访。每次来客，都是女佣前去迎接。一般除了鱼店一个叫梅公的伙计过来送鱼之外，我肯定不会到门口接待来客。所以我仍旧泰然自若地坐在主人的膝盖上。<u>这个时候，主人向正门望去，脸色骤变，就好像放高利贷的上门催债一样。主人不喜欢接待新年前来道喜的客人，更不喜欢陪着他们喝酒。一个人孤僻到这种程度，实在令人遗憾。既然对贺岁的客人如此厌烦，提前出门躲避不就行了吗？可他偏偏没有那种勇气，他那如牡蛎般在硬壳中躲避的本性就暴露得更加明显。</u>（主人为什么"脸色骤变"？作者用直白的语言再次强调了主人"如牡蛎般在硬壳中躲避的本性"，这样的本性与"脸色骤变"有什么联系？）片刻，女佣就前来报告说："寒月先生到访。"寒月也是主人昔日的学生，现在已经大学毕业，据说比主人混得阔气多了。也不知为什么，这人经常到主人家串门，来了之后，就大发牢骚，无非是有哪个女人对他有意思、生活是多么美好或者无聊，或者社会上的一些骇人听闻的故事、香艳绯闻。他为何特意来找生活寡然无味的主人来倾吐一番，真是令人想不通。更可笑的是，像牡蛎一样的主人，在他说完话之后，为不扫兴，还时常附和几句。

<u>我 的 批 注</u>

　　"很久没来拜访您了。自从去年年末以来，我一直忙得焦头烂额。总想来看您，但是总没机会到这一片来。"寒月边拨弄着礼服上边的丝带，边说些令人费解的话。主人严肃地问道："你都到哪一片去了？"说着还揪了揪黑棉布制成的礼服大褂的袖口。主人的这件礼服大褂袖子太短，穿在里面的粗布衣袖，左右各露半寸。"呵呵，是到另一个方向去了。"寒月笑着说。我看见今天这位先生的一颗门牙掉了。接着主人换了个话题说道："咦？你的牙怎么了？""那个啊，我在一个地方吃了香菇。""你说吃了什么？""吃了一点香菇，我用门牙咬香菇的帽儿去了，一下子弄断了门牙。"主人问："咬下香菇门牙就断了？简直跟老年人一样。这种事情当成俳句素材还不错，你以后谈女朋友可就麻烦了。"主人边说边用手轻轻抚摸着我的头。"呵呵，它就是那只猫啊？肥多了嘛！瞧这块头，与车夫家的老黑比，也毫不逊色呀。"我被寒月君大加赞赏了一番。"近来又长大了不

15

少。"主人扬扬得意，边说边拍着我的头。受到夸赞我当然也很得意，但是我的头被主人拍得很疼。话题又被寒月拉了回来，他说道："前天晚上办了场演奏会。""在哪？"主人问。"您最好不要问在哪了。三把小提琴和钢琴伴奏，挺有意思。只要有三把小提琴，就算拉得不娴熟，总能凑合听。夹在两个姑娘中间，我觉得我拉得还不错。"主人好像很羡慕，接着问道："哦，那两个姑娘是谁啊？"不要看平时主人表现出一副不解风情的神情，其实，他绝不是一个淡于女色的人。他曾经读过一本西方小说，小说中男主人公几乎见到所有的女人都会萌生爱意。作者用讽刺的手法写道："大街上十分之七的女人，都给过他恋爱的感觉。"对于这一点，主人很是欣赏，激动地说："这是真理呀。"我

们猫所不能理解的是，主人多情至此，为什么却过着像牡蛎一般的生活？有人说因为他失恋过，有人说这是他患上胃病的缘故，还有人说这是由于他既没有钱又没有胆量。不管他什么原因，反正算不上与明治史有关的人物，也就无所谓了。不过他以艳羡的口吻对寒月的女友抱以过度的关心，却是个不争的事实。寒月兴致不减，用筷子夹了一块小拼盘里的鱼糕，津津有味地用他仅存的一颗门牙咬断。我真怕他再把这颗牙齿磕掉了，不过这次安然无恙。接着，他平淡地回答道："您别过问了，两位都是名府里的千金，您都不认识。""原来——"主人把"原来"的声调拖得很长，活生生把"如此"吞进肚子，陷于沉思。也许寒月君不想再探讨这个话题，于是询问道："今天天气很不错，您要没什么事，我陪您出去转转吧。旅顺被攻占了，街上可热闹了。"主人脸上的神情似乎在暗示："与其听攻克旅顺的喜讯，不如听寒月女友的身世。"经过一番考虑，他似乎下了很大的决心似的站起身，说道："那就走吧。"仍然穿着那件棉布的礼服大褂和已有二十年历史的"结城绸"棉袍。那件棉袍据说是他哥哥去世时给他的留念。尽管"结城绸"非常结实，但也禁受不住长时间穿着，很多地方已经磨薄了，对着阳光看，明晃晃地能看到里边打补丁的针线。主人穿衣服不讲究春秋时令，也不分正式或休闲场合。只要说出门，抬起双手，拔腿就走，很是轻松。究竟是因为没有其他的衣服可换，还是有衣服懒得换，我真是不清楚了。不过，他变成这样，肯定跟失恋没有关系。

等两人出了门，我把寒月君吃剩下的半片鱼糕全部吃掉了，一点也没感到不好意思。这段时间以来，我已经不再是一只寻常的猫了。至少大有资格与桃山如燕所描述的猫，或是格雷笔下偷过鱼的那只猫平起平坐了。我已

经彻底不把车夫家的老黑放在眼里了。即使我吃了一片鱼糕，人们也不会指责我。何况背着别人吃零食这种习惯，并不是猫类才有的。例如我家女佣阿三，她经常趁女主人不在的空当偷吃点心之类的东西。除了阿三干这种事之外，就连一直以来被女主人称赞有良好教养的孩子们也有这种行为。（作者用"我"的自命不凡反讽了主人家孩子们和女佣的不当行为。这样的反讽在小说中无处不在，这也是作者比较独特的写作风格。你可以在读书的过程中仔细寻找，细细品味。）就在四五天前的早晨，主人夫妇还在酣然大睡的时候，两个孩子早早醒来，面对面地坐在饭桌上。每天她们都要蘸着白糖吃一点儿主人的面包。那天，桌子上正好摆放着糖罐，连糖勺也在里面。因为平时有人给她们分白糖，那天没有，那个年龄稍大的孩子，很快用糖勺从糖罐里往自己的碟子里舀了一勺糖。接着那个年龄小的，也效仿姐姐用相同的方式往自己的碟子里舀了一勺糖。两个人用滚圆的眼睛看着对方。过一会儿，那个大的又拿起糖勺往自己的碟子里加了一勺糖。那个小的也不甘示弱拿过糖勺在自己碟子里弄了和姐姐一样多的糖。姐姐又舀一勺，妹妹就紧随其后加一勺。就这样，两人碟子里的糖最终在你舀一勺我舀一勺之后，堆成了小山，而罐子里却一勺糖也没有了。这时，女主人睡眼惺忪地从卧室走了出来，像往常一样把孩子们费了半天力气才舀出来的糖又倒回罐子里。见此情景，我心想："人类从利己主义出发，发明了'公平'，也许这理念比猫族要高级些，但是他们的智商真是比猫低了不少。在糖没有堆砌成山之前，早点吃进肚子该有多好。"但可惜她们听不懂我说什么，我只能一边可怜她们，一边悄无声息地坐在盛饭的桶上观看这一出好戏。

也不知道主人和寒月君到哪儿散步去了。当天，直到很晚他才回来，第二天九点多才出来吃早饭。主人默不作声地吃着煮年糕，吃了一片又一片，我仍旧在饭桶上看着他。虽说年糕片不算太大，但他怎么说也吃了六七片。他把最后一块剩在碗里，满意地放下筷子，说道："唉，吃饱了。"要是别人随便在碗里剩饭，他一定会生气。但是换作自己，他就拿出一家之长的架势，得意地看着吃剩的年糕泡在浓汤里变烂糊，竟然泰然自若。（主人对家人是什么样的态度，温柔、霸道还是盛气凌人？阅读下面主人与女主人的对话，描绘出主人在家时的样子。）女主人从壁橱里拿出胃药放到桌子上，主人说道："我不吃这个药，一点儿不管用。"女主人不停地劝说："你怎么……最好还是吃了吧，人家说这对淀粉食物很有效。"主人那固执的毛病又犯了："不吃，管它对淀粉食物有没有用。"妻子喃喃自语着："你这个人总是半途而废。""不是我半途而废，是药不管用。""前些天你不是天天都吃吗，还总说效果不错。"主人像对诗一样回复道："那会儿管用，这会儿不管用。""像你那样吃一阵停一阵，就算灵丹妙药也没效果。胃病和别的病不一样，不坚持吃药就不容易好。"她回头看了看端个方盆在那里候着的阿三。很快，阿三就全心全意地与女主人站在同一战线，说道："老爷，太太说得有道理，您要不坚持吃几天看看，哪知道这药是好是坏啊。""我说不吃就不吃，管它好坏呢，女人家什么也不懂，别瞎说。"女主人说道："反正我们本来就是女人。"边说边把胃药推给主人，想强行让他吃下。主人却站起身，什么话也没说就走进书房。女主人和阿三面面相觑，哧哧地笑了。如果这个时候，我在主人身后紧追不放，坐到他的膝盖上，肯定没好果子吃。于是我从院子绕到书房前的长廊里，悄悄从纸窗户往里看，主人正在阅读爱比克泰德写的书呢。如果他能像往常一样把这本书读明白，我则不会小瞧他。但是不出我所料的是，还不到五六分钟，他就狠狠地把书摔在桌子上。仔细一看，他拿出日记本，写下了如下这段话：

> 与寒月散步，来到了根津、上野、池之端、神田等地。在池之端的候车室前，艺伎们身着春装，底襟绣着五颜六色的花，她们在玩拍羽毛毽子。她们的衣服很漂亮，长相却惨不忍睹，就跟我家的猫一样。

举这种长得丑的例子，完全没有必要用我做例子。只要到"喜多美容店"去刮刮脸，就算是我，也不一定比人类丑多少。人总是这样骄傲自大，真是没办法。主人在日记中接着写道：

> 转过"宝丹"药店，又一个艺伎走来。这个艺伎身材窈窕，双肩瘦削，长得很漂亮，身上淡紫色的衣服显得非常得体，看起来很典雅。她露出洁白的牙齿笑着说道："小源哥，昨天晚上我实在是抽不出身来。"不过，她姿态虽然靓丽洒脱，但那和乌鸦啼叫般的沙哑嗓音，使她那难得一见的风韵大为减色。所谓小源哥何许人也，我实在懒得回头去看，便摆动着双手直接向御成路走去。寒月不知怎么，有些心不在焉。

再也没有什么比人的心理更难理解的东西了。此时，我家主人到底作何心情？是生气，还是高兴，抑或从有崇高智慧的哲人遗作中寻找到一丝慰藉呢？我完全搞不懂。他这是对社会的一种嘲讽呢，还是在人间隐匿？是因无聊小事而大动肝火，还是超然度外呢？完全猜不透。我们猫类就单纯多了，想吃就吃，想睡就睡，生气的时候就尽情发泄，伤心的时候就号啕大哭。对于日记这种无聊的东西，我们猫类是肯定不会写的。记它有什么必要呢？或许，像主人那样想法和行动不一致的人，他们真实的一面不能公布于社会，于是暗中一通发泄。而在我看来，我们猫类的真实日记就是吃喝拉撒睡，没必要用别的手法记录自己的真实想法。有闲工夫，还不如在长廊里睡睡觉，那比写日记惬意多了。主人接着写道：

在神田的一家饭馆吃的晚饭。很长时间没喝"正宗"牌的酒了，于是喝了两三杯，结果今天早上胃口特别好。看来，对于胃病患者来说，每天晚上喝几口酒效果最好。我是绝对不吃胃药了，谁跟我说什么都白扯，这药不管用就是不管用。

主人在日记中一个劲地说胃药不好，就跟和自己吵架一样。看来今天早晨的怒火还没有排解完，跑到这里继续发泄。<u>也许这就是人类记日记的实质。</u>（"我"发现的"人类记日记的实质"是什么？你能在前后的小说内容中找到吗？作者这样表达是为了让读者了解一个怎样的主人以及主人所代表的这个群体呢？）

前一阵某某说："不吃早饭能治胃病。"我试着两三天没吃早饭，结果胃病没好，肚子却一直咕咕地响。某某告诫我别吃咸菜，说所有胃病都是由咸菜引起的。只要不再吃咸菜，胃病必然被根除，身体康复就毋庸置疑了。从那以后，我一个星期都没吃一点咸菜，可是没见好转，所以这些天又吃上了。我又请教某某，听他说："只有腹部按摩才能见效。但是一般的按摩方法不管用，用'皆川派'的古法疗法按摩一两次可以根治，这种按摩方法也受到安井息轩①的欢迎。就连坂本龙马②那样的英雄人物，也经常接受这样的治疗。"听他这么一说，我立刻来到上根岸，感受了一次他们的按摩。但是他们说要想康复就按摩骨头，他们还说想要根治，就要将五脏六腑揉得翻个个儿。遂用近似残忍的按摩手法按摩了一番，按摩后身子像棉花团似的，仿佛患了昏睡症。所以，只按摩一次就告饶，不敢领教了。A君告诉我固体食物绝对不能吃，于是我一天只喝牛奶，结果肠道这时就跟闹了水灾一样隆隆直响，弄得我终夜难眠。B先生说："用横膈膜呼吸，只要使内脏运动，胃功能就自然强健，不信你试试。"我倒是真试了，但总觉得腹部不适。而且，尽管时而忽然想起，要聚精会神地用小腹呼吸，但仅五六分钟后，又抛到脑后去了。如果一直惦记着横膈膜，弄得书也读不下，文章也写不成。美学家迷亭见到这种情况嘲笑我说："你一个大男人，又不是要生孩子，还是别做什么横膈膜的运动为好。"于是这段时间，我又不做了。C先生说："多吃些荞麦面条可能对你有好处。"我就今天吃打卤面，明天吃汤面，结果除了拉肚子，别的什么功效都没看出来。多年来，我讨了一切可能讨到的药方试过，均以失败告终。却没想到昨天晚上跟寒月喝了三杯"正宗"，颇为奏效。以后

---

① 安井息轩：日本江户末期儒学家。

② 坂本龙马：日本江户末期土佐藩的武士，有名的皇权主义者。

我每天晚上都要喝个两三杯。

在我看来，这项决定恐怕不会持久。主人的想法就像猫儿的眼睛一样总是不停地变化。他无论干什么，都是个没有常性的人。况且，他在日记里分明极为担忧他的胃病，但在外面却一副毫不在意的样子，真是可笑。前一阵儿，他的一位学者朋友来家拜访，表达了另一种观点。他说："祖辈的罪孽以及自身的罪孽，是一切疾病的根源。"他的这位朋友论述的道理很明确，有理有据，见解独到，看来对此颇有研究。可怜我家主人，既无反驳的头脑，也无反驳的学问。只不过，他正承受胃病之苦，只好想尽一切办法进行辩解，以维护自己的尊严。他说："你这么说独特是独特，不过卡莱尔也受胃病之苦呢。"这种回答前言不搭后语，就好像是在表达："既然卡莱尔也患上了胃病，那么自己胃不好也是很体面的。"接着朋友驳回了他的话："就算卡莱尔有胃病，也不代表有胃病的人就都能成为卡莱尔。"说得主人哑口无言。别看主人很贪慕虚荣，但其实，他也希望早点把胃病治好，因此很可笑地写下了日记上的"以后每天晚上都要喝个两三杯"的话。可见，或许由于他昨晚和寒月畅饮了"正宗"，因此今天早晨敢吃那么多年糕。说到这些，我都想吃年糕了。
（"我"发现了主人在早晨敢吃那么多年糕的原因，也引起了自己对年糕的兴趣，为后面写"偷吃年糕"做铺垫。）

> **我 的 批 注**

虽然我是只猫儿，但不挑食。因为我没有车夫家的老黑那么有力气跑到胡同口鱼店那么远的地方；当然，我也不如新路里二弦琴女师傅家的三姑娘那样，喜欢奢侈。不管是孩子们掉下的面包渣，还是掉地上的点心馅，我都吃。虽然咸菜不太好吃，但是为了获得经验，我也吃过两小片咸萝卜。试吃真是一件奇妙的事情，不吃还好，吃了之后，大部分东西都能吃得下。再说这个不爱吃，那个不爱吃，这么奢侈任性的话，毕竟不是我这样住在教师家里的猫该说出口的。主人曾说，法国小说家巴尔扎克是个十分讲究的人。不过，他不是在饮食上讲究，而是在文章上尽其所能地讲究。一天，巴尔扎克想给自己小说中的人物取个名字，结果他想了很多，没有一个满意的。这时正好有个朋友来拜访，两人一起外出散步。当然，他的朋友只是陪他散步，对实际情况并不知晓。不过，巴尔扎克一心寻找心仪的名字，于是他来到大街上一路盯着那些店铺的牌匾，但一个满意的名字也没找到。他带着朋友马不停蹄地走，他的朋友则稀里糊涂地跟着他乱走，他们就这样从早到晚转遍了整个巴黎。在回去的路上，巴尔扎克无意之中发现一家裁缝店，牌匾上写着"马卡斯"。巴尔扎克情不自禁地鼓起掌来，高兴地说："就是这个，就用它了。马卡斯这个名字真不错。在马卡斯前边加个大写字母'Z'，这个名字再合适不过了。对，一定要用'Z'，'Z.Marcus'真是美妙。即便是自己再费心编出来的，也难免被认为太矫情，没有多少意趣。这回这名字太称心了。"他完全忘记了朋友的存在，一个人兴奋得手舞足蹈。我认为，为了赋予小说人物一个名字，不惜在巴黎转悠一整天，未免过于大动干戈。当然，讲究到这般程度也不是不好，但是像我这样受如同牡蛎一般的主人支配的小猫，是不愿意讲究那些的。不论什么时候，只要能填饱肚子就行，这是我的宗旨，恐怕是所处环境造成的吧！因此，我现在绝不是出于讲究才想吃年糕的。我只不过趁方便偷吃的时候找点吃的，管它是什么呢。于是我想起来，主人吃剩下的那块年糕没准还在厨房里呢，我赶紧拐到厨房去找。

那块年糕自从我今天早晨见过后，仍然乖乖地在碗底上趴着，保持着原来的成色。坦率地说，直到现在，我还从未吃过年糕这玩意儿。它看起来很好吃的样子，但又令人感到有点害怕。我用前爪把粘在表面的菜叶挠下来，一瞧，爪子上粘了一层年糕的表皮，黏糊糊的。我凑近闻了闻，就像把饭从锅里盛到饭桶时的味道一样香。到底吃不吃呢？我下意识地向四周扫了一眼，没有一个人在，不知道是不是老天爷在帮我。（细腻的动作描写和心理描写让我们仿佛亲眼看到那只准备偷吃年糕的猫小心翼翼、谨慎试探的样子。）不管是腊月还是正月，阿三总是那么一副面孔在外边玩羽毛毽子。小孩子们在房间里唱歌谣："小兔哥哥，你说什么。"若想吃，趁此时，如果坐失良机，这辈子的年糕初体验，最早也要等到明年新年。身为一只猫，我刹那间悟出一条真理："难得的机会，会使所有的动物敢于干出他们并非情愿的事来。"（"我"是一只会思考的猫，"我"是一只富有哲理的猫。）说句实在话，我本来没有那么想吃年糕。对于碗底的年糕，我越是看得仔细，越感到恐惧，因此更不想吃了。此时，如果阿三推开厨房门，或是小孩子们的脚步声越来越近，我一定会毫不犹豫地放弃那年糕碗。直到明年这个时候，我也不会再想起年糕。然而，一个人也没有来，不管我怎么迟疑、徘徊，也还是没有人来。我似乎感觉有个人在督促我："赶快吃了，赶快吃了。"我伸着脖子往碗里看的同时，期盼谁能赶快来，但是依然没有人来，看来我必须要吃了。于是我张大嘴巴，犹如把身上所有的重量都压到碗底一样，对着那块年糕一口就咬下去足有一寸大小。按理说，对于一般的东西，如果像我这样用尽全力去咬，应该都能咬断。让我吃惊不已的是，当我觉得是时候松口时，却无论如何松不开。正在我打算再使劲咬它一下的时候，可我的牙齿怎么也动不了了。当我意识到年糕是个怪物时，已经来不及了。这就好像一个人掉进了沼泽地里想把腿拔出来，越是着急拔，陷得越深。现在我也一样，越是想拼命咬它，嘴巴越是不能张开，牙齿也不能动弹，我确实已经咬住了东西，这我感觉得出来，但是仅限于感觉得到，至于应该怎么脱险，我一点

头绪都没有。美学家迷亭曾这样批评我的主人："你这人遇事就磨叽。"说得直中要害。在我看来，这块年糕和主人毫无分别，一点都不干脆，不管怎么咬，它就跟用十除以三永远除不尽一样，即使遭受毁灭后重生，也无法咬断。就在这烦躁之时我悟出了第二条真理："所有动物凭直觉，有对事物适应或是不适应的预感。"即使已经发现两条真理，但年糕仍然在嘴巴上粘着，我也没有一点兴奋之情。我的牙齿被年糕牢牢地粘住，就像被拔掉一样疼。一定要在阿三进来之前把年糕咬断。孩子们已经停止了唱歌，一定会跑到厨房来的。我十分烦恼，试着让尾巴来回摆动，但是一点儿用也没有。我不断把耳朵竖起来又放下去，还是没用。想想看，我的耳朵和尾巴与年糕一点儿关系也没有，摇尾巴、竖耳朵和放下来，不过是白费力气罢了。明白这一点，我便不再动了。急中生智，只好借助前爪的力量把年糕拨弄下去。首先，我抬起右爪，在嘴巴四周拨弄了一圈。当然，只是拨弄一下，很难把年糕弄断。接着，我又伸出左爪，绕着嘴巴这个中心点用最快的速度画圆圈。但这个动作如同念咒语，怎么会把这个怪物弄下来呢。我想最重要的是不能急躁。于是，我用两个爪交替去拨弄，可是年糕仍然粘在我的牙齿上。我气急了，索性两条前爪一起上。说来也怪，这个时候，我居然能用两条后腿站立起来。我感觉自己已经不是猫了。到了这万分紧急的时刻，对于自己是不是猫这件事，我完全没有心情考虑。我决定，无论如何也不能让这个怪物粘着我。管不了那么多了，我在脸上拼命地抓。由于两条前腿用力过猛，时常因重心不稳而差点摔倒。每当快要摔倒的时候，后腿就要调整姿势，以保持平衡。于是我在厨房里一会儿蹦到这儿，一会儿蹦到那儿，没想到我那站立的功夫真是灵活，连自己都佩服不已。（这是一段非常精彩的动作描写，写出了"我"为摆脱年糕使出的各种伎俩。精彩的文字源于细致的观察，你可以观察身边的小动物，然后参考这段文字的写法，做一个练笔。）这时，我的脑海中又浮现出第三条真理："当危机到来的时候，平时办不了的事情这时就能做到，这可以说是上天保佑。"我有幸受到上天保佑，正拼尽全力与年糕怪物搏斗，这个时候响起了脚步声，好像有人从里屋出来。这个时候决不能被人看见。于是我更是竭尽全力地在厨房里不停地跳动。脚步声逐渐近了，唉，真是可怜，上天为什么不给予我更多

的庇佑。终于被孩子们发现了，她们大声喊道："哎呀，小猫吃年糕，在跳舞哪！"第一个听到这话的是阿三，她扔下羽毛毽和木拍，叫嚷道："哎呀，怎么能……"便从厨房门跳了进来。女主人穿着新年绉纱礼服也来到厨房，阿三对她说道："真是讨厌的猫！"主人也从书房走了出来，骂道："混账东西。"只有孩子们总是在说："真好玩，真好玩！"接着，她们就像事先商量好的一样，一起不停地哈哈大笑。我既生气又痛苦，舞跳得停都停不了，简直一点办法也没有。笑声眼看就要停止，那个五岁的小女孩说："妈妈，你看那猫多累呀。"那气势把本来即将平息的浪潮再次掀起，让笑声再次迸发。以前，关于人类缺乏同情心的事情我听到不少，但从来没有像

我的批注

此时此刻这样恨在心头。<u>最终，我四脚着地，直翻白眼，真是丑态尽现，上天一点点儿庇佑也不肯给我了，我真想找个地缝钻进去。</u>主人向阿三命令道："快帮它把年糕弄掉！"看来他不舍得我死去。阿三望了望女主人，眼睛似乎在说："不让这猫多跳一会儿了吗？"女主人没有说话，即使她很想看我跳舞，但她并不想看着我憋死。主人再次催促道："快点给它弄下来，再不弄掉会死的。"阿三抓住年糕使劲往下一扯，神情中带着不情愿，这就好像在梦中参加宴会，刚享受一半就被主人从梦中叫醒一样。尽管我的情况不同于寒月君，但那时，对于她会不会把我的几颗门牙给弄断，我真是很担心。我的牙齿被年糕死死包围，被她那么使劲地一拉，谁受得了呀。<u>此刻，我又亲身领悟到第四条真理："一切安乐的获得，无不来自困苦。"</u>（主人一家对"我"是关心爱护的吗？不，当然不是。作者用主人家的表现反映了当时社会人情的冷漠，表达了对社会现状的不满，同时也给予弱者极大的同情，这就是"我"悟出的第四条真理。）就在我睁大眼睛向四周张望的时候，发现家里的人全都进了里边的起居室。

遭此惨败，在这个家里我总感觉不好意思面对厨娘阿三。为了缓解尴尬的气氛，索性从厨房向房后溜去，到小胡同的二弦琴女教师家拜访一下三姑娘吧。三姑娘是这一带出了名的猫中美女。我虽然是只猫儿，但也很懂风情。每次，我在家里看到主人哭丧脸，或是遭到阿三欺负，导致我心情郁闷的时候，我总要去找这位异性朋友倾诉衷肠，在不知不觉中便心怡神爽，一切忧烦劳顿都一股脑儿抛到九霄云外去了，犹如再次获得生命一般。女性的影响力简直无与伦比。我从杉树篱笆的空隙向院子里四处张望，想知道她在不在，原来三姑娘戴着过年的新项圈，正在长廊端庄而坐。<u>她圆润的背部曲线简直太美了，绝对是流线型美的典范。尾巴卷得恰到好处，两腿坐卧的姿</u>

态带着些许忧伤，还时不时竖起耳朵，那动作太优美，再美的语言都显得苍白无力。尤其是她温文尔雅地坐在温暖的阳光下时，体态端庄，她全身的毛比天鹅绒还要光滑，即使没有风的时候，也让人感觉到微微的律动。（对照本章前面主人在日记里对艺伎的描写，"我"的语言表达能力要远远超过主人。这段描写三姑娘的文字很好地运用了细节描写和动作描写，恰当地使用了比喻手法。请你学一学"我"，模仿着写一段文字。）我神不守舍地看了她很长时间，猛然清醒过来。我压低声音叫她："三姑娘，三姑娘！"一边举起前爪示意她过来。三姑娘立即回答道："呀，原来是这位先生。"便从长廊里走了出来。她系着的红项圈上的小铃铛叮叮当当地响。"这声音真是美妙动听，没想到过新年还有铃铛戴。"我不禁感慨道。这时，三姑娘站到我身边说："新年快乐，先生。"边说边向左摇了摇尾巴。我们猫族在问候的时候，总是直直地竖起尾巴，然后甩向左边转动一圈。在这条胡同里，只有三姑娘肯把我称作"先生"。在前边我曾做出说明，我还没有名字，因为我的主人是教师，所以这位三姑娘总称呼我为"先生"，她是表达对我的尊敬。听到她这样称呼，我心里当然很高兴，总是忙不迭地答应。"新年快乐，你打扮得太漂亮了。"我回答。她故意摇动铃铛给我听，同时还对我说："是啊，年底的时候师傅特意给我买的，好看吧。""我长这么大还没见过这么漂亮的铃铛呢，声音真好听呀。""别这么说，谁还不戴一副！"说完，她又丁零零地将铃铛连连摇响，接着说："您听听，很好听吧，我戴着它真是特别开心。"说着又摇了一会儿。想到自己的境遇，我默默地感到羡慕，说道："看样子，你家的师傅非常喜欢你喽。"姑娘倒是很单纯，天真地笑着说："没错，他对我就像亲生女儿一样。"人类总以为除了自己，别的动物都不会笑，这种想法大错特错。虽然我们是猫，但我们也会笑。我们笑的时候把鼻孔弄成三角形，震动喉咙发出咕噜咕噜的声音。人类只是看不懂罢了。我问："你家主人到底是干什么的？""你说我家主人吗？这么问真是怪，就是个女师傅嘛，教二弦琴的女师傅。""我知道这些，我是问她身世如何。大概从前应该是个了不起的人物吧？""没错！"三姑娘回答道。就在此时……

我 的 批 注

盼君啊，盼到那可爱的小松树……

透过纸窗，那位师傅在里边弹着二弦琴唱起了歌。三姑娘很得意地说："多美妙的歌声啊。""是很动听，只可惜我不明白，这到底唱的是什么呢？""你说她唱的吗？就是那支叫什么的曲子。师傅可喜欢了。今年我家师傅就六十二岁了，身体健康着呢。"竟然活到六十二岁，身体一定是健康的。我含糊其词地答道："嗯。"虽然这样回答有点愣头愣脑，但我一时也想不出其他更好的话来答复。接着，三姑娘又说："平时她总是说她从前的身份很高贵。""以前她到底做什么的？""听说她是天璋院的秘书官的妹妹的婆婆的外甥的女儿。""说什么？……就是那个天璋院秘书官的妹妹嫁人了，她婆婆家……""原来是这样。啊！你慢点说，天璋院的妹妹的秘书官的……""哎呀，不对，是天璋院的秘书官的妹妹……""行了，这回明白了，是天璋院的……""没错。""秘书官的……""对呀！""出嫁了……""错啦，是妹妹出嫁了……""对，对，我错了。是妹妹出嫁了，她的婆婆家……""婆婆的外甥的女儿。""哦，是婆婆的外甥的女儿啊。""对啦，这回弄清楚了吧？""没有，这么乱要想弄明白很难，说得简单点，跟天璋院什么关系来着？""你太糊涂啦！我刚才不是说了，她是天璋院的秘书官的妹妹的婆婆的外甥的女儿。""这一连串的关系我倒是听懂了。但是……""听懂就行了，问这么多干吗？""嗯！"我识相地认输了。有时候，我们不得不说些看起来非常有道理的假话，没有道理也要讲出三分道理来。

幛子内的二弦琴声戛然而止，女师傅的声音从里边传了出来："三毛，三毛，吃饭啦！"三姑娘很兴奋地说："哎呀，师傅在喊我呢，我得回去了，可以吗？"我是很想说不，但是我清楚，就算我说了，她依然会走。三姑娘说了句："我走啦，改天再来找我玩呀！"然后就走了，脖子上的铃铛也跟着晃动。刚走到院子，她忽然又返了回来，用担心的语气问我："你的脸色看起来不好，出什么事了吗？"我当然不会说是因为偷吃年糕而跳舞闹的，于是回答说："没什么啦。只不过恰好想了一些事情，有点头疼罢了。老实说，以为跟你聊聊，头疼就会好些，这才过来了。""是这样啊，那你多保重，再见啦。"看她似乎有点恋恋不舍。我那被倒霉的年糕弄得颓废不堪的精神，直到现在已完全恢复，心情快活了。回家时，我忽然想从茶园穿过，便踏上了那条都是半冻半化的冰霜的路。刚从建仁寺断裂的墙壁处走了出来，就遇到车夫家的老黑，他正在枯萎的菊花丛上拱着脊背打盹。最近，我见到老黑已经不再感到害怕了。但是觉得跟他说话是一件很费神的事，于是我想假装没看见走过去。（"我"对待三姑娘和老黑的态度是不同的：对漂亮的三姑娘是迷恋、倾慕，对强势的老黑则是恐惧中带着轻蔑。"我"果然是一只个性丰富的猫，也是一只深受主人影响的猫。）可是以老黑的脾气，如果认为你瞧不起他，绝对不会一声不吭地放过你。"嘿，你这个没名字的野小子，这几天还装模作样起来了，就算你再怎么在教师家吃饭，也不至于高傲成那个样子呀，你当我没看出来吗？"可见，老黑还不知道我已经出名的事。本来，我想言简意赅地告诉他一下，但是这家伙应该听不懂，于是我决定先跟他寒暄几句，然后溜之大吉。"呦，原来是老黑啊，恭喜。你还是那么神采奕奕。"我耸立起尾巴向左转了一圈。老黑只是竖起尾巴，并没向我还礼。"恭喜个什么？要是正月就要说恭喜，那你这家伙不是要恭喜一整年？你这个脑袋跟个风箱一样，小心点吧。"他说"脑袋跟风箱一样"，这话应该是骂人的吧，但是为什么用这个词骂我呢？接着我说道："请问您，'脑袋跟风箱一样'是什么意思呢？""哼，你这小子，挨了骂还有闲心问是什么意思。真够呛。所以我说你就是个二百五，地地道道的二百五，就这个意思！""地地道道的二百五"是什么意思呢？这话虽说挺有意思，但还没"脑袋像风箱一样"能让人理解。本想抱着学习的目的再仔细问问，又一想，即使问也不会得到明确的答复的，于是我与老黑就这么面对面地站着，迎来了短暂的沉默，多少有些进退两难。恰在此时，老黑家的老板娘大声叫嚷起来："哎呀，鲑鱼放在柜子上就没了，又让那个畜生老黑吃掉了，除了那只恨人的猫还有哪个！等它回来，看我怎么收拾它！"这声音毫不留情地打破了初春轻松而平静的氛围，令那"太平盛世"的宁静顿时变得庸俗不堪。老黑表情傲慢，一副想怎么处置随她便的样子。他把方形下巴伸向前去，意思在示意我仔细听。刚才我和老黑说话，一直没注意，他这么一动，我立刻看到他的脚下果真有沾满泥土的鲑鱼骨头，那薄薄的一片就值两分三厘钱呢。"老兄的能干劲儿不减当年呀！"我忘了旧恨新仇，情不自禁地奉上自己的夸赞。仅仅就这么一句赞美的话是不能让老黑消气的。他说："你小子瞎说什么呀？什么能干劲儿？不就看我吃了一两片鲑鱼吗，真是可恶。别门缝里看人——把人瞧扁啦！不是跟你吹，我可是车夫家八面威风的老黑呀！"他边说边用右前爪挠了挠肩膀，就跟人类挽起袖子要打架一样。我说："你是老黑，我早就领教过。""既然领教过，还说什么'不减当年'，是什么意思？"他频频向我挑衅。如果我是人，这时他一定会被揪住脖领，饱尝一顿痛打。正当我束手无策不知如何应对之时，这时候又听到老黑家老板娘的声音再次炸开："喂，西川掌柜，我正找你有事，西川掌柜，快点给我送一斤牛肉来，听见没？要松软的啊。"她向牛肉店订牛肉的声音打破了周围的宁静。老黑站起身来，四条腿使劲向外伸了伸，极尽嘲讽之能事地说道："哎，一年就买一次牛肉，还特意那么大声嚷嚷个不停，跟四周邻居炫耀自己家买了一斤牛肉，臭婆娘心眼真多。"我没法搭言，只能默默地听他讲。（老黑虽无礼霸道却也有真实不虚伪的个性。虽然它看不起"我"和"我"的主人，但是对自己主人的虚伪行径同样嗤之以鼻。你对老黑有哪些评价呢？）在老黑眼里，这斤牛肉就像是专给他买的，他说："才一斤来肉，怎么能够我吃的。算了，就将就一下吧，等牛肉送来，我立马吃掉。""太棒了，这可是上等的美餐啊。"我说。我怂恿他快点回去，所以才这么说的。"关你什么事，快给我闭嘴，讨厌！"说着，老黑忽然间用后腿蹬了一下，浮在地上的冰霜被踢了起来，弄得我满脸都是，吓了我一跳。就在我抖动身上的泥水的时候，老黑早已从篱笆下钻了进去，不知去向。也许，他是去偷偷找西川送的牛肉去了。

我回到家里就听见了主人爽朗的笑声，感觉客厅里春意盎然。我很好奇，见拉门没有关闭，便从里边的长廊走了进去。我走到主人身边，发现家里来了一位陌生的客人。他梳着整整齐齐的分头，穿着带有家徽的棉布外褂和一条小仓裙裤，一看就是一个十分规矩和纯朴的书生。主人的手炉旁有一张名片和涂了春庆牌油漆彩绘的香烟盒并排放着，上边写着："谨此介绍越智东风君，水岛寒月呈上。"由此，我知道了这位客人的姓名，也知道了他和寒月是朋友。因为我之前没待在这儿，所以主人和客人说了些什么我不太清楚。看样子是在说我之前提过的那位美学家迷亭君的事。（下面一大段客人的自述让我们从第三人口中再次见识了在第一章中就出现过的那位"研究美学的朋友"——迷亭。他是个怎样的人呢？请你仔细阅读，尝试归纳。）

客人不慌不忙地说道："迷亭先生说他那里特别有意思，让我一定和他一起去。""哦？他去西餐厅吃午饭还要你一起？搞的是哪出？"主人为客人斟上茶，把茶碗推到客人面前。客人说："我也不知道他搞的是哪出。我觉得说什么也是他要去的，肯定很有趣吧，于是我就……"主人说道："你真跟他一起去了？哎呀……"客人说："不过，真是挺意外的。"主人的表情像是在说我早就猜到了，得意地朝我脑袋拍了一下。有点疼。主人立马回忆起安德里亚·特尔·萨尔德那件事来，说道："又跟你玩什么弱智的小把戏了吧？他这人总是喜欢搞那种事。"客人说："他问我想不想吃点特别的东西。"主人问道："你们都吃什么了？""首先，他盯着菜单把各种菜向我介绍了一番。"客人说。"在点菜之前？""是的。""后来呢？""后来他想了一会儿，看着服务员说：'你们家没添什么新菜吗？'服务员很不服气地说：'您不妨试试烤鸭里脊和小牛排。'但是迷亭先生却说：'那些菜太俗气，如果吃那个，还专门来这儿吗？'服务员没听清'俗气'这个词，做了个怪相，不再吭声了。""果真如此。"主人顺着说道。"接着迷亭先生转过身，对着我说：'你一定不知道，要是去法国、英国，有很多的'天明调①'和'万叶调②'可以吃到。在日本，不管去哪个西餐馆，都完全没有西餐的气氛，真叫人不想进去……'他说了这些夸大其词的言语。请教一下，他真的出过国吗？""没有，迷亭哪里出过国。虽说钱也有、时间也有，想去的话随时可以去。也许，他以后想去，不过这次，他只是把未来的事情，当作过去的经历来讲了吧？"主人想卖弄一下妙语连珠，带头先笑了。客人却毫无赞许之意，他说："原来如此，我还以为迷亭先生以前出过国呢，不由得洗耳恭听。而且他还跟我讲了蚰蜓汤、炖青蛙之类的，简直活灵活现。""或许他是从别人那里听说的。他这个人本来就很喜欢编造故事。""看样子是真的。"客人一动不动地盯着花瓶里的水仙花，略显失落。"哦，刚才提到的有意思，就是指这个故事吧。"主人想对这件事了解得更深入，客人说："不不，这仅仅是个开端，后边才是正剧呢。""哦？"主人显得非常好奇，发出叹气声。"之后，他用商量的口吻对我说：'我们想吃蚰蜓汤、青蛙肉之类的看样子是吃不到啦，咱们就委屈一点吃个橡面坊吧。''那也行。'当时我有些走神，回答了一句。""真奇怪，要橡面坊干什么？"主人说。"没错，太奇怪了。因为迷亭先生话说得很严肃，所以我一下子没反应过来。"客人很马虎，他好像在为自己的疏忽向主人致歉。对于客人的歉意，主人丝毫就没表现出同情，紧紧追问道："那后来怎么样啦？""接着迷亭先生对服务员说：'喂，要两份橡面坊。'服务员问了好几遍：'您是要肉丸子吗？'迷亭先生用更严肃认真的表情纠正服务员说：'我要橡面坊，不是肉丸子。'"主人很着急，立即问道："不过，真有橡面坊这道菜吗？""嗯，当时我也有些怀疑，但迷亭先生一本正经。另外，他对西方十分熟悉，所以我还学着先生的样子跟服务员说：'我们要的是橡面坊，不是肉丸子。'因为当时对于他出过国这件事，我基本上没有怀疑。""哦，那服务员怎么做的？""现在回忆起来，那服务员可真滑稽，也够可怜的。他先思考了一下，接着说：'非常抱歉，今天不巧，正好没做橡面坊。如果您需要，我们可以立即做两份肉丸子。'迷亭先生一脸遗憾地表示：'如果是那样，我们就白跑一趟了。我们想吃橡面坊，你们能不能想想办法？'说着他给服务员

我 的 批 注

---

① 天明调：日本天明年间以与谢芜村为中心掀起的俳坛革新，崇尚绘画的浪漫风格。
② 万叶调：指日本最古老的诗歌集《万叶集》中形成的和歌格调。这里均用为玩世不恭的戏言。本处是指迷亭先生专门用餐厅服务员听不懂的词语开玩笑。

递了两毛钱小费。服务员说：'不然我去和厨师商量一下吧。'说完就去了后边。""看样子，这家伙真的特别想吃橡面坊啊。"主人开了句玩笑。

"不一会儿，服务员出来说：'不好意思，现成的没有了。如果您要订这道菜，现在可以为您做，但是要等很长时间。'迷亭先生不紧不慢地说：'正好我们在过年时候没什么要紧事，那就等上一会儿，吃完再走。'说罢，他拿出口袋里的雪茄，开始吞云吐雾了。没办法，我见状只得拿出《日本新闻》读开了。后来那个服务员又进屋商量去了。"主人就跟读战争通讯似的，精力集中，凑上前去说道："吃个饭可真麻烦。""不一会儿那服务员又出来了，说道：'橡面坊没法做了，因为近期原料脱销，龟屋和横滨有十五号外国食品店，到那里去买也没买上。'表现出很抱歉的样子。'真不走运，专门费劲地跑来吃，结果却……'迷亭先生遗憾地说道。他看向我的同时还在反复说着这句话。我要不说些什么又不好意思，于是赶紧附和着说：'真是可惜，太可惜了。''主人也用赞同的语气说："没错。"但我完全不清楚哪里没错。"服务员也带着遗憾的表情说：'我们很快就能进到原料了，请您再次光临。'接着迷亭先生又向服务员问道：'原料是从哪里进的？'服务员没有回答，只是嘿嘿地笑。先生又问了一句：'原料没准是日本派的俳人①吧。'服务员回答道：'没错，所以这一阵就是去横滨也难买到，真是抱歉。'""呵呵呵，真是搞笑，这就是最后的'有趣之处'吧。"主人不由得高声大笑，双膝颤抖，我也险些摔下去。主人依然在笑，一副满不在乎的样子。他之所以忽然笑起来，是因为他庆幸被迷亭的安德里亚·特尔·萨尔德欺骗的不止他一个人。（还记得第一章中主人被迷亭戏弄的情节吗？前面这段东风先生的叙述可以让我们看到，迷亭原来不只戏弄主人，这也正是主人开心大笑的缘故。主人的笑和迷亭戏弄人的事实有没有让你对这两个人物的性格有更多的了解呢？）"接着我们两人走出了西餐厅，迷亭先生很自豪地对我说：'怎么样，做得很顺利吧，用橡面坊来开玩笑非常有趣吧。'我说：'佩服得五体投地啊。'接着我们分道扬镳。但是早已过了午饭时间，我什么也没吃，真是不好受。"主人这才用同情的语气说："那可真把你害苦啦。"我对此深表认同。至此两人突然无话，只有我喉咙里发出的呼噜声在屋子里回响。

东风君一口就喝下了已经放凉的茶，并郑重地说道："其实今天前来拜

---

① 日本派的俳人：俳句诗人正冈子规以《日本报》为阵地革新俳风，提倡写生，被称为"日本派"。有一些人在明治中期参加过俳句革新运动，被称为俳人。此处迷亭运用该词语是因为日本人对于一些日语中的汉语读音也有听不懂的时候，所以他好借机调侃餐厅服务员。

访，另有一事相求。""有什么事啊？"同样，主人也严肃起来。"您知道，我很喜欢文学、美术……"东风君说。主人激励道："很不错啊。""我们一些有共同爱好的人，前一段时间聚在一起举办了一场朗读会，从今往后，打算每个月办一次，方便大家共同探讨艺术。第一次聚会，已经在去年年底举行过了。""请让我插句话，所谓朗诵会，听起来仿佛是用某种韵律来读诗词歌赋，究竟怎样进行？""不是的。我们刚开始的时候朗读些先贤的作品，逐渐地还想引入同人的作品。""什么是先贤的作品，是指类似白居易的《琵琶行》这样的作品吗？""不是。""是跟芜村的《春风马堤曲》一样的作品吗？""不是。""那朗读些什么呢？""上次朗读的是近松的殉情之作。""近松？是那个写净琉璃脚本的近松吗？"既然提到近松，毫无疑问是剧作家近松，世上显然找不到第二个近松，主人真是愚蠢透顶，追问个不停。不过，可惜主人听不到我的感慨，他依然在我头上亲切地抚摸着。

我的批注

反正就是这种世道嘛，有人被女人斜着眼睛瞟了一眼，误会为眉目传情，主人这种一星半点的误差，也就不足为怪了。那就任他去抚摸吧。东风君回了一句"对啊"，并悄悄看了看主人的神情。"你们是让一个人朗诵，还是分角色朗诵呢？""很多人分角色读完的。这么做，是希望读者跟作品中的感情同步。配合特定的手势、肢体语言，尽全力将同情心赋予作品中的人物，将人物的性格表现得淋漓尽致。至于对白方面，最重要的是还原那个时代的人，要把每个角色的神情塑造得特别逼真，不管是小姐还是小伙计。""这样看来，你们弄得类似于演戏了？"客人回答："差不多了，只不过没穿演出服，没搭布景。""恕我直言，你们举办成功了吗？"主人再次问道。客人说："怎么说呢，对于首次来说，我想效果还算是不错的。"主人问道："你刚才说的殉情之作，剧目是怎么样的呢？"客人说："那一场是船老大把乘客送到了吉原①。""那场戏可是相当难把控啊。"主人不愧为教师，"朝日"牌香烟的烟雾从他鼻孔中喷了出去，掠过耳畔在脸颊蔓延开来。"没有，不算那么难，只不过是嫖客、船老大、窑姐儿、女侍、老鸨和总管这几个角色出场。"看样子，东风先生认为这都是小菜一碟。主人听见"窑姐儿"这个词，眉头忍不住皱了皱。不过，对于一些术语，如"女侍""老鸨"和"总管"等，他明显不是很懂，于是用带有疑问的口吻说

---

① 吉原：又名芳原，东京有名的烟花巷。

道："女侍是指妓院的婢女吗？""我还没有认真细致地研究过，但是依我看，'女侍'就是茶馆的下女。至于老鸨，或许是帮忙掌管妓院的人吧。"刚才这位东风先生还说，要想还原剧中人物性格，演得活灵活现，要模仿人物的腔调。但是看起来，他对"女侍""老鸨"这些人物的特性并不是很清楚。（智越东风是一个新体诗人，他对朗读会有着很高的兴致和激情，但对作品中人物称呼这些专业术语缺乏明确的认识和了解，不过好在"我"的主人也不在行，所以在下一段"我"才会认定他们的对话"一定是牛头不对马嘴"。直接揭露了当时社会知识分子的无知和虚伪。）主人又说："嗯，我知道了，'女侍'听从酒馆的安排，而住在妓院的是'老鸨'，没错吧？而'总管'指的是什么呢？人还是特定场所？如果是人，指的是男人还是女人呢？'"客人回答："我认为'总管'似乎是说男人的。"主人说："那么他是管什么的呢？""咳，我还没有这么仔细地研究过，等我再认真查阅一下吧。"

我想，照这样问答下去，一定是牛头不对马嘴，便扫了他们一眼。出乎意料，主人竟意外地严肃。主人又问："那么除了你以外，还有什么人参与朗读呢？""什么样的人都有，法学士K君扮窑姐儿，他有胡子，对白的时候声音像女人一样娇嫩，特别逗。另外还有一个情节，窑姐儿肚疼发作，要表现出动作，所以……""朗读的时候也非得表演肚子疼那一段吗？"主人有些担忧，于是问道。"当然，因为表情至关重要啊。"这位东风先生装出一副艺术家的样子。主人简短地问了一句，很是微妙："肚子疼得是否顺利？""因为是第一次肚子疼，所以疼得不太顺利。"东风先生回答得也很微妙。主人问："那你的角色是什么呢？""我扮的是船老大。""哦？你是船老大？"主人那语气好像在说："你要是能扮船老大，我至少也能演个'总管'吧。"于是，主人毫无顾忌地说道："你扮船老大不太成功吧。"东风先生倒是没有显出不高兴的样子，他还是用平稳的语调说："就因为船老大把我们上次的聚会给弄得虎头蛇尾。我们会场的隔壁住着四五个女学生，也不知道她们从哪听说那天有朗读会，于是跑到会场窗户旁边偷听。当时，我正用假音朗诵船老大，正在兴头上，也不知是不是我姿势太过火，那几个女学生好像忍了很久终于忍不住了一样，'哄'的一声笑了起来。弄得我又吃惊，又难为情，结果好好的兴致完全被破坏掉，台词一打断，就再也接不上了，聚会不得不到此结束。"原来这就是被东风先生称为第一次成功的朗读会，真的无法想象在他心里什么才是失败的朗诵会了，实在是滑稽。我不禁从喉咙里发出一阵咕噜咕噜的声音，于是主人抚摸我的脑袋时更加温柔了。当然，我受的宠爱是笑话别人换来的，在感激之余，我也感到些许紧张。"真是不走运啊。"主人居然在大正月说出这种丧气的话。客人说：

"下次我打算再认真准备下，弄得更盛大些，今天正是为了这件事才到府上拜访的，想邀请您也加入，给予我们大力支持。""我哪会演肚子疼发作那种啊！"主人立即就想回绝，因为他对任何事都不积极。"没事，先生不用去表演肚子疼发作，这个是赞助会员的名单……"他说话的同时从紫绸包袱中严肃认真地拿出一个小册子，把它展开放在主人面前并说："请您在上边签名盖章。"我瞧了瞧，上边整整齐齐地写了很多人的名字，都是当今知名人士，如文学博士、文学学士等。主人说："嗯，让我当个赞助者不是不可以，但是，你跟我说说有什么义务要尽吗？"看样子，像牡蛎般的主人有点担心，害怕露脸。客人说："提起义务嘛，也没有什么硬性要求。只要写下您的大名，表示赞同就行了。""既然如此，我加入。"主人听到没什么义务要尽，立即变得轻松了，那样子似乎在说："只要没有义务，即使是在造反的联名状上签名我也敢。"何况能把自己的名字列入众多著名学者的名单榜上，当然是无比荣耀的，难怪他答应得那么爽快。"失陪一下。"主人边说边起身走进书房拿印章，刚才还备受宠爱的我，此刻扑通一声从膝盖上摔了下来。东风先生拿起一块蛋糕，一口塞到嘴里，被噎得不轻，好长时间还在那咀嚼。这忽然让我想起今天早晨吃年糕的事情。在主人从书房里取来印章的时候，东风先生吃进去的蛋糕也安稳了。点心盘里的蛋糕少了一块并未引起主人的关注，一旦他注意到了，第一个怀疑的肯定是我。

送走东风先生，主人回到书房看了一眼桌子，不知什么时候迷亭先生的来信放到了桌子上。

"恭祝新年万事吉祥如意……"

主人寻思："迷亭君居然也变得这么正经，这是从来没有过的。"迷亭先生写的信，大多数都是油腔滑调的。例如近些日子，他居然写了这样一封信，开头他就写道："离别之后，既没有女人让我眷恋，也没有收到任何地方寄来的情书，使我能够安心度日，请您不要为我担心。"和这封相比较，今年这封居然是规规矩矩的贺岁信，真让人吃惊。

"本想登门拜访，但因兄长消极的处世态度与我截然相反，于是我希望尽量用积极的方式来迎接这宝贵的新年。所以我每天都忙得晕头转向，敬请见谅……"

主人开始同情迷亭了："这倒是真的，新年之际，这位仁兄必定忙着正月里的各种活动。"

"昨天闲来无事，想邀请东风君品尝'橡面坊'这道佳肴，没承想原材料缺乏，未能遂愿，实在是遗憾。"

主人默默地微笑，他寻思："又来这一套，原形毕露了。"（因为有了东风君的拜访，让"我"的主人对迷亭戏弄人的把戏有所了解。这里"默默地微笑"是否让你察觉到了主人自觉没有上当的窃喜？）

"明日某男爵举办纸牌会，后天是审美学协会举办的新年宴请，大大后天是鸟部教书的欢迎会，大大后天是……"

主人想："真是啰唆。"便把这段舍弃继续读下边的。

"如上所述，正逢各种聚会，例如谣曲会、俳句会、短歌会、新体诗会等等，眼下我的时间都用在了参与这类聚会上，分身乏术，只得以此卡片恭贺新春，代替登门拜访。望见谅。"主人对着信小声嘀咕道："来不来，没你说的那么严重。"

"倘若承蒙您光临寒舍，必然邀请您共进晚餐，以庆祝久别重逢。寒舍虽然没有珍馐佳肴，但庆幸的是，至少也能用'橡面坊'招待客人。"

主人有些生气：迷亭居然还拿"橡面坊"糊弄我，真是太过分了。

"不过，如果最近买不到'橡面坊'的原材料，说不定这个愿望就实现不了了。如果真是如此，我会准备孔雀舌供兄长品尝……"

主人悄声说道："这样开玩笑真是一箭双雕啊！"他很有兴致，又读了下去。

"正像仁兄所知道的，一只孔雀舌头大概只有小拇指的一半那么大，仁兄食量大，为满足您的胃口……"

主人冷淡地说了句："胡扯。"

"我想必然要捕捉二三十只孔雀不可。只可惜在动物园或是浅草花园中才能偶尔看见孔雀，我跑了很多花鸟商店，均无所获，为这事我煞费苦心……"

看到这里，主人毫无谢意，小声嘀咕道："你这属于自找苦吃。"

"像这种孔雀舌宴，在以前罗马鼎盛时期风靡一时，在我看来，此举实属豪华奢侈，平生一直希望尝试，望您谅解我的心情。"

什么"谅解"，全是胡说八道！主人的态度十分冷漠。

"在十六七世纪的时候，孔雀宴在整个欧洲流行开来，成为盛大宴会上不可缺少的佳肴。记得赖斯特伯爵①邀请伊丽莎白女王赴肯尼沃思之宴时，也摆了孔雀舌宴。著名画家伦勃朗在作品《飨宴》上，也绘有孔雀在桌上开屏的画面……"

---

① 赖斯特伯爵：英国女王伊丽莎白一世的宠臣。

主人愤愤地说："这家伙有时间写孔雀宴的历史，说明他根本不忙嘛。"

"总而言之，如果我这一阵频繁参宴，恐怕没有多久就会和兄长一样，患上胃病……"

主人自言自语道："什么与'兄长一样'，真能胡说！竟然把我当成胃病患者的典型。"

"据历史学家说，罗马人每天必然要举办两三场宴会，即使是肠胃健康之人，也可能患上消化不良之症，这样自然就和兄长……"

真是过分，又是"和兄长一样"。

"不过他们为照顾奢华的同时兼顾卫生，充分研究了对策，于是发现一条秘方，既要大肆品尝山珍海味，又要保持肠胃健康……"

主人寻思："真是怪了，难道真有什么秘方吗？"他顿时又意兴盎然。

"他们吃完饭之后必须洗澡，洗澡后则使用某种方式让吃进去的食物如数呕吐出来，这样可以清胃。等胃里的东西清扫干净，就又返回到宴席上尽情享受美味佳肴。吃饱之后再次洗澡，再吐出来，这样就能随便享受美味而不让内脏有损伤。恕我不才，在我看来这种好办法实在是一举两得啊……"

还真是一举两得，主人已经心向往之了。

"在二十世纪的今天，交通越发达，宴会也越来越多，这就不用说了。另外今年国家动荡，正值日俄战争胜利两周年。恰逢此时，我确信时机已经成熟，我国作为战胜国一定以罗马人为榜样，传承入浴呕吐之术并发扬光大。不然，我大国人民在不远的未来，就会和兄长一样患上胃病。这确实是我最为担忧的事情。"

主人寻思："又是'和兄长一样'，这家伙实在让人气愤。"

"恰逢此时，我认为，像我这样对西洋情况深为了解的人，如果能对古代的历史传记进行研究，找到废弃已久的好办法，并在明治时代发扬光大，实在是未雨绸缪，功德无量，希望这份功德，可以抵消平日里贪图享乐之任性，特此知会……"

主人的头向一旁晃了一下，对于这种怪谈，他似乎感到晦涩。

我的批注

"为此，我近日来浏览了各门派的著作，如吉本、蒙森、史密斯等人著作，仍然一无所获，深感遗憾。不过正如兄长所了解的，我这个人只要想做一件事，就一定要做成功，所以我深深相信，在不久的将来一定会找到呕吐的方子。只要找到了，我会立即告诉您，请您耐心等待。为此，我上边所提到的邀请您品尝'橡面坊'和孔雀舌，只好等找到这个方子后再请您光临。这样一来，不仅为我提供便利，也对平时受胃病折磨的兄长大有益处。草草敬上，就此搁笔。"

信读完后，主人笑着说："真没想到，又被他戏弄了，我之所以不由自主地相信，一口气读完，是因为信写得很正经。大过年的，开这份玩笑！爱搞恶作剧的迷亭果然很闲啊。"（面对花样百出的迷亭，主人虽然有过被戏弄的经历，也有东风君陈述在先，但现在还是被戏弄了。主人为自己找了一个相信迷亭的理由，那就是"信写得很正经"，这更加衬托出他的无知。无论是东风君的陈述，还是"写得很正经"的信，这个爱戏弄人的迷亭先生的正式登场还真是令人期待。）

此后，又风平浪静地过了四五天。白瓷盆中的水仙日渐凋零，插在瓶中的绿萼梅含苞待放。整天盯着花看，未免无聊。于是到三姑娘那拜访了两三次，遗憾的是，都没看见她。头一次，我以为她出门了，第二次去的时候才知道她生病了。我躲到洗手盆旁边的叶兰后边，悄悄听见那个教二弦琴的女师傅正在纸拉门后和女佣的如下对话：

女主人问："三毛吃东西了吗？""从今早到现在滴水未进。已经让她到暖床上睡了，这样她能暖暖和和地睡觉了。"女佣回答说。这哪里像猫儿啊，简直享受着跟人类同等的待遇。

一方面，我羡慕三毛比我命好。另外，看到自己心爱的猫享受这么好的待遇，我当然打心眼里替她高兴。

女主人说："不吃饭，这可不行，身体一定会搞垮的。"女佣接话说："是啊，像我这样的人，只要一天不给饭吃第二天就没劲儿干活。"

女佣答话的语气好像是意识到：猫这个动物比她更为高贵。说实在的。这个家里猫可能比女佣的地位更高呢。

女主人说："你带她去看医生了吗？"

我的批注

女佣回答说："去看了。那个医生特别奇怪。您猜怎么回事？我抱着三毛进了他的诊室，他却问我：'是你受了风寒吗？'接着就要给我号脉。我说：'不对，我没得病，她病了。'我边说边让三毛在腿上好好坐着，那医生笑眯眯地说：'猫的病我可治不了，别管她了，没几天就好了。'您听听，太狠心了。我很不高兴，说道：'您不给看也没事，但这只猫儿可是我们家的宝贝。'我又抱起三毛匆匆回来了。"

35

女主人很不高兴，说道："难为你了。"她说话的这种口吻，在我家确实很少出现。她一定和天璋院有关系，否则肯定说不出这种高雅的语言，真令人钦佩。

女主人又说："喉咙好像发出嘶嘶的响声。"女佣赶快说："您说得没错，她一定是受了风寒，嗓子疼痛难忍。无论是谁感冒了都会咳嗽。"

不愧是天璋院什么人的女佣，说起话来又谦恭又得体。

女主人说："听说最近有种病，叫作肺结核。"

"谁说不是呢，太太！这段时间居然出现了没听说过的病，如肺结核、鼠疫等等，真是大意不得。"女主人说："旧幕时期都没有，那一定来势汹汹，你可要当心才是。"

女佣很感激主人的关怀："您所言极是呀。"

女主人说："咱们的猫一直在家里待着，怎么会得风寒呢？"女佣说："不是的太太，告诉你吧，近来她结识了一个坏朋友。"女佣就像是谈起国家机密这类大事一样，十分得意。

女主人感到惊奇，问道："坏朋友？"

"对啊，就是前胡同的教师家那只脏兮兮的公猫。"女佣说。

"你是说那个整天早晨阴阳怪气的教师吗？"女主人问。

"没错，就是每次洗脸总发出像被人掐住鹅脖子似的声音的那位。"女佣说。

掐住鹅脖子的声音，这样形容真是别出心裁。我家主人有个癖好，每天早晨，他到洗漱间漱口，他总是用牙刷朝自己的嗓子捅，发出阴阳怪气的声音。如果他心情不好，就会发出更大的嘎嘎声。同样，心情和精神都好的时候，也会嘎嘎一会儿。其实不管他心情好不好，全年无休地嘎嘎嘎。听女主人说，他是搬到这儿之后突然就有这个癖好了，直到今天一次也没有间断。这个怪癖实在是糟糕，他为何要坚持不懈地做下去，并且那么顽固？作为一只猫，我实在理解不了为什么要坚持这种怪癖。这点暂且不提，她们无端给我扣上"脏兮兮的猫儿"的罪名。我想听听她们还说些什么，于是支起了耳朵。

女主人说道："他是不是在念咒才发出那种奇怪的声音呢？在维新前，就算是侍奉武士的小跟班和仆人也懂得怎么做得体，也从来没有人在武士老爷们的住处那样洗脸啊。"

女佣说："您说得没错啊，太太。"女佣一味奉承主人，每句话后边都加个"啊"字，尽管这个字毫无作用。

女主人说："那只猫准是只野猫，不然怎么会有那样的主人。下次

36

再来，你好好教训它一顿。"（二弦琴师傅对"我"是"厌屋及乌"。因为"我"的主人不被邻居喜欢，所以累及无辜的"我"。在读者为"我"鸣不平的同时也了解了"我"的主人并非如他自我感觉的一样高人一等，邻居对他的态度不是尊敬而是厌恶。）

"必须教训它。"女佣说，"一定是那只野猫把三毛给弄生病的。我一定要结结实实揍它一顿。"

竟然遭到如此不白之冤！看来最近不能往这边走了，最终也没有见到三姑娘一面。

回到家里，主人正在书房里握笔冥思苦想。如果他听说了二弦琴女师傅对他的一番评价，必然会火冒三丈。不过，俗话说："耳不闻，心不烦。"他依然把自己当作神圣的诗人，在那吟唱着。

这时，没想到声称自己忙得不可开交无法登门造访，甚至专门寄来贺卡致歉的迷亭君却轻松自在地来了。（迷亭君终于登场了。认真阅读接下来迷亭、寒月和"我"的主人的对话，试着归纳这三个人的谈话所涉及的主题，并说说你是如何评价他们的谈话的。）他问主人："听说你在做新体诗，有什么得意之作拿出来分享下啊。"主人说："我觉得这有篇好文章，正寻思把它翻译出来呢。"主人闷闷地开口说话了。

迷亭感到疑惑，说道："文章，是谁写的？"主人回答："我也不知道是谁写的。"

迷亭说："原来是无名氏写的啊，无名氏的作品也有好多佳作，不容小觑。刊登在哪儿呢？"

"《第二读本》。"主人面不改色地回答，语气十分沉稳。

迷亭说："《第二读本》？《第二读本》是什么？"

主人说："我意思是说，我翻译的文章就在《第二读本》里呀。"

迷亭说："别开玩笑了！你是想趁这紧要关头报我那孔雀舌的仇吧。"

主人捋了捋胡子，若无其事地说："我可不会吹侃，哪像你啊。"迷亭先生说："听说以前曾有人向赖襄①发问：'请问，近些日子先生可有好文章？'山阳先生给那人拿来一封信，是马夫写来向他讨账的，并说：'近日，好文章莫过于这篇。'或许你的审美眼光比较独到，不然你读一读，让我评论一下。"迷亭简直是以审美宗师自居。他的语气就好像自己是老审美家一样。

主人以禅师诵读大灯国师的《遗训》一般的腔调念道："巨人、引

---

① 赖襄：日本江户时期的历史学家、儒者。

力。""你说什么？你读的那个巨人引力，是什么东西嘛？""这是文章的标题。""这标题真怪。我可不明白。""不外乎是说这个巨人名叫引力。""你说'不外乎'，还真是个牵强的解释。当然，文章既然这样起名，就这样好了。快往下读正文吧。你的声音比较有特色，挺有趣的。""可别乱打岔啊。"主人有言在先，接着又读开了：

　　凯特透过窗户，看到外边有一群孩子正在抛球玩儿。他们把球冲着天高高抛起。球被抛得越来越高，不一会儿就落了下来。然后他们把球再次高高抛起，球又落地。就这样，球被抛起来好多次，每次都落了下来。凯特忍不住问道："球为什么不能一直向上飞，而是要落下来？"母亲回答："因为地面上住了个巨人，他叫巨人引力。他力气很大，能把地球上所有的东西都吸到自己的身边。如果不是他吸着房屋，房屋早就飞到天上去啦。孩子们也会飞走。你看到树叶飘落了吧？那也是巨人引力召唤的结果。有时，你会把书掉到地上，这也是巨人引力说'到这儿来'的力量。刚才你把球扔得那么高，听到巨人引力的召唤，球就落了下来。"

迷亭说："这就完了？"主人说："是啊，写得真是不错！"迷亭说："哎呀，我真是服了你。你在这出其不意，就回击了我的'橡面坊'。"主人说："我可没有回击，是因为文章写得真不错才翻译的，你不这么认为吗？"主人透过迷亭的金丝边眼镜，偷偷看了看他的眼睛。"真让我刮目相看。想不到你竟然有这么两下子。这一回算彻底被你捉弄了。佩服啊佩服！"迷亭自我嘲讽着，他那三寸不烂之舌不停扇动。主人却一直糊涂，一味辩解道："我这想法真没什么可让你佩服的，仅仅觉得写得不错，才把这文章翻译出来。""不，这十分有趣，不这么讲出来，就完全失去了本来的意思。你厉害，我彻底服输。""你服输什么呀，我最近已经放弃水彩画了，所以才想着弄弄文章之类的。""这可不是你那远景近景无别，黑白不分的水彩画所能比拟的呀。真是太佩服了。"主人说："如此过奖，我兴致更足了。"看样子，主人始终没明白迷亭为什么要夸他。

　　恰在此时，寒月君说着"上次给您添麻烦了"，走了进来，真出乎意料。"哎呀，寒月君啊，好久不见，现在我正在欣赏一篇佳作，把我的'橡面坊'的阴霾给冲淡了。"迷亭先生莫名其妙地说。寒月也答了句莫名其妙的话："噢，原来如此啊！"只有主人看起来不是很兴奋，面无表情地说："前几天你介绍的叫越智东风的人来过了。"寒月说："他来过了？那个越智东风是个正派的小伙子，不过有点儿古怪，本来我不想打扰您，但他一定要我把他介绍给您，所以……"主人说："也没什么打扰不打扰的。""关于他名字的事，他来您家时有没有提到？"主人说："应该没有提。"寒月说："是吗？他有个习惯，不管去哪，他总会先跟见面的人解释一下他的名字。"唯恐天下太平的迷亭赶忙插话问道："他是怎么解释的？""他十分担心别人读他的东风时用汉字的音……""真是怪了。"迷亭先生边说边从上边画着泥金花纹的皮质烟袋中拿出一点烟丝。寒月先生说："'我的名字不读Ochitofu，应该读Ochikochi，'他常常这么跟别人说。""真有趣。"迷亭深深地把云井牌香烟的烟雾吸进腹部。寒月说："他太痴迷于文学，如果读成Kochi，再连上姓一起，就成了Ochikochi，和'远近'这个词语一个读音了。此外，这四个音节都很押韵，他非常得意。因此他时常唠唠叨叨：如果东风要用汉字的音来读，我岂不是白费苦心了。"迷亭先生听完之后说道："对，这还真是古怪呢。"如此一来，迷亭先生的兴致更高了，云井牌烟已经被他从腹部喷向鼻孔，那缕烟雾中途徘徊了一阵，又被吸回咽喉。这家伙握着烟杆，咳得吭吭直响。主人边笑边说："前些日子他来时，说他在朗读会上扮演船老大，遭到女学生们的嘲笑。"迷亭用烟管敲打着膝盖说：

我的批注

"你看看，太有趣了。"我离他很近，觉得不安全，就赶快往边上躲了躲。接着迷亭又说："就是那个朗读会，前些天我请他吃'橡面坊'的时候，他也跟我说过这事。听说下一次的大会准备请些知名文人参加，他还邀请我参加，我问他是不是还朗读近松的戏剧，他说下次要找个新作品，已经选定《金色夜叉》①了。我又问他担任哪个角色，他说扮演女子阿宫，太有趣了。我决定无论如何都要去参加，给他捧场。"寒月意味深长地笑了笑说："有意思吧。"主人回想起安德里亚·特尔·萨尔德、孔雀舌还有"橡面坊"这几件事，用报复的语气说："不过东风还算实在，不是那种肤浅的人，我很喜欢。他和迷亭一点儿也不一样。"对于这些，迷亭先生丝毫不在意地说："无论怎样，反正我这种人就是'行德镇的菜板②'。"主人说："这种人非你莫属了。"说实话，主人并不知道"行德镇的菜板"是什么意思，不过，他好歹教了那么多年书，敷衍场面的事情还是很擅长的，因此在这种时候，他就在社交上运用了教学经

---

① 《金色夜叉》：日本小说家、散文家尾崎红叶的代表作。
② 行德镇的菜板：日本的千叶县有个行德镇盛产蛤蜊，蛤蜊壳经常把居民们的菜板磨坏。蛤蜊在日文中被称为"马鹿贝"，而"马鹿"是蠢的意思，因此被磨了的菜板就有又愚蠢又圆滑世故的意思。

验。寒月直言不讳地问道："刚才说的'行德镇的菜板'是什么意思呢？"主人硬是对"行德镇的菜板"避而不谈。壁龛前摆了一盆水仙，他看了看说道："那支水仙是我去年年根儿在洗澡回来的半道上买的，插在花瓶里，居然活了那么久。"迷亭像表演"大神乐"一样，把烟管绕在指尖上一圈圈转着。同时说道："说到年根儿，去年年根儿我碰见一件不可思议的事。""快跟我们说说你碰见了什么事。"主人好像已经把"行德镇的菜板"这件事忘到九霄云外了，暗自松了一口气。（主人为什么会"暗自松了一口气"？）迷亭先生遇见了这么一件稀奇事：

"没错，大约是腊月二十七，这位东风先生提前给我写了封信，内容为：'我准备到府上拜访，请您赐教些文艺上的高论，但愿那时候您能在家。'于是我从早晨就安心等他来，但他却迟迟未到。午饭后，我在火炉前读了会儿波利·佩恩的滑稽小说，这时收到静冈母亲的来信，我拆开一看，无论什么时候，老人总拿我当孩子。说寒冬腊月的，夜晚别外出了。洗冷水澡对身体有好处，但必须要生炉子，让屋里暖和起来才能洗，要不容易感冒。她对我千叮咛万嘱咐，我觉得还是自己亲生父母对自己好，外人怎么也不会如此关切。连我这个粗心大意的人都被打动了。想到这，我觉得自己不能再这样无所事事浪费时间，为光宗耀祖，我一定要创作出一部伟大的作品来才行。在我母亲的有生之年，我要让所有人知道明治文坛上有我这么一位迷亭先生。接着我又往下读，下边还说：'你们这些人真是幸运，在对俄交战时，很多年轻人背井离乡为效力国家，历经苦难。到了年底别人都忙碌着，你却好像已经到了新年一样，毫无顾忌地玩乐。'说实话，我并非像我母亲想象的那么闲。接着，信中列举我的一些小学同学这次出征，有的阵亡，有的负伤。望着名单上众多人名，我不禁感慨人生无常，人活着也很无趣。在信的结尾处，我母亲写道：'我年事已高，恐怕今年吃祝贺新年的年糕汤是最后一次了……'不知怎么母亲写了一堆让人神伤的事情，我的心情很郁闷。这时，到了吃晚饭的时候，我希望东风能赶快来，但他还是没来。我给母亲的回信写了十二三行，而母亲却写满了长达六尺的信纸。我可没那本事。我每次只写个大概十行就结束了，希望她老人家不要责备。整整一天我都坐着不动，这时肠胃略感不适。我想出去寄信，顺便活动活动，东风如果这时候来了，就让他等会儿吧。和以往不一样的是，这次我没有去经常去的那个富士见町，不知不觉拐到了堤三番町。那天晚上，天正好有点阴沉，冷冽的寒风从护城河的对岸吹来。从神乐坂方向开过来的火车发出"呜"的声音，从外堤坝疾驰而过，当时感觉十分凄凉。在我脑海中不断出现一些东西，如年关、阵亡、衰老、世事无常等，就像走马灯一样。常常听说有人上吊，我忽然间想了起来，大概就是受到这种心情影响忽然鬼迷心窍萌生了一了百了的想法吧！我仰起头向堤坝望去，不知不觉已经来到了那棵松树下。"

迷亭的话被主人打断，他插话说："你说的是哪棵松树呢？"

迷亭缩了缩脖，回答道："就是那棵吊脖松呀。"

寒月推波助澜表示不解："不是鸿台那儿才有吊脖松吗？"

"鸿台那儿的是吊钟松，吊脖松是在堤三番町这儿。要说这个名字的由来，据说古时候，无论什么人，只要走到这棵树下就有上吊的想法。堤坝上本来有好几十棵的松树，但一旦有人上吊，过来一看，准是在这棵树上吊死的。这里每年总会有两三个人吊死，其他的树上没一个人愿意吊死。我瞅了一眼那棵松树，恰好一个横着的枝干伸到了路上。枝干长得确实非常秀美，我寻思不能让它这么空闲着，不然太可惜，要是有个人在这上吊就好了。我向周围望了望，偏偏没有一个人。没办法，是否我自己去上吊呢？不行，如果我上了吊，可就没命了。太危险，不能去。不过，在古时候，希腊人为增添兴致，会在宴席上模仿上吊，他们是这样表演的：一个人站在台子上，绳套已经打好了结，当他把脖子伸进去的时候，一旁的人马上踢倒台子。当台子被撤走的时候，那个把脖子伸进绳套里的人赶快把绳结解开，跳下来。假

<table>
<tr><td>我的批注

</td><td>如确实如此，大可不必惊慌。我就试着将手搭在了树枝上，那树枝弯成了一个优美的弧度，并且那弯曲的样子特别美。我想象着吊紧脖子以后身子上下轻盈地摇曳，这情景该多么让人</td></tr>
</table>

兴奋呢。本来，我寻思着一定要亲自实践一下，但转念一想，我这样可对不起在家等我的东风。于是我不上吊了，先去见一见东风，和他谈一谈，事后再来。于是我就回家了。"

主人问道："这么说，你是捡了条命喽？"

寒月嘻嘻地笑着说："太有意思了。"

"我回家之后，没见到东风，倒是看到他寄来的一张明信片，上边写着：'今日事务缠身，不能赴约了，改天一定抽出时间拜访。'这下我松了口气，心想这回可以毫无后顾之忧地去上吊了，真让人欣喜若狂。我立马穿上木屐，匆匆忙忙赶到之前的那个地方，结果看见……"说到这，迷亭不慌不忙地看了看主人和寒月。

"结果看见什么啦？"主人有些着急，想要知道发生了什么。

"故事越来越精彩了。"寒月边摆弄着礼服大褂前的穗子边说道。

"我一瞧呀，已经有人来过，抢先在那上吊了。我只是来晚了一步，真是可惜啊。现在想想，当时我是被死神附身了。据威廉·詹姆斯①说，这是由潜意识的幽灵地府和我生存的现实世界，按照某种因果关系进行的相互感应。你们不觉得这很奇怪吗？"迷亭十分镇定地说。

　　虽然主人心里知道他这次又被捉弄了，但他一言不发，只是大口地嚼着"空也糕②"，嘴里呼噜呼噜作响。

　　寒月将火盆里的灰小心地摊平，低着头咻咻地笑，但是，过了一会他开口说话，用平静的语调说：

　　"的确，您说的这些事有些奇怪，好像难以置信。不过最近我也有过类似的体验，所以丝毫也不怀疑。"

　　"啊？你也有过上吊的冲动吗？"迷亭说。

　　"没有，我的怪事跟上吊无关。也是去年年底的事儿，更让人觉得惊奇的是，事情发生的日期和时间差不多和先生您一样，是不是更加不可思议了？"

　　迷亭说道："太有意思了。"接着也鼓着腮帮子嚼起"空也糕"。

　　接下来，寒月开始说他的怪事：

　　"当天，我带着小提琴到向岛的一个朋友家，参加热闹非凡的'忘年会'兼合奏会。有十五六位小姐和太太也来了。所有事情都准备妥当，这可被称为最近最珍贵的一大快事。乐器合奏随着晚饭的结束而停止，大家开始闲聊。时间已经很晚了，我正想找个借口早点回家。恰在此时，一位博士的

<table>
<tr><td>我的批注</td></tr>
<tr><td></td></tr>
</table>

太太来到我身边，用很低的声音向我问道：'某某小姐患了病，这事您知道吗？'说到那位小姐，因为我两三天之前见过，那时候没看出来她有什么不舒服的地方，还像平时一样，所以我吃惊不已，详详细细问了情况。听说我和她见面的当晚，她突然发烧，不停地说胡话。如果只是这样还好，但是她说胡话时，还时不时叫到我的名字。"

　　主人没说什么，就连迷亭先生也没有提类似"真有艳福"这种不够高雅的话，他们都在洗耳恭听。

　　"据说请来个大夫看病，他也弄不清是什么病，只不过高烧太厉害了，

① 威廉·詹姆斯：美国哲学家、心理学家、实用主义创始人之一。
② 空也糕：商标名，一种糯米糕，里边带馅。

引发大脑昏迷，要是退烧药不起作用，就危险了。听到这话，我立刻有一种不祥的预感，就像睡着时被梦魇住了一样。我心情极度郁闷，周围的空气似乎骤然凝成固体，从四面八方涌来，压得我喘不过气来。在回家的路上，我满脑子都是这件事，痛苦极了。那位小姐美丽、开朗、身体无恙，居然……"

"不好意思，打断一下，那位某某小姐刚才听你提到两次了，如果方便的话，可否知道她的真实芳名呢？嘿，你也想知道吧？"迷亭瞟了一眼主人，主人含糊其词地"嗯"了一声。

"算了，还是不说最好，说了没准儿会给人家添麻烦呢。"寒月说道。

"那你的意思是让我们听得含含糊糊喽？"迷亭说。

寒月回答："你别嘲笑我，我是非常严肃认真地跟你们讲的。反正，一想到小姐染上那种病，我就感觉飞花落叶一般，忽然间就精神倒塌了，犹如全身都瞬间罢工一般。我跟跟跄跄地来到吾妻桥上，靠着栏杆向下望去，只感觉那漆黑一片的河水正在流淌，我不知道是涨潮还是退潮。一辆人力车从花川户那方向上了桥，很快就跑了过去，我一直看着那辆人力车，直到它的灯光越来越暗，消失在有啤酒广告牌的地方。我再次低下头，又向水面望去，就在此时，听到遥远的上流传来呼唤我名字的声音。奇怪，这么晚怎么会有人喊我？到底是谁呢？我凝神注视着水面，除了漆黑一片，什么也没看到。我寻思，可能是出现幻觉了吧，还是早点回家吧。刚迈出两三步，我又听到远处有人喊我的名字，声音很微弱。我又停住脚步，仔细地听，当听到第三次叫我名字的时候，我一把抓住了栏杆，双腿瑟瑟发抖。那个呼唤声发出的地方不是远处，而是河底，显然是那位小姐的声音。我情不自禁地答复了一句'我在这儿'。我的声音有点大，安静的水面上发出回声，我被自己的声音吓了一跳。我很惊奇，仔细向四周望去，人啊，狗啊，月亮之类的，什么都看不见。这时，我已经完全被茫茫夜色包围，心里只想着向呼唤我的那个地方奔去。那位小姐的声音在我的耳朵里回荡，像在痛哭，也像倾诉，好像在寻求我的帮助。于是我答应道'我这就去救你'，接着我从栏杆上探出半截身子，死死地向漆黑的河水看去。我总有感觉呼喊我的声音仿佛是从水底轻轻传出来的。我寻思：'真好，就在水底下。'我边想边跨上栏杆望向河水，如果她再叫我一声，我一定跳下去。这时，果然又传来了悲惨的声音，如若柔丝。我下定决心'就是这儿'。我用尽全身力气纵身一跃，身体就像块小石头一样毫不犹豫地落了下去。"

主人眨了眨眼问道："最终还是跳了下去？"

迷亭边挠了下自己的鼻尖边说："想不到事情发展到如此地步。"

"跳下去之后，我就昏迷了，很长时间不省人事。后来睁开眼睛的时候，除了感觉有点冷，身上居然一点儿都没有湿，也没感觉到呛水。我心想：'可是我千真万确地跳下去了呀！真是不可思议。'正纳闷的时候，我又仔细向四周望去，哎呀！我本想跳进水里，可是把方向给弄错了，竟然跳到桥中间去了。那时候，我觉得很是可惜。只是因为我把前后方向弄颠倒了，竟然没能去那个发出声音的地方。"寒月咔咔笑着的同时，他把胸前有装饰作用的丝带当成了累赘，不停地摆弄着。

"哈哈……真是有意思，和我有着相似的经历，太奇妙了。看样子，这又可以当作詹姆斯教授的材料了。如果以'人的感应'为标题，写一篇纪实文章，一定会轰动文坛呢。另外，那位患病的小姐，后来怎么样了？"迷亭先生要一问到底。

"应该已经康复了吧，两三天前我去拜年，她在院里和女佣玩羽毛毽呢。"

刚才主人似乎一直在冥思苦想，这时终于开口了："我也遇到过。"那劲头显得不甘示弱。

"你也遇到过？遇到什么了？"依迷亭之见，像主人这种人哪能遇到什么神奇的事儿呢。

"我也是去年年底遇到的。"

"大家都是去年年底遭遇的？这么巧合，真是神奇。"寒月说着笑了起来，他那有豁口的门牙边的齿缝里还粘着空也糕。

"难不成是同一天同一个时间？"迷亭打岔道。

"没有，不是同一天，大约是二十五号。我夫人跟我说：'我不需要你给我送什么新年礼物，摄津大掾有演唱活动，陪我去听一次吧。'我当然会带她去。不过那时当我问她：'今天演什么剧目？'夫人拿出报纸看了看说：'今天表演《鳗鱼谷》。'我说：'今天别去了，我不喜欢听《鳗鱼谷》。'那天就没去。第二天，夫人又拿来报纸跟我说：'今天演《堀川》，这次总能去了吧。'我说：'《堀川》是三弦主奏的，徒有热闹的表象，其实一点内涵也没有，今天也不去了。'夫人不悦地离开了。到了第三天，夫人又来跟我说：'今天演《三十三间堂》，反正我一定要听摄津大掾的《三十三间堂》，或许你不爱听，但是陪我去一次总行吧，就算为了让我听听。'她和我开始最后的交涉。我说：'你这么想去的话我就陪你去。因为听说他这次是为告别艺坛而登台演唱的，这个曲子是他最后几个有名的曲子之一，所以这次听众肯定特别多。你这样毫无准备就去了，哪能找到座位？到那样的场合，正常的程序应该是先和"观戏茶屋"的人搞好关系，让他们帮忙订个好位置，否则，不按常规流程走是不太好的。恐怕今天还是去

44

不成。'夫人听我这么一说，神情十分不快，好像快哭了一样地说：'我一个妇道人家不懂什么麻烦的手续。但是，大原家的老夫人，铃木家的君代，也没走什么正常程序，不还是顺顺利利地听完了？你这也太过了，虽然是个教师，也不用办完那么多烦琐的手续才看戏吧！'如此一来，我不得不让着她，我说：'好吧，咱们去，买不上票也无所谓，晚饭过后坐电车去吧。'我夫人听后，破涕为笑说：'既然要去，就一定要在四点之前赶过去，你别那么慢慢腾腾。'我反问道：'为什么一定要在四点之前赶到呢？'接着她跟我解释道：'听铃木家的君代说要早点去占座位，否则就进不去了。'我又追问了一句：'那么说，要是四点之后再去就看不上了是吗？'她回答说：'没错，四点之后去绝对看不成了。'不过说来真是怪了，恰好这时候，不可思议的事情发生了，竟忽然全身哆嗦起来……"

寒月问："是师母吗？"

"不是，我夫人精神劲可足呢。是我。我全身就跟泄了气的皮球一样，身体一下子萎缩，立即两眼昏花，不能动了。"

"看样子是急病。"迷亭给解释了一句。

"唉，这下可麻烦了！我夫人一年到头才提这么一次要求，无论如何也要使她如愿以偿。平常我对她总是责备和冷落，她又要操持家务，又要照顾孩子，无论哪件事从来都没给过她任何报酬。今天正好有时间，且幸运的是口袋里有四五块钱，足能够带她去的。夫人想去，我也想带她去。但是，想带她去是想带她去，像这样全身颤抖，两眼昏花，我都无法走到门口去穿鞋，更不用说坐电车了。我觉得'唉，对她太抱歉了'，想着想着，就越发感觉全身冷得出奇，眼前漆黑一片。我想赶紧请个大夫，给我看看，吃点药，或许四点之前能好。于是我和夫人商量，让人去把甘木先生请来。不巧，昨天他在大学里值夜班，到今天还没回家。他的家人回话：'下午两点一到家，马上让他过来。'真惨啊，如果现在喝点杏仁水，四点前没准能好。但是人走霉运时，喝凉水都塞牙。本来我想，这次夫人难得高兴，自己也开心，没想到现在已经竹篮子打水一场空了。我夫人眼神中饱含着抱怨，问道：'真不能去了吗？'我说：'去，肯定去，我的病四点前一定能好，你就放心吧，快点去梳洗一下，换套衣服，等着我。'虽然我嘴上是这么说的，心里却没底。我感觉越来越冷，两眼越发地昏花。假如我的身体在四点之前没有康复，就言而无信了，这个心胸不开阔的女人，不知道会做出什么事来。搞到这种惨境，真不知如何是好。我寻思，以防万一应该趁现在告诉她'盛极必衰，生者必亡'的道理，如果有意外发生，她也能有个思想准备。这难道不是身为丈夫对妻子应尽的义务吗？于是我马上让她来书房。我问她：'你虽然是个女人，但是Many a slip,twixt the cup and the lip①这句英语谚语还是听说过吧？'夫人一听就急了，她怒气冲冲地说：'那种螃蟹一样的文字谁能看懂啊。你分明知道我不懂英语，却故意用英语来嘲笑我。好啊，随你怎么样吧，反正我这辈子是学不会英文了。既然你喜欢英文，就应该娶个教会学校毕业的女学生啊。从来没见过比你更自私的人了。'她异常地气势汹汹，将我精心设计的计划拦腰斩断。我要跟你们解释一下，我说英语绝非恶意，完全是出于爱护才跟夫人这么说的。被她这么一解读，我可真是丢人了。况且，由于极度寒冷，头昏脑涨，脑子太乱了，另外我想让她赶快明白'人间祸福难卜'的道理，居然忘了她不懂英语这事。我用英语并非故意。回想起来，都是我不好，是我欠考虑。因为这个错误，我冷得更加严重，两眼更是昏花。而我的夫人听从我的嘱咐，去浴室洗澡更衣，还化了妆，从衣柜里特意找出礼服换上，那姿态好像在对我说随时可以出发。我心急如焚，要是甘木先生能提前到来就好了。我看了看时间，已经三点了，离四点还有一个小时。书房的门被拉开，夫人伸进头来说：'咱们能走了吧？'或许夸奖自己的夫人会让人笑话，但老实说，我从未感觉妻子这么迷人。她脱掉上衣，用肥皂洗过的皮肤白皙透亮，跟黑绸缎礼服交相辉映。一来由于肥皂的功效，二者因为心里期盼着去听摄津大掾，这令她的面容有意无意间闪现出光辉。为满足她的心愿，我想不管怎样我也得去。一支烟过后，我决定和她同去。恰好这时甘木先生如我所愿地来了。我向甘木先生讲述了病情。他看了看舌头，然后又给我把脉，前胸后背被他拍拍摸摸，翻了翻眼皮，又向头顶摸去，然后就陷入了沉思。我小心翼翼地问道：'我病得很严重吗？'甘木先生平静地说：'没事，不算严重。'我夫人插嘴问道：'我们一会儿想出门，应该没什么问题吧。''嗯。'甘木先生思考了一下，接着说：'如果你不觉得……'我立马说：'我觉得不舒服。''反正我给你开点汤药，你分几次喝了。''好，我总觉得我患了大病。''没有，别担心，没有那么严重，精神上要放松。'说完，他就离开了。这时已经三点半多了，女佣被派去拿药。我夫人严厉地要求她要跑着去跑着回。她回来时三点四十五了，还差十五分钟四点。本来我刚才还没什么事，但是就从三点四十五开始，忽然间有呕吐的感觉。夫人把汤药倒在碗里，给我端了过来。我端起碗正要喝，一

---

① 此句可译为"唇与杯距离虽短，但其间却有种种失败"，意寓人间祸福难卜。

声很大的打嗝声忽然从胃里发出来，没辙，我不得不停止喝药。夫人催促我说：'快点喝下去吧。'照情理来讲，我应该快点喝下去，快点出发才好。于是我把碗端到嘴边决心喝下去，此时，我又被那固执的打嗝声给阻止了。就这样，我把碗端起放下好几次，最后餐厅里的钟声'当当当当'响了四声。呀，没有时间再磨蹭了，到四点了。于是我再次把碗端了起来。不可思议的事情发生了，随着四点的钟声响起，我忽然觉得不恶心了，顺顺当当就把汤药给喝了。接着，到了大约四点十分，我感慨甘木先生这个名医真是名副其实。喝完药，我后背不冷了，两眼也不发黑了，简直就像在梦中。之前我还在想因这病症或许一时间无法站立，这时突然就好了，多么让人高兴！"

"之后陪你夫人去歌舞剧院了吗？"迷亭显得很不解地问道。

"我倒是想去来着，但是我夫人觉着过了四点票就卖光了，所以没辙，就此作罢了。假如甘木先生提前十五分钟到来，我也不会有愧于夫人，夫人也能得到满足。但是遗憾的是，就差了这十五分钟。现在想一想，还觉得当时的情况真是危险呀。"

迷亭故意做出滑稽的表情，自言自语地说："有你这么贴心的丈夫，你夫人可真幸福。"这时，女主人在纸拉门后故意咳嗽，声音传了进来。

我静静地依次把这三个人的故事听完了，觉得既没什么可笑的，也没什么可悲的。看起来，人类为了消磨时间，非要让他们的嘴巴动弹。本来事情没那么搞笑，也要笑上一阵；本来很无趣，也要谈论一番，此外，还能有什么本事呢？（在冗长的充满饶舌泡沫的对话结束后，作者借猫之口一针见血地指出了迷亭、寒月、"我"的主人的平庸无聊，同时也讽刺了当时知识分子中普遍存在的纸上谈兵的状态。）我的主人性格孤僻，做事随性，这我一早就知道。不过我对他有些地方捉摸不透，因为他平时少言寡语，但让我畏惧的，也正是他这一点。不过，他讲刚才那番话之后，让我突然特别鄙视他。为什么在其他二位讲话的时候，他从来不能静静地做一个听众呢？这些事情毫无情趣，他为了扳回一局就去东扯西扯，到底有什么好处呢？爱比克泰德在他的《谈话录》中也没说过让他这么做啊。反正，不管是主人、寒月还是迷亭，都是些太平盛世的逸民。他们自认为超凡脱俗，实际上依然眷恋尘世，尽是庸俗之情，就好像藤蔓上的丝瓜一样随风飘摇。从他们日常聊天就能看出，彼此之间的竞争之心无比强烈，满心都是如何盖过对方的风头。平时他们痛恨俗气的东西，再这样下去，他们将会和那些东西毫无差别。我们猫类认为，这样真是太可悲了。不过，他们或多或少是有优点的，他们的谈吐举止有别于普通的半吊子之类的人，没有墨守成规到让人生厌。

想到这儿，我忽然不想再听这三个人聊天了，我琢磨着还是去探望下三姑娘吧。于是我去了教二弦琴的女师傅家，在她院门外一瞧，虽然新年已经过去十天了，装饰松和注连绳①都撤了下去，但天空万里无云，明媚的阳光普照大地，那院落尽管不到三十平米，其景象远比新年头一天清晨阳光笼罩之景更显得生机勃勃。长廊里没有人，只有一个坐垫，可能女师傅到澡堂洗浴去了，拉门关得很紧。我不关心女师傅在不在家，三姑娘的身体是否有好转才是我所担心的。周围鸦雀无声，像是没人在家，于是我脚带泥土地爬进长廊，躺在了坐垫中间，好舒服啊。我昏昏欲睡，把三姑娘的事儿抛到九霄云外，不知不觉睡着了。恰在此时，突然有人在拉门后说话。

"让您受累了，已经做好了吧？"原来女师傅在家里。

接着女佣回答："是啊，让您久等了。我到佛具店时，他们刚刚做好。"

"快让我瞅瞅，哎呀，做得真精致。估计三毛也很开心。这金粉会掉吗？"

"我也担心，特意跟那边的师傅确认过了，他说是用最好的材料做的，比死人灵牌还耐用。他还说：'猫誉②'女居士的'誉'字简化些会更好看，把笔画给稍稍改了改。"

"行了，咱们赶紧把它放进佛龛，烧香供奉吧。"

我从坐垫上起身，想着："情况异常，三姑娘怎么了？"这时，二弦琴女师傅敲木鱼念经的声音传了出来："南无猫誉女居士，南无阿弥陀佛，南无阿弥陀佛。"

女师傅对女佣说："你也过来祈祷一下冥福吧。"

我 的 批 注

这次，女佣敲木鱼和念经的声音又传了出来："南无猫誉女居士，南无阿弥陀佛，南无阿弥陀佛。"我突然心惊胆战，眼珠也不会转了，直挺挺地站在坐垫上，好像一只木头雕刻的猫。

"真是可怜啊，原本只是稍微感染了风寒。"女佣说。

"要是甘木先生能给开点儿药，没准也好了。"女师傅说。

"说起来还是甘木先生的错，是他太看不起三毛了。"女佣说。

---

① 注连绳：一种草编的绳子，据说挂在屋门上做辟邪之用。

② 猫誉：日本民间习俗，人死后由家人或是和尚为其起个法号，写在牌位或是墓碑上。

"不该怪罪别人，谁也说不准寿命这种事。"女师傅说。

看样子，甘木先生给三姑娘瞧过病。

"我看，说到底应该怪胡同口教师家的那只野猫，它总勾引三毛往外面去。"女师傅说。

"没错，就是那个畜生害死了三毛。"女佣说。

我真想冲过去为自己辩解一下，可惜这时候，我必须要耐着性子听完，于是我专注地听她们说下去。她们的谈话断断续续。

"世间事真是不如意，像三毛长得那么可爱的猫儿竟然早早夭折，而那只丑八怪一样的野猫，反而活得挺结实，瞎乱胡闹……"

"您说的没错，三毛这样可爱的猫儿，就是提着灯笼到处找也找不到第二位了……"女佣说。

她们不说"第二只"而是说"第二位"，看样子，这女佣是把猫当作人一样看待，难怪她的长相与我们猫类有点神似呢。

"如果可以的话，真想让那只野猫代替三毛去死……"女师傅说。

"要是教师家的那只猫死了，可真是天遂人愿了。" （女佣借三姑娘对女师傅阿谀奉承，她和女师傅看似爱猫，但是她们却说"要是教师家的那只猫死了，可真是天遂人愿了"；"我"并没有招惹她，三毛的病是否与"我"有关也无从考证，可见她并非一视同仁地爱猫。）

假如我真的"天遂人愿"，那可太不幸了。我没有体验过死，不知道是怎么回事，所以说不清是喜欢还是厌恶。不过前几天，由于天气寒冷，我想暖和点，就钻进了灭火桶。厨娘阿三不知道我在里边，就把盖子盖上了。那时那个难受劲儿，现在一想起来都有些后怕。听白猫姑娘说，如果憋的时间再长一会儿，就没命了。虽然我挺乐意替三姑娘去死的，但是如果非要经历这么一段痛苦的过程，无论让我替谁去死我也不干。

女师傅说："她虽然是猫，但我也为她请了和尚念经，还给她起了个'法号'，总之，我该做的都做了，这样我心里就没有什么遗憾了。" （女师傅对三毛的爱只是寻求自己心理上的满足，是非常自私的。）

"确实是这样。三毛有您这样的主人真是好福气。不过那个和尚念的经有点太短，就这一点欠妥。"

"我也觉得有点短，我问月桂寺的和尚：'您这么快就念完了？'他说：'念完了，我念的这段是专门挑出来的，念这段最有用了。对猫来说足可以借这段经文荣升极乐。"

"呀，他挺会说话的……但是要换成那只野猫……"

我不止一次声明自己只是还没有名字，但那个女佣张口闭口把我叫"野猫""野猫"的，太没有礼貌了。

"罪孽太深，它要想上天堂，念再宝贵的经文也没用。我说的对吧，太太？"

之后我又被她叫"野猫"，叫了几百次我都忘了。她们越说越来劲，我不想再听二人喋喋不休的对话了。我溜下了坐垫，跃下了长廊，全身上下的八万八千八百八十根毫毛顿时都竖了起来，不禁颤抖了一下。从那以后，我再没有接近二弦琴女师傅家那一片地方。现在，大概轮到女师傅自己接受月桂寺和尚敷衍塞责的经文超度了吧。

近些天我连出门的勇气都没有，觉得自己厌倦了尘世。我变成了一个跟主人差不多的懒猫。别人说主人整天把自己关进书房里是因为失恋，现在思考一下，这样说也对。

我一只老鼠也没捕过，厨娘阿三那时候还曾说要把我扫地出门。我之所以依然能在这个家里优哉游哉地生活，主要是主人替我撑腰，说我不只是一只普通的猫。从这点来看，我不但非常感激主人，而且必须得佩服主人的慧眼识英才。至于阿三看不出我的不平凡，经常对我动粗，对此我并不生气。很快，我的肖像就会被左甚五郎①雕刻到门楼的柱子上，也会被日本的斯坦朗②绘在画布上，那些有眼无珠的人到那时会为自己的无知羞愧得无地自容吧。

---

① 左甚五郎：日本江户初期著名的木雕艺术家。
② 斯坦朗：法国画家。

三

　　三姑娘过世了，我和老黑又话不投机，寂寞时常涌上心头。幸好我和人类交上了朋友，倒也不觉得怎么烦闷了。前段时间，主人收到一封信，是索要我的照片的。近些天，还有人专门寄来冈山的特产"吉备糯米丸"，指明是给我的。我日益从人类那里获得关注，已经把自己是只猫儿这回事给忘了。我似乎觉得自己越来越像人类，而不再认为自己是猫儿。以前我打算让猫儿们聚在一起，与两条腿的先生们一分胜负的想法已经荡然无存了。除此之外我还得到进化，我居然把自己当作人类的一分子，感觉前途一片光明。我只是在性情相近的一类中寻求一个宁静的栖身之处，这也是大势所趋，而并非我蔑视同胞。可不要误会我变心、轻浮、背叛。越习惯耍嘴皮子痛骂别人的，越是不懂变通、心胸狭窄的家伙。既然已经摆脱了猫性，我不该再惦记三姑娘和大老黑的事，以后应该拥有人类那样的胸怀来评价他们的言行举止。虽然我如此有远见卓识，可是遗憾的是主人仍旧把我看作一只不够超凡脱俗、带着皮毛的猫儿。他却连个招呼都不打就大摇大摆地把别人寄给我的"吉备糯米丸"吃得一个不剩。看样子，也没想帮我拍个照片寄给人家。要说不满，我确实是不满，不过主人是主人，我是我，我们两个当然在想法上有差异，这也是没有办法的事。我已经处处向人类看齐，所以和不再往来的猫，也不好多写什么。还是说说迷亭、寒月几位先生的事情，希望读者多包涵。

　　这是一个晴朗的星期日。主人不慌不忙地从书房走了出来，口中念念有词地把笔墨和稿纸摆在我旁边，然后趴在席子上。或许在下笔之前，为做铺垫，先要弄出一阵阴阳怪气的声音吧。我目不转睛地看着，只见主人用浓浓的墨汁写了"一炷香"三个大字，字迹粗重。我寻思：天啊，难不成要写诗或是俳句？一炷香这种字词，对于主人来说是不是过于风雅？我刚想到这里，主人已经另起一行，大笔挥下："我就想写写天然居士的事了。"写到这里，笔停了下来没再动过。主人歪着脑袋，手里握着笔思考。看样子，他想不出更好的主意了，居然舔了舔笔尖。我一瞅，他的嘴唇乌黑一片。这次他在下边画了个圈，在圈里点了两点当作眼睛，在正当中又画了个鼻头，很

51

扁很扁，接着又画了很长的一个横道当作嘴。这既不是写文章也不是作俳句。看样子主人也觉得自己画出的这张面孔太寒碜，慌忙用墨汁涂了。主人改了一行，又开始写，看样子他可能盲目地认为，只要另起一行就行，就会成为书面诗词歌赋、语录什么的。接下来他用白话文一下就写出一行字："天然居士这个人，探究空间、读《论语》、吃烤红薯，还流清鼻涕。"哎呀，这文章毫无章法可言。然后主人肆无忌惮地读了起来，还破例大声笑着说："呵呵……太有趣了。"接着他嘟囔道："说'流清鼻涕'这话太挖苦人了，还是删了吧。"说罢就在那四个字上画了一道，本来一道足够了，但他画两道，三道，形成了工整的平行线。旁边的行上也被画了，他也不管不顾地继续画。都画了八道了，还没想出下一句的内容。他于是把笔放下，拨弄起胡子来。他把胡子狠狠地捻来捻去，那架势好像在说："我终究要从胡子里捻出篇文章给你们瞧瞧。"正当他上下捻着胡子的时候，女主人走出卧室，一屁股坐在主人跟前说："我有件事要跟你说。"主人用冷漠的声音问："什么事？"那声音有些憋闷，就好像在水里敲锣一样，有气无力。看样子，女主人对主人的话很不悦，接着又说："喂，我有事要跟你说。"主人失去了耐心，说道："有什么事儿啊？"边说边把大拇指和食指塞进鼻子里，迅速拔出一根鼻毛。女主人说："这个月没钱了……""怎么会？已经提前给过大夫的药费了，书店的钱不是上个月也结清了吗？这个月应该有富余钱才对啊？"主人边不动声色地回答，边像欣赏世上珍宝一样欣赏起拔下来的鼻毛。"可是你只吃面包蘸果酱，又不吃米饭。""我究竟吃了多少瓶果酱？""这个月总共八瓶。""八瓶？我怎么不觉得有那么多？""不光你自己吃啊，孩子们也会吃。""即便吃了不少，也就是五六块钱一瓶。"主人淡定地把鼻毛一根一根认认真真地粘在稿纸上。因为鼻毛上粘着点鼻涕，结果像一根根的针一样都在纸上屹立不倒。主人被自己的无意之举吸引了，他欣喜若狂，照上面噗噗直吹。因为粘得很稳固，鼻毛纹丝未动，主人说："粘得还挺结实。"又使劲地吹。女主人怒气冲天，不满地说："除了果酱，还有不少必须要买的东西呀。"主人毫不关心地说："或许是吧。"说罢又把手塞进鼻孔，狠狠拔出一根鼻毛。这些鼻毛的颜色有黑有红，各种颜色的鼻毛中，赫然夹杂着一根全白的。主人大吃一惊，盯着一动不动地看，然后用两根手指夹住鼻毛，伸到女主人跟前。女主人很反感，皱着眉头推开了主人的手说："太讨厌了。"主人又往前递了递，颇有感触地说："你瞧，鼻毛也会长白头发。"来者不善的女主人本来是要来说正经事的，被逗乐了，只好回到餐厅。看样子，她已经不想再和主人商量经济问题了。主人又继续创作他的"天然居士"。

主人用鼻毛赶走女主人，算是可以静下心来了，于是想赶紧再拔下一根鼻毛，之后就下笔。不过，他越是想快点儿写，越是写不出来。他嘟囔道："看来'吃烤红薯'有点画蛇添足，不如忍痛割爱。"说完就把这四个字给涂了。"'一炷香'也有点唐突，也删了吧。"主人毫不留情地把这三个字也给抹掉了，就只剩下"天然居士这个人，探究空间、读《论语》"这一句了，主人好像觉得这又有点简单，"唉！真是麻烦，干脆放弃写文章，还是写墓志铭吧。"大笔被他左右挥了一下，稿纸上出现两道，跟笨拙的文人所画的兰草无异，处心积虑最终换来一场空。接着，他把纸翻过来，在背面写了一段晦涩的话："生于空间，探究空间，死于空间。空也，间也，乎哉，天然居士。"恰好这时，迷亭又像以往一样悄无声息地走了进来，迷亭这人一点儿都不客气地走进来，连招呼一声都没有，也许在他看来，他把别人家当成自己的家了。除此之外，有的时候，他还从厨房的后门悄悄走进来。他这个家伙，天生就不知道什么叫担心、客气、顾忌、辛苦等。

迷亭还未入座就劈头问道："还是'巨人引力'吗？"主人虚张声势地说："哎呀，总不能一直写'巨人引力'啊，我正在为天然居士写墓志铭呢。"迷亭又开始一本正经地瞎扯道："你说的那个天然居士，他的法号是不是类似于'偶然童子'？"主人问道："有人法号称作'偶然童子'的吗？""没有，怎么会有？不过我猜测或许真有这个法号。"主人说："我不知道'偶然童子'是谁，不过这个'天然居士'你倒是认识。""居然大名称作'天然居士'，这人到底是谁啊？""不就是曾吕崎嘛。大学毕业后进了研究院，研究的论题是空间论，由于劳累过度，患上腹膜炎去世了。曾吕崎可是我的挚友呀。""我也没有说他的坏话，是挚友又有什么关系。不过，到底是谁把曾吕崎兄弟变成天然居士的？""当然是我，因为和尚给起的法号太过庸俗。"主人似乎在炫耀他所起的这个名字很雅致。迷亭笑着说："还是让我看看你写的墓志铭吧。"他边说边拿起原稿读了起来，他读得很大声："这是什么玩意啊？'生于空间，探究空间，死于空间。空也，间也，乎哉，天然居士。'哎呀，写得很别致，很符合天然居士啊。"主人眉开眼笑，说道："别致吧。"迷亭嘲笑似的说："应该在压腌萝卜的石头上刻上这个墓志铭，把它当成锻炼力量的石墩子随便往佛殿后院里一扔，那真是高雅啊。如此一来，天然居士就会得道成仙啦。"主人倒是回答得十分虔诚："我也是这么寻思的。"接着又说："我先失陪一会，你跟这只猫玩会儿。"不等迷亭的答复就离开了。

没想到主人居然让我奉陪迷亭先生，我总不能板着面孔呀，为表示友好，我对着他喵喵叫了几声，跳到了他的腿上。"哎呀，真胖啊。"迷亭先生粗暴地揪住我脖子上的皮把我提起，悬在空中。"这只猫后腿这么肥嘟嘟的，可就捉不成老鼠了。苦沙弥太太，这只猫捉不捉老鼠啊？"看来我一个人招待他还不够，他又和隔壁的女主人攀谈起来。女主人在纸门里边回答说："哪能捉什么老鼠，它吃了煮年糕倒会跳舞。"没想到女主人突然揭了我的短。我被提到半空中，难免觉得害臊。可惜迷亭还不把我放下来，他说："没错，看这猫脸，就带有会跳舞的貌相。苦沙弥太太，这猫长得就跟以前'草双纸'上边画的猫妖一样，可不能小瞧啊。"迷亭瞎扯了一阵，不停地和女主人搭讪。女主人碍于情面，只好放下手里的针线活儿走进客厅。

女主人给迷亭重新斟上茶，送到跟前说："他应该快回来了，让您久等了。""他去哪儿了？""不知道，他去哪从来不跟我说，或许是到大夫那儿去了。""是甘木先生吗？甘木先生遇到他这样的病人真是不走运。"看样子，女主人不知如何作答，只好"嗯"一声应付过去。

迷亭对这些倒不在意，接着问："他最近怎么样？胃病有些许好转吗？""我也弄不清是好是坏，不过照他那样吃果酱，就是再怎么去甘木先生那里都是白去，我看胃也不会有好转。"女主人刚才生了丈夫的气，暗中向迷亭诉苦。"他怎么跟小孩一样，居然那么爱吃果酱。""不光吃果酱，这段时间他又说什么萝卜泥是治胃病的良药，就使劲地吃。""这还真没听说过！"迷亭发出感慨。女主人说："他从报纸上看到萝卜里有消化酵母。""原来如此啊，看样子他想借这法子弥补贪吃果酱的损失呀！亏他想得出，哈哈……"女主人的抱怨让迷亭听后不禁眉飞色舞。女主人说："前几天，他给孩子也吃了呢。"迷亭问："吃果酱吗？""不是，您肯定难以想象，是吃萝卜泥。他还说：'宝贝呀，快过来，爸爸给你吃好吃的。'他难得跟孩子亲热一次，没想到是拿孩子开玩笑。两三天前，他把二女儿抱到了柜子上……""他又打算搞什么花样？"无论听到什么事，都被迷亭理解为"花样"。"他只是想让孩子从上边往下跳，不是什么花样不花样的，这个只有三四岁大的小姑娘怎么可能有那么大的动作？""是这样啊，没耍花样，他是个心眼不坏的好人。""要是他心眼再坏点儿，我早就不和他过了。"女主人越说越生气。"您其实没必要抱怨，像这样和和美美地过着小日子，真是不赖了。苦沙弥这人老老实实，不去外边瞎晃，也不讲究穿着，简直天生就是过日子的人。"迷亭用欣喜的语气和女主人说着跟他平时为人不相符的道理。

"不过您有所不知，根本不是这么回事……"女主人说。"他背着你干什么了？真是世事难料呀！"迷亭得意地回答了一句，他的话让人摸不着头脑。"也不是什么特别爱好，他就是胡乱买些不看的书。如果他计划着去买也还好，但他一去'丸善^①'，就一股脑地买好多本书回来，到了月底，他就一脸茫然。去年年底，他欠的好几个月书钱加起来还不是个小数目，可把我难为坏了。""原来就这事啊，没事的，书嘛，他想买就随他去吧。如果有人来讨账，您就说很快，很快就付，打发回去就是啦。""说是这么说，不能总这么欠着人家吧。"女主人一脸失落。

"那好说啊，你让他在书籍上少花点儿钱。""这可难喽，他根本不听。就说前一阵，他还跟我说：'你根本不像个学者的夫人，一点都不了解书籍的价值。在古罗马时代就有这样一个故事，我讲来你听听，让你学习学习。'""这个有意思，他给你讲了什么故事？"迷亭兴致立即高涨。他这可不是为了表示对女主人的同情，完全是好奇心在作怪。

"他说古罗马时代有个皇帝叫'樽金'……""樽金？樽金这名字真够奇怪呀。""外国人的名字太烦琐，我可记不住，听说是第七世国王！""没错，第七世的樽金国王。这还真是有意思。您继续说，第七世的樽金发生了什么事？""哎呀，连您都取笑我了，我真是羞愧啊。您要是知道，就快告诉我吧，您太坏了！"女主人挖苦了迷亭几句。迷亭说："瞧您说的，我可不敢取笑您，这可不是我的风格呀。只是我觉得您说的那个'第七世樽金'有点奇怪……嗯，让我思考一下，刚才您说的是'第七世樽金'吧，这个么，这么说我好像有点印象，也可能是说塔克文·苏佩布的吧？算了，不管他是谁了，这都无关紧要。这位国王到底怎么了？""说是有一个女人带着九本书去见国王，要卖给他。""这样啊。""听说那个国王问她卖多少钱，她报价很高，那个国王嫌贵，想让她便宜点儿，那个女人二话不说，从九本书中拿出三本突然就扔到火里烧了。""太可惜了。""听她说那几本书上写的都是预言一类的，别的书上绝对没有。""啧啧。""那个国王以为，九本书就剩下六本了，这回能便宜了吧，于是问她六本书多少钱，没想到价钱不变，一分钱也不少。国王说太过分了，于是那女人又拿出三本给烧了。那国王还是有点不死心地问她三本书的价钱，听说那女人还是要九本书的钱。开始是九本，后来六本，最后成了三本，但价钱一点没变，一分钱不少。如果再砍价，没准剩下的三本也被烧了，最终这个国王把三本书买下了，还没少花钱。我丈夫跟我说：'看看，这个故事是不是让你懂得了书籍的珍贵？'虽然他不停地问我'看看，这下你知道书籍的珍贵了吧'，可是我完全没明白这故事的意思啊。"女主人就自己的观点发表了一番言论，她急着听迷亭的答复。

---

① 丸善：一家书店的名字。

迷亭一向巧舌如簧，这会也一脸茫然的样子，不知如何回答了。于是他从袖子里抽出一张手绢，跟我逗了逗乐。接着他似乎一下想起什么似的，大声说道："太太，别人见苦沙弥这么爱买书，往脑子里一通乱塞，会认为他是个学者啊。前些天我在一个文学杂志上看见一篇评论苦沙弥的文章。"女主人一下就严肃起来："真的吗？"看样子夫妻就是夫妻，她一听是评论自己丈夫的，立即表现出关心。她问："那里面写了什么？""也不是很多，就两三行，说苦沙弥写的文章气势如同行云流水。""没了吗？"女主人面带笑容地问。迷亭说："下边还说：'以为该出现了却消失不见，以为消失了却只是忘了回来。'"女主人的神情显得很不解，说道："这么说是赞赏吗？"她的语气好像很没底气。迷亭敷衍着回答："也算是赞赏吧。"边说边又在我眼前摆弄手绢，逗我玩儿。女主人说："书是人谋生的工具，该买也就买了，但是做事情也不能过于稀奇古怪。"迷亭意识到，女主人又从另一个角度来绕弯子了。他说道："稀奇古怪是稀奇古怪，搞学问的人哪有不怪的。"他是顺着女主人话说，还是在为主人辩解，谁也不清楚。总而言之，他这个回答不疼不痒，真是绝妙。

接着，女主人说："例如前一阵，他从学校回来立即就要出门，他嫌换衣服太麻烦，你知道怎么着？他穿着外套就上桌吃饭了，他把饭菜放到烤火架上吃，我捧个饭盆坐在一旁，看他那副可笑的样子……""真有点现代'验明首级^①'的味道呢！不过，苦沙弥之所以是苦沙弥，正表现在他总是超凡脱俗啊。"迷亭为给主人辩护，绞尽脑汁。女主人说："我是个女人，对于什么是超凡脱俗我完全不懂，不管怎样还是有失体统。"迷亭说："那也比庸俗好吧。"迷亭一直在帮主人说话。

女主人好像十分不悦，她说："我还真是想问问，你们这些人张口闭口总是说'庸俗，庸俗'，'庸俗'到底是什么啊？"女主人严肃起来，她想弄懂"庸俗"的定义。"你是说'庸俗'啊？'庸俗'这词可不太好解释……""如果没明白怎么回事，说不清楚，还不如不说'庸俗'这个词呢。"女主人用女人最擅长的理论步步紧逼。"也不是不明白怎么回事，我很明白，只不过很难跟你一下子讲清楚而已。""或许你们把不喜欢的事情统统叫'庸俗'吧。"不知不觉，女主人一语道破天机。如此一来，迷亭不得不顺势对"庸俗"议论一番。"苦沙弥太太，'庸俗'这词是形容那些整天闷闷不乐，满脑子想的都是年轻女性，然后相思成疾的人，也可以形容那些只要碰见好天气，就必定要沉醉于名山大川的人。"女主人对迷亭的话很

---

① 验明首级：在古时候的日本，敌人将领被杀之后，必须有一人端着盘子，面对主子，验明首级。这里拿女主人端饭盆站在苦沙弥身前的情景比作验明正身。

不解，只得随便答了一句："真有这种人吗？"接着又说："什么乱七八糟的，我听不明白。"最终她不再追问了。

迷亭说："我再给你举个例子，就像把梅约·潘登尼斯的头配上马琴①的身子，再把他放到欧洲的空气里熏制一两年。"女主人说："这样就能变'庸俗'吗？"迷亭笑了笑，没有回答，他继续说道："其实，要搞出'庸俗'是很容易的事，只要把中学生和一个'白木屋'商店的老板加在一起，除以二，就是不错的'庸俗'腔调。"女主人歪着脑袋，那样子显得还是疑惑不解，她说："这样啊。"

主人不知什么时候回来了，"你怎么还没走？"边说边坐在了迷亭身旁。"'怎么还没走'有你这么说话的吗？你走的时候不是还跟我说'请稍等片刻，去去就回'吗？"迷亭说。已经转身离去的女主人回过头来看了看迷亭说："你瞅瞅，他这人就这样。"迷亭对苦沙弥说："刚才你不在的时候，我听了不少你的趣事呢。"主人说："女人总是胡说八道，真麻烦。要是每人都跟这猫似的不言不语的，该多好。"主人边说边抚摸着我的头。迷亭说："听说你给小孩子吃萝卜泥啦？"主人笑了笑，"嗯"了一声，接着说："别看是小孩子，现在的小孩可聪明着呢。自从我喂她吃了萝卜泥之后，只要问她：'乖乖，辣你哪儿了？'她就把舌头伸出来了，可有趣了。"迷亭说："太残忍了吧，简直和训练小狗演节目一样。"接着他突然想起什么，说道："哦对，寒月君应该快到了。"主人用一副难以置信的表情问道："寒月要来吗？"迷亭说："我给他寄了一张明信片，说下午一点到苦沙弥家来，他应该会来。""你这人怎么能自作主张，都不问问我有没有空，你让寒月来干什么呀？""今天不是我安排的，是寒月自己要来。听说他要去物理学会上演讲，让我先听听，帮他提点意见。我说让苦沙弥也听听，反正你有空，我让他来你家，不是挺好嘛。而且他这个人也没什么大毛病，你就听听呗。"就这样，迷亭替主人做了主。主人对迷亭的自作主张似乎很不快，他说："我可听不懂物理学这类演讲。"迷亭说："不是磁化喷嘴那种枯燥无味的论题，寒月讲的题目新颖别致，是'吊死的力学'，所以值得我们听听。"主人说："你是上过吊没吊死的人，的确应该好好听听，但是我……"迷亭故意挑逗似的说："谁说去歌舞剧院患上风寒的人就不能听一听？"女主人边抿嘴笑，边望了望主人，就回旁边的房间去了。主人抚摸着我的脑袋哑口无言，只有这个时候的抚摸，才无限温存。

大概七分钟之后，寒月果然按时赴约。为了今晚的演讲，他特意穿了一

---

① 马琴：美国基督教长老会学者。

57

件漂亮的礼服，那立起来的衬衣领被洗得雪白，为他的男子气概平添了两成风采。他不慌不忙地打招呼道："来晚了些。"迷亭看着主人说："快点开始吧，刚才我们俩就在恭候您大驾了。是不是啊，苦沙弥？"主人没办法，只好含含糊糊地哼了一声。但是寒月却一点也不急，他说："麻烦给我一杯水吧。"迷亭独自起哄地说："哎呀，这就进入角色了。接下来该要求给你拍手叫好了。"寒月从礼服的口袋里边拿出了原稿。他先有条不紊地来了个开场："这次是彩排，请多多批评，不要客气。"接着演讲开始了：

"给犯人处以绞刑流行于盎格鲁-撒克逊民族之间。要是追溯到古代，自杀的方式主要就是上吊。据悉，犹太人习惯用投石块的方式杀死罪人。在《旧约全书》中，'吊'这个词语的意思是把罪人的尸首吊起来供奉给野兽或食肉的鸟类来享用。按照希罗多德①的学说，犹太人在离开埃及之前，对夜里暴尸这事就非常忌讳。埃及人杀死罪人之后，只将躯体钉在十字架上，夜里暴尸。而波斯人……"迷亭插话道："寒月君，你讲的是上吊，可是逐渐地你就跑题了，这没关系吗？""别着急，接下来就要进入正题了……而波斯人也是用酷刑来处置罪人。不过，没有搞明白的是，他们是在人活着的时候钉在绞刑架上，还是杀死之后再钉……"

主人插话道："这种事情就算不知道又有何妨？"他无聊地打了个哈欠。

"原本我准备要讲得不少，但是也许会让二位感到厌烦……"

"与其说'也许会厌烦'，不如用'没准会厌烦'来代替好些，喂，是不是啊，苦沙弥君？"迷亭又在咬文嚼字。

主人爱搭不理地说："都差不多。"

"接下来咱们言归正传，让我慢慢道来。"

"说评书的人才用'慢慢道来'，演讲家最好用词高雅一些。"迷亭挑剔地说。

寒月看起来有点不快，他反问道："如果慢慢道来不高雅，那该用什么词好呢？"

"不知道迷亭是在听你讲还是瞎打岔，寒月你不要管他，你接着讲，让他乱起哄去吧。"主人想赶紧制止这场逐渐升温的战争。

这对迷亭来说可不管用，他张嘴就来了一句："'阔怅满怀，慢慢道来，恰似柳丝婀娜。'这俳句怎么样？"

寒月被逗得扑哧一下笑了，他继续说道："根据我的调查，结果表明，

---

① 希罗多德：古希腊历史学家。

将绞刑正式作为刑罚方式的，出现在《奥德赛》①的第二十二卷中，就是描写忒勒玛科斯把珀涅罗珀的十二个侍女绞死的那段。我本想用希腊文读一下原文，但是会被人误会为自我炫耀，暂且就不读了。只要您自己去读一读第四百六十五行到四百七十三行，就弄清楚了。"

"什么？用希腊语读？就像你会说希腊语似的，还是不要说这个了，你觉得呢苦沙弥？"

"我赞成，最好不说炫耀自己的话，显得既文雅又好。"主人破天荒地与迷亭站在同一条战线，因为他们两人都不懂希腊语。

"好，今晚我就删掉这三句话。下边我继续说，不对，是请听我往下讲：此种绞刑，如果站在今天的角度思考，其执行方法有两种：第一个是，在尤迈俄斯和费洛蒂奥斯的协助下，那位忒勒玛科斯将绳子的一端系在柱子上，然后把那根绳子依次打不同的绳结，接着一个圈里套上一个个侍女的头，最后使劲拉绳子的另一端，人就都被吊起来了。"

迷亭说："就是说，跟西洋洗衣店晾衬衣一样，把侍女吊成一排？"

"没错，是那样。另外一种就像第一种方法那样，把绳子的一头先固定在柱子上，另一头也提前挂在半空中，绳子高高吊了起来，然后用很多根短绳拴在上边，结成圈，再套入侍女的头。让女人的脚下垫着台子，到了用刑的时候，就撤走台子，这也是一种方式。"

迷亭又插话道："我举个例子，那情景是不是和商场门前挂着的一排圆圆的小灯笼一样啊？"

"我没见过您说的圆圆的那种小灯笼，没法回答。不过，大概就是那样的。所以我在这想论证一下，从力学的角度来说，第一种方法不可能成立。"

"哎呀，有意思啊！"迷亭来了精神。紧接着，主人再次表示赞同："嗯，有意思。"

"第一，假设这些侍女被吊起来间隔的距离是相同的，与此同时，又假设离地面最近的两个女人之间的绳子平行于地面。那么，把a_1、a_2……a_6看作绳子与地平线形成的角度，把T_1、T_2……T_6看作各部分绳子所承受的力度，假如绳子最低部分承受的力度是$T_7=X$，当然侍女的体重就是W，这不用说了。你们两位听懂了吗？"

迷亭和主人相互对视，说道："大致明白了。"但是，你所说的大致

---

① 《奥德赛》：荷马创作的古希腊史诗，西方文学的奠基之作。讲述了主人公奥德修斯的故事。

能表示的距离，是他们两人随意定出来的，或许这不适用于其他人。寒月接着说道："再者说，根据多边形平均性原理，可以成立如下十二个方程式：$T_1\cos\alpha_1=T_2$，$\cos\alpha_2\cdots\cdots T_2\cos\alpha_2=T_3\cos\alpha_3\cdots\cdots$"

主人毫不客气地说："这些方程式讲得够多了。"

看样子寒月好像不忍舍弃地说道："说实话，本打算把方程当成本次演讲的精髓。"

迷亭为难地说道："既然是你演讲的精髓，那我们就照这样听下去好了。"

寒月说："如果删除这些方程，我费了好大劲儿做出的力学研究就无法成功……"

主人一点儿也不在乎地说："没有的事，你完全不用想这些，该删就删吧。"

寒月说："好，那就听你们的都删掉，虽然这不该省略。"

这时本不必有掌声，可是迷亭却在此处鼓起热烈的掌声，并说："那真是好主意。"

"下面我们来论述下英国。在《贝奥武甫》①中把绞刑架称为galga，由此可以推断，从这个时代开始，绞刑架出现了。按照布莱克·斯通所讲的，被处以绞刑的罪犯，如果是因为绳子的原因没有死，就应该再受一次相同的绞刑。然而在《农夫皮尔斯》里却有句话说：即使再凶恶的人，也不该受两次绞刑。虽然我没有深究过哪种说法是正确的。但是，确实曾真实出现过一次绞刑失败的案例。1786年，恶人费滋·哲拉洛德曾经接受绞刑，不知是否事出偶然，第一次，他的脚刚离开台子，绳子断了。第二次，绳子太长足以让他两脚着地，结果又失败了。据说第三次在观看者们的帮助下，才送他上了西天。"

遇到这种事，迷亭立即来了精神："太厉害了。"这次，主人也兴致勃勃地帮腔道："真是命不该绝。"

接着，寒月又说道："还有更有意思的事呢。据医生测量，人吊死的时候身子会长出一寸，保证没错。"

"这个发现倒是新鲜，苦沙弥君，你去上个吊试试？长出一寸就能和一般人一样高啦。"迷亭戏谑地对主人说。

主人严肃地问："寒月君，长高一寸还能活过来吗？"

---

① 《贝奥武甫》：英雄史诗，最早用欧洲地方方言写成，讲述的是六世纪初期发生的事情，是古代英语文学的最高成就。流行于七八世纪之交，十世纪出现手抄本。

"肯定活不过来。干脆点儿说，因为脊椎骨被拉坏了，而不是脊椎骨长了，所以长高了。"

"如果是这样，那还是算了。"主人放弃了这个念头。

演讲的剩下部分还很长。寒月原本还想就上吊的生理作用论述一番，可是迷亭总是插入些不着边际的怪谈，主人也常肆无忌惮地打着哈欠，所以寒月只好中途停止演讲，回家去了。至于寒月君当晚是以何种态度，以怎样的方式展开演讲的，由于我离得较远，真是无可奉告。

之后的两三天过得安然无事。一天下午两点，迷亭照例像"偶然童子"般走了进来。他一坐下突然向主人问道："越智东风的高轮事件你听说了吗？"他那架势，简直是来公布旅顺沦陷的号外新闻的。"不知道，最近我没看见他。"主人的回答好像没多大兴致，他还和往常一样。"今天，我是百忙之中专门来告诉你东风惨败的故事。"主人说："你这家伙真是不正经，总是说得不着边际。"迷亭说："哎呀，可不要说不正经，我只是喜欢东拉西扯罢了。这一点可事关我的名誉，你一定别小看这点区别啊。"主人简直是重生的"天然居士"，毫不忌讳地说："都一样。"迷亭早想说他的事了："听说上个周日，天气那么冷，东风兄弟去了高轮的泉岳寺。别的不说，这季节去泉岳寺，都是从来没逛过东京的乡下人才会做的事情。""那是东风君的自由，你无权阻止。"迷亭说："对，我是没权利，这确实不假。你知道寺院里有个'烈士遗物管理会'的展览吗？"主人回答："不知道。"迷亭说："什么？你不知道？难道你没去过泉岳寺吗？""没去过。""没去过？真是怪了，难怪你一直为东风辩护。身为江户人①，你居然没去过泉岳寺，真是丢人啊。""没去过不是一样当教师。"主人越发觉得自己像"天然居士"。迷亭说："不跟你贫嘴了，先说东风吧。他钻进那个展览室去参观，碰巧遇见一对德国夫妇。这对夫妇开始的时候是用日语跟东风问询的，但是这家伙早就想验证下自己的德语了，于是就用德语回答了两三句，真是意想不到的好。事后回想，这是灾难的开头呀。"主人问道："后来怎么了？"他终于掉进了迷亭设下的陷阱。"据说，德国人看见大鹰源吾的漆金印盒，想问问卖给他行不行。当时，东风给予巧妙的回复：'日本人都是清正廉洁的君子，肯定不会卖。'德国人听这几句德语说得很流利，认为碰上了一位体面的翻译家，于是不断地问问题。"主人问："都问了哪些问题？""这就出问题了，要是能听懂还担心什么。那德国人语速很快，而且问题一个接着一个，把东风君问得一头雾水。中途偶尔有一两句能

---

① 江户人：指东京人。

听懂，但问的事情都是有关消防啊，榔头啊，这些德语词汇他都没学过，自然不会翻译。这可难住他了。"主人说："没错。"主人设身处地对此遭遇深表同情。迷亭说："但是这个时候，周围看热闹的人越聚越多，最后将东风君和那两个德国人围得水泄不通。这家伙一脸窘迫，舌头也不听使唤了，开始的时候还得意扬扬，相比之下，现在真是一脸狼狈。"主人问："最后怎么结束的？"迷亭说："听说东风最后毫无办法，为赶紧从德国人身边脱身，用日语来了句'撒伊那拉'就回来了。我问他说的'撒伊那拉'怎么那么怪，你们老家是把'撒由那拉'说成'撒伊那拉'吗？他告诉我说：'没有啊，我们家乡也说"撒由那拉"的，但是对方是从西洋来的，为了与德语相协调，我只好说成"撒伊那拉"。'东风这家伙那会儿都毫无办法了，还能想起来协调，真让人佩服。""'撒由那拉'还是'撒伊那拉'倒没什么关系，但是那两个外国人怎么样？""听说那两个外国人被弄蒙了，目瞪口呆的。哈哈……真是笑死人了。""没觉得好笑，反而你专门为这件事来告诉我才好笑呢。"主人边说边向火盆里磕了磕烟灰。恰在此时，外边格子门上的门铃惊人般地响了，接着一个女人用尖锐的声音叫道："抱歉，有人在吗？"迷亭和主人相互对视，都沉默不语。

我寻思："真是怪了，主人家很少有女客上门。"仔细一看，那个叫声尖锐的女人身着双层绉绸盛装，底襟拖在席垫上走了进来。她年龄四十刚出头，前额发际线已经明显后退，头顶的发髻活活像抗洪大堤坝一样高高耸起，至少有半张脸那么高。她的双眼眼角向上高高吊起，形成两条左右对立的直线，宛如开凿出的斜坡。说是两条直线，是因为她那两只眼睛比鲸鱼眼还要细，还要长。鼻子却大得出奇，就像偷了别人的鼻子安到了自己的脸上一样。她的鼻子占了大部分的地盘，就好像把神社里的石灯笼搬到十几平方米大的小庭院里一样，反正让人觉得失调。她是鹰钩鼻，上端使劲往高里耸，半道上突然平和起来，好像觉得这样太过分了，到鼻尖处，再也不像顶端那么气派，向下垂着窥视下边的嘴唇。由于这个鼻子独具特色，因此这个女人说话的时候，与其说嘴巴在讲话，不如说鼻子在问嘴巴话。为了表达对这个伟大鼻子的敬佩之情，我打算以后就把这个女人称之为"鼻子"。鼻子初次拜访，说了一番客气话，之后打量着客厅说道："呦，家里挺气派的。"主人只顾噗噗地吸烟，发出吧嗒声，心里一定在说："虚伪。"迷亭望着天花板说道："苦沙弥君，你瞧那图案多有意思啊，那是漏雨的水迹还是木板本身的花纹？"迷亭显然是在暗中催促主人说话。主人回答道："当然是漏雨的水迹啦！"迷亭敷衍地接话说："非常好看啊。"鼻子心里为此十分恼火，这两人真不懂交际。接着三人坐成并立架势，悄然无声。

62

最后，鼻子重新引起话题道："我有些事情想问问您，所以今日登门拜访。"主人神情冷漠地说："哦？"鼻子觉得不能这样僵持下去，于是急忙说道："其实，我就住在附近——在对面拐弯处那座公馆……""就是那座带有仓库的大洋房吗？门牌上写的是金田。"主人能知道金田的洋房和仓库实属不易，不过对金田夫人的敬意却依然寥寥。鼻子又说话了："照理说，本来我丈夫准备自己过来拜访您的，但公司事务繁忙……"鼻子的眼神好像是说"这次总该起作用了吧"。但是主人仍然无动于衷。让主人十分不满的是，鼻子身为女人，初次见面时说话所用的那种语气未免有些猖狂。鼻子说："丈夫的公司除了那家之外，还有其他的两三家，而且每家公司他都身居要职。我想，这些你应该早有所闻。"鼻子显露出的神情分明在说"这回你总该对我毕恭毕敬了吧"。我家主人，对博士啊，教授啊之类的，总是十分敬重。说来也怪，他对企业家却很少敬重。他确信企业家不如中学教师伟大。即使他不这么想，就凭他那死板的性格，对于企业家或大财主的施舍，他也不会接受。对于一个绝不会期待蒙受他人恩惠的人来说，不管对方多么有权有势，也与他没有一点儿关系。因此，学者圈子以外的事情他一概不理，特别是对于商业界，什么人在什么地方做什么事，他完全不知。即使知道，也不会涌起一丝一毫的敬意。鼻子做梦也没想到，居然会有这么奇怪的人生活在世上一角的阳光之下。以往，她碰到过不少人，只要自称是"金田夫人"，每个人都对她刮目相看。不管在什么场合，也不论面前的人身份多么高贵，"金田夫人"这个身份走到哪里都管用。况且，现在是在一个思想又保守又没钱的迂腐教书匠面前，她本以为只要说自己的住所在街道拐角处，就算不告知职业，对方立刻也会目瞪口呆了。

主人一脸无辜地向迷亭问道："你认识这个叫金田的人吗？"迷亭严肃地回答："当然认识啦！他是我伯父的朋友，最近金田先生刚参加了游园会。"主人说："你的那位伯父是谁呀？""当然是牧山男爵。"迷亭回答得更加严肃。正当主人要说些什么，鼻子抢先转过身子望向了迷亭。迷亭穿着大岛粗布长衫，外边罩着礼服大褂，这种布上边印花，是最早的时候从外国运送进来的。他坐在那里，一副镇定的样子。"您看我都不知道，您是牧山老爷的那个什么，真是失礼。我经常听丈夫说起，一直承蒙牧山老爷的照顾。"鼻子立马用词客气起来，并且还行了一个大礼。迷亭边笑边说道："哎呀，不用客气，呵呵……"主人目瞪口呆地看着两个人。

接着，鼻子说道："我听丈夫说，这次小女的亲事多亏牧山老爷费心……""哦，是吗？"迷亭听鼻子这么一说，觉得有点莽撞，语气硬不起来了。鼻子说："其实有好多人上门提亲，但出于我们家的身份考虑，总要

63

找一个正经人家。""那倒是！"迷亭终于松了口气。接着，鼻子话锋一转对着主人，一改客气的语气说："我想跟你打探的就是这件事，听说有个叫水岛寒月的经常来你家，那个人到底怎么样啊？""你打探寒月的事情干什么？"主人语气有些不悦。到底是迷亭聪明，代她解释道："很可能是为了金田小姐的亲事，才了解寒月君的人品吧。"鼻子说："如能就此领教，那就再好不过了。"主人说："这么说您是要把你家小姐嫁给寒月吗？"鼻子立刻反驳了主人一句："还谈不上嫁给他。提亲的还有很多家呢，即使寒月先生不肯俯就，也不发愁。"紧接着，主人也回复了一句："既然如此，打探寒月的事就大可不必了。"鼻子摆出一副吵架的气势，她说道："不过，你也没必要替他隐瞒吧。"迷亭坐在两人之间，手里拿着他的银管烟袋，就好像拿着指挥扇一样，在心里喊："动手啊，快动手，一争输赢吧。"主人又从正面打击了鼻子："这样说来，是寒月提出让令爱嫁给他喽？""倒不是他说让我女儿嫁给他。""是你觉得他有意要娶令爱吗？"看样子主人心知肚明，只能用这种强硬的办法对付这个女人。鼻子说："虽然寒月先生还没有明确提出，但恐怕他也是愿意的。"鼻子差点败下阵来，却在千钧一发之际站稳了阵脚。主人气势汹汹，用一副据理力争的架势说："寒月做了什么对你女儿示爱的事儿吗？"他的意思是说要有就说出来。"嗯，八九不离十。"鼻子说。看样子，主人的攻击貌似没有奏效。迷亭装成裁判员的样子，这会儿，他兴致勃勃地欣赏着这一场争斗。不过，似乎被鼻子刚才的那句话勾起了好奇心，他把银管烟袋放下，向前探了探身说道："寒月君给令爱写了情书？真有意思，新年期间又平添一份趣闻，会成为一个绝妙的话题呢。"迷亭一个人在那快活。"不是情书，情书哪比得上这个火热呢。难道你们两位不知道？"鼻子说话风趣地奚落两句。主人向迷亭问道："喂，你知道吗？"这种事本不值得谦虚，但迷亭却谦虚起来，一副茫然的样子说："我可不知道，你才最应该知道。"鼻子得意扬扬地说："不是吧，其实你们两个人都知道。""呵！"两人都对这个女人佩服起来。"看样子你们都不记得了，那让我再说一遍吧。去年年底，在向岛的阿部先生的府上举办了一次演奏会，那次寒月先生也参加了。当天晚上，寒月先生在返家的路上在吾妻桥上遇到了一件事儿。详细情况，我就不多说了，保护当事人隐私。我想那件事足可以证明寒月的心意了。你们认为呢？"鼻子边说边骄傲地坐在那里，她把带着钻石戒指的手，在腿上平放开来。她那硕大的鼻子开始绽放光彩。看那气派，无论迷亭还是主人，都没有一点存在感了。

　　主人就不必说了，就连迷亭——从不惊诧于任何事情的人，都被出奇一击吓破了胆。他好像患上疟疾病突然发烧了一样，失魂落魄地坐在那好长时间。不过，当他们从惊诧中回过神来，那种恢复原貌的场景太滑稽了，两人像商量好了似的同一时刻哈哈大笑起来。只有鼻子不知道发生了什么，感觉到些许意外，向他们露出凶狠的目光，仿佛在说，此时大笑是十分无礼的。

迷亭首先发言道："哎呀，那位就是令爱啊？您说的绝对没错。嗨，苦沙弥君，寒月确实对这位小姐情深义重啊，咱们还是全部说出来吧，没必要隐瞒啦。"主人根本不说话，只是鼻子发出了哼的声音。鼻子得意地说道："没错，真的没有隐瞒的必要，您看这桩好事已经开了一个好头了，不是吗？"迷亭回答："事已至此，只要是关于寒月的一切事情我们就都告诉你吧，供参考。嘿，你可是主讲，苦沙弥君，不能总呵呵地笑，不说话可不行啊。说实在的，秘密真是个可怕的东西，不论怎么隐瞒，也会被人知道。不过说来也怪，金田夫人，你是如何知道这个秘密的呢？真没想到啊。"迷亭一个人喋喋不休。鼻子听人这么问，趾高气扬地说："我办事可百分之百有把握呀。"迷亭说："简直无懈可击了，你到底从哪打听来的？""就你们房后边车夫的老婆，我从她那听来的。"主人眼睛睁得溜圆，说道："拉车的？就是养大黑猫的那家？""对啊，我早就吩咐过关于寒月先生的事，只要寒月先生到这儿来，我就让车夫的老婆打探他在这说了些什么。"主人大声说道："这也太过分了。""当然，你们说了些什么我可一点不关心，我只想知道寒月说了什么。""不管是寒月说了什么，还是谁说了什么，反正那个车夫的老婆太下流了。"主人一个人愤怒起来。鼻子毫无羞愧地说："不过人家有权站到你家篱笆墙下，如果你怕别人偷听，可以小点儿声说，要不就换个更大的房子住。不单是人力车夫家，新街教二弦琴的女师傅还跟我说了不少事儿呢。"主人问："是关于寒月的事？"鼻子说得怪吓人的："还有其他的事儿呢。"在我看来，这次主人定会惊慌，可是没承想，主人竟说："那个女师傅平时装出一副清高的样儿，摆出个臭架子，像个人儿似的。真是个混账。""恕我冒昧，人家是个女的，怎么能骂作混账呢？"鼻子说话的口吻越发使她原形毕露。她来这儿根本是为了吵架。迷亭到底是迷亭，对于这些，他饶有兴致地听着这两人的口舌之争，就像仙人李铁拐正在观赏斗鸡搏斗的场面一般，抱着一副事不关己的态度。

主人发现自己真不是鼻子的对手，面对咄咄逼人的鼻子，他无言以对，只好暂时闭嘴。沉默一会儿后，主人仿佛突然想到什么一样，说道："你一直说寒月爱上令爱，可是据我所知，情况有些出入呢。嗨，是不是啊，迷亭君？"主人请求迷亭的支援。迷亭说："嗯，当时据寒月说，是令爱患病在先，然后一直说胡话。""这完全是胡扯，绝对没这事。"金田夫人语气强硬起来，说话直截了当。迷亭说："不过，寒月确实说，是某个博士太太告诉他的。"鼻子说："那是我安排的，是我有意委托那位博士太太试探一下寒月先生。"主人说："那位太太知道事情是怎么回事吗？""知道，当然知道。她可不是白帮我的，我送给她各种各样的东西呢。"迷亭说："这样说来，你不把寒月的情况刨根问底查个水落石出，是不会回去的呀？"看样子，迷亭也有些许不快，他说话语调不好听，用词也不知不觉嘲讽起来。接着他对主人说："算了，苦沙弥君，还是给她讲讲吧，让她知道也没什么坏处。金田夫人，不管是我还是苦沙弥，只要寒月的事是事实，又不伤害到他本人，我们都可以讲给你听。对啦，如果你按照次序一件一件地问，这样会更好。"

鼻子这才露出满意的笑容，摆出要逐一问清楚的架势。刚才她还对迷亭语气粗俗，现在一改常态，口气变得客气起来："听说寒月先生是理学学士，他到底是学什么专业的？"主人郑重而认真地回答："在研究生院的时候研究地球磁场的。"可惜鼻子完全听不懂主人所说的意思，她"噢"了一声，用惊诧的神情问道："研究这个能成为博士吗？"主人很不悦，问道："你的意思是，如果不能成为博士，就不能娶你女儿？""那当然，一个普通的学士到处都是。"鼻子回答得满不在乎。主人看了一眼迷亭，脸上的神情表现得更加厌恶。迷亭也很生气，语气也越发冷淡了，说道："我们也不敢保证是否能成为博士，你还是问点其他的问题吧。"鼻子说："近些天，他还研究那个地球之类的吗？"主人想都没想就回答说："就在两三天之前，他还在物理学会上就上吊力学这样一个科研成果，进行了演讲。"鼻子说："哎呀，真是晦气，他真是个怪人，研究什么上吊？研究上吊应该当不了博士喽！"主人回答说："当然。如果他本人上了吊，当博士更难；但如果是上吊力学，不一定当不了博士哦。"鼻子偷偷看了看主人的脸色说："真的吗？"可悲的是，她不懂力学是什么，因此放心不下。不过说句实在话，为这点事还让主人解释，难免会面子上过不去，因此为判断主人说话的真实性，只好用偷看神情的方式。不过主人脸色不好看。鼻子又问："此外，还研究些什么好懂的学问吗？"主人回答："我想一想。前一阵子，他写过一篇名为《论橡果的稳定性以及天体的运行》的论文。"鼻子问："像橡果一类的，在大学也会研究吗？"一旁的迷亭接过话来，故意取笑她说："我也是外行，不太懂。不过既然寒月在研究，说明还是有研究价值的吧。"鼻子不想再继续追问，因为她似乎意识到，质问学术上的问题等于白问，于是转移话题，问道："我还有其他事想问，不知真假。据说这次过年，他有两颗门牙断了，是吃香菇崩掉的？"在迷亭看来，他个人的长项正是回答此类问题，于是立刻来了兴致说道："没错，豁牙处还粘着年糕哪！"鼻子说："他这人也太有失体面了，为什么不用牙签剔下来呢？"主人痴痴笑着说："等下次见面，我会提醒他的。""他的牙口可真够差的，吃个香菇就崩掉了？你们觉得呢？"主人看着迷亭说："他的牙口不怎么结实，是吧，迷亭君？"迷亭说："没错，不结实，不过蛮可爱的。到现在他也没镶牙，这就更有趣啦。年糕现在还在上边趴着，真是壮观。"鼻子说："他是因为没钱镶让牙齿豁个口，还是有意要独树一帜呢？""他不会让牙永远豁个口，您放心好了。"迷亭的情绪渐渐恢复了平静。鼻子又冒出一个新问题："他本人有没有写过什么东西，我想看一看。""倒是有很多明信片。"主人从书房抱来三四十张，说道："请您过目。"鼻子说："不用看这么多，挑两三张看看就行了……"迷亭先生说："还是我给你挑几张好的吧。"他边说边挑出其中一张说道："你看这个就很有意思。"鼻子说："啧啧，手挺巧的，还有他画的画呢。让我仔细看看。"说罢认认真真地看起来。"啧啧，真讨厌，这不是狸猫精吗？偏偏要画个狸猫精，怎么不画点别的呢？不过，画的还真不错。真是奇怪，一瞧就知道是狸猫精。"鼻子表现出了佩服。主人笑着说："你读读卡片上的文字。"鼻子读了起来，声调就像女佣读报一样："在辞旧迎新的夜晚，山中的狸猫正开着游园会，不停地跳舞，还唱道：来吧来吧，除夕之夜不会有人上山游玩的啊，嘭咳嘭，嘣嘣！"鼻子读完，十分不悦地说："这太不像话，岂不是故意捉弄人？"迷亭又挑出一张说道："这张仙女你应该喜欢吧？"我一瞧，原来画着一个身着轻薄衣衫的仙女正弹着琵琶。

鼻子说："这仙女的鼻子未免太小。"迷亭说："哪儿啊，看着跟普通人一样。先不管鼻子，你先读一读上面的词吧。"上边写着这样的句子："在古时候的一天夜晚，一名天文学家像往常一样站在高台上专心致志地观察星星。这时，天上出现一位长得很美的仙女，演奏了世上绝无仅有的音乐，美妙极了。天文学家听得着了迷，忘记了刺骨的寒冷。第二天早晨，有人发现了天文学家的尸体，全身布满了雪白的冰霜。这个故事绝不是虚构的，是那个喜欢说谎的老头儿给我讲的。"鼻子读完后说道："写的是什么呀，一点趣味也没有。这也能称为理科学士？还不如读一读《文学俱乐部》之类的东西。"她把寒月贬得一无是处。迷亭又递过来第三张，半开玩笑地说道："你瞧瞧这张怎么样？"这张明信片和其他明信片无异，上边印着一艘帆船，下边写着些文字。她读道："'昨晚在码头上，一佳人年方二八，失去爹娘，对着沙滩上的海鸥和醒来的海鸟哭诉，爹娘到海上打鱼被大浪卷入海底。'写得不错，值得敬佩。看来他也懂得风雅。"迷亭问："懂得风雅？""没错，照这样足可以用三弦琴来演奏了。"鼻子说。"当然，用三弦琴演奏那可够上讲究了，还有这张，你看看如何？"迷亭给鼻子拿了一张又一张，鼻子很满意，自言自语道："我看了这么多，可以了，其他的不用看啦。总之，我知道寒月先生有真才实学就行了。"看样子，鼻子对关于寒月的询问，大体上告一段落，她提了一个既自私又大胆的要求，她说："打扰你们了，很感谢，拜托千万不要告诉寒月先生我来过这里。"看样子，对于寒月，她要将一切查个水落石出，却不想向寒月泄露她自己在这方面的任何事，这就是她采取的策略。迷亭和主人爱搭不理地回复道："嗯。"鼻子起身一本正经地说："很快我会派人送些礼物来答谢。"

两人把鼻子送走，之后坐了下来，迷亭和主人异口同声道："这女人是什么东西。"隔壁房间传出了女主人憋了很久的咯咯笑声。迷亭提高嗓门道："夫人，苦沙弥夫人，这不就是'庸俗'的典型吗？庸俗到这个程度也是够本儿了。算了，你也不用忍着了，想笑就笑吧。"

主人用分外愤慨的语气，恶狠狠地说："最不顺眼的就是那张脸。"迷亭赶紧接过话茬儿说："鼻子盘踞在脸中央，傲视四方。"主人说："还是个鹰钩鼻啊。"迷亭十分高兴，笑着说："真是太稀奇了，微微有点水蛇腰，还长那种鼻子。"主人说道："一脸的克夫相。"他好像还在跟那个女人生气。"她那副长相，像在十九世纪没卖出去，放到二十世纪又赶上滞销。"迷亭说话总是稀奇古怪的。这时，女主人从里屋走出来，她毕竟是女人，心细，提醒他们说："坏话说太多，小心车夫的老婆又去打小报告了。"迷亭说："苦沙弥夫人，让她出卖我们对那个女人没有坏处啊。""不过，私下贬斥别人的相貌那可太下流了。鼻子长成那样，人家也没办法啊。而且她是个女人，你们这么说一个女人，也太不地道了吧。"女主人看似在为鼻子夫人如此辩解，其实也为自己的长相做了间接辩护。主人说道："有什么不地道的，那个家伙太愚蠢，哪配当个女人。你说对不对，迷亭君？"迷亭说："或许愚蠢，但这家伙却很有能耐呢，你不是被她狠狠嘲讽了一番吗？"主人说："我真不清楚她把教师看成什么？""肯定把你和屋后的车夫同等相待。要想获得那种人的尊敬，唯一的办法就是当博士。话说，你没成为博士，是你自己不争气，是不是呀，苦沙弥太太？"迷亭边说边笑着望向女主人。"还当博士呢？他可当不上。"连女主人都对主人失望了。主人对他老婆说："可别小瞧我，没准很快就能当上呢。你也许知道，过去，有个人叫埃斯库罗斯，九十四岁才创作出伟大的作品。索福克勒斯已经快一百岁高寿的时候，才写出闻名世界的著作。西摩尼德斯创作出伟大的篇章，已经有八十岁，而我………""别胡扯了，像你这样闹胃病，能活那么长时间吗？"女主人都把主人的寿命给预测出来了。"胡说，你到甘木先生那去打听打听！要不是你非让我穿褶皱的外褂，打满补丁的长袍，我怎么会被那女人看不起呢？打明天起，你给我找出来迷亭那样得体的衣服，我换了再出门。""给你找出来？口气可真不小，那样高档的衣服你可没有。金田夫人之所以对迷亭客气，可不是因为迷亭先生的着装，而是从听到他伯父的名字开始的。"女主人巧妙地推卸了自己的责任。

主人听到"伯父"两字，顿时若有所思地问迷亭道："我今天才听说你有个这样的伯父，以前从没听你提起过啊！你真有这个伯父吗？"迷亭似乎早盼着主人能这么问了，他说："对，我这个伯父可是硬朗得很，他从十九世纪一直活到二十世纪的今天。"边说边看看主人和女主人。女主人笑嘻嘻地说："您说话真是好有意思！您的伯父大人在哪里住啊？""在静冈住。不过，让人更为称道的是，他不仅健在，而且头顶还留着个发髻①呢。我劝他戴个帽子，他炫耀似的说：'我活了这么大岁数，还不曾冷到戴帽子的程度。'有时我说：'您再多睡会儿吧，太冷了。'没想到他却说：'人有四个小时的睡眠就够了，再多睡都是浪费。'他经常在天亮之前起床，并且还得意扬扬地说：'我把睡眠时间缩短到四小时，是因为经常做锻炼的结果。我年轻的时候也很贪睡，直到最近才随心所欲地控制自己的睡眠渐入佳境，十分高兴。'不用说，他已经六十七了，睡眠当然少了，根本谈不上什么锻炼不锻炼。可他却认为这些完全是苦修苦练换来的。此外，他外出的时候，一定要随身带一把铁扇。"主人问："带它干什么？""我也不知道有什么用，总之他外出一定会带，也许是用铁扇当拐棍吧。不过，前段时间发生了一件离奇的事。"迷亭这次说话，专门看向女主人。女主人无关紧要地问了一句："什么离奇的事？""今年春天，他突然寄给我一封信，信上写着，他想要一顶大礼帽和一件大礼服，让我给他老人家寄去。我有点诧异，写信过去问详细情况，他立刻回复说他是给自己穿，命令赶紧买好寄去，务必赶得上二十三日静冈的祝捷会庆。更可笑的是，他老人家是这样下命令的：给我买顶大小合适的帽子，西装也要估计一下尺寸，到大丸和服店去定做。"主人问："大丸最近也做上西装了？"迷亭说："没有，老兄，他把白木屋和大丸弄混了。"主人又问道："你能估计好尺寸吗？"迷亭说："这就是我伯父的独特之处。"主人问："那你是怎么弄的？"迷亭说："没办法，只好估量着给他做了一套，寄了过去。"主人又问："真是胡闹啊，怎么样，能穿吗？"迷亭说："总算是没出差池。我在家乡的报纸上看到，那天牧山老翁破天荒穿上了大礼服，手拿着铁扇……"主人说："看样

---

① 发髻：日本相扑头顶上的发髻。

子怎么都离不开铁扇呀。"迷亭说："等他老人家升天了，这把铁扇一定给他放到棺材里。"主人说："无论如何，帽子和西装穿戴都算合适，这就很不错啦！"迷亭说："但是你大错特错了。我也曾想，我成功完成了事情，完事大吉。可是没过多长时间，我就收到他老人家寄来的包裹。我琢磨，他可能是为感谢我，寄给我点礼品吧。我拆开一看，原来是那顶大礼帽，还有一封信在里面，写道：'购买这顶帽子让你费心了，只是尺寸偏大，希望把这顶帽子拿到商店，让他们给改小一点。改制的费用，我如数寄去。'"主人说："哎呀，真是固执啊。"看样子，主人十分惬意，终于发现世界上还有比自己更固执的人。随后，主人又问道："之后怎么样呢？""之后还能怎么办，只能我自己戴了。"主人笑嘻嘻地说："就是这顶帽子吗？"女主人好奇地问道："那位老人是男爵吗？"迷亭问："你说的是谁？"主人说："就是你拿铁扇的伯父喽。""不是，他是个汉学家。小时候在文庙潜心研究朱子的理论，因此到了现代，灯泡都大放光明了，他还在头顶留着个发髻。真是没办法。"迷亭边说边下意识地抚摸下巴。主人说："但是老兄，你刚才对那个女人提到的可是牧山男爵啊。"只有在这件事情上，女主人与丈夫保持着一致意见。她说："我在卧房里也听见了，您就是这样说的。""我这样说了吗？哈哈……"迷亭轻松自如地放声大笑起来，"那是我乱说的，我要是有个男爵伯父，我现在怎么也当个局长之类的。"他自己胡说八道，还表现得不以为然。看起来，主人好像既有欣喜，又为迷亭担忧，他说："我就觉得不对劲嘛。"女主人非常佩服地说："哎呀，您说谎说得太自然了，估计吹牛也是一把好手呀。"迷亭说："那个女人更高明。"女主人说："那位夫人可比你强不到哪儿去。"迷亭说："但是苦沙弥夫人，我吹牛只是说说而已，但那个女人浑身都是阴谋诡计，品行恶俗，她是居心不良，一肚子坏水啊。如果不能区分耍花招、动心眼和天赋式的滑稽幽默，那么喜剧大师也会潸然落泪的，因为实在是没人能慧眼识英才啊，你们说对不对？"主人垂下眼皮说道："谁知道呢。"女主人边笑边说："对我们来说没什么区别。"

至今我从没到对面的那条街道去过，所以也不知道拐角处那座金田公馆到底有多么气派，今天是第一次听说有这么个人。主人在家中从不谈论企业家的事儿，而我，承蒙主人的养护，自然对企业家也没有了解，也根本不关心。不过令人意想不到的是，我从头到尾看到了鼻子造访的全过程，领略了鼻子夫人的谈吐，这让我不禁浮想联翩：她家女儿是不是长得娇艳欲滴，她们家是不是大富大贵，有权有势？但这样一来，虽然我是只猫也无法像往常一样躺在长廊里安然入睡了。此外，我也开始深深地同情寒月。鼻子夫人

70

早就把博士夫人、车夫的老婆，甚至是"天璋院"那位教二弦琴的师傅都收买了，还神不知鬼不觉地连寒月两颗门牙有豁口的事儿都侦察出来了。而寒月先生却沾沾自喜，只顾摆弄自己外衣上的穗子。尽管他是理科学士毕业，处世能力未免也太低了。不过那个脸上安放了个硕大的鼻子的女人，不会让没有本事的人接近她。这件事情，主人本来就漠不关心，何况他也不富裕，不能给寒月太多的帮助。虽然迷亭手头还算宽裕，但他整天没正经的，恐怕他支援寒月的可能性也非常小吧。看起来，最可怜的还是演讲"上吊力学"的这位先生。为对寒月公平起见，我决定铤而走险、侦察敌情。尽管我是只猫，但好歹也是寄居在读爱比克泰德的学者府上，和那些蠢猫、笨猫绝对气质不同，我可是独树一帜的。我宁愿去冒险一番，尽一点侠义之情，因为我从尾巴到脚都很仗义。当然，我这么做不是因为寒月君给了我好处，也绝不是因为自己被正义感冲昏头脑。往大里说，我这是将热衷于公道和中庸的天意转化为现实，这可是仗义之举啊。那个金田太太，既然她能未经本人同意，就随意炫耀吾妻桥的事；既然她能派探密者在屋檐下藏着窃听情报，并得意地告诉遇到的人；既然人家可以利用车夫老婆、养马的、无赖、穷苦书生、打零工的老婆子、稳婆、妖婆、按摩师、傻子放肆地给国家栋梁找麻烦，那么，身为猫儿的我，只好下定决心。幸好今天天气不错，尽管冰雪融化了，走在路上就得谨慎点，但为了坚持想法，就算放弃生命我也在所不惜。我沾了湿泥的脚在走廊里添了好多梅花烙印，这样给阿三找了很多麻烦。跟我倒是没什么关系。于是，我打定一万个主意勇敢向前，决定不等明天，现在就出发。我飞奔到厨房，忽然觉得应该停下来。我是进化到最高峰的猫儿，而且智商可以和中学三年级的学生相比拟。只可惜我的嗓子永远是猫的结构，不会像人一样说话。即使我成功潜入金田公馆，对里边的情形了如指掌，也无法把这些告知寒月君这个当事人，也不可能让主人和迷亭知道。如果说不出来，就好像将钻石埋在土里，难以在阳光下闪烁。而那些难以获取的消息，就会变得像废物一般没用。我寻思，我觉得自己办了一件蠢事，不如罢休。我在厨房门口久久站立着犹豫不决。

不过，一旦中途放弃想做的事，这就好像在黄昏时分焦急等待下雨，但乌云却向比邻的地方移去一样，不免让人慌惜，况且如果我们没有道理，自然就另当别论了。到那时为了正义和人道，即使一无所获，甚至是不惜付出生命，我也一定要坚持到底。这就是见义勇为的英雄气概。作为一只猫，我自然能受得了白白受累或是白白弄脏了身子。正因为猫的天性，我没有寒月、迷亭和苦沙弥三位先生在相互攀谈时的巧舌如簧。但也正因为我是猫，使我有优越于各位先生的本事，那就是悄无声息地窜到别人家里去。别人办不了的事我却能，这本身就是一大快事。虽然只有我获取了金田的情报，但总比谁都不知道好得多。就算我不能把真相传播出去，但足以让我感到安慰的是，至少让金田家知道事情已经败露。我的欣喜之情接踵而至，这个重担就让我扛起来吧，我一定要去一趟。

走到对面街道一瞧，刚才所说的没错，这座洋房骄傲地占据着街道的一大块转角之地。我寻思，这家主人也应该和洋房一样孤傲吧。那两层楼房耸立在那儿，除了帮主人撑场面之外没有一点儿作用，给人一种威严憋闷的感觉。或许这就是迷亭所谓的"庸俗"吧。我从大门的右侧经过花园，来到了厨房门口。厨房还真是宽敞，比苦沙弥先生的厨房大十倍，里面整齐地摆放着闪闪发亮的用具。或许比起前一阵子《日本新闻》里详细介绍过的大隈伯①家的厨房毫不逊色。我寻思："这真是厨房的典范啊。"接着我走进去一瞅，四五平米的面积，用石灰加固的土坯房里站着个人，正是人力车夫的老婆，她正在和做饭的女佣以及人力车夫叽里咕噜地讨论着什么。我怕被发现，慌忙躲到了水桶后边。做饭女佣说："难不成那教书的不知道咱们老爷何许人也？""怎么会不知道呢？这一片不知道金田老爷的公馆的人，除非是瞎眼的聋子。"说话人是车夫。车夫的老婆说："可不能这么说，那个教书人是个怪人，除了书本，别的什么都不懂。但凡他对老爷有所听闻，也会有所顾忌，但他是个完蛋货，他连自己孩子几岁了都不知道。"车夫说："他听到金田家几个字，还不赶紧服服帖帖？他也不瞧瞧自己的模样，那脸丑的就跟陶瓷做的狸猫一样，可还觉得自己蛮有人样呢，真让人受不了！"做饭的女佣说："不光那长相，他提着个毛巾去澡堂的架势，看起来骄傲自大得不得了呢。"可见，就连做饭的女佣都看不起苦沙弥先生。车夫说："叫一帮人去他家的篱笆旁臭骂他一顿，你们觉得怎么样？"车夫的老婆说："这样，他定会收敛一些。"车夫说："不过刚才太太特意嘱咐过，千万不能让他看见咱们长什么样，只让他听见声音，打扰他读书，让他大动肝火就行。"车夫的老婆说："我明白。"她的意思表明，三分之一破口大骂的任务都被她包揽了。看来这些家伙要去捉弄苦沙弥先生了。趁三个人不注意，我悄悄地从他们身旁经过，来到了里屋。

猫虽然有四条腿，但无论走到哪里，从来不会有脚步声。它们犹如腾云驾雾，如同在水中和洞穴里敲打乐器，又恰似饱尝酥油之美味自知冷热一样。对于庸俗的洋房、厨房的典范、车夫的老婆、差役、做饭女佣、小姐、女佣、鼻子太太、太太的丈夫等，这些我完全都瞧不上。我去想去的地方，

---

① 大隈伯：日本明治、大正年间的政治家、侯爵，曾任两届首相，全名为大隈重信。

听想知道的谈话，然后吐吐舌头，摇摇尾巴，胡子一立，就优哉游哉地回来了。我这方面在整个日本也是首屈一指的，连我自己都怀疑是不是传承了草双纸故事里的猫精的血统。据说，蛤蟆的额头上藏着一颗夜明珠，而我的尾巴里也埋着祖传灵丹，我可以鄙视那些宗教信念、释教[①]、色欲、无常等观念，也可以藐视全世界的人。我可以神不知鬼不觉地在金田家的宅子里窜来窜去，这比金刚大力士踩烂一块魔芋豆腐还要容易。这时，我就对自己的气力由衷地崇拜起来。我想，多亏我平时对自己的尾巴呵护备至，我再也不能怠慢它了。于是我决定膜拜一番我的尾巴大仙，祝愿猫运亨通。我低头看去，都觉得拜错了，我必须仰视我的尾巴，向它行三拜之礼。每次想转身看看尾巴，但只要身子转动，尾巴就跟着转。我调转头想追上它，尾巴也保持原来的距离跑到前面。看样子，我绝对不是这只尾巴的对手，它将天地玄黄都收入到其三寸长的宝贝中。我竭尽全力追赶自己的尾巴，绕了七圈半，都半途而废了。我感到天旋地转，一时不知身在何处。不管它了，我在长廊里毫无目的地四处乱转起来。突然，从拉门内传来鼻子的声音，我停了下来，这地方正是我想找的。我把两只耳朵倾斜地竖起来，屏息倾听：

"一个穷酸教师，竟敢这么狂妄！"鼻子发出她本人才有的尖叫声。"哼，真是猖狂，给他点颜色看看，让他知道咱们的厉害。他教书的地方就有咱们的同乡。"这是金田先生说的。鼻子问："都有哪些人？""津木跳助和福地细螺都就读于那个学校，这个任务交给他们就行了。"我不知道金田先生的家乡在哪儿，但让我震惊的是这些人都是怪里怪气的名字。金田君继续问道："那家伙是英语老师吗？""车夫的老婆告诉我，他专门教英语入门课本的。""妈的，这教书匠真不知好歹。"这位有钱人竟然说出"妈的"这种词，不得不让我佩服。金田君接着说："前些天我看见津木跳助了，他跟我说他们学校有个奇怪的家伙，学生问他：'先生，"番茶"用英语怎么说？'他严肃地回答道：'番茶'的英语叫Savage tea。这都成了教师们的笑柄了。跳助还说：'这种教师的出现，有损于教师的颜面，真是无奈。'估计他说的就是那个人吧。"鼻子说："没错，是那个人。看他长着一张做那种事的脸，居然还留撮胡子，那话一定出自这家伙的口。""太不像话了。"如果留胡子就是不像话，那么我们猫类没有一个像话的。"还有那个人，叫迷亭还是酩酊的，更是狂妄到极点。跟我说牧山男爵是他伯父，我才不信呢。就他那副德行，还能有个男爵的伯父？""这是你的错，你还真信这来路不明的家伙们说的话啊？""我的错？他们简直没把我放在眼里。"

---

① 释教：佛教中的杂密派，在 16 世纪以前，等同于佛教。

鼻子似乎还在生气。他们却半个字都没提寒月君的事，真是怪了。不会是他们已经对寒月议论一番了，我才偷跑到这里来的吧，还是他已经落选，根本不值得一提了呢？我虽然对此十分担心，但也没有办法。我站着听了一会儿，忽然听到与长廊相隔的对面客厅里铃声响了。我赶紧冲着声音的方向走去，想知道那里发生什么事了。

我向前走近一看，一个女人正在用与那个鼻子几乎一样的声音高声讲话，依此推断，这个女人大概就是这家的千金，让寒月魂牵梦萦后悔自己跳河未遂的女主角吧。可惜的是，由于纸拉门的遮挡，我未能一睹她的美丽容颜，因此不得而知她脸的中部是否也供养了一只高耸硕大的鼻子。当然，把她说话的腔调和盛气凌人的气势综合起来判断，总不可能长个没有吸引力的蒜头鼻子。这个女人喋喋不休，而对方一直保持沉默，或许这就是人们说的打电话吧。"是大和①吗？我明天过去，给我订个鹡三号②，听见了吗？什么？听不清？真麻烦，我让你给我订个鹡三号。你说什么？不能订了？什么意思？哎呀，开玩笑呢？有什么玩笑可开！你是不是在捉弄我呀！你到底是谁？长吉？长吉懂个屁，让你们老板娘过来接电话。什么？你什么都能办到？真是狂妄，你知道我是谁吗？是金田啊。哎呀，我是谁你早就清楚？你这人真是混蛋。听明白点，我是金田。什么？承蒙一直以来的捧场，谢谢？谢什么谢？我不想听感谢。嗬，你还笑！你真是蠢到家了。一切听我的吩咐？你要再不跟我好好说话，我可要挂断电话了，放明白点，你不怕吗？怎么没声音了，你倒是说话呀？"也许是长吉那边挂断了电话，那边再没声音了。金田小姐火冒三丈，恶狠狠地把电话砸得咚咚直响，脚旁边的小狗受了惊吓，突然间，狂吠起来。见状不妙，我赶快逃离长廊，钻到了外边。

此时，从长廊传来一阵脚步声，接着是推开纸拉门的声音。我竖起耳朵听，是谁呢？原来是女佣的声音："小姐，老爷和夫人请您过去。""我才不去呢。"女佣撞到了小姐的枪口上。"老爷夫人说，找您有点事。""真啰唆，我不去。"女佣又第二次撞了枪口。女佣想让小姐消消气，就机灵地说："找您听说是有关水岛寒月的事。""我可不管什么寒月还是水月！就他那傻里傻气的，真烦人。"小姐的第三颗子弹竟私下打向了可怜的寒月。突然间，小姐说："你什么时候把头发挽起来了？"女佣松了口气说："今天。"尽可能简明地回答小姐的话。"一个服侍人的，有什么好骄傲的？"

---

① 大和：大和茶馆，是家戏园子里的茶馆。
② 鹡三号：戏院包房的名字。鹡是最好的座席区域，第三排是此区域中视野最棒的位置。

小姐将矛头指向女佣，给她吃了第四颗子弹。"还有，你怎么把上装的和服衣领给换了？""对，小姐，是小姐以前赏我的，我觉得漂亮，戴上可惜，就收起来了。以前的那个太脏了，就换了这个了。""我什么时候给你这个东西了？""今年正月的时候，您从白木屋买的，是深茶色，上面印着相扑排行榜的图案。您说花色不够艳丽，就给了我，就是这条。""唉，真是生气，很适合你呀，真可恨。""您过奖了小姐。""我又不是在夸你，真是生气。""嗯？""既然这么适合你，那你为什么不说一声就收下了？""嗯？""如果它能配你，那我戴上也差不到哪里去。""小姐，您戴一定更合适。""既然你知道我戴合适，为什么接受的时候不推脱一下，而且还戴着招摇过市，真是可恶。"女佣一再往枪口上撞。我正在静观局势发展之时，金田在对面的客厅里大声向这位小姐喊道："富子！富子！"小姐不得已，只好答了声"就来"，然后走出了电话室。紧随小姐其后的，是那条比我大点的哈巴狗，它的眼睛和嘴都紧凑地挤到脸中间。我照例轻手轻脚穿过厨房溜回了家。这次历险，可谓十二分的成功。

由于从漂亮的公馆忽然转移到破旧的寒舍，我一到家，就有了一种好似从一座阳光温暖的山顶，突然钻进一个漆黑一片的洞穴里来的感觉。冒险的时候，我把心思全放在别的事情上，没有仔细观察房间里的装饰、纸隔断和纸拉门是什么样的，当我意识到自己的住所破旧不堪的时候，不禁眷恋起那套"庸俗"的房子了。看样子，跟教书先生比，企业家还是很有实力啊，自己也觉得这种想法反常。按照惯例，我问了问自己的尾巴，而尾巴尖表示："你的想法没错。"我回到客厅，让我惊奇的是迷亭先生依然没走。烟头都插在火盆里就像马蜂窝一样。迷亭正盘腿坐着说话。寒月君不知什么时候也来了。我家主人枕个胳膊躺在那儿，聚精会神地望着房顶漏雨的地方。像以往一样，这里依然是太平年代的逸民欢聚图。

"寒月君，做梦都念叨你的那位，原来你似乎还不愿说出她的名字，现在你该说了吧。"迷亭开始调戏寒月。寒月说："如果只关系到我个人，说了也没什么，但是这会给对方带来麻烦的。"迷亭说："这样看来，你还是不愿意说喽。"寒月说："况且我早就跟那位博士夫人发过誓了。"迷亭说："是发誓保守秘密吗？""当然。"寒月照例摆弄外褂上紫色丝质的穗子，那种穗子商店里很少能买到。"这穗子的颜色是不是有点过时了呢？"主人横躺着说。他对金田的事一点儿也不关注。接着，迷亭说道："没错，毕竟不是日俄战争时代的货嘛，要想挂这种东西，不戴上武士头盔，穿上后边开衩的上边别着金字塔形葵纹家徽短外褂，就显得不搭调呢。据说织田信

75

长①去给人家当上门女婿的时候，梳成了茶刷发②，就是用这种丝质绳扎住发根。"迷亭的话依然又臭又长。寒月回答得严肃认真："实际上，这挂穗可是我爷爷征伐长洲时戴的。"迷亭说："我看你把它随便捐给博物馆得了，一个演讲过上吊力学、拥有理学士称谓、名声显著的人——水岛寒月，如果装扮得和过时已久的封建武将一样，那可有伤大雅呀。"寒月说："感谢您的忠告，我觉得也有道理，只是有人告诉我这挂穗很适合我呢。"主人躺着翻了个身，大声嚷道："是谁说出这么不着调的话。"寒月说："你们不认识那个人。"主人说："我们不认识也无妨，到底是谁呀？"寒月回答："是一位女性。"迷亭突然插嘴调侃道："嘿嘿，太浪漫了，让我猜猜，难道是在隅田川的水底呼喊你名字的那位？你不如穿着这身装扮，再往河里跳一次怎么样？"寒月说："哈哈，已经不在水底呼唤我了，她现在在西北处那个宁静的世界……"迷亭说："未必有那么宁静吧！她有一只狰狞的鼻子。"寒月一脸疑惑："谁？"迷亭说："对面那条街的大鼻子女人，刚才不请自来了，让我们两人着实震惊，对不对啊，苦沙弥君？""是啊！"主人边躺着喝茶边说。寒月说："您说的鼻子，指的哪位？"迷亭说："就是你那位仰慕已久的女士的母亲大人呀。"寒月叫道："哎呀！"主人一板一眼地向寒月解释道："有一个自称金田夫人的女人，刚刚专程来打探你的消息。"趁此机会，我悄悄观察了寒月的表情，本以为他会惊诧、欣喜或是羞涩，结果，他竟处之泰然，又玩弄起他那紫色的穗子。他照例不慌不忙地说："没准想过来拜托你们劝我娶她的女儿吧。"迷亭说："不，那位令堂大人拥有一个伟大的鼻子……"没等迷亭说完，主人就答非所问地接过话来："迷亭君，我刚刚做了首关于鼻子的俳体诗。"女主人在隔壁房间不禁笑出声来。迷亭说："你倒真够悠闲的，做完了吗？""做了几句，头一句是'为尊容举办鼻会。'""那接下来的句子呢？"迷亭着急地问道。"接着是：'以美酒敬献此鼻'呀。""下一句呢？""就做了这两句。"寒月痴痴笑着说："有趣啊。"很快，迷亭就想出来一句："下一句是'一对鼻孔深幽幽'，你觉得怎么样？"寒月继续说道："我再来一句：'洞深实难见鼻毛'，怎么样？"正当他们三人闲扯着对句的时候，有四五个人在紧贴墙根的地方乱哄哄地叫道："老狸猫的脸儿像陶瓷，老狸猫的脸儿像陶瓷。"主人和迷亭吓了一跳，向外隔着篱笆眺望。这时，有人哈哈大

---

① 织田信长：16世纪日本将军，曾统一大半国土，后被明智光秀袭击而自杀，是日本当时真正的独裁者。
② 茶刷发：日本男子在脑勺后边梳着的一种发型，类似于茶刷。

笑几声，然后就四散着跑开了。迷亭不解地向主人问道："老狸猫的脸儿像陶瓷是什么意思？"主人回答："谁知道呢。"寒月评论道："还挺有创意。"迷亭像想起什么似的，突然站起来，用演讲的腔调说道："本人从美学角度对这种鼻子进行了研究，特与诸君分享心得一二，劳烦二位洗耳恭听。"对于这种提议，主人始料未及，一时没有反应过来，愣愣地看着迷亭没有说话。寒月低声说道："请您一定要让我听一听。"迷亭说："经过多方面的调查研究，我依然没有搞清鼻子的起源。第一，让我疑惑的是，假如鼻子出于实用，只要留两个鼻孔就够用了，完全没必要这样若无其事地耸立在脸的正中。但是为什么鼻子正像各位所看到的，耸立得更加高挺了呢？"为了证明，迷亭边说边捏了一下自己的鼻子。主人毫无恭维之意，说道："我怎么没觉得鼻子有多挺拔。""反正没有塌下去。但是如果你们二位只把我的鼻子当作两个鼻孔并排组成的产物，就会导致误解。对于这点，我要提前给各位说明。接下来，继续听我讲。依鄙人之拙见，鼻子为什么高耸？是由我们人类擤鼻涕的一个小的行为导致的。行为虽小，但积少成多，时间一长，效果自然就明显地出现了。"主人插嘴点评了一下："这倒真是拙见啊。""正如各位所知道的，人在擤鼻涕时，总要捏住鼻子。鼻子被捏的局部受到刺激，按照进化论的伟大原理，这被捏鼻子局部受到刺激就比较发达，显得与其他部位不对称。这地方的皮肤必然坚固，肌肉也逐渐硬化，最终凝合成骨头。""这可真有点……肉不可能那么轻易就变成骨头。"寒月作为理学士提出不同的见解。迷亭置之不理，继续说道："你有疑虑，这也正常，不过事实胜于雄辩。没办法，各位的鼻子上都有这根骨头，既然已经长成，就是铁一样的事实。骨头已经形成了，鼻涕就不能不擤。基于这点，鼻子两侧的骨头遭受磨损，就隆起得又细又高。这作用是巨大的，就像滴水穿石一样。对了，就好像第一罗汉的脑袋，自然而然就会发光，还好像时间一长，是香是臭，谁也能闻出来一样啊。如此一来，鼻梁的经络就被打通了，就彻底硬朗起来了。"主人说："但你的鼻梁却依然又肥又软。""关于演讲者鼻子的局部构造，为了避免自我辩护的嫌疑，我有意避而不谈。而那位金田令堂大人，她拥有的鼻子才是进化最彻底最伟大的珍宝，特此介绍给你们二位。"寒月君不禁嘲笑道："啧啧。"接着，迷亭说道："尽管事物一走极端，必然是一种壮观，让人望而却步。虽然她的鼻梁漂亮非凡，可惜过于高耸。古人苏格拉底、哥德史密斯和萨克雷的鼻子，虽然在结构上有些不足，但是丑的有特点，才更加显示出可爱。俗话说：'鼻子不贵在高，而贵在奇。'可能就是这个意思。另有言道：'舍其名而求其实。'所以从审美的角度来看，我认为鄙人鼻子的高度恰是正好的。"话音刚落，寒月和主人都捧腹大笑，迷亭也跟着满脸愉悦地笑了。"闲话暂且不提，却说刚才……""先生，您这'却说'实在是像说书人的语气，未免不够高雅吧，请您免了吧。"寒月是在趁机报前仇。"既然如此，就让我重新开个头吧。现在让我稍微谈一谈鼻子和脸的平衡问题。如果撇开其他方面不谈，只孤立地单谈鼻子，那么那位令堂大人的鼻子，走遍天下也是无人能比的。就算在鞍马山①上开个展览会，那鼻子恐怕也能得一等奖。但是，那鼻子并没有和眼睛、嘴巴和其他部位打个商量，自己就贸然高耸，真是令人悲伤。尽管尤利乌斯·凯撒有一个高高在上的鼻子，但假设用剪刀将他的鼻子咔嚓一下剪掉，安到贵府猫的脸上，将会有什么效果呢？假如将'猫额头'那个地方竖立起凯撒的伟大鼻子，那简直如同围棋盘上供奉一尊奈良大佛，这可以用极端的比例失调来形容，而在我看来，一定会降低它的审美价值。那位令堂大人的鼻子和凯撒的鼻子相比，有过之而无不及，一定是英姿飒爽、拔地而起。不过，环绕在她鼻子四周的面部条件怎么样呢？当然，她的长相比贵府上的猫还是要好看很多。但是她脸上多肉，还皱着八字眉，活脱脱一个抽羊角风的，她的眼睛像条缝儿，还斜吊着老高，这却是事实。各位，这怎么能不让人惊叹，有此种长相真是辜负了那个鼻子啊。"迷亭说到这里，稍微停顿了一下。恰好此时，后院有人喊道："还在谈论鼻子吗？这群家伙真是冥顽不化。"主人对迷亭说："这是车夫的老婆。"迷亭又继续演说道："在意料不到的背阴处，居然有异性在倾听！这是演说家的最高荣誉。特别是她那婉转娇媚的声音，为我这干巴巴的演讲增添了不少韵味，真让我受宠若惊啊。本来我应该尽量说得简化些，为不辜负美女佳丽们的光顾，所以下边会或多或少提及力学上的问题，佳人们必然觉得难理解。务必请耐心倾听。"寒月君不禁被力学两字逗笑了。"我在这里要证明，这种鼻子绝不适合这种面孔，因为它与莱津②的黄金分割原理相背离。我想给各位用力学公式进行严谨的阐述。首先，用H代替鼻子的高度，用a表示鼻子和平面的脸部的相交所形成的角度，当然，用W代替鼻子的重量，请别忘了。怎么样，各位都听懂了吗？"主人说："我不懂。"迷亭问寒月："寒月君，你呢？"寒月说道："我也不太明白啊。"迷亭说："这可麻烦了。苦沙弥不懂情有可原，你是理学士怎么会不明白呢？这个公式是我演讲的精髓，既然这样，那就略

---

① 鞍马山：位于日本京都市左京区鞍马山背后，自古以来的繁华街。传说，鞍马山上有一个神奇的怪物，长着很长的鼻子，被称为"鞍马天狗"。此处利用鞍马山来说明鼻子的怪异。
② 莱津：德国美学家。

去这个公式，我就说一说我的结论吧。"主人很好奇地问道："还有结论呀？"迷亭说："那当然。演讲如果没有结论，就如同没有咖啡和水果的西餐一般。好了，请两位仔细倾听，结论即将揭晓。上述公式结合菲尔绍、魏斯曼的理论来思考的话，当然不可否认先天的形体遗传，而伴随先天形体出现的心理现象。尽管有理论认为这不可能后天遗传，但我们不得不承认，这是某种程度上要受遗传影响的必然结果。如上所述，鼻子与身份如此不匹配的女人，可想而知，她的下一代，鼻子肯定也会有某种异常之处。或许寒月君不认为金田小姐的鼻子构造有什么异常之处，是因为她年龄还小。不过，这种遗传的潜伏期很长，不一定什么时候，遇到天气突变，病症突发，鼻子瞬间就膨胀到她母亲的鼻子那么大了。因此，根据我迷亭的学术论证，为了避免危险，对这门亲事最好早点断了念想吧。我相信，不论本宅子的主人还是在那儿打盹的猫都会同意我的意见的。"这时，主人终于翻身坐起，十分严肃地说："完全赞同，那种人的女儿谁会娶呀？寒月君，你可别犯傻。"我为了表示认同，喵喵叫了几声。寒月君仍然不慌不忙地说："既然两位先生都这样认为，我也觉得断了比较好。但是她万一因此而病倒，那我不就成了大罪人了吗？"迷亭大笑着说："嘿嘿，那可要怪你的艳福喽。"主人小题大做，气呼呼地说："就没见过那么没脑子的，她女儿肯定也不是个省油的灯。初来乍到就让我难堪，真是个傲慢无礼的家伙。"他说完，还在气愤。这个时候，篱笆外边又有三四个人说起嘲讽的话。一个人说："这老古板真是高傲的木头脑袋。"另一个说："有能耐搬到豪宅去呀。"另一个人说话的声音更大："再怎么逞能，也就是背地里嘀咕一下，太可怜了。"主人走到长廊前，不甘示弱地斥责道："你们到底是谁？为什么非要在我家屋檐下吵吵，烦死了。"外边的人异口同声地挖苦主人道："哈哈哈，野蛮茶，野蛮茶，英语真不错呢。"主人气急败坏，立即抓起拐杖向街上奔去。迷亭拍手称快："有意思，有意思，别放过他们，别放过他们！"寒月也边玩弄外衣上的穗子边笑眯眯地看。我穿过篱笆上的缺口，去追主人。到街上一瞧，路上一个人影也没有，街道正中只有主人挂着一根拐杖像着了魔一样气冲冲地站在那。

阅读计划进度与自我测评

第一周

阅读计划完成情况

时间	阅读时间记录	阅读量记录	是否进行批注
周一	用时_____分钟	从第____页读到第____页	是（ ） 否（ ）
周二	用时_____分钟	从第____页读到第____页	是（ ） 否（ ）
周三	用时_____分钟	从第____页读到第____页	是（ ） 否（ ）
周四	用时_____分钟	从第____页读到第____页	是（ ） 否（ ）
周五	用时_____分钟	从第____页读到第____页	是（ ） 否（ ）
周六	已读完：第一章○　第二章○　第三章○ 未完成：分析原因：_____ _____ _____ _____		

①在小说的第一章中，"我"的主人家来了一位美学家朋友，他是这部小说的一位主要人物。在第一章中主人和这位朋友有两段对话，请你在阅读之后说一说你对这位美学家的第一印象，并说说这位美学家对主人产生了什么影响。

②第二章中越智东风第一次出现在主人客厅时有一段外貌描写，通过这段描写作者想为我们呈现一个怎样的东风君？请你说说你对东风君的第一印象。

③在第二章中，迷亭、寒月和主人分别讲了一个故事，在主人的故事讲完后，有这样的描写："这时，女主人在纸拉门后故意咳嗽，声音传了进来。"你认为这声咳嗽要表达女主人什么情绪？这对塑造主人的性格有没有作用？为什么？

④主人为"天然居上"写了一篇墓志铭，作者为什么要写这段文字？

⑤金田夫人来访，作者对金田夫人的外貌进行了怎样的描写？这样写的用意是什么？

积累拓展

把你认为好的语句或段落摘抄下来，作为日常学习的积累。

随着主线的发展，各色人物纷纷登场，主人平淡的生活也增添了烦扰。请你认真追寻这条主线，并从中挖掘各位参与者的性格特征。在第五章中，主人的家中来了一位"君子"，请你结合批注，感受作者借猫之口为读者呈现出的幽默的讽刺。

四

我像往常一样，偷偷摸摸地进入了金田的宅子。

恐怕，我不需要再解释为何像往常一样。无非表明已经到了多次的平方的程度。做了第一次就想做第二次，有了第二次就惦记着第三次，这点好奇心并不是只有人类独有。虽然我是只猫儿，也是带着这种心理特权来到这个世界上的，因此大家务必要接受这一点。只要一种行为重复三次，我们就可以称为"习惯"。我也和人一样，肯定这种行为是生活与进化不可缺少的。如果大家有疑虑，想知道我为什么在金田宅子中出入频繁，我也要反问一句，为什么人用嘴抽烟而却用鼻孔喷出来呢？烟既不能吃，也不能当作医治气血不调的良药，人为何要在大庭广众之下肆无忌惮地吞云吐雾呢？既然人习惯于这些事，对于我出入金田府邸的事，就请不要大声责备。金田府邸就相当于我的烟。

提到"偷偷摸摸地进入"，其实有点不合适，似乎让人与小偷什么的联系到一起。我虽然没受到金田家的邀请，但去那里也绝对不会偷一片鲣鱼，更不是为了和那只眼睛和鼻子都堆到脸中间、像中风一样的哈巴狗私下里进行交谈。说我去当侦探，肯定是没有的事。我一直认为，在这个世界上，当密探和放高利贷是最为下贱的行业。没错，但为了寒月君，我起了猫本不该有的侠义之心，我曾打探了一次金田府邸的情况，但只有那一次，之后我再也没做过让猫族蒙羞的无耻之事，愧对我的良心。或许有人会问，既然如此，为何要使用"偷偷摸摸地进入"这种有辱清白的说法呢？这个问题还真是意义非凡呢。本来，在我看来，太空是为笼罩万物而生，大地是为承载万物而存在的。不管怎么爱掰扯道理的人都不能否认这个事实。那么，人类为了开天辟地，究竟耗费了多少精力呢？实际上，他们一点儿功劳也没有。不是自己创造的东西怎么能霸占过来据为己有呢？即使他们霸占过来也无妨，又有什么理由禁止外人出入呢。他们自作聪明地在这广阔大地上筑起围墙，立个木桩，划分界限，并竖起归某人所有的标识，这种行为就好像用绳子把天空分成一块一块的，还声称这块天是我的，那块天是他的一样。假如可以把土地分成小块，按亩论价来拍卖，这样一来，我们呼吸的空气，也可被分解成一立方一立方并加以买卖换成钱了。既然空气不能分解，又不能割据苍天，那么土地私有化岂不也是不合理的吗？既然我有如此观点，并持有如此信念，自然哪里我都有自由进出的权利。当然，我不想去的地方我是不会去的。但只要我有去的欲望，不管它在东西南北什么方向，我都可以大摇大摆地安然前往。我不必对金田这种人客气。让我们感到既无奈又可悲的是我们猫类的力量无法与人类抗衡。既然"强权就是公理"的格言存在于缥缈的世上，不论我在此方面再怎么有理，我们也无法实现猫儿的意愿。如果我想强行实现自己的意愿，就会像车夫家的老黑一样，让鱼店老板用扁担一顿痛打，真是太危险了。当自己有理而对方有权的时候，这时只有两条路：或者是委曲求全，唯命是从；或者是背着有权人的面，坚持自己的真理。我是如何选择的呢？我肯定选择后者。因为我想无障碍进入别人家里，所以必须要偷偷摸摸；我也必须进入，因为进入别人的府邸是我的权利。这就是我为什么偷偷摸摸地进入金田的宅子的理由。

由于偷偷摸摸进入的次数太多，即使我不想侦察到什么，必然对金田一家的情况也有所了解。有些事情，无意中就看到了；不想强行牢记的，但自然就刻到我的脑海里。例如说，鼻子夫人每次洗脸的时候总在鼻子上细心擦拭；富子小姐吃阿部川年糕总是没够；还有金田先生的鼻子很扁，跟他的老婆不同。不光鼻子扁，整个脸部也是扁的。这甚至让人怀疑，他小时候和坏孩子们打架，孩子王把他的脑袋摁在地上，整个脸被压扁了，导致他四十岁之后，这张脸依然平坦如初。虽然这样不会让人感到惧怕，但表情难免有失变化。不管他怎么生气，脸依然是扁的。每当这位金田先生吃生鱼片时，总是拍打自己的秃头表示吃得舒坦。而且他不但脸扁，个子也十分矮小，因此他特别喜欢戴高帽子，穿一双高齿木屐。车夫觉得他这样十分滑稽，就把这种情景讲给寄宿在他家的学生听。结果学生对车夫十分赞赏，感慨地说："真不错，你具有敏锐的洞察力啊。"我知道的事，多的实在是数不过来。

近日来，我总是先从厨房旁边穿过庭院，躲到假山后边瞭望，如果发现纸拉门是关闭的，周围悄无声息的时候，我就不慌不忙地跳到长廊里去。如果我听到人声鼎沸，或是自认为有被客厅里的人看见的危险，就绕到水池的东边去，从厕所旁神不知鬼不觉地来到屋檐下。当然，我没有做过坏事，也就不用闪闪躲躲或是惧怕什么，但是一旦遇到不讲理的人类，就只能自认倒霉。如果世上都是熊坂长范①这种人，那么不管是怎样德高望重的君子也一定采取我这种态度。金田先生是一个大名鼎鼎的企业家，必然不会像熊坂长范那样挥舞五尺三寸长的大刀。但别人告诉我说他有个不把人放在眼里的毛病。既然他不把人放在眼里，那肯定也不会把猫放在眼里了。由此看来，不管是品德如何高尚的猫，在他的府邸一定要小心谨慎。可能正是这种小心谨慎才比较有意思。我如此进出金田家的大门，没准是被这种有趣的风险所吸引。等到我把这个道理思考成熟以后，能够把自己的大脑细致入微地全盘解剖之后，再与各位认真分享。

我寻思，不知今天会发生什么事情，于是像往常一样，我趴在假山草坪上，下巴着地向前看。那三十多平方米的客厅，在阳春三月的和煦阳光下，门窗全都敞开了。在客厅里，金田夫妇正在陪一位客人聊得热火朝天。不巧的是，那鼻子夫人的鼻子正冲着这边，越过水池，从正面直直地注视着我的脑门。这是我有生以来第一次被鼻子注视。金田先生是刚好正脸对着客人，所以在我的视线所及范围之内，只能看见他半个扁平的脸，我一直没有看见他的鼻子到底在什么地方。我只看到了他夹杂着黑色和白色的胡子，像杂草一样乱七八糟的。于是我轻轻松松猜测到：肯定他胡子的上方有两个窟窿。这让我浮想联翩："春风毫不费力地吹拂这种平坦的脸，该轻松到一点挑战也没有了。"在主客三个人当中，客人的长相最为普通，但也正因为他普通，所以没有什么值得介绍的。说他普通，倒也不是坏事，但普通到极致，以至"登平凡之堂，入庸俗之室"的境地，真是让人感到怜悯。我寻思："这位老兄生于明治圣明时代，模样长得这样平淡，到底是什么人呢？"我不得不照例到檐廊下洗耳恭听他们的谈话，因为想要了解一些情况。

"……就这些了，我夫人特意到他家去打探到这些消息的。"金田先生说话腔调很傲慢。傲慢归傲慢，但是一点没有凌厉的感觉，他的话跟他的长相没有区别，都是那么平淡无奇。

"很好，他是水岛先生的老师，……很好，您想得很周到……很好。"这位客人张口闭口说很好。

"但是，还没弄出个头绪……"这是金田在说话。

"没错，没错，问苦沙弥呀，这个人就是弄不出个头绪，我和他住在一起的时候就发现了，这个人天生没有准主意，跟这样的人打交道，也真是委屈您了。"客人对鼻子夫人说。

---

① 熊坂长范：传说为平安末期的江洋大盗。

84

"没有什么委屈的！您想想，我长这么大，到别人家去，还从来没受过那样不冷不热的待遇。"鼻子夫人又怒气冲天，粗鲁起来。

"他对您说了什么不尊敬的话吗？一种顽固不化的性格，他十年如一日一直只教授学生英语读物，这辈子也就这样了。"客人附和着鼻子夫人，语言十分得体。

"哼，简直是过分，不管我夫人问他什么都被顶撞了回来。"金田先生说。

"的确是太过分了。总之，稍微有点学问的人往往产生傲气，再加上生活贫穷，就有了狂气。说实在的，天下就有这种不觉得自己没本事，反而死死盯住有钱人说他们的不好，好像别人的财产是从他手里夺了去似的，真新奇。"客人露出得意的神情。"没错，简直是荒诞离奇，就是因为他没见过世面，自高自大，太任性了，我想应该给他点颜色看看，我已经派人去刁难他了。"金田先生说。

"没错，刁难他一下，这样一来他就长记性了。对他来说也没有坏处嘛。"客人已经表示完全拥护金田先生的想法，只是他还不清楚应该怎样去做。

"对了铃木先生，这个老顽固都不知道是咋想的，他在学校里边都不和福地和津田说话。我本以为谨小慎微。近日我听说他竟然操着拐杖追赶我们家年纪轻轻的门生呢。一个三十出头的大男人，居然还干这么愚蠢的事儿，啧啧，简直是精神有点不正常。"鼻子夫人说。

"啧啧，他为什么做这种暴力的事呢？"处世圆滑的客人似乎对这点也感到惊奇。

"据说，只是从他跟前路过时说了几句什么话，他一下子操起拐杖，光着脚就跑出来了。我家门生也许说话不受听，可他也只是个孩子。而他是个长着一脸胡子的男人，还是教师呢。"鼻子夫人继续说道。

"是啊，不管怎样，他是个教师呀。"客人说完，金田先生也附和道："还是教师呢。"这样看来，这三个人的观点是一致的，既然是个教师，不管遇到什么屈辱，也应该像木头或是泥巴做的雕塑一样乖乖忍受。

"另外，那个叫迷亭的人喜欢胡诌。我是第一次遇到这样的人，他总是爱说些没用的瞎话，无聊死了。"鼻子夫人说。

"哎呀，您见到迷亭啦？看来他的习惯一点儿没变，还是喜欢胡说八道。太太，您是在苦沙弥家里遇到他的吗？可不能和这种人打交道啊。他也是和我们在上学的时候就住在一起的伙伴，我经常和他吵架，因为他总是喜欢戏弄人。"客人说道。

"谁遇上这样的人也会生气。在某些时候，撒个谎倒是情有可原。比方说，觉着脸面上过不去或是趋于应付的时候，任何人都会说点违心的话。他在说正经事的时候也胡说八道一番，真是太过分了。真不知道他为什么如此热衷于撒谎。他居然撒谎的时候都不脸红。"鼻子夫人余怒未消。

"您说得没错，撒谎成了他的嗜好，真是难缠呀。"客人说。

"铃木先生，您想想看，我专门跑去向他打听寒月先生的事儿，没想到被他弄得一团糟，我心里真是窝火。不过，人情毕竟是人情，既然跑到人家里打探消息，我当然不能对这份人情装作不懂，所以随后我让车夫给他送去了一箱啤酒。可是你猜，接下来发生了什么？他居然说：'无功不受禄，你拿回去吧。'车夫说：'别这样，一份心意嘛，您还是收下吧。'他说：'我可喝不惯这种苦东西，我每天只吃果酱。'您听听，多不受听。说完转身进屋了，你见过这么说话的人吗？您瞧瞧，这是不是太过分了？"鼻子夫人说。

"那真是太过分了。"这次，客人也真觉得过火了。

"今天特意把你请来。本来，对于那些混账东西，想着暗地里给他点颜色看看就行了，但是这事儿稍微有点为难。"金田先生说罢，又啪啪地拍了拍自己的秃头，就好像在吃生鱼片一样。其实，我藏在檐廊里边，看不清楚他到底拍没拍，但是对这个拍秃头的声音我已经很熟悉了，就犹如尼姑对敲木鱼的声音十分敏感一样。就算我在檐廊，我一听就可以知道这肯定是在金田先生拍秃头。金田又说："所以想请你帮个忙……"

"您不必客气，只要我能做到的您尽管说。这次我能顺利地把工作调回东京，全是您煞费苦心的结果呀。"客人毫不犹豫地答应了金田先生的请求。听口气，这位客人欠了金田先生很大的人情啊。看来，事情会越来越有趣。我本来不想来了，今天天气不错，凑巧来到这儿，万万没想到收获了这么重要的情报。就好像清明扫墓的时候，意想不到地受到寺院住持的牡丹饼款待一样，实在是太幸运了。金田先生到底委托客人办什么事呢？我在檐廊洗耳恭听。

"也不知是什么原因，苦沙弥这个怪物竟然给水岛寒月出谋划策，据说还挑唆水岛千万不要娶金田家的女儿。夫人，他是不是这么说的？"

"还不仅是挑唆，他还说什么谁要和那家伙的女儿结婚，那就太愚蠢了，寒月，你可一定不能娶她呀！"

"那家伙？真是太无礼了，他居然能说出这么混账的话吗？"金田说。

"岂止说过。我也是从车夫老婆那听到的。"鼻子夫人说。

"铃木君，这些你也听见啦，是不是一个不好对付的家伙呀。"金田说。

"真是让人头疼，这和别的事不一样。外人本来就不应该七嘴八舌地乱说的，按理说苦沙弥还是应该懂这点道理的，他到底是为什么呢？"客人说。

"听说过去你和苦沙弥上学时候住在一起过，关系很不错，现在关系怎么样暂且不说，因此想拜托你去见见他，跟他讲讲其中的利害关系。或许他遇到什么事才发火的，但生气也是他自己的问题。只要他乖乖听话，我会充分考虑他个人的利益，不再让他生气了。但是假如他还是顽固到底，不知悔改，我就要以牙还牙了。也就是说，他要一味坚持，吃亏的就是他自己了。"

"没错，您说得千真万确。他那人太顽固，再不顺从，吃亏的是他自己，一点儿好处也没有。那我好好劝劝他吧。"客人说。

"另外，向我女儿求婚的人很多，不一定非得嫁给水岛寒月。但是经过多方认真打听，他在学识和品行方面都还不错，所以你也可以暗示他一下，如果他通过努力能当上博士，我们可以给他这个机会，也许能当上我的女婿。"

"真是太妙了，如果跟他这样说，还可以鼓励他努力做学问呢，由此奋发图强。我马上去办。"

"其次，说来也怪，并不像水岛做的事。他恶俗的一点是，他竟然口口声声称那个怪物苦沙弥为老师，对苦沙弥也是言听计从。我又不是一定要让水岛当我的女婿，即使苦沙弥说点坏话倒也无所谓。"

"水岛先生怪可怜的。"鼻子夫人顺口说道。

"虽然我没见过水岛，但是如果他能和贵府联姻，那真是他毕生的福分啊。不用说他本人一定不会反对。"客人说。

"没错，水岛先生肯定也是这么想的，就是苦沙弥、迷亭那些怪物总是从中使坏出一些馊主意。"鼻子夫人说。

"这成何体统啊！这些事就不像是有文化的人做出来的。我去找苦沙弥跟他谈谈。"客人说。

"那就给你添麻烦啦。还有，寒月的事儿还是苦沙弥最清楚，但是前几天，我夫人过去打听，没问到太详细的事情，还弄成现在这样。希望你这次去，把他本人性格如何，学识怎样都仔细打听一下。"

"您放心吧，今天是周六，我立即去他家，估计这会儿他应该在家。他现在住在什么地方呢？"

"从这前边向右转，到头左走一百米，看见一面快倒的黑墙那家就是。"鼻子夫人指路说道。

"这样看来离这不远。很简单，临走的时候我进去看看，反正有门上的名字牌，能找到的。"客人说。

"不一定有名字牌，他家是用米饭把名字牌粘在门旁的，一下雨就掉下来了，到天气放晴，再贴上一张，所以可不能按照名字牌找啊。还不如钉个木头牌子写上名字的好。这怪物不管做什么事都让人不舒服，真让人难以琢磨。"鼻子夫人说。

"原来是这样啊，不过看到一块快倒了的黑墙，差不多就找到了吧。"

"肯定能找到。在这条街上像他那样脏分分的房子再没第二家了。哎呀对了，如果那样还找不到的话，我有个更妙的办法，只要找到房顶上长草的肯定是他家。"鼻子夫人说。

"他家还真是有特点呢。哈哈……"客人说。

我寻思，我必须在铃木大驾光临之前返回才好。我听到那么多他们所说的话已经足够了。然后我跳下檐廊，绕到厕所西边，用假山作掩护跑到大路上来，接着我马不停蹄地返回到屋顶长草的家里，若无其事地爬进客厅前的长廊里。

主人在长廊里铺了一条白色毛毯，正趴在上面，在温暖的春天里晒着太阳。阳光还是很公平的，对于房顶长着乱草的寒舍，也像金田先生的奢华客厅一样带来明亮和温暖。但令人失望的是，唯有这条毛毯一点春天的感觉都没有。尽管制造商织出来的时候是白毛毯，外贸商店贩卖给顾客的也是白毛毯，而主人买的也是白毛毯，只不过这都是二三十年前的事情了，白毛毯现在已经进入变色时代，正走向深灰色的变色期。经过这一时期之后，它会不会继续顽强地从深灰色时代进入深黑色时代呢？这就不好说了。即便是现在，这个毛毯历经太多磨损，它变得千疮百孔，编织的纹路已经看不清楚了。所以为避免冒充的嫌疑，确切地说，称之毛毯，不如叫毯子更合适。好像在主人心里，这个毯子既然能用一年、两年、五年、十年，甚至用一辈子也没问题，真是个想当然的家伙。如上所说，他趴在这条有着既定命运的毛毯上到底在做什么？原来，他用双手托着下巴，右手手指缝夹着一根香烟，这个姿势维持了很久，什么都没干。他布满头皮屑的脑袋里，没准就盘旋着世上的真理呢。不过，从外表上看，做梦也看不出他会想得这么宏观。

香烟渐渐燃到烟蒂处，留下一寸长的烟灰像根棍儿似的，一下子落到毛毯上，这并没有引起主人的注意，他只是目不转睛地盯着烟雾飞舞的方向。这些烟雾随着春风沉浮不定，舞出层层流动的烟圈，飘向女主人刚洗过的头发。哎呀，本来要说说女主人的，差点忘了。

女主人屁股对着主人，您说什么？女主人太没有规矩？有没有规矩，谁解释谁有理。主人毫不介意地对着妻子的屁股托着下巴。而妻子呢，也毫不介意地把她那庄严的屁股不偏不倚地耸立在丈夫的脸前。不过如此，根本谈不上规矩，这二位结婚时间不长，就已经摆脱了繁文缛节和陈规旧习的羁绊，成为超凡脱俗的夫妻。不知她是怎么想的，把屁股对着主人。今天天气很好，她就把那长有一尺多的、绿云一般的头发用海藻和生鸡蛋哗哗地洗了，梳顺后潇洒地长发披肩，然后专心致志地为孩子缝制坎肩。实际上，为了晒干她的头发，她把毛斯林坐垫和针线盒拿到长廊里来，又将屁股恭恭敬敬地对着主人。也没准是主人故意把脸转过来，对着她的屁股。之前我提到的烟雾，此时正在他妻子那蓬松随风摇摆的头发上飘来飘去，不过，根据烟雾的性质，它总是要不断袅袅地向上升起，而不会在一处逗留。假如主人想饱览这种头发和烟雾缠绵不已的壮观景象，眼珠就要随着烟雾不断移动。主人最先看到的是妻子的腰部一带，然后慢慢沿着脊椎，目光从她的肩头落在颈部，逐渐向上观察到她的头顶时，主人不禁惊诧不已。与主人相约白头偕老的夫人，头顶正中竟然有一块圆形的秃顶，在温暖的阳光的照耀下，发出得意的光芒。在这不被人关注的地方，不经意间有这种惊奇的发现，主人那被阳光晒得困倦的双眼越睁越大，流露出惊诧之情。他不顾光线的刺眼，就这样呆呆地看着一动不动。当主人看到这块秃顶时，首先联想到的是那个世世代代在祖传佛龛里放着的油灯台。他们全家人都信奉真宗，从古至今，真宗的教徒们不惜把钱财花费在佛龛上，哪怕这钱财与自己的身份不符。主人还记得他在年幼的时候，在光线黑暗的自家仓库里，供着一座贴着很多层金箔的佛龛。佛龛里总是挂着一个用黄铜制成的灯台，在白天，灯也燃着微弱的小火苗。由于四周暗淡，映衬得这盏灯发出的光线异常明亮，没想到妻子这块秃顶唤醒了主人童年时期看过无数遍的往昔情景的记忆。回忆中这盏灯的情景不到一分钟就消失在他的脑海中。这时他突然想起观音堂里的鸽子。尽管观音堂里的鸽子和妻子脑袋上的秃顶没有什么必然联系，但在主人的印象里，它们有着异常紧密的联系。这事依然发生在主人的年幼时代，每次去浅草一定要买些豆子去观音堂喂鸽子，两枚文久钱①可以买到一小盘，用一个土红色的黏土盘子盛着这些豆子。不论颜色还是大小，那个黏土制成的小盘子，都与妻子的秃顶极其相似。

"呀，果然很像啊。"主人情不自禁地感慨了一番。

"什么像？"女主人头也不回地反问道。

---

① 文久钱：1863 年日本制造的铜钱。

"还问什么像？你头顶上可有一大块地方光秃了。你不知道吗？"

"哦。"女主人平静地回答着，手里的针线活并没有停下来。她完全没有因为暴露了秃顶而惊恐，真是一个超凡脱俗的妻子典范。

"这是嫁给我之前就有的，还是结婚后才秃的呢？"主人问。他心里独自猜测："要是结婚之前就有的，那自己明显是上当了。"

"我也不知道什么时候有的。少块头发也没什么大不了的。"女主人倒是想得开，无所谓。

"你说秃顶没什么大不了？难道这脑袋不是你自己的？"主人多少有点不高兴地说。

"正因为是我自己的脑袋，所以秃顶不秃顶，也就无所谓了。"女主人说着。毕竟她还是不放心，于是伸出右手，在光秃的地方沿着边缘摸了一圈。"哎呀，都变这么大了，我都没想到呢。"从她的语气可以听出，她这才意识到这地方的秃顶的面积不应该这么大，已经超越了她这个年龄范围。

"女人要在这地方挽发髻，那个地方的头皮被吊起来，所以谁都会秃的。"她在为自己辩解。

"照这个速度脱发，等到了四十岁就非变成一个秃头了。这肯定是病，没准还是传染病呢！趁早去甘木先生那看看吧。"主人下意识地在自己头上摸来摸去。

"你倒是挺喜欢挑别人的毛病，你的鼻孔里不也有了白毛吗？假如秃顶会传染，那你鼻孔里的白毛就更传染了吧。"女主人气呼呼地说。

"鼻子里的白毛从外边又看不见，所以没什么关系。但是脱发，特别是年轻女人的头顶秃了这么一大片，真是太难看了，这就是残疾了嘛。"

"那你为什么要娶我这个残疾？明明是你自己喜欢我才娶我的，现在又说什么残疾！"

"当时我不了解呀。直到今天我才知道。你居然还理直气壮，你怎么不先让我看看你的脑袋，然后再嫁给我呢？"

"胡说八道，还没听说过在嫁娶之前要检查脑袋过不过关的呢。"

"秃顶也就忍了，但让我受不了的是你的身高比别人矮。"

"身高不是一眼就能看到的吗？娶我的时候你就知道我身高偏低啊。"

"知道是知道，但我觉得你还能长高点，所以才娶你的。"

"都二十岁了还能长高吗？真能开玩笑。"女主人把坎肩放下，身子扭过来对着主人，那架势就好像如果话不投机，就不会善罢甘休的。

"那时，哪里有规定二十岁就不长个儿了呢？我寻思，等把你娶过来，多给你补充点营养品，还是有长高的希望的。"主人的表情十分严肃，一本正经地说着他的怪论。正当此时，大门的门铃声大作，随之传来洪亮的声音："请问有人在吗？"看样子，铃木君照着房顶的杂草终于找到了苦沙弥的卧龙窟。

女主人决定改日再和他理论，顾不上跟他吵嘴，抱起坎肩和针线盒慌忙躲进卧室。主人把灰色的毛毯卷起来扔进书房。主人看到女佣拿来一张名片，神情紧张起来，接着说了句"把他请到这来"，随后手拿名片进了厕所。至于他为什么要去厕所我就搞不明白了，更加难以捉摸他为何要把铃木藤十郎的名片带进厕所。无论如何，最倒霉的是那张随他一同进入厕所的名片。

女佣将花布坐垫放在了壁龛前，对客人说了声"请坐"，就退了出来。铃木君独自一人在室内巡视一周：壁龛里挂着一副木庵的赝品画卷《花开万国春》，京都的低廉青瓷瓶里边插着几枝春分前后盛开的樱花。看过这些之后，他无意间朝女佣放好的坐垫看了一眼，不知何时一只猫若无其事地坐在上边了。不用明说，它就是堂堂的本尊。此时，铃木君的心里立即掀起阵阵波澜，这坐垫无疑是专门让铃木君坐的，但他还没有就座，一只古怪的动物就旁若无人地蹲在了上边，这个因素首先打破了铃木君的心里平静。如果铃木君在坐上这个坐垫之前，上面一直空荡荡随便让春风吹拂，铃木君或许为了表示谦逊，不等主人说声"请坐"就坐在那坚硬的铺席上等待下去。在那个早晚属于自己的坐垫上连个招呼也不打就坐下的，如果是人还说得过去，但不能容忍的是，它居然是只猫儿。这更加让他不快到极点。这是让铃木君心里泛起波澜的第二个因素。最后，让他气愤的是这只猫的表情，它居然看起来没有一点抱歉的样子，还以桀骜不驯的态度示人，坐在它根本无权享用的坐垫上，两只让人生厌的圆眼睛不停眨巴，盯着铃木君的脸，就好像在说"这老兄谁呀"。这是让铃木君心里泛起波澜的第三个因素。本来铃木君可以揪起我的脖子，把我从坐垫上拽起来甩到外面，以示他的不悦，但他却选择了沉默。

按理说，一个大名鼎鼎的人，不会因为害怕猫而不敢出手，至于他为何不早点用处罚来宣泄他的不满，看样子铃木君身为人类，自尊心在作祟，完全是想保持自己体面的自尊心。假如诉诸武力，别说是他，就连三尺高的孩子都能将我毫不费力地打得上下翻滚，但是出于体面，即使是金田君的心腹铃木藤十郎，都不敢对这个霸占了两尺铺席的猫大仙人怎么样。虽然旁边没有人围观，但和猫抢座多少有损人的尊严。有男子汉气概的人不会认真地将猫看作竞争伙伴，从而一争高下，这实在是很搞笑。他只得对这种尴尬场面忍气吞声，他可不想玷污了名誉。可是，他对猫儿的憎恨因为不得不忍受的局面而有所增强。铃木君时不时用一种非常怨恨的表情看着我。我看到铃木君的表情十分有趣，于是克制住想笑的念头，保持若无其事的姿态。

主人趁我和铃木君心照不宣地上演沉默剧的时候，整理好衣服从厕所里走了出来。他"呀"了一声就坐了下来，之前捏在手里的名片已经无影无踪了。看样子，铃木藤十郎的名片已经被丢在了臭气熏天的厕所里。我心里正嘀咕："这名片算是倒了霉了。"没承想主人一把抓起我的脖子边说："这个混蛋！"边把我丢到了长廊里。

"哎呀，真是稀客，快快请坐，你什么时候回到东京的？"主人向好朋友寒暄着。铃木君坐之前，把坐垫翻了过去。

"实在太忙了，也没顾上告诉你，最近，我已经调回了东京总部。"

"那真是太好了。很长时间没见面了，自从你去了外地之后，我们还是头一回见面吧？"

"是啊，都快十年了。说实在的，其后我偶尔到东京来，只因为事情太多，每次都没能拜访，失礼了，在公司任职可不同于你教书，每天都特别忙。"

主人对铃木君从头到脚打量一番说："这十年来，你变化不小嘛。"铃木君头发分得整齐，穿着英国剪裁的毛料西装，系着鲜艳的领带，胸前挂着的金表链都是金光闪闪的。他装扮得这么洋气，完全看不出他是苦沙弥君的老朋友。

"唉，我现在身处的环境不得不在胸前挂上这种东西。"铃木君的表现像是故意把他的金表链展示给主人看。

"是真金的吗？"主人这种疑虑显得很不得体。

"是18K金的。"铃木君笑着说道，"你也老了，已经有孩子了，是一个吗？"

"不是。"

"两个吗？"

"不是啊！"

"还不是？那就是三个喽？"

"对，三个。以后没准还会再多几个呢。"

"你说话还是那么乐观，一点儿都没变。最大的孩子今年多大了？是不是已经不小了？"

"我也记不清到底几岁了，大概六七岁吧。"

"哈哈……当老师就是轻松，真是不错，要不我也去教书算了。"

"你可以试试，过不了三天就烦了。"

“是吗？我觉得当教师真是不错，既高尚，又轻松，还有充裕的时间，能学自己喜欢的东西。企业家当然也挺好，我们就不行啦，要在公司任职就必须进高层，要是职位不高，就得处处说些阿谀奉承的话，或是参加些了无情趣的宴会，喝自己不想喝的酒，真是让人厌烦。”

　　“我从上学时候起就最讨厌企业家们，只要能赚钱，什么事情都做。俗话说就是见利忘义的商人。”主人在企业家面前大发言论。

　　“话不能这么说啊，也不都是这样。是不怎么高尚，如果没有人为财死的决心是干不了这一行的。刚才我在一位企业家那里听来一句话，就是‘最难应付的东西是钱’。他说想赚钱一定要用‘三无’术，即无情、无理、无脸皮。你听听，说得多有意思呀。哈哈哈……”铃木说话时神情得意。

　　“这话是哪个蠢蛋说出的……”

　　“怎么会蠢呢，这人聪明绝顶呀。是个精明强干的人，在企业界也颇有名气呢。你不认识吗？他就住在前面那条街上……”铃木说。

　　“原来是金田呀！我以为是谁呢，那个人……”主人说话时语气很不屑。

　　“你别生气，其实他这么说也是在开玩笑，打个比方来说明只有那么做才能赚到更多的钱。像你那样认真解读，可就糟了。”

　　“‘三无’术开开玩笑也没什么不好。但是他老婆的鼻子算什么玩意儿啊。你既然到他家去过，总该看到那个鼻子了吧。”

　　“你指的是他太太吗？他太太是个很体面的人。”

　　“她的鼻子，我是说她那个硕大的鼻子！为此，我还根据那个鼻子做了一首俳体诗呢。”

　　“俳体诗是干什么的？”

　　“俳体诗你都不知道？那你真是落伍喽。”

　　“哎呀，像我们这么忙，对文学之类我是外行呀！何况以前我就对它不感兴趣。”

　　“你知道查理曼①鼻子长什么样吗？”

　　“我不知道，哈哈哈，你真有闲情逸致啊。”

　　“威灵顿②的部下给他起了个鼻子的外号，你不知道吗？”

　　“你是怎么啦？怎么这么关心鼻子，鼻子是尖的还是圆的，有什么关

---

① 查理曼：800年登上王位的法兰克国王。
② 威灵顿：英国著名的元帅，在反对拿破仑的战争中，以指挥滑铁卢战役而闻名，后历任首相、外交大臣。

系吗？"

"这肯定有关系，你知道帕斯卡①吗？"

"又是'你知道吗？'我来这可不是为了考试的。帕斯卡又怎么了？"

"帕斯卡这样说过……"

"说什么？"

"他说：'假如女皇克娄巴特拉的鼻子再小一丁点儿，就会给整个世界的外观带来巨大的变化。'"

"是吗！"

"因此，依我之见，像你那样不重视鼻子，可不行啊。"

"哎呀，好了，从今往后我重视还不行吗，这话题暂且告一段落。今天我登门拜访，是找你有事。对了，那个叫水岛的曾是你的学生，叫水岛什么来着，一时忘了名字。嗯，听说他经常来你家拜访。"

"是说寒月吗？"

"对对，没错，就是寒月。我就是想打听点寒月的情况。"

"是为了那桩婚事吧？"

"嗯，就算是吧，我今天去金田家……"

"前几天，鼻子亲自来过。"

"哦？金田夫人也这么说，她说曾来苦沙弥先生家打听了一下，没承想被迷亭搅和一番，最后只能不了了之。"

"这都怨她自己，谁让她有个那样的鼻子。"

"不，她可没怪罪你，因为迷亭在场的缘故，她才不便过细打听，觉得很遗憾，于是就托我过来再好好问问。以前，我从没做过这种事，但是如果男女双方彼此爱慕，让我从中说和，也是一件好事嘛。所以我就过来了。"

"你费心了。"主人冷冷地回答。但是当他听到男女双方这句话时，内心不知为何感到震惊，那感觉就好像闷热的夏季夜晚，袖子突然灌进一丝凉风。虽说我家主人天生就固执、粗俗，不会说客气话，但总的说来，他与那种冷漠的文明产物相比，却有不同的意趣，虽说他经常无故发火、怒气冲冲，但是总还能明辨事理的。前几天，他之所以和鼻子大动干戈，是因为他对那鼻子看不惯，但对鼻子的女儿还是没有恶意。他不喜欢企业家，金田作为企业家的一分子自然也很讨厌，但这件事与金田的女儿完全是井水不犯河水，他和金田的女儿之间无冤无仇。寒月是比自己的弟弟还近的得意门生。倘若真如铃木君所说，两人心生爱恋，怎么能暗中阻挠呢，这可不是君

---

① 帕斯卡：法国数学家、物理学家、哲学家。

94

子的所作所为。苦沙弥先生一直认为自己是正人君子，但问题正出在"两人心生爱恋"上。他必须要先弄清真相，然后再改变自己对这件事情的态度。

"对啦，那位大小姐真想和寒月结婚吗？金田和鼻子的意思不重要，关键是那大小姐，到底是怎么想的？"主人问。

"这个，怎么说呢，应该是……或许是有和寒月结婚的意愿吧。"铃木君回答得模棱两可。他只想着打听到寒月的情况，只要能给金田一个交代就行，并没有想过确认金田小姐的意愿，于是就来了。圆滑世故的铃木君被问得措手不及，显得有些尴尬。

"你说'或许'是含糊不清的。"不管是什么事，主人要不给上当头一棒是不会善罢甘休的。

"没有的事，只是我的表达有误。小姐那边也确实有这方面的心意。哎呀，我不说假话。对，金田夫人曾跟我说过，说她经常抱怨一下寒月呢。"

"是那个大小姐说的吗？"

"没错。"

"真是过分，有什么好抱怨的。既然如此，这就是说她对寒月没什么意思吧。"

"这就是问题的关键。世界就是这么奇妙，也有人就是故意抱怨自己的心上人。"

"世上真有这么愚蠢的人。"主人听到这种涉及世态人情的事，竟然丝毫也不开窍。

"这种愚蠢的人，世上还真的很多，有什么办法。金田夫人就是这样理解的，在她看来，她女儿经常抱怨说寒月那脑袋迷迷糊糊像个冬瓜一样之类的，心里一定非常思念着寒月。"

这匪夷所思的解释超出了主人理解的范围，他一句话也说不出来，瞪着滚圆的眼睛直直地盯着铃木君的脸，真像一个街边的算命先生。铃木君见状，感觉到了异常："哎呀，他这个样子，没准会把事办砸的。"于是话锋一转，说些主人好理解的话。

"你想想就明白了。人家那么有钱，长得又很俊俏，肯定有很多追求者。就拿寒月君来说，人是挺好的，但从身份说，不，说身份有些欠妥，就说财产方面，任凭谁都会认为他高攀了。尽管如此，她父母费尽心思，专门求我当面向你打听的，这不就可以证明她是喜欢寒月的吗。"铃木君的这番言论真的说服了主人。这次看得出，主人恍然大悟，于是他松了一口气。当然，他明白，在关键时刻如果在一个地方徘徊不前，难免遭遇主人的出其不意的反击，不如尽快把话说完，趁早完成任务，这才是万全之策。

"总之，情况就像刚才说的那样，对方说：财富和金钱什么的都不重要，只盼望寒月能获得个资格。所谓资格简单说来，就是学衔。女方坚持，如果能当上博士，就可以嫁给他。不对，也不是坚持，你千万别误会。前几天，金田夫人前来拜访，迷亭说了一些莫名其妙的事。当然，这不怨你，金田夫人还夸赞你是个正直善良的人呢。归根结底就是迷亭在捣乱。所以女方家说，如果寒月当上博士，在外界看来也是有光彩的事，很有面子。你觉得如何？近段时间，寒月君有没有博士论文可以上交，你估计能获得博士学位吗？不过，金田家对博士还是学士满不在乎，但是外界的舆论不能不考虑啊，就没那么简单了。"

经铃木这么一说，主人认为女方要求有博士学位也在理。既然觉得有道理，就会依照铃木委托的意思办。这下铃木完全控制了主人，是杀是留，全凭铃木摆布了。主人确实是个既单纯又坦率的人，这果然不假。

"既然如此，寒月下次过来，我就劝他好好写写博士论文。但是，他有没有娶金田小姐的意愿，我得先问清楚。"

"什么？你要问清楚？这种事情可不能用这么严肃的方式解决。还是在日常谈话中，有意无意地试探一下他的想法，这是最简单的办法。"

"试探一下？"

"对，试探一下，或许这样说不合适。事实上，谈话当中自然就清楚了。"

"你或许清楚，但我不问个水落石出就不清楚。"

"不清楚，那就这样吧。不过像迷亭那样故意捣乱，东拉西扯，把事情搞砸了就不好了。这事不是你们劝不劝的问题，当然还是寒月自己做主。等寒月下次来了，请千万不要加以干涉。我不是说你，是说那个迷亭，但凡他一开口肯定帮倒忙。"铃木君间接说迷亭的不对，其实是说给主人听。俗话说："说曹操，曹操就到。"恰在此时，迷亭先生如同一缕春风照例从后门优哉游哉地走进来。

"哎呀，真是稀客啊。苦沙弥对我这种熟客已经怠慢了，看样子，就要十年拜访苦沙弥一次才行啊。平时哪有这么高档的点心呀。"说罢就把藤村食品店的羊羹，一口接一口地塞进嘴里。铃木君坐在那很尴尬，迷亭不住嘴地嚼着，主人望着呵呵直笑。我在长廊里观赏到这一刻的景象，觉着这简直是一幕沉默剧啊。学佛之人以心传心因此保持沉默，而这一场景也分明属于以心传心。尽管时间短暂，却十分精彩。

"我还想你要一辈子在码头上混了，可没想到你又回来了。看来人应该多活着，说不定会被幸运之神眷顾呢。"迷亭对铃木和主人是没差别的，完全不懂什么是客气。尽管以前是一起吃喝的老朋友，也已经十年没见了，总会有点拘束。但偏偏在迷亭身上就找不出这样的感觉，我不知道这是伟大，还是愚蠢。

"瞧瞧，说得多么可怜，可我还不至于那么没出息。"铃木君回答得恰到好处，但他总有点心绪难安，神经质地拨弄他那金表链。

"嘿，你坐过电车吗？"主人突然向铃木君提了一个奇怪的问题。

"看来我今天是让各位嘲笑来了，即便我不在当地混，也混得可以吧……别看不起我，我手里还握着'铁市'六十股的股票呢。"

"这可小瞧不得，我也有八百八十八又零半张的股票呢，只可惜被蛀虫咬坏了大半，现在只剩下半股了。如果你早点回东京，我可以送给你十股没被蛀虫咬坏的呢！太遗憾了。"

"你还是那么刻薄，当然玩笑归玩笑，你要真有那样的股票是不会吃亏的，股价每年都上涨。"

"没错，如果这半股等上一千年，就是三座仓库的钱。在这方面，你和我都是名副其实的旷世才子了。不过谈起这些，苦沙弥就太可怜了。你说'股'他说不定以为是骨头的'骨'的老大哥。"说着望了望主人，又拿起一块羊羹。主人也被迷亭的吃相感染，也向点心盘子伸过手去。世上无论对什么事都积极的人，必然会被他人模仿。

"股票的事就别说了，我最想让曾吕崎坐一坐电车，哪怕一次也行。"主人说罢怅然若失地看了看那羊羹上自己留下的齿痕。

"假如曾吕崎乘坐电车，那他每次一定要到品川下车。如果那样的话，倒不如当他的天然居士呢，死后把名字刻在压咸菜缸的石头上，倒也安全。"迷亭说。

"听说曾吕崎去世了，真是不幸啊，他那么聪明，太可怜了。"铃木君说。

"人是很聪明，但是做饭技术非常差，每次轮到曾吕崎做饭，我总是去外边来碗荞麦面条吃饱完事。"迷亭立刻接过话茬说。

"没错，曾吕崎做的饭又糊又欠火候儿。而且他做的菜总是凉拌豆腐，冰凉冰凉的根本吃不下去。"铃木君也从记忆深处唤醒十年前的不满。

"苦沙弥从那时起就和曾吕崎是好朋友，每晚两人总要到外边去喝小豆粥，结果落下病根，患了现在这慢性肠胃病，真是遭罪啊。其实，曾吕崎喝的小豆粥哪有苦沙弥多，他本不该死在苦沙弥前边。"迷亭说。

"岂有此理。别只想着我喝小豆粥了。那时候你以锻炼身体为借口，每当晚上就拿着竹刀跑到后边的墓地去敲打石碑，最后不是被和尚抓住狠狠批评了一顿吗？"主人毫不服输地掀了迷亭的老底。

"哈哈哈……没错没错，和尚好像说不能做那种事，不然死者会睡不着的。不过那会儿，我只是耍耍竹刀而已，这位铃木大将最粗鲁，他抱着墓碑摔跤，推倒了大小三个石碑呢。"迷亭说。

"那时，和尚火气可真大，他一定要让我把墓碑扶起来，我说等我找几个壮劳力过来，他说不能让别人来，必须让我本人扶起来才能赎罪，否则就背离了佛祖的本意。"铃木说。

"那时你的风采全无，穿着一件粗布衬衫，下身扎了个丁字形兜裆布，大雨过后踩在水坑里哼哼哧哧地使劲。"

"最让人气愤的是，你居然无动于衷，还给我画素描呢。我这个人平时不爱生气，但那时我寻思，你怎么能这样不尊重我呢。直到现在我还没忘记你那时说了什么，你记不记得了？"

"十年前说的话谁能记住？不过我倒是还记得那墓碑上刻着：'归泉院殿黄鹤大居士安永五年正月'那真是座古香古色的墓碑呢，搬家的时候，我甚至都想把它偷走呢。那个墓碑充满哥特风格，非常符合审美学。"迷亭又开始卖弄他的美学了。

"这个暂且不提，你当时不动声色地说道：'我立志搞美学研究，所以要把天地间一切有趣的事物全都要用素描的方式把它记录下来，以供将来参考。我是一个忠于学业的人，不要跟我说例如同情、怜悯这些私人的感情，你是面无表情地说的，当时我认为你是一个冷血动物，于是就用满是泥巴的双手把你的素描本撕了。"铃木说。

"从那时开始，我遭受挫败而自我颓废，因此我的绘画前途从此暗淡，是你挫伤了我的锐气，我对你恨之入骨。"迷亭说。

"别胡说了，应该是我对你恨之入骨吧。"铃木说。

主人吃完羊羹，再次跟两人攀谈起来。"那时候迷亭喜欢吹牛，从来没有履行过承诺。每次别人抱怨他，他从来不道歉，就总找各种借口为自己开脱。那寺院里的百日红盛开的时候，他说他一定要写一本《美学概况》著作，在百日红凋零之前写完。我说：'怎么可能，我看你根本写不出来。'没想到迷亭回答说：'人不可貌相，别看我长得文弱，但意志非常坚定啊，如果你们不相信，咱们就打个赌吧。'我就答应了，好像赌去神田的西餐馆吃一顿饭。我和他打赌，是因为认准他写不出书来的，但心里难免七上八下，因为我根本没钱请他吃西餐。没想到这家伙一直就没动笔，七天过去了，二十天过去了，一篇都没写出来。之后百日红彻底凋零了，但他本人毫不在乎。我认为这顿西餐我是吃定了，于是催他兑现承诺，没想到他竟然装疯卖傻完全不理我这个茬。"

"他肯定又编造出一堆理由吧。"铃木君火上浇油地说道。

"唉，真是个厚颜无耻的家伙。他嘴硬地说：'虽说我没有什么能耐，论意志，我坚信我不输给任何人，我说不请就不请。'"主人说。

"我一页都没写吗？还能这样？"这回是迷亭自己在反问。

"当然，当时你就是这么说的，'论意志，我坚信我不输给任何人，不过可惜记忆力并不超群，真是抱歉。我要创作《美学概况》的意志是坚定的，但说完的第二天我就完全忘记了，所以，在百日红凋谢之前没有写著作都怪我的记性，跟意志一点关系都没有。既然不是意志的原因，那我当然也没必要请你吃西餐了。'你实在是不讲道理。"

"没错，这确实是迷亭君的一贯作风，真是好笑。"不知为什么，铃木君居然开始叫好，这语气跟迷亭不在的时候有天壤之别，或许这就是聪明人的本色吧。

主人说："这哪里好笑了？"主人至今还耿耿于怀。

"那件事，实在太抱歉了。因此，我不是正天南海北地寻找孔雀舌吗，好弥补我的过错嘛。好了，别再生气了，就耐心等着吧。不过，说到写书，今天我可给大家带来了奇闻呢。"

"你这个家伙，每次一来就说有奇闻，今天我绝不会上当了。"主人说。

"但是今天的奇闻可是真的呀，一点虚假成分也没有，我不骗你。你知道吗？寒月已经开始写博士论文了。本来我想，他那人见解独到，总不会枉花气力写博士论文吧，没承想他心里还是想着荣华富贵的，多滑稽呀，你说是吗？你赶快去通知那个鼻子吧，说不定她指望着他当上橡子博士呢。"

听迷亭提起寒月的名字，铃木君赶忙用下巴和眼神暗示主人："千万不能说寒月的事，不许说。"可惜，我家主人却完全没明白他的暗示。之前见面，听了铃木的一番言论后，主人只是对金田小姐起了怜悯之心，但现在迷亭鼻子鼻子地叫着，前几天吵架的情景再次重现在脑海中。每次想起这事儿，他既觉得可笑，又觉得鼻子可气。不过庆幸的是，寒月开始写论文了，这可是个头条新闻，正如迷亭所说是近来稀有的奇闻。岂止是奇闻，还是让人振奋和愉悦的喜讯。寒月跟不跟金田小姐成婚，都无所谓，但是寒月要能当上博士，那真是一件好事。像自己这样已经被雕刻得快报废了的木头，倒也不在乎被扔到佛雕店的犄角旮旯，任凭蛀虫侵蚀，也没什么可惜的。不过人们总是期盼那些经过精雕细琢的完成品早日涂上金箔，尽快上市。

主人毫不理会铃木做出的暗示，还热情地问道："真的开始动手写论文了吗？"

迷亭回答说："你怎么不相信我呢？没错，我不知道他写的题目是'橡子'还是'上吊力学'，总之，不论寒月写什么都会使鼻子大吃一惊的。"

从刚才起，铃木每当听到迷亭不管不顾地称呼"鼻子"的时候，就显得局促不安。迷亭仍旧不停地说，因为他毫无察觉。

"此后，我对鼻子又进行了深入的研究。近日我在一本书，即《项狄传》中找到了一段关于鼻子的见解。如果斯特恩看到金田夫人的鼻子，一定会成为创作的素材，但是遗憾的是他没能看到。尽管她的名字能有资格垂名千古，但却怀才不遇而被埋没，真是既可怜又可悲啊。等她下回过来，我一定给她画一幅素描，供美学参考。"迷亭仍然信口开河，大讲特讲。

"不过，听说那个大小姐很想跟寒月结婚。"主人将刚刚从铃木君那听来的话原原本本地重复了一遍，铃木用表情和眼神频频向主人暗示，但主人就像绝缘体一样，一点也不通电。

"这真是神奇了，那种女人的女儿居然懂得什么是爱？不过那种爱也不是多了不起吧，充其量也只是鼻子尖那么大而已。"迷亭说道。

"只要寒月乐意和她结婚，得到鼻尖那么大的爱也可以啦。"主人说。

"前一阵子你不是也反对嘛，今天怎么服软了，说什么乐意结婚就行。"

"倒是没有服软，我怎么可能服软，就是……"主人说。

"没准你是受到同化了吧。喂，铃木，你也是位居企业家末流之人，所以我讲给你听听，供你参考。我说的那个叫金田的人，居然想让他的女儿嫁给青年才俊水岛寒月当夫人，真是抬举她，这简直是给一匹骏马配了副烂鞍，太不般配。我们这些朋友，不能就这样袖手旁观。虽然你是个企业家，对于这点应该也会反对吧。"

"太棒了，你还是那么劲头十足呀，一点儿也没变。十年来保持精力充沛，了不起。"铃木君想把事情敷衍过去，故意避开这个话题不谈。

"你不是夸我了不起吗？那好，就给你看看我博学的一面：在古代，希腊人非常重视体育，在一切体育项目上准备重奖，想尽所有办法进行奖励。但奇怪的是，只有学者的学识毫无受褒奖记录。这个怪现象一直延续至今。"

"没错，真是奇怪啊。"铃木君附和道。

"不过，两三天之前研究美学的时候，不料在此过程中找到了原因，解开了我多年的疑云，简直如醍醐灌顶，让我茅塞顿开，瞬间达到了天地合一的至高境界。"

迷亭说话过于夸张，向来反应迅速的铃木君也感觉这人太难于应对，脸上流露出甘拜下风的神情。主人意识到，迷亭又开始他那种作为了，便低着头不说一句话，用象牙筷子当当地敲打着果盘边。

　　"如此一来，你知道是谁明确记载了这一矛盾现象，并在千年之后把我们从黑暗的深渊中解救出来？当然是号称人类文化史上的头一名学者、希腊的哲学家、逍遥派祖师亚里士多德呀。"他解释道，"不要再敲盘子了，老兄，好好听着。希腊人认为在体育项目中获得的奖品远比他们表演的技艺宝贵，所以奖品才能成为赞扬和鼓励的手段。但是知识本身又会怎样呢？假如要用某种物质当作对知识的一种奖赏，那这种物质就一定要比知识贵重得多。但是在世界上没有什么比知识更宝贵的东西。假如奖励的物质不能相匹配，那这将有辱知识的权威性。为给予知识相应的奖赏，即使把金银堆得像奥林匹克山那样高，或者倾尽克罗伊斯①的财富，但是思来想去，他们意识到，没有一种财富能与知识相媲美。从那之后就决定不奖励任何东西了。这回你彻底明白了吧：说明家财万贯，黄金白银的，都配不上知识。既然信服了这条真理，那就考虑一下目前面临的问题吧。金田这个人算什么东西！不就是个见钱眼开的家伙吗？再说得精确一点儿的话，他只是一张能活动的钞票罢了。能活动的钞票的女儿，最多就是一张能活动的支票罢了。反过来，看看寒月的情况，他以第一名的成绩毕业于高等学府，何等荣耀，并且毕业之后，仍然孜孜不倦。他的礼服外褂上挂着长洲征战时期的丝穗，他不分昼夜地钻研橡子的稳定性问题，他并不满足于现状。最近，他打算发表一篇压倒开尔文的大论文。他虽然无意间经过吾妻桥，意欲在吾妻桥上投河殉情，但这种行为发生在一个热血青年身上也太正常不过了，丝毫没有损害他的学者身份。如果用我迷亭一流的比喻手法来形容寒月的话，那他就是一个能活动的图书馆，用知识铸造的二十八厘米的炮弹。这颗炮弹一旦时机成熟在学术界引爆，你就瞧着吧，毫无疑问，它会引爆的……"说到此处，迷亭自称"迷亭一流"的比拟并不那么得心应手，有点虎头蛇尾的意思。但他马上又继续说道："就是有成千上万张活动的支票，全都会被炸得粉碎，因此在我看来，寒月怎么能娶那个跟他一点儿都不般配的女人呢？我是坚决反对的。就像所有动物中最聪明的大象跟最懒惰的小猪结婚一样，完全不般配呀！苦沙弥君，你说是不是？"他阐述一番之后，主人仍然沉默地敲着水果盘。铃木君有点招架不住。

---

① 克罗伊斯：小亚细亚西部古奴隶制国家吕底亚的麦牟纳德王朝最后一名国王，拥有很多的财富。

铃木君无奈地说了一句："也不见得吧。"刚来的时候说过迷亭不少坏话，如果此时他再帮腔，像主人那种想到什么说什么的人，指不定又捅出什么篓子来。因此他认为先把迷亭的锋芒避开，敷衍过去，不要再让他惹出别的麻烦，才是最好的办法。铃木君是个聪明人，他很明白，在当今时代，尽量避免与人正面交锋，毫无用处的争辩只不过是封建时代的产物。人生需要的是行动，而并非争执。只要事情的进展能按照自己的想法一步一步地推进，人生目标就达成了。如果无须操心受累，无须争执，事情就能实现，那简直就是如愿以偿地达成人生目标了。铃木君在毕业之后就是借助这种信念取得了成功；借助这种信念，他还挂上了金表链；借助这种信念，他接受了金田夫妇的嘱托；还凭借这种信念成功地说服了苦沙弥君。在这件事情即将圆满结束的时候，被迷亭这个狂妄之徒弄了个措手不及，让人怀疑这个不受常规束缚之人是否具有不同于普通人的特异心理功能，铃木对此场景感到无所适从。这条信念是明治的绅士发明的，实践者是铃木藤十郎君，而此时，对这种信念感到头疼的人也是铃木藤十郎君。

铃木君说完，迷亭接话道："你之所以若无其事地说'也不见得吧'，显得说话不多，摆出一副很高尚的样子，是因为你不了解情况。不过，如果你前几天见到鼻子到这里来的情景，不论你多么崇拜企业家，都会无法忍受。苦沙弥君，上次你不是和鼻子发生过激烈的争吵吗？"

"但是据说人家对我的印象可比你好啊。"

"哎呀……你这家伙还真是挺自信的嘛。如果不这样，被学生和其他教师笑话成'Savage tea'，怎么还若无其事地到学校里去上课呢。我自认为我的意志力绝对强于其他人，但是我可没你那么厚的脸皮，真的太佩服你了。"

"被学生和教师什么的在背后说些坏话有什么可害怕的。古今最优秀的评论家圣佩甫，在巴黎大学讲课时很不受欢迎，为了抵御学生的攻击，防止意外发生，经常怀揣匕首外出。布伦蒂埃①在巴黎大学攻击左拉的时候也……"

"可是你并不是什么大学教师啊，只不过是一个教英语读物的中学教师罢了。引用了那些著名的文学评论家打比方，就好像小杂鱼把自己形容成鲸鱼一样。如此一来，就更要被别人嘲笑了。"

"住嘴，不管是圣佩甫还是我，同样都是学者啊。"

"你的见解真独特啊，不过外出时最好不要怀揣匕首，那样太危险了。

---

① 布伦蒂埃：法国评论家以及诗人。

大学教师怀揣匕首的话，那么中学教师带一把小刀就足够了。毕竟刀子是很危险的，你还是到集市上买一把玩具枪背上吧，那样看起来还可爱点。铃木君你说是不是？"

铃木君觉得迷亭终于把金田事件绕了过去，才不再担心了，他深深叹了口气说："你还是那么天真活泼，大家随便闲谈，真是开心！十年不见了，今天与你们相见，就感觉像是从一条狭窄的小巷来到了广阔的田野一样。要是我们同行聊天，就得小心谨慎，一点儿也不能疏忽大意。不论说任何事，都要注意，费心啊，紧张啊，真是麻烦死了。刚才多好啊，说话轻松畅快的。和以往一同上学的老同学聊天真好啊，不用有什么顾虑。哎呀，想不到今天还会遇见迷亭，太开心了。我还有事儿，失陪了。"铃木君说罢，迷亭接着说道："我也走了，一会儿还要去日本桥的'表演矫风会'去，我们一起走吧。"铃木君说："那太好了，很久不见了，我们一同散散步吧。"于是两人一起离开了。

五

如果将一天二十四小时发生的事情从头到尾记录下来，再一字不落地读上一遍，恐怕至少也要耗上二十四个小时。尽管我极力追捧"写生文[①]"，但也必须承认，这可不是我们猫儿敢奢望的本领啊。正因为这样，尽管主人在白天有很多奇怪的言行，可是我不论从能力上还是耐心上都无法将这些事逐一记录向读者汇报。所以我深表遗憾。遗憾是遗憾，但毕竟也是没办法。虽然我们是猫儿，但也需要休息。铃木君和迷亭君走后，刺骨的寒风突然停了，周围犹如细雪纷飞的夜晚一样寂静。照往常一样，主人又退回到他的书房里去，主人家的小孩们在六叠[②]大的房间里睡觉。在隔着九尺宽隔扇的南向房间内，女主人躺着给不到三岁的孩子喂奶。樱花盛开的早春，太阳转眼就落山了，穿过街道的行人木屐声清晰地回荡在客厅里。旁边的公寓里传出断断续续的笛声，沉重刺激了昏昏欲睡的我的耳膜。室外大概已经暮色苍茫了吧。晚餐吃的是煮鱼糕汤，我分到的那份在鲍鱼壳里，被我全部吃光了。我肚子吃得很饱，实在需要让胃休息一下。

听说，世上有种诙谐有趣的现象叫猫儿叫春，初春时节那些夜晚，我们猫类一族就在小巷里狂热地奔走，呼唤着对方。不过，我还没遇到过这种心理变化。街里的这些猫儿也隐约感到兴奋，不经意间春心荡漾，流露出不羁之情，也就不算什么非非之想了。但恋爱本是全宇宙间通行的活力，上到天神丘比特，下至土里啾鸣的蚯蚓、蝼蛄，这就是一切万物之常情。回想一下，我也曾对三姑娘无比倾心呢。提倡"三角主义"的金田君的女儿，喜欢对阿部川饼大发议论，听说她也对寒月君有所爱恋。正因为这样，那天底下的雄猫雌猫在那千金一刻的春宵中情意绵绵、如痴若狂。在我看来，这绝不是自寻烦恼，也不该受到轻蔑。虽然我遭受了诱惑，但我却并不动情，这有什么办法！以我当前的状态来说，唯一的想法就是睡觉，都这么困了，怎么能再谈情说爱。我偷偷

---

① 写生文：俳歌作家正冈子规首创，一种诗歌，用写生画的手法真实描绘大自然和人生，夏目漱石又将此运用到散文中。

② 六叠：日本计算面积的单位，一叠的长大约为 1.9 米，宽约 0.95 米。

地爬到小孩们的被角，倒头舒舒服服地睡了……

等我突然间醒来，睁开眼睛一看，我家主人不知何时从书房来到卧室，钻到妻子旁边的被窝里。按照主人的习惯，临睡前都要从书房拿来一本小的外文书，但躺下后，最多看上一页。他有时拿来放在枕边，连碰都不碰一下就入睡了。既然有时看一行都难得，就完全没必要拿来，但这正是主人的独特之处，任凭女主人怎样劝他、笑话他，他也不肯妥协。每天晚上他还是分心劳神地带本书回卧室，有时他还贪心地抱来三四本。前几天，他甚至将《韦氏大辞典》抱来了。我寻思，主人不把书放在枕头旁边就不能睡觉，我觉得这是一种病，就好像那些有钱人如果听不到龙文堂制造的铁壶发出的松涛声，就睡不着一样。由此可见，<u>在主人眼中书这东西不是用来读的，而是催人入眠的工具，换句话说就是印刷出来的安眠药。</u>（"我"是用多么犀利和直白的语言直接批判了主人的虚伪和装模作样。）

我想今晚主人也会拿来一本书。看了看，一本红色的薄薄的书在主人胡子的地方半开着，快把嘴堵上了。主人左手的大拇指还夹在书里，从此处来看，他破天荒地看了五六行。那块镀镍的怀表，和那本红色的书并列放着，发出冰冷的色泽，与这温暖的春夜极其不符。

女主人把吃奶的孩子放到一尺多远的地方，她正张嘴打着呼噜，头把枕头拱到了一边。人最难看的一点是什么呢？依我之见，没有比张嘴睡觉这一点更有失体面的了。我们猫儿一辈子也没做过这么丢人的事。本来，嘴是用来出声的，鼻子这器官是用来吞吐空气的。听说，北方的人就犯懒，为了尽可能少地张嘴，用鼻子发出来哼哼声来代替说话。但是把鼻孔紧闭，只用嘴来呼吸，这比用鼻子说还让人无法忍受。别的暂且不说，倘若不小心从房顶上掉下老鼠屎来，岂不太危险了。

<u>再看看小孩儿们的睡姿，和她们的父母不相上下，正俯身姿势各异地熟睡着。姐姐俊子好像要显示当姐姐的威严一样，直直地伸出右手，搭在妹妹的耳朵上。妹妹澄子为了报复，威风地把一条腿搭在了姐姐肚皮上。两人都将刚入睡的姿势翻转了九十度。并且更为奇妙的是，她们两人一直毫无怨言地保持这种不自然的姿势，沉沉地睡着，睡得很香。</u>

我的批注

春宵的灯火果然很有情调，在这天真烂漫却又极不雅观的光景里，灯火在散发出宁静的光芒，仿佛告诫人们要珍惜如此良宵。我环顾卧室，不知现在几点了，周围静悄悄的，只听到挂钟发出的滴答声、女主人的呼噜声和远处女佣的磨牙声。每当有谁跟女佣说她睡觉爱磨牙时，她总是否认并坚决地说："从我出生到现在，从未磨过牙啊。"像"我会改的"或是"打扰到你们了"之类的话，她是绝不会说的，她只是坚决声称："我从未磨过牙啊。"当然，磨牙是她睡着之后的本事，难怪她不知道。但是，虽然她自己不知道，但事情是真实的，真拿她没办法。明明有人在世上作恶，而他自己却始终认为自己是个大善人。既然他相信自己没有错，当然就可以轻松畅快了，这是可以理解的。不过，虽说他本人轻松畅快了，但实际上

我 的 批 注

却给别人带来麻烦，这点是毋庸置疑的。或许这些绅士淑女就和这个女佣正是一种人吧。

夜色越来越深。真奇怪，三更半夜突然有人在厨房的防雨板上轻轻敲了两下，这个时间会是谁呢？也许又是老鼠吧。如果是老鼠，反正我是坚决不捉的，爱怎么折腾就怎么折腾。又咚咚响了两声，听起来不像老鼠，如果是老鼠，也一定是警惕性极高的家伙。主人家的那些老鼠，就和主人任教的那所学校里的学生一样，不论白天黑夜，总是想尽一切办法去琢磨怎么搞破坏，这群家伙的职责就是惊扰主人的美梦，所以才会这样肆无忌惮。看来，来者一定不是老鼠。前些天那只老鼠溜进主人卧房咬伤了主人那低矮的鼻头，然后胜利离去，如果是它，绝不会这么胆怯的。我正琢磨，这绝不是老鼠，把防雨板自下而上地抬起，接着听到廊内纸门被轻轻推开，我更加确定这不是老鼠了，是人！深夜造访的不速之客，居然没有在外边打声招呼就推门而入，大驾光临，应该不会是迷亭先生或是铃木君。难道是大名鼎鼎的梁上君子吗？如果是梁上君子，我倒真想一睹尊容呢。现在，这位梁上君子抬起他满是泥土的脚大步向厨房走来，大概像是往前迈了两步。我正暗自数着该迈第三步的时候，咕咚一声打破寂静，他可能是被厨房的活动地板绊到了。我感觉背上的毛瞬间竖起来，就像用鞋刷子逆着梳过一样。片刻，四周又恢复了死寂，没有了脚步声。

（这段文字中写到了几处声音？这些声音反映了梁上君子怎样的心理状态？而最后为什么"四周又恢复了死寂"？）我向女主人望了望，她依然张着嘴，在梦中吞吐着太平空气。而主人的拇指还夹在那本红色的书里面，想必正做美梦呢。很快，从厨房传来一声划火柴的声音，看样子，这位梁上君子的眼神到了晚上就没有我的好了。他摸不清室内情况，行动自然不方便。

此时我蹲在那里琢磨：这位梁上君子是想从厨房去往餐厅呢，还是向左拐穿过门厅进入书房呢？这位梁上君子推开隔扇后，向前廊方向走了。他最终在达到书房后，四周再次陷入沉寂。

在此期间，我才想到应该趁机尽快将主人夫妇叫醒，但是真要这样做，我怎样才能叫醒他们呢？这种想法像水车一样，在我脑袋里骨碌碌不停使劲地转，就是想不出好办法来。我咬住被角抖一抖，也许能管用。我试了两三次，结果一点儿作用也没起。我想，如果我的凉鼻子蹭一蹭主人的脸，或许能醒来，我将鼻子刚凑上去，结果主人在睡梦中突然伸了伸胳膊，狠狠地砸到了我的鼻头上，把我疼得要死！鼻子可是猫儿的命门啊。我无可奈何，只能"喵喵"叫两声把他们叫醒。但不知为什么，我的嗓子怎么也发不出声音来，就好像喉咙里被一种东西卡住一样。我费了好大劲儿，总算是发出两声。但是又低又涩，倒是把我自己吓了一跳。梁上君子的脚步声偏偏又突然响起，而想叫醒的主人却毫无反应。沙沙的声音顺着走廊越来越近了，我想："已经无计可施了，他到底还是来了。"于是，为一览虚实，我在隔扇和柳条箱之间找到藏身之处。

到了卧房的隔扇前，梁上君子的脚步声戛然而止。我使劲屏住呼吸，静观其变。事后想想："如果我捉老鼠的时候能有这样的劲头肯定会马到成功的。"我那专心致志的架势，全都体现在两只眼睛上，我的灵魂好像随时都会从两眼中飞出去一样。多亏了这位梁上君子，我茅塞顿开，我悟出了以后可能再也没有机会领悟到的诀窍。隔扇上第三个窗棂的正中，突然间像是被雨水洗刷了一样变了颜色，接着窗纸愈发透亮，由粉红色渐渐变浓。纸很快就被一条舌头捅破。瞬间舌头又不见了，一个让人不寒而栗的发着光的东西出现在纸窗孔里。这无疑就是这位梁上君子的眼睛。那只眼睛对室内的一切东西都不去看，好像专门盯着藏在柳条箱后的我看，真是奇怪。尽管时间才过了一分钟，但让我确实觉着被它瞧上一阵会短命十年。我再也无法忍受这种心理压力。当我准备从柳条箱背后逃离的时候，卧房的隔扇被轻轻推开了，这位让我恭候已久的梁上君子终于现身了。

按正常的叙述顺序，我有幸借这个机会向大家介绍一下这位不速之客——梁上君子。但在介绍之前，请允许我发表一下自己的拙见，以供各位思考。

（"我"发表了怎样的"拙见"？作为读者，你在读了这只猫随后发表的见解后思考了哪些问题？你觉得"我"是一只怎样的猫？）在古时候，神被奉为智能双全，即使到了二十世纪的今天，那气势依然是智能双全的样子。显而易见，这种解释的说辞看似正确，听起来却自相矛盾。但自古以来能猜透这种悖论的，恐怕只有我一个。想到这一点，我也有了虚荣心，不是我自我吹嘘，我觉得自己并不是单纯的一只猫，这只猫儿也是很伟大的。为此我想，不管怎样，我也要在此阐明我们猫类有什么理由不被蔑视，以便让骄傲的人类都能记住。据说神创造了天地万物，因此人也是由神创造的，对此《圣经》上也有这样的记载。其实，人自身通过几千年的观察，对于人的问题一方面感到甚是奇妙，让人不可思议，另一方面又更为愿意承认神是智能双全的，也就是说，尽管大千世界处处人头攒动，但世界上并没有长得一模一样的面容。当然，每个面孔上都有大小区分甚微的五官，用另一句话说，他们所用的质地是相同的。虽然质地相同，但最终没有创造出一个长得一样的人来。那些制造者的水平必然令人由衷地敬佩，因为他们居然能用这么简单的材料制造出那么多不同的面孔。要想制造出长相各异的面孔来，没有极为丰富和独特的想象力和创造力是不行的。即便是一代画家耗费毕生精力探求不同面孔，也顶多画出十二三幅罢了。由此可见，我们必须慨叹神造人的手法多么高超，才能一手承包创造人类的重任。这种技术过于卓越，毕竟在人类社会中难以找到，因此将它称为全能的技术也是无妨的。在这一方面，人对神怀有敬畏之心。从人的视角来看，这种敬意当然是无可厚非的。但是站在猫的立场看，同是一件事，却可以做出不同的解释：这恰恰证明了神的无能。我想，即使神并不完全那么无能，但他的能力绝对不会比人类高超。神按照人数创造了众多面孔，这没有错，但是，当初神

我的批注

到底是胸有成竹地创造出这么多不同的面孔，还是在制造的时候，本想将张三李四都造成千人一面的，但操作不顺利，造一个坏一个，未能实现心愿，从而导致了混乱的局面？对此，一直是个未知数，谁都没有弄明白。因此我们绝对可以这样认为：人的面部结构，不但能纪念神在创造上的成功，也当作创造上的失败的印记。说是"全能"当然可以；但是，评为"无能"，又何尝不可！因为人类的双眼都在一个平面上长着，要想同时看清左右是不容易的，所以他们只能看到片面的事实，这正是人的可悲之处。假设换个视角，这样一种简单至极的东西在他们的社会上是不分昼夜地不停出现的，但因为他们已经晕头转向，对神有所畏惧，所以自己根本悟不出这个道理。如果说在创造上很难追求变化，那么彻头彻尾的仿制，分毫不差，又谈何容易！如果要求拉斐尔制作两幅完全相同的圣母像，或是强行让他画两幅完全不同的玛利亚出来，恐怕这对拉斐尔来说，困难程度是一样的。当然，也许要求所画作品分毫不差的反倒更加困难。如果要求弘法大师按照昨天题字的笔法丝毫不差地再写一次"空海"两字，这也许比要求他换一种字体来写更难。人类使用的语言，完全是靠世代模仿而延续下来的。人们向他们的母亲、乳母或是其他人学习日常用语时，没有别的多余想法，只是重复他所听到的话，竭尽全力进行模仿罢了。口口相传的语言经历了十年二十年的模仿后改变了发音，这是为什么呢？是因为人类缺少真正的模仿力。可以推断出，最

难的就是纯粹的模仿。因此神为了真正证明自己是全能的，在造人的时候把所有人都做得像从一个模子里刻出来的，分不清是张三还是李四。而到了现在，让这些胡乱捏造的面孔暴露于光天化日之下怪态百出，令人眼花缭乱，这反而为证明神的无能提供了证据。

我早已不记得为什么要大发议论了。不过人类也经常忘掉初心，猫也自然难免，那就请大人不记小人过吧！总之，当梁上君子推开隔扇，突然出现在门槛上时，被我看见后自然涌现出那些想法。您要问为什么涌现出那些想法呢？既然问我原因，那我现在就应该重新想一想。换种说法，我是这样认为的：

因为平时我就一直怀疑神在造人这件事上是卓越的还是无能的，当那位梁上君子赫然出现，被我看到面部特征时，我一瞬间推翻了自己的言论。要说那张面孔的特征，那就是他的长相和我们英俊的水岛寒月君简直是一个模子里刻出来的。当然，我的知心朋友没有几个是盗贼，但在日常中，我根据盗贼的残暴行径加以想象，由此在心中也曾勾画过他们的脸谱：我自认为他们长着两只一分铜钱那么大的小眼睛，剃了个大光头。但实际上，我所看到的彻底颠覆了我的想象，可见，想象是绝不可胡来的。这位梁上君子身材修长、肤色略深，浅黑色的一字眉，是个英姿飒爽、仪表堂堂的贼。连年龄也是抄袭水岛寒月君的，他的年龄大约也是二十六七的样子。既然神能制造出两个几乎无异的面孔，拥有如此绝技就不该把神视为无能了，老实说，我着实被吓懵了，他与寒月君长得太像了，我甚至起了疑心，不会是寒月君精神失常，三更半夜突然跑到外边来吧。与寒月君不同的是，梁上君子的鼻子下缺少那微微长出的一小撮胡子，我这才确定他不是寒月。（年轻英俊的人可能是理学士寒月，也可能是专做偷盗勾当的梁上君子，判断一个人的品性如何，仅凭容貌确实是不够的。这样的描写一方面讽刺了在第四章中出场的金田一家的无知庸俗，另一方面通过寒月的恶搞由小及大地对西方文明进行了批判。）寒月君这个英俊青年长得风度翩翩，是神精心制造出来的精品，足以使被迷亭称作活支票的富子小姐销魂。但是看看这位梁上君子的容貌，如果和寒月比较，他对富子小姐来说，也有着十足的吸引力。如果富子小姐只对寒月君那秀美的眉眼迷恋的话，却以不同的热度对这位梁上君子倾心，那就有失公道了。公道不公道，暂且不说，就是不符合逻辑。像富子小姐既有如此高的才华又有智慧的女子，她肯定能理解这点儿事，不需要向别人请教。由此可以推断，假如让这位梁上君子顶替寒月成为她的夫君，她肯定会献出全部的爱而收琴瑟谐鸣之美。万一寒月君被迷亭君的话所折服，放弃了一桩美好的姻缘，那也不用担心，因为世上还有这位梁上君子，对于这件事未来的事态发展，我预测到此处，才不再为富子小姐担心了。这位梁上君子的存在，是使富子小姐获得美满生活的一大前提。

梁上君子腋下好像夹了一个什么东西，我认真瞧了瞧，原来是刚被主人扔在书房的那条过时的旧毯子。他身穿蓝灰格子布的短褂，臀部扎着条绢带，膝盖下边露出两条雪白的小腿，正抬起一条腿往房间里走。从刚才起，主人就在做梦，梦见自己的大拇指被一本红色封面的小书夹住了，此时他忽然使劲翻了个身，大声叫道："寒月！"梁上君子大吃一惊，吓得毛毯都掉到地上了，他赶忙缩回了已经迈出的腿。纸门上映出两条纤细的长腿微微颤抖的影子。主人哼了一声，嘴里嘟嘟囔囔，把红皮书立即推到一边。就像得了皮肤病一样，噌噌地挠动他那伸出来的黑胳膊。此后他又安静下来，头从枕头上滑落，继续呼呼大睡。看来，他是在说梦话才喊出"寒月"。梁上君子在廊子里一动不动地站了一会儿，静静地观察室内情况，当他确认主人夫妻都睡熟了，于是一条腿又向床席迈去。这次，他确认主人没有再叫寒月，之后他抬起另一条腿也向前迈出。（*精彩的外貌描写和细节描写使这段文字生动有趣又很真实，像极了一部慢放的电影，画面感非常强烈。*）在这六叠大的卧房里，一盏春灯发出亮光，有了它的照射，梁上君子的影子把房间明确地分割成两部分，漫过柳条箱，越过我的头顶，把半拉墙壁也遮得漆黑。我转身一看，这位梁上君子的黑影隐约映在墙壁上，正好在三分之二的高处不停晃动。别看他长得俊俏，但他的影子简直就是一个脑袋硕大、形状怪异的妖魔。不知为什么，梁上君子俯视女主人熟睡的神情，露出一丝笑容，他笑起来的样子都跟寒月无异，这让我十分吃惊。

女主人的枕头旁边，不偏不倚地放着一个用钉子钉制的长为一尺五寸的长方形木箱。里边装的是住在肥前国唐津的多多良三平从老家带来的土特产。虽说一般人不会守着山药箱子睡，但女主人从来不考虑场合合不合适的问题，比如她竟然把做饭用的精制白砂糖放进针线盒里。所以对她来说，别说在卧室里放山药了，就连放腌萝卜咸菜都是非常自然的事。可惜这位梁上君子可不会料事如神，他当然不可能知道我们这位女主人的生活习惯。正因为这个箱子被如此小心翼翼地贴身保管，这也难怪梁上君子把它当成贵重物品了。梁上君子抬了抬这沉重的山药，对这箱子的重量感到很满意，看来这重量符合他心里的预期。他要真偷了山药，一想到是这位英俊青年下手偷的，就不禁觉得滑稽。但是为了避免危险，我不能随意笑出声，只能遗憾地憋在心里。

不一会儿，这位梁上君子就开始小心翼翼地用毛毯包裹住山药箱子，然后巡视四周，想找一根绳子来捆住这个包裹的时候，幸好主人睡觉前解开绉绸腰带放到一旁，梁上君子就用这条带子把箱子捆绑好，轻轻松松背了起来，那姿态估计女人是不会喜欢的。接着，他顺手捡了两件孩子们的棉坎肩，塞进了主人的棉制短裤里，两条裤筒鼓鼓囊囊的，就像吞了一只青蛙的青花蛇一样。或许说得更确切些，它更像即将生产的青花蛇，总之形状非常怪异。要是不信，您可以自己尝试一下。梁上君子把主人的棉制短裤绕在了脖子上，接下来他会做什么？我仔细看着，原来他抓起主人的绉绸外褂铺展后，像包袱布那样摊开，然后将女主人的腰带、主人的外套和里衬还有其他零碎杂物全一股脑放进去，打了一个利索的包袱。他动作娴熟，手法精巧，让我十分钦佩。之后，他把女主人扎衣带的长布条和衣服的绦子边什么的，系在一起，捆好这个包裹，用一只手提着。 他又环顾四周，看看还有没有值得带走的东西。主人头上有一包"朝日"牌香烟，也随手塞进自己的袖口，接着又取出来，从里边抽出一根，凑近煤油灯点燃香烟，有滋有味地深吸一口。吐出的烟雾弥漫在乳白色灯罩的周围还未散尽的时候，这位梁上君子的脚步声已经进入廊子，渐行渐远，最终消失。 （吸烟的情节表现了梁上君子怎样的心理状态？与刚开始进入室内偷盗时的心理状态是否一样？作者采用动作、细节描写对梁上君子的前后行为进行了对比，合理、自然且生动地为读者呈现了这位梁上君子的全貌。） 主人夫妇依然在酣睡。看样子，人类居然可以粗心到这种地步。

　　当然，我也需要休息一下了。如此喋喋不休，我已经体力不支了，当我好好地睡了一觉再次睁开眼睛的时候，主人夫妇正在这碧空万里的阳春三月与警察站在厨房门口谈话。

　　"这样看来，小偷是从这儿溜进卧室去的？你们睡得很沉，对此完全没感觉，对不对？"

　　主人稍微有点不好意思地回答："嗯，没错。"

　　"那么作案时间大约是几点呢？"警察问的这个问题，真是岂有此理，假如能知道小偷的作案时间，还会被偷吗？可是主人夫妇没有意识到这个问题，竟然为了回答警察的质问还讨论起来了。

　　主人说："那是几点呢？"

　　"这个……"女主人使劲回忆。看样子，她似乎以为，只要用力想想就会得到答案。

　　"昨晚你几点睡觉的？"妻子问丈夫说。

　　"在你睡着之后。"主人说。

　　"对啊，我比你先睡下的。"妻子说道。

　　"咱们是几点钟醒的呢？"主人再次问道。

　　"可能是七点半吧。"妻子回答。

　　"这么说，小偷进来是几点钟呢？"主人问。

　　"肯定是深夜了吧。"妻子回答。

　　"这还用说，谁都知道是深夜，我的意思是几点？"

　　"让我仔细想想，不然怎么知道确切时间呢。"妻子说。

来，你知道吗？”

"现在申诉也不一定能找回来，你还是跟我说说欧旦丁·巴莱欧罗科·斯是什么意思吧。"

"你这个女人真麻烦，不是告诉你什么意思也没有吗。"

"那么，小偷没偷别的东西了。"

"好吧，随便你，你真是胡搅蛮缠。反正我不再写什么失窃申诉了。"

"我也不告诉你丢了哪些东西，你想写申诉就自己写去吧，跟我没什么关系。"

"那就不写了。"主人边说边突然起身，像往常一样钻进了他的书房。女主人回到起居室，坐在针线箱旁边，两人都盯着隔扇一动不动，这姿势大约保持了十多分钟。

没承想，正在此时，赠送山药的多多良三平推门走了进来，神采奕奕的。这位多多良三平当学生的时候在主人家寄宿。如今，从政法大学毕业后应聘到一家公司的矿产部。他是企业家的苗子，是铃木藤十郎君的后进力量。（这位多多良三平一登场，作者就为他定下了怎样的基调？多多良和铃木都是小说中的重要讽刺对象，他和铃木的个性是一样的吗？他又有哪些性格特点呢？）三平君和这个家十分亲密，他经常登门造访先生以前的草堂，碰上星期天，就玩上一整天再回去。

他穿着西裤，在女主人面前，支起腿坐着。他操着一口唐津口音说道："今天天气不错，师母。"

"哎，是多多良君。"女主人说道。

"老师不在家吗？"三平君问。

"没有，在书房呢。"女主人回答。

"师母，老师这么过度用功，会影响到健康的。好不容易过个星期天，应该好好放松一下。"

"你去当面说说老师吧，我说他不听。"

"倒也对，但是……"三平君话说一半，扫视了屋内周围情况，并说："今天小姐们都不在家？"他刚说到这，俊子和澄子俩小姑娘从隔壁跑了出来。

姐姐俊子还没忘上次的约定，一见他就立马追问："今天你带来'寿司'了吗，多多良先生？"多多良搔了搔头皮，坦白地说道："你记性可真好，下次一定给你带来，今天忘记了。"

姐姐说："那可不行。"妹妹也马上跟风似的说："那可不行。"女主人脸上露出了一丝笑容，刚才还和丈夫生气，现在心情好多了。

"我没有带来寿司，但是我带来山药了。小姐们都吃过了吧？"三平君这样发问。"山药是什么？"姐姐一问，妹妹这回也照样学着说："山药，是什么呀？""你们还没吃吗？唐津的山药特别好吃，可不同于东京的山药，可甜哪！快让妈妈给你们做着吃吧。"家乡的土特产让三平君感到自豪。

这时候，女主人这才反应过来，答谢道："感谢你上次带来的那么好的山药，多多良君。"

"怎么样，好吃吗？我专门做了个小木箱，把它塞得满满当当的，免得山药折断，大概还保持着原来那么长吧。"

"可惜你的一番心意，昨天夜里，那箱山药被小偷偷走了。"

"偷走了？这小偷有毛病吧，这得多喜欢吃山药呀！"三平君大吃一惊，感慨了片刻。

"妈妈，昨晚来小偷了吗？"姐姐问道。

"嗯。"女主人轻声回答。

"来小偷了，那么，小偷进来时长什么样呢？"这回是妹妹问的。女主人不知如何回答这种奇怪的问题，她随便说道："小偷进来的长相可恐怖呢。"说完她向多多良君望去。

"长相恐怖，意思是长得像多多良先生吗？"不管多多良能否忍受，姐姐毫不客气地问道。

"你太没礼貌了，别瞎说啊。"女主人阻拦道。

"哈哈……我长得有那么恐怖吗？太伤心了。"三平君搔了搔头皮说。

一个月之前，多多良后脑勺上有一块直径一寸大的秃点，他去看了医生，但是很难治愈，第一个发现这块秃点的是姐姐俊子小姐。

"哎呀，多多良先生的头上也和妈妈一样有一块秃得发亮的地方。"（小说第四章就有主人与女主人关于"秃头"的对话以及对女主人秃的描写，这里作者借"女儿"之口将多多良的秃头和女主人的秃头进行了对比。作者是通过肖像描写来塑造人物、展示人物性格特点的，相信现在你对多多良有了更多的了解了吧。）

"让你闭嘴，你怎么还说话。"女主人说。

"妈妈，昨晚那个小偷脑袋上也有秃点吗？"

女主人和多多良不由得哈哈大笑起来。孩子们不断提问，吵吵嚷嚷的，大人们没办法继续谈话了，于是女主人说："好啦好啦，你们都到院里去玩吧，一会妈妈给你们送点心去。"她支走了孩子们。

"多多良君，你的头到底怎么回事呢？"女主人认真地问道。

"起了癣，不容易好呢。师母也得这个病了吗？"

"谁长癣了，别胡说！我总扎发髻的缘故，女人多多少少都会有点这样。"

"只要是秃顶，都是真菌引起的。"

"我这可不是真菌。"

"只是师母您不愿接受罢了。"

"不管怎么说，肯定不是真菌，但是我想请教一下，'秃头'用英语怎么说？"

"'秃头'是'卜璐特'。"

"不对，不是这个词，有没有更长的说法呢？"

"您想知道，问问老师不就行了？"

"我之所以问你，是因为你的老师无论如何都不告诉我。"

"可我只知道'卜璐特'这个词，其他的还真不知道，您说的更长的说法是什么？"

"叫什么欧旦丁·巴莱欧罗科斯，'秃'字一定叫'欧旦丁'，'巴莱欧罗科斯'就是'头'吧。"

"也许是这样，我现在去老师书房里查一下《韦氏大辞典》吧。不过，老师还是一点都没变，这么好的天气，老师却一直在家待着，也不走动，真是奇怪。师母，那样对他的胃病没有什么好处，您还是劝劝他去上野欣赏下樱花，也不错呀。"

我的批注

"还是你陪他出去吧！你老师这个人是不会听我们女人家说的话的。"

"近来还是只吃果酱吗？"

"是的，还是那样。"

"前几天，老师还跟我抱怨说：'你师母嫌我吃太多的果酱，我真的觉得我吃得不算多，是不是计算失误了？'我想小姐们和师母也一定是吃了吧。"

"你这个多多良君，你怎么能这么说呢，真是讨厌。"

"但是，师母看起来可像是跟着吃了的。"

"从脸上就能看出来吗？"

"其实看不出来，不过师母，您真一点儿也没吃过吗？"

"吃过啦，多少会吃一点儿嘛。自己家的东西，能一点儿不吃吗？"

"呵呵……我猜得没错。不过，说句实话，有小偷来真是太倒霉了，只是丢了山药吗？"

"如果只是山药丢了，倒也无关紧要，可是他把我们平时穿的衣服都偷走了。""那真是不幸，您又要借钱了吧？这只猫如果是条狗就好了。实在可惜啊。师母，您还是养条大狗吧。猫没什么用，就知道吃。这只猫还能捉几只老鼠吗？"

"一只老鼠也没捉过，就是只脸皮太厚混吃混喝的猫。"

"哎呀，那就毫无用处了，早点扔了吧。要不，我把它拿去煮了吃吧。"

"天哪，多多良君连猫也吃吗？"女主人说。

"我吃过，猫肉可香啦。"

"年轻人真厉害！"

我早听说过，在低级的读书人中，确实有些野蛮人吃猫，但是让我做梦都没想到的是，连平时对我关照有加的多多良君竟也是一丘之貉，竟也这般野蛮。何况他也不再是寄人篱下的穷学生，虽然他刚毕业没多长时间，却是一名堂堂的法学士，在六井公司任职。让我惊讶的程度非同小可了。有句谚语叫"遇人当贼防"，虽然从"寒月二代"——梁上君子的所作所为中得到证实，这次多亏了多多良君让我第一次悟出了"遇人欲先吃猫"的真理。活在世上会明白更多的道理，虽然多明白些道理是令人高兴的事，但危险是与日俱增的，每天都不能放松警惕。明白更多道理之后，也许会变得圆滑，变得粗俗，变得表里不一。明事理是年龄增长惹的祸，老人大多不是很善良，原因就在这里。（"我"又悟出了一条真理。明白更多道理本来是好事，但作者却说"明事理是年龄增长惹的祸"，可见作者对当时的社会状态是不满的，所以才会用这样的反语来表达自己的情感。）像我这样年纪尚轻的猫儿，或许更应该借着多多良君清炖猫的机会，在热锅里陪伴着葱花一同升天，实为上策。趴在墙角处的我，越想越感到恐怖。刚才和妻子吵过架气愤地躲进了书房的主人，听到了多多良君的说话声，这时不紧不慢地从书房走到了起居室来。

多多良君刚看见老师，马上迎头一棒："听说老师家进小偷了，真是愚蠢啊。"

"偷东西的人才蠢呢。"主人向来以贤者自居。

"虽然小偷很蠢，但被偷的也聪明不到哪里去啊。"

女主人没当回事，还帮主人说话道："当然还是像多多良君这样没什么可偷的才是聪明的。"

"但是，依我看，最蠢的应该是这只猫吧。真不知居心何在？它既不捉老鼠，进了小偷也不理会，老师，你白养活它了，留下也毫无用途，还是把它给我吧，好不好？"

"给你倒是可以，你要它有用吗？"

"炖着吃。"

主人突然间听了这残忍的话，没有说话，只从鼻子里发出一声冷笑。令我感到万幸，多多良君也没有表示一定要吃我。紧接着，主人话锋一转：

"先不说猫了，我的衣服被偷了，实在冷得受不了了。"主人的语气显得沮丧。没错，昨天他穿着两件棉衣，今天却只穿一件单衣和一件棉短衬衫，从早晨开始就一直坐着没有运动，怎么会不冷呢。他早已不足的血液全力支持他的胃部，已经顾不上手脚了。

"老师，您教书已经很久了，还是没多少钱吧？不经意间丢个东西，您立马没衣服了，不如趁机转行，做个企业家，怎么样？"

一旁的女主人插话道："这种话你说也是白说，你也知道你的老师最不喜欢企业家了。"当然，女主人十分希望她的丈夫成为企业家。

"老师，您从学校毕业多少年了？"

女主人向主人望了望，替他答道："今年第九年了吧？"至于是还是不是，主人不置可否。

"整整九年了，工资没涨，再努力也没人表扬，真是'郎君独寂寞'啊！"这是多多良君为女主人吟起上中学时背过的诗句，他读的时候把声音拉长了让主人听。女主人没有回答，因为她完全没听懂。

我的批注

"我不喜欢当老师，但我更不喜欢当企业家。"主人似乎在心里盘算着自己到底喜欢什么。

"你的老师什么都不喜欢。"女主人说。

"或许老师只喜欢师母吧。"多多良君开了个不合他身份的玩笑。

"这是我最不喜欢的。"主人直截了当地回答。女主人满不在乎地转过脸去，接着她又扭头看了主人一眼，说道："恐怕连活着都厌烦吧。"好像故意为自己报仇似的。

主人一点也不在乎，他回答说："倒也不怎么喜欢。"于是，女主人败下阵来。

"老师，您要经常出去散步啊，可不能把身体弄垮了。依我看，您还是当企业家比较好，挣钱是轻而易举的事。"

女主人讽刺道："话是这么说的，也没见你挣大钱啊。"

"我去年刚开始工作，师母。但是存款比老师多了。"

女主人关心地问："你存多少钱了？"

"已经有五十块了。"

"你每月工资是多少呀？"女主人再次发问。

"三十块，我每月都会在公司预存五元，逐渐就多了，以备不时之需。师母，等三四个月之后，外濠线市营电车公司的股票就能翻倍，您要不要买点儿，稍有一点儿钱，很快就可以增长到两三倍。"

"要是有那么多钱，就不会因为被盗而发愁了。"女主人说。

"所以我说要去当企业家啊。实在是可惜啊，如果老师当初是学法律的，毕业后进公司或银行，现在每月至少有三四百的收入。老师，您认识那位工学士铃木藤十郎吧？"

"嗯，他昨天来过。"

"是吗？前些天我在宴会上遇到了他。他提到老师了：'唔，原来你读书时寄宿在苦沙弥家啊。当年，我和苦沙弥在小石川区一家寺院搭过伙呢。下次你见到他代我问好，就说过些天我去探望他。'"

"听说他最近调回到东京了。"主人说。

"对啊，以前他在九州煤矿上班，最近公司把他调回来了。他是个精通世故的人，用平等的身份跟我聊天，就像知心朋友一样。老师，您知道他的工资是多少吗？"

"不知道。"主人回答。

"一个月两百五十块，分别在七月十五和年底的时候还有两次分红，总共平均下来，每月在四五百以上。像他那种人都能挣那么多钱，老师您是教英语入门读物的专家呀，到头来只能'一狐裘三十年'，不是犯傻么？"（多多良与主人夫妻说话时缺乏对师长的尊敬，而对铃木藤十郎却是充满了恭敬和奉承。作者用这一连串的对话让我们看到了一个趋炎附势的多多良，同时也让我们看到了一个盲目崇拜财富，金钱至上的扭曲的社会。）

"确实有点犯傻。"主人虽然是一个超然物外者，但金钱观念，也跟普通人一样。不，或许是因为他穷困潦倒，才比别人更渴望钱。多多良君已经费尽口舌把当企业家的好处吹嘘到极致，目前已经接近词穷，于是问女主人道：

"师母，是不是有个叫水岛寒月的人经常来找老师？"

"有啊，他是常客。"

"他这个人怎么样？"

"听说是个很有学问的人。"

"是个美男子吗？"

"和你差不多。"

"是吗？和我差不多？"面对女主人的玩笑，多多良认真地重复了一遍。

"你怎么知道寒月这个名字的？"主人问道。

"前几天有人托我打听的，他真值得让人打听吗？"主人还未回答，多多良就摆出凌驾于寒月之上的气势。

"和你比，他比你优秀很多。"主人直截了当地说。

"哦？比我优秀吗？"多多良一不笑，二不恼，这就是他的特点。

"近期能当上博士吗？"多多良再次问道。

"最近听说他在写博士论文呢。"

"还在写什么博士论文呀！我以为他是个多了不起的人物呢，看来也聪明不到哪儿去。"

"多多良还是那么见多识广啊。"女主人笑着说。

"据说他当上博士之后，就可大张旗鼓地娶某家的大小姐了。当博士就为讨老婆吗？真有这种傻瓜吗？我对他说，这姑娘与其嫁给那种人，还不如嫁给我呢！"

"你对谁说的？"主人问道。

"对求我打听寒月的事儿的那个人。"

"是铃木吗？"

"不是，这些没必要跟他说。那人可是个大富翁呢。"

<u>女主人说："多多良君真是'家里逞能'啊，到我们这来挺神气的，要真到了铃木先生那儿，肯定就恭恭敬敬的吧。"</u>（女主人为什么这样评价多多良？和主人、多多良相比，女主人有怎样的性格特点？）

"那当然，不那样就等着穿小鞋吧。"多多良说。

"我们出去散散步吧，多多良。"或许因为主人一直穿着件单薄的衣服，很冷，想出去活动活动可能会暖和些，一下子就说起话来，这次破天荒提出来这个建议。当然，多多良一定会跟随前往。

"好啊，上野公园或是芋坂，您想去哪儿？芋坂有江米糕吃，老师您吃过那儿的江米糕吗？又柔软，又便宜，还给酒喝。师母，您也一起去吧。"多多良还是那样语无伦次地东扯西扯。这时候，主人已经戴上帽子，走到门口鞋柜边准备换鞋出门了。

到这里，我也该休息一下了。到底主人和多多良君去上野公园做了什么，在芋坂吃了几块江米糕，对于这些<u>轶闻</u>，我觉得没必要去暗中侦察，也不敢在后边跟踪，就一概略去，因此我要趁机休养了。休息是世上万物向上苍索取的应有权利。在这个世界上，凡是为了生存蠢蠢欲动的事物，为了尽生存的义务，就要用掉休息的权利。如果神真实存在，他说出"你们生来是为了劳动，而并不是为了睡觉"之类的话，我一定会反驳他说："正如您所说，我们生来是为了劳动，因此也要提出为劳动而休息的请求。"即使像主人那种如同一架牢骚满腹的机器的倔巴头，除了星期天之外，也会安排自己的休息时间，更何况是我这只猫儿，如此多愁善感，没日没夜地操劳，需要比主人更多的休息时间，也是理所当然的。但是刚才，多多良君辱骂我是除了睡觉，就会吃喝的没用的东西，让我非常生气。总而言之，那些庸俗的人被物象所奴役，是因为他们只感受到五官刺激，再无所作为了。他们评价他人时绝不会用容貌之外的东西，真是讨厌。似乎在他们看来，只有光着膀子，汗流浃背才算是劳动。据说达摩老祖坐禅坐到两腿溃烂，也全然不在乎，哪怕常春藤从石缝中爬出来，把他的眼睛和嘴巴封闭得一动也不动。也不能说他在那儿是睡了，还是死了。他的大脑还在不停地活动，思索着"廓然无圣^①"这种晦涩的玄奥之理。据说儒家也讲究静坐之功，这种功夫绝不是闭门室内，悠闲地练哪种神功，让两腿发麻，而是让头脑保持超越一般人的活动力，只是外部体态表现得极为沉静庄严罢了。他们是智慧的巨人，却被世上的凡夫俗子当作昏睡假死的平常人。他们本不该被非议，却被人侮辱为饭桶、废物。这些人都是生就一双足见其貌而不识其心的瞎窟窿。像多多良三平君就是只重外在，不重内心的第一人，因此我被他看作干屎渣，也是再正常不过的了。遗憾的是我家主人，也算读过古今书籍，也算对事物的真相有所了解，可就算是他，都默许了三平君的清炖猫的做法，甚至还完全赞成他短浅的意见。（畸形的社会会诞生形形色色畸形的人和事。这段文字是作者对当时日本混乱的社会现状的哀叹和直接抨击，也表达了作者希望通过文字引导人们脱离浅薄无知的思想的愿望。）不过，退一步想，他们轻视我，倒也不无道理。从古至今有言道："大声不入于俚耳^②"，"阳春白雪，曲高和寡^③"。那些人除了形体之外，眼里再无其他活动，偏偏要让他们去欣赏灵魂的光芒，就好像强迫和尚绑发髻、逼迫金枪鱼开口演讲、迫使电车剪断电线、劝主人辞职、叫三平君看淡金钱一样，这些毕竟是强人所难嘛。当然，我们猫儿也是社会动物，既然隶属社会，不论我们怎样自命清高，也要在一定程度上与社会相协调。不管是主人还是他的妻子，或是厨房女佣以及多多良三平君这样的人，虽然不能公正地评

我 的 批 注

价我，这固然遗憾，但是一点办法都没有。可是，假如他们因为愚昧无知，真的是非不分，像对待别的猫一样，剥下我的皮，把它卖到三弦琴的店里，或是剁碎我的肉，做成美食成为多多良君的盘中餐，那就太糟糕了。既然我生来是

---

① 廓然无圣：出自《碧岩 》达摩答梁武帝，即无圣无凡，一切无差别。
② 大声不入于俚耳：源自《庄子·天地篇》。
③ 阳春白雪，曲高和寡：出自《宋玉对楚王问》。

脑力劳动者，作为古今稀有的猫儿在这个尘世间出现，我的身体自然是十分宝贵的。有句俗语说"万金之子，不坐垂堂"，如果我一味让自己优于他人，而摆出高人一等的姿态，就是自找麻烦。这不光是给自己惹祸，还是违背天意之举。即使是猛虎，一旦被关进动物园，就得忍受与猪狗为邻；即使是鸿雁，一旦被猎人逮住，在砧板面前则必然与鸡鸭一样被宰割。既然我和这些凡夫俗子混在一起，也只好卑躬屈膝，不得不退而化之成为一只平庸的猫。既然想成为平庸的猫，便不能不捉老鼠。于是，我终于决定去捉老鼠了。

听说最近传来了日本和俄国开战的消息。作为日本猫儿，我一定是向着日本的。我甚至想："要是有机会，将猫儿组成混合旅团，用爪子挠死那些俄国兵呢。"看我这英勇的气势，捉上一两只老鼠简直是举手之劳，当然要我愿意才行。在古代，有人向一位著名禅师提问："如何才能顿悟？"听说那位禅师回答："应该像猫盯上老鼠一样。"意思是说像猫捉老鼠那样专注。人们经常说女人爱耍小聪明，可从来没听过这种的谚语："猫儿因爱耍小聪明而让老鼠溜走。"这么说，不论我怎么耍小聪明，也没有理由不会捉老鼠。我之所以到现在没有捉到老鼠，是因为我不愿意捉。（看"我"这自信满满的样子是不是很滑稽可笑呢？是不是和"我"的主人有着一样的个性呢？）春天日复一日，黄昏时刻又来临了，花儿被一阵风吹过，落英缤纷，从厨房隔扇的破洞飞了进来，飘在水桶的水面上，被厨房昏暗的灯光照得白花花的。这时我决定，一定要在今晚立下赫赫战功，让全家人大吃一惊。首先我要提前勘测场地，熟悉地形。当然，战线不算太宽广，如果用叠数来测量的话，大小只有四叠半。其中有一叠的一半是洗菜池，另一半是供菜店小伙计容身的水泥地面。跟这寒酸的厨房不相配的是一个很气派的炉灶，上边有个锃亮锃亮的赤铜壶。炉灶后边和木板壁之间的两尺的地方，放了一个鲍鱼壳，我就在这吃饭。在起居室的隔壁，在一个六尺宽的地方，放着一个橱柜，里边装着碗、盘、盆、罐。橱柜和横架着的壁橱挨得紧紧的，两者高度相当，把这本来就窄的地方隔得更加拥挤。壁橱的下边，口朝上放着一只研磨罐，里边有个小桶，桶底对着我。这里并排挂着捣槌和萝卜擦子，一只灭火罐在旁边孤零零地悄然而立。椽子交叉处已经被熏得像炭一样黑，悬了一根吊钩，挂着一个大篮子。这只篮子不时地随风摇曳，落落大方地晃动着。我刚来这家的时候，特别不理解这只篮子的用处。后来才知道，他们将食物故意放在篮子里吊起来，是为了防止我们猫偷吃。这让我深深意识到，人类是多么险恶呀。

接下来是制订作战计划。要问与老鼠博弈的战场在哪儿？自然是在老鼠出没的地方。虽然我占据了有利的地势，但是让我摆出随时应战的架势，单方面死守，那就不叫战争了。我有必要研究一下老鼠出洞的路线。我站在厨房正中环顾四周，此时我感觉自己跟真正的东乡大将^①没两样。出去洗澡的厨娘阿三还没回来，孩子们早已进入梦乡。在芋坂吃完江米糕的主人，回来后照例钻进了书房。我倒是不知道女主人在干什么，或许她已入睡，做着有关山药的白日梦吧。不时有人力车从门前经过，过去后四周更加冷清，整个氛围可以用悲壮来形容。无论如何，我觉得自己就是猫中的东乡大将了，任何人一旦达到这种境界，必然会恐怖之中夹杂着愉悦之情。但我发现，事实上，一种极大的忧虑隐藏在这快乐之后。我确定要和老鼠作战，不论有多少只老鼠也并不可怕。

（"我"虽然是一只会讲哲理的猫，但"我"的性格也是多方面的。这段略带夸张的文字写出了"我"的自以为是、夸夸其谈，除此之外，你还体会到了什么呢？）

如果我弄不清老鼠出没的地方，那就会十分被动。综合细致地观察所获得的资料，老鼠出洞有三条路线。假如这些老鼠在下水道里生活，它们必然会从洗菜池那边顺着瓦管溜到炉灶后边去，倘若如此，我就得藏在灭火罐后边，断了它们的退路。或许它们会从排泄洗澡水的地沟里的石灰孔往外钻，绕过洗澡室，出其不意地闯进厨房，要是那样，我就在锅盖上安营扎寨，居高临下，老鼠一出现在我眼皮子底下的时候，我会一跃而下就地擒拿。我再次侦察四周，壁橱门的右下角被咬破了一个半月形的洞，很可能老鼠觉得此处出入便利。我凑近鼻子闻了闻，确实有种老鼠身上的味。如果它们从这里呼啸而出，肯定会沿着柱子往上跑，我就要靠柱子掩护，待它们走过去，从侧面给它们一巴掌，让它们无从防备。假设它们从顶棚出来，仰脸一看，被油烟熏得黑漆漆的顶棚在不算明亮的煤油灯光的照射下，就像是倒悬的地狱。以我的本事根本上不去下不来。这些老鼠总不会从那么高的地方降落吧？我这样安慰着自己，决定放弃对此处的戒备。即便如此，我还是担心陷入三面受敌的危机。假如只来一路老鼠，我睁一只眼也能对付它们；如果来两路，我也有自信想办法打败它们；若是三路围攻，不管人们怎么夸赞我如何会捕老鼠，我也束手无策。即使是这样，我也不想请车夫家的老黑助我一臂之力，因为这将令我威严扫地。那怎么办呢？我思前想后也想不出一条妙计，最好的办法就是认定这种事儿不会发生，或者把无能为力的事情都权当不曾发生过，以求安心。诸位可以放眼现实社会，昨天才娶进门的新娘，今天过世，而新郎们没有一个因这个隐患就绝望的，还高歌白头到老一类的赞歌。人们之所以不忧虑，并不是不值得忧虑，而是再担心也没用。尽管我没有足够的证据来证明我不会三面受敌，但就情形而论，对于我解除忧虑最好的方法是什么呢？那就是认定这件事不会发生。对于一切事物来说，最重要的是稳定心绪，当然，我也期盼着安心，因此，我认定

---

① 东乡大将：东乡平八郎，在日俄战争中担任日本联合舰队司令官，甲午战争中任"浪速号"舰长，后升为元帅。

三面受敌的情况绝不会发生。

尽管如此，我还是无法安心。思来想去之后，我终于找到了自己烦恼的源头。对于三个作战策略，哪个为上上策，我搞不清楚也无法选择。这个问题让我烦恼，对此，我还未找到确切答案。从壁橱方向、洗澡室方向或是洗菜池方向来的老鼠，我都有策略去应对，但一定要在三者之中确定一条战线，可就犹豫不决了。据说东乡大将也曾为此大伤脑筋，因为俄国的波罗的海舰队来的时候，究竟会穿过对马海峡，还是开往津轻海峡，抑或远远绕过宗谷海峡。今天我按自己的处境设身处地地想，我深刻体会到了将军的困惑，我们不仅面临着相同的困境，还处于相同的位置，全凭一己筹谋，真是大费脑筋呢。

我正在绞尽脑汁思考谋略的时候，厨娘阿三突然拉开那有许多破洞的半拉纸门，闪现了女佣的一张脸。说她只露出一张脸，并不是说手脚没有出现，而是其他部位在光线不足的夜晚看不清楚，唯有那张脸光彩照人，鲜明地映入我的眼帘。平时，阿三的脸就比较鲜艳，从澡堂子出来后更红了。或许从昨晚的失窃中得到了教训，今天早早地把厨房门关了。主人的叫喊声从书房里传来："把我的拐杖放到我的枕头边儿去！"我感到费解的是，他把拐杖放在枕头边儿干什么呢？总不至于异想天开，扮演易水壮士持剑听横笛悲歌吧。枕边昨日放山药，今日放拐杖，明天会放什么呢？

我 的 批 注

夜色未浓，老鼠还毫无声响。我要在开战之前休息一番。

主人家的厨房没设天窗，客厅那边倒是有一尺见方的隔扇，一年四季有通风的作用。一阵风吹了进来，那枝头日渐凋零的片片樱花也相伴而至，也惊醒了备战的我。我睁眼一瞧，外面已月色朦胧，那块可以开关的地板上，倾斜地蒙上了炉灶的黑影。我担心自己睡过头了，于是竖起耳朵观察家里的动静，除了挂钟发出滴滴答答的声音，一切还是寂静得像之前一样。该是老鼠出没的时候了，它们会从哪出来呢？

壁橱中传来窸窸窣窣的声音，听起来像老鼠正用爪子踩在小碟边上，偷吃里边的东西。我寻思："也许会从这儿出来。"我藏身破洞旁等待。看来，老鼠不会轻易出现。小碟子的声音渐渐消失，取而代之的是踩到大碗上传来的沉重声音，咣当咣当响。它们就在对面，与我一壁橱门之隔，离我鼻子尖还不到三寸。现在，老鼠一会儿窸窸窣窣的脚步声靠近破洞，一会儿又走开了，它们就在这一层壁橱门的里边作乱，没有一只抛头露面。我十分着急，但也只能屏住呼吸，静静地在破洞出口等待。老鼠正在碗盘子里召开盛大的舞会呢，只要厨娘阿三把橱门打开，哪怕就略微打开条小缝，能让我钻进去，那该多好呢。但她真是个没有远见的蠢女人呀，现在橱门关得紧紧的。

在炉灶的阴影里，我吃饭用的鲍鱼壳突然发出当啷的一声响。我寻思："真不赖，老鼠从这边出现了。"我蹑手蹑脚地向前靠近，在两个水桶的隙缝里看见一条老鼠尾巴，随后就钻进洗菜池下边不见了。没多久，洗澡室里发出"当啷"的声音，一定是漱口杯砸到了铜盆，我想："哎呀，又从后边进攻了。"我刚转过身去，一只足有半尺长的老鼠，"啪"的一声蹬掉了牙粉袋，然后快速跑下了地板。我奋力追下去，绝不能让它跑掉，但那家伙已经逃得影子都不见了。看来捉老鼠比我想象的难多了。难道我天生就没有捕鼠的能力？我追到浴室，老鼠跑到碗柜；我紧盯碗柜，老鼠沿着水池子往上蹿；我在厨房正中站着，感觉被老鼠三面包围。我前前后后跑了有十五六趟，奔波忙碌着，伤心费神，但一次也没有成功。虽然觉着非常遗憾，但即使换成东乡大将那种有勇有谋的人，面对这样的小人也束手无策吧。开始的时候，我既有勇气，也有杀敌观念，甚至还有悲壮而崇高的美感。但后来，我愚蠢地四周奔走，加之疲惫不堪，瘫坐在厨房中央动弹不得。尽管我静止在那儿，但老鼠都是些胆小鬼，我装作眼观八方，它们怎么敢胡作非为？我把这些家伙当作敌人对待，但没承想，它们这些玩意儿净瞎捣鬼。之前我为战争的荣耀感，突然消失得无影无踪，剩下的只有憎恨。憎恨的念头过去后，我便意志消沉，只剩下无助。无助之后，我寻思："任凭你们做什么，反正成不了大患。"轻蔑之极，我又昏昏欲睡了。经历了上述思想变化后，我终于期盼着睡觉。我果然睡着了。可见，即使被敌人包围，休息也是必需的。（这段文字写出了"我"从捉鼠之前的跃跃欲试到现在捉鼠失败的意兴阑珊，虽捉鼠不成但仍在自圆其说，作者借此讽刺了当时日本社会中知识分子普遍存在的纸上谈兵的现象。）

屋檐上的天窗横开着，很多的花瓣从那边吹了进来。一阵风吹到我身上，猛然间把我惊醒。此时，竟从橱门蹦出一个枪子儿似的小东西，来不及躲避，它已经一阵风似的扑了过来，朝我的左耳嗖地一下咬了上去。紧接着，我背后出现一个黑影，不容思索，它已经吊在了我的尾巴上。这事完全是瞬间发生，我盲目而本能地蹦起，我将全身的力气都集中在毛孔上，想甩掉这两个妖魔。而那个咬住我耳朵死不松口的家伙失去平衡，悬挂在我脸旁。它那尾巴犹如胶皮管一般柔软，没承想却偏偏进了我嘴里，真是天赐良机，我决心一定要借此机会把它弄死，我使劲把这条尾巴咬住不放，左右不停晃动脑袋，结果将它的身子甩到贴着旧报纸的墙上，又弹到地上，不料只留下一根尾巴尖在我的门牙缝里。趁着它还没起来，我快速扑了上去。就好像踢皮球一样，它从我鼻头前猛然擦过，跳到吊板上，在那儿屈膝蹲着。它在吊板上俯视我，我在地面上仰望它，我和它相距五尺，月光如练，悬在空中，斜洒进屋来。我想往吊板上跳，于是前腿拼命用力，总算抓住了吊板的边儿，但两条后腿则悬空着。之前，咬住我尾巴的那个黑家伙死不松口，使我陷入危险的境地。我倒换了一下

125

前腿，想在吊板上抓得更牢固些，但是每当换爪时，由于尾巴上的重载，前爪反而倒退，再往外滑上两三分，必然摔下来。我的处境越来越危险了，我用爪子把吊板抓得咯吱咯吱地响。这下完了。当我倒换左腿的时候，爪子没有挠住，吊在那里的只剩下右前腿了。由于我的体重加上尾巴的分量，我的身子来回不停晃动。一直在吊板上目不转睛地盯着我的怪物，仿佛终于等到了时机，飞一样地冲着我脑门一跃而下。我的前爪失去了最后的一丝依靠，在月光中，三个东西同时掉落下来，捣罐中的小桶和果酱空瓶放在下一层吊板上，也一起跌落下来，与此同时，下层的灭火罐也被带了下来。这些瓶罐之类的东西，一半掉进了水缸，一半跌落在地板上。在深更半夜，这一切发出的声响非同一般，我不断地挣扎，并为之胆战心惊。（*非常精彩的动作描写让我们看到了猫捉鼠却被老鼠捉弄的过程和细节。*）

"小偷！"主人边从卧室跑出来，边用极大的声音喊叫。我一瞧，煤油灯和拐杖分别被他握在手里。他本应睡眼惺忪，但此刻目光炯炯。我乖乖地趴在我的鲍鱼壳碗盘旁边，那两只妖魔已经躲进了壁橱里去。主人疑惑不解，本来没有发现目标，却怒气冲冲地问："怎么回事，到底是谁？弄出这么大动静。"此时，月光向西倾斜照射进来，方才那皎洁的月光，也像被横切了一半似的，变得细长。

六

　　虽然我是只猫儿，但也难以忍受盛夏。听说英国作家西德尼·史密斯，因为忍受不了酷暑，声称恨不得把皮和肉都脱掉，只剩下一把骨头凉快凉快。实际上，不必要只剩下骨头，最起码把我身上的淡灰色的条纹皮毛大衣脱下来清洗一下，或是直接把它送到当铺里去也好呀。或许，在人的眼中，我们猫儿一年到头总是一副面孔，一年四季永不换衣服，总穿着这套毛衣，过着最简陋、最平静、最不需要金钱的生活。说实在的，我们猫儿也同样知冷知热。倒不是不想去洗洗澡，主要是穿的皮毛一旦湿了，要想晾干是多么不容易，所以我即便一身臭汗，也只得忍耐。长这么大，不曾踏入浴池半步。实在太热了，我也想拿把扇子扇一扇，可惜我的爪子抓不住扇子，无可奈何，只得放弃这个想法。想来，人类真是太奢侈，有些食物本该生吃，他们偏偏吃的时候要烹煮，又是蘸醋，又是蘸酱的，为大饱口福想尽办法，不厌其烦地多此一举。穿衣服也是如此，对于他们生来就有缺陷的人来说，要求他们一年四季像我们猫儿一样，穿同一件衣服，或许有点过分，他们也做不到。但是，他们又何必非要给皮肤添加那么多混乱的东西呢？至于他们靠羊的搭救，受蚕的照拂，甚至还要承蒙棉田的恩泽，这几乎可以看作是他们奢华外加无能的结果。穿衣吃饭倒是可以不计较，他们也可暂且被原谅，但对于无直接利害关系的生活方面，他们依然用这种思路就太没道理了。首先，头发是自然长出来的，放任其发展多好，既方便，又对他们本人有好处。但他们一定要寻找些怪招剪成各种复杂的造型，还沾沾自喜。有一些人自称是和尚之类的，不管什么时候，总是把头皮剃的发青。天热了，他们打把伞在头上，天冷了再用毛巾包起来。既然如此，他们把自己的头皮刮得发青又有何必要呢？这还不算，还有一种无任何意义的锯齿状工具，被称为梳子，有了它，人可以把头发分成左右对称的形状，用来自我欣赏。不等分的话，就是什么三七分，在天灵盖上搞出人工区域。这些人当中，有人的分头正好从头上的发旋儿通过，结果一直通过脑后，好像破损的芭蕉叶，真是不好看。还有人把头顶剃平，左右两侧陡然直下，圆圆的脑袋上却偏偏镶个方框，只能让人将它和花匠栽植过的杉木篱笆联想在一起。另外还有很多种剪法，如五分剪的大平头，三分、一分剪的小平头，等等。猜想以后没准还会往脑袋里边剪，什么嵌进去一分的小平头、嵌进去三分的小平头都是流行的新奇发型呢。总而言之，人类如此费尽心思，真不知道他们究竟想干什么。另外，他们本来有四条腿，却只用了两条，这不是一种没必要的浪费吗？人们偏偏要用两条腿走路，剩下的两条腿犹如两条送人的鳕鱼干在两旁耷拉着。假设他们用四条腿走路，肯定可以走得更稳妥些。如此看来，人比猫要清闲多了，太过清闲没事可做，为了开心才想出这些顽皮的事来。但滑稽的是，这些人原本清闲，一见面就大肆声张："忙啊，太忙了。"此外，他们脸上的神情也表现出奔波劳碌。看到他们焦急不已的神情，我真担心他们没准真会忙死的。他们之中，有人经常看见我就感慨道："我们要是能像这只猫一样清闲就好了。"想要清闲还不容易，那他们也可以效仿啊。没人逼着他们非要这么忙，他们自找麻烦，然后穷于应付，却又抱怨："真受不了啊！"这无异于自己生堆火，到头来吵着"真热，真热"。如果我们猫儿什么时候也像人那样，把自己的发型折腾出二十多种造型的话，哪会有今天这样的悠闲安逸啊。倘若他们真想轻松安逸，最起码要修炼出像我一样在酷暑始终穿一件毛衣的功夫。话是这么说，但实际上我也觉着热。毛衣真不适合在夏天穿呢。

再这么热下去，我连自己最心仪的午睡都要取消了。我琢磨着："得找点事做。我已经很长时间没有细致观察人类社会了，今天就专注见识一下他们想入非非，庸庸碌碌的样子吧。"偏偏主人在睡眠这一点上和猫儿的特性极为相近，实在不凑巧。午睡的本事他不输于我，特别是学校放暑假后，他一件正儿八经的事也没做，再怎么观察，也总是扫兴的。在这个时候，如果迷亭驾到，他患有胃病的身体也能动弹动弹，会暂时远离我们猫儿的特性。我盼着迷亭先生早点来，恰在此时，从洗澡室传了出来哗啦啦冲凉的声音，并且里边的人还时常跟对方大声说话："嗯，不错。""太舒服了。""再来一桶。"那声音响彻整座房子。在主人家毫无礼节，不管不顾地大声嚷嚷，不是他人，肯定是迷亭。

他终于来了。这下我足可以打发半天的光阴了。迷亭擦完汗，把胳膊伸进了袖口，他还像平时一样大摇大摆地走进客厅。他将帽子扔到床席上并大声叫道："夫人，苦沙弥去哪儿了？"女主人在和客厅紧挨着的那间屋子里，躺在针线箱旁边午睡呢。忽然被这突如其来的声音刺激了耳膜，嗡嗡直响。她惊醒后，睡眼惺忪地走到客厅。原来是迷亭身穿萨摩产的细麻布外褂，随意一坐，不停地扇着扇子。

女主人尴尬地说："您过来了？我都不知道您来了。"她行了个礼，鼻头渗出汗珠。

"我刚来一会，不用客气。这天气太热了，刚才在洗澡间，我让阿三给我浇了点冷水，总算有点儿力气了，差点把我热死。"

"这两三天真是太热了，待着都出汗，不过您还是神采奕奕的。"女主人还没抬手把鼻头上的汗珠擦掉。

"谢谢夫人关照，其实我倒不在乎温度高，但热到这种程度还真有点受不了，总觉得四肢无力。"迷亭说。

"在往常我中午是不睡觉的，可这么热，哪知道今天竟然……"女主人说。

"睡着了？这很好啊，如果中午晚上都能睡着，那就再好不过了。"迷亭先生还是信口开河，或许他觉得说少了，又补充了几句："像我就不爱睡午觉，体质决定的。每次来都看见苦沙弥酣睡着，真让我羡慕啊。这样的酷暑，对于胃不好的人来说，当然熬不住，您说是不是？就像今天这样的天气，即使是身体健康的人肩上顶着颗脑袋都感觉累得慌，不过话说回来，总不能因为累，就把它扯下来啊！"看样子迷亭开始纠结怎么处理脑袋才合适了。"像夫人这样，脑袋上再加一个那么沉的发髻，恐怕坐立不安，光发髻的重量就让你迫不得已躺下来吧。"

听了迷亭的话，女主人认为迷亭准是发现自己睡午觉把发髻睡到一边了，于是微微一笑，说道："你真会挖苦人。"不好意思地用手整理一下发髻。

迷亭不以为然地说道："夫人，我昨天在房顶上尝试了煎鸡蛋。"

"怎么煎的？"女主人接话道。

"我见屋顶的瓦滚烫滚烫的，琢磨那样放着太浪费，就在瓦上抹了点黄油，打了颗鸡蛋。"

"哎呀，真的……"听了这离奇的事，女主人不禁说道。

"但是，阳光的热量毕竟不够，左等右等也不见熟。我就回到屋里，取来报纸阅读，后来又有人拜访，就把这件事给忘记了。直到今天早晨我才想起来，我心想这下肯定熟了，爬到屋顶一看……"

"如何，熟了吗？"女主人问道。

"别说熟不熟了，鸡蛋全部流没了。"

"哎呀。"女主人把眉毛皱成八字感慨道。

"不过，天那么凉快，结果到现在却热起来，真是太奇怪了。"迷亭说。

"谁说不是呢。前一阵穿单衣还觉得冷呢，没想到从前天开始，一下就热起来了。"女主人赞同地说。

"这应该称作'横行的螃蟹'。今年的天气简直开倒车，或许应该用'倒行逆施，其无止境乎'之类的话来形容。"迷亭说道。

"你说什么，刚才那话是什么意思？"

"没什么意思，是说气候这么反常，简直跟赫拉克勒斯①的牛一样。"迷亭顾不上言行得意忘形，他故意用更加生僻的事情来解释。

女主人果然不懂迷亭在说什么，不过，之前那句"倒行逆施"的结果，已经让女主人觉得尴尬，因此索性只敷衍了一声，就没再继续追问。

女主人不再发问，迷亭特意说出来的话也就没意思了，于是他又问："夫人，你知道'赫拉克勒斯的牛'吗？"

女主人说："我可不知道那是什么牛。"

"什么，你不知道？我给你讲讲吧。"迷亭说。

女主人想说"不用了"，但又不好意思，只得随意答了声"嗯"。

迷亭说："以前，一个叫赫拉克勒斯的人牵了头牛过来。"

"您说的赫拉克勒斯是放牛人吗？"女主人问道。

"他可不是放牛的人，既不放牛，也不是在伊吕波牛肉店卖牛肉的，这故事发生在希腊，那时候一家牛肉店也没有。"

"啊，是希腊的故事呀？既然如此，你不早点说。"看样子，女主人还是知道希腊这个国家的。

"可是，我早就说过是赫拉克勒斯了呀。"迷亭说。

"赫拉克勒斯等于希腊吗？"女主人说。

"对啊，赫拉克勒斯是希腊大英雄。"迷亭说。

"难怪我不知道呢。接下来，那个人怎么了？"

"他啊，跟太太一样困得不行，正睡大觉呢。"

"哎呀，真可恶！"女主人说。

"在他睡大觉的时候，瓦尔冈之子就来了。"迷亭说。

"什么是瓦尔冈？"

"瓦尔冈是个铁匠，他儿子偷走了那头牛。不过，他拽着牛的尾巴，牵牛倒着走。赫拉克勒斯醒来后，就到处找牛，结果令他失望了。由于那偷牛人牵着牛尾巴倒着走，蹄印都是朝前的，他不可能找到。但是铁匠的儿子都能想得出来，真是难得啊。"迷亭先生已经彻底忘记解释这事跟天气的关系了，说得

---

① 赫拉克勒斯：又名海格力斯，希腊神话中的大英雄，以力气大著称。

愈发来劲儿。

接着，迷亭催促苦沙弥早点起来，他说："不过苦沙弥怎么回事？还在午睡吗？虽然在中国诗人眼中，睡午觉被看作为风雅之事，但像苦沙弥这样，把午睡当成每天例行功课，就总觉得有点俗了吧。这就好像每天都要死过去一会儿似的。夫人，麻烦您受累把他叫醒吧。"

女主人也非常赞同地说："哎呀，真的有点发愁呢，就跟你说的那样。你想想，睡得这般不加限制，身体一天不如一天，刚吃完饭就去睡觉了。"她边说边站起身来。

迷亭一脸无所谓的表情，不问自答，就张嘴说道："夫人，说到吃饭，我现在还饿着呢。"

"哎呀，您瞧瞧，这可不正到饭点了嘛，我还真没想起来，家里也没什么好吃的，要不给您做个茶泡饭吧？"女主人说道。

"不用了，茶泡饭就算了吧。"迷亭说。

"那怎么办呢？家里也没什么合您的胃口的东西呀。"女主人说道，语气表现出些许不快。

迷亭恍然大悟，说道："茶泡饭或是开水泡饭都不必麻烦了，刚刚在来的路上我顺便在饭馆订了一份饭菜，送到这里，我一会儿就在这吃了。"这话可不是一般人说得出口的。

女主人只是"啊"了一声，这个"啊"既有惊讶，也有厌恶之意，也有庆幸自己不用麻烦着准备饭菜的窃喜。

主人被外面的嘈杂声吵醒了，带着愠怒摇摇晃晃地从书房里走了出来。他打了个哈欠，一脸不快地板着脸说："你就是爱大声说话，走到哪聊到哪，人家正睡得香呢，都被你吵醒了。"

迷亭立马回答："哎呀，你可醒了，打扰了你的美梦，实在不好意思。当然，偶尔打扰下你的美梦也不错啊，快来，坐啊。"迷亭如此寒暄让人分不清主客。

主人沉默着坐下了，从放烟的软木嵌镶盒子拿出一支朝日牌香烟，吧嗒吧嗒抽了起来。突然间，他发现对面角落里迷亭扔在那的一顶帽子，说道："咦？你买新帽子了？"

迷亭像等了很久似的把草帽拿到主人夫妇面前，骄傲地说："怎么样，漂亮吧！"

女主人伸手对那顶帽子抚摸个没完，并说："哎呀，真漂亮，编得很细，摸着很柔软。"

"夫人，这顶帽子可是个宝贝，你说什么它就做什么，戴起来很省事。"迷亭说罢便攥拳使劲向这顶巴拿马草帽中间打了一拳，草帽还真被砸出拳头大小的坑。

　　女主人说了声"真好玩儿啊"，同时，迷亭又攥拳从草帽里边使劲砸了一拳，很快草帽顶又立刻复原，跟锅底形状一样。他再次拿过草帽，顺着两边的帽檐往里压，草帽被压的就像用擀面杖压过的面团一样平。接着，他又从一边像卷铺席一样一圈圈把它卷了起来说："你们瞧瞧就这样。"同时把它揣进怀里。

　　女主人感到惊讶，说道："太神奇啦！"她就像是在欣赏归天斋的正一魔术师变的魔术。

　　迷亭也装模作样像魔术师一样，之前他把帽子专门从右边揣进怀，现在又特意从左边袖口里取了出来，恢复了帽子的原样，并说："你们看，完好无损啊。"接着伸出食指，用手尖顶住帽底，让帽子滴溜溜转起来。你以为他这样就收尾了吗？令人想不到的是，他又把帽子扔到身后，一屁股坐了上面。

　　"哎呀，别把帽子弄坏了。"主人显得有些不安了。当然，女主人更加担忧，向迷亭劝说道："我看您就到此为止吧，好不容易买的一顶新奇的帽子，弄坏了怪可惜的。"

　　只有帽子的主人得意扬扬地说："正因为弄不坏才神奇呢。"边说边从屁股底下拿出帽子，立即扣到了头上。神奇的是，那顶帽子立即恢复了原状。

　　女主人感慨地说："这帽子太结实了，真是神奇呀！"

　　迷亭仍然没有把帽子从头上摘下来，他答道："这有什么奇怪的，这种帽子本来就这么结实。"

　　一会儿，女主人建议主人道："你也买顶那种帽子该多好啊。"迷亭插话道："苦沙弥君不是有顶漂亮的草帽吗？""没错，但前些天孩子们把它踩坏了。""哎呀，那太可惜了。""因此我想这次也让他买顶你那样结实的帽子，又好看又耐用。"女主人完全不知道巴拿马草帽的价格，因此她不停地向丈夫建议："你也买顶这样的吧，怎么样？"

　　这回，迷亭君又从右边的袖子里掏出一个红色小盒子，里边装着一把剪刀，他向女主人显摆了起来。"夫人，草帽嘛就先说到这里，你来瞧瞧这把剪刀，是非常贵重的宝器，它有十四种用法，用起来方便极了。"

　　如果迷亭不拿出了这把剪刀，女主人还是不停强迫主人买帽子。幸好女主人具有女性天生的好奇心，主人才幸免于难。这与其归功于迷亭的聪明，不如归功于侥幸的走运，主人总算轻松了。

女主人好奇地问道："这把剪刀的十四种用法都是什么呢？"

迷亭自豪地说："现在，请你仔细倾听，我现在就给你一个一个介绍。瞧见没有？这有个月牙形的豁口，把雪茄从这插进去，雪茄立刻就被切断了。另外，还有个小装置在底下，它可以把铁丝夹断。还有，把它横过来平放在纸上，可以当三角板用。剪刀背上有刻度，可以当格尺用。这儿有锉子，可以用来磨指甲。再认真点看，把这个尖插进螺丝帽里拧几下，就是一把螺旋刀。有用钉子钉制的木盒盖儿，只要把它使劲往里插，用力一撬，轻轻松松就撬开了。还有这块有个刀刃尖，可以当锥子用，用它来抠写错了的字，把剪刀拆成两半，就能用来裁纸。夫人，最后这个用途可有意思了。这里有个差不多苍蝇眼睛那么大的小球，你贴上去瞅瞅。"

女主人说："你又在拿我开心了，我可不看！"

迷亭说："真是的，我就这么不值得你信任吗？你就权当再上一次当，往里边瞧瞧。啊，什么，你不看？就看一眼吧。"

女主人将信将疑地接过剪刀，把眼睛凑了过去贴到迷亭所谓的苍蝇眼睛大小的小圆球上。

"怎么样？看见了吗？"迷亭问道。

"里面漆黑一片呀。"女主人说。

"漆黑一片还了得，不要让剪刀这样平放着，你把它拿到窗户那儿，没错，就是这样，这次看到了吧？"迷亭说。

"哎呀，有张照片，这么小的照片是怎么放进去的？"女主人惊讶地问道。

女主人和迷亭一问一答，一直未停。主人刚才还一言不发，一听有照片，就来了兴致，急切地说："喂，也让我看看！"尽管主人开口了，但女主人只顾将自己的眼睛贴到剪刀上，不愿放开，连声慨叹："是个裸体美人啊，真漂亮。"

"嗨，我说让我瞧一瞧。"主人说。

"嗯，你再等会儿，那头发真美，一直垂到腰部。头还微微上扬，身材纤细啊，长得真漂亮呢。"

"都说了给我看看，你都看了那么久，也差不多了。"主人沉不住气了，气急败坏地催促妻子。

"好吧，让你久等了，拿去好好欣赏吧。"女主人把剪刀递给主人。

此时，厨娘阿三从厨房走来，说道"客人订的餐到了"，然后将两小笼荞麦面条端进了客厅。

"夫人,我自备了些饭菜,借您宝地独自享用了,多有失礼!"迷亭边说,边恭敬地行了个礼,不知他是真正的客气,还是在开玩笑。女主人不知该如何作答才好了,只是轻声说了声"请慢用",便看着迷亭吃饭。这时候,主人才欣赏完那张裸体美女的照片,把剪刀从眼睛那里拿开道:"哎呀,这大热天的不适合吃荞麦面,对健康不利啊。"

迷亭揭开蒸笼盖,说道:"没关系,吃自己喜欢的东西,不会轻易生病的。"他往里边挤了好多佐料,使劲地搅拌,并说:"刚擀出来的荞麦面就是好吃,放时间长了就软了,我从来不喜欢放软了的,就像没有骨气的人一样,软绵绵的。"主人担心地提醒道:"老兄,放那么多芥末进去,你不怕辣吗?"迷亭说道:"荞麦面就得在佐料里放芥末拌在一起吃,没准儿你不喜欢吃荞麦面。"主人回复道:"我爱吃热汤面。""热汤面是马夫们吃的,有些人真是可怜兮兮的,根本不懂荞麦面的美味。"迷亭说话的同时,用杉木筷子把荞麦面尽可能多地挑起来,足足二寸高。"夫人,荞麦面条有好几种吃法,你知道吗?像刚开始吃荞麦面的人,总想着佐料蘸得越多越好,然后放嘴里使劲地嚼,这么吃就不是荞麦面的味道了。一定要这样,要全部挑出来……"说罢他把筷子抬起来,将长长的面条挑起一尺多高呢。迷亭先生以为,这些面条几乎都被挑起来了,往下一瞧,还有十二三根面条的尾巴恋恋不舍地盘踞在蒸笼里。迷亭仍然对女主人说:"这东西真不短啊,夫人你看呢?"女主人感慨地说:"真不短啊。""这根长面条,要有三分之一蘸上佐料,不要嚼,直接吞下去,荞麦面一嚼就没味了,一定要滋溜一声顺着喉咙滑下去,才是最地道的吃法。"说罢,他用筷子将荞麦面条挑得老高,蒸笼里这才没有了荞麦面。迷亭左手托着碗,右手高举夹着面条的筷子,小心翼翼地落下筷子,面条的最下端一点一点被佐料浸泡。据阿基米德原理说,碗里的佐料会随着浸泡荞麦面的多少而升高。可是,那碗里的汤就占了八成,迷亭筷子上的荞麦面还有四分之三没有浸泡,碗里的汤就已经整整一碗了。迷亭的筷子举到离碗还有半尺高的地方突然停下,很长时间没动。筷子再稍微落下一点,汤就会溢出来的,所以他自然应该停止动作。这时,迷亭略微有些犹豫,不过他以野兔脱险之势将嘴很快就靠上前去,只听哧溜一声响,挑在筷子上的荞麦面随着喉咙上下动了两下,筷子上的荞麦面条一扫而光。再一瞧,有一两滴类似眼泪的东西从迷亭君的两边眼角顺着两腮流了下来。不知他是被芥末辣成这样,还是整吞荞麦面被噎着了。尚且不知。主人欣赏地说:"真佩服你,那么多面条一口就吞下去了。"女主人对迷亭吞面条的功夫也十分赏识,说道:"真带劲儿呀。"迷亭没有说话,把筷子放下,对着胸口捶了两三下说:"夫人,一笼荞麦面大约用

134

三四口吃完，费力气还不能尝到好味道。”他边说边用手绢擦了擦嘴，稍微休息一下。

正在这时，寒月君居然在这酷暑天大驾光临，也不知怎么想的，竟然还戴着顶棉帽，双腿沾满了土。迷亭立马说："哎呀，英俊美男子来了。看我还没吃完饭呢，怠慢了。"迷亭君在众目睽睽之下毫不脸红地将剩下的一笼荞麦面也一扫而光。他这次的吃法虽然和刚才不一样，也不再用手帕擦嘴，中途歇口气什么的，直接飞速吃完，把笼屉摞了起来。

主人问："寒月君，你的博士论文写完了吗？"迷亭君立即接话道："你快点交上去吧，金田小姐等着你呢。"

寒月君照例不自然地笑了笑，说道："不快点儿写完就是我的错了，为打消她的顾虑，我也想早点写完，只可惜课题本身是个问题，需要很大力气去研究呢。"本是句违心的话，却说得很像肺腑之言。迷亭搭话道："没错，这不是那么简单的事。就不能按照鼻子说的那样去做。不过，那个鼻子倒是有值得请教的价值的。"他也效仿寒月那种开玩笑的口吻说。

在这些人中主人还算是比较认真的，他问道："你的论文是什么题目？"

寒月说："是《紫外线对青蛙眼球电动作用的影响》。"

迷亭嘲讽道："这真是奇妙啊，寒月先生不愧是学士！题目为'青蛙的眼球'，妙哉妙哉。在论文竣工之前，先把这个题目告诉金田家，怎么样啊，苦沙弥君？"

主人对迷亭的玩笑不予理睬，并向寒月问道："你这个课题研究需要花很大力气吗？"

"没错，是个非常复杂的课题。第一，青蛙的眼球是光学球面体，很难弄清楚它的结构，需要做各种实验，在做实验之前，还要做出一个圆玻璃球。"

主人说："要玻璃球容易啊，到玻璃店买一个不就得了。"

寒月君挺起胸脯说："不，不，说到圆和直线一类的是几何学上的概念，在现实世界里，真正符合几何学定义的圆和直线是没有的。"

迷亭插话道："这种东西既然不存在，那就别研究了。"

"前一段时间，我就着手实施了，我的想法是，先制造出一个用于实验的球。"

"做出来了吗？"主人问道，他似乎觉得这事很轻松。

寒月说："这真是不好做啊。"不过他意识到，自己说话前后矛盾了，于是说道："做起来太难了，一点一点去打磨，觉得那边的半径略长，稍微磨掉一点，结果那边的半径又短了。我费了半天力气，好不容易磨出来一个，但整体看了一下，又成了椭圆形的。我又花费很大气力，把它磨得溜圆，结果直径又短了。开始是苹果大小，反复打磨，慢慢成了草莓那么大，我没有烦躁，仍然坚持磨下去，竟然磨成了黄豆那么大。即使变成豆子那么大，也不能磨成纯粹的圆。从今年正月开始，我不断细致打磨，我磨坏了六个玻璃球。"寒月君喋喋不休，这些话真假难辨。

"你在哪磨的？"主人问。

"还是在学校的实验室里，从早晨就开始磨，中午吃饭时歇会儿，接着一直磨到天黑，这可不是一件轻松的工作。"

"怪不得你最近总说忙呢，原来每天都在磨这种球，连星期天都不在家。"

寒月说："现在，我从早到晚每天都在磨球呢。"

迷亭君在一旁为寒月解释道："真可以称作'磨珠博士'了。不过，要是让外人知道你这么勤奋，就是那个'鼻子'也会感动吧。前几天，我到图书馆去办事，办完后在门口碰巧遇见了老梅，都大学毕业了，还来图书馆，真是让我感慨。我赞扬他道：'你真是用功啊。'他做了个怪脸，说道：'哪儿有，我刚才从这路过，突然感到尿急，进来借用下这儿的洗手间，我不是来这看书的。'后来两人哈哈大笑。老梅和你这两个正反面的例子，我要记录到《新撰蒙求》①里去的。"

主人关切地问寒月道："当然，你这样每天不停打磨倒是可以，不过，你计划过什么时候磨成吗？"

寒月回答说："嗯，按照目前的情况来看，最少也得十年吧。"看样子，寒月君比主人遇事更能沉住气。

"十年？要是能早点更好了。"主人说。

"十年已经算早了，也许还要二十年呢。"寒月说。

迷亭立马接过话来说："那怎么行啊，倘若照这样下去，什么时候能当上博士啊。"

"对，我也早一天算一天，让大家都放心，可是球要是磨不好，我这个很重要的实验就没法开展啊。"

寒月君稍微停了一会儿，得意地说道："说实在的，你们完全不用为我操心。金田家已经知道我磨球的事了，两三天前，我去金田家跟他们说明了情况。"

女主人似懂非懂地认真听着这三位的对话，忽然心生疑问地说："可是，

---

① 《新撰蒙求》：《蒙求》是唐代李瀚撰写的史书，《新撰蒙求》为后人编写。

我听说金田一家上个月全都去大矶海滩避暑去了还没回来。"

寒月君似乎防不胜防，不知道女主人来这么一招，不过他立马装傻充愣地说道："这是怎么回事呢？那就怪了。"

这种时候，迷亭君总是会站出来。不论是谈话中断、感到羞愧的时候，还是疲惫不堪、尴尬的时候，无论在什么时候，迷亭君化解僵局，不会冷场。他说："你也真是有趣，真是神奇，人家上个月去了大矶海滩，偏偏两三天前被你在东京见了，够神秘的，这大概就是心有灵犀一点通吧。深陷相思的人时常会遇到这种情况。乍一听，像是说梦话，实际上，就算是梦，也比现实更真实呢。好比夫人你，和苦沙弥结婚，根本没有体会过你情我爱的，或许一辈子也不清楚爱情是什么滋味的，所以你必定会惊奇的。"

"哎呀，你真是小看我了，你说这话有什么根据吗？"女主人不爱听了，立马打断迷亭的话，怪罪起他来。

主人在一旁也向迷亭打趣道："恋爱是什么滋味，你体会过吗？"他这次坚定地站在了妻子这边。

"唉，我的风流史，都已经过去七十五天了，你们已经忘记了。说实在的，我之所以这么一把年纪了还过着单身生活，是失恋的惹的祸呀。"迷亭说着观察了在座各位的表情。

"呵呵呵……真有意思！"女主人先笑出声来。主人扭转头，望着窗外说："又寻开心呢。"

只有寒月君依然笑眯眯地说："好吧，您不妨说一说，让我这个做晚辈的学习借鉴一下。"

"我的故事相当神秘呀，如果说给已故的小泉八云先生听，他一定会大加赞许我呢。遗憾的是，小泉先生已与世长存了，我已经没有兴致讲它了。但是，既然各位盛情邀请，那我就跟你们讲一讲我这段秘史。但是我有言在先，各位必须一直听完。"迷亭先生叮嘱一番，接着进入正题："回忆起来，距今有几年了，离现在，我也记不太清楚了，就当它是十五六年前的事好了。"

主人用鼻子哼出了声："开玩笑吧。"

女主人嘲笑道："您记性真的出问题了。"

只有寒月君遵守约定，一言不发，一副期待倾听下文的表情。

"有一年冬季，我从越后国穿过蒲原郡筲谷，登上了蛸壶岭，马上就要到达会津了，这时候……"

"你怎么就爱挑稀奇古怪的地方走？"主人在那打岔。

女主人制止道："别说话，好好听，好像蛮有意思的。"

迷亭继续说道："但是天黑了，我又迷了路，饥寒交迫。无奈，我只能去敲山腰上孤零零的一家茶馆的门，说明情况如此这般，现在遇到困难，请收留我在这住一晚上吧。对方说可以啊，就把我让了进去。我一看，举起蜡烛照我的是一位姑娘，我不由得全身一颤。从那时起，我就真正感受到了让人捉摸不透的爱情魔力啊。"

女主人插话道："真没想到，那种深山上会有美女吗？"

"夫人，不管是深山还是海滩，那位姑娘那么美，我真希望你能亲眼看看那姑娘。她还梳着非常讲究的发髻……"

"是嘛！"女主人已经完全进入了剧情。

"你听我往下说，我进了屋，八叠的房间，正中摆着一个地炉，我和那位姑娘还有她的父母围坐在地炉旁边。他们问我饿不饿，我说请快点儿给我弄些吃的来吧，只要能填饱肚子就行。于是那位姑娘的老父亲说，难得有客人来，给他做一顿蛇餐吧。下边就快到我失恋的关键时刻了，你们可别走神呀！"

寒月插话道："我一直在认真倾听啊，迷亭先生？不过，那是越后国啊，寒冬数九的，还能有蛇吗？"

迷亭说道："这确实是个好问题，可是这种故事充满诗意，就不要总是拘泥于常理了。小说《泉花镜》里还写着螃蟹从雪里爬出来呢。"寒月说道："是啊，您说得对。"就不再质疑，又恢复了恭敬的态度，开始倾听。

"在那时，我迫于生存，那些蚂蚱、蜓蚰、癞蛤蟆之类的我都吃腻了，蛇餐倒是头一次听说，我就跟老人家说蛇餐听起来很特别，麻烦做给我吃吧。接着，老人家在地炉上放了一口锅，撒了点米进去开始煮。那锅盖上有大大小小十来个孔，不断有蒸汽从小孔里面扑哧扑哧冒出来。真是佩服他们，没想到住在深山里的人有这样的心思。此时，老爷子突然起身出去了，不知道去了哪里。过了一会儿，他腋下夹着一个大铁笼回来了，若无其事地往地炉边一放。我向里看去，哎呀，很多那么长的玩意儿，一条挨着一条，彼此缠绕着盘在一起。"

女主人皱着眉头，拧成了八字，说道："您别再说这个了，太恶心了。"

"那可不行，这是我失恋的最主要原因，我一定要讲下去。之后，那老爷子用左手掀起锅盖，用右手随便抓起几条盘绕的蛇，利落地扔到了锅里，快速地盖上了锅盖。虽说我遇事不惊，此时也难免吓得毛骨悚然。"

女主人听着愈发感到恐怖，并说："太瘆人了，别往下讲了。"

迷亭更加神气地说："马上就说到失恋了，您再忍耐一下吧。时间大概也就有一分钟，从锅盖的孔里嗖一下伸出一个蛇头来，吓我一跳。紧接着，另外一个孔里也嗖地伸出个头来。我心里还在嘀咕,又出来一个,很快这边又出来一个头,那边又出来一个头,最后,这个锅盖上全是蛇头了。"

苦沙弥问道:"为什么它们都把头伸出来?"

"因为锅里太热了,蛇极力想爬出来。又过一会儿,老爷子说:'时间差不多了,拔出来吧',老妇人和那姑娘都说了声'好',于是两人各自抓起蛇头往外拔,结果蛇肉都留在锅里了,蛇身上的骨头随着蛇头被干干净净地拔了出来。"

"这就是所谓的'给蛇脱骨'吧。"寒月笑着说。

"没错,是'给蛇脱骨',你们说这招是不是太绝了?接着揭开锅盖,用勺子将米饭和蛇肉搅拌均匀,就招呼我吃了。"

"你真吃了?"主人面无表情地问。女主人皱着眉头抱怨道:"你就别问了,我都恶心得吃不下饭了。"

"你是怕吃蛇餐才那么说的吧,夫人,你不亲口尝一下,绝对想象不到那味道有多鲜美,保证你会一辈子都忘不了。"

"哎呀,讨厌,我才不吃呢。"女主人说。

接着迷亭又讲下去:"当时,我吃得饱饱的,驱散了寒冷,对着姑娘漂亮的脸蛋肆无忌惮地欣赏起来,我已经毫无遗憾了,这时他们对我说:'请休息吧',我旅途劳累,遵从吩咐躺下就睡着了,什么失礼不失礼的,完全不管,醒来天都大亮了。"

这次,轮到女主人着急听下去,催着迷亭说:"后来怎么样了?"

"后来,第二天大清早,我睡醒了,也就失恋了。"

女主人又问:"您做了什么不对的事吗?"

"我什么都没做,起床后,我在吸烟的时候看了看里面的窗户,结果发现,一个秃头正在露天的水池旁洗脸呢。"

主人问道:"那家的老爷子、老妇人,是谁啊?"

"这个嘛,当时因为我分辨不出,就使劲盯着看了一会儿,那个秃头转过脸来,我大吃一惊呀。那人竟然是昨晚那个夺走我初恋的姑娘啊。"

主人不赞成,他说:"刚才你还说那姑娘梳着发髻呢。"

"当然,昨天晚上是有高高耸起的发髻,好看极了,但是今天早晨,头上就成了光秃秃的了。"

主人仰望天花板,说道:"你又在哄我们玩呢吧。"这是他的老习惯了。

"我也不相信自己的眼睛,心里有点恐惧,就在远处偷看。只见那个光头终于洗完了脸,她不慌不忙拿起一旁石头上放着的假发一下子戴在头上,若无

139

其事地走进了屋。我顿时醒悟了，尽管是醒悟，但从那个时候，我迎来了失恋的悲惨命运。”

“竟然还有这么无聊的失恋呢！寒月君，你要认真地听迷亭的话，正因为无聊，他虽然失恋，也依然这么兴高采烈，精力饱满。”主人跟寒月评价迷亭的失恋。

寒月说：“可是那姑娘如果不是光头，也许来到东京嫁给迷亭先生，那迷亭先生就该更开心了。但是，姑娘偏偏没头发，真是千古一大遗憾啊。但是我反而要问，那姑娘那么年轻头发怎么会脱光了呢？”

“我也思考过这个问题，也许是蛇餐吃得太多了。蛇餐可是上火的呀。”

女主人说道：“您虽然吃了，也没什么异常，很走运。”

“我没变成光头，但从那以后，我就变成近视眼了。”迷亭先生说罢，摘下他的金丝腿眼镜，用手帕仔细地擦拭起来。

主人突然想起，慎重地问道：“这故事到底有什么神秘可言？”

“我想不明白，那顶假发是从哪儿买的？还是捡来的？这一点就很神秘呀！”说罢，迷亭照旧又把眼镜戴回到鼻梁上。

女主人评论道：“这不就是一段单口相声嘛。”

我以为迷亭的胡诌八扯可以告一段落了，他再也没有可说的了，没想到，这家伙天生不会沉默，只要不堵住他的嘴，他就不甘于沉默。他又说了下边这些话：

“我上次的失恋，必然是一段痛苦的经历，但是，如果当初我没发现她是个秃子，她嫁给了我，那这辈子都会看她不顺眼。所以，不慎重考虑就危险了。结婚这事儿，不到某一特定时刻是不会发现刻意隐藏的事情的。所以，寒月君朝思暮想，神魂颠倒地折磨自己呀。最好还是赶快把心收回来，好好磨你的玻璃球吧。”迷亭说的这些话，好像是一种忠告。

寒月故作为难的样子说道：“没错，我真想专注地磨我的玻璃球，女方那边不同意我这么干，我真是左右为难呀。”

迷亭说道：“是啊，像你这种情况，女方那边总是会找事的。不过这种事有时候还真是滑稽，就像去图书馆解决内急的老梅，就很神奇啊。”

主人被吊起了胃口，追问道：“他遇到什么事了？”

“也没什么大事，事情大概是这样的：以前，这位先生在静冈的一个叫东西馆的旅馆住过一宿。那天晚上，他立马向那家旅馆的女服务员求婚。我觉得自己很随意了，但也没升华到那位先生的境界。当然，那家旅馆里的阿夏姑娘长得十分好看是远近闻名的，负责老梅的房间的刚好是阿夏姑娘，所以也难怪老梅向她求婚呢。"

主人一脸严肃地说道："岂止难怪，这不和你到什么岭去一模一样吗。"

"嗯，差不多吧。说实在的，我和老梅很像，总之，他向那位阿夏姑娘求婚，女方还没答复，突然间，他就想吃西瓜了。"

主人感到不解，反问道："什么？"不光主人，就连女主人和寒月也都感到费解，头歪了起来。迷亭不管三七二十一，自顾地讲道：

"这位先生问阿夏：'静冈有卖西瓜的吗？'阿夏姑娘回答：'静冈虽小，西瓜还是有的。'接着她端了一盘西瓜过来。老梅就吃了起来，他把那么多西瓜都吃光了，然后等着阿夏姑娘答复。还没等到回答，这位先生就开始肚子疼。他忍着直哼哼，很长时间都不见好，于是又喊来阿夏姑娘，问她静冈有没有医生。阿夏姑娘说：'静冈虽小，医生还有的。'然后就请来了一个叫什么'天地玄黄'的医生，那名字简直像从《千字文》里剽窃来的一样。第二天早晨，老梅肚子不疼了，他当然很开心，也很感激阿夏姑娘。还有十五分钟就要退房了，他喊来了阿夏姑娘，问她向她求婚的事考虑的怎么样了。阿夏姑娘面带笑容地回答：'西瓜和医生，静冈都有，而偏偏没有认识一晚就答应求婚的新娘。'说罢就走了，直到老梅走都没再露面。此后，老梅和我一样失恋了。至于图书馆，据说他除了方便之外再也不去了。细细想来，真是红颜祸水啊。"

听他这么一说，没想到主人接话了，他说："完全正确，前几天我看了缪塞的戏剧，其中一个人物说了这样一段话：灰尘轻于羽毛，风儿轻于灰尘，女人则轻于风，还有轻于女人的吗？没有。这话引用了罗马诗人的诗句，说得真是一针见血呀，最可恨的就是女人了。"他用尽全力下了这样的结论。

洗耳恭听的女主人当然反对主人这个观点，她说："你说女人轻浮不好，那男人要愚蠢的话就好吗？"主人回答："你所说的愚蠢是什么意思？""愚蠢就是愚蠢，跟你差不多。""我哪蠢了？""你敢说你不蠢？"也不清楚夫妇二人究竟在争论什么。迷亭听得蛮有兴致，接着开口说："什么是真实的夫妻，正是像你们这样面红耳赤地相互争吵、诋毁。以前那种旧时代的夫妻，一定是索然无味的。"他的话说得模棱两可，不知道他在奚落还是赞赏。说到这里，本来就可以适可而止了，但他又继续发挥，说出了下面一番话：

"相传古时候，跟丈夫顶嘴的女人是一个都没有的，但那样我是反对的，这就跟娶个哑巴没啥区别。反而像夫人这样敢说'你难道不愚蠢'之类的话，才是好样的。既然是娶老婆，如果不偶尔拌个一两次嘴，那该多无聊，那样还娶什么老婆呀。像我母亲，一见到我父亲就只会说'是'或是'好'。并且他们结婚二十年，除了到寺院去祭拜祖先之外，他们就没有一起出去过。岂不太惨了吗？不过，唯一好在，我母亲把祖坟墓碑上的法号都背得烂熟。过去，男女之间是不允许来往的。我们小时候不可能像寒月君那样与心上人合奏一曲，弄个灵犀相通啦，梦一般的朦胧中神会啦。"

寒月行了个礼说道："真是可怜。"

"的确可怜。而且那时候的女人未必比现在的女人品行好。你知道吗，夫人？现在的人经常说现在的女学生行为不正，最近到处都在批判如今的女学生道德败坏，实际上，过去比现在过分多了。"

"是那样吗？"女主人反而很认真。

"没错，我可不是随便瞎说的，当然有确凿的证据。苦沙弥君，你应该记得吧？咱们五六岁那会儿，还把女孩儿装在笼子里，挑在扁担上，就像卖冬瓜似的。有印象吗？"迷亭向主人发问。

"我可不记得那种事了。"主人面无表情地回答。

"我不知道你们那边怎么样，不过这事在静冈确实发生过。"迷亭说。

女主人低声说道："不可能吧……"

寒月君问道："确有此事？"他表现出不敢相信的样子。

"没错，我父亲还砍过价呢。当时我大约五六岁，和我父亲一起去散步，我们从油街走向通街，对面有人大声叫卖：'有人要女孩的吗？卖女孩啦！'我们在二道街路口一家叫'伊势源'的绸布庄门口遇见了那个卖女孩的人。'伊势源'在静冈有十间门店，五个仓库，是当地一家出了名的布庄，现在仍然还在，这个店号很气派，有机会你们一定得去参观一下。那儿的经理叫甚兵卫，每天就像刚死了妈一样哭丧着脸坐在账房里。在甚兵卫的身边总跟着一个叫小初的年轻伙计，大概二十四五岁，却皈依了云照法师，三七二十一天只吃荞麦面汤度日，喝得脸又黑又瘦。小初的旁边，是个名为阿长的小学徒，这个小年轻人每天身子倚在算盘旁，愁眉不展，就好像昨天家里失了火一样。并肩坐在阿长旁边的是……"

"你到底要说绸布庄的事呢？还是说卖孩子的事？"主人插话道。

"我想说什么呢？嗯，没错，是卖孩子的事。实际上，这家'伊势源'也有不少奇闻呢，今天就忍痛割爱，只讲卖孩子的事吧。"迷亭说。

主人说："要不也请你把卖孩子的事一并忍痛割爱了吧。"

"不行，怎么可能轻易割舍呢，为了对比二十世纪的今天和明治初期左右女子的品行，这些将会是具有很大参考价值的资料。"迷亭说，"于是，我和我父亲向'伊势源'走去，那个人贩子见了我父亲就说：'老爷，您看看这两个女孩吧,这都卖到最后了,我便宜点儿卖给您。'边说边把扁担放下擦汗。我一瞧,前后两个筐里各装一个小女孩,而且都在两岁左右。我父亲对那个人说:'如果便宜些,倒可以买下。只有这么点儿货了?'那人回答说:'赶巧今天生意好,就剩这两个了,您随便挑一个吧。'边说边把两个女孩放到我父亲的面前,就好像卖倭瓜一样。我父亲在女孩子的头上梆梆地逐一敲了几下,说话道:'不错,这声音听起来挺健康的。'接着两人开始讲价,最终把价格确定下来。我父亲问他说:'我买下也行,可是质量有保证吧?'那人说:'嗯,前边这筐里的,我始终用眼睛看着,不会有问题;就是后边这筐的,没准有什么问题,因为我没长后眼,不确定。如果您要这个,我不敢说质量怎么样,那价钱就可以少算。'直到现在我还清楚地记着这场对话。当时我虽然年幼,但心里早就意识到,女人果真每时每刻都要小心谨慎。但是现在,已经是明治三十八年,再也看不到挑着担子卖女孩这种粗野的行为了,也不会有人提醒后面要对那个孩子多费心思。所以,依我看来,女人品格有了大大的进步,应该归功于西方文明。寒月君,你觉着对不对啊?"

寒月君在开口之前先咳嗽了一声,然后故意压低了声音,不慌不忙地对此发表了他的看法:"现在的女孩子们不管是在放学回家的路上、演奏会上,还是在慈善会、游园会上,都可以自己兜售自己,就像在说:'请买下我吧!不想买吗?'所以根本不用雇人贩子,'买女孩吗?'这种低级的叫卖早就被淘汰了。人的独立性一旦增强,必然出现这种情形。老人们经常杞人忧天,这是文明的发展方向,这真是一件令人高兴的事。至于买方,也再不会出现那种敲打脑门,问质量是否可靠的乡下客,这倒省事不少呢。而且,社会本万般复杂,如果都如此烦琐,可就永无尽期了。要是那样,男人和女人就是到了五六十岁,也没法谈婚论嫁。"寒月君不愧是二十世纪青年,发表的高见激昂而顺应时代潮流,说罢,还冲迷亭吐了一口长长的"敷岛"牌香烟的烟雾。

迷亭先生可不是被一口"敷岛"牌香烟的烟雾能打倒的人。他说道:"正如您所说,当今的女学生或是有钱人家的小姐们,都有着满满的自尊自信,无论在哪方面都不会输给男人,实在令人钦佩之至。例如我那边的女校,那儿的学生们都不得了。穿着男人劳动时穿的窄袖和服练单杠,多厉害呀!每次我在楼上的窗户里看她们做体操,都会情不自禁地想起古希腊的女人。"

"又是希腊啊。"主人冷笑着回应道。

迷亭说:"给人以美感的东西大多数都源自希腊。毕竟,美学家和希腊总有着千丝万缕的联系。尤其当我看到那些皮肤黝黑的女学生,一丝不苟地做着操,我总会想起阿古诺黛丝的趣事。"

寒月君依然面带笑容地说："又提出个古怪的名字。"

迷亭说："阿古诺黛丝是个十分伟大的女人，令我佩服到极点。当时，据雅典的法律，女人禁止做接生婆。这听起来很不方便。当然，阿古诺黛丝也觉着非常不方便。"

"你说什么？刚才你说的那人叫什么？"

"是一个女人的名字。这个女人思来想去：凭什么不让女人接生，这太束缚人了。怎样才能当上接生婆呢？她整整思索了三天三夜。正好第四天早晨，邻居家传来的出生婴儿的哭声使她恍然大悟。她急忙剪掉长发，穿上男装，到赫罗菲拉斯那儿去学习。她把所有的东西都认认真真地听了一遍，她信心十足，认为学得差不多了，于是开始了当接生婆的生涯。夫人你猜怎么样？阿古诺黛丝特别受欢迎，她接生出好多新生婴儿，这边也有，那边也是，因此赚了不少钱。但是，世间所有事情都是三十年河东，三十年河西，祸福相依的，也许是她太成功了，招致太多的嫉妒，最终她的事情暴露了，她因触犯官方法律，后来被判处重刑。"

女主人不住地称赞道："简直就像听评书一样。"

迷亭说："我讲得很生动吧。没承想，雅典的妇女竟联名请愿，震惊了当时的政府官员，最终她被判无罪释放。此后，政府当局只好贴出告示：从此女子有选择接生婆专业的自由。故事的结局非常圆满。"

女主人说："您知道的事儿真多啊。佩服佩服。"

"嗯，很少有什么事我不知道的，就是不知道自己干的那些蠢事。不过，对这一点也稍微知道点儿。"

"哈哈，您说话真是幽默……"女主人笑得前仰后合。

最外边玻璃门上的铃铛清脆地响了，声音与刚安装时一模一样。女主人说了声："哎呀，又来客人了。"便返回到自己的房间。你们猜是谁进客厅了呢？原来是大家都认识的越智东风君啊。

东风君一到，我虽不敢保证与主人来往的这些怪人都凑齐了，但至少可以说，每次都能排解我无聊的人都来齐了。我不能要求太高，就这一点我也该满足了。如果我不幸被其他人饲养，可能这辈子，也不见得能结识这些先生们当中的任何一个。即使在东京各处寻找，也找不出几个像苦沙弥先生，还有迷亭、寒月，甚至是东风等先生这样的爽快人，索性我成了苦沙弥先生收养的猫儿，朝夕服侍在左右。现在，我有机会边打盹边欣赏他们的一举一动，这对我来说，简直是千载难逢的至上光荣。并且在炎炎夏日之中，我能暂时忘记浑身被皮毛覆盖的烦恼，饶有兴致地度过半日光阴，都要归功于先生们，真是不胜感激。既然群英云集，必然非同一般，绝不会淡淡收场的。我藏在客厅里的壁橱后，怀着恭敬心，等待欣赏他们的言行举止。

"好久不见了，别来无恙。"东风君寒暄着，他的头发依然油光锃亮，和上次来没什么区别。倘若只瞧他的发型，就跟表演小曲的人一样，但是，看他下身穿着白色的小仓布裙裤，硬硬的，又觉得像剑客榊原健吉的弟子。因此东风君全身上下，只有从肩到腰这部分和普通人一样。

"稀客啊稀客，这大热天的，难得你能过来。快坐到这儿来。"迷亭先生俨然以主人自居，热心招呼道。

"好久没见先生您了。"东风君客气地和迷亭说道。

"没错，自从在今年春天的朗读会见面之后就再没见过吧。"迷亭说，"说起朗读会，你们搞得怎么样？还是那么热闹吗？你还是扮演那个阿宫小姐的角色吗？你演得太成功了，我都热烈地鼓掌了呢，你注意了吗？"

"是呀，承蒙您捧场，才让我信心大增，一直演到最后。"

主人插话道："像那样的朗读会你们什么时候再举行啊？"

东风回答："七月八月两个月休息，九月份准备大干一场，您有什么建议吗，先生？"

"这……"主人没多大的兴致。

这次寒月君开口说话了："东风君，把我的作品公演一下吧？"

东风君说："你的作品一定很有趣，到底是什么作品呢？"

"当然是剧本。"寒月尽量加重语气这么一说。果不其然，在座的三位先生都目瞪口呆，不约而同地向寒月望去。

东风君继续追问："写剧本可了不起啊！喜剧还是悲剧？"

寒月先生仍然十分镇静地说："既不是喜剧也不是悲剧，近日来，人们对老剧和新剧颇有争论，我决定开创先河，试着写了出俳剧。"

东风说："俳剧是哪种形式呢？"

寒月说："俳剧，简单说来，就是充满俳句韵味的剧。"

此话一出，主人和迷亭都被他弄糊涂了，都没有说话。最终东风君提出问题："能描述一下你的创意吗？"

"剧情不会太长，长了惹人反感。主旨以俳句的趣味为重点，所以创作了独幕剧。"

东风只"哦"了一声。

寒月说："请让我先说一下舞台装饰。对此，一切以简洁为主。在舞台正中放一棵大柳树，柳树的主干向右使劲延伸出一根横枝，让一只乌鸦栖息在树干上。"

主人很担心的样子，嘟囔似的说："希望那只乌鸦最好能乖乖待在那儿。"

寒月说："没事，这很简单，将乌鸦的两条腿用细绳绑在树枝上。这样一来，在树底下放个浴盆，一个美女正侧身躺在浴盆中用毛巾洗澡。"

迷亭感到疑惑："这有种颓废的倾向啊。这个角色由谁扮演呢？"

"这个好办，到美术学校请个模特呗。"

"如此一来，警察可就要找麻烦了。"主人又不放心了。

"但是，不公演不就行了。要是为这点事来回纠结的话，那学校里的学生还敢画裸体写生画吗？"

迷亭说："怎么也是舞台艺术，跟写生还是有区别的。"

寒月振振有词地说："倘若诸位先生就是这样的眼光，那日本文明还是没有崛起的希望。不管他画画还是演戏都是艺术。"

"先别争论，接下来怎么演？我想听听。"东风君很着急。他急着想知道这出剧的情节，看样子还真有上演的打算呢。

寒月说："这时，俳人高滨虚子①从花道②上场，他手拿拐杖，头戴白灯芯草帽子，身穿薄纱大褂、萨摩条纹布的长袍，把长袍掖在腰间，脚蹬一双低筒皮靴，这身装扮像个陆军部的军需商人，尽管如此，因为是俳人，所以一定要不紧不慢地前进，尽可能表现出从容不迫、一心推敲诗句的神态。此时，虚子从花道到达舞台，忽然间抬起他那正在推敲俳句的双眼，他看到前方有一棵大柳树，一个皮肤白皙的裸体女人正在树荫下洗浴。他吃了一惊，抬头望去，长长的柳枝上蹲着一只乌鸦，正俯视女人洗澡呢。接着，虚子先生诗兴大发，大声朗诵了一首俳诗：'美人浴，呆了枝头鸦不去。'朗诵完后，梆子声立即响起，谢幕，怎么样？有创意吗？喜欢这个剧吗？与其扮演阿宫姑娘，不如扮演虚子这个角色更为有趣。"

东风君一副不满足的样子，认真地回答说："这好像不太对劲，有点儿过于简单？希望再穿插点富有人情味的情节才好呢！"

迷亭可不是个默默无闻的人，但刚才那段时间，他一直在认真倾听。他说："如果这就叫俳剧也太荒唐了。据上田敏君说，像俳句意趣、滑稽之类的东西，都是让人消沉的，是亡国之音。说得真是确切，不愧是上田敏君啊。那

---

① 高滨虚子：日本有名的和歌诗人，与夏目漱石同属一个年代。
② 花道：歌舞伎演员出场的通道，从舞台一侧通过观众席进入的地方。

么无聊的俳剧，如果真的上演，肯定要被上田敏君笑话的。别的暂且不说，就说你创作的东西，是正剧还是闹剧？这不是太消极，太令人费解了吗？这样说可能太直白了，你还是到实验室里磨你的玻璃球比较好，寒月君。这种所谓的俳剧再创作上一二百篇，带有亡国韵味，也没用。"

寒月有些愤怒，说道："我是想让它发挥积极作用的啊，怎么就是消极的呢？"本来是消极还是积极都无关紧要，但他却为这个问题争论了起来。"就以虚子为例，虚子先生吟道：'美人浴，呆了枝头鸦不去。'然后捉住乌鸦，叫它别迷上女人，我认为是十分积极的。"

迷亭说："哎呀，这种说法倒是挺新颖的，你一定要好好给我解释一番。"

"作为理学学士，我考虑乌鸦看女人入了迷这个问题，可能不符合常理。"

迷亭说："没错，是不符合常理。"

寒月说："把这种不合常理的事随意吟出，听起来就完全合乎情理了。"主人半信半疑，插话道："果真如此？"寒月对此完全不予回答，他接着说道："为什么我说它合乎情理呢？要想弄明白，就要从心理学角度加以剖析。说实在的，入迷不入迷，跟乌鸦可一点儿关系都没有，他只是在说自己被迷住了。但是，乌鸦有没有这种情感无关紧要，而是他看入迷了，所以他才感觉是乌鸦看女人入了迷。虚子看到一个美女在洗澡，情感上受了冲击，肯定看到第一眼就被迷得神魂颠倒。因为他自己入迷，看到乌鸦在树枝上驻足停留向下观望，便将自己的眼光强加于乌鸦，产生了错觉，于是想着'乌鸦竟也和我一样倾心了'。这无疑是一种错觉，但也是文学之所在，而且有积极的意义。将自己内心的情感，移情到乌鸦身上，还摆出一副无辜表情吟诵俳句，简直是积极主义的绝佳代表。你们说我解释得怎么样，还算正确吧？"

迷亭说："果然精妙，佩服啊。如果让虚子听到这番话，他必定会大吃一惊呢。你讲得倒很积极，只怕实际表演这出戏的时候，观众们一定会变得消极了。东风君，对不对啊？"

东风君严肃地回答说："嗯，总觉得过于消极呢。"

看样子，主人是想改变谈话的局面，于是询问东风君："近日可有什么杰作，东风？"东风君回答："还没写出什么值得先生过目的作品。不过，近期想出一本诗集。正好今天我带来了初稿，那就请您多多指教吧。"他边说边把一个紫色小包裹从怀里掏了出来。从中取出装订好的五六十页文稿，递到了主人面前。主人装模作样地说："那就拜读了。"打开后，看见扉页上有两行字：

> 你那倩影纤秀，与世人迥异。
>
> ——谨献给富子小姐

主人把第一页默默看了多时，半天没有说话，一种神秘的表情出现在他脸上。

迷亭说："什么内容？是新体诗吗？"他把诗稿扫了一眼。

"哎呀，是献词。东风君横下一条心献给富子小姐？有胆量啊，了不起。"他不停地夸赞道。

主人一脸迷茫地问道："真有富子小姐这个人吗，东风？"

东风很严肃地加以解释："嗯，上次朗读会，她是和迷亭先生受到同等邀请的一名女士，家就住在这附近，我本想让她看看这本诗集，我去了她家，不凑巧的是她不在家，上个月就到大矶海滩避暑去了。"

迷亭说："苦沙弥君，现在都二十世纪了，别一副没见过世面的样子，还是立刻读一读这篇佳作为妙。但是东风君，你的献词写得可不好。你使用了一个文言词汇'纤秀'，知道原义作何解释吗？"

东风说："我猜这个词是'纤细''柔弱'的意思吧。"

迷亭说："嗯，这样解释也可以，但它本意是'一碰就会破损，让人不敢靠近'的意思。反正我绝对不会用这个词。"

东风说："那您觉得怎么写才更有诗意呢？"

迷亭说："我的话就这么写：'献给世上稀有的纤细的富子小姐的鼻子。'尽管事情只在于两字之差，但确实有很大的变化。"

本来，对于迷亭的调侃，东风君并没有搞懂，但他却不懂装懂，礼貌性"嗯"了一声。

主人沉默地翻开了卷头第一页，开始朗读：

> 芬芳中散发出倦怠，
>
> 是你的芳心与相思的情愫在摇摆。
>
> 啊，在这艰辛的人世间，我啊，
>
> 终于得到了这甘甜一吻。

主人叹了口气，说道："我有点读不懂这首诗。"然后将文稿递给迷亭。

迷亭看完说："这未免太过新颖了。"迷亭说完，又递给寒月，寒月不停地说："嗯，嗯。"文稿又从寒月手中返回到东风君手里。

东风说："先生，您读不懂也很正常。因为十年前的新诗歌和现在的诗已经完全不一样了。现在的诗毕竟不是躺在床上或是在等车的时候就可以读懂的。就算是诗作者，也经常难以回答别人的疑问。诗人写作，全凭灵感，除此之外，他们不负任何责任。至于注解啊，讲解啊，都是学者们的事了，我们可不管。前些天，我的一个叫送籍的朋友，写了一个题为《一夜》的短篇小说，所有人读完都稀里糊涂的，没明白作者想表达的意思。为此，有人去找作者，认真询问他写作的初衷，他却说：'我可不管那事儿。'就完全不予回答了。在我看来，这大概就是诗人的本色吧。"

主人说："或许他是个诗人，但也是个怪物吧。"

"是个蠢材！"迷亭三言两语就彻底枪毙了送籍君。

东风君好似还没说够，他又接着说道："在我们朋友当中，送籍这人也是被嫌弃的。但是，也希望诸位稍微细心来谈谈我的诗。诗里写到的'艰辛的人世间'和'甘甜一吻'，采取了对仗的写法，是让我费尽心思的地方，请你们要特别关注一下。"

寒月说："可以看出你煞费苦心了。"

迷亭说："你那'艰辛'和'甘甜'的对比，文体极为美妙，简直五味俱全妙趣横生，完全是东风君独有的风格，真让我佩服得五体投地。"迷亭专爱对老实人讲话时没完没了地插科打诨。

主人也不知想到什么，突然间起身向书房走去，过了一会儿，他取来一张毛边纸说："东风，刚才拜读了你的作品，现在，我想分享一下我写的短文，请多指教。"他一本正经地说。

迷亭说："你那篇《天然居士悼词》，我都听三回了。"

主人说："哎呀，你别说话。东风，这真不算我的得意之作，只是读出来给大家助兴罢了。"

"一定领教。"

迷亭说："寒月君也顺便听听吧。"

"要听的，何必'顺便'。不是长篇大论吧？"

苦沙弥说道："仅仅六十几个字。"接着苦沙弥终于朗读起他自创的佳作。

"一个日本人呼喊'大和魂'之后，就像肺结核患者一样咳嗽起来。"

寒月夸奖道："开篇就很有气势。"

"一个报贩子说'大和魂'，一个小偷说'大和魂'，大和魂漂洋过海，到英国举行大和魂的演讲，到德国表演大和魂的舞台剧。"

迷亭这回挺直了胸脯说道："嗬！果然胜过天然居士的那篇悼词。"

"大和魂赋予了东乡大将，大和魂也赋予了鱼店老板阿银，大和魂赋予投机商、骗子、杀人犯。"

"先生，补上一笔，我寒月也有大和魂。"寒月说。

"倘若你要问，何为'大和魂'，他会边走边告诉你：大和魂就是大和魂呗！说罢便去。可还没走三四丈远，就听到了咳嗽声。"

"这句写得太好了。"迷亭说，"你文采真棒啊。下边的句子呢？"

"'大和魂'是三角形还是四边形？'大和魂'实如其名，是魂。正因为是魂，所以总是飘摇不定。"

此时，东风提醒道："先生写得很是奇妙，但是'大和魂'这个词用得是不是过多了？"迷亭说："我赞同。"当然只有他会这么说。

"每个人嘴上都说过，但没人见过，每个人都听过，但没人遇见过。大和魂，大和魂，恐怕与天狗同类吧。"

主人读完了，本以为会余韵绵绵。但因为过短，主题又难以理解，因此倾听的三人还在等待下文，但等了好久，也不见主人继续读。最后寒月问："这就完了？"主人回答道："嗯。"就一个"嗯"字，难免有些太不负责任。

对于这篇佳作，迷亭并没有像之前那样肆无忌惮地对这篇文章品头论足，真是让人惊讶。他停顿了一会问苦沙弥："你也把短篇收集成册，然后献给谁，怎么样？"主人信口说道："那就献给你吧，好不好？"迷亭回答了一句："恕难从命。"接着拿起刚才向女主人显摆过的那把剪刀来修剪指甲，弄得咯吱咯吱地响。

寒月对东风说："你认识那位金田小姐吗？"东风说："自从今年开春，她应邀参加了我们的朗读会后，我就和她结识。觉得投缘，一直保持着联系。我每见这位小姐一次，心里就涌起一种莫名的情感。在这期间，不论作诗还是吟歌，我总是充满灵感。这本诗集以爱情诗居多，我想，可能是因为从这位异性朋友那里获得了灵感。我必须向那位小姐表示深深的感谢，因此借此机会为她献上我的诗集。从古至今，诗人只要和女人成为密友，就能做出绝妙的好诗来。"寒月露出一丝微笑，说道："果真如此？"

无论是什么样的雄辩家盛会，也不会持续太久的，场面也渐渐冷却下来。我可没有整天倾听的义务，于是我先行退下，到庭院里去捉螳螂了。在绿荫浓密的梧桐叶间，夕阳的影子星星点点地穿过，秋蝉在枝头上尽情鸣唱。说不定今晚会有风雨降临呢。

阅读计划进度与自我测评

第二周

📚 阅读计划完成情况

时间	阅读时间记录	阅读量记录	是否进行批注
周一	用时 _____ 分钟	从第 ____ 页读到第 ____ 页	是 ( )　　否 ( )
周二	用时 _____ 分钟	从第 ____ 页读到第 ____ 页	是 ( )　　否 ( )
周三	用时 _____ 分钟	从第 ____ 页读到第 ____ 页	是 ( )　　否 ( )
周四	用时 _____ 分钟	从第 ____ 页读到第 ____ 页	是 ( )　　否 ( )
周五	用时 _____ 分钟	从第 ____ 页读到第 ____ 页	是 ( )　　否 ( )
周六	已读完：第四章〇　　第五章〇　　第六章〇 未完成：分析原因：_____ _____ _____ _____ _____		

①"我"潜入金田家看到了金田一家人，从金田老爷的外貌描写和金田与铃木的对话中，你能看出金田与铃木两人的性格特点吗？

②在金田与铃木的对话中提及了苦沙弥的住宅，对此作者采用了哪些写作手法？这样写的好处是什么？

③主人与女主人关于秃头问题的对话对表现主人性格特点有何作用？

④第五章开始写了主人一家的睡姿，你认为这样写的用意是什么？

⑤在第六章中，苦沙弥写了一篇短文，提到了"大和魂"。请你试着分析作者对"大和魂"所持的态度。

积累拓展

把你认为好的语句或段落摘抄下来，作为日常学习的积累。

这一周我们将开始进一步的阅读。澡堂子里尽显世间百态、人情冷暖。猫在澡堂看到的、听到的能引起你的哪些思考？随着一批"君子"的登场，主线还在继续，三类人给了主人三种不同的建议。如果你是主人，你会做何选择？不要忽略了猫的运动，请关注那些对猫运动的细节描写。

七

我最近开始做运动了，或许有些无知的人会冷嘲热讽：一只猫儿，有什么资格谈运动，真是逞能！在这里，我想发表下我的看法。对于那些无知的人，他们只把饮食睡眠当作天职，还没搞清楚近几年运动是怎么一回事呢。有些人，虽幸运地被称为贵人，但却总是双手一甩，屁股都快在坐垫上生根了。嘴里还洋洋得意地说这是"大丈夫的光荣"，每天活得怡然自得。不管是运动，还是多喝牛奶啊、用冷水沐浴啊、在海边跳水啊、夏天应该去云雾缭绕的山间避暑啊，这一系列煞有介事的举动都是从西方传来的，甚至被看作是一种流行疾病，与鼠疫、肺结核、神经衰弱差不多。

我去年出生，今年有一岁了，我没见过人开始得病时的样子。除此之外，那时的我，对世上的浮华之风还没有切身体会。据说猫儿的一岁相当于人的十岁。人的寿命是猫的两三倍，但一只猫用不了多久，头脑就会在短时间内发展得很成熟，基于此种情况，人们就不应将人的岁数和猫的岁数作同等看待。就以我为例，现在刚刚一岁零几个月，聪明是有目共睹的。听说主人三女儿已经虚岁三岁了，但那智力，简直发育得迟缓至极，除了哭、尿床和吃奶，什么也不懂。和她比起来，我这只愤世嫉俗的猫简直是成熟到极致了。我对运动、海浴、换地疗养这种事情了如指掌，一点也没什么可奇怪的。对于这些事情诧异的，原因必然是他们没有猫儿那两条腿。人类很久以前就傻头傻脑的，所以直到近期才大肆吹嘘运动的功能，喋喋不休地宣传海浴的好处，把这些当成伟大发明一样。

这些事自我生出来就懂得。先说海水为什么能治病，只要你去一次海边，马上就知道了。浩瀚无边的大海，到底有多少鱼，我们当然不知道，但是，没有一条鱼生病去看医生，每一条鱼都活泼快乐地游。鱼如果生病了，身体就不听使唤了。一旦死了，必然浮在水面上。所以鱼死了，可谓"漂上

153

来"，而鸟死了，可谓"掉下去"，人去世了，称为"升天"。如果你问那些横渡印度洋去西方的人有没有看见过死鱼，肯定每个人都会告诉你没有。他们当然要这样回答。横渡海洋的次数再多，都没有一个人见过鱼停止呼吸。说鱼停止呼吸，不确切，鱼嘛，应该说停止"吞吐"，从而漂在海面。那无边无际波涛汹涌的大海，即便是乘坐蒸汽船找上个几天几夜，也找不到一条鱼漂出水面。以此为依据，不费吹灰之力，马上就可以得出结论：鱼一定是极为强壮的。至于鱼为何那么强壮，于是人便提出疑问。其实道理很简单。那就是因为鱼一直以来吞吐海水，在海里泡海水澡的缘故。海浴既然对鱼有如此显著的功效，那么对人必然也奏效了。1750年，理查德·拉赛尔博士刊登了一则夸大其词的广告，他说只要跳进布莱顿①海滨浴场，所有的病当场痊愈。当然，这话说得太满，难免贻笑大方。虽然我们都是猫，但有合适机会的话，我们也奔赴镰仓海滩。现在还不行，一切都要讲究机缘，就像明治维新前的日本人从生到死一辈子都没能领教到海水的功效，当今的猫儿还没到能光着身体跳进海水的时候。心急吃不了热豆腐。就好比今天，有些猫儿被扔到筑地海边，不可能平安地找回家，在这种条件下，我可不能奋不顾身地去跳海。我们这些猫儿进化到能够抵挡汹涌的海浪的那一天，换句话说，在"猫浮上来"代替了"猫死了"成为日常用语后，我们才能进行海浴。

　　我决定先去运动一下，海浴就推迟进行吧。已经是二十世纪的今天，不做运动的人就跟昔日穷人一样，名声不大好。我不运动，不是不想运动，也不是不能运动，而是我没有时间去运动，注定了空不出运动的时间。以前，人们嘲笑喜欢运动的人是奴才。现在，把不运动的人，看成下贱。世人的评价，因时因地而不同，就好像我的眼珠一样变化多端。我的眼珠不过忽大忽小，但人间的评论却颠倒黑白。当然，颠倒黑白并没什么，食物本来就有两面性和两个极端。在同一事物体现出黑白分明的显著变化，也是人类机灵的体现。例如将"方寸"颠倒过来，就成了"寸方"。从胯下倒看"天之桥立②"，就会别有一番景致了。如果莎士比亚始终千古不变，也会很乏味，偶尔有人从胯下倒看一下《哈姆雷特》，说："写得不怎么样呀，老兄。"只要有人能这样泼冷水，那么文艺界才会有进步。因此，原来贬低运动的那些人，现在突然变得热爱运动，就连女人都拿着球拍穿梭于大街上，都成了

---

① 布莱顿：英国最大的海滨浴场，位于英格兰东南部城市，英吉利海峡。

② 天之桥立：日本有名的景点。坐落于京都府宫津市宫津湾的沙洲，是一条狭长的海滩，延伸到大海里，就好像天桥插入海中。

很自然的事情。那么我们猫儿做运动，就不要遭到质疑和嘲笑了。接下来我想简单解决一下大家的困惑。很多人对我要搞什么样的运动而纳闷儿。

众所周知，我们猫儿不能拿任何器具，这很不幸，所以棒球棒啊、球啊什么的我们根本不会使用。另外，我们也没钱，就不能选择花钱做运动。由于以上原因，我会选择既不需要花钱，也无须运动器械的运动。既然如此，人们肯定认为，我无非可以选择散散步，或是嘴叼金枪鱼飞奔而已。然而，只是根据力学原则运动四肢，随着地心引力顺势而为的事情，岂不是太简单，太无趣了！像主人经常做的那样只是字面上的动来动去的所谓的运动，在我眼中，这些是有辱运动的神圣意义的。当然，在单纯运动的刺激下，即使是普通的运动，也是可以做的，例如"抢金枪鱼赛跑""寻找大马哈鱼"之类的活动，也是很有趣的。但是，这种时候目标不得缺少，只有在目标的刺激下，才能找到兴奋感。假如没有这些奖励性的兴奋剂，我更愿意做一点讲求技艺的运动。于是我做了各种探索，想出各种花样的运动，例如：如何从厨房的遮阳板跳上屋顶，如何用四条腿站立在房梁的梅花形砖瓦上，如何在晒衣杆上奔跑，但竹竿太光滑，下不去爪，因此这件事终于没成功。我还想从小孩背后突然蹦到他们身上，这倒是挺有趣的运动，但是经常做的话，就要倒大霉了，所以每个月顶多玩上那么两三回。有一种玩法是往头上套纸袋，太不好受了，是一种很无聊的游戏。并且，做这个运动，如果没有人和我配合，就不能进行，也只好放弃。还有就是在书的封面上磨爪子，一旦被主人发现，大有可能打我一顿。这个运动只锻炼了爪子的灵活性，全身的肌肉使不上劲儿。以上这些，都属于老式运动。

有些新潮运动是很有趣的。首先是捕螳螂，捕螳螂没有捉老鼠那么大的运动量，但危险系数也低。从仲夏到盛秋的游戏当中，做这种游戏最合适了。若问如何捕捉，我先到院子中找到一只螳螂，如果运气好，不费吹灰之力就能找到一两只。发现螳螂之后，我就风驰电掣般奔向螳螂。这个时候，螳螂见有敌人来了，会立即举起那两个镰刀型的前脚，拿出迎战的架势。螳螂胆子很大，在还不知道对方力气大小的时候就想反扑，真是太好玩了。它的头虽然高高昂起，但是柔柔软软的，我用右前爪轻轻弹了弹它那抬起的两只前脚，它的头就立刻瘫软到一边，此时它的表情非常有趣，就像是愣在那里似的。于是我一跃来到螳螂君背后，在后边用劲一抓它的翅膀。它的翅膀平时是精心折叠的，放得十分整齐，但被我用劲一抓之后，便唰地一下展开，露出里面那层类似吉野纸①的浅紫色的薄衣。螳螂君真是臭美到家了，

---

① 吉野纸：一种非常薄，容易洇湿的日本纸。

在夏天也千辛万苦地披着两层当然很俏皮的衣裳。螳螂君的长脖子总爱向后扭，有时也会转过身来。一般情况下它都纹丝不动，把头使劲地抬起来，摆好了等我出手的架势。如果对方一直摆出这个架势，就会妨碍我的运动。所以差不多的时候我就会送上一爪子。有远见的螳螂，知道个深浅，一定会设法跑掉的。当然，拼了命地跟我反抗，都是些缺乏教养又粗俗的螳螂。如果遇到这种举止如此粗俗的螳螂，待它发动进攻，我会瞅准方向后给它狠命一击。通常我能将它打到两三尺开外。不过有些老实巴交的螳螂，不停地后退，这时我觉得它怪可怜的。我只能受累，先在院里像小鸟一样绕树木跑上三圈，然后返回来，看螳螂君仅仅逃了不到五六寸远。它已经知道我有多大的力气，所以它可不想再反抗了，只能使劲逃跑。由于我也左冲右撞地使劲追击，有时，螳螂君丧失了信心，便会扇动它的翅膀，做濒临死亡时最后的挣扎。原来，螳螂的一对翅膀和它的脖子很搭配，长得非常纤细，听说只是装饰品，根本没有实用价值。这就好像日本人只懂一点英语、法语、德语，完全没有实用性。尽管它借此没用的东西，想要进行最后的挣扎，但这对我来说，一点挑战也没有。说是挣扎，实际上仅仅是拖着翅膀在地面上爬行罢了。我见它到了这步境地，真有点觉得它怪可怜的，但我为了运动，也顾不得那么多了，内疚一下。我突然跑到它的前边，螳螂君由于动作迟缓，不能急转弯，不得已依旧前行。这时，我拍打它的鼻子，螳螂君只能张开双翅一动不动地躺着。接着我用前爪按住它，稍微歇一歇。然后再放开它，放开后再次按住。我用了孔明的七擒七纵法来对付它。按程序，大约反复进行了半小时。最后，我确定它不能动弹了，并把它叼在嘴里甩上几下，然后又把它吐出来。这回，它躺在地上再也不动了。接着，我就用爪推它一下，没等它蹦起来，我又把它按了下去。我玩得差不多了，最后一招就是狼吞虎咽地把它吞进肚里。顺便，对没有品尝过螳螂的人说上几句，螳螂不怎么好吃，而且也没多少营养价值。

除了捕螳螂，捕蝉这种运动我也做过。其实，蝉并非只有一种，只是一般来说，我们会简单将它们称作蝉。就好像人类中，有人滑头，有人顽固，有人穷酸一样，蝉也分为油蝉、暝暝蝉、寒蝉。油蝉最不被人喜欢，因为它叫起来絮絮叨叨，太烦人；暝暝蝉很霸道，所以也不招人喜欢；只有寒蝉最有意思，适合捕捉。这种蝉只有夏末才有，每当秋风吹进腋下，钻进皮肤，直至人们着凉感冒的时候，寒蝉才晃动双翼开始无休止地鸣叫。我想，它的天职应该就是聒噪和被猫吃吧。初秋，就是捕捉这种东西最好的时节，即我的捕蝉运动。有一点要向各位说明，它们是绝不可能落到地面上的，因为它们被称作飞蝉。如果掉落地面，蚂蚁一定会来叮它。我捕捉的，可不是那些躺在地上被蚂蚁包围的家伙。而那些在高高枝头上"知了知了"鸣叫的家伙，才是我专门捕捉的对象。我在这顺便向博学多才的人请教一下，那家伙到底是"知了知了"地叫？还是"了知了知"地鸣？不同的解释，对于蝉的研究会产生很大的影响。这也是人类比猫优越的地方，也是人类引以为傲的地方。倘若不能马上解答，就请有时间时好好考虑一下。当然，不管怎么叫，对于我捕蝉来说都没有什么影响。我只要顺着声音上树，趁它只顾自我陶醉地鸣叫的时候，猛扑过去将它捉住就行。这种运动表面看起来简单，但其实非常耗费体力。因为我有四条腿，我觉得我在地上走得比其他动物毫不逊色。我根据数学概念上的两条腿和四条腿来判断，长着四条腿的猫是不会输给人类的。然而对于爬树，确实有很多动物胜过我的。暂且不说生来就有爬树本领的猴子，即使属于猴子的后代——人类中，也有一些不可小视的家伙。按理说爬树这种事是违反地心引力作用的，就算不会爬，我也不会感到耻辱，但是却会给捕蝉运动带来很多不便。幸好我有个利器——猫爪，好歹总算能爬上去。不过，这可不像旁观者认为得那么容易。除此之外，蝉是会飞的。它和螳螂君的情况大不相同，只要它飞走了，我爬还是不爬没有什么两样。最后，有时我会遇到被蝉尿一身的危险。蝉动不动就会对着我的眼睛哧溜尿上一泡，躲过去还好，遇上了可就倒霉了。蝉为什么在临飞走之前还要撒尿？在这种生理机能下，这是什么样的心理状态影响了生理器官呢？没准是舍不得走，或是想趁敌人毫无防备为自己多争取一些时间逃跑。要是那样的话，就和乌贼喷墨、刺鱼身有毒刺、我家主人显摆拉丁语一个性质了。这也是在蝉学上不能掉以轻心的问题，如果认真研究，足可以写一篇博士论文了。闲话莫说，还是言归正传吧。蝉最喜欢聚集在一起，虽然用聚集这个词有些搞笑，但用聚会又显得不合时宜，因此还是聚集比较好。它们的聚集地为青铜树上。据说汉语中，青铜树又叫梧桐树。这青铜树的叶子异常繁茂，每片叶子都有蒲扇那么大，这些叶子彼此掩映，茂盛到让人根本看不到树枝，这简直是捕蝉运动的天然障碍。俗语道"只闻娇声，不见倩影"，这让我怀疑此话是为我量身而做的。没办法，我只好循声往上爬。一般爬到距离地面六尺多高的地方，就到了青桐树开始分叉的地方，我在这里稍事休息，透过繁茂的叶子观察一下蝉的栖身之所。不过，当我在这里爬动时，树叶不免会发出响声。有些急脾气的蝉，听到声音早早就飞走了。糟糕的是，只要飞走一只，蝉们就会接连不断地飞走。蝉和人一样，很喜欢跟风。等我费劲地爬上树权，整个树上已鸦雀无声。曾经有一次，我爬到树上，不论怎样到处张望，竖起耳朵，也听不到一声蝉鸣。我决定暂作休息，便在树权安营扎寨等待新的时机。我不想再爬一次，嫌麻烦。没承想，我不知不觉就困了，终于畅游于黑色的甜美梦乡了。我猛然间惊醒，不料从树杈上扑通一声掉到了院里铺满了石子的地上。不过，这只是最失败的一例，一般来说，我每次爬上树，都会捉到一两只的。但在树上我就得把蝉叼在嘴里。每次下了树，再把蝉吐出来的时候，蝉多数已经毙命了，我再怎么逗它或是挠它，它都丝毫没有什么反应，这就没什么乐趣可言了。捕蝉真正的奇妙之处，是我偷偷溜过去，趁寒蝉君拼命伸缩尾巴的时候，忽地用我的前爪将它按住。这时，寒蝉君就会发出悲痛的哀号，它那又薄又透的翅膀左右乱晃。它那动作又快又好看，真是空前绝后，堪称蝉界的一大壮举啊。每当寒蝉君处于我的爪下，总会给我来一场艺术表演。等我玩腻了，便毫不留情地叼它进嘴，三两下进了肚。有些蝉都进了我的嘴里，还继续表演这种艺术呢。

　　除了捕蝉运动之外，我还做一种叫"溜松"的运动。提到溜松，也许有人会以为就是顺着松树滑下来。其实不然，溜松也是爬树的一种。两者的区别在于，捕蝉是为了捕蝉而爬树，溜松是为了爬树而爬树。松树是常青树，为何它的枝干总是粗糙不平，老态龙钟呢？原来源右卫门为了让出家最明寺的北条时赖饱腹，焚烧了珍稀的古松盆景也在所不惜。从那时起，就再没有比松树更不光滑的树了。和其他树相比，松树是最容易用手脚抓住的树，换句话说，我的爪子最容易挂在上边。我能一气呵成地跑上去，又立马跑下来，全靠这种容易挂住爪子的树干。往下飞奔的时候，有两种方法：一种是倒爬，即头朝下往地面爬；一种是向上爬的姿势不变，尾巴朝下倒着下来。试问诸位人士，谁知道哪种方法最累？人类的思维比较浅显，必然会认为既然往下爬，一定是头朝下顺着跑比较容易吧。实际上这是不对的。这些人恐怕只记得源义经在"鹈越"山路的悬崖边，也是头朝下跳下去的，因此认为猫儿头朝下爬树理所应当。不能这么小瞧猫儿。你猜猫爪子是向哪个方向长的？所有的指甲都是向后弯曲的。如此一来，它就像消防钩子一样，勾住了东西便于向里边拽，但是把东西往外推就使不上力气。我毕竟是地上的动物，假如现在飞快地爬上松树，从自然引力的角度思考，不可能长期在树梢上停留。假如在树梢停留时间长点儿，必然会掉落下来。但是我可不想手一松就掉下去。掉下来和爬下来看似有天壤之别，但实际上它们没有那么严格的界限。"爬下来"只不过是慢速的"掉下来"，而"掉下来"就是加速了的"爬下来"。其实，掉下来和爬下来只是一字之差，那就是"掉"字和"爬"字。当然，我是要将"掉下来"改为"爬下来"，因为我可不想从松树上掉下去。也就是说，一定要想个法子，要用一点什么抵制掉下来的速度。就好像刚才我说过的，我的指甲是向后弯的，如果姿势是头朝上，用爪子抓住树干，这样往下落的速度，就可用爪子的力度来缓解，"掉下来"于是就变成了"爬下来"。这是极其浅显的道理。但是不妨反过来，像源义经跳崖，采用头朝下的方法，来个"溜松"试试看。即便是有爪子，也毫无作用，处处没有力量支撑自身的体重，只能滋溜一下滑下来。本来是想"爬下来"，却一变而成了"掉下来"。可见，跳鸫越崖是困难的。在众多猫中，恐怕只有我具备这种技能。因此，我才把这项运动命名为"溜松"。

最后，我还想讲一项运动，那就是"绕竹墙"。竹篱笆把主人的庭院围成个长方形，和长廊平行的那边大约五六丈长，但左右两边各自只有两丈四尺长。现在我说的运动"绕竹墙"，就是指沿着竹篱笆顶跑上一圈不掉下来。但是我总有失败的时候。这项运动如果顺利完成，是十分开心的。中间还有一条篱笆是用火燎过的粗粗的圆木头，能让我稍微休息一下。今天我精力比较充沛，从早晨到中午已经来回跑了三遍，一遍好过一遍。越跑越熟练，越熟练就越有趣。最终我又跑了第四遍。跑第四遍的时候，我刚绕着竹篱笆跑了一半，有三只乌鸦从邻居的屋顶飞来，在我前方五六尺的地方整齐地排成一列。这群莽撞的家伙，妨碍人家做运动。特别是它们来者何人，身居何处？来历不明，怎么能随便飞到人家院墙上来呢？真是胆大包天。想到这里，我便冲它们喊道："没看见我要过去么？喂！躲开！"离我最近的那只乌鸦嬉皮笑脸地看着我；第二只狠命盯着主人的院子四处打量；第三只，则翻来覆去地用竹篱笆蹭自己的嘴，它们来这之前，一定是吃过了什么东西。我站在墙上，为了得到它们的回答，我给了它们三分钟的考虑时间。乌鸦有个外号叫"勘左卫门"，我等那么长时间，它们既不飞走也不答复，叫"勘左卫门"当之无愧。没办法，我只好慢慢向前走去。这时，在最前边站着的"勘左卫门"忽地张开翅膀。还以为是它害怕我的威严而要逃跑呢，不料，它只是改变了下姿势，把头从右边转向左边而已。这混账东西！要是在地上，我是不会善罢甘休的。但是我这"绕竹墙"的运动本来就耗费体力，哪还有精力和"勘左卫门"较量呢。但转念又想，要是在这儿等着这三只乌鸦主动离开，我也是不甘心的。首先我要这么等着，腿就该站不住了。乌鸦那家伙长着翅膀，在这种地方是站得惯的，只要它们愿意，停留多长时间都行。但是我即便没遇上这个麻烦，今天做了四次"绕竹墙"运动，也已经非常疲惫了。何况我这玩的是不亚于走钢丝的技艺加运动，即使没有任何阻碍，往不往下摔也难说。可谁想到被三个一身黑衣歹徒挡路，对峙了一会，我决定终止这项运动，主动从篱笆墙头上下来。为了不惹事，不如就这样吧。敌众我寡，而且面孔陌生。它们肯定都不好惹，尖尖的嘴怪里怪气地高高耸立，就像是神赐予天狗的孩子一样。贸然迎战，万一不小心摔了下去，就是更大的耻辱，为了安全起见，还是让步吧。趁我这样思考的时候，把头转到左边的家伙叫了声"笨蛋"，第二只鹦鹉学舌似的也跟着叫"笨蛋"，最后那个家伙更是郑重其事地连叫两声"笨蛋"。虽然我天性厚道，但是这次我忍无可忍了。竟然在自己的地盘受此大辱，将有损我的名声。如果我的名声不会受损是因为我至今还没有大名，那么我的颜面也会受损啊。我只能迎头痛击了！常言道："乌合之众！"虽说它们有三个，说不定都意外地无能。我壮起胆子，力争能进便进，于是不慌不忙向前走去。乌鸦们佯作不知，好像在相互对话。这更加让我恼火。这篱笆顶如果再宽上五六寸，我一定好好教训它们一顿。遗憾的是，不论我多么恼火，也只能慢腾腾地走路。终于走到离领头乌鸦五六寸的地方了。正思考着再使把劲儿就可以了。恰在此时，这三个"勘左卫门"就像商量好了一样，突然扇动翅膀向上飞了一两尺。掀起一阵风劈头盖脸地向我袭来，我吓了一跳，一脚踩空，啪地摔了下去。这下完了，我在墙底下仰头往上望去，那三只乌鸦依然站在那儿，一块伸着尖嘴居高临下地看着下边的我。这些家伙真是胆大包天！我瞪了它们一眼，它们却毫无反应。我弓起背发出略微愤怒的声音，也无济于事。我发出的愤怒信号，它们根本就领悟不了，这正像俗人不能理解象征诗的微妙之处一样。认真想想，这也没什么好奇怪的。刚才是我错了，因为我一直把它们当作猫来看待了，假如它们是猫，必然禁不住我这样怒目相对。但不凑巧它们是乌鸦。我实在没办法对付它们这些令人厌恶的乌鸦，就像企业家没办法制服我的主人苦沙弥；源赖朝将军没办法，才将银制的猫儿塑像送给西行法师；乌鸦没办法，把屎拉到西乡隆盛君的铜像上一样。我做事喜欢寻找机遇，想通之后再也无心恋战，毅然决然往长廊里走去。

此时，到吃晚饭的时间了，运动虽好，但也应适可而止。我浑身无力，疲惫不堪，也不知怎么回事。此外，正是初秋时节的夕阳，阳光还很强烈，我在黄昏中运动，皮毛吸收了强烈的光照，全身像着火一样，从毛孔里渗出汗珠，但这时却像油膏一样粘在毛根部，刺得脊背痒得慌。我是能分辨得出是汗水的刺痒还是跳蚤咬得发痒的。假如那地方，用嘴能够着我一定会用嘴去咬；假如那区域，脚趾能伸到我一定会去抓。但是这次是脊背的正当中一条竖线发痒，我就力不能及了。基于这种情况，我只能拼命在别人身上蹭，或是在松树皮上使劲摩擦一番，如不二者择其一，就难受得睡不着。

人是最笨的，当我喵喵地叫着撒娇靠近他们腿的时候，人在一般情况下总会自我感觉良好。我想做什么，他们不但纵容我任性，有时候甚至抚摸我的脑袋以示喜爱。但是，最近每当看到我走近，他们就立刻揪着我的脖子，把我扔到外面去，这是因为我皮毛里繁殖了一种叫跳蚤的寄生虫。不就是这些肉眼看不清楚、无关紧要的小跳蚤嘛，至于这么嫌弃我吗？人情淡薄，真是"翻手为云，覆手为雨"。只因为那千八百只跳蚤，人们竟然这么势利眼。据说这就是人的世界中通用的爱的法则：在利于自己的条件下，可以爱别人。人们对我的态度突然发生了这么大的变化，即使再痒，也不能指望靠人来解决了。因此我只能用松树摩擦解痒，再没有更好的主意了。想到此处，我又走下长廊去蹭痒，但转念一想：不行，这可是个得不偿失的办法，因为松树干上满是黏度极高又十分顽固的松脂，一旦粘到我的毛上，哪怕雷轰，或是波罗的海舰队苦战得全军覆没，它也依然粘在上边。如果有五根毛被粘上，很快就会蔓延到十根毛，当发现粘住了十根时，很快有三十根又粘上了。我可是只典雅恬静的风雅之猫，非常讨厌那种厚脸皮、恶毒、死命粘缠的家伙。就算是一只猫长得闭月羞花，我也绝不动心，更别说是松脂了。原本，这种东西和车夫家的老黑两眼被北风吹拂流出的眼脂，不相上下，没承想，它把我这身浅灰色翻毛大衣糟践得面目全非，太岂有此理了。无论我怎么教育这东西，它也不肯为我着想一下，只要我把脊背往松树上一靠，它立马出现，在我身上留下一大片黏糊糊的东西。这不知好歹的蠢货不明事理，如果我和它去争论，难免有损于我的颜面，而且也有害于我的毛色。所以，再怎么痒得难受，我也要忍耐。然而，这两种解痒的方法都无法进行，令人担忧。我必须想个办法，总这样奇痒无比，一刻不能消停，最后说不定还会得病呢。我抬起后腿思考还有没有其他好办法，忽然间，我想起一件事。我家主人经常拿着毛巾和香皂优哉游哉地不知道去了哪里，三四十分钟之后他回来了，那时他看起来比出门之前神采奕奕，朦胧的脸色略带光泽。假如对主人那么脏里脏气的人都能产生那么大的作用，那对我肯定更有效了。本来我长得这么漂亮，就算不去洗澡也是风流小生。但是，万一我身染重病，享年一年零几个月就夭折了，简直太愧对天下众生了！听说那个地方是为了闲着无聊的人打发时间而设计的公共浴池。但凡人类制造出来的，肯定不怎么样。但是只能有病乱投医，还是去试一试吧。万一没用，以后不再去了。但是那浴池是人们为自己舒服而建造的，他们会不会允许我这个异类进入呢？我寻思，既然主人能大模大样地进入，我也不该被拒之门外吧。话虽这么说，但如果我真被拒绝了，将有损我的名誉，所以还是先进去看看为妙。拿定主意，我便什么也不想了，向浴池出发！

街上左拐就是公共浴室，迎面高高矗立着一根像粗大的竹竿的东西，最顶端还轻微飘着烟。或许有人会认为，我从后门溜进去是卑鄙、胆怯或是流连忘返的表现，但是，这只是那些非从正门拜访不可的人们有点嫉妒，才七嘴八舌地发牢骚。从古到今，聪明人都是从后门发动突然袭击的，这在《绅士养成法》第二卷第一章第五页上有所记录。这本书的后边一页还写着一句话："后门是绅士的遗书中自我德行兼备之门。"我生在二十世纪，是扎扎实实受过教育的，所以可不能被人瞧扁了。言归正传，我偷偷进去一看，里面堆积得像小山一样高的松木柴火，都被锯成八寸长短。在柴火旁边，煤也像小丘似的堆积得高高的。或许有人不解，问我问什么将松柴形容为"小山"而把煤看作"小丘"呢？实际上，我只想将"山丘"这个词拆成山和丘两个字来用，没什么特别的原因。人吃了那么多乱七八糟的东西，既吃米饭，又吃鸡鱼，还吃什么牲畜，最后竟沦落到吃煤的境地，太可怜了。往尽头一瞧，只见六尺宽的门大开着，里边空荡荡的，悄无声息。对面屋里好像有人说话，我确定，那边发出声音的地方肯定是浴池。我穿过松树劈柴和煤堆中间的过道，向左拐，再向前走，右边有个玻璃窗，窗外小圆桶堆成了金字塔形的三角形。那圆形小桶被堆成三角形，该是何等地忍辱负重呀！在小桶的南边仅剩一段长为五六尺的隔板，好像专门为了欢迎我而特意设计的。隔板距地面有一米高，是我刚好能轻松跃上的高度。我说道："好极了。"纵身一跃，眼前立即出现了所谓的浴池。倘若问什么是天下最有趣的？无疑是享用到从未享用过的东西，领略到从未领略过的景致，这样人是最愉悦的。各位如果也跟我家主人那样，每周来浴室三次，在这个世界里泡上三四十分钟，当然是没的说。假如你跟我一样，从未见过澡堂，最好赶紧去看一看。宁可错过给父母送终，也一定不要错过欣赏这番情景，这在大千世界中也是绝无仅有的奇观。

　　说到什么是奇观？奇在何处？对此，我几乎没法说出口。这些人在这个玻璃窗内，吵吵嚷嚷地赤条条地胡乱挤在一起，简直像中国台湾的土著人，二十世纪的亚当们！人类原本都是靠衣服提升身价的，如果翻开人类服装史，就扯得太远了，这里暂且不讲，还是让托尔夫斯德吕克先生去讲吧。在十八世纪左右，英帝国有一处温泉名为帕斯，那时候，理查德·纳什制定了严格的规定，在浴池里，不论男女，身体的肩部到腿部不能外露。迄今六十年前，在英国某城市曾有一所美术学校。既然是美术学校，裸体临摹和裸体像写生是必然的。他们买来了裸体模型，陈列在学校四处是件好事，可是要举办校庆典礼的时候，学校领导和教职员工都很尴尬。既然举办的是校庆典礼，总要邀请市里的名媛参加。但是那时候，贵妇人们认为人类跟动物的区别就在于人类穿衣服，只穿一层毛皮的是猴子。人如果不穿衣服，则失去他们的本真，这和大象没有鼻子，学校没有学生，军人没有胆量毫无区别。既然丢失了人的本性，是兽而非人。即使都是模型，这些有钱妇女也不愿与兽为伍，这必然会有辱于女士的品格。因此她们说"恕不出席"。如此一来，学校的教职员工都认为这是些不可理喻的女人。让人无可奈何的是，无论在东方国家还是西方国家，女人是花瓶，是不可或缺的装饰品。虽然她们一来不会舂米，二来当不了志愿兵，但对于校庆典礼来说是少不得的化装道具。想到这些，只得去绸布店买来三十五匹黑布，给这些野兽般的模型都穿上了衣服。又生怕冒犯哪一位，煞费苦心地将模特的脸都蒙上了。这样一来，校庆典礼才算顺利完成。可见对人来说，着装是多么重要。近期，有些老师不断强调和主张画裸体画，这是不对的。这对我这个从出生那天起，从未裸体的猫来说，确实是不对的。裸体画是希腊罗马遗留下来的文化特征，乘文艺复兴时期的淫靡之风而盛行于世。希腊人和罗马人都是平日里见惯了裸体的，大概丝毫也没想到裸体与风纪有什么利害关系。但是北欧天气寒冷，即便是在日本，都常说："不穿衣服怎能出远门。"如果在德国或英国，裸体会被冻死。人们若不想死，还是穿上衣服比较好，大家都穿衣服，人就成了穿衣服的动物。等到成了穿衣服的动物，之后再偶遇裸体动物，自然不肯承认对方跟自己一样是人类，就认定它是兽类。所以，在欧洲国家，特别是北欧那里的人，认为裸体画和裸体像与野兽没什么区别，换言之，可以认为这是一种不如猫的兽类。它们长得好看是吗？好看就是好看，可以将它看作好看的野兽。或许有人会问，你见过西方女性的礼服吗？因为我是猫儿，所以没有见过西方女性的礼服。但据我所知，她们的礼服就是一种袒胸露肩，光着胳膊的装束，真是胡闹！在十四世纪之前，女人们的衣着打扮并不这么滑稽，穿的还是普通人的衣服。而现如今，至于为什么变成了这种不入流的杂技演员风格，那就说来话长了，在这里我不想多说，知道的人就知道，不知道的就算了。我暂且不讲这种装扮的由来，尽管她们打扮得这么怪里怪气的，只在夜间得意扬扬，心里多少还有点人味儿。一到天亮就把肩膀、胸部掩藏和遮盖起来，不让全身露在外边，而且哪怕被人看见一根脚趾也认为是奇耻大辱。由此可见，她们所说的礼服和所起的作用相互违背，这足以证明，礼服是白痴和傻子共同商量出来的结果。如果有人不认同这种说法，完全可以在光天化日之下袒露肩膀和赤裸着胳膊到大街上去尝试一下。裸体崇拜者也不例外，如果他们真认为裸体最美，最好让他们的女儿裸体，顺便自己也脱得精光到上野公园去转转。你说做不到是吗？不是做不到，是因为西方人不那样做，你才不肯吧？现实情况是，确实有人穿着那样极其不合理的礼服，耀武扬威地在帝国大厦进进出出。要是问她们为何如此，答案很简单，西方人穿什么她们就跟着穿什么罢了。因为西方人实力雄厚，哪怕生硬、愚蠢，也觉得不模仿就不舒服。人在屋檐下，哪有不低头？见到强者就认输，感到压力就屈服，到处卑躬屈膝，岂不是愚昧过头了？如果说这些蠢事也是没办法的事情，当然可以谅解，但是千万不要认为日本人有多么伟大了。这个道理也适用于做学问，当然，这与服装不搭边，在这就不多说了。

就这样，衣服对人类非常重要。二者的关系就像人如衣服、衣服如人一样紧密。甚至可以说，人的历史不是血肉铸造而成，而是服装铸造而成的。因为一个人不穿衣服，就会被认为看见的不是人，而是撞见了一个怪物。如果所有怪物都认同自己是怪物，那怪物这种称呼自然而然就没有了，当然这没什么不可以。不过，这样一来，人类本身可就烦恼无边了。

在古代，人被平等地创造出来，来到这个世上，所以，任何人生来都是赤身裸体的。假如人天性就安于平等，就应该这样赤裸裸地生存下去。然而，有一个赤裸裸的人站出来说：如果人与人之间都毫无差别，会丧失上进心，没有奋斗的意义了。不管自己怎么努力，别人都看不出结果。要想让谁见了我都能认出来，总要想个办法才行。为了让别人瞧见后震惊，我得在身上穿点儿别人一看就害怕的东西。于是他想尽各种办法，苦思冥想了十年，终于发明出裤衩，穿上身后就得意扬扬地四处走动，还说："瞧瞧，这下我可与众不同了。"这人就是现如今人力车夫的祖先。可能有人要怀疑，为何整整花费十年时间仅发明一条裤衩呢？实际上，这项发明在当时确实是最伟大的，你是站在现代看古代，带着优越感评判一个蒙昧的世界。笛卡尔的至理名言"我思，故我在"。这个连三岁孩子都理解的真理，但听说他也花了十几年的时间才总结出来。探索每一件事情都要消耗很多心血，因此对于车夫来说，用十年时间发明裤衩也算是很快了。一旦有裤衩问世，车夫就该得意自如了。于是另一个妖魔出现了，他见车夫们穿着裤衩，趾高气扬地横行于天地间，就感到愤怒，于是花了六年时间发明出一种无关紧要的东西——外褂。瞬间大灭裤衩的威风，迎来外挂繁荣昌盛的时代。开菜铺的、开药店的还有开绸布庄的都是这项伟大发明家的子孙后代。裙裤时代在继裤衩时代和外褂时代之后，一个妖魔曾愤怒地说："穿外褂又有什么了不起！"于是发明了裙裤。旧时候的武士和现在的官员们，都是这个妖魔的后代。如此一来，妖魔们争抢着标新立异，最终像燕子尾巴一样的奇装异服问世。溯其源流，这可绝不是勉强、胡闹、偶尔或漫不经心而造成的事实，而是众人为了超越他人，激发了自己的胆量，使得多种新款式得以出现，这都是为了显示我可跟你不一样，可随便穿衣服。从这种心理出发便可以阐释出一大发现，那就是：人类厌恶平等正如同自然嫉恨真空。现代社会的人，因为厌恶平等所以只好把衣服像骨肉一样贴身携带，服装已经属于人本质的一部分，如果要人们将衣服抛掉，再回到一切平等的原始时期，那无疑是疯狂的举动。即使甘愿当狂人，时光也无法倒退。那些想倒退回去的人，在文明人的眼里都是妖魔。有人认为，把全世界几亿人口都拉进妖魔的疆土上去，因为大家都成妖成魔了，不必引以为耻，也就心安理得地认为这样就平等了，其实不可能平等。因为自全世界都变成了妖魔后，第二天，肯定会出现新一轮的竞争。倘若他们不用着装的方式来竞争，那就以妖魔本色来竞争。就算让他们这样赤身裸体下去，也会为与众不同另辟蹊径。可见，人类的衣服是永远也脱不下来的。

可是，就在我眼前的这伙人，将本不该脱掉的裤衩、外褂和裙裤，全都脱得一件不剩。在众目睽睽之下，赤裸裸地暴露原始的丑态，竟毫不避讳，而且尽情谈笑，处之泰然。这件事就是我刚才说的一大奇观。我能在此介绍在场的文明君子的情况，真是三生有幸啊。

浴室里杂乱无章，真不知该从何处介绍。要想条理清晰地解说是件困难的事情，因为这些妖魔们做事没有什么规律。我还是先从浴池说起吧。就暂且当它是浴池吧，至于究竟是不是，还有待商榷。它足有九尺长三尺宽，一分两半，一半装着乳白色的热水，据说这个是药浴，好像水里边放着石灰，白色显得很浑浊。除了颜色浑浊外，水面上还浮了厚厚的一层油。怪不得它看上去像是发霉了一样，仔细一打听，这儿一周才换一次水。旁边那一半水池里蓄的就是普通的洗澡水，我发誓这个水也绝不是晶莹剔透的。看了看它的颜色，或许和消防桶里的雨水再搅浑后的颜色不相上下。下边听听妖魔们说了些什么。哎呀，他们所说的还真让我费解呢。在消防桶一样的浴池里站着两个年轻小伙子，他们正站立着往自己的肚皮上"哗啦哗啦"地撩水，还真会享受呢！单从肤色看，两人不相上下，都那么黑。我想：这两个妖魔还挺壮实的嘛。忽然，一个人用浴巾边揩前胸边对另一个人说："小金，我这里为什么总疼啊。"那个叫小金的热情地回应道："那是胃。胃这东西可会要命的，你可要小心点呀。"这人指着左边的肺部说："是左边疼啊！"小金答道："左边胃，右边肺。肯定是胃啦！""真的？我一直以为胃在这儿呢！"他边说边敲打着自己的腰部，小金说："那是疝气吧。"

话音刚落，一个二十五六岁留着小胡子的年轻人"咚"地跳了进来，这一跳倒好，他这一身的肥皂沫和污泥立即把水面污染了，漂起一层带青灰色的油污，就像水面上蒙了一层铁锈。挨着他的那个秃顶老头正跟一个梳着寸头的小伙子聊天。两人全身泡在水里，只露出两个脑袋。老头对小伙子说："人上了年纪就不行了，身体不比年轻人呀。但是，我偏偏爱洗热水澡，觉着水热了才够劲儿。"那小伙子说："老爷子，您这身子已经很硬朗了。瞧您这精气神儿，也不错了。""精气神儿也不行了。不得病我就谢天谢地了。人只要别干不该干的事，能活到一百二十岁啊。""啊，能活那么大？""能啊！保你活到一百二十岁！在维新前，牛込①区有个直参武士名为曲渊，他的手下都活到了一百三十岁呢。""那可真够长寿的。""没错，由于年龄太大了，他都忘了自己多大岁数了。据说在一百岁之前，他还记得自己的年龄，之后就忘了。我给他记到一百三十岁，可他并不是一百三十岁就死了，不知道之后怎么样了。说不定活到现在呢！"说着老头迈出了浴池。刚才那个长小胡子的年轻人，一人嬉皮笑脸地拨开自己周围云母一样发光的东西。

　　这次，跳进浴池里的人跟一般的妖魔不同，他背后刺有文身。他似乎想在背上刺岩见重太郎挥刀斩蛇的场景，但是刺青还未全部完成，没看到蟒蛇的踪影，真是可惜，因此这身上的文重太郎先生显得无精打采。他跳进浴池里便嚷道："这水想烫死人啊。"接着又一个人跳了进去，并说："这真是……应该再凉一些。"这人皱着眉龇牙咧嘴的，看样子是洗澡水温度真是太高了。他看着文着重太郎的家伙，便打招呼说："呀，老板，是您啊。"那位文着重太郎的家伙简单地回应道："呀，是你！"稍微顿了顿又问道："最近，阿民怎么样了？""还能怎么样，反正干得挺欢实的。""他那么玩命也不是常事……""没错，那家伙心眼不正……反正大家都不喜欢他，也不知什么原因。""当然，阿民这种人趾高气扬，他根本不知道什么叫谦虚、可亲可敬，所以大伙才不相信他。""还真是这么回事，他总认为自己有一副好手艺，末了还不是亏了自己。""白银町的老人都去世了，现今，有资历的也就是桶店的元大爷、砖瓦店掌柜的，还有您等几位了。说起来大家都在这儿土生土长，像阿民那个外乡人，也不知到底是哪里来的。""没错，不过他能做成如今这样子也不容易。""是啊，但不知为什么，我们就是讨厌他，他不爱和别人交往。"就这样，二人彻头彻尾地攻击了阿民。

　　对于这边像消防桶一样浑浊的浴池，暂且收笔，再到那边混合着白色药汤的浴池去看看。啧啧，人满为患啊！与其说人在浴池的水里泡着，倒不如说往人堆里灌了点水更为贴切。不过这些人都悠闲自在，一直有进无出。这水一周才更换一次，这么多人进来泡着，我暗自感慨这水能干净才怪呢！惊讶之余，我又认认真真地把浴池巡视了一圈，原来苦沙弥先生被挤在左角处，热得满脸通红地蜷在那里。真可怜，要是有人给他让个路，让他出来该多好。周围的人都无动于衷，主人也完全没有想出来的意思。就那么待着，

---

① 牛込：日本以前新宿东部的一个区名。

166

皮肤被烫得通红，真够遭罪的。为了把两毛五分的澡票钱用到极致，居然可以忍受到这种地步。但是我这只在窗框上的猫，对主人忠心不二，不禁暗暗为他担心，快点出来吧，否则会被这热水烫伤的。这时，主人旁边的男人皱着眉嚷道："这水可真烫，后背烫得跟针扎一样。"他整个身子都浸泡到水里，想暗自博取各位妖魔的同情，才说出这话。接着有人得意扬扬地吵嚷道："没有啊，不凉不烫，正好呢。药浴就得这样，否则没效果。我们在老家洗的水，水温比这要烫上一倍呢。"这个反驳的声音充满了骄傲。有一个家伙把浴巾叠起来放在头顶，他向大伙问道："这个药浴到底能治什么病？""说是治百病啊，什么病都能治。真不错。"这话出自一位体型跟黄瓜一样面容清瘦的老兄之口。要是这药浴真的那么管用，怎么没把他变得稍微强壮一点呢。又有一个万事通式的人物发表了意见："换过药汤后的第三第四天效果最好，所以今天洗澡正是时候。"他摆出一副无所不知的样子，看起来非常胖，估计是身上的污垢好久没洗了。不知哪冒出一句尖叫声："喝下去也有效果吗？"是谁说的，我没看清。也不知是谁回答道："凉了之后喝上一杯，接着睡觉，没有夜尿啊，您可以尝试一下。"

　　浴池里面的情况就是这样，我转移视线，向澡堂当中的大厅看去，又是另一番景象了。呦呵！各种各样的亚当光溜溜排成一排，他们这一大群有的蹲着，有的坐着，摆着各种不同的姿势搓澡，最让我震惊的是两位亚当，一位平躺在水泥地上看着房顶的灯；另一位亚当倒是趴下身子对着水沟张望，这两位似乎是十分悠闲的亚当。还有一个和尚，面对墙壁蹲着，一个小和尚站他身后，不停地敲打他的肩头。这两人大概是师徒关系，徒弟承担起搓澡任务。还有真正的搓澡工，室内那么热，他还穿着马甲，大概患了感冒，他用椭圆的小桶将热水淋在客人们身上。他用右脚的大拇指夹着一块粗绒布，这是用来搓洗身上的泥污的。在这边有一个贪得无厌的小伙子，耀武扬威地霸占三个小水桶不停跟旁人说："用我的肥皂吧。"接着就说个没完。我认真聆听，原来他说的是："枪，是外国进口的。在古代，人们都挥舞大刀，外国人胆小，所以才造出那种玩意。是外国人，不是中国人，和唐内①时期还没有呢。和唐内就是清和源氏②。据说源义经从虾夷③去往满洲的时候，带去一个学识丰富的人。后来源义经的儿子攻打大明国，大明国不堪忍受，于是派使者去见三代将军要求借兵马三千，三代将军扣留了这个家伙，不放他

---

① 和唐内：近松门左卫门的净琉璃《国姓爷合战》的主人公。
② 清和源氏：日本第五十二代天皇清和天皇孙子源经基的姓氏。
③ 虾夷：指日本古时奥羽至北海道一带。

回去。这个使者叫什么名字？好像是某某使者。就这样，将他扣留了两年，后来到了长崎，赐给他一个妓女，和那妓女生的孩子就是和唐内啊。后来他回到大明国一看，国家早已灭亡了……"他胡说些什么，我根本听不懂。在这人身后是一个二十五六岁阴沉着脸一言不发的家伙，他用热水不停热敷大腿根部的脓包，看样子很疼。旁边是个十七八岁的小青年，正在兴高采烈地说着什么，应该是附近的学生吧。这小青年旁边是一个美妙的后背。从屁股中间开始，整个后背像被压弯的紫竹一样，脊椎骨的关节根根分明。然后左右分别有四个呈"十六子跳棋"形状的艾灸痕迹，红通通的，排列得整整齐齐，就是四周略微隆起，多半是肿了吧。

浴池里的人太多了，我实在没有一个个地写出来的本事。真不该弄这些麻烦事。正当我后悔的时候，突然间，一个身穿一件浅黄色布衫的老头走了进来，七十岁上下，此人对着这些赤身裸体的妖魔毕恭毕敬地施了一个礼，并说："每次多亏了各位照顾，感激不尽。今天天气有点凉，各位请慢洗。大家要想身子变暖，就请在药浴里多泡一会儿。掌柜的，要看好洗澡水的温度啊，要足够热。"他滔滔不绝说了一大堆。只听浴室掌柜回答道："好嘞。"刚才那位讲和唐内故事的人连连点头夸赞道："这老头真是想得周到啊，这才是做生意的料。"突然遇见这古怪的老头，我已经对顾客不感兴趣了。转而专门对这个老头观察一番吧。这老头先是看到一个刚走出浴室的大约四岁的小孩，于是摆手说道："过来啊，小宝宝。"那小孩有些害怕这个老头，哇的一声哭了起来。这出乎这老头的意料，他尴尬地说道："哎呀，别哭啊，你怎么啦？爷爷吓着你啦？"无奈，他话锋一转，便对小孩的父亲说："好啊，源老板，今天有点冷啊。听说昨晚潜入近江店的小偷真是笨到家了，在小门上挖了一个四四方方的洞，你说滑稽不滑稽？没准是遇见警察了还是打更的，只管跑，什么也没偷着。"他肆无忌惮地对小偷嘲笑一番，接着又对另外一个人说："今天实在是冷啊，您年龄尚轻，应该觉着还好吧。"实际上是老头一个人在满场喊冷。

我早就把其他妖魔们忘到九霄云外了，况且可怜巴巴的主人还蹲在浴池里烫得难受，我竟把他也忘得一干二净。此时，我心思都放这老头身上了。恰在此时，有人在搓澡和冲澡之间的地方发出一声大叫，我一瞧，不是别人，正是主人苦沙弥先生。主人的声音既高亢又沙哑刺耳，很难听清，当然，以前他也这样。但是这次令我震惊的是，他竟然不分场合。匆忙之中，我想到，主人一定是在热水中浸泡时间过长，上火了。假如仅仅是由于他一时犯病，当然不应受到指责。他尽管上了火，但大脑明明是清醒的。他为什么这样出乎意料地用嘶哑的嗓音大声喊叫呢？但他一开口，我立刻明白了，他生气是事出有因。这有一个书生骄傲自大，主人和他发生了争执。主人吼道："你给我往后点儿，不许往我的小黑桶里边淋水。"事情嘛，形式多样，咋说咋有理，所以不应该把主人大声叫唤认定是上火的缘故。您可以这样认为，总要允许一万人中有一人能像高山彦九郎①一样，见了山贼大声斥责，而苦沙弥自己为何要上演这出戏？或许主人也是这么盘算的。可是，对方并不甘于充当山贼，主人就肯定不会收到预期的演出效果了。那个书生转过头来，老老实实地说："我原来就在这儿。"无非表达下不让地盘的决心，单这一点就跟主人的剧本不一样，不论书生的态度和语气如何，都表明大可不必像对山贼那样破口大骂。按道理说，主人不管怎么上火，也应该一清二楚。但是主人的一番狂吼，完全是因为之前那两个年轻人做事毛毛躁躁，没有一点儿做学生的谦虚样子，不仅举止傲慢，还热烈地聊一些捕风捉影的事情。主人听了这些话，恼羞成怒，他并不是抱怨书生所占的位置。因此对方就算老老实实回答他了，他也绝对不会退让。于是主人再次大声吆喝道："混蛋，让脏水哗哗地往别人小桶里淌，有这样的吗？"我虽然也觉得这学生做得有点过，可心里止不住觉得有点痛快。毕竟，主人作为学校的老师，其举止有点不大稳重。话说主人的性格顽固，太过死板，他就跟烧剩下的煤渣一样，全是棱角，还硬得要死。据说在古代，汉尼拔要带兵穿过阿尔卑斯山，不巧路中央有一块巨大的岩石拦住军队的去路，于是汉尼拔在这块岩石上淋上醋，再用火把岩石烧软，然后用锯子把巨石切开，军队才得以成功通过。像巨石一样顽固的主人在药浴里浸泡了那么长时间都没任何效果，看来也得淋上醋，用火烧。否则就是来上几百个这样的书生，花费几十年的工夫，也治不好主人的顽固。

衣物是文明人必不可少的东西，这么多人浸泡在浴池里，这么多人在水龙头前冲洗，都脱掉了文明人必需的衣服，他们属于妖魔团体，必然不能用常规来约束他们，他们可以随心所欲做任何事情。他们可以让胃跑肺那边去，可以让和唐内变成清和源氏，可以毫无顾忌地说阿民靠不住。一旦洗完澡，来大厅穿上衣服，他们就不再是妖魔了。因为他们穿上了文明人不可或缺的衣服，走进了人们生生息息的尘世，而摇身一变成了普通人，所以理应采取人的行为。现在，主人站在冲澡室与穿衣大厅之间的门槛上，此时对他本人来说，马上可以回到充满欢声笑语、圆滑通融的世界了。就是在这个关键时刻，他竟然还执迷不悟，看来，他已经患上了一种无法挽救的顽固疾

---

① 高山彦九郎：名正之，上野人士，江户时代后期尊皇思想家，当时与林子平、蒲生君并称为宽政时期三大奇人。

病。既然是病，要想根治可就难了，依我之见，想治愈这种病，只有一个办法，那就是拜托校长免了他的职务。主人这种人不通人情世故，一旦没了工作，一定走投无路，一旦走投无路必然到处游荡而死。换言之，革职将成为主人死亡的原因，他是非常害怕死亡的。他希望能害点不致命的小毛病享享清闲。因此如果吓唬他说："这种病会要了你的命。"胆小如鼠的主人，一定会吓得浑身发抖。他全身一抖，病就好了，如果这样还没好，那可就病入膏肓了。

我的主人不论有多么愚笨，多么顽固，也终究是我的主人。虽说我是只猫儿，但对于主人的未来也不能漠不关心，毕竟有诗句曰："一饭君恩重"嘛。我早就不再观察冲澡室里的场景，我满脑子都是对主人的同情。此时，药浴池忽然响起嘈杂的叫骂声，怎么这边也有人吵架？我扭头望去，原本就狭窄的排水口那里，被妖魔们挤得没剩下一丁点空隙，长满汗毛的小腿和白花花的大腿扭作一团，胡乱动弹着。此时正是初秋时节，太阳即将下山，冲澡室的上方被水蒸气弥漫到整个顶棚，模模糊糊的，妖魔们影影绰绰，看不清楚。一声叫喊传入我的两耳："太烫了，太烫了！"吵得我的脑袋轰轰直响。这些声音中，有的尖锐，有的低沉，有的粗犷，彼此交织，呈现出难以名状的音效，响彻整个浴池，让人难以形容。这些声音只能用混乱、嘈杂来形容，除此之外别无他用。我茫然地看着眼前的景象，久久无法动弹。之后，这声音混乱到更加无法形容，突然在你推我搡、乱糟糟的人群中有一个壮汉站了起来。论身材，这名壮汉比其他人高出足有三寸。此外，他仰起头，面容通红，胡须茂密，都分不清是脸上长了胡子，还是胡子中间借宿了一张脸。他用破锣一样的声音叫喊道："别添火了，别添火了，快烫死了。"整个浴池一瞬间，被他的声音和超越其他客人的模样所征服，就好像整个浴池就剩他一个人了。他是超人，是尼采①所说的超人。是群魔之首，妖怪的头儿。我正遏制不住地想入非非，只听从浴池后面传来一声："知道喽。"我大吃一惊，赶忙转移视线看过去，由于灯光昏暗，我只朦朦胧胧看到那个穿马甲的搓澡工，正拼命地往炉灶里添煤，添了不老少。这么多煤通过灶门就爆了，发出啪啪的燃烧声，瞬间照亮了搓澡工的半边脸，与此同时，灶台后的砖墙在黑暗的光线下也像着火了一样闪了一下亮光。太恐怖了，我匆忙跳下窗台，往家里走去。在回家路上我又琢磨出道来：这群人都把外褂、裤衩、裙裤脱掉，赤身裸体地追求人人平等，但还是有一个赤身裸体的壮士出现了，可见，平等不是单靠脱衣服就能得到的。

---

① 尼采：19 世纪德国哲学家，现代最有影响的思想家之一。

回家一看，家里还是一片祥和的景象。洗完澡的主人正在吃晚饭，脸上神采飞扬，红彤彤、光闪闪的。我爬进长廊，主人说："都这个时候了，这猫也不知去哪闲逛？真是太逍遥自在了。"我看了看饭桌，家里虽然没钱，偏偏要摆上三四道菜，还有一条烤鱼呢。我叫不上这种鱼的名字，没准，昨天在御台场①钓上来的就是这条。鱼身体最强健，基本不生病。再怎么强健，这么又烧又炖的，鱼也受不住，最后还是没命。不如病魔缠身，苟延残喘，勉强维持生命吧。我边想，边装作没看见鱼的样子坐到饭桌旁边，我盘算着要借机吃上一顿。若不会装模作样，还想吃上香喷喷的鱼，就死了这条心吧。要不就像我一样，做个会装蒜的猫儿。主人用筷子夹了一筷子鱼肉放进嘴里，随后放下了筷子，脸上的神情好像是说鱼不大好吃。女主人坐在对面，拿着筷子默默地仔细看着主人上下颚聚散开合的情景。

主人突然对女主人说："你打一下猫的脑袋！"

"你干什么？为什么打它？"女主人的表情看起来很疑惑。

"打完你就知道了。"主人说。

女主人说："是这样吗？"边说边伸出巴掌照我的脑袋上拍了一下，一点也不疼。

"它怎么不叫？"主人说。

"是啊。"女主人回答。

"再打一下！"主人说。

"打多少不都一样吗？"女主人边嘟囔着边用手拍打我的头。一点也不疼，所以我还是没有叫唤。不过，我虽然聪明机智，但是捉摸不透他们的心思，琢磨不出他们为何这样打我。如果我知道原因，就能找到应对的办法。可是主人不问青红皂白一个劲儿让妻子打我，这真是难为了打我的女主人，挨打的我也十分尴尬。两次都没遂了主人的愿，他语气中多少有点烦躁，说道："哎呀，你最好把它打得叫出声来。"

女主人也不耐烦地说道："把它打得叫出声来干吗？"边说边又拍了我一巴掌。现在问题不再复杂，看来想弄清主人的目的只能先叫唤一声来了却主人的心愿。我讨厌主人，他真是名副其实的蠢货。要是只为了听我叫唤，就早说啊，不就省得女主人再三地打我吗。我也不必白白挨了几巴掌。如果他不是为了"打"我，就不该发出"打"的指令。"打"和"叫唤"是两个人的事啊。起初认为打我，我就会叫，只要命令人打我，我就会按照预期叫

---

① 御台场：也称台场，位于东京都东南部东京湾的人造陆地上，是东京当时最新的娱乐场所集中地，受到人们特别是年轻人的青睐。

171

出来，这样的想法本身就让人感到压力巨大，这样的行为是在践踏别人的人格，这样的态度是在藐视猫类。假如是主人视为蛇蝎而憎恨的金田老板，倒是能做出这种事。而主人一向自恃清高正直，干这种事简直是更加卑劣了。不过，说句实在话，主人还不是那样的小人，他并非奸诈到极点才发出这样的命令。在我看来，主人产生这种想法，是由于他心智不成熟。或许判断出"吃饱了，肚子就会鼓出来；手破了，血就会冒出来；杀人了，就会死"等结果，还是因为他头脑简单的缘故。因此，他才匆忙断定，打一下，我就会叫唤。然而非常抱歉，这岂不是太不合逻辑了？以此类推，就会得出结论：掉进河里就一定会淹死；吃了炸大虾，一定会泻肚；发了工资，就一定要工作；读书一定能出人头地。如果每个人都这么认为，一些人就会无地自容。假如打一巴掌肯定会叫这一条能够成立，我可就麻烦了。如果把我看作护国寺的钟一敲就响，那我就失去了做猫的意义。我暗暗诋毁了主人一通，然后遵命，"喵"地叫唤了一声。

这时，主人对女主人问道："刚才这喵的一声，你觉得这一声是感叹词还是副词？"

女主人被他冷不丁问愣了。说实在的，突然提出这么奇怪的问题，连我都在想，是主人刚才洗澡的火气还没有消失吧。本来主人已经被周围邻居认为是个出了名的怪人，还有人断言他有精神问题。可主人的自信可不比寻常，他固执己见："如果我是神经病，那么世界上所有的人都是神经病。"邻居们称主人为爱嚎叫的疯狗，主人则认为："为了公平起见，那些人应该叫'笨猪'。"看样子，主人是真的想到处维护正义。实在无奈。既然是这种人，他问妻子这样的问题太平常不过了。对主人来说，这只是明天吃早饭之前的小插曲；可是在别人眼中，能问出这种问题的只能是有精神问题的人。所以女主人如坠五里雾中，一句话也说不出来。就算是我，也无言以对。

"喂！"主人对妻子大叫了一声。

"什么？"女主人被吓到了。

"你说说，你刚才的'什么'是感叹词还是副词啊？到底是什么？"主人说。

"谁知是什么？这就是胡说八道，毫无关系的事儿，爱是什么就是什么。"女主人说。

"毫无关系？这问题十分重要，让语言学家费尽脑细胞呢。"主人说。

"哎呀，真可恶，连猫的叫声都十分重要了？可是你寻思一下，猫的叫声并不是日本话呀。"女主人说。

"这是一门很深的学问呢，这叫比较研究。"主人说。

172

女主人很聪明，对于主人的胡说八道不想理睬，于是回答道："是吗？"接着又补充一句："那到底是什么词，搞清楚了吗？"

"这问题这么重要，怎么能如此草率地做决定呢？"主人边说边不停吃着烤鱼，与此同时，又吃起一旁的猪肉和芋头，并问："这是猪肉吗？"

女主人回答："没错，是猪肉。"

"哎呀！"他以轻蔑的口吻说，喝了口酒，往妻子跟前递了递酒杯说："再倒上一杯。"

"今天你可喝得不少，已经是满脸通红了。"女主人说。

"没事！你知道世上最长的字是什么吗？"主人说。

"呵呵，可能就是那个'前关白太政大臣'吧，这你说过的。"

"那是人名，我是问最长的字。"主人说。

"字，是外国字吗？"女主人说。

"对。"

"我怎么知道。别喝酒了，你快吃饭吧，怎么样啊？"女主人说。

"不行，还没喝够！想不想知道最长的字是什么？"主人说。

"好啊，说完就吃饭。"女主人说。

"Archaiomelesidonophrunicherata．"主人说了这么长一个字。

"是你瞎编的吧。"女主人说。

"是希腊文！怎么会瞎编呢？"主人说。

"翻译成日语是什么？"女主人说。

"我就知道它怎么拼，不知道意思。如果写得长些，可达六寸三左右。"主人说。

别人喝醉后才说出来的话，而主人头脑分明清醒，在此情况下一本正经地讲出来，真是奇观了。主人平常最多喝两小杯，今晚却罕见地喝了不少酒，已经四杯进肚了。本来，两杯下肚，就脸红了，现在多喝了一倍，立刻成了大红萝卜脸，满脸通红，看起来很难受。但他还想喝，说道："再来一杯。"

女主人有些气愤，板着脸说："还是少喝一点吧，喝多了难受。"

"你懂什么？难受也要喝！往后我要锻炼喝酒，大町桂月告诉我要多喝。"主人说。

"桂月？桂月是谁？"桂月，大名远播，碰上女主人就一文不值了。

"如今，桂月是一流的评论家呀。他让我多喝就一定没坏处。"主人说。

"一派胡言，管他什么桂月、梅月呢，你难受，他也让你喝吗？真是多此一举。"显然，女主人很生气。

"他除了让我喝酒，还让我多交际，让我风流快活，还让我去旅行呢。"主人说。

　　"真是可恶，这种人还是一流评论家，还名声远播？哎呀，真恶心，还让一个有妇之夫去快活。"女主人说。

　　"快活有什么呢？就算桂月不劝，我有钱了还真要去快活一下呢。"主人说。

　　"幸好你穷，要你这岁数去快活一下，我可受不了。"女主人说。

　　"你要说受不了，我就不去了。不过，为此你要对我这个做丈夫的提高重视，晚上多给我做点好吃的。"主人说。

　　"现在已经尽我最大的努力了。"女主人说。

　　"真的？那好，只要等我有了钱，我就考虑去快活，今晚的酒就到此为止吧。"说着把饭碗递给了妻子，让她盛饭。今晚，他好像一连吃了满满三碗茶泡饭。

　　当晚，我总共吃了三片猪肉，一个咸鱼头，真是美美地饱餐了一顿。

八

　　我在介绍"绕竹墙"这项运动的时候，曾说过主人家的院子四周是竹篱笆。但不要误以为主人的竹篱笆就紧挨着邻居家，换言之，不要把叫什么哥们儿的人，当作他的邻居。<u>这一点正显示出苦沙弥的特点，尽管房租便宜，但他也不会和被称作哥们儿的那种人相邻，也不会与他们亲密到只隔着一堵院墙来往。</u>（作者借猫之口不断地为读者全方位地展示"我"的主人苦沙弥那无比清高却又迂腐的个性，当然也再次提醒读者苦沙弥这样的穷苦教师的生活现状。）竹篱笆之外有一片大约三四丈的空地，空地的边缘排列着五六棵柏树。从主人家的长廊一眼望去，对面就是茂盛的树林，让人觉得主人是以无名猫为伴、以日月为邻的江湖隐居之人。不过，柏树并没有想象的那么枝繁叶茂，透过柏树林可以清晰地看见一家叫"群鹤馆"公寓的屋顶。这是一个只有名气很气派的便宜公寓。不过要是去猜测哪些人会住在那所公寓，也是相当难的。<u>如果这小公寓被称为群鹤馆，那苦沙弥先生的居所完全配得上成为"卧龙窟"。</u>反正起名也不用交税，谁都可以起一个非同凡响的名

我的批注

字。单说这三四丈宽的空地，沿着篱笆向东西伸展有大约七八丈，忽然拐个直角弯围住了卧龙窟的北侧。而这祸端，正是北侧引起的。北侧原本尽是空地，像示威一样，包围着我家主人住所的两侧。别说卧龙窟的主人了，就连卧龙窟的灵猫我，也被这片空地弄得头疼不已。南面还像样点，因为有柏树，北面排列着七八棵一尺多粗的梧桐树，如果卖给木屐店老板，一定能卖个好价钱，但可惜主人的房子是租来的，虽然他知道这树值钱，但也不能乱动。我真是深深地同情主人。前一阵学校的同事来，砍走了一根树枝，下次来的时候，穿了双用梧桐木制造的木屐，他不等人问便自顾地吹嘘道："这木屐就是我用砍走的树枝做的。"这人真精明。对我和主人一家来说，我们靠梧桐树换不来一分钱的好处。古人云"匹夫怀璧有罪"，换句话说，我们在这守着梧桐树受穷，那么说主人"捧着金碗要饭"也顺理成章吧。就是说有宝也烂在手里这种傻事，

愚蠢的不是我和我家主人，而是房东传兵卫。梧桐好像着急地对传兵卫说："赶快把我砍掉吧，赶快把我砍掉吧。"但房东却装作不懂，只知道定期收房租。我和传兵卫无冤无仇，就不再说他的坏话了。言归正传，我来给大家讲个好玩的故事，告诉你们这地方是怎么生起祸端的。但是这事绝不能向主人透露，我说到哪儿算哪儿。先说这块空地，最大的不便在于没有围墙。如果有风吹过来，东西就会被吹跑了，而且谁都可以自由在这里出入，无须获得任何许可。用自由两字，可能不够准确。其实，要想知道事情的原委，就要从一开始说起。不知道原因，医生也无法对症下药。所以我必须从主人刚搬来的时候开始介绍。

到了夏天，这块空地通风好，十分凉爽，所以让人很舒服。说到疏于戒备，房客是个穷教书的，也不担心遭遇小偷。因此，主人家里完全不需要墙啊，篱笆啊，梅花桩、鹿角桩之类的东西。但是，在我看来，弄清空地对面住的人或动物属于哪一类，才能决定需要不需要，所以我首先要探明对面君子的秉性，才能回答这个问题。不要着急，还是先弄明白是人还是动物，再称他们为君子吧，但是，把他们叫君子总该没错。如今的社会上那些偷盗的人被称为梁上君子，就连他们都被称为君子了。（反语是讽刺文学中一种常用的表现手法。在第五章中作者讲述了梁上君子的故事，"君子"本是敬辞，将它运用在偷盗的人身上就是一种反语。这里再次使用"君子"来称呼落云馆的学生，是对这些学生直接的讽刺。）不过，我在这说的君子可不是小偷，不找警察麻烦的人总是占多数，随处可见，如过江之鲫。自称落云馆的私立初中，是一所每月收费两元培养成千上万君子的学校，名字叫落云馆，很容易让人觉得这里的学生各个风流倜傥。但实际上，这正好比真的白鹤不会在群鹤馆寄居、卧龙窟里居然住着猫儿一个道理，这也是骗人的。大家都已经知道了，像苦沙弥这样"精神失常"的人都有学士或老师的称谓，而落云馆里的君子们当然也不一定都是风流人士了。要是你还不相信，不妨到主人家住上个三天，保证大彻大悟。

如上所述，刚搬到此地的时候，空地四周没有篱笆，所以落云馆的那些君子就像车夫家的老黑一样，悠闲地走进这片梧桐树林，在这聊天、吃午饭，在刚长出来的竹林里打滚儿，真是随心所欲。随后把包饭菜用的竹叶、旧报纸、旧草鞋或是旧木屐等破旧的东西随意地扔到这里。不爱管闲事的主人向来满不在乎，对此也不管不问，没提出任何抗议。但是，君子们随着在学校接受教育的程度加深，好像离君子越来越远了。这个地方从北向南，被他们一点一点侵占。如果不能用侵占这个词儿来形容这些君子，当然我也能不用，但是的确想不出更确切的词了。他们就好像是依水草寄居的游牧人民一样，走出那片梧桐树林，又踏入柏树林中。柏树林正好对着主人家的客厅，按理说，这些君子没有一定的胆量，怎么会采取那样的行动呢？教育的后果令人惧怕，一两天后，他们的胆量升级了，由大胆变成了极大胆。他们不仅向客厅步步逼近，还冲着客厅唱起歌来。歌名是什么我已经记不清了，绝不是三十一个字的和歌之类。而是更欢快，大众都喜欢听的歌。不仅我家主人，就连我这只猫都佩服他们的艺术才华，情不自禁地竖着耳朵倾听。不过，在我看来，读者应该清楚，有时候，"折服"和"让人厌恶"也可以同时存在。但没承想恰在此时，两者结合在一起，至今回想起来，我还为这件事遗憾。可能，主人也觉着遗憾，但是不得不从书房跑来跟他们说："出去吧，这不是你们来的地方。"有两三次，他们被主人赶走了，但是这些受过教育的君子怎么会就这样善罢甘休。赶走再进来，进来再唱那欢快的歌，要不就大声跟同伴聊天。然而，这些君子说出的话也不一般，张嘴闭嘴就是"你小子""你个王八蛋"什么的。这种话都是明治维新前武士家的差役、掌班的、搓澡工那些下等人说的。到了二十世纪的今天，反而成为受教育的君子们学会的唯一语言了。有人认为，这与"常人所轻视的运动如今却大受欢迎"同出一辙。主人又跳出了书房，揪住一个最会说君子语言的人，质问他为什么又来了。这位君子立即将"你小子""你个王八蛋"等高雅的词语抛到脑后，使用极其低级的语言回答道："我当这里是学校的植物园呢。"（君子们前后语言上的变化让我们看到了一群无礼、粗俗又怯懦的青年人的形象，他们现在貌似不经意的戏弄实则为后面的"大事"做了铺垫。）主人警告他下不为例，把他放走了。说让他走了，有点滑稽，听起来就好像孩子捉来一只小乌龟玩耍片刻把它放走一样。实际上，他和那位君子说理的时候，是揪着人家的袖子的。主人本以为可以放心了，因为他已经好好教训了那人。哪承想，这次又失败了，因为从女娲时代开始，就总是事与愿违。打此之后，有时他们从院子的北面进入，有时从院子正门直穿，有时还直接把正门一推，咣当一声，家里人以为有客人来了呢，可是，梧桐树林那边却哄堂大笑。形势愈发紧迫，教育的成效也愈发明显。我的主人真是可怜，他深知应付不来，就躲进书房给落云馆中学的校长毕恭毕敬地去了一封信，恳请他管教一下众君子，哪怕一点点儿也好。落云馆的校长也给主人郑重其事地回了封信，说很快就在那修一堵墙，希望他再等一等。果然没过多久，来了两三名工匠，半天之内在主人住处和落云馆之间，修建了一道四方的竹篱笆，篱笆高有三尺。主人喜形于色，以为这样一来就可平安度日，其实，他真是幼稚，就这点篱笆，君子们的行动怎么会受到阻碍呢？话说戏弄人这种事是挺有意思的，我作为一只猫，也经常以戏弄主人家的小姐们为乐。而主人这么愚蠢，落云馆的君子们理应来戏弄他，也唯有他自己才会为此感到愤慨。

戏弄人是一种什么心理呢？解剖一下，它有两个因素。首先，被戏弄者不可毫不介意；其次，戏弄者一定要有优于对方的精力和人力。前些天，主人去参观动物园，碰到一件很了不起的事，回来后感慨良多。细细听来，原来他目睹了一条小狗和骆驼打架。小狗风驰电掣般绕着骆驼转圈跑，边跑边冲骆驼狂吠，可是骆驼毫不介意，依然背着它那背上的驼峰站着一动不动。任凭小狗怎么狂叫，怎么疯狂，就是不对它回应，

最后小狗厌倦了，不再奔跑了。主人嘲讽骆驼真是反应迟钝。这个例子用在此处很恰当，足以解释戏弄人这种情况。不管多么会捉弄人的高手，如果碰上骆驼这种对手也会失败。换言之，假设被戏弄方过于凶猛，像狮子或是老虎一般，也不会成功。不等捉弄它，就被撕个粉碎。它受了戏弄，对你龇牙瞪眼，干瞪眼，拿你没办法，只有在这种心安理得的情况下，才是令人愉悦的戏弄。这样的戏弄为何能感到愉悦呢？原因有很多，第一，打发时间。人要闲得无聊，可以无聊到数自己有多少根胡子。据说以前，犯人被关进监牢因为过于无聊，每天就在监狱的墙上画三角形，画了一遍又一遍来消磨时间，后来画满了整面墙。人生在世，没有什么比无聊更让人难受的了。人必须要有些兴奋的事情，感到刺激，活着才会轻松。说白了，这种戏弄的举动就是一种唤醒活力的娱乐。当然，如果没有让对方感到些许愤怒、焦虑，或是茫然，就不能算作刺激。所以在古代，那些擅长以戏弄人为娱乐的人分为两类，一类是不懂人心、无聊透顶、从不考虑他人感受的人，例如愚蠢贵族；另一类是心智还不成熟，精力过剩无处发泄，但又只想找乐子，不想考虑其他事情的人，例如青少年。第二，用最为便利的方式来证明自己真正的优势，例如搞些害人、伤人、诬陷人的事儿，都能为自己的优势证明。但是，采取这种方式，要以害人、伤人和诬陷人为最终目标。自我优势只不过是一种现象，是采取手段后必然出现的结果罢了。因此在此情况下，既想彰显自我优势，又不太重地加害于人、戏弄人是最合适的。只有多少伤害到别人，才能用事实证明自我优越。尽管心里不想承担风险，但又不真实呈现，也会情趣索然。即便是不容自信的时候，人也还是不想放弃自信，可见自信是人的常态。基于上述原因，人常常想在现实中不断施展自己的力量，以便为自己值得信赖一事提供依据。而那些不明事理的俗物以及缺乏自信和沉不住气的人，整天为自己担忧焦虑，就越想借一切机会以求稳操胜券，这和会柔道的人总想把别人摔出去一样。那些摔跤水平低人一等的人，总有种危险的想法，期盼着能遇到一个不如自己的人，哪怕一次也行，即使不是行内人也无所谓，至少把他摔出去就高兴，因而总在大街上晃荡。此外还有各种各样的原因，就让我省略了吧。如果你想听，那么就请给我送上一

盒松鱼干，我随时恭候。参照上述，推而论之，依我看，深居山林里的猴子和学校的教书先生，是最佳的被捉弄的对象。我在这拿学校的教书先生和深山里的猴子作比较，好像有点没礼貌，不过是对教师没礼貌，而不是猴子。但他们如此相似，又有什么办法。众所皆知，猴子从深山捉来后，都用铁链锁着，不论怎样张牙舞爪，也伤不了人。教书先生虽没有铁链锁着，但手脚却受到薪金的约束，不会为给学生一巴掌而丢了工作，所以任凭你怎样捉弄都行。假设他有勇气辞去工作，当初他也不会去做那个孩子王，当个教书的了。我家主人虽然不在落云馆教书，却也是个教师，毕竟当教师这点是毫无疑义的。况且他这家伙老实巴交的。要想戏弄人，我家主人是最适合、最简易、最保险的对象。<u>在落云馆读书的都是青少年，他们都清楚戏弄人既可以提高他们在同伴心目中的地位，又能够体现他们受教育之后理所应当争取的权利。此外，他们这些人，在课间休息的十分钟里都闲得无聊啊，如果不戏弄人，他们那发达的四肢和大脑便不知如何安放才好，基于这些条件一个不缺，学生们当然要去戏弄人，主人自然要被戏弄。无论让谁看，这事都极符合常理。主人真是糊涂透顶，还愚蠢至极，居然为这事愤怒。</u>（**作者通过猫的表述，对"戏弄人"进行了一针见血的评论，也直接讽刺了苦沙弥的愚钝。**）下边我已经完全记录下落云馆的学生是如何戏弄主人的，而主人又是如何愚蠢应对的，我向您讲解一下。

大家都知道方格篱笆是怎么回事吧？就是一种既通风便利又修建简单的墙。其实有没有篱笆对我来说都是一回事，因为我可以自由自在地从格子的缝隙中走来走去。不过对于落云馆的校长来说，不是为了我这只猫儿而修建的方格篱笆，而是为了不让他教育出的这群君子闯过去，才专门请工人修筑的。没错，不管搭建得怎样通风便利，人类却不能自由进出了。这种格子的缝隙是用竹子编成的，长宽都是四寸，恐怕连中国清朝著名的魔术师张世尊也钻不过去。所以主人看见这堵墙修好了，一脸如释重负的样子，因为这堵墙在人类这里，充分发挥了它的职责。但主人的理论却有很大的漏洞，这个漏洞要大过竹墙上的缝隙，足以使吞舟之鱼溜走。主人是从"墙是不可逾越的"这一假定出发的，不论这堵墙搭建得如何粗劣，既然他们是学校的学生，只要知道名之为墙，就不应该擅自闯入这确定了区域的界线。基于此种假定，即便不成立，他也认为即使有人想进入也是进入不了的，因为他草草断定，一个青少年是无论如何也不可能从这方格窟窿里钻过来的，于是就不再担心有人会闯入。其实确实是这样，只要他们不是猫儿，就不可能从这方方正正的窟窿里钻过去，就是有这想法也只能望而却步。但是跳过、跨过，却可以不费吹灰之力，甚至是一种运动，还挺有意思。

从篱笆修好的第二天，就好像之前没建这堵墙一样，他们就从北面的墙噔

179

噔噔地跳了进来。只不过他们没有从主人家客厅的正面潜入。万一被发现，逃脱别人的追赶也会花很多时间，因此他们事先计算好了逃跑的时间，所以只在没有被捉住危险的地方晃荡。他们干了什么，主人坐在东侧卧房里当然是看不见的。要是想瞅瞅他们在北面空地的活动情况，只有两个办法：可以打开旁边的门，在对面的方向拐个弯就能看见，或是透过茅厕的窗户，隔墙观望。透过茅厕的窗户眺望，那里发生的一切，便尽收眼底了。不过即使发现好几个敌人也不能去追赶，只能在窗户里边责骂几声而已。如果从侧门绕到敌人阵地，君子们只要听到脚步声，不等你捉，他们就噼里啪啦一溜烟蹦回自己的地域里。这就好像偷猎船趁海狗晒太阳的时候捕它一样。不过主人也不可能在茅厕里察看，他也不愿意把旁边门打开，听见声响就飞奔出去。假如真想这么干，他就得辞去教书的工作，专门干这种营生，否则是追不上的。主人的不利条件是：一来在书房里只闻敌声，看不见敌人；二来虽然透过茅厕的窗户能看到敌人，却出不去，不能抓住他们。敌人识破主人的弱点，采取了下列对策：当他们发现主人在书房时，就用最大的声音吵吵嚷嚷，其中不乏对主人大肆冷嘲热讽。并且，主人基本辨别不清这声音是从哪儿传来的。乍一听，好像是墙这边有声音，时而又好像是墙那边有声音，究竟在哪里，再仔细听也听不出来。一旦主人出来，或立即逃走，或就在墙那边站着摆出若无其事的样子。茅厕虽然是个很脏的词汇，但从刚才起，我就提到好几遍，我并不为此感到光荣，反而认为也连累着我丢人现眼，但我一定要提到它，因为在叙述这场战争时需要它。主人有时走进茅厕，敌人瞅准他进了里面，就非得在梧桐树林里徘徊，故意让主人看见。如果茅厕里的主人发出响彻四邻的高声怒吼，他们也会不慌不忙，从容地退回到领地里去。主人难以应对他们这种对策。他清清楚楚看见敌人进了院子里，便操起文明杖走出去，然而一个人影也没有。当他确信院里肯定没人了，但透过茅厕的窗户向外望去，肯定又有一两个人闯入。于是主人重复地做着时而跑到后院，时而透过茅厕向外望，时而再次从茅厕跑到后院的动作。人们所说的奔波劳累指的就是这种情况。最终，主人怒火中烧，有点弄不清自己究竟是以教师为业呢，还是以应对这场争斗为业。待到这火气达到一定峰值的时候，惹出了如下一场风波：

　　一般来说，"上火"是某一件事的祸端。正如字面意思，"上火"是火升起来了。无论盖伦①、帕森斯②，抑或中国古代的名医扁鹊，对于这点全都没有异议。值得探讨的是上升到何种程度，还有它是怎么上升的。还有一个有争议

---

① 盖伦：古罗马医师、动物解剖学家和哲学家。
② 帕森斯：英国发明多级汽轮机的工程师，大大改进了船只的推进技术。

的问题是，究竟上升了什么。据古时候欧洲人的传说，在人体内循环着四种液体，第一是"怒液"，这种液体上升，人就会愤怒；第二是"钝液"，这种液体上升，人就会神经不敏锐；第三是"忧液"，人会因此而忧虑；第四是"血液"，有了它四肢灵活。之后，随着人类的进化，怒液、钝液、忧液不知不觉地消失了，只剩下在人体内循环的血液还在运行。所以在我看来，一旦有人上火，必然是血液的缘故。尽管每个人的性格不同，血液的分量或多或少有所增减，但基本上是不变的，每人都多达五升五合。因而，如果这五升五合的血液上升，那么所升到的地方就活动剧烈，其余部分就会因供血不足而冰冷。就像坏人冲击警察局的时候，警察都集中在警察局，街上一个警察都没有。在医学上，有人把它称之为"警察上火"。（这里为什么要以警察为例？结合第五章中警察的表现，你认为作者对警察持什么态度？稍后对照第九章和第十章中作者对侦探、警察的议论，判断你的分析是否准确。）这样一来，治疗上火需要像以往一样让身体各部分的血液流通。为了做到这点，就要降火。降火的方法多种多样。我家主人的父亲在世的时候上了火，听说就用一块湿毛巾敷在头部，身子贴在火炉上烘烤。而长寿法中每日必做的，就要在头上蒙一块湿毛巾，这正如

我 的 批 注

《伤寒论》中所说的"头冷脚热，乃益寿祛灾的象征"。如果该方法不行，不妨试一下和尚们常用的办法。据说随遇而安的沙弥、云游四海的和尚们经常在树下的石头上歇脚。他们并非为了苦难修行，而是为了治疗上火，这个秘方是第六代禅宗慧能在舂米的时候得来的灵感，这可谓"树下石上"。你往石头上一坐就知道了，屁股很快会发凉，屁股一凉，火就降下来了，各位不妨尝试一下。这毫无疑问非常符合自然规律。这样一来，虽说很多降火的方法问世了，但遗憾的是，引发上火的好方法还没有发明出来。在一般人的观念中，上火对人体只有坏处没有好处，但也有例外。上火对于不同职业的人还是至关重要的，有些人如果不上火，就一事无成。其中，诗人最需要上火。就好像轮船不能缺煤一样，诗人也必定不能缺火。诗人一旦上不了火，除了吃饭之外，就只能沦落为伸手要饭、无一技之长的凡夫俗子。当然，上火就是发疯的别名，这要说出去难免不入耳，不发疯就支撑不住家业，因此诗人们并不把它称为上火，而是一致认同一个奇妙的名称，煞有介事地称为"灵感"。其实他们就是上火，这是他们为了蒙骗世人而巧立的名目。为了支持他们，柏拉图把这种上火叫"神圣的疯狂"，既然是疯狂，再怎么神圣，人们对他们也不会理睬，因此我认为，还是赋予他们一个类似新创造出的药名，称为"灵感"，对于诗人们更好听些吧。不过，"灵感"实际上就

是"上火"，这就像鱼糕的原料是山芋、观音像是用一节一寸八分的朽木雕刻出来的、鸭肉面是用乌鸦肉做的、牛肉锅材料是马肉一个道理。根据"上火"这个词可以看出，这种疯狂是一时的。上火只是短时间的疯狂而已，因为不用住进巢鸭疯人院。（这里运用反语的表现手法。在第九章中有一段非常精彩的对疯子的评论，仍然是运用反语的表现手法。希望你在阅读后回过头来再看这段"上火论"，品味作者的嬉笑怒骂。）不过，要让自己短时间癫狂，是很困难的事情，找个一直疯癫的人轻而易举，但是要摊开纸拿起笔来就瞬间变疯狂，再精巧的神仙也做不到。既然神都帮不上忙，不如自己动手制造。正是这个原因，所以从古至今，学者们为找出上火或者去火的方法煞费心机。有理论称"吃了涩柿子就会便秘，便秘了必然会上火"，依此推断，有的人要想获得"灵感"，每天就吃十二个涩柿子。与此同时，还有举着滚烫的酒壶，跳进滚烫的澡堂，他们认为在热水中酌上几口酒肯定会上火。按照他们的学说，要是这个方法不管用，他坚信只要将一盆葡萄酒烧开，跳进去洗澡，效果立竿见影。遗憾的是那人一贫如洗，还没尝试过一次，就一命呜呼了。最后，还有一类人，认为效仿古人就能获得"灵感"，这源自这样一种理论：要想模仿某人的心态，就要学习某人的态度和行动。换言之，学习酗酒人的喋喋不休，不知不觉就能体会到酒鬼的心境。打坐之人如果能坚持一炷香的时间，就会觉得自己也变成和尚了。可见只要学习了名人的每一个举动，就能获得他的灵感，那他必然会上火。我听说雨果躺在快艇上思考文章命题的时候，双眼仰望蓝天，保证火往上攻。据说史蒂文森写小说时，肚皮贴床趴在那儿，可见只要趴着握笔，一定会头脑发热。诸如此类，各种不同的人想出来多种多样的办法，却还没有一个人获得成功。在当前情况下，是不可能人为上火的，虽然遗憾，但也无可奈何。不过，人们早晚有一天会获得"灵感"的。为了人类文明的发展，殷切期盼这一天尽早到来。关于上火的阐述，说这些已经足够了。接下来要转入正题。任何大事件发生之前，一定有个小风波。只谈大事而忽略小节，这是自古以来史学家们常犯的通病。主人每遇到一件小事，火气就上升一层，终于惹出大乱子。鉴于这个道理，如不把这件事的发展经过按顺序一一道来，既难于理解主人是如何上火的。了解得一知半解，主人的上火就只落个徒有其名，社会就会认为他还未上火到一定程度，也许会藐视他。他难得上一次火，而这次上火如果不被人们称赞一声"绝妙的上火"，岂不太泄气了。下边讲述的这些或大或小的事情，对主人来说，可能都不够光彩。既然事情本身不够光彩，那么至少能充分印证上火这一点是名副其实的，绝不比他人逊色。主人的性格里，没什么好向人炫耀的东西，如果连上火都不吹嘘一番，可就再也没有值得我大写特写的题材了。

最近，以落云馆为阵地的敌人们，发明了一种达姆弹，在课间十分钟休息或是放学后，就发射到北面的空地里去。一般来说，这种达姆弹被称作棒球，发射装置为一个很大的东西，与厨房用的捣槌很像，任意向敌阵射球。虽说它是达姆弹，但因为是从落云馆的体育场发射的，所以可以放心，它不会打到整天在书房待着的主人。即便如此，敌人也不是不知道这发射路程太远，然而，这是一种战略。据说在旅顺战役中，全靠海军进行的间接射击才获得卓越的战功。既然如此，那么球进入了空地也未必会不见成效。再者，敌军每射出一球会拼尽全力发出一声"哇"，那声响令人震惊。主人受到惊吓后，手脚里流通的血液不得不收缩，当他烦闷到极点时，淤积的血液自然要倒流。敌人这一战略，可谓妙哉也。

据说在古希腊，有个作家名叫埃斯库罗斯，这个人长了一个学者、作家通用的脑袋，我所说的学者、作家通用的脑袋是什么呢？就是光头。人的头发为

我的批注

何会脱光呢？必定是因为营养缺乏使头发丧失活力，无法生长了。学者和作家一般都十分贫穷，又用脑过度，因此学者和作家的头上都没有头发。伊索克拉底斯也是位作家，自然是个光头。他有一颗油光锃亮的金橘头。不过有一天，此人照例顶着他那一直都是光秃的脑袋上了大街。我之所以说它一直是光秃的脑袋，是因为脑袋不可能一会儿没头发，一会儿有头发。就是这地方出差错了。远处望去，光头在阳光照耀下，显得明晃晃地亮，树大招风啊！他这脑袋油光锃亮的，当然得招点儿什么来。此时，一只老鹰从伊索克拉底斯的脑袋上飞过，爪子里紧紧抓着不知从哪里刚捕捉到的小乌龟。乌龟和甲鱼都是人间美味，但是到了希腊时期，它们就都背着一个硬壳，即使再美味，也没法带着壳吃啊。大对虾有道菜是带皮烤的，但是炖带壳乌龟的是从来没有过的，那时候必然也没有。即使再能耐的老鹰，面对带壳的乌龟，也不知该怎么办。恰好这时，它远远地看到地面有个锃亮锃亮的东西，认为时机已成熟，正在暗自庆幸，如果把这个乌龟扔到这个锃亮的东西上，龟壳肯定能摔碎。等再次飞落后，壳也破碎了，尽情享受里面的龟肉该多好啊。接着，连招呼也不打一声就将乌龟从高空抛向那位作家的脑袋。不幸的是，这位作家的头可没有乌龟壳那么硬，结果壳没碎，光头被砸了个稀巴烂，就这样，著名的伊索克拉底斯便悲惨地一命呜呼了。这个暂且不去考虑，而老鹰是怎么想的呢？无从考证。它为什么把乌龟扔下去？是明知道这个寸草不生的东西是作家的脑袋，故意而为，还是把光头错认为光秃秃的石头了？由于答案各有千秋，因此落云馆的敌人和这个老鹰的可比性就不一样。主人的脑袋一

来没有伊索克拉底斯的脑袋那么光，也没有那些大名鼎鼎的学者们的脑袋那样油光锃亮，但我们依然该把他当作与学者和作家一类的人，因为他也是坐在大为六叠书房里，打着盹翻看高深著作的人。既然如此，主人的脑袋不是因为缺少光头的资格才留着头发，而是因为在之后的日子里，他命中注定会成为秃头的。如此一来，那些落云馆的学生们集中冲着这个脑袋发射他们的达姆弹，以这个头为靶子，只能说是最合适的战略。如果敌人连续两周执行这一行动，主人一定会因为惊恐和焦虑而导致营养不良，那颗脑袋一定会变成圆球，就像金橘、铁壶、铜锤一样。如果再多射击两周的话，金橘肯定会被轰烂，铁壶会被击穿，铜锤也会被击裂的。苦沙弥先生丝毫没有预见这显而易见的好结果，反而想尽各种办法和敌人拼以血战，全世界这么做的恐怕只有这位苦沙弥先生了。

一天下午，我照旧到长廊里睡午觉，梦见自己变成了老虎，向主人命令道："把鸡肉拿来！"主人丝毫不敢怠慢，立即毕恭毕敬地端来了鸡肉，很是小心谨慎。这时迷亭也来了，我对他说："我想吃大雁肉，你到雁锅店给我买份雁肉火锅来。"迷亭开玩笑地说："您要想大雁的美味，吃的时候就要配上腌芜菁和椒盐饼。"我张开血盆大口，冲他"啊呜"怒吼一声表示不满。迷亭吓得脸色惨白，赶忙说："山下的雁锅店已经关闭了，那可怎么办？"我说："要是这样，我就勉强吃牛肉凑合一下吧，你赶紧去西川铺子，给我买斤牛里脊来。赶快去，不然我先把你吃了。"迷亭赶快把长袍拉起，跑出了门。由于体型突然变大，我躺在这里，占满了整个长廊。我等着迷亭回来，整座房子突然发出一声巨响，把我从梦中惊醒，还没吃到牛肉美餐，太可惜了。刚才还小心翼翼在我面前俯首称臣的主人，这时完全变了个人，他突然跳出茅厕，朝我肚子狠狠踹了一脚。我吃惊不已，只见

我的批注

他蹬上到院子里才穿的木屐，从旁门绕过直奔向落云馆那边。我觉得有些脸红，本来还沉浸在从老虎一下子变成小猫的失落和懊恼之中，主人气势汹汹，加上我肚子被他踹得极疼，立刻把自己变成老虎的美梦忘到了九霄云外。主人亲自出马了，这回有好戏看了。于是我忍着疼痛紧跟在主人身后来到后门。耳边传来主人一声怒喝："小偷！"只见一个戴着制服帽约十八九岁身强力壮的小伙子，正从方格篱笆里面跨向外边。我寻思："哎呀，晚来一步。"只看那小伙子摆出跑步的姿势，像飞毛腿似的跑回了根据地。主人被自己的怒喝声鼓舞，这时仍然高声叫着"小偷"，锲而不舍地追赶。为了追上敌人，主人只好翻过这堵墙。但那是对方的地盘了。主人如果踏入，那他自己就是小偷了。前

边曾提到过，主人的上火是出了名的。他必然是决心已定才鼓起勇气追赶小偷的，宁可冒着自己成为小偷的危险也要将抓强盗进行到底。因此，他毫无收兵之意，一直冲到篱笆根下。再深入一步就踏进小偷的地盘了，在这千钧一发之际，敌营中的一名蓄着一撮小胡子的将军，从容不迫地出马了。他与主人以篱笆为界进行谈判。我认真倾听，他们原来是在无聊地交涉。

小胡子说："他是我们学校的学生。"

"既然是学生，为什么擅自跑到别人家的院子里来呢？"主人质问。

"不是的，刚才是皮球进去了。"小胡子说。

"那进来拿为什么不提前打一声招呼啊？"主人说。

"以后我们会注意的。"小胡子说。

"好吧。"主人说。

> 我 的 批 注

本以为一定会呈现出和龙争虎斗一样壮观的场面呢。没承想，这次交涉就这样以散文式的谈判平安而迅速地收场了。我主人那架势，只不过是虚张声势，到了关键时刻就畏首畏尾了，就好像我从老虎的美梦中惊醒变回猫一样。这就是我所谓的小事。等讲述完这件小事，当然接下来我就该讲大事了，因为这符合发展顺序。

主人俯身趴在客厅里想事情，那客厅与通往长廊的纸门相连。他恐怕在思考御敌策略吧。落云馆正在上课。体育场上分外安静，只有学校校舍中一间教室里，清晰地传来老师教授伦理课的声音，口齿清晰，声音洪亮，讲得非常生动。我仔细一听，讲课的正是昨天作为敌军代表，亲自出马来交涉的那位将军。

"……这样，公德是很重要的。走出国门看一看，不论是法国、德国，还是英国，不管在哪里，每一个国家都是非常讲公德的。再低等的人，不管是谁，都不能忽视公德。但是，我们日本在这一点上却不如其他国家，这是非常遗憾的。说不定你们当中有人以为公德是从外国引进的呢，其实这种想法就大错而特错了。古人云：'夫子之道，一以贯之，忠恕而已矣。'所谓'恕'，换句话说就是公德的源泉。我也是人，有时也想放声歌唱，然而转念一想，当我读书的时候，如果一旁有人高歌，我这书必然也看不进去了。所以，每当我看《唐诗选集》的时候，看得起兴不禁想放声朗读的时候，也会顾及邻居，担心隔壁住个也像我一样不能忍受噪声的人，不知不觉就会打扰人家，这时就会心中有愧。在这种情况下，我就会尽量克制自己，希望各位也尽量遵守公德，给他人造成不便的事，就绝对不能去做……"

主人侧耳倾听这番话，听得专心致志。当他听到最后一句时，不禁淡淡一笑。我在这里解释下何为"淡淡一笑"。读到此处，以挖苦为乐的人一定会认为，这里边带有讽刺意味，包含了轻蔑的批判。可惜我家主人绝不是那种蛮不讲理的人。与其说他对人蛮不讲理，不如说他是一个头脑幼稚的人。主人之所以会笑，完全是因为听得开心了。（主人还真是个头脑简单的人，作者在这里"虚贬实褒"，伦理教师的教育本就应该有它对应的效果，接受教育的学生本应听从老师的教导，但事实并非如此。作者借主人的"头脑幼稚"反讽了当时日本社会的混乱和扭曲。）教伦理的老师能够如此循循善诱地教导他的学生们，估计今后必然不会再向他发射达姆弹了吧。这样一来，他的头也会免除秃顶之苦。即使上火的症状一时半会治疗不好，但它也会逐渐康复的。他之所以淡淡一笑，就是因为他认定之后再也不用一块湿毛巾敷在头部、身子贴在火炉上烘烤，也不用为在树荫下的石头上睡觉而烦恼了。即使在二十世纪的今天，正直的主人依然天真地相信欠债还钱天经地义，那么，他之所以认真倾听对方老师的这番教导也是理所当然的。

终于到下课时间了，那位伦理教师停止了讲话。同时，其他教室里也都下课了。刚才还被禁闭在教室里的八百壮士，"哇"一下齐声呐喊，奔出校舍，那气势简直像捅掉了一尺多长的大马蜂窝。他们全都发出嗡嗡的叫喊声，争抢着从窗户、拉门、能拉开的小门，凡是能够钻出去的空隙往外边窜，肆无忌惮地自由飞出。一场大事件拉开帷幕。

首先，我要讲一讲这群马蜂的气势。有人说，这样的战争有何气势？实际上这种说法是错误的。一说到战争，人们会想到沙河、奉天或是旅顺，似乎别的地方就没有战争。一提起有点诗情画意的人，立即就联想起阿奇里斯拽着赫克托尔的尸体，围着特洛伊城墙走三圈，或是燕人张飞在长坂坡前，横着丈八蛇矛将曹操的百万大军吓退等夸张的事。当然，每个人爱怎么想就怎么想，只是千万别认为除此之外别无战争。或许，这种荒唐的战斗在太古蒙昧时期才会出现，但是在当今的太平盛世，那样的粗野举动已经堪比奇迹，不可能出现在日本的中心。再怎么骚乱，也不会达到冲击警察局的境地，这大可放心。由此可见，在东京，卧龙窟苦沙弥先生和落云馆八百壮士的争斗，列为东京城有史以来大战之一也并不过分。（夸张的语言不禁让人发笑，作者用幽默的文字将嘲讽表达得淋漓尽致。）左丘明在记录"鄢陵之战"时，最先讲述的就是敌军的气势，这是大众公认的原则。古往今来叙事高超的人，往往都使用这种手法。正是这个原因，难怪我从马蜂的气势讲起了。先说马蜂的气势：有一纵队人排列在方格篱笆的外侧，看来他们的使命是诱使主人走进战斗区域。"他不认输？""不认输，不认输！""看来不灵啊。""怎么还不出来？""是不是斗不过他？""怎么会斗不过他？""大家一起叫喊！""汪、汪。"之后，敌军一起叫喊起来："汪、汪、汪、汪……"离纵队右边不远，炮队们在体育场上选了个险要之地设阵。一位将领手拿一个很大的捣槌，面向卧龙窟蓄势待发，离他三四丈远的地方面对着他站着一个人。还有一个人在手拿捣槌那人的后边，面向卧龙窟站得笔直。这样一来，如此相对而立，一字排开的就是炮手。听说这是棒球训练，而不是战斗热身。我完全不知道棒球是什么玩意，听说这是从美国传来的游戏，现如今在我国高中流行开来，成为广受欢迎的运动。美国专门研究新鲜东西，难怪他们把球当作炮弹来打。能够将这种干扰邻居的游戏传授给日本人，也算是够友善。也许美国人真拿它当成一种竞技性运动，就算是竞技性运动，也足以拥有惊扰四邻的震慑力，根据用法的不同，足可以充当炮弹使用。据我亲眼所见，只能这么看：他们想借此运动收获炮弹之成效。基于看法的不同，事情是千变万

我 的 批 注

化的。有些人不免想以练习棒球为借口准备打仗也是有可能的。就好像有人可以借慈善之名来行骗，有人借吹嘘"灵感"来自我推崇上火一样。棒球在某些人的解释中，专指社会一般性质的，而我现在所讲述的棒球，只限于这种特别的场合，也就是攻城炮术的代名词。

　　首先我要介绍一下达姆弹发射的方法。当炮手排成一条直线，其中一人右手握住达姆弹，向手拿捣槌的人奋力掷出。外行人很难知道制作达姆弹的材质是什么，是一种很像石头蛋的东西，外边用皮革紧紧地包裹起来，然后缝制而成，又硬又圆的。如上所述，这种炮弹一旦被炮手掷出，就风驰电掣般飞出去，站在对面的那个人就要用尽全力抢起捣槌将炮弹打回去。也有时打不中，炮弹飞走了。但是一般说来，总会在"嘭"的一声巨响中，炮弹被打回来。飞回来的炮弹来势颇猛，足以让患有神经性胃炎的主人头疼欲裂。这样一来，炮手们算是完成任务。但那些起哄的人和充当援助的人像彩霞一样拥簇着炮手们。只要球被木棒击中，他们就立刻沸腾起来，有的拍手有的跺脚，或是大声喊着诸如"真棒，真棒""不是击中了吗""这都没中啊""看你认输不认输""服不服"之类的话。仅仅是这样还说得过去，但三发之中必有一发会反弹到卧龙窟的院子里来，因为只有炮弹飞进主人家，才达到了他们的攻击目标。最近，各地都在制造这种达姆弹，价格十分昂贵。虽然炮手是为了战争，也不是想要多少炮弹就有多少，一队炮手大概发给一到两个，每发射一次就浪费一个炮弹那是不行的。就这样，他们专门设置了"捡炮小分队"，专门把炮弹捡回来。炮弹落在好地方，轻而易举就捡回来了，假如落到草地上或是私宅

里，想捡回来可就没那么容易了。所以，为了减轻负担，平常他们都尽可能把炮弹往方便捡的地方打，但现在他们不是为了消遣而是为了战斗，情况就完全反过来了。他们故意把炮弹击到主人的院子里去，当然，落到院里，就要到院里来捡，而这蹦过篱笆进院子的方法多简便呢。主人一听到他们在墙里边大肆喧哗，要是不缴械投降的话，一定会怒不可遏。但主人一愤怒，他的脑袋就离秃顶不远了。

这次敌人瞄准后，发来炮弹，炮弹从方格篱笆上边掠过，梧桐树被打得叶子直往下落。击中了第二道城墙的竹篱笆，发出巨大声响。牛顿第一定律为："任何物体都要保持匀速直线运动或静止状态，直到外力迫使它改变运动状态为止。"假设物体照这个定律前进的话，主人的脑袋此时此刻已经和伊索克拉底斯的脑袋命运一样了。多亏了牛顿，继第一定律之后又发明了第二定律，才使主人的头在这关键时刻化险为夷。牛顿第二定律为："物体加速度的大小跟作用力成正比，加速度的方向跟作用力的方向相同。"我有点不明白这句话的意思，但主人确实要感谢牛顿，才让达姆弹突破竹篱笆之后，并没有径直敲破纸拉门、打烂主人的头。又过了一会

我的批注

儿，敌人照原计划潜入了院子，一边用棒子在低矮的竹丛中敲敲打打弄动静，一边说"是不是这儿""是不是再往左点"，敌人每次越过主人的院子捡达姆弹时，总发出很大的动静。要是悄悄地进来捡球的话，根本就无法达到最终目标。虽然达姆弹不便宜，但戏弄主人远比它重要多了。说实在的，远远就可以看准达姆弹落在什么地方，他们已经听清达姆弹撞击竹墙的声音，了解击中的场所，而且也知道弹落在什么地方了。因此如果想规规矩矩地拾弹，要拾多少都不难。据莱布尼茨定义说：空间是可能同时存在的秩序。无论在何时，甲、乙、丙、丁都是按秩序同时出现的。树荫地一定会有泥鳅，月亮和蝙蝠相互伴随，或许在墙根下放一个球显得别扭，但是人已经习惯了一种空间秩序，每天都往别人家的院子里扔球，看一眼，就知道球落在哪里了。他们为了激怒主人，才故意引起这些骚乱。

既然如此，主人再怎么消极，也只能应战了。他刚才听到学校讲伦理课，还发自内心地笑了，这时愤然而起，以最快的速度跑过去，陡然活捉一名敌兵。可见，主人确实战功显赫。战功倒是了得，但主人一脸胡子，抓住的对手却是一个十四五岁的少年，这也太不协调了。不过主人已经很满足了，对手不承认错误，主人便硬生生地把他拽到走廊前面来。我在这里有必要就敌人采取的战略进行讲解。敌人料想，凭主人昨天的架势，今天必然亲自出马。到时候

要是个高年级的，来不及跑就被逮住了，那就麻烦了。为避免危险，他们让一年级或是二年级的学生来捡球，即使被主人捉住，并听他没完没了喋喋不休地讲道理，对落云馆的名誉不会造成任何损失。况且，只会显得主人没有成人的心胸，会更觉得耻辱。这就是敌人的如意算盘，普通人会认为这也在情理之中啊，但是对手却忽略了一点：主人可不是寻常人。主人如果具备普通人那点常识，昨天就不该飞奔出去。人只要上火，能使普通人上升为非凡者，即使是常识也不具备了。如果人能衡量出界线，不论是妇女儿童，还是车夫马夫，都不会以上火来炫耀于世。像主人这样捉住不是自己对手的初一学生——一个不值得有如此反应的人，把他作为战争的俘虏，只要做到他这样，才能跻身上火行家的队伍。最可怜的是那个俘虏，他只不过是老老实实奉命来捡球的，不幸被神经异常的敌将、上火的天才穷追猛赶，还没来得及跳墙，就被拖到了走廊前边。如此一来，他们可不想眼睁睁看着自己的同伙受辱。他们争先恐后地跳过方格竹墙，从侧门闯进院子里，一个接一个排在主人面前，数量足有一打，他们大多数人光着膀子，连棉背心都没穿，有的穿着白衬衣，挽着袖子抱着胳膊的，有的则是将一块洗褪了色的棉绒布披在背上勉强凑合着。当然也不仅如此，有的人非常讲究地穿着镶着黑边的白帆布棉上衣，胸前绣着黑色带花样的外文，很是时尚。看样子，不管是谁都是勇气十足的猛将，他们每个人身强力壮，皮肤黝黑，摆出的架势就好像"我们是从丹波国矮竹丛新来的人"，假设让这些人去当一名渔夫或是水手，肯定有利于国家，但是被送入中学念书，则有些可惜。他们都光着脚，不约而同地把裤腿高高卷起，就好像到附近救火的架势。他们一言不发，在主人面前一字儿排开，主人也不开口。双方怒目相对了好长时间，其目光中夹杂着几分杀气。

"你们这群家伙都是盗贼吧？"主人质问道，气势汹汹。那样子仿佛是用牙齿咬炸了炮弹，从鼻孔里喷射出火焰一样，因此鼻翼不住地扇动，越后地区狮子的鼻子或许就是模仿人在发怒时的鼻子形状制造而成的吧。否则，不会造得如此吓人。

一人说道："不是，我们不是盗贼，是落云馆的学生。"

"撒谎！落云馆的学生怎么会不招呼一声就蹦进别人家的院子里？"主人说。

"我们不都戴着有校徽的帽子吗？"另一个说道。

"冒牌的吧！既然是落云馆的学生，为什么擅自闯入？"主人说。

我的批注

189

"是因为球飞进了院子里。"其中一个说道。

"球为何会飞进院里?"主人再次问道。

"它就是飞进去了啊。"回答说。

"实在是胡搅蛮缠。"主人说。

"以后我们一定注意,这次就原谅我们吧。"一个人说道。

"面对来路不明的人,随便闯进我的院子,你觉得我会轻易放过吗?"主人说。

"但是我们真的是在落云馆上学呀。"其中一人回答。

"在落云馆上学?上几年级?"主人问。

"三年级。"他们回答。

"是实话吗?"主人问。

"是的。"他们一齐说道。

主人回头朝屋里喊道:"快来人啊!"

埼玉县出身的厨娘阿三拉开纸门,探出头答应了一声:"好。"

"去落云馆给我叫个人来。"主人说。

"叫谁来呢?"阿三问。

"不管是谁,叫一个就行。"主人说。

虽然厨娘答应了声"好",但因为院里这番景象太奇怪,她又不明白为什么派她过去。再者事件的经过自始至终都十分无聊,所以她坐立不安,只能哧哧地笑。(在之前的章节中作者曾经为读者描绘过女佣阿三的特点,包括对"我"的凶狠、贪吃等,现在阿三再次出场,又让我们看到了一个无知、愚蠢、自私的女佣。你对阿三的评价是什么?)本来,主人认为自己凭着充分上火的本事,正在发动一场大战。在这个关键时刻,这个女人听命于自己,理应同仇敌忾,并用认真的态度对待这件事情,但她反而在听了命令之后嬉皮笑脸。这使主人愈发遏制不住怒火。

"不是告诉你了吗?叫一个过来就可以,校长、干事或是教务主任都行!"主人气呼呼地说。

"您的意思是把校长叫来?"因为这个厨娘就知道"校长"一词。

"刚才不是说了,校长、干事或是教务主任都行啊?你听不懂吗?"主人的怒火更加上升了。

"要是谁都不在,叫个后勤的也行吧?"阿三问。

"不行,后勤知道什么。"主人大吼一声。

厨娘或许觉得,事已至此,毫无他法,于是"哼"了一声就去了。她根本不明白为什么去叫人。她说不定会把学校的后勤给叫来呢,真是为她捏把汗。

不料，这时候那位伦理授课教师从正门走进来。

等他镇定地就座后，主人开启谈判：

"适才，此等人闯进我宅邸内……"这词古色古香，与旧戏《忠臣藏》相类似，被主人借鉴来了。后又略带讽刺地说："确实是贵校的学生吗？"

这位伦理授课教师镇定自若地对在院里站成一排的猛将们扫了一眼，好像没听到这番话一样，接着他把目光移向主人做了下述回复：

"没错，都是我校的学生。虽说一直告诫他们不能做这种事，太不成体统了，给您添麻烦了……你们为什么要跳过墙来？"

学生们都不吭声了，他们不愧是学生，在伦理教师面前一言不发，全都规规矩矩挤在院落一角，就好像羊群遭遇暴风雪一般。

"我这院子跟学校挨得近，球飞进来也在所难免。但是，如果要翻墙，就不声不响地把球捡走，我也能够接受，不过，大吵大嚷……这也太不讲礼节了……"主人说。

"您说得对。我经常提醒他们，可惜学生太多了难免有疏漏……唉，今后一定要注意，如果球飞进了院子，你们应该从正门捡，而且要说一声，懂了吗？可惜学校太大，总是叫人操心，真是没办法。不过，运动是教育不可或缺的，我也不好阻止。让他们运动吧，难免会打扰到您，对此，还望您多多原谅。今后我一定让他们先跟您招呼一声，征得您同意后，再从正门进来捡球。"这次是伦理教师说道。

"客气客气，您这么通情达理我就没什么怨言了。球该扔还要扔，只要从正门进来招呼一声就行。好了，我就把这些学生交还给您，就请您带回去吧。让您特意跑一趟，实在不好意思了。"主人依旧是那一套，向人家说着客套话，真是雷声大雨点小。伦理先生带领着这群从"丹波国矮竹丛"来的猛将们从正门返回了落云馆。我所说的大事就此告一段落了。如果有人觉着可笑，说："什么，这算得上什么大事呀。"那就任凭他嘲笑吧。只不过对那种人来说，这称不上他们的大事而已。我叙述的是发生在我家主人身上的大事，并不是叙述他们的大事。如果有人讥讽我虎头蛇尾、强弩之末，那就希望这位讥讽的人一定要牢记，这正是我家主人的特色。是因为主人跟十四五岁的小孩儿过不去，就说他傻，其实我也同意。所以我家主人从大町桂月那得到的评价就是："不免心智不成熟。"（主人一如既往地虎头蛇尾，是不是真的如大町桂月评价的那样心智不成熟呢？主人的表现是可笑吗？）

我已经讲述了小事，现在又记叙了大事，下面就描绘一下大事件发生之后的余波，并以此为全部事件画上句号。或许，有些读者认为我所记述的全部事件是信口开河，毫无依据，但是我绝不是一只轻薄的猫。我的一言一语不但蕴藏着伟大的哲理，并且字字句句层次井然，首尾呼应。令认为是琐谈闲话而漫然浏览的读者感到陡然一变，成了不易读懂的经典之作。再次阅读，也会立即改变初衷，认为这是重要的训诫，只有得道高僧们才能做出，所以不能躺着读，也不是伸展手脚一目十行地浏览，一定要采取十分礼貌的态度。据悉，柳宗元每当读韩愈的文章前，一定先要用蔷薇水来洗手。所以朋友们对于我的文章，一定不要干出不体面没规矩的事，借朋友读剩下的来凑合阅读，这种行为不够体面，至少要自掏腰包买来阅读。虽然我接下来要讲述的是事件的影响，但如果您认为既然是影响，必会寡然无味，那您就会追悔莫及。还是请您务必认真读完吧。

大事过后的第二天，我想去散散步，于是走出家门。当时，看到对面街道的拐角处，金田老爷和铃木家的阿藤先生正站着说话。金田君正坐车回家，而铃木君正好前去拜访，见家中无人，正往回走，刚好两人遇见了。最近，我感觉金田公馆平淡无奇，所以我很少去那地方溜达，这次看见金田君也挺开心的。我也好长时间没看见铃木了，趁此机会可以从侧面目睹其风姿。下定决心后，我便不紧不慢向两位先生靠近，他们的谈话内容自然而然就传到了我的耳朵里。谁让他们在大街上聊天呢，这可不能怪我偷听。金田这家伙为了掌握主人的动向，竟然都雇密探了，心地真是"善良"，所以，即便是我偶尔听到他的谈话，料想他还不会发火吧。假如他生气了，就相当于他对"一切事情都要公平对待"是持否认态度的。最终我旁听了两人的谈话，我并不是好奇而主动听，而是完全不想听，但这些话却偏偏往我耳朵里跑。

"刚才去您家拜访，正巧，在这里碰见了您，真好啊。"这位铃木先生恭恭敬敬地低头行礼。

"哦，是这样啊？真是好啊，其实我正想见你呢。"金田君说。

"哎呀，真是巧啊，您有什么事吗？"铃木先生急忙问道。

"其实也不是什么大事。不过，也一定要让你来办啊。"金田君说。

"如果我能办的，一定竭尽全力。您尽管说。"铃木先生问。

"嗯，这个……"金田若有所思地说。

"不然这样吧，等您方便的时候我再到府上拜访，您看最近哪天有空？"铃木先生说。

"算了，其实事情不大，既然难得一见，就有求于你了。"金田君说。

"请说，千万不要客气……"铃木先生恭敬地说道。

"就是那个怪人，对了，是你的老友吧，叫苦沙弥，没错吧？"金田君说。

"嗯，苦沙弥怎么啦？"铃木先生问。

"倒没什么，就是自从那事之后，我心情不太好。"金田君说道。

"没错，苦沙弥太傲慢，太不懂规矩了。也不想想自己的社会地位。"铃木先生说道。

"说的就是这个。他还说他不拜金，看不起企业家。说这话真是太傲慢了。看他这么不知好歹，就让他知道知道企业家的厉害。最近，我已经收拾他了，可是他气焰丝毫未减，真是顽固不化啊，唉，实在难以想象。"金田君说道。

"他就是个太不知好歹的家伙，不过是逞能罢了。他一向脾气怪异，自己是不是吃了亏，完全不会在意，实在不好调教。"铃木先生说。

"哎呀，确实不好调教。我真是想了不少办法，最终中学生给我出了一口气。"金田君说。

"这个主意太妙了，效果如何？"铃木先生问道。

"这次这家伙有点招架不住、过不了多久就会服输的。"金田君自信十足地说道。（金田君那副财大气粗、仗势欺人的奸诈可憎的面目暴露在我们面前，这也是金田君从第三章登场之后一直不变的表现。）

"不错啊，寡不敌众，但凭一己之力很难抗衡啊。"铃木先生说。

"没错。他一个人成不了什么气候，看来这次他闹腾不起来了。我就是想让你去打探一下现在怎么样了。"金田君说。

"原来是这事呀，没问题，这不难。我立刻就去打探一下，即刻返回向您报告。那个顽固的家伙也会沉不住气，挺有意思，这回有好戏看了。"铃木先生说。

"嗯，既然如此，那你返回的时候再过来一趟，我在家等你。"金田君说。

"嗯，那我先告辞了。"铃木先生说。

啧啧！原来这件事是个阴谋。企业家的势力真是不容小觑啊，这千真万确。所有这些都是企业家的能力，本来主人已瘦如焦炭，他还让他上火，主人已经不好过，他还借此让他脑袋光秃得连苍蝇脚都打滑，还让他的脑袋遭遇伊索克拉底斯那样的命运。我不知道是什么力量推动着地球绕着地轴运转，但是，整个社会的推动力确确实实是金钱。能够了解金钱的力量，并且自由发挥金钱的威力的，除了企业家再没有别人了。太阳每天平平安安地东方升起，西方落下，都是企业家的功劳。过去我之所以欠思考，居然对企业家的好处一无所知，是因为我寄养于不明事理的穷酸读书人家里。基于这一点，即使是顽

<u>固不化的主人，这次也应该有所顿悟了吧。要是他一味坚持他那冥顽不化的想</u>
<u>法，就是自找麻烦，连最宝贵的生命恐怕也难保。</u>（作者借猫的"顿悟"充分表
露了对金田的厌恶，批判了"金钱万能"的世态和拜金的社会风气。只因苦沙弥怠
慢了金田夫人，金田便三番五次地依仗自己的财势对素未谋面的苦沙弥进行打击，
使苦沙弥身心俱疲。这一次次的冲突为我们展现了金田一家的无耻嘴脸和当时日
本社会的扭曲。）见到铃木君后，不知主人会寒暄些什么，我可以推测出他顿
悟到哪种程度了。要想清楚知道，得看两人的见面情况。如此一来，我一分钟
也不敢耽误。虽然我是猫，也放心不下主人。我于是抢到铃木君到来前回到家
里。

　　<u>铃木君向来是个善于周旋的人，他对今天和金田君碰面的事只字不提，不</u>
<u>停地扯着无关紧要的闲话，看起来一脸得意。</u>（从中你可以看出铃木君的什么特
点？）

　　"你的脸色看起来不好，是不是哪里不舒服？"铃木先生问。

　　"倒是没有什么不舒服的。"主人回答。

　　"可是脸色苍白啊，一定要注意身体。现在气候不佳，晚上睡得好吗？"
铃木先生的神情好像很关心。

　　"好。"主人说道。

　　"是不是有什么烦心事啊，只要我能帮上忙的，你尽管开口。"

　　"烦心？有什么烦心事？"主人问。

　　"哎呀，没有就好。我就那么一说，假如有什么烦心事，对身体可不好
啊。人生在世，开开心心不是最好吗？我看你今天的情绪不好嘛。"铃木先
生说。

　　"太过开心了也不好，你没听说过有人会把自己笑死。"主人说。

　　"别开玩笑了。俗话说'笑来福来'啊。"铃木先生说。

　　"在古希腊时代，有个哲学家叫库里希泊斯，没准你不知道。"主人说。

　　"不知道，他又怎么啦？"铃木先生问。

　　"那家伙笑得过度，就笑死了。"主人说。

　　"哎呀，真是奇怪，不过这些都是过去的事情了……"铃木先生说。

　　"不管过去还是现在都一样。驴子吃银碗里的无花果被他瞧见了，他觉
得实在滑稽，就使劲笑，结果这一笑就停不下来了，最后活生生把自己笑死
了。"主人说。

　　"哈哈……再滑稽也没必要笑个没完啊。略微笑笑，差不多就行了，这样
也高兴。"铃木先生说。

　　铃木君正揣摩主人的心思，正门哗啦一声打开了。我以为有客人来了，抬

头一看愣住了。

"球掉进您的院子了，我想拿回去。"

厨娘阿三在厨房里应一声"可以"，那个学生向房后绕去。铃木表情怪异地问主人："发生什么事了？"

"房后的学生把球打到院里了。"主人回答。

"房后的学生？有学生住在房后吗？"铃木先生好奇地问。

"有个落云馆，就是那儿的学生。"主人说。

"哦，是学校的学生啊。跟学校挨着是不得清静的。"铃木故意这么说。

"哪里是不得清净呀，我想安安静静看会儿书，竟然都不行，我要是文部大臣，立马就把这所学校关了。"主人说。

"哎呀，怎么有这么大的火气，看来是他们惹你生气了。"铃木先生装作不知道似的问道。

"简直从早到晚麻烦不断。"主人说。

"你要这么生气，不如考虑搬家吧。"铃木先生说。

"真是岂有此理，应该谁搬家呀。"主人说。

"跟我生气有什么用。哎呀，都是孩子，你理他们干吗？"铃木先生说。

"你不生气，我生气。昨天还把他们的老师叫过来谈了谈。"主人说。

"真有意思，他们道歉了吗？"铃木先生说。

话音未落，又有人拉开房门，只听一个声音说："打扰了，我们的球飞进您家里了，请让我拿一下吧。"

"哎哟，又一个！怎么，又是捡球的？"铃木先生说。

"是啊，跟他们说好了，从正门进来。"主人很无奈地说道。

"原来如此啊，怪不得没完没了地来，我懂了。"铃木先生说。

"你懂什么了？"主人问。

"哎，我是说知道他们是来捡球的了。"铃木先生赶快为自己打掩护。

"今天到现在已经第十六次了。"主人说。

"你真不觉得麻烦吗？想想办法，别让他们来了怎么样？"铃木先生说。

"说得轻巧，不让他们来，他们也要来，又能怎么办呢？"主人毫无办法地说。

"你说没办法就算了。但是你不要那么固执行吗？人要圆滑一些才能在社会上吃得开啊，不然会吃苦头的。圆滑的东西滚到哪儿都省劲儿，而带棱角的东西让它滚，就会遍体鳞伤，因为每次滚动，都会让棱角受损，是会疼的。世界上又不是只有你一个人，做事千万不能只考虑自己。也就是说，跟有钱人抗衡是要吃亏的。这样别人不但不会赞扬你，反而会刺激神经，弄坏身体，而对方只要坐着，轻轻松松地就有人听从差遣。人家那么多人，而你就自己，这是敌众我寡。也不是不让你顽固，只不过你在坚持信念的时候，不但影响自己做学问，还会给每日的工作带来麻烦，最终费心劳力，你还没占着好处。"（铃木先生表面上是劝说苦沙弥，实则是在为金田做暗探和说客。铃木本身是学子出身，但从他的几次出场我们能够看出来他唯财是命，又极其圆滑，是金田的走狗，也是典型的势利小人。）铃木先生说。

这时候，又有一人进来了。

"抱歉，球又飞进来了，我能到房后拿一下吗？"

"哦，又进来了。"铃木边说边微微笑道。

"太不像话了！"主人气得满脸通红。

铃木君认为自己已经圆满完成任务了遂起身告辞道："有空到我那儿坐坐，告辞了。"接着就走了。

待铃木先生走后，甘木先生又来了。自古以来，爱生气还自称火大的人本就少见。当自己感觉到不对劲儿的时候，火气通常都上升到了最高值。昨天在发生大事的时候，主人的火气已经登峰造极。尽管谈判虎头蛇尾，但无论如何也算出来结果了。当晚，主人坐在书房里思前想后，隐隐觉得事情有点不对劲。不知是落云馆不对劲呢，还是自己不对劲。这当然还需要求证。反正这一定是不对劲的。与此同时他还发现，自己的住所虽然紧临中学，但是他这样一年到头不断惹气是反常的。既然反常，就要开动脑筋。虽说要动脑筋，但还是想不出解决的办法。真的是没办法，只能吃下医生开的药，把那爱生气的毛病治疗一下。意识到这一点，他萌生了一个想法，就是请老熟人甘木先生给自己号一号脉。先不说主人这个办法是出奇制胜还是愚蠢之至，但总之他意识到自己上火了，这也可谓是一种神奇的想法了。甘木先生依然稳重地笑着说："怎么啦？哪里难受啊？"一般来说，医生总会说"哪里难受"。如果医生不问"哪里难受"，无论如何也信不过他。

"大夫，真是难受啊。"主人说。

"嗯，怎么会这样？"甘木先生回答。

"医生开的药到底管不管用呀？"主人说。

对于主人的问题，甘木先生虽略显吃惊，不过作为一位宽厚的长者，他也没有不高兴，只是沉稳地回答："有效果。"

"可我的胃病吃了那么多药也没见效啊。"主人说。

"绝对不会那样。"甘木先生说。

我的批注

"果真不会？看样子，多少会有点效果，是吗？"主人向甘木先生询问自己的胃病。

"也不可能一下子就痊愈了，都是慢慢养好的，你现在比以前好多了。"甘木先生说。

"真的吗？唉！"主人还是有点不相信。

"还觉得上火吗？"甘木先生问道。

"当然了，做梦都上火。"主人说。

"稍微运动一下吧，会有效果的。"甘木先生说。

"一运动岂不是更上火。"主人说。

甘木医生看样子也没办法了。

"来，我给你检查一下。"甘木先生边说边开始检查。没等检查完，主人又大声询问："大夫，前几天我看了一本讲催眠术的书，里边讲到，偷偷摸摸的毛病可以用催眠术治疗，还说能治好很多病，真是这样吗？"

"嗯，嗯，是有这种疗法。"甘木先生回答。

"现在还有人治疗吗？"主人问。

"嗯。"甘木先生回答。

"催眠容易吗？"主人再次发问。

"容易，非常容易，我还经常给人催眠呢。"甘木先生说。

"你也给人催眠吗，大夫？"主人问。

"嗯，我也给你做一次吧。按理说，谁做都行。你要同意的话，就给你催眠一下。"甘木先生说。

"听起来很有意思，我早就想接受催眠了，请您也给我做一次吧。可是，可不要睡得太沉啊，要是再也醒不过来就完了。"主人说。

"怎么会，不会有事的，咱们试试吧。"甘木先生说。

商议好之后，主人很快决定要接受催眠治疗了。我从来没见过这种事，心里暗自欢喜，便在客厅一角静观其变。刚开始，大夫从主人的双眼下手，他是用抚摸双眼的方式，从上到下不断抚摸眼周围。尽管主人已经把双眼紧紧闭上，但甘木先生依然顺着一个方向重复同一个动作。过了一会儿，甘木先生问主人："如此多次抚摸眼睑，是不是觉得眼皮越来越沉了？"主人说："没错，是变沉了。"甘木先生依然从上至下不断刮着，嘴里还说："会越来越沉，觉得还好吗？"不知是不是主人已经陷入医生营造的氛围中，一直保持沉默。这三四分钟之内，甘木先生一直用相同的手法，最后说道："哎呀，你的眼睛很快就睁不开了。"太可悲了，主人的眼睛最终瞎了。"眼睛真睁不开了？"主人问。"是的，绝对睁不开。"甘木先生回答。主人没有说话，双眼闭得紧紧的，我真认为主人的眼睛一定是失明了。一会儿之后，甘木先生说："如果你能睁开就睁开吧，估计你一时半会是睁不开了。"只听主人说了声："是吗？"话音未落，两只眼睛"啪"的一声就睁开了，睁得跟平时一样大。主人满脸笑容地说道："不管用。"甘木先生也笑着说道："还真是，是不管用。"催眠术以失败告终，甘木先生告辞了。（你认为甘木医生真的会催眠吗？）

又一个客人到访。主人家很少有这么多人来拜访。社交甚少的主人，居然能有这样的一天，简直让我难以置信。不过，不论如何，客人是来了，并且是稀客。刚才我提到过，我正在讲述大事所带来的影响，因此有必要讲讲这位稀客，即便他不是稀客也好。但要讲述这次的影响，这位稀客是所写事件的不可漏掉的素材。我不知道他叫什么名字，但是我认为，只提一下他的长脸、留着两撇山羊胡、四十岁上下，也就可以了。与迷亭这位美学家比，我称他为哲学家。我之所以称呼他为哲学家，是因为当我看见他与主人谈话时的那股子神情，令我觉着他活脱脱是一个哲学家，而不是像迷亭一样爱自吹自擂。两人聊天时的样子真是自在，看样子，他是主人的老同学，谈得十分融洽。

"嗯，迷亭那家伙，太浮了，就像水池里漂浮着的麦麸一样。据说前段时间，他和一个朋友从一个素昧平生的贵族门前经过，就说要进去喝杯茶，硬把他那位朋友给拽了进去。"客人说。

"接着呢？"主人问。

"我还真不知道接着怎么样了。倒是那家伙，是个天生的怪人吧，就是完全没有什么脑子，和金鱼吃的麦麸差不多。哦？铃木到你这里来过？哎呀，那家伙虽然不通事理，但人情世故却很精通，是个戴金表链的材料。但是太浅薄，不稳重，是块废料。他张口闭口圆滑圆滑，但什么是圆滑，他压根儿不懂。假设把迷亭比作麦麸，那么就可以将铃木比作用稻草扎起来的魔芋豆腐，就知道滑溜溜地颤来颤去。"

主人听到这些奇怪的比喻，很佩服，居然久违地哈哈大笑起来，说道："依你之见，你应该是什么呢？"

"我啊，哎呀，该怎么形容我这种人呢？也许比作土生土长的山药比较确切。生长于泥土中，长相显老啊。"客人说。（这位哲学家一出场就是一副健谈的样子，他对迷亭和铃木的评价直白又有些让人摸不着头脑。你对这位哲学家的第一印象是什么？）

"你总是泰然自若，怡然自得，真让我羡慕。"主人说。

"哪里哪里，我跟平常人没什么两样，没什么可羡慕的。庆幸的是，我从没羡慕过别人，这一点就足够了。"客人说。

"你最近手头宽裕吗？"主人问道。

"还是那样，手头也是很紧，饿不死就行了，这没什么大惊小怪的。"客人说得平平淡淡。

"我心里憋闷得难受，总是想发脾气，看到什么都觉得不满。"主人说。

"不满也很正常呀，发泄出来心里能舒服一点儿。什么样的人都有，你如果要求别人和你一样，也是不可能的。这就好比吃东西，你拿筷子的姿势和别人不一样，吃起来当然会不顺利。可是面包这东西就随意了，随便怎么切，自己吃得高兴就行。手艺好的裁缝，你穿上他做的衣服就很合适；而手艺粗劣的裁缝，他做出来的衣服你只能凑合着穿。不过，社会可是一件做得很高明的服装，在穿着的过程中，衣服自然会改变，跟你的身材更贴切。如果你那能干的父母把你生的能适应社会，当然你是幸福的。万一把你生的不能顺应时代潮流，你也要这样生活下去，或是韬光养晦，直到你能适应社会的那天。此外，其他的路都行不通。"客人表现出哲学家的样子。

"但是像我这种人，好像一直无法适应这个社会呢，心里总觉着没底。"主人说。

"假如你一定要穿不合身的西装，就会把衣服撑破，还会搞得一团糟，要么吵架，要么自杀。不过，例如你，不至于自杀，又不会和人争吵，只是觉着心里郁闷，已经算不错的了。"客人安慰主人道。

"但你不知道，我每天都在吵架。就算没有争吵的对象，暴跳如雷，还不跟吵架一样吗。"主人说。

"哦，我懂了。真有意思，你这叫单人吵架，要是这样，吵多少次都无妨。"客人说。

"我已经厌倦了这样的生活。"主人说。

"那就别吵了。"客人说。

"我就跟你说说，一个人的心怎么可能那么容易受支配呢。"主人说。

"咦，到底是什么事让你那么气愤啊？"客人说。

于是，主人当着哲学家的面，喋喋不休地讲述了落云馆的事情，还发了那些让他鄙视的各种人的牢骚。这位哲学家始终默不作声，后来，他终于开口给主人讲了以下的道理：

"一些让你鄙视的人，他们说的无非就是些无聊的事情，你完全可以不屑一顾。那些中学生根本不值得你去理他们。你的意思是说他们故意打扰你？可

我 的 批 注

199

是，就算你和他们谈判也罢，吵架也好，结局是一样的，妨害依然没有解除。至于这一点，在我看来古时候的日本人要优越于西方人。最近'西方人所做的一切都是积极的'，俨然成了热点话题，实际上，这里边的缺点有很多。先拿积极来说，意思就是无休止，就算是永远积极地做事，也达不到完全满意。例如我看见前面有棵柏树，我觉得它挡住了我的视线，我把它砍了，但是前边的公寓，我又觉得它妨碍了视野，把公寓拆了，但后边又一座房子看着碍眼，难道这不是无休止吗？西方人就爱干这样的事，不管是拿破仑还是亚历山大，没有一个获胜后满足到可以收手的。看别人不顺眼，就吵架，对方不服气，状告到法院，赢了官司，难道就会太平无事了吗？大错特错！这种焦虑会永远陪伴着你，除非死了，心才会永远地安宁，活人谁不是焦虑不安呢？政权掌握在少数人手中不好，公民便选举代表参政，选代表参政又不行，接着还想创新。瞧见河碍事，就架桥；看着山碍眼，就挖隧道；用两脚走路太累，就修铁路，这样下去，欲望是无止境的，永远不会得到满足。但是，人到底在多大程度上能积极地使自己的主观意图变成现实呢？

或许，西方的文明也许是积极向上的，但那些创造它的人，终究一生会生活在欲望之中。如果不依靠自己，而是借助改变外部环境的方式来获得满足，这绝不是日本的文明。日本与西方的不同之处，就是在假设周围环境不可动摇的前提下发展起来的。就好像父母和子女的关系，就算不和谐，也一定不会效仿欧洲人那样，为得到安宁而改变这种关系，而是将已有的父母和子女的关系看作是永恒不变的，只能在维护这种关系的前提下谋求安神之策。与之相同的还有夫妻关系、君臣关系，而区分武士与商人的界限以及自然观，也是一样。如果和临近的区域之间有山相隔，过不去，人们不去思考怎么样凿山开路，而是磨炼自己不去邻国也混得下去的功夫，也就是说，要赋予一种心理状态——培养自己如何不翻山越岭依然能够满足乐观的心态。这样一来，你想想看，不论是佛家还是儒家，都从根本上掌握了这一点。即便自己非常有能耐，人世上毕竟不可能使你万事如意。既不能使落日回升，又不能使加茂川倒流，能够约束的，唯有自己的心灵了。只要去修炼内心，让它得到自在，即使落云馆的学生再吵闹，也会泰然处之吧！对那些阴险的家伙不理不睬，如果那些人毫无素质，胡说八道，你只需镇定地骂他们为'一群王八蛋'，这事就过去了。据说古代有个和尚，刀架在脖子上的时候，还饶有风趣地说了一句妙语：'电光影里斩春风。'他之所以说出如此玄妙之语，想必是他抓住了修心的精髓，到达了修行的巅峰之后，才说出如此精辟的话语。当然，我这种人不懂那些深邃的道理。但是总认为不能一味为西方人的积极主义叫好的。现在不管你以多么积极的方式去行事，面对学生的戏弄依然一筹莫展。假如你有权有势，封了学校的大门，或是对方做的坏事到了值得向警察控诉的地步，那就另当别论了。既然情况并非如此，即便你如何实施积极主义，也依然会失败。如果你也积极，就会遇到金钱和寡不敌众的问题。换句话说，遇到富人，你就得顺从；如果在恃众作恶的孩子面前，你就得求饶。像你这样既没钱，而且还要单枪匹马地积极去较量，这正是你的不满的源头啊。怎么样，听懂了吗？"

主人没有明确表态，只是静静听着。稀客告辞后，主人就钻进书房发呆，什么书也没看。

<u>铃木先生告诉主人，顺服于钱多、势众；甘木先生让他用催眠术麻痹神经；而最后这位稀客，向他大肆宣扬唯有消极入世方可安心。至于主人究竟作何选择，悉听尊便。唯一可以确定的一点是，他一直奉行的那一套，已经行不通了。</u>（苦沙弥一直以迂腐、愚笨、顽固的形象存在，并不讨喜，现在面对来自第三方的"趋于权势"的劝告，他只是静静地听着。苦沙弥虽是个无权无势的穷教书匠，虽然知道在当时的社会环境下自己的清高、正直、不趋附权贵越来越不合时宜，但他仍然在用自己的行动对丑恶社会的某一方面进行反抗。苦沙弥代表了明治初期虽然对社会不满但仍未放弃希望而努力抗争的一部分知识分子的形象，是具有喜剧性的悲剧人物。）

九

　　主人长了一张麻子脸，据说麻子脸在维新前是很时尚的。但是，日英结盟的今天，这张脸难免与时代脱节。麻子脸的衰退与人口增长成正比。据医学统计得出的确凿结果，未来所有的麻子脸都会消失。这论断如此英明，就连我这只猫也深信不疑。现如今，有多少有麻子脸的人生活在这个地球上，还不能确定。但从我的交际圈来看，没有一只猫是这样，但却有一人如此，而这唯一的一人就是我家主人。我真觉得他可怜。

　　每当我看见主人这张脸，都会陷入沉思：唉，他上辈子究竟造了什么孽，才长得这么丑，还恬不知耻地呼吸着二十世纪的新鲜空气。假如在古代，或许还能稍微显得有气魄，但如今，麻子已经被命令向胳膊上撤退，主人的麻点依然在鼻头或是面部顽固不化，这不但不值得自豪，还一定会对麻点自身的荣誉带来影响。假如可能，还是趁早除掉它比较好。说句实在的，麻点自己都觉得长在脸上危险。可是，由于同党愈加衰败的势力，这些麻点或许另有想法，发誓以挽救落日中天的劲头重振雄风，傲居整个面孔。照此说来，我们还真不能藐视这些麻点。它汇聚了所有长存的坑坑洼洼，这些坑洼能抵抗盛行于世的风俗习惯，也可以说是坎坷无常，这坎坷极有崇拜的价值。但它美中不足的是有点肮脏。

　　在主人年幼的时候，在牛込区的山伏町上有一名叫浅田宗伯的中医。听说这位老人每次都要坐上轿子，晃晃悠悠地到病人家去看病。可是这位宗伯过世后，轮到他养子的那一代，轿子就变成了人力车。因此，等到他的养子过世，轮到下一代人继承家业，没准药方里的葛根汤就变成阿司匹林了。在宗伯生活的年代，乘坐轿子在东京市中心行走，就已经有些不雅观了，除了那些顽固不化的死人和被装进汽车运输的猪，满不在乎这种事之外，就只剩下宗伯一人了。

　　主人的麻子脸和宗伯几乎无异，也走霉运。你在旁边看着都觉着可怜。主人顽固程度不亚于宗伯，依旧在光天化日之下显示他那好似孤城落日般的麻子脸，天天到学校去讲授他的英语课。

如此一来，主人满脸铭刻着上世纪①的纪念物，站在讲台之上。他除了给学生们讲课，还要给予重要的教导。他很少强调"猴子有手"这种话，但对于"麻点给面孔造成的影响"这种重要的问题，他会毫不做作地说明，无须多言，学生们自然能得知答案。假设没有主人这样的教师，学生们要想研究这个问题，就不得不去图书馆或是博物馆，要消耗与我们探究古埃及人时研究木乃伊差不多的精力。由此得知，主人脸上的这些麻点，命中注定会做出非凡的贡献呢。

　　当然，主人并非以做什么贡献才长了一脸的麻点。这些麻点可不容小觑，实际上，这原本就是种的痘，不幸的是，只是本应该种在胳膊上的痘痘不知什么工夫传染到了脸上。当时主人年龄小，就知道一个劲地叫"痒痒"，在脸上使劲地挠，爹娘生的脸活活地糟蹋得乱套了，就像火山爆发后，岩浆流得满脸都是。主人经常对妻子说，自己没长麻子之前，是个皮肤白皙的孩子。他甚至还炫耀道："我那时候白白胖胖的，当家人抱着我去浅草观音堂拜佛的时候，连西方人都忍不住回头多看几眼呢。"但是，也许这是真的，只是缺少证人，这有点遗憾。

　　不论他的麻子脸做出了何等贡献，如何成为训诫材料，依旧是肮脏不堪的。因此自主人懂事之后，就对这张麻脸发愁，并想尽各种办法改变这丑陋的面目。但这跟宗伯的轿子不同，他不想要了，可以立马扔掉。直至今日这些麻点还醒目地留在脸上，据悉主人总对这个"醒目"放心不下，每次走在大街上，他总会留心今天碰见多少麻子脸。这些长麻子的人是男是女，是在小川町的劝业场遇到的，还是在上野公园遇到的。他把这些统统以日记形式记录下来，他深深相信，自己关于麻脸的知识绝不比任何人逊色。前些天，有个从国外留学归来的朋友来他家拜访，主人问道："西方人有长麻子的？"朋友说道："这个嘛，不好说。"接着歪着头思考了好长时间，终于说道："很少见。"主人认认真真地重复问句："虽然少见，但总归还有吧，是不是？"朋友回答说："纵使有，也都是要饭的或是捡垃圾的，有教养的人好像没有。"他显示出漠不关心的神情。主人说道："这样子啊，这和日本不同呢。"

　　主人自从听了那位哲学家的劝告后，已经不再和落云馆的学生吵架了。此后，他每天在书房里待着，沉湎于思索。或许他想接受哲学家的忠告，通过静坐用消极主义来锻炼他灵敏的神经。但是主人器量本来就小，再这样成天到晚闷坐，什么也不干，必然不会修炼出好结果。依我看来，他不如把书

---

① 此处指 19 世纪。

全都卖了，跟艺妓去学学"喇叭调"等流行歌曲也比现在强。想来这个顽固的男人应该不会听从一只猫的劝告，所以我决定还是悉听尊便吧。于是，接下来的五六天我都离他远远的。

从那时算起，今天正好是第七天。依禅宗的说法，一个七天被称为一周期，有很多人会在那里打坐但求顿悟。不知道我家主人现在是生是死，抑或仍在挣扎。于是我悠闲地走到书房门口，屏住呼吸观察了一番室内动静。

主人的书房朝南，六叠大小，阳光充足的地方放了一张宽大的低脚桌。这张桌子长六尺，宽三尺八寸，高度与整体大小相匹配，如果只称它为一张大桌子，说得就太模糊了。当然，这张桌子不是现成品，而是和附近的家具店说好，专门让他们制成的既能当书桌又能当床的稀有物件。我想象不出究竟是什么原因促使他要定做这样的桌子，又是什么情况才会在上边睡觉。个中缘由，恐怕只有主人才知道。或许主人因为一时兴起捡来这么大个东西。没准儿他认为，精神病患者经常会把两个完全无关的念头联系起来，于是将桌子和床硬联合在一起了。反正一直在标新立异。并且是没有任何价值的标新立异。我曾经见过主人在这个桌子上睡午觉，一翻身翻到了走廊里。从此以后，他再也没有躺在这桌子上睡过觉。

桌子前边放了一块薄薄的坐垫，是用进口纱制成，上面有三个被烟头烧过的洞，灰黑色的棉花从洞里露了出来。我家主人面朝后坐在这个垫子上，腰带已经变成了肮脏的灰色，胡乱在腰间打了个死结，长长地垂到了脚面。最近，我曾用爪子去玩弄那条带子，结果冷不丁被敲了脑袋。这带子可不是随便能靠近的。

主人居然还在思考。俗语说得好"傻想就会想傻"。我从主人身后探出头来偷偷一瞅，原来桌子上放着一个闪着亮光的东西。真是怪了，我不由得眨巴了两三次眼。我使劲盯着那个有亮光的东西看，顾不上眨眼了。这时才看清，这亮光是从桌子上正晃动的镜子反射的。可是，主人为什么要在书房里摆弄这面镜子呢？按理说，镜子应该放到洗漱间里。今天早晨，这面镜子还在洗漱间里呢。由于这是主人家绝无仅有的一面镜子，所以我要特别说明一下。主人每次洗完脸分头发一定要用这面镜子，这时就显示出作用了。或许有人会问："主人这样的人还梳分头？"说句实在话，主人对别的事情都无所谓，可唯有分头发很细心。自从我有幸进入这个家，不论天气多么炎热，主人从不剪平头，一定留上两寸。他不仅把头发认真地分向左边，还让右边的头发反弹回来。这或许也是他神经病的一种表现。虽然我认为，这分法太有派头，和这张桌子显然不搭，但因为这事并不危害他人，所以谁都不会对此发表什么意见，他本人对此也很满意。暂且不去理会他这时尚的分法了，但他留那么长的头发也是不得已而为之。据说很久以前，他不仅脸上长麻子，头顶也有。所以如果他也像别人那样头发只有半寸或是四分之一寸，短短的头发立刻就会暴露麻点就在此处。不论他怎么爱抚，也铲除不掉那一个个痕迹。那些麻点犹如光秃的田野上出现的点点荧光，风雅是风雅，但无疑会让夫人懊恼。不过，自己的弊端没必要暴露出来，留长头发，自然能遮掩过去，又何苦自动暴露自己的短处呢？但愿脸上也长出毛发，遮盖了整脸的麻点才好呢。长头发又不要钱，干吗一定要花钱让别人剪掉呢？他难道会到处说："看，我的头上还长麻子呢。"这就解释了主人为何留长发，而梳分发则是因为头发长，而这又成为让他去照镜子，并把镜子放在洗漱间的原因。但我敢确定的是，我家仅有这一面镜子。

本应该在洗漱间放着的家中唯一的镜子竟然出现在书房。可以肯定的是，它不是灵魂出窍，自己飞来了，就是主人从洗漱间拿来的，才出现在主人的书房。如果是拿来的，会是什么原因呢？或许他要修炼消极，这是必备的道具呢：据说，从前有位学者去访问一位高僧，见这和尚正光着膀子磨瓦罐，于是问道："你在干什么？"和尚回答："没什么，就是使劲地磨，要把瓦片磨成一面镜子。"于是那位学者十分惊讶，说道："任你是什么样的高僧，恐怕也不可能把瓦罐磨成镜子吧。"和尚哈哈大笑，意味深长地说："嗯，你说的没错，那我就放弃了吧。可是有的人虽读书万卷，却不得道，岂不也和我用瓦罐磨镜子一样吗？"主人之所以把镜子从洗漱间拿出来，在那得意扬扬地摆弄，或许也对这个故事略知一二。看样子，一切无法想象的事情都可能发生。我偷偷地观察着主人的举动。

主人对我的行为全然不知，他正以全神贯注的姿态凝视着这面小镜子。据说镜子这东西怪吓人的，要是一个人三更半夜，在一个点着蜡烛的大房间里照镜子，大概要有很大的勇气。就拿我来说，第一次，家里的小女孩强行拿过镜子放在我面前，我一时吓坏了，吓得绕着房子足足跑了三圈。尽管现在天还没黑，像主人这样死盯盯地往镜子里看，一定会害怕自己那张脸的。这样子就算在平时看上一看，也会让人失望的。

又过了一会儿，主人喃喃说道："嗯，果然长得不好看。"他居然能承认自己长得难看，确实很不容易了。看他的神情，这举动确实疯癫，说的话倒是真理。假设再深入一步，就是对自己的丑陋感到害怕。一个人如果不能入骨三分地感到自己是个十恶不赦的坏蛋，这人就不能算是饱经风霜的人，不是个饱经风霜的人就无法得到解脱。既然主人做到了这一步，看似再继续向前，很可能顺口搭言地说出："哎呀，真吓人！"但他却怎么都不说。不知他想到了什么，就说了句"果然长得不太好看"后，噗一声，把腮帮子鼓了起来，然后用手掌对着鼓起来的腮帮子拍打了两三下。我不知道这是什么妖术。我感觉此时的他长得很像一个人，细细想来，那人原来是厨娘阿三。正好趁机对阿三的面孔做一下介绍，她脸长得真是膨胀啊。前些天，有人给主人送了个河豚灯笼作为礼物，这灯笼是从穴守稻荷神社买来的。阿三的那腮帮子鼓得溜圆，女仆的脸臃肿得正和那个河豚灯笼一模一样。因为鼓得太厉害，她的两只眼睛已经挤得都看不见了。不过，河豚灯笼虽然臃肿，却始终是通体浑圆，而厨娘阿三呢，她的骨骼本来就棱棱角角，脸又胖，按照这个骨骼膨胀，看起来就像被水浸泡了的六边形挂钟。这话要是被阿三听见，她肯定会被气死的。关于阿三的事情暂且打住，还是回到主人的话题吧。主人就这样吸尽整个宇宙的空气鼓起腮帮子，如前所述，边用手掌拍打腮帮子，同时自言自语道："把皮肤绷得这么紧紧的，就看不清麻子了。"

这回，主人又转过脸去，将照到阳光的那半边脸映入镜子中，他似乎发觉到什么，说道："奇怪了，还是冲着阳光的一面显得平些，这样看麻子就很明显。"他将右胳膊伸出，尽量让镜子离得远些仔细端详了好长时间，恍然大悟似的说："离近了不行，离远了就什么都看不出来了，果然不能凑近了看——不仅是脸，任何东西都是如此。"然后他又突然把镜子横过来，让眼睛、额头、眉毛挤作一团，都一同向鼻梁这个中心点聚集。我瞥一眼，心里立刻涌起一股厌恶，他自己也觉得这样太丑了，自言自语地说道："这一招不行。"就立刻停止。"这张脸也太凶狠了吧？"主人狐疑地再次把镜子放在距他的眼睛只有三寸远的地方，用右手的食指摸了摸鼻子尖，鼻头上的油脂被他使劲往桌子上的吸墨纸上蹭了一下，一个圆圆的印记立即显现在纸上。主人的小把戏可真多。他又转过那摸过鼻头上油脂的手指，照着自己的眼皮使劲扒了一下，熟练地完成了"扒眼皮"的动作。让人琢磨不透的是，不知道他到底是在钻研麻子，还是在和镜子做瞪眼比赛呢。在我观察主人的时候，他会弄出各种动静，看样子，他是个意趣横生的人。不仅如此，主人之所以肆意弄出各种动作与镜子较量，假设以善意的视角来看，用驴唇不对马嘴的方式来解释的话，是因为他在借此方式醒心悟道呢。人所钻研的其实是自己。究其根本，不管是天地山河，还是日月星辰，都是自我的别名罢了。没有任何一个人能做到全然抛开自己去研究外物。如果人能做到超然物外，在超然的一刹那间，也就没有自己了。况且，除了研究自己只能自己来，别人谁也不能代劳，即使他非常愿意为你代劳，你也特别愿意请他代劳，都做不到。因此，自古以来的英雄人物都是靠自己的力量成功的。如果依靠别人去认识自己，那么完全可以请个人代替你吃牛肉了，然后判断牛肉是老是嫩。那种朝闻夕死，在梧桐窗前秉烛夜读，不过是让人们去认识真正自我的方式罢了。无论在他人的观点中、他人论证的道理中，还是在满满一堆的典故中，是不可能存在着自我的。如果有，也是自己的灵魂。不过在某种时候，有灵魂总比没有灵魂强，有时追随影子，也可能碰上自己的身体。多数情况下，自己的身体与影子是分不开的。从这种意义上来看，主人在摆弄镜子的时候，还算得上通情达理。主人比那些摆出一副学者架势生搬硬套爱比克泰德学说的人高明多了。

镜子是自鸣得意的酿造机，同时又是自我吹嘘的消毒器。假如怀揣虚荣浮夸来照镜子，那些愚昧的人就上了这东西的当了。从古至今，不懂装懂、损人不利己的事情，大约有三分之二要归咎于镜子。在法国大革命时期，一个具有奇特爱好的医生发明了断头台，罪恶之门从此开启。这正像第一个发明镜子的人，事后岂不是也会遭受良心上的谴责？可是在感到绝望或是自我萎靡不振的时候，最好的治愈方式就是照镜子。因为照镜子可以分辨美丑，人们一定会发现，自己长得这么丑，直到今天还好好地活在这世上，甚至还在人前称自己是个人，并且一点也不觉着害臊。当注意到这一点时，才是人生最可贵的时期。再也没有比承认自己愚蠢更加高尚的了。面对这一位没有自知之明的人，每一个自命不凡的人都应该对他毕恭毕敬。就算有一个家伙自认为是在侮辱我、嘲笑我，但在我看来，他外在的傲慢，恰恰是内心敬畏的表现。当然，主人不是圣贤，不可能只是照了个镜子就能觉察自己的愚蠢。但总还是看出了自己脸上的麻子，已经非常难得。能承认自己长得丑，会成为了解自我邪恶的正确道路。主人这家伙还真是前途无量，或许是被那个哲学家批判的结果。

我一边琢磨，一边继续观察主人的情况。主人完全没有察觉，他结束了"翻眼皮"游戏后，说道："好像严重充血了，大概患了慢性结膜炎。"说完就用食指使劲揉充血的眼睛。肯定很痒呢，但是已经那么红了，再这么使劲一揉，只会越揉越严重。等到不久之后，一定会像腌咸鲷鱼一样，眼睛都烂掉了。很快，主人又睁开眼睛去照镜子。我仔细一瞧，果然，那无神的眼睛黯淡无光，活脱脱像北国冬天的天空。他的眼睛本来也不是炯炯有神，如果说得夸张一些，他的眼睛浑浊得分辨不出黑眼珠和白眼珠。他的眼神就好像他的精神状态一样，永远含糊不清飘忽在眼眶里。这有可能是胎毒导致的，也可能是天花后遗症，据说他小时候依据偏方吃了不少毛虫和野蛤蟆。辜负了母亲的拳拳爱子之心，虽然想了各种办法，但他今天脑子还和生下来时一样糊涂。照我说，这跟胎毒和出天花没有一点儿关系。他的眼神之所以飘忽游离、彷徨不定，令他陷入悲惨境地，完全是由于他那不透明的脑袋所决定的。并且其影响已经达到了暗淡溟蒙之极致，自然而然在形体上有所体现。母亲不明这种情况，因此为他担心不已。冒烟的地方，必然有火，眼球浑浊，证明是个糊涂虫。可见，眼睛是心灵的象征，他的心宛如天宝铜钱一样是空心的，那么他的眼睛也和天宝铜钱一样，虽然大，却不中用。

主人又开始摆弄胡子。他的胡子本来就不太齐整，每一根长出都按照心仪的姿态野蛮生长。就算现在是盛行个人主义的时代，但是如此恣意妄为的胡子，必然给主人带来了麻烦，是非常令人同情的。主人意识到了这一点，为使它们保持秩序，近期尽全力大肆训练胡子。功夫不负有心人，主人的一番苦心终于取得了成效。最近他的胡子总算整齐了一些，他自豪地说："过去长胡子，现在留胡子。"初步的成果鼓舞了主人的热情。主人意识到自己的胡子前途一片光明，只要一空出手来，就不分早晚地修理胡子。主人的野心是要像德国皇帝那样，留上一撮向上的翘胡子。因此，他不管毛孔是横着还是竖着，不管三七二十一，抓起来就使劲向上揪。如此一来，他的胡子可受罪了。连胡子的主人有时都觉得很疼。但是，训练是残酷的，不论胡子愿不愿意，硬是给它往上揪。局外人认为这种嗜好莫名其妙，但他自己却认为天经地义，这就好像教育学家鼓吹自己的本事，硬生生违背了学生的本性是一个道理，所以也没什么好指责的。

主人正满腔热情地训练胡子的时候，顶着六边形脑袋的厨娘阿三从厨房来到书房，将她那红扑扑的手一伸，说道："您的来信。"此时，主人正右手捋胡子，左手拿镜子，保持着原来的姿势，向书房门望去。脸儿棱棱角角的阿三一见这照吩咐成为两端向上翘的八字胡，急忙返回厨房，倚靠锅盖哈哈大笑。主人却毫不在意，悠然地放下镜子，拿起信件。第一封是印刷的信，所写语句十分严谨。主人一读，原来是个贵族寄来的，内容为：

> 敬启者，祝先生吉祥康泰。回想日俄战争，正以连战连胜之势，重塑太平盛世。我肝胆侠义的将士们，已经有过半人数在"万岁"的呼声中，高唱凯歌而归。相信届时必定举国欢喜。自从天皇下诏宣战以来，我勇敢的将士们奉旨在万里他乡久居，忍耐寒冬酷暑，一心作战，他们为国家捐躯的忠诚，我们刻骨铭心，永生难忘。军队将于本月凯旋，因此本会拟在下月二十五日，隆重召开凯旋庆功会，代表我区全体居民，向本区一千余名出征的将校、下士官和士兵及其家属表示祝贺，希望各位热情莅临此次大会，对此我将以示谢意。如获各位支持，这次盛会顺利举办，则是本会的至上光荣。因此，敬请赞助，踊跃捐款。谨启。

主人默读了一遍之后，随即把信装回信封，不再理会了。他从来不做义捐这样的事情。前一阵，他在为东北地区农业灾害募捐中，捐了两三块钱。此后，他逢人必称自己的一笔捐款被人弄走了。既然是捐款，那肯定是自愿的，又不是遇上了小偷，怎么会是被弄走的呢？显然，说是被弄走的不恰当。尽管如此，主人已经把义捐和被偷画上了等号，所以这次不管是不是军人的庆功会，也不管发起人是不是贵族老爷，仅凭一张铅字印刷的纸就让他掏钱，是不可能的，当然，强行索取是另外一说。照主人之意，欢迎军队不着急，他希望先欢迎他自己。自己受到欢迎，再去欢迎谁都行。他每天还在为自己一日三餐吃什么发愁呢，看样子，此时只能让贵族老爷去处理欢迎事宜了。

主人又拿起第二封信，说道："呀，也是印刷的。"这封信上的内容是：

> 拜启，值此秋风送爽之际，祝贵府兴盛。
>
> 谨启者，鄙校之事正如您所知，自前年以来被两三名野心家所干扰，一时陷入极大困境，但私下认为这都是因为鄙人不才所致，应深深以此为戒。后来，经过不懈的奋发图强，尝尽艰辛，得以日益凭借一己之力，打开一条路，获得了修建新型理想校舍的经费。简单来说，鄙人不才，拟定出版一本《缝纫技巧纲要特辑》。本书确实经过多年苦心研究，是根据工艺上的理论原则著成的呕心沥血之作。为普及到大众家庭，除了印刷成本外，盈利颇微，望踊跃购买。我私下以为，凭借如此诚心，一来有利于行业发展；二来赚取微薄利润以充当修建校舍的经费。因此虽诚惶诚恐，仍希望您购买一本，为本校修建提供经济援助，您也可赏赐给府上的侍女，以表阁下资助公益之美德。若得到您的赞同，将不胜感激。敬启。

大日本女子缝纫高等大学院

校长　缝田针作

九拜

主人面无表情，冷漠地将这封严肃的来信揉成一团，"砰"的一声扔进了废纸篓里。可怜那位针作先生费劲的九拜和他的奋发图强完全没有见效。主人又拿起第三封信，这封信散发着异样的光辉。信封上印刷的是红白两色的方格，图案就好像糖果的招牌一样。在这色彩艳丽的信封中，写着几个字："珍野苦沙弥先生帐下"，字体为隶书，笔墨浓重。信上是否会出现个大人物的名字来，尚不知晓，但这封信的外皮十分华丽，信的内容是这样的：

> 若要由我掌管天地，我将一口气饮尽西江水；若要由天地约束我，我不过是陌上的一粒尘埃。若要问：天地与我究竟是什么关系……我应该敬佩第一次吃海参之人的胆量，尊重第一次食用河豚之人的勇气，食用海

参之人如再生的亲鸾①，食用河豚之人如转世的日莲②。就好像苦沙弥先生只知道醋腌干葫芦丝罢了，而食用干葫芦丝便可闻名天下之人，我还没有见过……

好朋友为求富贵出卖了你，父母对你藏有私心，你所爱的人将弃你而去。富贵将难以长存，名誉地位也只是朝夕。你头脑中的学问也将发霉，你会不会害怕？你在天地间将有何依靠？是神吗？

神无非是在人万般痛苦的时候捏造的泥偶罢了，人无非是排泄的粪便所凝结成的臭皮囊而已。凭借欲望追求安宁，啧啧！酒醉之人满嘴胡言乱语，摇摇晃晃走向坟墓。油耗尽灯自灭，遭受因果报应，则还有什么能遗留下来呢？苦沙弥先生且坐喝茶！

不把别人看作人，则心无惧怕；不把他人当作人看的人，会为那种不把我当作我的人而愤慨，则又会怎么样？正像有权有势之人可以不把人看作人一样。至于当他人不把我看作我的时候，脸色骤变，任他想怎么变脸色都行，混账东西！

当我把别人看作人，或是别人不把我看作我时，打抱不平之人则抽风一样从天而降。这种抽风式的行为，称之为革命。革命并非是打抱不平之人发起的，是富裕的权贵之人故意让它产生的。在朝鲜，有很多人参与，这不适用于先生吗？

天道公平　再拜　于巢鸭

针作的上一封信是九拜，而这个人因为不需要捐款，就粗暴地摆谱，只是再拜，却一笔勾销了七拜。虽然不是募捐的，但却非常难懂。用这东西投稿，不管哪家报刊都不会接受的，注定石沉大海。因此，以头脑不清而著称的主人，一定会把它一条条撕碎，再扔了。但是事情远不是这样，他竟翻来覆去读了好几遍。或许在他看来，这封信有点什么意义，一心要把这意义挖掘出来。虽说天地间有很多让人捉摸不透的东西，但是你要赋予它某种含义，那任何事情都可以做到。不论这文章多么深奥，随便你怎么解释，都显得挺有道理。说人是愚蠢的还是聪明的，都是一句话的事。此外，人是狗是猪，这个论题也是很容易的。你可以把高山描述成低的，宇宙描述成狭小的，也可以说乌鸦是白的，小野小町长得奇丑无比，苦沙弥先生是君子。因此想给这种信赋予它什么意义，随便解释出点儿含义来就行。尤其像主人这样的，对某些英语不理解，都能强拉硬拽地给予解释，看到这篇文章，更

---

① 亲鸾：镰仓时期的高僧，日本佛教净土真宗的创始人，谥号见真大师。
② 日莲：与亲鸾是同一时期的高僧，日本佛教日莲宗的创始人，谥号立正大师。

想解释出含义了。学生问他："为什么天气很明显不好，依然要说'Good morning'？"他为此冥思苦想了七天。有人问英文名"Columbus"翻译成日语怎么说，他为了答复也想了三天三夜。所以对于他这种人，就算醋腌干葫芦丝闻名天下也好，吃朝鲜人参发动革命也罢，随时给出随意的解释是必然的。过了一会儿，主人弄明白了这些晦涩的句子，好像参照的是解释"Good morning"的方式，不停地夸赞道："这含义深刻，见识真是高明，简直就是研究哲学的人写的。"就凭这句话，主人的愚笨已经暴露无遗。不过从另一个角度想，也不无精辟之处。主人有个习惯，经常崇拜一些弄不懂的东西。恐怕不止主人一个人吧。未知之处正潜伏着不容忽视的力量，莫测的地方总是引起神圣之感。正因为这样，所以那些庸俗之人为美化自己，就喜欢不懂装懂。学者则相反，他们喜欢将原本浅显的东西讲得深奥。例如大学教授，众人皆知，那些把未知的事情讲得滔滔不绝的，常受人拥护，而那些讲解已知事理的却不受欢迎。由此可见一斑。主人之所以敬重这封信，同样也不是因为他读懂了信的内容，而是因为信上突然出现"海参"，又突然出现"排泄的粪便"，让他不理解它们的根本含义。因此，主人敬重这篇文章的唯一理由，就像道家敬重《道德经》、儒家敬重《易经》、佛家敬重《临济录》一样，都是因为一窍不通。可是，他们又不承认完全不懂，做出好像懂了的架势，便随意弄出个注解。古往今来，原本不懂的东西，因为搞懂了而更加敬畏，就是件愉快的事情。主人怀着崇敬的心情，将这封用隶书写的信卷起来，毕恭毕敬地放在桌子上，两手揣到怀里，陷入了沉思。

就在这时，门口传来大声的"有人吗？有人吗"，听起来像迷亭的声音，但迷亭来访从不敲门。主人在书房里早就听到了声音，但他依然一动不动地抄着手，没有答应。或许他认为到门口接待客人有失主人的身份。厨娘阿三出门买肥皂去了，女主人正在厕所里，能到门口迎客的只有我这只猫了，但我也懒得动。这时，客人从放鞋的台子上跳上台阶，接着把纸门一拉，大摇大摆地进了屋。主人和客人都是怪人。客人似乎先来到客厅，反复开关拉门，发出了声响，接着又走进了书房，果真是迷亭。

"哎呀，你在干什么呢？开什么玩笑，来客人了。"迷亭说。

"呦，是你啊。"主人说。

"呦什么呦啊。你明明在家，就不能说句话吗？我还以为家里没人呢。"迷亭说。

"嗯，我正在想事儿呢。"主人说。

"就算在想事儿，说声'请进'，应该能做到吧。"迷亭又说。

"那倒是能说。"主人说。

"你遇事还是那么能沉住气？"迷亭说。

"前几天开始我就在修身养性呢。"主人说。

"什么新奇你干什么！你这么一修身养性，都不能答话了，客人来了就遭殃了。你那么沉着可不行。今天可不是我一个人来的，我给你带来一位大人物，你出去见一见吧。"迷亭着急地说。

"你带谁来了？快说啊。"主人说。

"别管是谁来了，你去看一看，他说一定要来见见你呢。"迷亭说道。

"究竟是什么人？"主人依然一动不动地说。

"别管是谁了，快站起来走啊。"迷亭说。

主人站起身来，依旧抄着手，说："又在糊弄我吧！"他心不在焉地从檐廊走到客厅，看见一位老人面对着六尺壁龛端正地坐在那里。主人不由得放下两手，在隔扇旁边即刻就座。这样一来，主人和老人都冲着西边坐，两人首次见面连行礼招呼都做不了。

旧时代的老人是十分讲究礼数的。老人指着壁龛，催促主人说："请您坐到那边去。"在两三年前，主人认为进了客厅随便坐在哪儿都一样。但后来有一位先生给他讲解，他知道了壁龛一带是贵宾的座位，一般是钦差御史的专座。他从此就再也不到壁龛那儿去了。特别是像这样，与一素不相识的年长者首次见面，他不仅不敢坐在上座，连请安都难得说不出口了。于是，主人只好深深行了个礼。

"请您到那边坐吧，请。"主人把对方的话又说了一遍。

"别客气，请一定要坐到那边去，那就不便请安了。"那位长者说。

"不不，还是请您到那边坐吧。"主人不清不楚地重复着对方的客套话。

"哎呀，您这么谦虚，那可不敢当啊。让我诚惶诚恐呢，千万不要客气了，请。"老人再次说道。

"您这么客气，让我惶恐……请。"主人满脸通红，嘴里喃喃说道。看样子，他修身养性并不见功效。迷亭站在隔扇背后笑着观赏这场景。他预计时候差不多了，便从背后推了一下主人说道："哎呀，你就去前边吧，你要是坐这儿，我坐在哪儿呢？"边说边往前挤。主人没办法，只好向前蹭了几步。

迷亭说："苦沙弥！这位就是我跟你经常提起的静冈县的伯父。伯父，这位就是苦沙弥君。""初次与您见面，听说迷亭常常到府上打扰，我早就想来拜访了，向您请教。正好今天到贵府附近，特来致谢。这次与您相识，以后还请多多关照。"这位长者用古老的腔调，流畅地寒暄了一通。主人交际圈狭窄，又笨嘴拙舌，他还是头一次遇见像这样古风犹存的老人。开始的时候他就有点怯场，不知如何应对。此外，老人又滔滔不绝地一通寒暄，什么朝鲜人参，什么红白糖果招牌似的信封，早就被他忘得一干二净了，他只感到惊慌失措，答话时莫名其妙。

"我……我也是……本应该登门拜访……请多包涵。"说罢，主人微微抬起头来，看见老人家还在那儿低着头。他赶忙又惊慌失措地重新低下头。

老者估算着行礼时间够长了，就抬起头来说道："本来，我也是在这边侯爷的公馆的德川将军身旁长期生活的。幕府瓦解的时候，我去了那边就再没回来过。这次过来一看，完全认不出了。全靠着迷亭陪同，我才能办成事。虽然已经是沧海桑田，江户时代的开启到现在已经有三百年了，没承想将军家竟然……"话还没说完，迷亭就耐不住性子了，他插话道：

"伯父，您老人家就知道对将军家感激涕零，但是明治时期也不错啊。以前不也没有红十字会吗？"

"对，没有红十字会。况且与亲王殿下会面的事儿，绝对是圣明的明治时代才有的。幸而老朽长寿，才能像今天这样参加总会，倾听亲王殿下的福音，我真是死而无憾啊。"

"唉，您老人家这是久别后重游东京，这就够有福了。苦沙弥君，伯父由于参与红十字召开全体大会，才专程从静冈来到东京。今天我陪他去上野公园看了看，刚刚回来，所以身上穿着我从白木屋百货给他定制的大礼服呢。"迷亭是故意提醒主人才说这些的。主人看见老者果然身着大礼服，但是一点也不合体。袖子太长，领口太大，后背还有一道缝，腋下吊了上来，即便是样式的问题，也不能费尽心思做得如此邋遢呀。除此之外，他的白衬衫和白活领之间空隙大到脸一仰就能看见喉结了。他的黑色领结到底是在衬衫上系着还是在活领上系着，根本看不出来。暂且不说他的大礼服了，就说他把花白的头发在头顶挽成一个发髻，奇葩到不忍直视。我又仔细看了看他那把传说中的铁扇，在老人膝旁贴身放着。这时，主人逐渐缓过神儿来，将自己修身养性的本事充分运用在老人的穿着上，这不免让人吃惊。以前他认为，迷亭说话太夸张，他的伯父不像迷亭所讲的那样，因此不相信他所说的。这次见面他才知道，事实比迷亭讲得更加严重。假设自己的麻子脸可作为材料供历史研究的话，这位老人的发髻和铁扇就有更大的价值。主人本想打听一下这铁扇的来头，但又不好意思刨根问底，又觉得谈话中断有所失礼，便极其随便地问道：

"公园里的人多吗？"

"多啊！人山人海。而且那些人又死死盯着我看，从前可不是这样，如今的人越来越喜欢看热闹了。"老人说。

"没错，是的。从前可不是这样。"主人也随口效仿老者的话说道。可以将此当作主人昏沉中信口冒出那么一句也就是了，他绝不是不懂装懂。

"人们都盯住我这把铁扇呢。"老人说。

"您那把铁扇很重吧？"主人问。

"你试一试苦沙弥君，特别重。伯父，您让他试试。"迷亭赶快说道。

老人吃力地拿起铁扇，递给主人说道："您受累，请试一试。"苦沙弥先生宛如在京都黑谷上香的香客，将莲生和尚①当年用过的宝刀毕恭毕敬地接到手里一样，拿在手中片刻说道"果真如此"就还给了老人。

"大家都把它叫作'铁扇'，其实它和铁扇完全不搭边，这东西叫'盔刀'。"老人说。

"哦，是干什么用的？"主人询问。

"用来砍敌人的盔甲。当敌人头晕眼花，就用它把敌人砍死。听说从楠木正成②时期开始使用的。"老人解释说。

"伯父，这是楠木正成用过的吗？"迷亭问道。

"不是，不知是什么人的。不过，年久月深，说不定是建武时期制造的。"老人说。

"或许是这样。可是寒月君大吃苦头了。苦沙弥君，今天我们开会回来的时候，路过大学理学院，有这么好的机会，就顺便去了那儿，参观了寒月君的物理实验室。由于这把'盔刀'是铁的，害得实验室里的磁力仪器全部失灵，惹了个大乱子。"迷亭说。

"不会，不会的。绝不会有那么大的风险，这可是建武时期的优质铁，品质上乘，放心吧。"老人说。

"不论铁的品质多么上乘，既然寒月君这么说，就一定没错。"迷亭说。

"你所说的寒月，就是那个磨玻璃球的人？年纪轻轻，真可怜。总该干点正经营生。"老人问。

"您这话说得不对了，那是搞科研呢。如果把那个球磨成了，他就是一个了不起的学者了。"迷亭说。

"磨个球就能变成伟大的学者，那任何人都行。我也可以，材料店的掌

---

① 莲生和尚：原名熊谷次郎直实，日本平安时代的武将，后来入京都黑谷寺作为法然的弟子，法号莲生。

② 楠木正成：日本南北朝的武将。

柜也行。在汉朝，干那活的被称为玉工，身份极其低下。"老人边说边向主人望去，想暗中争得主人的赞同。

"没错，确实如此。"主人敬重地听着。

"如今，世上的一切学问都是形而下学的，好像不错，实际上到了关键时刻，却毫无用处。以前就不一样了，武士们干的都是玩命的营生，为了不在特殊情况下狼狈不堪，每个人都会把自己的心灵修炼得非常强大。我想这个道理您也应该知道。这可比磨磨球，编编铁丝什么的难多了。"老人对主人说道。

"没错，是这样。"主人依然一副老实巴交的样儿。

"伯父，您所说的心灵修炼是什么？只需袖手静坐，不要磨什么东西就行了吧？"迷亭说。

"你可不能这么理解，这不是轻而易举就做到的。孟子说'求放心'，邵康节也说'心要放'。另外，有个佛家的中峰和尚，曾教诲人'不退缩'，哪能那么容易就领悟透彻。"

"我终究还是不懂，到底应该怎么做呢？"迷亭说。

"泽庵禅师的《不动智神妙录》，你读过吗？"老人说道。

"没有，都没听说过呢。"迷亭说。

"把心放在何处。心若放到敌人肢体活动上，则被敌人的肢体活动牵制；心若放在敌人的武器上，就会被敌人之武器牵制；如若放在杀敌的欲望上，就会被杀敌的欲念所牵制；心若放在自己的刀剑上，就会被自己的刀剑牵制；心若思考着绝不能死于敌手，则心会被绝不能死于敌手的念头所牵制；心若想着应对别人，就会被应对他人所牵制。总而言之，心无安置之所。"老人说。

"您一直记着，还能倒背如流，真是难得。伯父，这么长您都能记住，记忆力真好啊。苦沙弥君，你听懂了吗？"迷亭说。

"没错，确实如此。"主人这次为了应对，依然用"确实如此"。

"您想想，是不是这样。把心放在何处，心若放到敌人肢体活动上，则被敌人的肢体活动牵制；心若放在敌人的武器上……"老人对主人说道。

"伯父，这些事情苦沙弥君早就明白了。最近他每天都在书房里修身养性呢。有客人到了门口，也不出来看看，已经做到'放心'了呀。修炼根本不在话下。"迷亭说道。

"这真是太难得了。你也和苦沙弥先生一起修心吧，迷亭？"老人说道。

"呵呵，我可没时间呀。伯父您一直清闲得很，所以认为别人都无事可

215

做吗？”迷亭说。

“实际上你也没事做啊。”老人说。

“可是，闲中有忙啊。”迷亭说。

“像你这样做事这么莽撞，一定要锻炼心性。我倒听过忙里偷闲，可从来没听说过闲中有忙啊。苦沙弥君，您说是不是？”老人说。

“嗯嗯，好像是没听说过。”主人说。

“哈哈，我可说不过您。伯父，好不容易来一趟东京，我们去尝尝东京的鳗鱼怎么样？我请您到竹叶亭菜馆去，还算近，从这坐电车去就行。”迷亭说。

“吃鳗鱼倒是不错，但是我今天和杉原先生已经约好了，我就不能奉陪了。”老人说。

“哦，是杉原先生那儿吗？他老人家还好吧。”迷亭说道。

“念杉原是不对的，你总犯这种错误可不行，真无奈，那个杉是要读作沙的。读错了人家的姓是失礼的，以后要注意啦。”老人说。

“但是，确实写的是杉原啊。”迷亭说。

“写成杉原，但要发沙原的音啊。”老人说。

“真奇怪。”迷亭说道。

“哪里奇怪了？很早之前就有惯用读法。在日本，蚯蚓被叫‘眼不见’，这就是习惯读法。就好像把蛤蟆读作‘肚朝天’是一个道理。”

“嚯！没想到讲究还真不少啊。”迷亭说道。

“蛤蟆被打死即四脚朝天，所以人们习惯将它叫作肚朝天。另外，字写的是杉原，读音是沙原而不是杉原，这是土话，如果你读错了，会被人笑话的。”老人说。

“好吧，一会儿您要拜访沙原去了，真拿你没办法！”迷亭说。

“没事，你不愿意去就别去，我一个人去可以的。”老人说。

“您一个人可以吗？”迷亭操心地问。

“走路困难，我从这坐人力车过去吧，帮我雇一辆车吧。”老人说。

主人即刻答应下来，赶紧召唤厨娘阿三到车夫家把车叫来。老人在告辞之前，又说了很多客套话，把大礼帽扣在他那扎着发髻的头上，就离开了。迷亭继续待在主人家。

主人张口问道：“这就是你的伯父？”

迷亭回答：“没错，这就是我伯父。”

主人再次坐在坐垫上说：“原来如此啊。”然后两手一抄陷入沉思。

“哈哈……是个人物吧。我以有这样一位伯父感到自豪。不论带他去哪儿，总是如此有风度，如何，你也很吃惊吧。"迷亭很高兴，因为在他看来，这完全可以让我家主人吃惊的。

"没有，我并未感到太过惊讶。"主人说。

"这证明你还蛮有胆量的，碰上这么一个老头都不惊讶。"迷亭说。

"但是你的伯父有些地方确实很了不起，提倡修心的观点就很让我敬佩。"主人说。

"真值得敬佩吗？没准你快到六十岁时，也跟我伯父一样成为时代的落伍者，真要是被时代所抛弃，那可糟了。"迷亭说道。

"你总担心跟不上时代，但是时间、场合不同，落后于时代反而是一件好事。别的不说，就说现在的学问，就知道不断前进，前进，无论怎样，还是永无止境，欲望永远伴随。如此看来，东方学问虽然消极，却富于韵味，因为其根本在于修心。"主人居然把前一阵从哲学家那里学到的这些话变成了自己的观点讲出来了。

"你现在真是厉害啊，我觉得你说的好像和八木独仙君说的一样呢。"迷亭说道。

听到八木独仙的名字，主人不禁大吃一惊。其实，前些天正是独仙君到主人的卧龙窟前来拜访，说服主人后又飘然离去的那位哲学家就是他。主人本来就是从独仙君那里学来的，才装模作样地在这儿侃侃而谈。主人本以为迷亭不知原委，才依葫芦画瓢的。在千钧一发之际指出这位先生的名字，这暗暗使主人临时乔装的假象受挫了。

"你听过独仙的演讲吗？"主人问道。

"别提听没听过了，那家伙的主张十年前在学校就是如此，一点儿变化也没有。"迷亭说。

"真理是永恒不变的嘛。正因为不变，它才被人们所信服。"主人说道。

"就是因为有人捧场，独仙的那一套理论才能混得下去呀。先说说他那姓'八木'，多奇特啊。他那胡子，根本就是个山羊胡嘛！而且自从寄宿求学以来就长成那样。'独仙'这个名字也很有趣。以前他每次到这里投宿，就拿出他那套消极心理的身心修养之道跟我大讲特讲，就是一种说辞，还没完没了地反复说。我说：'行了，该休息了。'可这家伙不管这么多，还毫不客气地说：'我不困。'继续说他的消极主义，让我左右为难。我很无奈，央求他说：'你不困，但是我困，咱们还是睡觉吧。'在我苦苦的哀求之下，他总算睡下了，但这事还有下文。当天晚上老鼠出没，独仙的鼻子尖被老鼠咬了。于是他半夜就大喊大叫。可见这家伙在嘴皮子上讲超越生死，实际上很怕死。他很害怕，就责怪我说：'你快想想办法，万一老鼠毒在全身蔓延就麻烦了。'搞得我满脸惆怅。后来我实在没办法，就到厨房拿了几粒米饭抹在纸片上，才把他糊弄过去了。"

"怎么糊弄的？"主人询问。

"我说这是德国医生最新发明的膏药，是进口的，就算印度人被毒蛇咬伤后，把这膏药一贴，立刻就好了。你只要贴上，就没事了。"迷亭说。

"看来你在那时候就擅长骗人了？"主人说道。

"独仙君深信不疑，还说我真是个大好人，便安心地酣睡过去。第二天起来一看，白线一样的东西挂在膏药下边，原来把他那山羊胡子给粘上去了，真是有意思。"迷亭边笑边说。

"不过从此之后，他似乎进步了不少呢。"主人说道。

"最近你见过他吗？"迷亭很疑惑，问道。

"一周前他来过，和我聊了很长时间才走。"主人说。

"怪不得，我说你怎么卖弄起独仙的消极论了。"迷亭说。

"实际上我对他的主张敬佩不已，所以我正颇有兴致地用心修炼呢。"主人说。

"努力当然是好的，但是你如果过分相信别人的话，可要上当的。话说你这个人不好的地方是，你总是太相信别人的话。独仙就是嘴上说得好听，危急关头还不是那样？你记得九年前的一次大地震吧，唯一一个从宿舍二楼跳下去摔伤的就是独仙。"迷亭说。

"他自己对那件事不是解释了一番吗？"主人说。

"没错，据他本人的解释，他跳下去还是件很光荣的事情呢。他还说：'攀登禅理是非常艰险的，禅理犹如电光火石，一触即发，让人心生恐惧。他人遇到地震，即刻变得窘迫，只有我能当机立断，跳下楼来，这显然是我修行的功劳，真是让人心生欢喜。'他崴了脚的同时，还独自兴奋。这是个不服输的人。我总是认为，那些把佛理、禅理吹得十分玄妙的人全都靠不住。"迷亭说。

"这样啊。"苦沙弥先生开始不自信了。

"他这次来，一定讲了些和尚道士们常说的鬼话吧？"迷亭说。

"是啊，他告诉我一句诗叫'电光影里斩春风'。"主人回答道。

"譬如说那句'电光'，十年之前，他就用这个来蒙人，真是滑稽。说起无觉法师的'电光'，宿舍里几乎无人不晓。而且这家伙经常一着急脑子就乱，把'电光影里斩春风'说成了'春风影里斩电光'，太搞笑了。下回你试试看，等他不慌不忙地说起'电光'的时候，你就找理由从各方面跟他辩论，他立刻就会颠三倒四，说得驴唇不对马嘴。"迷亭说。

"遇到你这位恶作剧高手真是倒霉。"主人说道。

"也不知道谁是恶作剧高手呢。我最不喜欢那些禅师、悟道啊。在我的住所附近就有座叫南藏院的寺院，里边隐居了个八十来岁的老和尚。前一阵下了场暴雨，一个暴雷击中了寺院，把老和尚院子里的一棵松树给劈倒了。听说那个老和尚处之泰然，若无其事，仔细一打听，才知道原来他是个聋子，那当然要处之泰然啦。如果就独仙一个人在那悟道，就让他悟去吧。可他动不动就劝别人跟他一起，真是讨厌。眼下就有两个人在独仙的影响下变成疯子了。"迷亭说。

"都是谁？"

"还能有谁？一个是理野陶然，他到镰仓的寺院去修禅，在独仙的熏陶下，喜欢上禅学，结果在那儿变成疯子了。圆觉寺前边有个铁路道口，他居然跑去那个道口，坐在铁轨上参悟。颇有用意志阻止火车的气势。当然，因为火车及时刹车，他算捡回一条命。紧接着，他又声称自己火烧水淹都不死，是金刚不坏之身，跳入寺院里的莲花池，在池子里一阵胡乱瞎闹，灌得咕噜咕噜直打转。"

"淹死了吗？"主人问。

"幸好有个参加道场的和尚在这附近路过，救了他。后来他回到东京，由于患了腹膜炎而去世。因为他每天在佛堂里以大麦饭和咸菜充饥，才得了腹膜炎，最后夺走了性命。所以，归根结底，是独仙间接杀死了他。"

"看来，太过痴迷未必是什么好事。"主人脸上表现出的神情略带惊恐。

"当然啦！被独仙害了的同学还有一人。"迷亭说。

"太危险了，你说的是谁？"主人问。

"立町老梅啊。他完全是听信了独仙的话，整天满嘴胡言乱语，天天把鳗鱼会升天之类的话挂在嘴上。最终他如愿以偿了。"

"如愿以偿的是什么啊？"主人问道。

"鳗鱼终于升天了，猪也得道成仙了。"迷亭说。

"这是怎么回事？"主人问。

"既然八木是独仙，那么立町就成了猪仙啊。本来就比一般人贪吃，再加上禅僧和尚的矫情，完全无药可救了。起初我们也没太注意，现在想想，他那时都是胡言乱语的，很蹊跷。他来到我家说：'你看有块炸猪排飞上树了！'还说：'我家乡的鱼糕都会坐在木板上游泳呢。'这些话全都语无伦次的。光是胡说八道还好，没想到后来还催我跟他一起到门外的脏水沟里去挖地瓜面馒头，真是让我忍无可忍。过了两三天，他终于成了猪仙，被人关进了巢鸭精神病院。按说，猪是没有资格发疯的，他落到这步田地，完全是受独仙的蛊惑。独仙的影响力真不小啊。"迷亭说。

"啧啧，他现在还没从精神病院里出来呢？"

"何止没出来，他净说些天地玄妙之类的话，狂妄自大得不得了。最近他说自己叫立町老梅太俗气，声称天道公平，自称以宣扬天道为己任。简直荒唐到极点了。你有时间可以去看看他。"迷亭说。

"刚才你是说天道公平吗？"主人疑惑地问。

"没错，天道公平。别看他精神不正常，但给自己起的名字倒挺气派。有时，他还把公平写成孔平。他说世人都已经迷失方向，他理应出来拯救，所以经常给朋友啊，或是其他人胡乱写信。还给我写了四五封呢。有的信写得特别长，有两次都是我补交的邮资呢。"迷亭说。

"这么说，我收到的也是老梅的来信喽。"主人说。

"他也给你写信了？有意思，是不是红色信封？"迷亭问。

"是啊，跟一般的信封不同，中间红条，两边白条。"

"据说那些信封是他特意托人从中国买来的。白色分别代表天道和地道，中间的红色代表人类，这信封隐藏了猪仙的良苦用心。"迷亭说。

"没想到这种信封还这么讲究。"主人说。

"正因为发疯，才非常考究。尽管发疯，还依旧那么讲究吃，每次写信，总要说些吃的，真是怪了。给你写的信上，肯定也写过这些吧。"迷亭说。

"嗯，信里写了海参。"主人说。

"那当然了，因为老梅特别喜欢吃海参，还有吗？"迷亭问。

"另外还写了河豚和朝鲜人参之类的。"主人说。

"河豚配朝鲜人参？味道应该不错吧，他的意思大概就是吃河豚中毒了，就煮点朝鲜人参喝一喝。"迷亭说道。

"好像并不是这样。"主人说。

"管他是不是呢，反正他疯了，瞎说的。还有吗？"迷亭又问。

"里面还有一句话'苦沙弥先生且坐喝茶'。"主人说。

"嘿嘿，且坐喝茶，太刻薄了。他一定是故意的。他本事真大，真该为天道公平君高喊万岁。"迷亭先生哈哈大笑，他越说越来了兴致。那封信原来是个如假包换的疯子寄来的，主人还毕恭毕敬地翻来覆去地诵读，他现在知道后，感觉当初付出的真心和辛苦，此刻全都像抽空了一样，既气愤又为自己居然劳心费神地去钻研一篇疯子写的文章的含义而羞愧。最后他突然都怀疑，自己竟然对一个疯子的文章那么感兴趣，难道自己的神经也有问题了？他集愤怒、羞愧和担忧于一身，因为这些心理情感都一并出现，让他坐在那里表现得失魂落魄。

正在这时有人重重地拉开了最外面的格子门，脱下皮靴放到台子上，台子发出了两次很大的声响。接着那人大嗓门地喊道："主人在吗？主人在吗？"主人轻易不会起身，迷亭倒是个沉不住气的人，没等厨娘到门口去迎接客人，他就张嘴说道"请进"，接着大步流星跑到门口处。迷亭这家伙，虽说他不经主人允许就进别人家，很不礼貌，但他只要进来了，有了来客，他就像学生一样去招呼，这倒不错。不管迷亭如何不守规矩，毕竟在别人家，但是他反而到门口迎接去了；而有违常理的是，苦沙弥先生身为家里的主人，居然在客厅里一动不动。换作一般人，此刻也应该紧随迷亭身后一起到门口露个面，但这正是苦沙弥先生的独特之处。他一脸平静地端坐在那儿，完全不在意。这种沉稳与普通的沉稳从表面上看，感觉似乎一样，但其本质却又天壤之别。

迷亭到了门口，像连珠炮一样和来客争论着什么，接着对着屋里大声喊道："喂，一家之主，有劳大驾，出来一趟，这不出场就不能解决问题。"主人没办法，才两手一抄慢腾腾地走了出来。看见迷亭手握一张名片，正半蹲着和来者说话呢。他那姿势真不体面，名片上印着的字迹为警察厅刑事警官吉田虎藏。和他并肩站着的还有一个二十五六岁，身穿一身唐栈布的衣服，长得很帅气的高个子年轻人。但这个男人也和主人一样两手一抄，默默站着，真是奇怪。看他那样子，好像在哪见过，我仔细观察，岂止是见过，他就是那位梁上君子，前一阵深夜来访，到主人家偷走了山药的那位。我寻思："啧啧，今天在光天化日之下，公然从正门光顾了。"

"这位是刑警长官，前些天那个小偷被他抓到了，他特意过来通知你到警察局去一趟。"迷亭说。

看样子，此时主人才似乎明白了警察为何到他家来。或许因为小偷长得比那位警察帅气得多，所以他把小偷误会成警察，毕恭毕敬地向此人鞠了一躬。小偷大吃一惊，但又不便声明"我就是小偷"，只得站在那儿，佯作不知，依然袖着手。由于戴着手铐，即便想伸出来也是徒劳。照常理说，这种情况谁见了都会明白的，但我这位主人不比寻常，总是无端地怕见官吏和警察。在他眼中，官员有着令人畏惧的威严。不过从道理上来讲，他也知道警察只不过是来保卫家园的，是老百姓花钱聘用的，但真正遇见了，他便显得格外唯唯诺诺。在过去，主人的父亲是小巷子里的一名小官，一辈子见了上级就知道不断地点头哈腰。结果，这种习惯又传给了他的儿子，实在可怜啊。

那个刑警似乎觉着十分滑稽，于是吃吃笑着说："都丢了哪些东西呢？明天上午九点之前请到日本大堤分局去一趟。"

"丢的东西嘛……"尽管主人接了半句话，但他已经忘了，真是不巧。他只记得多多良三平君送来的那一小箱子山药。原本他寻思，不就偷走些山药嘛，倒也没什么大不了，可是自己已经开了个头说"丢了的东西嘛"，下边竟然词穷，这总有点显得呆头呆脑，岂不太丢人。如果丢东西的是别人，一时有点说不清楚，但被盗的明明是自己，还说不清道不明的，真是羞愧。想到这里，他便横下一条心来说了一句："丢的东西嘛……一箱山药。"

这时，那个小偷低下头，把下部分脸往领口里塞，看样子他也觉得特别滑稽。迷亭哈哈大笑说着："可见那箱山药让他难忘啊。"

刑警却庄严肃穆地说："其他东西基本上都回来了，山药应该找不回来了，嗯，你过来就看见。另外，你还需要填份申请书才能领回东西，别忘了把印章带上。一定要在九点之前啊，别忘了，到日本堤分局，就是浅草警署管辖的那个。好了，我告辞了。"他一人说了这么多话，然后就离开了。那个小偷也跟在后边出去了。他无法关门，只好开着门走了，因为他拿不出胳膊来。一方面，主人好像对警察有些畏惧；一方面，还有些不满，鼓起腮帮子，"砰"一下关了门。

"哈哈……你对警察非常尊敬啊，假如你平时就这么谦逊，还真算个好男人。可是你就知道尊敬刑警，这就不怎么样了。"迷亭嘲笑道。

"可是人家是费心费力专程来通知我的啊。"主人辩护道。

"通知你？那是他的职责。你只要平平常常地接待就足够了。"迷亭说。

主人说道："可是这可不是一般的职责啊。"他还怕丢了颜面。

"这不是一般的职责，就跟侦探一样让人厌恶嘛。比平常的职责还要卑劣。"迷亭说。

"你，你这么说话可要倒霉了。"主人说。

"呵呵……行了，不说警察的坏话了。不过你敬重警察还算说得过去，但你怎么还敬重小偷呢？真是让我震惊。"迷亭说。

"谁敬重小偷啊？"主人说。

"当然是你喽。"迷亭说。

"我和小偷来往？这怎么可能？"主人说。

"没有来往，你就是给小偷鞠躬了。"迷亭说。

"什么时候？"主人还是疑惑不解。

"就是刚才你对他卑躬行礼的。"迷亭说。

"胡说八道！那人是警察。"主人说。

"警察怎么会穿那种衣服？"迷亭说。

"就因为是警察，所以穿那种衣服啊。"主人坚持己见。

"冥顽不化。"迷亭说。

"你才冥顽不化呢。"主人说。

"你先思考一下，警察到别人家来，难道就那样袖着手站得笔挺吗？"迷亭说。

"谁能说刑警就不能袖手了呢？"主人说。

"你这样固执，真让人气愤。你没观察到吗？那家伙见你行礼还是站着一动不动的。"迷亭说。

"警察也许会保持那种态度的。"主人说。

"你实在太自信了。反正怎么说你都不会听的。"迷亭说。

"当然不听，你就是把小偷挂在嘴上。但不管怎样，你是没有当场看见小偷进来行窃的呀。你只不过凭空想象，片面地一口咬定罢了。"主人说。

迷亭听到这里，明显觉得这个人已经到了无药可救的地步，一反常态不再说话。我家主人以为自己难得一次说服了迷亭，十分开心。在迷亭看来，我家主人由于日益顽固不化，其价值也下降了。但主人则认为，他越是冥顽不化，越是比迷亭更为高明。人世间总是不乏这种怪事出现。当自认为坚持己见就能获胜的时候，其实形象已经一落千丈。但这种坚持己见的人一直到离开人世，都认为自己保全了面子，真是怪了。他们做梦也想不到，事后人们会小瞧他、远离他。据说人们把这种只逞一时之快叫"猪猡之快"。

接着迷亭又问："别的不说了，明天你准备去吗？"

"当然了，我八点就出发，不是让九点之前到吗？"主人说。

"学校怎么办？"迷亭说。

"请假呗，上课是小事……"主人说得很强硬。

"好大的口气啊。请假能行吗？"迷亭说。

"没问题，不要紧的，我们的工资是月薪，不会扣钱，别担心。"主人坦率地说。要说他狡诈，他也够狡诈的，可是要说他天真，他也真够天真。

"好，你可以去，但是你知道怎么去吗？"迷亭说。

"当然不知道了。坐车去不就行了。"主人恼怒地说。

"我真是佩服你呀。你这个东京通不亚于那个静冈伯父啊。"迷亭说。

"随便你怎么佩服去吧。"主人对迷亭的调侃毫不理会。

"呵呵……日本堤分局可不容易找啊，那属于吉原啊。"迷亭说。

"你说什么？"主人问。

"我说的是吉原。"迷亭说。

"吉原？在红灯区的那个？"主人说。

"就是喽。一说吉原，东京就那么一个吉原啊。怎么样，想顺便过去逛逛？"迷亭又调侃起主人来了。

主人一听是吉原，踌躇了一下："这……"他多少表现出犹豫。可是他立即狠下心来说道："既然答应了，就一定要去，不管它是吉原还是红灯区。"愚蠢的人总在无关紧要处坚持己见，有些地方完全不该着重说明，他偏偏要着重说明。

迷亭便接过话茬说："那一定很有意思，你要去，就去开开眼界吧。"

因警察光临引发的风波总归告一段落了。接下来，迷亭仍旧漫无边际地胡扯一通。天渐渐黑下来的时候，他说："回去得太晚了，伯父会不高兴的。"于是就告辞了。

迷亭离开后，主人匆忙吃完晚饭，仍然回到书房抄手陷入沉思：

"本来，我无比敬佩八木独仙并想向他学习，但听了迷亭的话后，似乎觉得他不是个值得效仿的人。除此之外，正像迷亭说的，他所主张的理论似乎有些不合逻辑，多少达到了疯癫的地步。更何况，他还有两个疯癫的崇拜者跟随着他，这就更加危险了。如果我随便接近他，难免也会到达那种地步。我敬重那篇文章，在我眼中，那个真名为立町老梅的人是个具有远见卓识、能替天行道的伟人，但他只是个地地道道的住在巢鸭精神病院里的疯子。即便迷亭的讲述信口开河，夸大其词，但事实上他的确是在精神病院中，以赫赫有名的天道的主宰者自居。我也效仿他那样，说不定自己也有点这种趋向了呢。物以类聚嘛，既然我敬佩疯子的言论，换句话说，既然他的文章让我感同身受，恐怕自己和疯子也相去不远了。如果我与疯子比邻而居，就算我没有被他们同化，那说不定迟早会悄无声息地将隔着的那一道界线拆除，在同一房间促膝谈心啊。那时候就来不及了。细细想来，确实没错，这段时间的思维活动，连自己都感到吃惊，可谓在'妙'前边加了个'奇'，在'怪'后边加了个'诞'。暂且不分析脑浆的化学变化，意志力既演变成行动，又演变成语言。检查了一下，最近很多地方已经有失中庸，真是不可思议。即便是没有"舌上有龙泉，腋下生清风"的感觉，但假设牙根腐烂，疯癫的感觉深入骨髓，那就不得了了。越来越恐怖，我是否已经成为一名十足的患者了呢？自己之所以还能和胡同里的居民们和平相处，仍旧以东京市民的身份在此居住，是因为自己还未伤人，没有危害社会治安，真是幸运。必须先从脉搏检查，管它是消极问题还是积极问题呢。可是，脉搏并无任何异常啊，难道是脑袋发热了？倒也不像什么火往上升。可是，还是让人放心不下啊。"

"像这样总是将自己比作疯子，专门去寻找相同之处，就永远跳不出疯子这个范畴了。我是以疯子为准绳，让自己向疯子看齐，因此才得出这样的结果，或许我不该用这种方法。如果以正常人为准绳，把自己摆在正常人之列予以评介，说不定会得出相反的结论。既然如此，我就先从身边的人开始。第一位是今天到家拜访的身穿大礼服的伯父如何？你把心放在什么地方？那老家伙的所谓正常人的标准是经不起推敲的。第二是寒月如何？去工作时带着饭盒，一味地磨玻璃球，不行不行，这家伙也是精神病一类的。那么第三就是迷亭如何呢？那老兄把调侃职业化了，以恶作剧为天职，他确实是个疯子。那么第四就是金田的老婆吧。她那恶毒的心肠，完全背离了常情，完全是个地道的精神病患者。第五就该说金田啦，虽然我没见过金田，单看他对老婆毕恭毕敬，妇唱夫随，相濡以沫的样子，不妨说他非同一般，疯子的另一种说法就是非同一般，暂且把他也归于疯子一类。接下来呢？还有，还有落云馆里的学生呢。他们虽然都是年幼无知的年轻人，但在高傲自大这一点上，确确实实是随风飘浮，超凡脱俗而又横行霸道的。这样一个个例数，他们基本上都是疯子那一类的。这反而让我安心了。说不定整个社会就是疯人的群体。疯子聚在一起，相互争吵、残杀、诋毁、竞争，而他们则是全体疯子的集合体，就像细胞一样忽然分裂而膨胀起来，忽然膨胀又分裂开来，每一天都如此延续，这种过程被命名为社会生活。也许其中有些人明是非，讲道理，偏偏就不入流，于是有了精神病院，他们被关到里边再也出不来了。这样说来，被紧闭在精神病院中的人才是正常人，而在精神病院外边瞎折腾的人倒是疯子。当疯子独自存在时，到处都认为他是疯子，但是演变成一个有势力的整体后，或许就成了健全的人了。大疯子借金钱和威力之便，指使那些小疯子四处搞破坏，还被人称赞为伟人，这样的事情数不胜数。越来越让我搞不懂了。"

以上，将主人当天夜晚在孤独的灯影下沉思默想的心理状态如实地做了描述。他的头脑不通透，从这里可以看得一清二楚。虽说他留着凯撒一样的八字胡，但却糊涂到连疯子和正常人都分不清。不仅如此，他好不容易给自己提出问题，理性思考之后却没有得到任何结论，便半途而废了。他这个人，对任何事情都缺乏思考能力。他的结论总是虚无缥缈，琢磨不透，就像从鼻孔中喷出来的"朝日"牌香烟一样，难以琢磨，不要忘记，这是他议论中的唯一特色。

我不过是只猫，有人可能会有疑问，一只猫怎么能把主人的心理活动记录得如此细致呢？实际上，这种事对我们猫来说是小菜一碟。我是学过解心术的，什么时候学的，这种小事就不必多问了。反正我就是知道。我爬到人类腿上睡觉的时候，身上软乎乎的皮毛外套紧紧靠在人的肚子上，此时会有一道电流通过，之后，我就可以一清二楚地了解他的所思所想。譬如说前几天，主人亲切地抚摸我的脑袋，突然冒出一个坏主意：如果剥下这只猫的皮毛，把它做成坎肩，一定非常暖和。这个念想立即被我察觉，实在太恐怖了，我不由得浑身一阵发冷。我之所以向各位汇报主人心里的所思所想，是由于我有这种功能，并将此作为我最光荣的事情。可是当主人思考到"这究竟是怎么回事，简直搞不懂"之后就沉沉睡去。到了第二天，睡前都想了什么事情，他必定会忘得一干二净。以后，如果主人继续思考疯子的相关问题的话，一定会重新开始思考。照那样的话，他会采取何种思考方式，是否依然会问"这究竟是怎么回事，简直搞不懂"的老一套？还不一定。而只有这一点，我是敢保证的。

阅读计划进度与自我测评

第三周

阅读计划完成情况

时间	阅读时间记录	阅读量记录	是否进行批注
周一	用时 _____ 分钟	从第 ____ 页读到第 ____ 页	是（ ） 否（ ）
周二	用时 _____ 分钟	从第 ____ 页读到第 ____ 页	是（ ） 否（ ）
周三	用时 _____ 分钟	从第 ____ 页读到第 ____ 页	是（ ） 否（ ）
周四	用时 _____ 分钟	从第 ____ 页读到第 ____ 页	是（ ） 否（ ）
周五	用时 _____ 分钟	从第 ____ 页读到第 ____ 页	是（ ） 否（ ）
周六	已读完：第七章○ 第八章○ 第九章○ 未完成：分析原因：_____ _____ _____ _____		

①第七章一开始"我"讲了几种运动？请你尝试分别用一句话总结每项运动。

②"我"在澡堂子看到"就在我眼前的这伙人，将本不该脱掉的裤衩、外褂和裙裤，全都脱得一件不剩"，为什么说"本不该脱掉"？

③对比第八章中铃木与金田和其与苦沙弥的对话，说说他们说话的语气是否相同，并试着分析原因。

④在第九章中作者评论"镜子是自鸣得意的酿造机，同时又是自我吹嘘的消毒器"，作者为什么会对镜子有这样的评论？

积累拓展

把你认为好的语句或段落摘抄下来，作为日常学习的积累。

最后两章，形形色色的人还在主人家的客厅登场、谢幕，主线也还隐藏在这纷乱之中，你要小心留意。最后，随着寒月回老家结婚、多多良趁机向金田小姐成功求婚，主线结束，猫也结束了自己短短两年的生命。请结合批注去体会猫的心境和作者的心境。

十

女主人在纸隔扇的另一边呼喊道："快起来吧，已经七点了。"不知道主人醒没醒，背朝里没有答话。凡事不主动给个回应是主人的一大毛病。万般无奈，必须开口回答的时候，他就"嗯"一声。即使是个"嗯"，也不是轻而易举就说的。如果人懒得连答话都嫌麻烦，也许在其他地方别有情趣呢。但主人却从来没有女人缘。现在，就连和他生活了一辈子的妻子，也不太把他当回事，其他人更可想而知了。父母兄弟不再和他来往，红尘女子和他非亲非故，当然不可能垂爱于他。除此之外，连自己的妻子都不怎么尊重他。当然，世上一般的姑娘更是瞧不上他。我也没必要趁此机会去揭主人在异性看来毫无魅力的老底。但是，主人总是把事情想得乖谬，硬编理由说，自己今年时运不佳，妻子才不喜欢他的。他烦恼的原因就在于这种想法。我为了促其觉醒，才从关心的角度出发略抒己见罢了。

无论女主人怎样提醒，刑警规定的时间到了，主人只当耳旁风，连"嗯"一声都不肯。女主人判断出明显是主人的错，自己占理。之后，她便摆出"你去晚了跟我没关系"的姿势，拿起扫帚和掸子去打扫书房了。之后，书房响起了敲打声，啪啪的，说明那例行公事似的打扫工作又开始了。清扫的目的是为了运动还是为了娱乐？可与我无关，因为打扫工作不归我管，所以我无须过问，装作不知就行。不过，说到女主人打扫房间的方法，只能说是毫无意义。为什么说毫无意义呢？因为这位女主人用掸子敲一遍纸拉门，用扫帚往床席上一晃，然后就大功告成，其目的在于打扫。她打扫的原因以及打扫的效果怎么样呢？她是丝毫不负责任的。正是基于这个原因，干净的地方每天都很干净，而脏乱的地方、堆积尘土的地方，就永远都是污垢未去，灰尘犹存。曾经有个"告朔饩羊"的故事说的是打扫打扫终归比不打扫强，可是，女主人的非凡之处却在于，她每天不辞劳苦地打扫。每天重复这样的运动，并不是为了主人的健康。女主人与打扫卫生之间的关系按照多年的习惯，已经形成固定的联想模式，二者牢牢地结合在一起。至于打扫的真实效果，一点儿都没有，就像女主人还没出生之前一样，就像扫帚和掸子还没有问世的往昔一样。可见，就像形式逻辑命题一样，名词与实际内容毫无关联。

　　我和主人不一样，一直都习惯于早起，这时我已经饥饿难耐了。因为我身为一只猫，不管怎样也要等家里人用完早餐之后，才能享用。不过，我们猫儿也许是肤浅的，一想到我吃饭用的鲍鱼壳里正袅袅升起香喷喷的热气，我就心绪不宁，等不下去了。明知道希望渺茫，此时最好的办法就是心怀憧憬，然后平静地在原地一动不动。而我却做不到这点，总想亲自验证一下心愿与实际能否吻合，甚至是为明明知道不可能的事情而尝试，即使尝试也肯定是失败的，也一定要不撞南墙不回头。我饿得实在难受，就爬进厨房。我的鲍鱼壳放在炉灶后边，首先，我要看一看那里边有没有汤，果然不出所料，那昨晚被我舔得一干二净的鲍鱼壳依然在那儿放着，秋日的阳光从天窗洒了进来，把它照得闪着诡异的光环。厨娘阿三将刚煮好的米饭放进了饭桶里去，她正搅和在火上煮着的一锅汤菜。米汤煮沸之后顺着锅边流了出来被烤干了，之后就直接形成了干巴巴的白条，有的和超薄的吉野纸粘在上边一样。既然饭和汤都已准备好了，我一定能吃到了。在这个时候，即使不能如愿以偿，肯定也不会吃什么亏，完全没有必要客气了。即使我在这个家里只是吃闲饭，也一样知道饿，我干脆去催她赶快吃早饭。我拿定了主意，对着阿三既像撒娇又像抱怨似的"喵喵"叫了几声，可是阿三根本不理我。她生来脾气倔强，不通人情世故，天生一张多角脸，让她跟周围的人总有点格格不入。这点我早有体会。但是我要叫得有点技术含量，为了博取她的同情。于是我将"喵喵"的叫声改变为"嗷嗷"的叫声，这种悲凉中带有几分悲壮的声音，连我自己都认为它完全可以唤起阿三同是"天涯沦落人"的悲伤之情。或许阿三这女人聋了，一点反应没有。聋子不可能干烧饭的事，可能她这聋子就是听不见猫叫。跟色盲一样，什么都能看见，就是辨不出颜色，却被医生判定为残疾。这个阿三也许是"声盲"。当然，"声盲"也是残疾。虽说她是残疾人，但还那么趾高气扬。到了三更半夜，无论我怎么央求他，不管我憋到什么程度，她都不给我开门。她偶尔让我出去，却再也不让我进来了。即使是夏夜里的露水，侵入到身体也是不好的，更何况深秋的寒霜了。我在房檐下彻夜蹲着，等着太阳升起，多么凄苦呀。前几天，我被她关到门外，遭到野狗的袭击，后来多亏我爬上了房顶，否则就差一点儿一命呜呼。我整夜都在瑟瑟发抖，这一切都是阿三的不近人情造成的。她这种人，无论你怎么哀求，也不会有任何反应；不过，平时我们说"饥饿了就会向神祷告""人穷志短""兔子急了也咬人"，我也是有病乱投医，才打算在她身上也试试。我已经第三次尝试引起她的注意了，"喵呜呜"叫声一次比一次美妙。这美好的声音堪比贝多芬的交响乐，我对此深信不疑。可恨的是，阿三仍然无动于衷，她忽然蹲了下来，把地窖上的那块木板掀开，这里边是储存东西的，她从中取出一根长约四寸的木炭，在炭炉角上"吭吭"磕了几下，木炭立刻断成三段，炉子四周都是炭灰，弄得全是黑乎乎的，有的炭灰都飘进菜汤里。对于这种事，阿三这女人从不会在意，反而立即将断为三段的木炭贴着锅底处往炭炉里塞。她始终对我的交响乐充耳不闻。我没办法，只好蹑手蹑脚地回起居室，正好路过洗澡室旁，此时家里的三个小姑娘正在洗脸，十分开心。

两个大些的女孩，刚上幼儿园，第三个很小，连路都走不稳，还要黏在姐姐们的身后当跟屁虫。尽管是洗脸，但她们当然不可能正儿八经地洗，用起化妆品来更不可能规规矩矩的了。最小的那个竟从水桶里拿起一块抹布，在脸上翻来覆去地擦拭。用抹布擦脸，应该不会太舒服。可是，每次地震，这小家伙都喊道"太好玩儿了，太好玩儿了"，当然干这种事也就不足为奇了。从某种意义上看，这小东西说不定要比八木独仙君还要悟得透了。那个最大的女孩子毕竟是最大的，她是姐姐，见状赶紧放下漱口杯说："宝贝，这可是抹布。"边说边去抢。这小家伙超级自信，才不会那么容易就听姐姐的话，嘴里嘟囔着："不嘛！啊不！"又抢回了抹布。至于"啊不"到底是什么意思，词语源自哪里，任何人都搞不清楚，这不过是小家伙生气时常用的词汇罢了。抹布被她俩一左一右地拽着，中间的水分积多了，上边的水都滴滴答答落到了小家伙的脚上。只是落到脚上就算了，连腿上都湿漉漉的。小家伙身上穿着件"元禄"，什么是"元禄"呢？我认真打探后得知，布料上但凡印染了大花纹的中式花样，一律被称作"元禄"。也不知道这姐姐是从哪儿学来的，她说："别揪了，小家伙，把你的元禄都弄湿了。"这位姐姐的新鲜词儿真多。实际上到后来，这位知识渊博的姐姐还是混淆了"元禄"和"双六①"。

说起"元禄"来，我顺便说一句。这个孩子说错话的故事太多了，有时蹦出个错误的词儿来，让人蒙头转向。着火的时候，她说什么"蘑菇飞到天上了"；有时把去御茶水女子学校读书，说成了"到御茶汤女子学校读

---

① 双六：一种游戏，通过掷骰子猜输赢。

书"；有时将惠比寿①和厨房搞混了。有一回她还说："我可不是在草绳店里出生的。"仔细一打听得知，她是把"小胡同"和"草绳店"搞混了。主人每当听到这样的错误总会大笑。或许他到学校去教英语时，好像要把比这更严重的错误一本正经地讲给学生听呢！

小家伙从来不管自己叫小家伙，而是叫"小可爱"。她看见自己的"元禄"打湿了，就说"元咕细"，接着伤心地哭了。"元禄"又潮又冷怎么行呢，厨娘阿三赶忙从厨房跑出来，把小家伙手中的抹布拧干给她擦拭衣服。在这次混乱中最为安静的是老二。她把架子上掉下来的装香粉的瓶子打开，正肆无忌惮地往自己的脸上擦呢。她先是把手指伸进瓶里，用手指使劲往鼻子上抹了一通，然后立即出现一道竖白条，鼻子四周就变得异常明亮。接着她又用沾了白粉的手指在两边脸蛋上来回擦拭，脸蛋上顿时出现了两大块白花花的印记。正当她快打扮好的时候，阿三进来给那小家伙擦拭衣服，顺便在她脸上抹了几下，静子好像有点不高兴了。

见此情景，我再次回到卧室，偷偷看一下主人到底起床没有。左看右看，也没看见主人的脑袋，一只又肥又大的脚丫子从被子下边伸了出来。他之所以这样钻到被子里，也许是怕头露出来，就有人叫他起床了，活脱脱一个缩头乌龟。这时，女主人打扫完书房，又拿着扫帚和掸子回来了，她依旧像刚才那样，在隔扇门口喊道："还没起床吗？"

她在那儿站了好长时间，注视着那个不露人头的被窝，被窝里没有任何声音传出。女主人向里走了两步，用扫帚敲打着床铺说道："该起床了。"她再次等待主人的答话。主人这时候已经醒了，事先将头和身子一起蜷缩在被子里，是避免女主人的袭击。可笑的是，他本以为只要头缩在里边，就可逃过一劫，正怀着侥幸的心理在那躲着，反而招来更猛烈的攻击。女主人第一次来叫他时，声音是从起码距离六尺远的门口外传来的，没什么可担心的。但没想到这次用扫帚把儿敲打的声音却近到不足三尺，他吓了一跳。这也就算了，这第二次的声音"该起床了"，无论从音量还是从距离上说，都比第一次有气势得多。他意识到再不回应就要倒霉了，这才答应了声"嗯"。

"快起来吧，再不起就晚了，不是要九点之前到吗？"女主人说。

"不用你说，我也要起了。"主人在被子里嗡嗡作答，真可谓天下奇观啊。女主人知道稍有疏忽，他就会转过身去又睡过去了，一定不能轻信他，便又催促他说："起床吧。"本来已经说过要起床，还"起床起床"地被人

---

① 惠比寿：日本年轻人约会的热门场所。

催促，不管是谁都会觉得不爽。死脑筋的主人当然也不会例外，于是他一下掀开被子，两只眼睛瞪得圆滚滚的。

"我都说要起来了，肯定会起来，你一直吵吵什么？"主人说。

"你嘴上说起来，不是到现在也没起吗？"女主人说。

"我什么时候说过谎？"主人说。

"你哪一次不是这样。"女主人也气势强大地说。

"胡说。"主人说。

"也不知道是谁胡说。"女主人边说边举着扫帚往床边一站，的确威风凛凛，那样子很是令人畏惧。恰在此时，房后车夫家的八姐大哭起来。主人每次发脾气的时候，八姐听见后肯定哭，这是被车夫的老婆教唆的。或许这样会收到金田家给她的赏钱吧。每次听到我家主人发脾气，车夫的老婆就把八姐弄哭，只是八姐太可怜了。她从早一直不停地哭到晚上，有这样的妈也真是倒了大霉了。如果主人略微意识到其中的微妙之处，多少控制下脾气，那么八姐就可以少哭几次，多活几年。尽管车夫老婆的所作所为都是听从金田君的指使，但做这种蠢事，可以看作比天道公平还要疯狂。假如每当主人发脾气的时候，她再让孩子哭喊，孩子还能休息一下。但是金田把周边一些小混混找来了喊"今户烧的老狐狸"，每次喊的时候，就不能缺少八姐的哭闹配合。有时难以判断主人是不是真的发脾气，索性让八姐主动地先哭起来。如此一来，简直都搞不清楚主人气八姐，还是八姐气主人。要捉弄主人并不是什么难事，只要把八姐臭骂一顿，就相当于轻而易举地打了主人一巴掌。听说在古代的西方，如果犯人临刑前逃到国外捕捉不回来了，在给犯人用刑的时候，就以一个假人代替真人施以火刑。看样子，金田公馆里有精通西方故事的军师，传授过巧计。不管是落云馆的学生也罢，还是八姐的妈也罢，主人都对他们束手无策。另外，还有不少人是主人难以应对的，也许全街人他都对付不了。这暂且与本文无关，以后我再给你们逐层讲述吧。

大早晨就听到八姐的哭叫声，主人心烦意乱，他立刻翻身从被褥上坐起身。动作如此迅速，什么修身养性，八木独仙啊，他早就忘了。起身的同时，他用两只手在头上吱吱地乱挠一通，都快把头皮扒下一层来，如此一来，他那已经积攒了一个多月的头皮屑，此时都毫不客气地飞落到脖颈和睡衣领子上，那真是壮观的场景啊。我又看了看主人的胡子，不看也罢，一看震惊了，胡子居然已经杂乱无章，完全变了样。胡子也许察觉出主人气愤到了极点，如果毫无作为地竖在那里，岂不是愧对主人？因此每一根都故作暴怒，以迅猛之势，恣意向四面八方各自闯荡。这景象很值得一瞧。昨天由于照过镜子，这些胡子像凯撒脸上的那样，乖乖地在那里排队，但仅一夜之

233

隔，那些操练和打理都白费工夫了，便立即恢复了本来的面貌。这就好像主人一夜速成的修身养性，到了第二天早已忘得干干净净，暴露出野猪一般的粗俗本性。主人长着如此粗野的胡子，并且性情如此暴躁，竟然把教书匠的工作干到今天也没被免去职务。可见日本是幅员辽阔的，就因为辽阔，金田君，或是他的走狗们，才以人的身份横行于社会。当他们以人的身份横行于社会的时候，主人应该也对自己不会下岗一事深信不疑。如果有必要，可以给巢鸭疯人院的天道公平君寄封信，打听一下这种事，这道理就一清二楚了。

主人那浑浊不堪而又沧桑的眼睛瞪得溜圆，盯着对面的壁橱目露凶光。那高六尺的壁橱有上下两层，每层都有两个拉门。下层的壁橱紧靠着被子最下端，主人只要起身睁眼，自然会将目光投向这里。主人又细心观察，绘着花纹的纸拉门，已经千疮百孔，各种衬纸从裱纸边上露了出来，宛如内脏从破了的肚皮露出一样。这些"内脏"，有的是印刷的，有的是手写的，有的里朝外，有的脚朝天。主人见了这些"内脏"，立即有想看看上边写了什么的欲望。主人刚才还气愤得想抓着车夫的老婆，把她的鼻子撞到松树上去，现在忽然又想看这些旧报纸上的字了，真让人始料未及。实际上，对于一位直爽而性格暴躁的人来说，时常发生这档子事，不足为奇。就好比一个孩子正在哭的时候，你给他一块糖，他就会立刻破涕为笑。主人从前在一家寺院借宿，只隔一层纸屏，里边住着五六个尼姑。话说尼姑这类人，比那些坏心肠的女人还要坏，或许她们早就看穿了主人的习性，她们敲打着做饭用的锅并且拿腔拿调地唱着："乌鸦哀号，转眼发笑。"主人从那时起就特别讨厌尼姑了。尼姑讨厌是讨厌，但人家唱得没错。主人的哭笑悲喜要比别人强烈好几倍，持续的时间也更短暂。说得好听点，他不固执，脑袋灵活。说得粗俗点，那他不过是家门口那被惯坏的孩子，既肤浅又傲慢。既然是被惯坏孩子，那么他摆出要干仗的架势，"咚"一声起身之后，情绪突然有所转变，开始读起壁橱拉门上的字迹来。最先进入他的视线的是倒着的伊藤博文，上边印的日期是明治十一年九月二十八日。可见这位朝鲜总督，在这个时候就紧紧奉行政府的政策。主人好奇现在他担任什么职位？主人勉强认出那些很难分辨的地方后，发现他成了大藏卿①。真了不起！就是把他两脚朝天，他无论如何也是大藏卿啊。主人又看了左边一眼，这回大藏卿在午睡，因为他横贴在了那里。这也在情理之中嘛，老是倒立着是很累的。往下一点，是个很大的用木板印刷而成的字，只有"尔等"两字能分辨出来。后边

---

① 大藏卿：在当时是财政部长。

的字是什么呢？但是没有露出来。下一行，只见"快点"两字。对于这行后边是什么，他也想弄清，但单凭这两字是无法辨认的。如果主人是警察局的侦探，即使这东西是别人的，他也要撕下来。侦探都是没怎么读过书的人才会当，他们为了找到真凭实据，什么事都能干出来。这种人可不是好惹的，希望他们做事能有点顾虑。不然的话，阻止他们掌握实情才是最好的办法。听说，他们要想诬告良民，甚至会伪造证据。良民们以雇主的身份用钱雇人，他们反而会陷害雇主，真是十足的疯子。主人看向中间，读了其中的地方。"大分县"这几个字在正中也倒立过来。连伊藤博文都倒立了，"大分县"倒立当然也在情理之中。主人读到此处，攥紧拳头，把它冲着天花板高高抬起，这是他打哈欠的前奏。

主人这哈欠声好像鲸鱼在远处咆哮。打完哈欠之后，主人不慌不忙地穿上衣服，之后到洗漱间去洗漱。女主人早就等得不耐烦了，马上整理被褥，依旧例行公事地打扫房间。而主人的洗脸方式也是几十年不变。前边我已经介绍过，主人在刷牙漱口的时候，依旧是发出那一套"嘎嘎嘎"的声音，等他梳好头发，把毛巾搭在肩上，慢悠悠地到餐厅，坐在长火盆旁边。提起长火盆，有人会想象那火盆一定是用带有鱼鳞状纹理的橡木制成的，或是通体铜质的四条腿落地式的，一个美丽的少妇刚清洗完秀发，支起一条腿来坐在火盆边，手里拿着长管烟斗，往火盆的紫檀边上砰砰敲打的情景。我们这位苦沙弥先生的长火盆可没那么讲究。它反正是件十分古典的东西，不懂行的人无法辨认材质是什么。一般来说，精致的长火盆必须被擦得锃亮才能显示出它的价值，但主人这件东西，感觉有点奇怪，究竟是橡木、樱木还是桐木做的呢？除了价值不明，还从来没有用抹布擦过，看上去阴沉沉的，很不起眼。要问这玩意儿是从哪儿买来的？其实它根本不是买来的。莫非是别人送的？应该没人会送火盆吧。既然如此，难道他是偷来的？好像也有可能。之前他亲戚中有个老人，那老人过世后，家中无人，主人曾给他看房子。后来他结了婚，才搬出那所房子。当时不知怎么搞的，把火盆当成了自己的东西也带走了。这么做有点不地道，但认真想来，这种事情尽管卑鄙了些，世上也没少发生。这就像银行家每天都支配别人的钱，时间长了，就把别人的钱当成自己的钱一样了。官吏本来就是为公众服务的，这与委托给有一定权利的代理人，让他们为自己办事基本上是一样的。但是受委托后有了职权，长期处理事务，这样就使他们产生错觉，认为这职权是他们天生拥有的，人民无权过问。既然社会上这种不地道的人到处都是，那么当然不能因为长火盆事件就断然判定主人具有偷窃特性。假设认为我家主人具有偷窃的特性，那么世上没有一人缺少这种特性了。

235

主人面对饭桌在长火盆旁边坐下了，饭桌的另外三边坐着的是刚才用抹布擦脸的小家伙、到御茶汤学校读书的俊子以及把手指插进香粉瓶里的澄子，大家共进早餐。主人首先平分秋色地打量一遍三个女儿，俊子的脸是长椭圆形的，活像南洋铁刀的刀把；二女儿澄子因为是妹妹，跟姐姐多少有些相似，用琉球漆绘制的大红盘子来形容很合适；那小家伙则与众不同，她长了一副长脸。可是，如果脸型是竖长，世上不乏其例，但这个小家伙的脸是横向延伸的，即使世上潮流总是多变的，也不可能流行横宽的长脸吧。主人也认真考虑过自己的几个孩子："她们肯定都会渐渐成长。"岂止是渐渐成长，简直是飞速成长，这速度就好比寺院里的笋尖，一眨眼就长成了嫩竹一样。主人每次都感慨"孩子们又长大了"，就会感到惶恐不安，好像有人在自己身后紧紧跟着跑一样。别瞧主人是个崇尚虚无主义的人，但他心里很清楚这三位千金既然是女孩儿，迟早要嫁人的。正因为他心里清楚，所以他对自己没有把她们嫁出去的实力这一点也很清楚。这样一来，尽管她们是自己的孩子，他感到负担沉重。既然有了负担，当初就不应该把她们生下来。不过这就是人啊，如果给人下个定义则毫不困难，可以说人只不过特意找麻烦给自己增添烦恼，折磨自己而已。

孩子们是很坚强的，她们每个人都开开心心地吃着早饭，连做梦都想不到，她们的父亲是正苦于思考怎样应付她们。不过，最难应付的是那个小家伙。小家伙今年三岁，女主人专门给她准备了一套正好适合三岁孩子用的碗筷。可她偏偏不用自己的，非要抢夺姐姐们的碗筷。纵观社会，越是没有才华的小人，越是横行霸道，试图登上和他不符的官职，这种观念从小家伙的这个时期就开始萌发了。既然因袭已久，那就不是靠教育、熏陶什么的，就可以根除的，遇到这种情况，还是趁早放弃的好。

小家伙从姐姐那里夺来一个大碗和一双长筷子，强占为己有，还不断地肆意横行。那东西她根本不会用，还非得要用，于是只得大耍威风。她先把两根筷子攥在一起，用力扎向碗底。碗里盛了八分满的米饭，上边浇着酱汤。刚才还能勉强保持平衡的饭碗，当碗底受到筷子的压力，这突如其来的力量立即让饭碗倾斜三十度，与此同时，酱汤也毫不留情地"滴答滴答"流了出来，洒到了她的前胸。小家伙才不会为这点小事就善罢甘休呢，她可是个暴君呀。这回她用力往外拽扎进了碗底的筷子，把米饭扒了出来，同时她的小嘴凑向碗边，勉强将几粒米饭送进嘴里。有些饭粒和黄酱汤相互配合着都蹦到她的鼻尖、脸蛋和下巴上。剩下没有进嘴的饭粒，则统统落到了铺席上。当然她可不管这些，这种吃法也实在是太野蛮了。我想给金田君还有世上的权贵人士一个劝告：诸公对待他人时，千万不能像小家伙使用碗筷的方式一样，否则能进嘴的饭粒必然会少得可怜。而且这极少数还是误打误撞被你吃到，并非想象中的理所当然。诚恳地期望你们三思而后行，你们是精通世故的、爱耍手段的专家，这些方式背离了你们的身份。

姐姐俊子的碗筷被小家伙抢走了，只能将就着用妹妹那套最小的碗筷。可惜碗太小，即使饭已经盛满了，也不过往嘴里扒拉三两下就吃光了，手只好频频伸向那个装饭的桶。现在已经是第五碗了。俊子掀开桶盖，拿起大饭勺犹豫了一下，她似乎在犹豫还吃不吃。接着她终于下定了决心，瞅准后，铲了一勺没有烧糊的饭，只可惜，当她翻转饭勺，往碗里装米饭的时候，碗里装不下的米饭就大块大块掉到了铺席上。俊子极为认真地捡起掉在外边的米饭。我正纳闷她为何要把饭捡起来呢？原来她把捡起来的饭全部放进了饭桶里。这岂不是太不干净了。

正在瞎胡闹的小家伙把筷子向上一拨，姐姐俊子也把饭粒捡干净了，不愧是当姐姐的，看见妹妹的脸上乱七八糟的，立刻着手清理妹妹的脸蛋，并且说道："小家伙，太不像话了，你脸上满是饭粒。"她先是把粘在妹妹鼻子尖上的饭粒弄下来，我以为她把弄下来的饭粒都扔了呢！谁知俊子立马塞进自己嘴里，真是让我震惊。接下来，她开始清理妹妹的脸颊，妹妹的脸颊上堆满了饭粒，两边加起来足有二十粒。姐姐认真地捏起来，一粒一粒地吃，最终妹妹脸蛋上的饭粒一粒也没有了。此时，刚才还安安静静嚼着咸菜的澄子，突然捞了几块酱汤里的小白薯毫不犹豫地塞进嘴里。众所周知，汤里的热白薯肯定是烫嘴的，即使是大人，稍不留神也会被烫伤，更别说是澄子了。她完全不清楚白薯的事，必然是更加狼狈，"哇"的一声，就把白薯吐到了桌子上。这两三块白薯一下就滑到了小家伙跟前，小家伙触手可及。小家伙很喜欢吃白薯，当最爱的白薯突然出现在她眼前的时候，她立刻扔掉手中的筷子，抓起来就全塞进了嘴里，吃得干干净净。

主人一直不声不响地关注着这场景，并专心致志地吃着自己的饭。现在汤已经下肚，正在用牙签剔牙呢。看样子，主人对女儿的教育采用的是绝对自由放任的理念。或许等以后，这三个女儿做了褐式部、灰式部[①]啊，不约而同地找个情人挽手私奔，他这个当爸爸的，也能照样吃他的饭，喝他的汤，不动声色地观察，真可谓是无所作为。不过，对于社会上那些大有作为的人，他们除了坑蒙拐骗、暗下毒手残杀人、虚张声势吓唬人，还有威逼利诱陷害人之外，就再也没有什么作为。甚至是上中学的青少年们，他们都有

---

① 灰式部：日本古典名著《源氏物语》的作者为紫式部。作者在这里用褐式部、灰式部来形容两个女儿，是一种开玩笑的说法。

"不这样就行不通"的错误想法，也都效仿或追随社会的人。他们一边模仿着本应羞愧的事情，一边为此扬扬自得地把自己当作将来的绅士。这算什么"大有作为"，充其量只是流氓鼠辈罢了。我这只日本猫，不管怎么样也是有爱国心的，由于这号人多一个，国家衰退的可能性就多一点，因此我每次看见那种人，就想打他们一顿。培养出这样的学生是学校耻辱，而国家也该为有这样的人民而感到羞愧。虽然是耻辱，这号人却源源不断地涌向社会，让我疑惑不解。可见，日本人的气魄还不如我这只猫，真是可悲可叹。相比那些流氓鼠辈，我的主人可以算作上等的好人。他没有魄力，没有能力，不耍手段和小聪明，足可以证明他是上等的。

主人以无所作为的方式顺顺当当地吃完了早饭。随后穿好西装，坐上了驶向日本堤分局的车子。离开家门的时候，主人问车夫："你认识日本堤那地方吗？"车夫只发出呵呵的笑声。主人还专门叮嘱车夫道："就是与吉原红灯区离得很近的那个日本堤。"真有点滑稽。

主人破例乘车出了门。之后，女主人继续吃完她的早饭，立即催促孩子们说："快去上学吧，别迟到了。"孩子们不慌不忙，丝毫没有出门的意思。她们说："今天是休息日。"女主人斥责道："怎么可能是休息日呢，快走吧。"最大的姐姐完全不理睬地说道："但是老师说是休息日啊。"女主人这才感到有点奇怪，从壁橱里翻出一本日历，上边真的印着红字，写着节假日。估计主人也不知道今天放假，所以专门给学校递上了请假条，而女主人也稀里糊涂地把假条投到了邮箱里。也不知迷亭是真不知道今天放假还是装作不知道，这就猜不透了。女主人发现这一点后大吃一惊，只得对孩子们说："既然是节假日，就乖乖在家玩儿吧。"说完她又像往常一样，拿出针线盒来开始缝缝补补。

这之后的半小时内，家中相安无事，没有什么大事发生，就不值得与大家分享了。不过后来来了一位不速之客，是个十七八岁的女学生。她穿着一双鞋跟都歪了的皮鞋，拖着一条紫色的裙裤，头发跟算盘珠一样松散杂乱。她从后门径直走了进来，招呼也没打，这位年轻的姑娘是主人的侄女，听说她是女校的学生，周日有时候会来串串门，和叔叔争执一番再回去。当然，她的名字挺好听的，叫雪江，但长相比名字逊色多了，只要在大街上走个一二百米，就不难碰见这样的大众脸。

她不紧不慢地走进房间，张口说道："姊姊好。"便一下子坐到针线盒旁边。

"哎呀，今天这么早啊……"女主人说道。

"今天是节假日，想早点过来看您，我八点半就从家出来了。"雪江姑娘说。

"哦？有什么事儿吗？"女主人说。

"没什么事儿，就是好长时间没来看您，所以过来坐会儿。"

"在这多玩会儿吧，可不要坐一会儿，你叔叔很快就回来了。"女主人说。

"叔叔难得出去一次啊，他到什么地方去了？"雪江姑娘说。

"嗯，今天他去了一个不一般的地方——就是警察局啊。不一般吧？"女主人说道。

"出什么事了吗？"雪江姑娘说。

"听说今年春天进家偷东西的那个小偷给逮住了。"女主人说。

"是去对质吗？真是糟糕。"雪江姑娘说。

"不是，是去失物认领。昨天警察过来说的。"女主人说。

"哦，这样啊。难怪叔叔出门这么早。不然，平时这个时间叔叔还没起床呢。"雪江姑娘说。

"你叔叔睡懒觉是出了名的。叫他起床，他还生气呢。他说今天早晨要七点前起床的，我去叫他，但是他把头钻进被子里怎么也不吱声，我担心他迟到了，又去叫他，可他呢，就在被子里回答，声音嗡嗡的，真让人生气。"女主人对于刚才的事情好像还没有释怀。

"他为什么这么喜欢睡觉呢？一定是神经衰弱吧？"雪江姑娘说。

"什么？"女主人好像不理解神经衰弱这个词。

"这人这么容易发脾气，居然还能当老师，真是不容易了。"雪江姑娘说道，她所答非所问。

"你不知道，听说他在学校里可老实了。"女主人说道。

"那就更不应该了。这就成了'窝里横'了。"雪江姑娘说道。

"这话怎么说？"女主人说。

"不管怎么说，他就是窝里横，您寻思寻思，他是不是窝里横？"雪江姑娘说。

"他不只是发脾气，你说东，他往西；你说西，他往东，反正就跟人对着干。实在……实在固执到极点了。"女主人说。

"这就是牛脾气吧。叔叔就喜欢这样，你如果想叫他做什么，只要反着说，他就会照你的意思做了。前些天我想让他给我买把遮阳伞，就故意对他说不要了，不要了，他说不要可不行，立马就给我买了一把。"雪江姑娘说。

"啧啧，真是个机灵鬼！以后我也这么做。"

239

“您就这么做，不然办不成事。”雪江姑娘说道。

“最近保险公司的人来了，劝他买保险，跟他说了一大堆，讲了这样那样的好处。那人讲了整整一个小时，就是没有劝动他。我们家没有存款，还有三个孩子，能买保险我也就安心了。可你叔叔一点儿都不关心这种事。”女主人说。

“没错，人不安心啊，万一有个意外呢。”这话不像是十七八岁的姑娘说的。

“你叔叔和那个人寿保险的人说话，听着可有意思了。你叔叔一味固执己见，他说：‘没错，我知道保险的必要性，正因为有必要保险公司才能存在。但是我既然还活着，就认为没有必要买保险。’”女主人说。

“叔叔就这么说的？”

“当然。于是那个保险公司的人说：‘人活着当然没保险公司什么事，可是寿命这东西，看似坚实，实际上很脆弱，不知不觉说不定会碰上什么危险。’可你叔叔却说：‘放心吧，我决定好了，一定不死。’你听听，简直是蛮不讲理。”

“决定好了？也还是会死的。就像我还决定要考及格呢，可还不是不及格啊。”

“保险公司的人也是这么说的，他说：‘人自己无法决定寿命，如果仅靠下决心就能长生不老的话，世界上就不会死人了。’”

“保险公司的人说得挺有道理的。”

“挺有道理吧？但你叔叔就是不承认啊。他还说：‘不，我发誓绝对要一直活着。’可神气呢。”

“真是奇怪。”雪江姑娘说。

“太奇怪了。他还一点也不在乎，说道：‘与其买保险，倒不如把钱存银行里呢。’”

“叔叔有存款吗？”雪江姑娘问道。

“哪有什么存款啊。他才不管他去世之后的事情呢。”

“真不让人放心。叔叔怎么会那样？那些常来这儿的人，像叔叔那样的应该没有吧。”

“根本没有！他是独一无二的。”

“不妨拜托铃木先生给叔叔提一下建议。铃木先生那人如此沉稳，一定能处理好任何事情。”

“你是不知道，铃木先生在我们家不受欢迎。”

“怎么什么都对着干呢。那就拜托那位可以吗？对对，就是那个很稳重的……"

"你说的是八木先生吗？"

"就是他。"

"你叔叔倒是对八木先生蛮佩服的。但是昨天迷亭先生来，说了不少八木先生的坏话，你叔叔可不见得会听他的。"

"但是，八木先生那么稳重，不是挺好吗，最近还来我们学校演讲了呢。"

"八木先生去演讲了吗？"

"没错。"

"八木先生在雪江姑娘学校里教书吗？"

"不是，他不在那教课，我们召开淑德妇女会的时候，邀请他过来进行了一次演讲。"

"有趣吗？"

"怎么说呢？有趣倒不至于，可是那位先生长着一张大长脸，留着跟天神爷爷一样的长胡子，所有人听他演讲时都毕恭毕敬的。"

"他的演讲都讲了些什么内容？"女主人刚要询问的时候，三个孩子听到雪江姑娘在起居室里说话的声音，也许刚才她们在竹篱笆外玩耍，现在从长廊一起跑进来了。

"哎呀，雪江姐姐来啦。"两个年长的姐姐高兴地大声说道。女主人把针线活停下来放到角落里去说道："你们都安静坐好，不要吵。你们的雪江姐姐正讲一个好玩的故事呢。"

"我最爱听故事，雪江姐姐在讲什么故事呢？"这话是俊子说的。"还在讲'咯吱咯吱山'的故事吗？"澄子这样问道。"小家伙也要讲故事。"最小的女孩从两个姐姐的中间挤过来说道。不过她并不是要别人给她讲故事听，而是她要给大家讲故事听。一个姐姐说："哎呀，小家伙也要讲故事呀。"女主人哄她说："你等会儿再讲故事啊，小乖乖，先听雪江姐姐讲好不好？"可是小家伙完全不管这一套，她很懊恼，大声抗议道："不嘛！啊不。"雪江反谦让地说："好好，还是让小家伙先讲吧，你要讲什么呢？"

"我要说，小家托（伙），小家托（伙）去哪里。"

"有意思，继续讲啊。"

"挖（我）上田里秀（收）稻谷。"

"真棒啊，小家伙什么都知道。"

"你耐（来）啦，真碍事。"

"哎呀，不是耐啦，是来啦。"俊子纠正道。小家伙依旧大声叫喊道：

241

"啊不。"姐姐立即不再说话。但是被姐姐这么一打岔，小家伙忘记接下来要讲什么了。

"你的故事讲完了吗，小家伙？"雪江姑娘问。

"小家伙，以后你可再也不能模仿放屁啦，嘟嘟，嘟，那样不好。"

"哈哈，真不好听，谁教你的？"

"阿三。"

"阿三真离谱，这种事也教给小孩子。"女主人苦笑着说道，"这次轮到雪江姐姐讲了。小家伙要乖乖听着。"这位暴君一向不听话，如此一来也看似采纳了建议，很长时间没说话。

雪江姑娘终于说话了："八木先生是这样演讲的。很久以前，有一个十字路口，正中间有一座地藏菩萨的石像。那地方是交通要道，车、马什么的，都要经过这里，非常不方便。后来，附近的人商量着，怎样把地藏菩萨的石像挪到一边去。"

"这事是真的吗？"女主人问。

"八木先生没说是真的假的，没人知道。就这样，大家商量了很长时间，一个在那条街上干苦力的人站出来说道：'这容易，我一个人就能把这办好。'说罢就独自来到十字路口，光着膀子，艰难地挪动那座地藏菩萨石像，石像纹丝不动。"

"这地藏菩萨不愧是石头的。"女主人说道。

"没错，这样一来，那人累个半死，回家就呼呼大睡。街上的人又商量别的办法。这时候一位聪明男子出来说道：'让我来，我有一个好主意。'于是他把牡丹饼装了满满一糕点盒后，走到地藏菩萨面前说：'想吃就请跟我来。'他边说边在地藏菩萨面前晃动牡丹饼，他认为地藏菩萨看到牡丹饼也会心动，借此将他诱惑过来。石像最终还是纹丝不动。那个聪明人觉察这一招没奏效，又灌了一壶酒，端着酒杯，再次来到地藏菩萨面前说：'来吧，你想不想喝一口？想喝就过来呀。'他就这样用这种办法诱惑了地藏菩萨三个小时，地藏菩萨依然没动。"

"雪江姐姐，地藏菩萨不饿吗？"俊子问道。澄子则说道："我也特别想吃牡丹饼。"

"这个聪明人碰了两回钉子，第三次抱来很多纸钱，在菩萨眼前晃来晃去，'过来啊，钱你总该想要吧，喜欢就来这里拿啊'。可惜依然不奏效。你们瞧瞧，地藏菩萨真是个顽固的神仙呢。"

"没错，跟你叔叔太像了。"女主人叹了口气说。

"是啊，简直和叔叔没两样。听说后来那个聪明人对地藏菩萨也束手无

242

策，宣告失败。之后又来了一个爱吹牛的人，他说：'你们放心吧，我一定能行。'据说他就这样做了保证，就好像他真的能办到一样。"

"那个爱吹牛的人怎么样啦？"

"可搞笑了，他先穿上一身警服，戴上假胡子，对地藏菩萨说道：'喂，你再不挪地方对你一点好处也没有，警察可是会管的啊！'听说他就这样不断恐吓地藏菩萨。当今社会，即使装出警察的腔调又有谁会理你那套。"

"真的吗？那地藏菩萨动了吗？"女主人说道。

"和叔叔一样，怎么会动呢？"雪江姑娘说。

"但是，你叔叔可是害怕警察的。"女主人说道。

"啊？真的假的，像叔叔那种人会害怕警察？要是如此，那以后也不用那么怕叔叔了。可是听说地藏菩萨还是纹丝不动，完全不放在心上。爱吹牛的人气急了，脱了警服，摘下假胡子扔进垃圾桶，又穿了一套大富翁的衣服出来，听说那模样跟现在三菱会社的社长岩崎男爵很像。太搞笑了。"

"岩崎是什么模样啊？"姐姐问。

"意思是脸盘很大。什么都不做，什么都不说，就抽着雪茄在地藏菩萨周围走来走去。"

"这是为什么呢？"姐姐又问。

"为了用烟熏地藏菩萨啊。"

"这是在说笑话吗？用烟熏，那奏效了吗？"这次女主人问道。

"当然没用，那是地藏菩萨的石像，这种蒙人的法子弄弄就算了，可是后来，听说他又装作帝王来吓唬地藏菩萨，真是愚蠢。"

"哦？那时候已经有帝王了？"女主人问。

"可能有吧，八木先生就这么讲的。他确实说的是扮作帝王。他说虽然有点冒犯，但还是装扮成帝王。一个爱吹牛的人胆敢如此，不就是大不敬吗？"

"帝王？哪个帝王？"女主人又问道。

"我也不清楚是哪位帝王。不管哪位帝王，他都犯了不敬之罪。"

"还真是。"女主人赞同地说。

"扮成帝王也没用，听说那爱吹牛人实在没辙了，只得举手投降了，还说：'我就这些本事了，那个地藏菩萨不是我能应付得了的。'"

"真活该！"

"没错，按理说，他应该受刑罚。可是街道上的人还抱有希望，他们又聚在一起商量起来，但大家都没有办法，再没有一人出来尝试了。"

243

"故事到这儿就结束了吗？"

"还有呢。最后雇了不少车夫和小混混，他们为了骚扰地藏菩萨，让他离开那里，围着地藏菩萨整天喧哗跑动，不分昼夜地闹。"

"真不嫌累。"女主人感慨道。

"听说地藏菩萨也实在是固执，依然对他们爱搭不理。"雪江姑娘继续说道。

"那之后呢？"俊子问道，她倒很热情。

"后来，不管怎么天天吵闹也没有奏效，人们都觉着厌烦了。可是车夫和小混混依然兴高采烈地去瞎搅和，因为他们每天都有薪水可以领。"

"雪江姐姐，薪水是什么？"

"薪水就是钱啊。"

"他们用钱做什么？"

"哈哈，有了钱做什么都行啊！澄子妹妹真坏！姊姊。他们不分昼夜不停地折腾。当时街上有个傻子叫傻竹，他什么都不懂，没人跟他说话。当傻竹看到这热闹的场景时，说道：'你们折腾什么呢？不管再过多少年，这地藏菩萨都不会动一动？真是一群可怜虫。'听说这是他的原话。"

"别看人家傻，还挺了不起的。"

"特别了不起。大伙听了傻竹的这番话，商量说尝试一下也不要紧啊。反正他也干不成，不妨让他试试。于是他们就央求傻竹。傻竹立马答应了。他让大伙安静下来，别瞎折腾了，太碍事，接着遣散了车夫和小混混，独自一人飘摇到地藏菩萨面前。"

"雪江姐姐，你说的飘摇是傻竹的朋友吗？"在关键时刻，俊子忽然萌发奇想。女主人和雪江姑娘一并哈哈大笑。

"不是朋友。"

"那是什么？"

"我说的飘摇啊……我也不知道该怎么解释。"

"你说的飘摇，就是不知道怎么解释吗？"

"不是，飘摇是这样的……"

"嗯。"俊子等着雪江姑娘的解释。

"对，你知道多多良三平先生吗？"

"当然知道了，他给我们送过山药。"

"指的就是像多多良三平那样的人啊。"

"多多良先生就是飘摇吗？"

"嗯，可以这么解释。接着，傻竹袖着手走到地藏菩萨跟前说道：'地

244

藏菩萨，街道里的男人都期盼着你能挪个地方，请你动动吧。'地藏菩萨立马说：'原来是这样，你怎么不早说。'说完就像没事人一样挪动起来。"

"这地藏菩萨真奇怪哦。"女主人感慨道。

"讲完这个故事才称得上真正的演讲啊。"

"啊？这还没完？"

"对啊。接下来，八木先生说：'今天受妇女大会的邀请，所以特意讲了上边的故事，其实我有某种想法。我说话很直接，请大家不要介意。女性常常分明打算做某事，却通常不走正面的捷径，反而绕远，这是种坏习惯。当然，有的男性也这样。明治时代的男人，因为受到文明糟粕的侵扰，也具有女性倾向了，因此，常常浪费些不必要的过程和精力，反而误以为这才是正道，是绅士必行的方针。这些人都是被文明状态所束缚的畸形儿，对此加以争论是毫无必要的。不过对于女性朋友们，希望你们尽量不要忘记刚才讲过的故事，真到了关键时刻，希望各位都能以傻竹的直爽态度去处理问题。如果各位都是傻竹的话，不管夫妻之间，还是婆媳之间，肯定能避免三分之一的争吵猜忌。一个人心眼越多，越容易被心眼怂恿着，越容易造成不幸。所以，平均来说，妇女的不幸要远远多于男人，这要归咎于爱耍心眼，做事不够直率。请大家今后都来做傻竹吧。'八木先生做了此番演讲。"

"啧啧，这么说雪江姑娘也想变成傻竹了？"

"我可不想，谁想做傻竹那样的人呢？金田家的富子小姐听后，特别气愤，她说：'这是侮辱人。'"

"你说的是住在对面巷子里的金田家的富子小姐吗？"

"没错，就是那个时髦的小姐啊。"雪江姑娘说。

"她也在你们学校上课吗？"女主人问道。

"不是，她是来妇女会旁听的，真是时髦啊，实在让人震惊。"

"人长得漂亮吗？"

"一般吧，不像她自吹的那样。一般人像她那样浓妆艳抹的，都会很漂亮的。"

"要是那样，雪江姑娘如果也化化妆，肯定比金田小姐好看上百倍。"女主人说道。

"哎呀，您别这么说，我可不知道。可是她太矫揉造作了，就算有钱，也不免……"

"尽管矫揉造作，也还是有钱好啊。"女主人说道。

"那也没错，她太自大了，那种人更应该向傻竹看齐。前几天，她逢人便吹嘘有个什么新体诗人给她写了一本诗集。"雪江姑娘说道。

"可能是东风先生。"女主人立马接话道。

"哎呀，原来是他啊，真是闲的。"

"不过，东风先生可是真心实意的，他甚至认为他理所当然应该这样做。"女主人说道。

"坏事的都是这种人。对啦，还有件事很搞笑，听说最近她收到一封情书，也不知寄信人是谁。"

"哎呀，是谁弄这种事呢，真流氓。"女主人说。

"听说不知道是谁。"雪江姑娘说。

"没署名吗？"女主人问道。

"听说有正儿八经的署名，但这个名字很陌生。而且那封信足有六尺长呢。另外，信上的话很奇怪，说我爱你就像宗教对神的憧憬，为了你，我宁愿做一只被宰杀的羔羊，这是我至高的荣耀。他还说心脏是三角形的，三角形的中心插着丘比特的箭，如果用吹的方式，肯定百发百中……"

"这是真的吗？"女主人的肯定中带着疑惑。

"据说写的时候很认真，并且我朋友中的三个都读过这封信呢。"雪江姑娘说。

"她这人也真是的，这种东西怎么能让大伙随便看呢？这事要传出去可就糟糕了，她可是准备和寒月先生结婚呢。"女主人说道。

"她才不怕呢，而且神气得不得了。下次寒月先生来拜访叔叔，您还是告诉他这事为好，没准寒月先生完全被蒙在鼓里呢。"雪江姑娘说。

"这个不好说，这事估计他不知道，寒月先生只顾着天天在学校里磨他的球。"女主人说。

"寒月先生真是个可怜人，他真的想娶金田小姐吗？"雪江姑娘说。

"她家有钱，到了关键时刻可以提供支持，这很好啊。"女主人说道。

"婶婶，您张口闭口都是钱，真俗气，爱情比金钱重要啊。没有爱情怎么能结为夫妻呢？"雪江姑娘说。

"真的？这么说雪江姑娘以后准备嫁给谁呢？"女主人问道。

"这还不一定呢，现在一点影子还没有呢。"雪江姑娘正和婶婶就婚姻大事激烈地探讨着。俊子虽然不明白她们说的是什么意思，但却一直洗耳恭听，此时，她突然张嘴说道："我也想嫁人。"俊子的愿望出人意料，就连这个洋溢着青春活力并应该受人同情的雪江姑娘，这时候也都目瞪口呆了。反而女主人表现出一点儿也不介意的样子，笑着问道："你想嫁到哪里啊？"

"说实在的，我本来想嫁到招魂社①去呢，但是又讨厌在水道桥上过，正发愁呢。"大女儿俊子回答。

听到这个奇特的答案，女主人和雪江姑娘，因为过于惊讶，顾不上问她原因了，立刻笑得前仰后合。恰在此时，二女儿澄子与她姐姐议论起来了：

"姐姐，你喜欢招魂社，我也喜欢。要不咱俩一起嫁到那儿去吧，你觉得怎么样？行不行啊？不行就算了，我自己雇人力车去，现在就能走。"二女儿澄子说。

"我也去。"最终连小家伙都要嫁到招魂社去了。如果这三个人真的手拉手一起嫁到招魂社去，我家主人也会非常高兴吧。

就在这时，车轮声在门前戛然而止，随即传来了阿三那高亢的声音："您回来啦。"看样子，我家主人从日本堤分局回来了。厨娘阿三从车夫手里接过一个大包裹，主人悠闲地朝起居室走去。"你来啦？"他跟雪江打招呼，手里拿着的一个酒壶似的东西同时被他放到那个出了名的长火盆旁。虽说那东西类似酒壶，但并不是真正的酒壶。但它跟花瓶又一点不像，反正是个造型奇怪的瓷器，无奈之下不得不这么形容它了。

"那奇怪的酒壶是从警察局那取回来的？"雪江姑娘将倒在铺席旁边的玩意儿扶了起来向叔叔问道。叔叔边看着雪江边得意扬扬地说："怎么样？形状不错吧。"

"您说外形吗？这个并不怎么样吧。把个油壶拿回来做什么用？"雪江姑娘说。

"怎么能像油壶呢？因为你不懂审美学，所以才说出这么无趣的话，真无奈啊。"主人面无表情地说。

"可是，那是什么呢？"雪江姑娘继续问。

"花瓶啊。"主人回答说。

"花瓶？口太小了，肚子太大了。"

"这才是它特别的地方啊。没什么情调，真是跟你婶婶不相上下啊，什么高雅啊，趣味啊，完全不懂，真是不幸。"他边说，边拿着油壶对着纸门透光的地方仔细观察起来。

"我不懂什么高雅啊，趣味啊，这个与我无关，所以我肯定不会从警察分局带这种东西回来。对不对啊，婶婶？"雪江姑娘不赞同叔叔的观点。对于这些事情，她婶婶才没时间过问呢，她忙着打开包裹，瞪大眼睛逐一清

---

① 招魂社：明治时期为祭奠为国家牺牲的人而修建的神社，1939年被改称"护国神社"，但唯有东京称为"靖国神社"。

点被偷走的东西，并说："哎呀，盗贼竟然也进步了，他把全部衣服都清洗了。哎，你过来看看。"女主人对主人说。

主人没理妻子，接着跟雪江姑娘讲述他这油壶的来历："我怎么会从警察分局拿回来个油壶呢？我在那儿等得无聊，在附近闲逛时发现的。你是不会懂的，这可是件宝物啊。"

"这宝物也太独特了，叔叔你究竟在哪闲逛了？"

"哪儿？日本堤附近啊。我还去逛了逛吉原红灯区，那地方可繁华了。你见过吉原的大铁门吗？你可能没见过。"

"那种地方你也去？吉原可是妓女的地盘，我可不去那种地方。叔叔，你可是教师呀，竟然去那种地方？真是让我大吃一惊啊。婶婶啊，婶婶。"

"嗯嗯，对，我觉得东西少了，你确定都拿回来了吗？"女主人说。

"只有那箱山药没拿回来。通知我九点到，结果让我等到了十一点，真是岂有此理。日本警察太不像话。"

"叔叔，你说日本警察太不像话，你到吉原去散步就像话吗？这事要是让学校知道，你非得被开除，是不是啊，婶婶？"雪江姑娘一直想让女主人介入。

"嗯，没错，我总觉得少东西，原来是我的腰带少了一面。"

"算了吧，不就是一面腰带嘛。你就不想想我有多倒霉，足足等了三个小时呢，白白浪费了半天宝贵的时间。"主人换好和服，冷淡地依偎在火盆边，泰然自若地玩赏那个油壶。女主人也无奈地把失而复得的衣服都塞进了壁橱里。

"听说这个油壶是宝物，婶婶，你看多脏呀。"雪江姑娘依旧指望着女主人的认同。

"这是从吉原买来的？哎呀。"女主人很惊讶。

"哎呀什么呀哎呀，你还什么都不知道呢。"主人说。

"可是，这种小壶还用特意去吉原买，哪都有卖的。"女主人说。

"别的地方哪有卖？这可是很稀有的。"

"叔叔实在像地藏菩萨的石像。"雪江姑娘说。

"一个女孩子怎么能说这种狂妄的话呢？现在的女学生们说话都不好听，太不像话。你真应该好好读一读《淑德书》①。"

"您不是讨厌保险吗？叔叔，保险和女学生，你最讨厌哪个？"雪江姑

---

① 《淑德书》：对应的日语名称写作《女大学生》，江户时代后期流行的女子修身、养性、顾家的读本。

娘故意惹主人生气。

"我不讨厌保险，为以后打算的话，保险是人人必备的。至于女学生，就像个没用的废物一样。"

"像没用的废物一样也罢，但您根本没有买保险啊。"雪江姑娘说。

"我准备下个月就买。"主人说。

"真的？"雪江姑娘说。

"千真万确。"主人又加了一句。

"依我看您还是别买了，有交保险的钱还不如买点什么东西呢。是吧，婶婶？"婶婶只是呵呵直笑。

主人反倒来劲了，说道："像你这种人，总认为自己能活到一二百岁才口不择言的，等你往长远打算的话，就能感受到保险的必要性了。下个月我肯定会买的。"

"是吗？那就没办法了。可是譬如说前段时间，人家说不要洋伞，您非要买给我，有买洋伞的钱，还不如用来买保险呢。"

"你真不想要吗？"主人问。

"是啊，我才不想要什么洋伞呢。"雪江姑娘说。

"要是真不想要就还给我吧，今天带来了吗？给俊子怎么样？她正好想要一把呢。"

"哎呀，您可真过分。哪有送人的东西再要回来？实在有失体统啊。"

"我要回来？不是你说不想要吗？没什么体统不体统的。"

"就算我不想要，但您这么说也太过分了。"

"你这丫头，净说混账话，分明你说不想要，我才跟你要回来的，哪里过分了？"主人说。

"但是……"

"但是，又但是什么？"主人说。

"但是真的过分啊。"雪江姑娘说。

"真是混账，翻来覆去说一句话。"主人说。

"叔叔不也是翻来覆去说一句话吗？"

"因为你翻来覆去说一句话，我没办法，是不是你刚才不停地说不想要的？"

"是我说的没错，虽说是不想要，但我就是不想还啊。"

"真让人搞不懂，蛮不讲理，唉，真拿你没办法啊。你在学校没学逻辑学吗？"

"没关系，反正我知识不多，随便你怎么说吧。反正开口要回送出去的

249

东西，我从来没听说过，即使外人也说不出来这种冷冰冰的话的，您还是向傻竹学习一下吧。"

"你让我学什么？"

"学习人家的真诚坦率。"

"想不到你这个混账东西还挺固执啊。所以你被学校降级啊。"

"我是降级了，但又不用叔叔出学费。"

说到这，雪江姑娘似乎百感交集，哭了起来，眼泪啪嗒啪嗒落到了她的紫裙裤上。主人愣住了，他一直盯着雪江那深埋着的面孔看，似乎想弄明白，那泪水是从什么样的心理出发。这时，厨娘阿三从厨房走过来，将那双红通通的手放得端端正正地说："有客人来拜访您。"主人问："谁啊？"阿三偷偷看了看泪流满面的雪江姑娘，向主人回复道："是学校的学生。"主人起身去了客厅。我悄悄跟在主人身后，偷偷摸摸地转入长廊，因为我为了收集素材来研究人类。

在进行人类研究的时候，如果在某种特殊情况下，不抓住时机，那将毫无成效。在平时，平庸的人依旧平庸，所以我的所见所闻也依然是一些平庸之人和平庸之事，完全没有活力。可是这种平庸之感，一旦遇到特殊情况，就会在某种什么作用下变身，这些事物既新鲜古怪，又微妙异常。简言之，足够有利于丰富我们猫儿视野的众多事物到处丛生，雪江姑娘的眼泪就是此类现象的表现形式之一。令人琢磨不透想法的雪江姑娘，和女主人聊天的时候，还很正常，但自从主人回来，准确地说，是主人把油壶往铺席上一扔，自此之后，她很快就像用充气筒给死龙注射了氧气一样，让那与生俱来的风姿卓韵猛然间发挥得淋漓尽致。然而这种与生俱来的风姿卓韵也是所有女人共通的，遗憾的是不会轻易展示出来罢了。不，应该说在二十四小时之内随时都会展示出来，只不过不轻易表现得如此激烈纵情。幸好主人这人性格古怪，他抚摸我们猫儿都喜欢逆着毛发生长的方向，我才能欣赏这出好戏。只要我紧紧跟在主人后边，不管走到什么地方，台上演员肯定会不知不觉也跟着表演的。幸亏一位有趣的人做我的主人，我这只猫在这短暂的一生中能亲身经历如此众多的事情，特此感恩。不过，这回的客人又是干什么的呢？

定眼一瞧，是一个十八九的学生，和雪江姑娘年岁差不多。大大的脑袋，剪了能看见头皮的板寸，蒜头鼻子盘踞在脸中央。他拘谨地坐在客厅一角，严肃而安静，此人不具备明显的特征，但他的头盖骨却大得出奇，幸亏他剪了板寸，如果梳个主人那样长长的分头，估计会显得脑袋更大，就会更加引人注目。主人一贯认为，凡是长了那么大脑袋的人，肯定不善于学习。或许，果真如此。但是猛然一看，他很像威严的拿破仑。他穿的衣服，和一般学生常穿的一样，看不出是萨摩条纹布、丝久留米条纹布，还是伊予条纹布？反正是件用条纹布制成的夹袍，袖子很短，里边似乎没有穿衬衣，也没穿背心。虽说穿空心夹袍和光着脚倒也风流，但是这人年纪轻轻就让人觉着没什么精神，给人以非常不洁之感。特别是铺席上赫然印着三个大脚趾头印，和上回进小偷那次的完全一样，这估计他刚才是踮着脚小心翼翼进来的。他坐在第四处脚趾头印的上边，显得战战兢兢。假如本来是个胆小鬼，端端正正地坐在那里，倒也不必大惊小怪，然而像这种身着短外褂，推平头的野蛮家伙，竟然也诚惶诚恐的样子，看起来就不对劲儿了。他这种平常遇到老师都傲慢不行礼的人，更别提让他像正常人那样老老实实坐上三十分钟了，也够难为他了。但现在，尽管他吃了不少苦，但却把自己装作适得其所的谦恭君子或是德高望重的老者，反正从旁看来，样子非常滑稽。平时在教室或是操场上能折腾个没完的人，居然具有如此的自控能力，真是又可怜又好笑。就算主人平时很呆板，但这样面对面坐着相互对视，在学生眼里还是有几分威严的。或许主人也为此而扬扬自得呢。俗话说："积土成山"，微不足道的学生一旦聚集成一个团体，也能变成不可小觑的团体，他们也许会发起抗议运动，甚至罢课，这就跟胆小的人借酒壮胆是一个道理。不妨把恃众闹事，看成人们喝得烂醉以致丧失了正气。否则，就会像这位穿条纹布的学生一样，不能说是惊慌失措，而该说是老老实实地在隔扇前缩着，不管老师如何陈腐，既然是老师，就不该予以轻蔑，也不可能冷落得太过分。

主人给客人那边递过去一个垫子，说道："请垫上吧。"可是这位头顶光秃的家伙像僵尸一样只"嗯"了一声，仍然一动不动。放在面前的洋纱坐垫既然是垫子，当然不会说"请你坐在上边吧"。但那光头的大脑袋却不声不响地坐着，真是有意思。那坐垫当然是供人坐的，女主人可不是为了供人欣赏才从劝业场买来的。作为坐垫来说，如果没有人坐，它的名声也会受损。当然，劝客人坐上去的主人多少也会觉得没面子吧。这位光头兄，宁愿让主人颜面扫地，也要和垫子搞敌对，他绝不是厌恶坐垫这种东西。说句实在话，他除了在他祖父的葬礼上正式坐过坐垫之外，除此之外，他就从来没有这么规规矩矩地坐在垫子上。现在他的两条腿已经跪得发麻，不听使唤了。尽管如此，他还是不肯铺上坐垫。主人明明说了"请垫上吧"，坐垫还是没人坐，这个光头兄就是不坐，还一直坚持，真是太难缠了。假如真的这么客气，那么他们结为团体时应该稍微客气一些；在课堂上更应该客气一些，这该多好；住在公寓里的时候也客气一些，该有多好。用不着客气的事他拘拘束束，该客气的时候却毫不谦让。简直是在耍野蛮，这光头老兄，绝不是个好东西！

偏偏在此时，身后的隔扇"嗖"一声被推开了，雪江姑娘毕恭毕敬地给客人斟茶来了。这位光头兄如果在平时，肯定要说"把Savage tea拿来"来嘲讽主人，但今天和主人相对而坐本来已经很郁闷了，再碰上一个妙龄少女给他递茶杯，她的手势那么特别，是那种在学校刚学会的小笠原流①礼仪，让这位光头兄更加坐如针毡，心绪不宁。雪江姑娘把茶送完就退了回去，重新关上隔扇之后就嘿嘿地笑个不停。可见，这位妙龄少女年龄与光头兄相仿，但却比他大方得体，真是了不起啊。特别是这位雪江姑娘刚才还气愤得落泪呢，这咊咊一笑使她显得更加妩媚。

雪江姑娘退出去之后，主客二人都好长时间默不作声，或许主人觉得自己是个老师，应该先开口，开口问道：

"你叫什么名字？"

"古井。"

"古井？古井什么？说说你的名字。"

"古井武右卫门。"

"古井武右卫门？不错，这名字果真不短啊。这名字是古时候的，好像在如今很少见了。你上四年级了？"

"不是。"

"那就是三年级？"

"不，是二年级的。"

"在甲班吗？"

"乙班。"

"若是乙班的话，我就是你的班主任啦。"主人有些兴奋。实际上，主人对这个大脑袋学生印象很深，在他入学的时候就受到了主人的关注。除此之外，这个大脑袋还经常闯入主人的梦中呢。可是对任何事情都不在意的主人不会把这个大脑袋和古时候的名字联系起来，又没有和二年级乙班联系起来。因此，这个与他梦中相会的大脑袋告诉他是自己班上的学生时，主人不由自主地发出了感慨："原来如此啊。"可是这个拥有古老名字并且又处于自己管辖范围的大脑袋学生，为什么会在这个时候过来？他完全琢磨不透。主人在学校里是个不受欢迎的人，所以几乎没有学生在过年过节的时候登门拜访。而登门的只有这位古井武右卫门君，堪称登门拜访第一人了，他是个稀客啊。但主人因此忐忑不安，因为他不知贵客来意。他肯定不是到这位无

---

① 小笠原流：室町时代的武将小梨园长秀始创的一整套武士礼法。武家礼仪的一种，烦琐刻板，战前的女子学校均开设了这门课程。

趣的老师家里随便玩耍来了。假如他以劝老师辞职为目的，那么所表现出的架势多少应该有点盛气凌人。同时，他也不可能是来商量自己的事的。主人左思右想，不得其解。看古井武右卫门的神情，似乎他本人也不知道为什么来这里。没办法，主人只好开门见山地问：

"你是来玩儿的吗？"

"不是。"

"那就是有事？"

"是的。"

"是学校的事情吗？"

"对啊，我想和您探讨一下……"

"嗯？什么事啊？快说吧。"

听主人这么一说，他只是埋头沉默不语。作为初中二年级的学生古井武右卫门算是能言善辩的。虽然智商发展与他的大脑袋不成比例，但口才在乙班的确是个佼佼者。就在最近，提出"哥伦布用日语怎么说"而让主人感到为难的正是这位古井武右卫门君。这位独一无二的家伙，从一进门就吞吞吐吐，好像患了口吃的深闺小姐似的，这其中一定不是这么简单，也绝不单纯是出于客气。主人也感到很蹊跷，便问道：

"既然有话，还是赶快说吧！"

"有点说不出口……"

"说不出口？"主人观察古井武右卫门的脸上有什么表情，但对方依然低着头。什么也看不出来，主人只得换了种沉稳的口吻说道："没关系的，想说什么尽管说。又没有外人在场，我也不跟别人说。"

古井武右卫门君还是举棋不定，再次说道："说了也没关系吗？"

"没有关系的。"主人凭借自己的判断说道。

"好，那我就说了。"他猛然抬起了光头看了主人一眼，似乎不敢和主人对视。主人鼓起腮帮子，喷出一串朝日牌香烟的烟雾，他把头稍微往旁边偏了一下。

"这件事非常不好办，是这么回事……"

"怎么一回事？"

"怎么回事？这事非常棘手，所以我才过来的。"

"所以我才问你什么事那么棘手？"

"本来，我并不想这么做，但是滨田非求我借给他，所以就……"

"滨田？是滨田平助吗？"

"对。"

"你借给滨田住宿费了？"

"不是，没借给他钱。"

"那么，你借给他什么了？"

"我的名字。"

"滨田借你的名字干什么呢？"

"送一封情书。"

"送什么？"

"我跟他商量别借用我的名字了，还是当送信人吧。"

"我没听明白，到底是谁，做了什么事？"

"送了一封情书。"

"情书？送给谁了？"

"我觉得说不出口。"

"那么，你把情书送给谁了？"

"没有，不是我送的。"

"滨田送去的？"

"也不是滨田。"

"那到底是谁呢？"

"谁送的我就不知道了。"

"我还是没听明白，这么说，谁都没送啦？"

"只不过署的我的名字。"

"究竟发生什么事，我还是没明白，署的你的名字，你还是把具体情况说得有条理一些。到底是谁收到了情书。"

"住在对面巷子里的一位姑娘，名字叫金田。"

"是那个企业家金田吧？"

"嗯。"

"可是，为什么以你的名义？"

"给那个姑娘送情书，是因为她喜欢赶时髦，又很自大。滨田说一定要署名，不然不礼貌，我说就签上他的名字。滨田说他的名字太普通，古井武右卫门这个名字不错，于是就署了我的名字。"

"可是你认识那个姑娘吗？你们打过交道吗？"

"当然没有打过交道，我从来没见过她。"

"给一个陌生人写情书，真是胡闹！你为什么要做这种事呢？"

"大家都说那人太高傲了，就想搞个恶作剧戏弄她一下。"

"越说越离谱，这么说就公然写上了你的名字，然后送走了？"

"对啊。我只同意署我的名字，由滨田来写情书，夜里，远藤把情书扔进她家的。"

"这么说，是你们三人合谋干的了？"

"嗯。可是事后越想越害怕，要是被学校知道，被开除可就麻烦了。我特别担心，已经两三天都没睡好觉了，晕头转向的。"

"你们干了一桩天大的蠢事。看样子你真在情书后面写了'文明中学二年级学生古井武右卫门'，是不是？"

"没有，没有写学校的名字。"

"幸好没写学校名，如果把学校名称也写上，关系到文明中学的声誉，那可真就糟糕啦。"

"您说会被开除吗？"

"说不准。"

"老师，我真的会被开除吗？我父亲脾气暴躁，另外又有继母，如果被开除我就完了。"

"所以我说不能胡来嘛。"

"我本来也不想做，稀里糊涂就做了。不开除我行不行啊？"古井武右卫门最终用哭腔苦苦地哀求。从刚才起，女主人和雪江姑娘就在隔扇那边咯咯地笑，而主人，则翻来覆去说着"说不准"，真是有意思。

或许有人会问："你为什么觉得有意思呢？"提出这个问题也不无道理。一生之中最重要的事情是什么？不管是人还是动物都可以找到答案。只要人能了解自己，就会比猫类更受到尊重。到了那时，如果再记录这些好笑的事情，我都会觉得不好意思，我一定立刻停笔不写。可是，人到底是什么呢？他们自己也很难确定，这正好像人看不到自己的鼻子有多高一样，所以他们才会向他们平时就轻视的猫儿提出这样的问题。尽管人类看起来神气十足，实际上相当愚蠢。一来，他们到处自诩是"万物之灵"；二来，连这个简单的事实都弄不清楚，并且丝毫不感到羞愧，让你觉得可笑。人在背上扛着"万物之灵"的牌子并高喊着："我的鼻子在哪儿，我的鼻子在哪儿？快告诉我。"既然如此，那么就该辞掉"万物之灵"这个头衔。但其实，他们是死也不肯放弃的，真是抱歉。既然人在大庭广众之下就完全不去理会这个矛盾，反而显得可爱。可爱是可爱，但与此同时还要心甘情愿地承认自己是个蠢货。

我之所以在这个时候认为古井武右卫门、主人、女主人以及雪江姑娘很搞笑，并不是因为外部事件相互冲突后，所产生的振动波传输到微妙之处，而是由于其冲突的反响在人们的心里撩拨了各种不同的音色。先说主人如何看待这件事情？他的态度极其冷淡。至于古井武右卫门的父亲如何暴躁，继母如何坏心肠，他都不觉得震惊，也没什么好震惊的。古井武右卫门君被开除和自己被免职是两码事，完全是两种性质。如果学校里有一千名学生都被开除了，老师们就会丢了工作，断了经济来源。可是，不管古井武右卫门君如何改变自己的命运，也不会对主人造成任何影响。首先，因为两人关系疏远；其次，主人本来就同情心匮乏。他才不会被一个陌生人的悲惨境遇触动。那人与我没有一点儿关系，我因此又皱眉又感伤，还感慨万千，这绝不是自然导致的。人这种生物不仅不具有同情心，也不会关怀体贴。他们在人际交往中流的泪，或者装作同情的样子是给别人看看罢了。仅此而已。但这种表情就是一种表演，是骗人的。说实在的，这也是一门劳心伤神的艺术。善于作假的，人们说他艺术感特强，广受世人欢迎。因此，再也没有比受人欢迎的人更靠不住的了。你如果想立刻弄清楚这个事实，只要到现实中观察一下就知道了。我家主人在这一点上丝毫也不聪明。因为他不聪明，所以不受人欢迎；因为不受欢迎，所以他可以毫无保留地把自己内心的冷漠表现出来。这从他对武右卫门君反复说的那句"说不准"，就能证明。大家千万不要因为主人冷漠，就讨厌他这种善良的人。冷漠是人的天性，能够做到不故意隐藏这种天性的才是诚实的人。如果在这种情况下，各位期盼人能超乎冷漠的水准，那么只能说明你们高估了人类。连诚实都已消失灭迹的社会，如果对他们期望过高，只能从马琴的小说中请出志乃、小文吾这种底层人物，让《八犬传》中的英雄人物们跟我们做邻居。除此之外，就只能接受现实。

关于主人，就先讲到这里吧，接下来再说说在起居室里笑作一团的那两个女人吧。这两人已经超越了主人的冷漠，一跃而上升到滑稽的境界。让古井武右卫门感到烦恼的情书事件，在这两个女人听来就像菩萨的福音一样从天而降，而且只是觉得可笑，又没有什么其他理由。如果一定要深刻分析她们的心理，就是见武右卫门君遇到麻烦感到兴奋。各位可以去问问你周围的女性："当别人遇到困难时，有谁会觉着有意思并且还笑话人家的？"她们一定会责骂提问者是蠢货，即使不直截了当地责骂，也会谴责你提出这种问题而侮辱了淑女的品格。侮辱了品格也许是真的，但嘲笑别人落难，这是事实呀。照此说来，这就是说："我做了侮辱自己的德行的事情，但是不允许你们说三道四。"她们的做法和这种说辞完全相同。这和下面的观点也毫无差别："我偷了东西，但你们不能说我不道德。如果你们说我不道德，就是往我脸上抹黑，就是侮辱我。"女人太聪明，她们心里想什么"既然生来为人，被人践踏侮辱，又没有人理睬的时候，就必须泰然处之"都是合理的。此外，还必须具备：就算被吐了一脸唾沫星子，被人泼了一身大粪，反遭人大肆嘲笑，也要若无其事才行。否则，就无法跟号称"聪明的女人"打交道。让武右卫门这家伙感到无比惊恐的是，他因为恶作剧而闯下大祸，但或许他也认为背后笑话他忐忑不安的行为是失礼的。因为他年龄小，想法单纯，他会被对方责备，一遇到别人没有礼貌就恼火，说明他心胸狭窄，如果不想落个这样的名声，还是稳重点为妙。最后，我简单介绍一下古井武右卫门的想法。这家伙现在满脑子都是恐惧，就好像拿破仑的硕大脑袋里被功名利禄塞满了一样。这种恐惧之情已经传输给了面部神经，就好像条件反射一样，本人完全没有意识，他那蒜头鼻子不时翕动。最近，他一直不知道如何是好，就好像吞下了一个铅陀，心里堆积了一个大硬疙瘩一样无奈。苦闷之余，又想不出更好的办法，此时他就想到或许班主任能帮助他呢，不如去拜访他吧。这样一来，他来到了自己平时不喜欢的班主任家里，期待着多少能获取点帮助，早就把自己平时在学校里如何嘲弄班主任，挑唆其他学生让主人难堪一类的事儿，全部抛到九霄云外去了。他似乎以为，不管他们怎样戏弄主人，身为班主任的主人，会义不容辞地帮助他们。真是单纯啊。班主任可不是主人自愿当的，只不过是校长任命的这一职务，不得已才上任的。这头衔就好像迷亭伯父戴的大礼帽那样，徒有虚名罢了。当然，徒有其名就毫无用处。如果名字在关键时刻有用的话，那么雪江姑娘就可以只用自己的名字去相亲了。武右卫门君不但自己做事随性，还天真地认为别人会无条件来帮助他，是因为他从高估人类的假想出发的。或许他根本没想到，他会遭到别人的嘲笑。武右卫门君这次到班主任家来，肯定学到了一条有关人性的真理。今后他会成长为一个真正的人。他会对别人担心的事情表现出冷漠，在别人处于困境的时候大声嘲笑。这样一来，今后的世界将由无数个武右卫门君组成。当然还有像金田一家子这样的人。我真希望武右卫门君快点醒悟，早点成为真正的人。不然的话，即便再怎么恐惧悔恨，再怎么一心向善，都不会像金田君一样成功的。不，在不远的将来，他会被驱逐到没有人类居住的地方，那时候就不只是被文明中学开除这么简单了。

我越琢磨越觉得这种事情耐人寻味。这时，有人推开了格子门，门口探出半张脸。

"老师。"有人叫道。

主人正反复跟武右卫门说着"说不准"这句话，突然听到在门口处叫了声"老师"，主人想知道是谁，便循声向那边望去，从门口探出半张脸的居然是寒月君。主人说了声："请进吧。"依然坐着没动。

"有客人吗？"寒月还是探着半张脸问道。

"没关系，赶快进来吧。"主人回答。

"我是来邀先生出去走走的。"寒月君说。

"去哪儿呀，赤坂吗？那我就不去啦。上回你带着我拼命地走，走得两条腿都直了。"主人说。

"还是去走走吧，今天不会有问题的，好久没去了。"寒月君说。

"究竟去哪儿？哎，不如你进来说吧。"主人说。

"我想去上野听听虎叫。"寒月依然探着半张脸说。

"那太无聊了，哎，你还是先进来说话吧。"主人再三请他进来。

寒月君可能觉得距离远不利于沟通，于是脱了鞋慢悠悠地走进来。他穿的还是那条屁股上打着补丁的灰色裤子。据他本人辩解，不是因为长年累月穿着或是走哪坐哪磨破的，而是他最近开始练习骑自行车了，所以臀部受到过度磨损。他做梦都没想到他眼前这位，就是给他自封的未婚妻写过情书的情敌。他轻声说了声"嚯"，就算打招呼了。然后在离长廊很近的地方坐了下来。

主人说："听虎叫有点太无聊了吧？"

"是的，不是现在去。咱们先到各地方去转转，要到了晚上十一点左右才去上野。"寒月说。

"哦？"对于寒月的想法，主人疑惑不解。

"夜深了，公园里的古树就会变得阴森恐怖，很有意思吧？"寒月说。

"也许会比白天阴森得多吧。"主人说。

"不如我们专门到树林茂密，白天都不见人影的地方去散步，便在不知不觉间，忘记在红尘滚滚的都市，仿佛能找到进入了深山老林迷失方向的感觉。"寒月说。

"找到那种感觉？之后会怎么样呢？"主人问。

"暂时停留在这种感觉之中，很快就能听见动物园里的老虎吼叫的声音。"寒月说。

"你想让老虎什么时候叫，它就叫吗？"主人问。

"没问题，肯定会叫。在白天时候，大学的理学院都能听到老虎的吼叫声，到了夜深人静、四周无人、阴气沉沉、妖气弥漫的时候，就更加……"寒月说。

"你说的那个妖气弥漫是指什么？"主人说。

"在恐惧的时候不都是这样说吗？"寒月说。

"是吗？我还真没听说过，你接着说。"主人说。

"接着老虎就会大声吼叫，震得上野的老杉的叶子都会纷纷落地，那气势真叫凄惨壮观啊。"寒月说。

"那还真是壮观。"主人说。

"跟我一起去冒险吧！怎么样？我觉得这一定很有意思。在我看来，如果不在深夜听老虎吼叫，就不能称为听过老虎叫。"寒月说。

"说不准。"对于寒月君的提议，主人也同样那么冷漠，就好像对武右卫门君的哀求冷漠对待一样。

武右卫门君此时一直怀着羡慕之情倾听着寒月君说关于老虎的事。当他听到主人那熟悉的"说不准"时，好像又回到现实中，于是再次向主人问道："老师，我还是非常担心，您给我提点建议吧。"寒月君吃惊地望着这个大脑袋。我出于某种考虑，暂时从这里离开，向起居室走去。

女主人在起居室里一直咯咯地笑，同时，她往京都制造的廉价茶杯里倒了满满一杯茶，然后放在铝制茶托上。

"雪江姑娘，劳驾把这茶送去。"

"我可不去。"雪江姑娘说。

"为什么呢？"女主人有点奇怪，笑容立刻就僵在了脸上。

"没怎么。"很快，雪江姑娘就装作若无其事的样子，盯着身边的《读卖新闻》看。

女主人再次商量道："哎呀，给寒月先生的，没关系啊。"

"可是我就是不想去啊。"说话时目光还停留在《读卖新闻》上。其实，她此时一个字也没读进去，可是你真要揭穿说她一个字没读进去，估计她又会哭出来。

这次，女主人微笑着说："你还害羞了？"专门把茶杯放到了《读卖新闻》上。雪江姑娘说道："哎呀，您是故意的。"于是想把报纸从茶托下面抽出来，但报纸和茶托粘在了一起，这么一抽，茶水就从报纸上流到了铺席缝里。女主人说："你看看，你看看！"雪江姑娘说："哎呀，坏啦。"说完就赶快跑向厨房，估计是去拿抹布了。我看见这滑稽的场景，开心极了。

寒月对隔壁发生的事情一无所知，他还在客厅里东拉西扯："先生，您这纸屏障重新糊了？谁糊的？"

"糊的好吧？女人们糊的。"主人回答。

"是啊，手很巧。是经常来这里的那位年轻姑娘糊的吧？"

"嗯，她也帮了忙。她还说能把纸屏障糊得这么好，也有资格嫁人了，真是爱自吹。"

"哈哈，说得有道理。"寒月君边说边端详纸屏障，眼睛一动不动。

"这里还算平坦，可是右边的纸富余出来了，还皱皱巴巴的。"寒月说。

"那里是刚开始糊的，那时候还不熟练，就糊上去了。"主人说。

"哎呀，还是手艺欠缺。那个外表糊成'超越曲线'，不是一般的函数能体现出来的。"寒月说的都是些专业术语，不愧是理科学者。

"是啊。"主人搪塞过去了。

见此情景，武右卫门君觉着再继续恳求也丝毫不起作用了，便忽然间把他那了不起的脑袋照着铺席使劲磕了一下，行了个大礼，暗暗表示诀别。主人说道："要回去了吗？"武右卫门君没回答，轻轻穿上他那萨摩木屐离开了。怪可怜的。他就这样被抛弃了，他或许会写下一首《岩头吟》，然后纵身跳进华严瀑布自我了断了。追根究底，这件事是由自高自大、赶时髦的金田小姐造成的。如果武右卫门君真的死了，化作鬼魂去找金田小姐索命。这个世上她那样的女人即使少了一两个，男人也丝毫不觉得失落，寒月君也可以再娶个不错的姑娘。

"他是您的学生吗，先生？"寒月问道。

"嗯。"

"头可真大啊。学习怎么样？"寒月继续问道。

"头不小，成绩很差，经常问些稀奇古怪的问题。前些天还向我提问用日语怎么翻译哥伦布，让我非常尴尬。"

"他是因为头太大才会提出那种无聊的问题吧，您是怎样翻译的，先生？"寒月说。

"什么？我只是随便一译，就敷衍过去了。"主人说得含含糊糊。

"您真有学问，还是给翻译出来啦。"寒月说。

"无论是什么你都要给他们翻译点东西出来，否则就会失去孩子们对你的信任。"主人说。

"先生也成了了不起的政治家了。不过，看他无精打采的样子，不像是给先生出难题的人啊。"寒月说。

"今天他遇到麻烦了，太混账了。"

"他那样子看上去很可怜，究竟发生了什么事啊？"寒月问道。

"他真是笨到家了，那个蠢货，居然给金田小姐写了封情书。"

"天啊？是这个大头吗？太令人惊奇了，最近的学生真是得意忘形啊。"寒月说。

"估计你也为此感到不安吧。"

"没有，我偏偏觉得很滑稽，一点儿不觉得不安。不管有多少情书，我都无所谓。"

"既然你这么放心，我就没的说了。"

"当然无所谓，我才不在乎。倒是那个大脑袋居然还能写情书，让人感到意外啊。"

"他是为捉弄金田才这么干的。他说那个姑娘太赶时髦了，还那么高傲，所以要捉弄一下她。于是三人就合起伙来……"

"三人合伙给金田小姐送一封情书？真是神奇啊。这不是和三人共享一份西餐是一个道理吗？"

"可是，他们分工不同，一人执笔写信，一人送信，还有一个签名。刚才那家伙是把自己名字提供出去的蠢货。他是最蠢的，听说他连金田小姐长什么样都不知道。真不知道他怎么会做出这么荒谬的事情。"

"那么大个脑袋居然会给女人写什么情书。这简直是一大新闻呀，是近期发生的最传奇的事情啦。"

"只是别误会就好……"

"对方可是金田啊，就是误会了也不要紧。"

"可是她是可能和你结婚的人啊。"

"正因为结不结婚还不一定，所以不要紧啊，我才不在乎金田小姐呢。"

"你当然是不要紧，但是……"

"行啦，就是和金田小姐结了婚也不要紧，保证没事。"

"如果真的是这样，也就没什么了。可是，写情书的人事后良心发现。害怕啦，这才跑到我家来商量一下。"

"哦，原来承受能力不行啊，怪不得那么萎靡不振。先生，您是怎么跟他说的？他怎么就离开了？"

"他最害怕会被开除，问我会不会有事。"

"为什么会被开除呢？"

"他干那种错事简直道德败坏啊。"

"看您说的，这怎么能算道德败坏呢。没人在乎啊，金田小姐反而以此为荣，正在大肆吹嘘呢。"

"不会吧？"

"反正这人很值得可怜，就算他做了这样的坏事，也不能让他那么担心，这样会害了这个孩子的。这人脑袋虽说有点大，但长得还可以，他那鼻子直呼扇，挺招人疼爱的。"

"你怎么有点像迷亭，说话越来越不着调呢。"

"怎么会呢，这是时代的潮流啊。先生您太守旧，把什么事情都说得那么严重。"

"可是，这件事干得就很愚蠢啊。给自己从来没见过面的人送情书戏弄人家，简直缺乏常识。"

"恶作剧本来就不建立在生活常识之上的，您还是帮帮他，就当积点福报，给他出出主意吧。看那样子，也许会跳华严瀑布呢。"

"说不准。"

"您帮一帮他吧。假如他是个再大些、再懂事的孩子，怎么会这样呢？他们会干了坏事，还装作若无其事吗！如果把这个孩子开除的话，就应该把那些大孩子全都驱逐出社会才公平呢。"

"你说得也有道理。"

"那么，您还去上野听老虎叫吗？"

"老虎？"

"是啊，去听一听，走吧。我今天过来一定要陪您出去走走才行啊。我忘了告诉您，我两三天之后必须要回趟老家，估计有一段日子不能陪您去散步了。"

"哦？要回老家？有什么事要办吗？"

"嗯，是有点事儿。咱们先不说这个了，还是先出门吧。"

"行，那走吧。"

"走吧，我今晚请您吃饭。吃完就往上野走，时间刚好。"主人在寒月君的频繁劝说下，终于打算出去了，于是两人一起出了门。这下，守在家里的女主人和雪江姑娘完全不需要顾忌了，开始肆无忌惮地大笑起来。

十一

壁龛前摆放着一盘围棋,迷亭君与独仙君正面对面坐着。

"这盘棋可不能白下,输了的人请吃饭。你觉得怎么样?"迷亭君在此叮嘱道。

独仙君依旧是捻着他那山羊胡子说:"原本一场高雅的游戏,一搞那种事就显得庸俗了。一赌起输赢就丧失了游戏的乐趣。只有把胜败置之度外,才能体会到其中的乐趣。这宛如白云出山,心无旁骛啊。"

"好啦,好啦,和你这种天赋颇高的人对阵,真是劳心伤神啊。你根本就是《列仙传》中的人物下凡啊。"迷亭开玩笑地说。

"我这是拨弄无弦之琴的乐趣啊。"独仙得意扬扬地说。

"你还要不要发无线电报?"迷亭说。

"少说闲话了,快来下一盘吧。"独仙君说。

"你用白棋怎么样?"迷亭说。

"我?黑白都行。"独仙说。

"什么都无所谓,不愧是仙人啊。你要是用白子儿,那么按照自然顺序我就用黑子儿啦。行,你先走吧,想往哪走都可以,随便你。"

"黑子儿先走是老规矩。"

"原来如此啊,那按照规矩从这里开始下,可以让着你点儿。"

"按照规矩,没有这种走法呀。"

"肯定没有啦,这是我刚发明出来的规矩。"

作为猫儿,我见识太少,最近才看到棋盘这东西,怎么看都觉得这东西有点奇怪。在一块正方形的木板上,分割出许多狭窄的小方格,黑白两色石子密密麻麻地摆在上边,眼睛都看花了。接着就是为了输赢啊、死活啊,满脸泛着油光流着汗水,不停地吵吵嚷嚷。在这至多一尺见方的棋盘上,就算我用猫爪子推上一把,它立刻变得乱七八糟的了。常言道:"立着捆绑,就是间草屋,散布开来,就是一片荒原。"何必这么费力气呢,还不如袖手旁观来得轻松呢。刚开始下了三四十个回合，那摆法还算看得过去，但到了决定胜负的关键时刻，定睛一看，嘿呦，黑白两子互相推搡着，都快被挤得从棋盘上摔下去了，弄得苦不堪言，实在让人心生怜悯啊。尽管这些棋子紧挨着受罪，但也不可能彼此退让，尽管相互阻碍着，但也没有权利要求前边的棋子让开，也不能让旁边的挪到别处。它们丝毫没有办法，只能驻守原地，不得移动寸步。<u>围棋的发明者是人类，如果说人的癖好反映在棋盘上，走投无路的棋子的命运完全说明人类的心胸是狭窄的，使棋子命中注定不得有丝毫移动。如果通过棋子可以推断出人的德行，那么我只得说，人类喜欢在广阔的世界里用刀子刻出自己的地盘，并且筑起围墙，除了自己的立足之地外，哪儿都不许去。简而言之，人类就是一种自讨苦吃的动物。</u>（"我"又发表了一段很有哲理的评论，如果让你用四字成语来总结"我"的这段评论，你觉得哪个成语合适？）

　　<u>遇事镇定自若的迷亭君和颇有几分禅意的独仙君不知为什么，从壁橱里翻出这个旧棋盘，开始了让人觉得透不过气来的游戏。</u>（有迷亭的地方就充满了饶舌的泡沫和捉弄人的喜剧，独仙君在出场时也伴随着长篇大论，当这两个人坐在一起玩"让人觉得透不过气来的"围棋时，会发生什么有趣的事呢？）这两个人难得凑到一起，从一开始就下得很随意，棋盘上白子和黑子自由交织，但棋盘的空间毕竟有限，每一个棋子填满一处横竖道子，即便他们再怎样镇定自若，怎样颇能领会禅理，下到最后必然是愈发动弹不得了。

　　"迷亭君，你这棋下得真是狂野啊，怎么可以把子儿放到那里呢。"独仙君说。

　　"或许禅僧不用这种方法下棋，但我这棋术可是本因坊式①的，没办法啊。"迷亭说。

　　"可是你把子儿下到那里，就是死路一条了。"独仙君说。

　　"'臣死且不避，何况卮酒乎②？'我就下这里也没关系。"

　　"好啊，你来这一手！'薰风自南来，殿阁生微凉'，我来这一手就安全了。"独仙君说。

　　"哎呀，你果然厉害了，我一直以为你不会走这一步呢，你却补上了这

_____

① 本因坊式：日本围棋分为四个流派，本因坊是最古老的一种。

② 臣死且不避，何况卮酒乎：取意《史记·项羽本纪》中"臣死且不避，卮酒安足辞"。此处表示不怕棋子被吞。

一招。我来一手'撞吧，八幡钟①'，你能奈我何？"迷亭说。

"什么奈何不奈何的，'一剑倚天寒'。哎呀，太麻烦了，我直接把你的后路掐断算了。"独仙君说。

"哎呀，不行，不行！你要掐断那个地方，我不就输啦。哎呀，别开玩笑了，让我重下个子儿吧。"迷亭说。

"我刚才不是跟你说了吗？那个地方是不能再放子儿了。"独仙君说。

"多有得罪，我把子儿放这儿，请你把白子儿拿回去吧。"迷亭君说。

"你要在这里悔棋？"独仙君说。

"旁边那个棋子你也顺便拿回去吧！"迷亭说。

"你脸皮也太厚了，喂。"独仙说。

"咱俩不是有交情嘛！Do you see the boy②？那些见外的话就不要说了，把它拿回去吧。别着急，别着急，这可关系到输赢。"迷亭说。

"我可不管那种事。"独仙君说。

"你只要让一下，你管不管也不碍事。"迷亭说。

"你已经悔了六步棋了。"独仙说。

"你记性挺好呀。一会儿我还想加倍奉还呢，所以我叫你让一下这步棋。你也真够固执的，还以为参禅的人都看得开呢。可是你这人实在是冥顽不化啊。"迷亭说。

"可是不用这个子儿把你堵住，我就该输了……"

"你一开始不是就说输赢不重要吗？"迷亭说。

"输赢是不重要，但是不能让你赢啊。"独仙说。

"你这禅学还真了不起呢。到底是'春风影里斩电光'！"迷亭说。

"你弄反了。不是'春风影里'，而是'电光影里'。"独仙说。

"哈哈……我本以为你这时候听不出来呢，看来你还挺清醒。那我就不悔棋了，没辙。"迷亭说。

"输赢之事，转瞬即逝，你就别悔了。"独仙说。

"阿门！"这次，迷亭先生在一个无关紧要的地方"啪"地放了一个

我的批注

---

① 撞吧，八幡钟：日语里"补（棋子）"和"撞（钟）"是谐音，八幡钟是江户深川富冈八幡宫的钟。

② 词句英文发音，与"你脸皮也太厚了，喂"的日语发音非常像。

265

子儿。

迷亭和独仙在壁龛前大赌输赢，寒月君和东风君在客厅门口并排坐着，坐在他们旁边的是脸色暗黄的主人。（苦沙弥和他的四位朋友第一次共同出现在一个场景中，这五个人作为不同个性的知识分子的代表都会做何表现呢？请你阅读后面五人的对话，找一找他们对话的主题。）在寒月君前边整整齐齐摆着三条干松鱼，它们没有用包装纸包裹起来，真是壮观。

这三条干松鱼是寒月君从怀里掏出来的，掏出来时，它们还带着热乎气。这三条干松鱼同时吸引了主人和东风君的目光，接着寒月君开口说道："我这次回老家待了四五天，回来后又办了一些事，四处奔走，所以没能立即到府上拜访。"

"也不必急着看我嘛。"主人依然说话不温不火的。

"虽然不用急着来，可是不早点把这土特产给您送过来，不放心啊。"寒月说。

"这是干松鱼吧？"主人说。

"没错，我们老家的土特产。"寒月说。

"什么土特产？东京也有啊。"主人说罢拿起一条最大的，放到鼻子底下闻了闻。

"鼻子是闻不出干松鱼的好坏的。"寒月说。

"因为鱼大，才成为特产是吗？"主人说。

"您尝了就知道了。"寒月说。

"迟早要尝的，可是这条鱼头上少了一块儿呢。"主人说。

"所以我才说要早点儿给您送来啊。"寒月说。

"为什么？"主人问。

"因为那里是被老鼠咬的。"寒月说。

"那随便吃了会得鼠疫的，危险啊。"主人说。

"没问题，就咬了那么一丁点儿。"寒月说。

"被哪里的老鼠咬的？"主人问道。

"船上。"

"船上？怎么可能呢？"主人说。

"因为没地方装了，我只能把它和提琴放在同一个袋子里，当晚就被咬了。只咬干松鱼也就罢了，可惜的是我最宝贵的提琴也没幸免于难，可能被当作干松鱼了。"寒月说。

"这老鼠也太冒失了。奇怪，住在船上的老鼠就会没有分辨能力吗？"主人仍然盯着干松鱼说话，说什么谁也不明白。

266

"不是的，老鼠终归是老鼠啊，它的冒失跟住在哪里无关。就算我带回了自己家，也不能放心。因此，晚上只有把它搂进被窝里我才能安心入睡。"寒月说。

"那可不太干净啊。"主人说。

"所以您要先把它稍微清洗一下再吃。"寒月说。

"恐怕稍微清洗一下洗不干净呢。"主人说。

"那就把它泡在碱水里，用力搓洗一下就行了。"寒月说。

"你也把提琴搂进被窝里吗？"主人问。

"提琴个儿太大了，不能搂着睡。"寒月说到此处，对面的迷亭先生也加入了这边的对话，大声说道："你们说什么，搂着提琴睡觉？那可真是风雅啊。有一首俳句说，'时光流逝，怀抱沉重的琵琶叹春光！'你这雅兴可远远在古人之上啊。明治的青年才子为了超越古人，也要搂着提琴睡觉啊。我也吟上一首，'衣衫长，与提琴漫漫长夜相厮守'。你觉得如何啊，东风君，新体诗也能描绘这种内容吗？"

我的批注

"新体诗和俳句不一样，可不是短时间就能写出来的。"东风君一本正经地回答，"但是，一旦写出来了，就会发出触动人们灵魂深处的妙音。"

"是吗？我以为要焚烧麻秆才能请来灵魂呢，看来新体诗也能办到。"迷亭不停地戏弄东风君，都顾不上下棋了。

"你再胡说八道，可就要输了。"主人为迷亭提了个醒。

"别管我的输赢，反正对方已经成了釜中之鱼，手脚全都动弹不得啦。"

"该轮到你走了，我等着你呢。"独仙有点不高兴了。

"哎呀，你已经下到这儿啦？"迷亭说。

"当然已经下了，早就下过了。"独仙回答说。

"你下哪儿了？"迷亭君问道。

"我把这些白棋斜着连在一起了。"独仙说。

"啊，这一手果然了不得。你把白棋斜着这么一连，我岂不是就输了？好吧，我……我……我就没有回天之力了。还有什么办法？我可想不出来了。我再让你一步，你把子儿随便放到哪儿都行。"迷亭说。

"哪有这么下棋的？"独仙说。

"既然没有这么下棋的，那我就放子儿了。我在这角上拐个弯，你那

267

把小提琴太便宜了，连老鼠都看不上眼，这才啃了一口。寒月君，狠狠心再买上一把好的，怎么样啊？要不我从意大利给你买上把三百年前的旧提琴来？"

"那就拜托您了，那就麻烦您把钱也一起为我付了吧。"寒月说。

主人对琴完全不懂行，此时他大声责备迷亭道："买那么旧的东西有什么用？"

迷亭可不是一被呵斥就退缩的人，他说："你不能把人类里的古董和提琴里的古董相提并论。像金田这种人类的古董还那么受欢迎呢，更别说提琴了，越古老越有价值。嘿，独仙君，快放子儿吧，还想什么呢？'秋日短暂'啊，我这可不是故意重复庆政的台词。"迷亭说。

"跟你这种不规矩的家伙下棋简直是苦不堪言啊，连思考的工夫都没有，真是没办法，放这里填空好了。"独仙说。

"哎呀，哎呀，真可惜，还是让你活了。我之所以劳心伤神地和你们瞎胡说，是因为我本来一直认为你不会下到这里，可惜了我一片苦心。"迷亭说。

"当然了，你这是蒙人，根本不是下棋啊。"独仙说。

我的批注

"我这是'本因坊派''金田派''当代绅士派'啊。苦沙弥先生，依我看独仙君不愧是去过镰仓，顿顿吃那里的腌咸菜，不曾因外物扰乱内心。实在让我敬佩不已。棋虽然下得不怎么样，但还真是勇气可嘉啊。"迷亭说。

主人背对着迷亭说道："所以你这种人最好跟独仙君学学，就会有勇气了。"迷亭吐了吐他的舌头，独仙君表现出事不关己的神情，然后催促迷亭说："又该你了，快点啊。"

此时，东风君问寒月君道："你是从什么时候开始学小提琴的？听说很难学，是吗？我也想学学。"

"嗯，如果只是求个一般水平的话，每个人都能学会。"

"我觉得都属于艺术范畴嘛，如果对诗歌感兴趣，应该会学得很快吧？我自己觉得心中有数，你觉着呢？"

"不错啊，你学起来肯定挺快的。"寒月说。

"你从什么时候开始学习的呢？"东风问道。

"从高中时候，先生，我跟您说过我学提琴的经过吗？"寒月又转身问主人道。

“没有啊，你没跟我说过。”主人回答说。

“你是不是在高中的时候，在老师的指导下开始学习的？”东风君问道。

“我是自学的，没有老师指导。”寒月说。

“真是个天才啊。”东风夸赞道。

“只是自学，称不上什么天才。”寒月君有些生气了。世界上恐怕只有这位寒月君会为被夸为天才而感到不高兴了。

“这个问题暂且不深究，我只想听听你是怎样自学的，也好参考一下。”东风说。

“想听也可以，先生，那我就说了。”寒月对主人说道。（在之后的对话中寒月有没有讲述自己是如何自学提琴的呢？）

“可以，你说吧。”主人说。

接着寒月说道：“现在，年轻人经常手提提琴箱子在街上行走，但是在我上高中的时候，基本没有搞西方音乐的。尤其在我就读的那所学校，因为是在乡村里开办的，学生们都非常朴素，连穿麻布里的草鞋的都没有。学校里当然没有一人会拉小提琴。”

此时，迷亭说：“独仙君，你听听，那边似乎在说什么有趣的事儿呢。咱们速战速决，也去听听吧。”

独仙君说：“还有两三处没有下满呢。”

“有就有呗，你全部摆满好了。”

“你虽然这么说，但我也不能胡来呀。”独仙说。

“你哪像是参禅的，不懂得变通。既然这样，那我就一口气下完啦？寒月君！你讲得真有意思啊，那所高中的孩子们都光着脚上课吧……”（话题成功地被迷亭岔开。在整部小说中其实类似的情况出现过多次，作者用这种自然的写作风格真实地反映了参与对话的人物的性格特点。）

“那倒不至于。”寒月君回答说。

“可是据我所知，军训练体操的时候，都要光着脚吧，弄什么向右转，把脚底下的皮都磨出茧子了。”迷亭说。

“不至于那样，这是谁说的？”寒月说。

“别管是谁说的，”迷亭接着说道，“并且我还听说学生们每个人带的都是一个饭团，像个大橙子似的挂在腰上，中午就吃这个。与其说‘吃’，还不如说是‘啃’！每个饭团当中都包一个腌咸了的酸梅干。大家都竭尽全力地啃着，一直啃到最后，他们把啃到酸梅干当作最大的乐趣。这是一种什么样的境界啊！独仙君，你是不是很喜欢这个故事。”

“质朴而刚健，有这种好风气值得高兴啊。”独仙君赞同地说道。

接下来，迷亭说道："还有更值得高兴的事呢。那地方好像没有烟灰缸，没处磕烟灰。我有一个朋友到那边去办事，想买个上边画着'吐月峰'图案的烟灰缸，别说'吐月峰'没有卖的，就没有卖烟灰缸这种东西的。他很吃惊，就去问别人。人们心平气和地告诉他说：'烟灰缸这东西嘛，根本不需要买，直接去后山的竹林里砍来一个就行。'这恐怕也是质朴而刚健的佳话吧？是不是啊，独仙君。"

"嗯，别管那些了，"独仙君说，"这还空着，赶快往这填一个子儿吧。"

"好吧！补，补，补。这回补齐了吧。我听了你讲的故事，感到很震惊，你竟然能在那种地方自学提琴，真让我刮目相看了。《楚辞》上有句话说'既惸独而不群兮'，寒月君简直就是明治时期的屈原。"迷亭不停地和寒月交谈。

"我可不想当屈原啊。"寒月君不高兴地说。

"不如当本世纪①的少年维特吧。什么？把子儿拿下来数一数？真是太较真了，我可不数，反正我输了，总可以了吧。"迷亭说。

"如果不数的话，怎么知道谁输谁赢呢……"独仙说。

"那你就去数吧，我可没空数。如果不听听当代的才子维特学提琴的轶事，就对不住列祖列宗了。你帮忙数吧，失陪啦。"迷亭说罢起身来到寒月身边。独仙一个人在那里一会填白子儿，一会填黑子儿，嘴里还念念有词。

接着寒月君又说道："那地方风俗已经够呛了，而我老家来的同学们又非常顽固，如果我们中的一个人表现得稍微一软弱，他们就会觉得被其他县里来的学生笑话，便胡乱地从严惩处，真是不好弄啊。"

"话说你们家乡的那些学生还真不讲理，他们为什么非穿那种纯藏青色衣裙呢？在他们眼里，难道觉得那样就好看吗？并且他们可能经常被海风吹拂，皮肤被吹得黝黑。男的还好，但是女人弄成那样，就太难看了。"如果迷亭一掺进来，原先谈话中正议论的话题就会离题越来越远了。

寒月回答说："女人也那样黑。"

迷亭说："那样的话，有谁愿意娶她们为妻呢。"

寒月说："如果全县都没一个白人，那么大家谁会嫌弃谁呢？"

迷亭望了望主人说道："你跟谁结婚那是命中注定的。你说是不是，苦沙弥君？"

这时候，主人长长地叹了口气，说道："我看啊，还是黑点儿好，

---

① 此处指 20 世纪。

白的时常要去照镜子，一照镜子就没完，真是不得了。女人是最不容易对付的。"

东风君却提出疑问："如果那个地方所有的人都很黑，那么大家不会因为黑而引以为荣吧？"这是个具有充分理由的问题。

主人说："反正女人这东西就是多余的。"

迷亭笑了笑，提醒主人道："你说这种话，你夫人一会儿该生气了。"

主人说："没事，没有关系！"

迷亭很机智地问："她不在家吗？"

主人说："刚才带孩子出去啦。"

迷亭说："难怪这么安静呢，去哪里啦？"

"我也不知道去哪儿啦，她出门从来不告诉我。"主人说。

"那么她想什么时候回来就什么时候回来喽。"迷亭说。

"嗯，没错，像你这个单身汉多好啊。"主人回答迷亭道。

我 的 批 注

主人说完，从东风君的神情可以看出他似乎不太赞同这种说法。寒月君则只是笑嘻嘻的。

"有老婆的人是不是都会这么想？嘿，独仙君，你也怕老婆吧。"迷亭君说道。

"什么？等等啊，四六二十四，二十五，二十六，二十七，我以为这地方没多大呢，竟然有四十六个啊。我以为能多赢你一些呢，可是这样摆满了才有十八个啊。迷亭，你刚刚说什么？"

"我是说你也很怕你老婆吧。"

"哈哈……说不上什么怕不怕的。因为我老婆一直都很爱我啊。"

"独仙君真是与众不同啊，我真是说错话了。"迷亭说道。

寒月代表所有的妻子辩护道："除了独仙君外，这样的事例数不胜数。"

东风君依然严肃地说："寒月君的意见跟我不谋而合。在我看来，人类只有两条通道可以通往无与伦比的境界，它们分别是艺术和恋爱。夫妻间的爱就是其中的一种体现。因此，人一定要结婚来达成这种幸福，否则就是与天意对抗。"（东风君的这段话让我们看到了东风君性格中的浪漫成分。）他边说边转身对迷亭说道："您怎么看，先生？"

"说得太对了！恐怕像我这号人一辈子也无法进入这种绝对境界啦。"

主人一脸苦笑道："娶了老婆就更进不去了。"

东风君说："不管怎样，我们这些未婚青年要想掌握人生意义，就必须感受艺术气息。我是想先从学小提琴着手，所以刚才一直向寒月君请教学琴经验呢。"

迷亭这才将矛头收了回来，并说："对，对，你正在听维特学琴的故事呢。好了，我就不打扰了，请继续吧。"

独仙君故意神神秘秘地说："向上的通道不是依靠提琴来开辟的。那种游戏的事，怎么可能理解世界真理。要想了解其中的奥妙，就得有悬崖勒马、回头是岸的气魄，否则就无法成功。"他当然可以对东风君进行训诫，可惜东风君这种人，连禅宗中的禅字都不知道是什么意思，因此一点也没听进去。<u>他说："哦，也许吧，但在我看来，我们不管怎样也不能抛弃艺术，因为艺术可以表现人类的最高理想。"</u>

> **我 的 批 注**

寒月很快接过话茬说道："既然不抛弃，那我就跟你讲讲我学提琴的事迹吧。对了，我刚才已经描述了周围的环境，在那种环境中，我在学琴之前就很犹豫。第一，买琴就是问题，没错吧，迷亭先生。"

迷亭早盼着寒月这样发问，立即回答："那确实啊，那地方连麻布里的草鞋都买不到，更别说买小提琴了。"

"您说得不准确，倒是有卖的地方，买小提琴的钱我早就攒够了，可是我却不能买。"

"为什么？"迷亭问。

"那地方本来就不大，我一买立即就被人们知道了。他们一旦知道，就会立刻说我不知天高地厚，绝对会整治我的。"

东风君感到深深的同情，说道："怪不得呢，从古至今都是天妒英才啊。"

寒月继续说道："什么英才不英才的，请你千万不能这么称呼我，行吗？于是我每天散步的时候从提琴店前经过，都会有一个想法：'我还是买那一把吧，把小提琴抱在怀里应该是什么滋味呢？'哎呀，真想买，真想买。"

迷亭君评论道："感同身受。"

主人不解地说："这种东西没什么可着迷的。"

东风君敬佩地说道："你到底是天才啊！"

唯有独仙君毫不在意地抚摸着胡子，超凡脱俗的。

"或许，诸位首先会提出疑问：那个地方为什么有提琴卖？实际上，只要动一下脑筋，就会知道这不足为奇。为什么这么说呢？之所以有卖的，是因为这个地方女子学校的女学生每天都要上音乐课学习拉琴。当然，这些东西勉强可以用，因为质量不太好，所以乐器店也不太重视，只是在店铺门前随便挂了两三把这样的提琴。于是，每当我外出散步，从乐器店前经过的时候，难免听到些琴声，这些声音有时是风刮响的，有时是店里小伙计拨弄出的，但我一听见那种声音，心简直要碎了，失魂落魄。"

迷亭嘲弄道："危险啊，疯病分好几种：有见水疯狂，有见人就疯癫，你绝对可以称作当代维特，见琴就犯病呢。"

<u>东风君则更为佩服地说："才不是那样呢，真正的艺术家感觉都会如此敏锐！您确实是一位天才。"</u>（这是东风君第几次奉承寒月为"天才"？在之后的对话中"天才"的奉承话东风君又说了几次？你认为东风君是个什么样的人？）

寒月君又继续往下说："嗯，其实也许真是神经病，可是那声音实在是太美妙了！直到今天，不管我尝试多少次，那种美妙的声音再也没有发出过。哎，该怎么形容它的音色呢？不，用语言是无法形容的。"

这时，独仙君突然说道："是不是跟敲击琳琅美玉的妙音一样？"这样晦涩的比喻，只有他才会用，可惜没有人回应他。

寒月继续说下去："每天我从那家店门前经过，这样的声响被我听到第三次的时候，我就下决心一定要把这琴买回来才行，不管遭到同乡们的非议，还是被外县的同学鄙视，或是他们把我揍得半死不活，或是因犯错误被学校开除，我偏偏要买。"

东风君神情中充满敬佩，说道："真可谓天才啊！如果不是天才，怎么可能有这样的心理斗争。真让人羡慕。这种强烈的感情是怎样产生的呢？这一年来我一直在思考，但一直以失败而告终。我试着全身心倾听音乐会，无论多投入，情感怎么也达不到这种境界。"

"这样反而幸福，虽然现在我心平气和地讲给大家听，但是我的痛苦是别人难以想象的。后来，我终于不顾一切地把琴买了。"寒月说。

"嗯，怎么买的呢？"苦沙弥先生附和道。

"当天正好是天长节①前夕，同乡的同学都去了温泉，而且都在那儿住。我称生病了在宿舍里躺着没去上课。我躺在宿舍的床上，满脑子想的都是今晚必须把我心仪的那把提琴买回来。"

---

① 天长节：明治元年制定，每年的11月3日定为明治天皇的生日。战后改称天皇诞生日。

迷亭问："你装病，连课都不上吗？"

"没错。"寒月回答。

此时迷亭惊奇地说道："厉害啦，不愧是天才啊！"

"我从被子里探出头来，发现离天黑还早着呢，已经无法忍受了。无奈，我又把头蒙上了，闭上眼睛等待，一时半会难以入睡，希望时间过得快点儿。伸出头来一看，秋天的日光把六尺的纸隔扇门满当当地照射着，晃得我眼睛都睁不开了。我看见这如火的烈日，十分气愤。在秋风中，只见纤细的影子随着秋风在纸门上边不停摆动，很是引人注目。"

"那纤细的影子是什么？"迷亭问道。

"挂在房檐下的剥了皮的涩柿子。"寒月解释道。

"嗯，然后呢？"迷亭问。

"没有办法，我只得从被窝里钻出来，跳下床，拉开纸屏，来到长廊里，摘下一个晒好的柿饼放进嘴里。"

主人童心未泯，孩子气地问道："好吃吗？"

寒月回答："太好吃了。在东京是吃不到那种美妙的滋味的。"

东风君这回急了，他催促道："就别再说柿子了，快说接着怎么样？"

"接着，我又蒙上被子，默默地对神祈祷，保佑黑暗快点到来。大概四个小时过去了，这下天该黑了吧，那六尺纸隔扇依然被炎炎烈日照射得十分刺眼，就连上边一连串纤细的黑影，也在那里不停地摆动着……"

"这些你已经说过一遍啦。"迷亭说道。

"因为这样的事情发生了不止一次啊。于是我钻出被窝，打开纸拉门，又把一个柿饼放进嘴里，然后躺下蒙上了被子，默默地向神祈祷，希望黑夜早点降临。"

"你还在老地方啊？"迷亭说。

"请先生别着急，听我慢慢道来。之后，我又在被窝里憋了三四个小时，心想这次天一定黑了，探出头一瞧，纸拉门依然被秋日的艳阳照射得满满当当，上方吊着的那一长串纤细的影子还在那里摆动。"

"你这是又重复了一遍啊。"迷亭说。

"接着我推开纸拉门，向廊子走去，又摘了个柿饼放进嘴里……"

"又吃了一个柿饼？照你这么吃个没完，什么时候是头儿啊？"迷亭说道。

"我也着急啊。"寒月说。

"我们听故事的人比你还急呢。"迷亭说。

"迷亭先生，您脾气太急了，总是打断我，我都讲不下去了。"寒月说。

东风君也暗自表示抗议，说道："我们也听不下去了。"（原来的谈话主题再一次被岔开，五人对话基本上就是由无数的插话组成，这种独特的艺术风格是作者对日本民族文学传统的巧妙的吸收和成功的创新。）

"既然如此，那我就简单说一下吧。总之，我是吃完柿饼就进被窝，出了被窝就吃柿饼，最后我终于把挂在房檐下的柿饼吃光了。"

"既然都吃光了，这回也该天黑了吧。"迷亭问道。

"没有啊。最后一个柿饼进肚后，我想这次总该天黑了吧，探出头一看，秋日的阳光还是明晃晃，依旧满当当地照在六尺宽的纸拉门上……"

"够了，你都重复多少遍了？"迷亭说道。

"我重复得连自己都厌烦了。"寒月说。

遇事一向镇定自若的迷亭，这次好像真的不耐烦了，他说："可是如果有那么大的恒心，做什么事情都会成功的。假如我们一直傻傻地听下去，也许听到明天早上，恐怕你那秋日的阳光还是那么耀眼吧！你究竟什么时候去买小提琴呀？"只有独仙君泰然自若，即便秋日的阳光一直照耀到明天、后天，也丝毫不为之所动。

我的批注

寒月，也依然镇定自若地继续讲他的故事："您是问我什么时候买小提琴吗？实际上，我计划着只要天一黑马上去买。但是不幸的是，不管我探出多少次头，秋日的阳光总是放着耀眼的光芒。唉，我当时承受的痛苦，比各位现在这种急不可耐的心情强烈得多。吃完最后一个柿饼后，我见太阳依然高照，潸然落泪。东风君，我真是承受不了了才落泪的。"

"当然喽，艺术家本来就多愁善感嘛！我当然能理解你的心情，但还是希望你能快点把你的故事讲完。"厚道的东风君回答了这么一句话，既严肃又幽默。

"我也希望快点讲完我的故事。可是太阳总不肯落下来，我也没办法啊。"

"还是别讲了，太阳总不肯落下来，谁听了也受不了。"主人说道。

"不讲就麻烦了，马上就要进入关键情节了。"寒月说。

"好，我们听，那你就快点讲太阳下山以后的事情吧。"主人说。

"您的要求真是有点过分，不过先生既然提出来了，我就退一步讲太阳下山之后的故事吧。"寒月说。

"这不就皆大欢喜了嘛。"大家听到独仙君说了这么一句话，都哈哈大

275

笑起来。

寒月继续讲道："终于熬到天黑了，我长舒一口气。于是我从居住的马鞍村出发了。我平时就喜欢安静的地方，所以没有住在交通发达的城市里。而是特意找了这么一个穷乡僻壤、人烟稀少的村子，蜗居在一个平常百姓家里。"

主人责备地说："你说人烟稀少？未免太夸张了吧？"紧接着，迷亭也建议道："蜗居这个词夸大了事实，还不如形容成没有壁龛的四叠半铺席，这更真实一些，更加有趣。"唯独东风君夸赞道："只要语言富有诗意，就好听，不用关注事实。"独仙君则正儿八经地问道："你的住处离学校有多远啊？真是不容易。"

"离学校只有四五百米远，学校本来也位于这穷乡僻壤的村子里。"

"这样看来，大多数学生都住在学校附近啊。"独仙不依不饶地说。

"是的，一般每户人家都有一两个学生居住。"寒月说。

"既然如此，怎么能用人烟稀少来形容呢？"独仙君从正面打击了寒月。

"是啊，如果没有学校，的确是人烟稀少了。"寒月说，"那天晚上，我穿了件土布制成的棉袍，外边罩了件铜扣子制服外衣。为避免别人看见我，我把外衣上的头巾使劲向上拉尽量遮住脸。当时正是柿子树叶坠落的时候，我从居住地来到南乡大街上，一路踩着树叶走着。每走一步，脚下发出的沙沙响声就让我觉着有人在后边跟着我，心惊胆战。忍不住回头一瞧，天色暗沉，东岭寺的树林就像出现了黑影一样，在暮色下显得阴森恐怖。东岭寺坐落在庚申山的山脚下，是松平家的佛堂，与我住的地方只有百米之隔，是一座极其幽静的佛寺。林木的上方，是月明星稀的浩渺夜空，天河横斜身躺在长濑川上，没错！天河的尾巴一直流到夏威夷那里去了……"

我的批注

迷亭说："夏威夷？你的想象力太丰富了吧。"

寒月继续说道："最终，我走到南乡大街，穿过两条街，从鹰台街来到市区，穿过古城街，在仙石街处拐弯，横穿食代街，依次走过一丁目、二丁目、三丁目，接着是尾张街、名古屋街、鲣铧街、蒲铧街……"

主人失去耐心了，说道："你就别背诵那么多街道名了，你到底买没买小提琴啊？"

"卖乐器的店铺是金子善兵卫开的，名叫'金善'，离得还远呢。"

"别管远不远了，赶快买上就行了。"主人说。

"遵命！然后我来到'金善'，看见屋里点着煤油，光线很刺眼……"

料想寒月会来这一招，这次迷亭有所准备地说道："怎么又是刺眼？你这个'刺眼'一两次肯定说不完，之后又该没完没了地说了。"

"没有，这回就只有一次'刺眼'，别担心。借着灯影，我看到了我魂牵梦萦的那把提琴。在秋夜里，它在微弱灯光的照射下，琴身泛着幽幽的冷光。唯有那一两处紧绷的琴弦，亮闪闪的，照射进我的眼睛。"

东风君十分赞赏地说道："你描述得太美啦。"

"当我一想到，这把提琴正是我想买的那把，我的心脏突然剧烈地跳动起来，两条腿也站不稳了……"

独仙君冷笑一声。

接着，寒月君又说道："于是我情不自禁跑过去，从衣兜里拿出钱包，把钱包里两张五元的钞票拿了出来……"

"你终于买了？"主人问道。

"我原本想买，但是又一琢磨这事非同一般，万一惹出大麻烦就不好了，还是再等等，于是就在这千钧一发之际，我决定先不买了。"寒月回答说。

"怎么？又没买？你这么半天就为了买一把提琴，真是太能吊人的胃口了！"主人说。

"我没有吊你们的胃口，因为还没到买的时候，我也没办法啊！"

"为什么呢？"主人问。

"那时天刚黑，大街上还有很多人来来往往。"寒月说。

"那有什么关系呢？管它有多少人呢！你这人真是太奇怪啦。"主人很生气地说。

"当然，如果是一般人，即使是一两千人也没关系。但是学校里的学生都挽着手，手里握着粗大的棍子正在附近徘徊，所以我不能草率地买。其中有一群学生叫'沉淀党'，在班上考试成绩总是垫底，却以此为荣给自己取了这样的名号。这种人别的不行，偏偏柔道练得堪称一流，所以我不敢那么草率地去买。说不定他们会给我找什么麻烦。虽然我渴望买提琴，但我还希望活下去，比起拉小提琴而丧命，我更偏向不拉小提琴苟且活着。"

"这样看来，你最终还是没买啦？"主人追问道。

"不，买了。"

"你这人太磨叽了，要买就早点买，不买就干脆放弃。"主人说。

"呵呵……世界上的事情，哪能件件遂我们的心意呢？"寒月君说道，他镇定自若地把一支"朝日"牌香烟点燃，抽了起来。

也许主人嫌寒月的故事太啰唆，突然起身来到书房，拿起一本很旧的外语书返了回来，转身趴在铺席上，开始阅读。不知什么时候，独仙君又退回到壁龛前，这会儿正一个人摆起棋子儿，单独下起棋来。故事本来很有趣，但因为太啰唆，听众逐渐减少，只剩下东风君和迷亭先生，这是因为东风君对艺术忠心耿耿，迷亭先生听再多故事也很镇定。（大家对寒月所讲故事的不同态度反映了这几个人不同的性格特点。）

　　寒月君狠狠抽了一口香烟，毫不客气地喷着长长的烟缕，不一会，又以原有的节奏继续讲他的故事。

　　"东风君，那时我是这么想的：暮色刚刚降临，在这个时候买，一定不行。可是，如果深更半夜再去买，还是不行，因为这样'金善'肯定关门了，那就只能在学校里的学生不再散步全都回去了，并且'金善'还开着门的时候，我再去买，不然所有的计划都落空了。可是这段间隙不好把握呀。"

　　"没错，确实很难把握。"东风君赞同地说。

　　"于是我估计差不多得十点钟了，可是十点之前的这段时间我得找个地方消磨掉。回宿舍再来，时间来不及，到朋友家去聊天，也不行，因为又感觉心中不安。这段时间似乎很漫长，思来想去，最后决定到市区里去走一走。若是平时，走上两三个小时，时间不知不觉就过去了。可是只有这天晚上，时间过得简直太慢了，让我深刻领教了度日如年是什么滋味。"寒月君说得如临其境，还特意瞧着迷亭。

　　迷亭说："古人有云：'姑娘久不至，心焦如炭火。'等人的其实比被等的痛苦多了。那挂在店里的提琴痛苦，像个漫无目的的侦探一样的你在那里左顾右盼、急不可耐，应该更痛苦吧。简直是'如同丧家之犬'啊！说实在的，再也没有比丧家之犬更可怜的了。"

　　"拿我跟狗对比太过分了吧。还从来没有人把我跟狗放在一起比呢。"寒月说。

　　东风君慰藉寒月说："听了你讲的故事，我感同身受，仿佛阅读古人写的传记一样啊。至于把你比作狗，是迷亭先生跟你开玩笑的，你别放在心上，继续往下讲吧。"就算东风君不打圆场，寒月也一定会继续把故事讲完的。

　　"后来我又从徒街穿过百骑街走到钱庄街，又来到了鹰匠街，在县政府前数了数枯柳的数量，在医院旁边算了算有多少个窗子亮着灯，在染房桥上吸了两支烟，这时我看了下时间……"

　　"到十点钟了吗？"迷亭问。

"很遗憾还没到。我走下染房桥，顺着河向东，看见三个盲人在做按摩。先生，我又听见远处的狗不停的叫唤声。"

迷亭立即接话："秋色漫漫，在河畔遥听狗吠，真有点戏剧性呢。你是逃亡的武士的角色。"

东风君问："是不是寒月君干什么坏事了？"

迷亭先生代替他说："别急嘛，马上就要做坏事了。"

东风君说："真是可怜，假如买把提琴就算干坏事，那么音乐学校的学生都是罪犯了。"

紧接着，迷亭评论道："即使你做的事情是好事，如果别人不认可，也仍然是犯罪。因此在人世上，再也没有比'罪人'更难预防的了。耶稣之所以成为罪人，只能归罪于他所出生的那个社会。英俊小生寒月要在那种地方买提琴，也就成了罪人。"

我的批注

寒月君笑着说道："我服输，就算是个罪人吧。当不当罪人并不重要，这时间怎么也不到十点钟是让我最难以忍受的。"

迷亭戏谑地说："这还不容易，你把街名再从头数一遍。如果时间还不到，可以再来一回'秋日的阳光刺人眼'啊。这要是还不到时间的话，你就再吃三个柿饼怎么样？反正只要十点钟不到，你就一直讲下去吧，我们会一直听着。"

寒月君一直咻咻地笑，接着说道："您都把话替我先说了，我真是服了。好吧，我就跨越一次，就算到十点了吧。于是在预定的十点钟，我来到'金善'门前。放眼望去，因为秋夜寒冷，就连钱庄街这条白天繁华的街道，到了这时候也几乎看不见人影，听到对面的木屐声都让人感觉很凄凉。'金善'已经关闭了大门，只留一个小门进出。我拉开小门走了进去，感觉好像有狗跟在身后，总觉得忐忑不安。"

这时候，主人把视线从脏兮兮的书本转向寒月，问道："嘿，买到小提琴了吗？"东风君抢先说道："这就要买呢。"主人嘟嘟囔囔地说道："讲这么多了，怎么还没买？"边说边又继续埋头读他那本书。独仙君一声不吭，黑白棋子儿在棋盘上摆了大半盘。

"我头巾还戴在头上，突然进屋就说：'给我拿把小提琴。'此时，有四五个店伙计和小学徒正围着火炉聊天呢，好像吓了一跳，齐刷刷地望着我。我不由得举起右手，把头巾使劲往前揪了揪，再次说道：'嘿，我要买把小提琴。'离我最近的小学徒使劲儿盯着我，用微弱的声音有气无力地应

279

了一声，便起身把挂在店铺里的三四把小提琴都摘了下来。我问：'多少钱？'他回答说：'五块二。'"

迷亭说道："嘿，有那么便宜的小提琴吗，不会是玩具吧？"

寒月又接着讲道："我问：'这几把都一个价吗？'他回答说：'嗯，都是一个价，全都是一样的，都是用心打造的，特别结实。'接着，我从钱包里拿出一张五块的纸币和一个两角钱的银币，用事先准备好的一大块包袱布把小提琴仔细包好。在此期间，店里那几个人没再说话，全都死死地盯着我看。虽然我的大半个脸被头巾包着，他们是不可能看清的，但我还是心慌意乱，恨不得立刻窜到大街上去。我总算把包好的小提琴艰难地用外套掩护起来，走出了店铺。这时店里所有人在掌柜的带领下，齐声喊道：'谢谢惠顾！'我不禁倒吸了一口冷气。来到大街，我向四周一瞧，幸运的是街上人不多。但是不远处有两三个人正向这边走来，他们边走路边朗诵着诗，声音远播到整个大街。我心想这下糟了，便从'金善'一角转向西边，沿着城壕来到药王街，接着从榛木村走到庚申山脚下，好歹回到我的住处了。一看时间，已经是凌晨一点五十啦。"

东风君感到十分同情，说道："你真是彻夜行路啊。"迷亭则深呼了一口气说道："终于讲完了，哎呀，简直像'旅行双六棋'似的，太漫长了！"（"终于讲完了"，这段买提琴的经历费尽周折，也让我们看到了一个有趣的寒月。回顾前几章，寒月还有哪些有趣却让人颇有些摸不着头脑的行为呢？）

寒月说："现在只不过是个序幕而已，接下来才是真正不容错过的呢。"

迷亭先生说："还有呀？不得了了，一般人如果和你比耐性，肯定败给你。"

寒月说："暂且不说有没有耐性，如果说到这儿就戛然而止的话，就好像修了佛像，忘了给它开光，所以我还要再说几句。"

迷亭说："你想讲就讲吧，我们依然会听的。"接着向主人招呼道："你要不要一起来听听，苦沙弥先生？嘿，老兄，小提琴已经买上啦。"

主人说："这次不会是要卖琴吧？若是卖琴的话，我就不必听啦。"

寒月回答说："还不到卖琴的时候呢。"（寒月絮絮叨叨地讲了半天"只不过是个序幕而已"，大家已经没有了听下去的耐心。寒月讲故事的风格和他作为理学士做研究的风格倒是相当一致，都是不切实际、毫无意义。）

我的批注

主人说："既然如此，我就更没必要听了。"

寒月说道："东风君，这可麻烦了，热心听众就剩下你一个人了，真有点扫兴，赶紧草草讲完算了。"

东风君说："非常有趣啊，你还是慢慢道来吧，何必草草结束？"

寒月便说道："我费了不少精力总算把小提琴买到手了，但最棘手的是把它放在哪里呢？我这里经常有很多人来串门，如果随意挂起，或是贴墙一放，立刻会被人发现。要是挖坑把它埋起来，再挖出来就太麻烦。"

"没错，你把它藏在顶棚上了吗？"东风君丝毫不假思索地说道。

"农民家里哪有什么顶棚啊！"寒月说道。

"那就不好办了，你究竟藏到什么地方啦？"东风君问道。

"你猜，我藏到哪儿了？"寒月说。

"猜不出来啊。藏在有防水板的木柜子里了吗？"东风君说。

"不对。"寒月说。

"裹在被子里放到壁橱里了？"东风君说。

"也不对。"寒月说。

东风君和寒月君针对把小提琴藏在什么地方展开了这番问答，主人和迷亭也聊起了什么。

主人指着书问迷亭："这个怎么翻译？"

迷亭说："让我看看。"

主人指着书上的一处说道："就是这两行。"

"你问这怎么翻译？Quid aliud est mulier nisi amiticiae inimica...嘿，老兄，这是拉丁语啊。"迷亭说。

"拉丁语，这我知道，我是问怎么翻译？"主人说。

"平时你不是说你会拉丁语吗？"迷亭君也觉得没有把握，于是赶忙找机会抽身。

"当然我是会，但这句话怎么翻译？"主人说得很坚决。

"你说自己会，怎么还问我怎么翻译，这不是前后矛盾吗？"迷亭说。

"别啰唆，你赶快给我翻译成英语。"主人说。

"听你这语气，以为我是任你差遣的小兵呢，还赶快翻译！"迷亭说。

"帮忙翻译，小兵就小兵吧。"主人说。

"喂，拉丁语什么的一会再说吧，咱们还是先去听寒月君讲故事吧。现在正讲到了情节的高潮部分。正是能否把小提琴藏住的关键时刻呢。嘿，寒月君，接下来怎么样了？"迷亭边说边表现出极为关注的样子，加入了小提琴故事的行列，主人受到了无情的冷落。寒月君更为神气，终于揭晓了小提琴的藏匿地点。

"最后，我把它藏在一个旧的藤条箱子里边了。这个藤条箱子是我离开家时，祖母送给我的纪念品。听说还是祖母的嫁妆呢。"

"那真可谓是古董啊，"迷亭说，"难免和小提琴有些不搭。你觉着呢，东风君？"

"嗯，一点儿都不搭。"

寒月君顶了东风先生一句："难道刚才你说放到顶棚，就搭了吗？"

迷亭说："不搭就是不搭，但是你可以放心，这可以当作俳句的好题材呢。'秋风凄凄，提琴箱中收'，这首俳句怎么样，请二位发表下意见。"

东风君说："迷亭先生今天诗兴大发啊。"

迷亭自夸道："何止今天啊，我能随时吟出俳句呢，就连已故的子规①都会惊叹于我在俳句上的造诣呢。"

老实巴交的东风君，他为此直截了当地问道："先生和子规先生认识吗？"

"不，虽说我们不认识，但我们经常通过无线电报互诉衷肠啊。"由于迷亭的回答实在是违背事实，东风先生都接不上话了，只好默不作声。寒月咻咻笑着，继续讲道：

"这回藏小提琴的地方倒是有了，可是怎么往外拿，又成了难题了。只是趁没人注意的时候，拿出来欣赏一下还行，但是不能光欣赏啊，小提琴必须拉才行啊。可是一拉，就要出声，声音一出，立刻败露。正好在南边，与我只隔一道木槿篱笆的邻居，是一位'沉淀党'的头目，太危险了。"

东风君十分同情地附和道："那真是不好办啊！"

迷亭又打趣道："没错，不好办哪。空口无凭，有据为证，小督局②就是因为弹琴才招致杀身之祸的。如果偷吃东西或是伪造假币，那还不难遮掩，但音乐是瞒不了人的。"

东风君说："只要不弄出声音来就不会被发现，可是……"

迷亭立即插话说："且慢，你说只要不弄出声音来就没事？可是有时候悄无声息也瞒不住。以前，我们在小石川的一座寺院里自己起伙的时候，有一个人姓铃木，我们称他为阿藤。这位阿藤兄酷爱做饭使用的甜酒。为满足

---

① 子规：全名为正冈子规，日本诗人、随笔家。因致力于俳句改革，名声大噪。

② 小督局：日本第八十代天皇高仓天皇的爱妃，喜弹古筝，由于遭受皇后兄长平清盛的嫉妒，被藏身于嵯峨野，后来被平清盛逮捕，责令其削发为尼。故事见《平家物语》谣曲《小督》。

个人喜好，他买了整整一啤酒瓶子的甜酒，一人独自享受。没想到，一日，苦沙弥君趁阿藤外出散步的时候，偷喝了他的酒，恰在此时……"

主人一下子大声叫嚷着："我可没有偷喝铃木的甜酒，偷酒喝的不是你吗？"

"哎呀，我以为你正看书呢，说是你也没什么，没想到你还是听见了。你这个人不防着点不行啊。用'眼观六路，耳听八方'形容你真是太恰当了。没错，说起来，我也偷喝了。我的确是喝了，但是被发现偷喝酒的可是你呀。你们二位听我说，苦沙弥先生本来不会喝酒，但是他觉得这酒是别人的，他居然开怀畅饮，最后麻烦了，满脸都红成了个大萝卜啦。不对，简直是吓人啊，让人一眼都不敢看他。"

主人大声说："连拉丁语都不懂的家伙，闭嘴吧！"

"哈哈……于是铃木回来，拿起酒瓶晃了晃，发现足足少了一大半。他说一定有人偷喝，四下一望，只见这家伙蜷缩在墙角，活脱脱一个红泥巴捏出来的玩偶。"

<u>三人听迷亭说到此处笑得前仰后合。甚至正在佯装看书的主人都憋不住地哧哧直笑。</u>（有迷亭的地方气氛总是轻松的，他的插科打诨永远不会让谈话冷场。迷亭看似玩世不恭、故弄玄虚、哗众取宠，其实他知识丰富、头脑灵活，戏弄傲慢的服务员、编造男爵伯父欺骗、嘲弄金田夫人……让我们看到了个性立体的迷亭，也为整篇小说的叙事增添了色彩。）唯有独仙君感到些许疲倦，不知什么时候趴在棋盘上呼呼大睡了，看样子是跟自己下棋太用心了。

迷亭兴趣正浓，继续讲了下去：

"还有一件事，不出声也瞒不住。以前，我曾经和一个老人住在姥子温泉的同一间客房里，听说那位老人是东京一家丝绸庄的老掌柜，已经退休了。嗯，反正只是住在一起，我是不管他开的是绸缎庄还是布料庄。只是有一件事情很麻烦，我去了姥子温泉后，到了第三天，香烟抽完了，在众山之中，姥子温泉那里是仅有的温泉宾馆，那地方做什么都不算方便，只是泡泡温泉，吃吃饭还可以。我把烟抽光了，就像遇到一场灾难一样。越是缺什么，就越想得厉害，我平常真没那么大的烟瘾，但一想到烟没了就非常想抽。那个老人最可气，他在进山之前，提前预备了满满一袱香烟，把这些香烟一点一点地拿到外边，再盘腿坐在人家面前，吧嗒吧嗒抽了起来，好像故意问：'怎么样，你不想抽一口吗？'他若是在人面前抽一抽也就算了，后来他竟然吐烟圈儿，还一会儿横着，一会儿竖着，甚至还倒着吐，好像邯郸一梦的枕头那样，有时还让烟在鼻孔里进进出出。反正他这是故意'炫抽'啊……"

东风君问道："您说什么？'炫抽'是什么意思？"

迷亭说："若是服装或是家具，给别人看就用炫耀来形容。他那是抽烟，因此要说'炫抽'。"

东风说："哎呀，既然您那么想抽一根，为什么不直接跟他要几根？"

迷亭说："但我可是男子汉，哪能跟他要呢？"

东风说："呵呵，男子汉跟人要不可以吗？"

迷亭说："也许可以，可是我没有去要啊。"

东风说："那么，后来怎么办了？"

迷亭说："我是去偷，而不是要。"

东风说："哎呀，哎呀。"

迷亭说："那老头拿着毛巾去洗澡了，我立刻意识到，这是偷他烟抽的最好时机。于是我一根接着一根地抽了起来，正觉得过瘾的时候，纸拉门哗啦一声打开了，我很惊讶，回头一看，进来的正是香烟的主人。"

东风说："他没去洗澡吗？"

迷亭说："他刚打算去，突然想起忘了拿钱袋子，便从长廊返回来了。说实在的，这是对我的侮辱，谁稀罕偷他的钱袋子呢。"

寒月说："这不好说，你都能伸手拿人家香烟，人家能不担心吗？"

"哈哈……这老头眼力不错，他把纸门拉开，只见两天没过烟瘾的我正拼命吞云吐雾，烟雾弥漫，钱袋子却平平安安的。有言道：'好事不出门，坏事传千里'，这事立刻传了出去。"

寒月说："那老头说了什么？"

迷亭说："他什么都没说，用白纸包了五六十支香烟递给我说：'我带来的香烟虽然不算太好，您要是不嫌弃就收下吧。如有冒犯，敬请谅解。'说罢去洗澡了，他到底是德高望重啊！"

东风说："他那做法，就是所谓的江户风情吧。"

迷亭说："管它是江户风情还是绸缎庄风情，反正从此之后，我和那老头相互关照，相交甚好。我在回来之前的那两个星期，在那儿玩得非常愉快。"

东风问："您在那两周里都是抽那老头的香烟吧？"

迷亭说："对，的确如此。"

主人这时终于把书合上，起身加入聊天行列中，他说："这回小提琴的事结束了吧？"

寒月说："还没有，最有意思的地方马上就到了。这里正好很关键，您

284

也听听吧。嘿，独仙先生，希望您也来当听众，睡那么深沉对身体不好啊，是不是？赶快把他叫醒吧。"

迷亭说："嘿，独仙君，快醒醒，这个故事真有意思，快来听听。快睁开眼，这么睡会对身体不利，你太太会着急的。"

独仙君抬起头来"嗯"了一声，口水沿着他那山羊胡子流成一条线，那印迹就好像蜗牛爬过一样的清晰透亮。

独仙说："哎呀，困死了。非得'慵懒好似山中云'啊。哎呀，睡得真香。"

迷亭说："你睡得香，这大家都能看得出来，但你还是起来吧。"

独仙说："我起来也可以，但你们能讲些好玩的事情吗？"

迷亭说："接下来就轮到小提琴了。苦沙弥君，小提琴怎样啦？"

主人说："我完全不知道该怎样啦？"

寒月说："这次轮到拉小提琴了。"

迷亭对独仙说："你快来这听听吧，这次轮到拉小提琴了。"

"真烦人啊，怎么还是小提琴的事儿？"

迷亭说："你是专门弹无弦素琴的有什么烦躁的，反而是寒月君吱吱呀呀地拉小提琴，左邻右舍听见了，他们才觉着烦呢。"

独仙说："是吗？寒月君你难道不知道拉琴时有什么方法可以不让邻居听见吗？"

寒月说："这我可不知道，若真有的话，我真想请教一番呢。"

独仙说道："不用跟我请教，只要看一看'露地白牛①'，自然就知道了。"他的话谁都没理解。寒月君认为这独仙胡说八道，大概是睡晕了吧，故意没搭理他。寒月接着讲故事："我终于想出一个好主意。第二天正好是天长节，我从早到晚一直在家里待着，一会儿打开藤条箱的盖看看，一会儿又盖上，足足一天都心神不宁。之后，天终于黑了下来，藤条箱下边的蟋蟀发出叫声，此时，我下定决心，取出了小提琴和琴弓。"

东风君兴奋地说道："终于拿出来啦。"

迷亭劝告道："危险，千万不可草率啊。"

寒月说："我先是拿起琴弓，从上至下仔细检查了一遍。"

迷亭嘲讽道："又不是愚蠢的刀匠，何必做这个动作？"

---

① 露地白牛：禅宗语，暗示可以虚拉小提琴。

寒月说："我想我的灵魂就寄托在这把小提琴上了，我认为自己就像是一名武将，漫漫长夜，在灯影下将磨得锋利的宝剑从剑鞘里突然抽出，这种感觉简直让我无法形容。我手里握着琴弓，全身止不住地颤抖起来。"

东风君说："真是个天才啊。"话音未落，迷亭立即补充了一句："真是抽风啊！"主人则说道："还是快点拉小提琴吧！"独仙君则是一副无奈的表情。

寒月继续说道："幸好琴弓完好，接着我把小提琴拿出来，凑到煤油灯前，通通检查了一遍，大概五分钟。各位应该记得，蟋蟀在藤条箱下边一直叫着。"

迷亭说："我们什么都可以记住，还是安心拉你的琴吧。"

"还没到拉的时候。多亏小提琴完好无损，这下可以安心了。于是我突然地站了起来……"

迷亭说："你要去哪？"

寒月说："您听我说啊，先不要插嘴，如果每句话您都要打断，我就讲不下去了。"

迷亭说："嘿，各位，大家别说话，嘘嘘……"

主人说："就你自己在说话。"

迷亭说："哦？是吗？不好意思，我洗耳恭听。"

寒月说："我把小提琴夹在腋下，穿上草鞋，三两步走出了我的草屋。但是且慢……"

迷亭说："瞧瞧，又是如此，中间还得停顿一下，我早有预料。"

寒月说："可惜各位先生总是中途打断，我要讲下去，只能给东风君一人讲了。你听着东风君。我迈出三两步，又返回去在头上披了条离乡时花三块两毛钱买的红毯子，接着一下子把灯吹灭，我的草鞋在漆黑中看不见在哪了。"

迷亭问："你究竟去哪了？"

"请听我说。我费了不少工夫，草鞋总算找到了。我走出去一看，繁星点点，柿子叶茫茫，头顶红毛毯，腋下夹提琴。向右沿着慢坡登上庚申山。此时，东岭寺的钟声，钻入我那被毛毯覆盖的耳朵，一直在脑海中回荡。你知道现在几点了吗，东风君？"

东风君回答："不知道。"

寒月说："已经九点钟了。这次，我独自一人置身漫长秋夜，走了八百米的山路，登上一个叫大平的地方。本来我胆子小，若在平时，我一定害怕得不行，但心里只要装着一件事儿，奇迹就会出现，任何恐惧都消失了，甚至不会出现在我的脑海里。说来也怪，我心里只有一个想法，就是拉小提琴。大平岭在庚申山的南侧，是个绝好的眺望之地。天气好的时候爬上去，透过松林的缝隙就能看到全城景色。对了，它占地有一百平大小，中间有一块八叠大小的岩石。与北侧接壤的是鹈沼池，池子旁边都是三人合抱那么粗的大樟树。深山之中，只有一间小屋供采樟脑之用。即使在白天，池子这一带也让人感到阴森恐怖。幸好工兵演习时开辟了这条山道，因此比较容易向上爬。总算是爬上了一块岩石，我铺好毯子，终于坐了下来。我是头一回在这冰冷的夜晚爬到这儿来。在巨石上坐到心绪些许平和之后，四周的静寂便渐次涌上心头。在这种情形下，只有恐惧感会让人心绪难安，如果能克服这种感觉，剩下的就只有皎洁而清冷的寂静了。我在那里呆坐了大约二十分钟，不知为什么，此时有一种孤独地住在水晶宫里的感觉。我的身体，不，除了我的身体，我的心灵，我的灵魂，都晶莹剔透地如同用石花胶制成的一样。我简直分不清到底是我住在水晶宫里，还是我的身体里有座水晶宫。"

迷亭严肃地调侃道："这故事越来越玄乎了。"

独仙君脸上表现出钦佩，紧接着说道："这境界还真是不平凡啊。"

寒月说："如果我一直维持着这种状态，就会一直茫然地在巨石上呆坐到第二天早晨，恐怕会让我连好不容易才弄到手的小提琴都拉不成……"

东风君问道："难道那地方有狐狸精吗？"

寒月对东风君的疑问不理不睬，接着讲道："于是，当我已经完全物我不分，在不辨生死的境界中沉醉的时候，身后的鹈沼池处突然传来了凌厉的一声'嘎'。"

迷亭说："没准儿又有什么出现了。"

寒月说："那个声音在远处回荡，忽然间让我感觉它和一股凛冽的疾风一起飘过漫山的黄叶林的枝头，最终让我猛然惊醒……"

迷亭抚摸了一下胸口，说道："哎呀，吓死我了。"

独仙君对寒月挤眉弄眼地说："大难不死震乾坤啊。"他是什么意思，寒月完全没有理解。

寒月说："之后，我头脑恢复了清醒，向四周眺望，庚申山到处寂静无声，连雨点大的声响都听不见。我琢磨：'真是奇怪，刚才的声音到底是什么呢？声音那么尖锐，会是人吗？声音太洪亮，也不可能是鸟，难道是猿猴？这附近怎么可能有猴子呢？到底是什么？'问题一旦在脑海中浮现，就不由自主地想寻找答案，于是刚才还寂静无声的东西，瞬间纷乱。我脑海中的纷杂，就好像京都人心情狂热地在欢迎康洛特殿下时一般。我全身的毛孔都迅速地张开了，就好像小腿上长的全是毛，再把烧酒撒上去一样。所谓勇气、胆量、理性、镇定等，所有这些都'嗖'一下，消失得不见踪影。肋骨处的心脏，都跳起了'捏鼻子舞①'，两条腿像风筝的响笛似的颤抖得十分厉害。真是受不了！我顿时将毯子蒙在头上，夹住小提琴摇摇晃晃地从巨石上跳下，顺着八百米山路，一溜烟跑到山脚下，回到住处便蒙头大睡。直到现在回忆起来，再也没有那么叫人毛骨悚然的了！喂，东风君。"

东风问："后来呢？"

寒月说："我的故事讲完了。"

东风再次问道："小提琴再没拉过吗？"

寒月说："就是想拉也拉不了了，我真被那'嘎'的一声惨叫吓死了。如果是你也不一定能拉成。"

迷亭说："我总觉着你的故事还没讲完。"

"那只是你的感觉，事实就是如此呀。各位先生，怎么样？"寒月用得意的神情巡视了全场。

迷亭说："呵呵，讲得很神奇啊！一定煞费苦心才把故事拉这么长吧！

我的批注

我还以为是男子汉桑朵拉·维罗尼或许正在东方君子国出场了呢，因此我一直虔诚地洗耳恭听到现在。"迷亭期待着有人问他维罗尼的故事是谁，可是结果很意外，谁都没有说话，他只能自己解释道："桑朵拉·维罗尼，与你携带提琴上了庚申山的情况非常相似，他借着月光弹竖琴，在森林中唱意大利风格的歌曲。可惜他的琴声惊扰了月宫里的嫦娥，而你却惊扰了池塘里的狐狸精，伟大与滑稽，就是在这极为关键的时刻产生巨大的差别，未免太遗憾啦？"

寒月君一点也不在乎地说道："倒也没有什么遗憾的。"

主人则评论道："你想跑到山上去拉小提琴，这太高调啦，因此才吓唬你的。"

独仙君感慨地说："遗憾的是英雄人物竟然到魔窟中鬼混。"寒月君一句也没听懂独仙君所说的话。不仅是寒月，恐怕任何人也都不懂吧。

过一会儿，迷亭先生话锋一转说道："这件事就先这样吧，寒月君，最近你还去学校磨你的玻璃球吗？"

寒月说："没有，前几天我回了趟老家，暂时不磨了。磨玻璃球的事我已经不感兴趣了，说实在的，我想着干脆放弃算了。"（哲学家独仙君总是

_____

① 捏鼻子舞：明治初期的一种民间舞蹈，捏着鼻子做丢弃状，很是滑稽。

说一些让人不能理解的话，理学士寒月对知识十分热爱，但从"磨玻璃球"这件事上，也表现出了他虽努力做研究却总是方向有问题，且无长性的特点。）

主人皱了皱眉说道："但是你要不磨玻璃球就不能成为博士啊？"

寒月君自己却毫不在乎地说："当不当博士都无所谓，呵呵……"这出乎人的意料。

主人问："如果这样，就要推迟婚期了，两家都会有烦恼吧。"

寒月问："结婚？谁结婚啊？"

主人说："你啊。"

寒月问："结婚？我和谁结婚呢？"

主人说："金田小姐呗。"

寒月说："咦。"

主人问："咦什么？结婚这事，不是已经说好了吗？"

寒月说："根本没说好啊，那是一厢情愿呀。"

主人说："真是胡闹啊，迷亭，那件事你也知道吧？"

迷亭说："你说的是'鼻子'事件吧。那事除了你我知道外，已经成了公开的秘密而尽人皆知了。别的不说，《万朝报》总是问我他们俩到底什么时候结婚，想刊登这两位的照片争取荣誉。这位东风君已经写好了一篇名为《鸳鸯歌》的长诗，都等了三四个月了也没发表，为此十分担心。东风君之所以如此，是因为寒月还没有成为博士。是不是啊，东风君？"

东风回答说："我倒不至于达到担心的程度，就是希望把那篇洋溢着满腹情思的作品公之于众。"

迷亭说："你瞧，你当不当博士，方方面面都会受到影响。你要加把劲儿啊，赶快磨你的玻璃球吧！"

寒月说："呵呵……让各位替我担心了，实在抱歉。我不当博士也没什么关系了。"

迷亭问："为什么？"

寒月说："为什么？我已经有了明媒正娶的妻子了。"

迷亭说："嚆，有点说不过去吧，就这么悄无声息地秘密结婚啦？什么时候的事？这事可千万不能含糊啊。苦沙弥君，寒月君说他已经结婚了，现在你听到了吧。"（在金田还在不断地骚扰苦沙弥的时候，寒月不声不响地回老家结婚了。你对作者如此安排故事情节有何感受？）

寒月说："婚是结了，但孩子还没有呢，我是一个月前才结婚的，要是有了孩子就不得了了。"

主人质问寒月道："到底何时、何地结的婚？你说说看？"听起来就像预审法官一样。

"您问何时？这次我回老家，家里置办好了一切，等我回去，立即就结婚了。我今天给您带来的干松鱼，就是在我结婚时亲戚给我送的贺礼。"

主人说："真够小气的，只送三条干松鱼。"

寒月说："不是，还有呢，我从中拿了三条出来的。"

主人问："这样看来，你家乡的姑娘，长得很黑吗？"

寒月说："对，非常黑，跟我正好相配。"

主人问："那么，你想怎样跟金田那边交代呢？"

寒月说："我不准备对她交代。"

主人问："如果那样，情理上岂不说不过去？对不对啊，迷亭？"

迷亭说："没什么说不过去的，和谁结婚还不是一样。夫妻实际上就是摸黑配对罢了，既然不是一对，就不要白费力气刻意配成一对。如果白费力气，那不就成了多此一举了吗？反而是《鸳鸯歌》的作者东风君最值得怜悯。"

东风君说："我可以按照实际情况把《鸳鸯歌》改为给寒月君的贺词。等金田家办喜事的时候，我再另作一首不就行了。"

迷亭说："不愧是诗人啊，可以随心所欲地自由变化！"

主人依然担心金田那边的事儿，说道："你已经回绝金田家了吗？"

寒月说："没有，没有回绝的必要吧！我既没有登门提过亲，也没说过想把她娶过来。根本没必要跟他们说什么，只保持沉默就可以了。最近，金田家派去了十几二十个密探，已经探听到全部事情。"

主人一听密探这两个字，立即一脸厌恶的神情说道："那就沉默吧。"说完，又觉得不过瘾，在他看来，密探的问题是一件不得了的事情，于是又煞有介事地说了下面一番话：

"扒手趁人不注意的时候偷人家的钱包；密探趁人不注意的时候套取别人的想法；盗贼，则是在人家毫无察觉的时候，从防雨板处进去盗窃人家的东西；密探能在神不知鬼不觉的情况下，诱人失言，窥探别人的心理活动；强盗，为勒索别人的财富，把匕首插在铺席上进行恐吓。因此，密探与小偷、盗贼、强盗是一伙的，应该被人类所唾弃。任凭密探肆意妄为，就是助长他们嚣张的气焰，一定要全力打压他们。"（小说中多次提到苦沙弥等人所代表的小资产阶级知识分子对警察和密探极为鄙视。作者通过他们的议论批判了明治政府的警察制度。你可以在小说中找到与之相关的其他文字？）

寒月说："放心吧，就算派遣一个一两千人的侦探团队袭击我，也没什

290

么可怕的。我可是出了名的专业磨球人、理科学士水岛寒月啊。"

迷亭说："佩服，真厉害！这不愧是新婚理学士啊。可是苦沙弥君，你说密探跟小偷、盗贼、强盗都是一伙的，那么雇佣密探的金田又和谁是一伙的呢？"

主人说："这人说不定是和熊坂长范一伙的。"

迷亭说："长范？说得对极了。《谣曲》中还唱过：'只见一个长范，却成了两个，原来是身首异处'，可是，对面巷子里那个长范，靠放高利贷发家致富，贪得无厌，心肠都黑了，活上千年也不会毙命的。如果被那种人盯上，可要倒霉了，一辈子都摆脱不了他的魔掌。寒月君，你可要格外小心啊。"

寒月说："没关系，不要怕。那不正如戏曲里所唱的'哎呀，此等猖狂的毛贼，难道不知我的本事，仍敢前来，真是不要命了'。要是来了，就得让他们瞧瞧我的厉害。"寒月镇定自若地模仿了一段宝生流①的腔调。

"说到密探，在我看来，二十世纪的人多少都具有密探的潜质，这是为什么呢？"独仙君总是看法独到，他总能提出超凡脱俗的问题。

寒月君回答："可能是物价太高了吧。"

东风君回答："也许是不懂艺术情趣。"

迷亭君则回答："这是因为人都长出了像金米糖那种粗糙的犄角吧。"

接下来轮到主人了，主人用一种神秘兮兮的腔调回复道："我也考虑过这个问题，对于现代人的密探化倾向，全是由于个人的自觉意识太强烈造成的。我所说的自觉意识与独仙君所说的什么'悟道成佛''与天地浑然一体'是一个道理。"

迷亭说："哎呀，苦沙弥君，你开始发表长篇大论了。既然你巧舌如簧大论特论，那么抱歉了，我迷亭一定要追随你的脚步，堂堂正正地表达我对现代文明的不满啦。"

主人说："悉听尊便。可是，你又有什么好说的呢？"

迷亭说："但出乎你的意料，我还有不少要说的呢。就譬如你吧，以前像敬重神佛一样敬重警察，现在又认为密探跟小偷、盗贼、强盗是一伙的，这不是前后矛盾吗？你真是奇怪啊。而我呢，从我还没出生到今天，始终如一，不曾改变自己的观点。"

主人说："警察是警察，密探是密探，以前是以前，今天是今天。是因为你一点没进步，才不曾改变自己的观点吧。《论语》中那句'下愚不可

---

① 宝生流：日本能乐唱腔五派之一。

291

移'指的就是你啊……"

迷亭说："你说得太夸张了，如果密探也能像你这么说话，反而挺可爱呢。"

主人说："你说我是密探？"

"我是说你很正直，哪里说是密探了？别吵架，来，快说说你的伟大理论是什么？我洗耳恭听。"

我 的 批 注

主人接着说下去："现如今，人的自觉性是什么呢？就是过于清楚自己与别人之间有一条界限分明的鸿沟。随着文明的发展，这种自觉性会日益变得敏锐，直到最后就连自己的一举一动都要失去本真与自然了。有一个叫亨利的人批评史蒂文森说，他走进一间有镜子的房间，每次经过镜子前就要照照，为的是每一瞬间都忘不了自己。这句话正生动地描绘出当前的社会形势。不管是睡着了还是清醒后，想到的都是'我'，这个'我'无处不在，最终人只能让自己的言行举止变得矫揉造作，紧紧地束缚住自己，深感人世是痛苦的。这种心情正好像第一次相亲的年轻的男女一样，心绪朝夕不得安宁。悠然、从容只不过是书面上的词语，完全没有实质意义。从这一点来说，现代人都是密探和盗贼的结合体。密探的所作所为，他人难以察觉，只顾个人行乐的营生，当然要有强烈的个人意识。盗贼也总在为自己是否会被发现或是被捕而焦虑难安，因此也必然要有强烈的个人意识。如今的人们，不管是睡着还是醒来，无时无刻不在盘算着怎么做才可以让自己趋利避害。他们的个人意识与密探和盗贼没什么差别。现代人的心态就是，一天到晚总是保持警惕，心里没有片刻安宁，到了死亡之前也不会有片刻安宁的。这是对文明的诅咒，实在是愚蠢透顶。"

独仙说："太妙了，这个解释很生动。"每次碰到这种问题，他都会发表一番自己独到的见解，他说："苦沙弥的解说深得我心。以前的人规劝人们忘我，现在的人提醒人们勿忘我，一天到晚都是自我意识，这完全不同。正因为这样，一天中的时时刻刻都不得安宁，永远陷于焦虑的地狱。若问天下的良药，忘我是最好的解药。'三更月下入无我'歌颂的就是这种至高境界啊。现代人即便对别人表示亲切，也很不自然。实际上，被英国人夸赞为'nice'的行为，也是在强化个人意识。听说英国国王去印度旅游，与印度皇族一起用餐。那些印度皇族依照自己的国家习俗，把土豆用手抓到自己的盘子里，等意识到面前是国王的时候，非常尴尬，脸涨得通红。英国国王徉装不知，也学着皇族的吃法，用两个手指把土豆夹到自己的盘子里……"

寒月问："那就是英国绅士风度吗？"

主人立即接话道："我听过一个发生在英国军营里的故事，一个连的士兵共同请一位下士用餐，吃完饭之后，就递上来一个洗手用的玻璃杯，里边盛着清水。这位下士对这种宴会有些陌生，一口气喝光了玻璃杯里的水。于是，连长猛然间一边祝下士身体健康，一边一口气喝光了玻璃杯里的水。在座的其他士兵共同举起玻璃杯争先恐后地喝光了里面的水。"

迷亭向来不甘寂寞，说道："还有一个类似的故事呢。女王第一次召见卡莱尔时，因为卡莱尔不熟悉皇家礼仪，并且他性格古怪，突然问道：'行吗？'接着就一屁股坐在了椅子上。此时，女王身后的很多侍从和女官都忍不住笑了，不，应该说强忍住笑。女王回头做了个手势，那些侍从和女官便全部坐下了。据说卡莱尔因此保住了面子，可是这种关怀真可谓费尽心思啊。"

寒月言简意赅地评论道："以卡莱尔的性格，就算那些侍从和女官们都站着，他也觉着没什么。"

独仙说道："关怀人者的个人意识倒是可敬。但正因为对人关怀之前要有个人意识，因此耗费精力，反倒让人怜悯。在大众看来，随着文明在进步，纷争之气消失了，人与人之间的交往变得稳定平和。但实际上，这种看法十分错误。有这么强的个人意识，怎么可能稳定平和？没错，乍一看，觉着稳稳当当，和和睦睦，但实际上，相互之间都相当痛苦。这种感觉如同相扑选手在赛场上彼此揪住对方，摆出不动的样子是一模一样的。外人看来这是非常平稳的，难道对抗双方没有在私下里发力吗？"（通过独仙的话我们能够看出他希望通过自身修养求得安身立命，这种看似顺应自然、适应社会的想法在很大程度上使人安于现状、不思进取，甚至自我毁灭。由此可见独仙所宣扬的是消极的处世观。）

这次，该迷亭说话了："好比说吵架，以前是以暴制暴，压迫对方，反而表现得单纯。现在的吵架非常巧妙，就需要更多的个人意识。据培根说，要想战胜自然就要顺应自然。现在的争吵果然应了培根这句话，多么神奇啊。这就跟柔道一样，借助敌人的力量来消灭敌人……"

寒月说："这和水力发电如出一辙。顺应水力而不违背，用这股力量来发电……"独仙君趁寒月君在此处停顿的时候，立马接过话来说道："总之，贫时被贫束缚，富时任富束缚；忧时被忧羁绊，乐时任乐羁绊；才子要死在才上，智慧之人败给了智慧。像苦沙弥那种脾气暴躁的人，只要让他暴躁，他就大发雷霆，中了敌人的奸计……"

迷亭拍手称赞："说得妙。"

苦沙弥先生勉强挤出点笑容，说道："我哪有那么容易被人支配啊。"大家听后笑了起来。

此时，主人也开始发问："对了，像金田那种人会死在什么上呢？"

迷亭抢着回答："他老婆死在鼻子上，老板死在罪恶上，他的下人因充当密探而消亡。"

主人又问："那他的女儿呢？"

迷亭说："至于他女儿，我说不准，因为没见过，或许死于吃穿攀比上，反正是不会死于爱情。还没准儿会像卒塔婆小町①一样死在大街上。"

东风君抗议道："这么说有点过了。"他真可谓是给金田小姐写过诗的人。

"因此，'应无所住，而生其心②'这句话极为重要。不入这种境界，人就会苦不堪言。"独仙情不自禁地分享自己的领悟，这些话或许只有他自己能理解。

迷亭跟独仙君开玩笑地说："别那么神气，没准你会在电光影里失手了呢。"

主人说："总之，文明如果照此形势发展下去，我宁可不活。"

迷亭立马揭老底说："不要客气，不想活就去死吧。"

"可是，我也不想去死。"主人耍赖似的坚持己见。

这时，寒月君说了句冰冷的名人名言："任何人都是没有经过思考就被生下来了，说到死，谁都感到不情愿。"

"这就好像在借钱时没有多想，还钱时觉着不情愿是一个道理。"脑子转得快的只有迷亭，他在此时立即接过话茬。

独仙君超凡脱俗地说："正如同人在借钱时什么都不想是幸福的，不把死当作痛苦也是幸福的。"

迷亭追问独仙说："照你这么说，厚颜无耻就是开悟了。"

独仙说："没错啊，这就是禅语中说的，'铁牛面铁牛心，牛铁面牛铁心③'。"

迷亭说："这么看来，你是这方面的活标本喽！"

---

① 卒塔婆小町：日本古典能乐剧中的主角，年轻时很美貌，年老后长相逐渐衰退，最终以要饭为生，死在大街上。小町的意思是美女。

② 应无所住，而生其心：人应该对世俗物质无所留恋，才有可能深刻领悟佛。

③ 铁牛面铁牛心，牛铁面牛铁心：源自《碧严录》第三十八则，铁牛之机。意思是：坚决不动摇，坚固得就像用铁打造的牛一样。

独仙说："那倒也不是，以死为痛苦，人类自发现神经衰弱的症状后，这种事便出现了。"

迷亭说："没错，像你这种人，怎么看怎么像神经衰弱之前的人类。"

趁迷亭与独仙吵个不停的时候，主人对寒月和东风两位不断宣讲他对文明的不满。

主人说："问题在于怎样才能借钱后不还钱。"

寒月说："这个问题不能成立，借钱非还不可。"

主人说："不要着急，讨论嘛，不要插嘴，你先好好听吧。如何能不死，与如何能借钱不还一样，其实早就成为问题了，值得探讨一下。发明炼金术，但一切炼金术都以失败而告终。人一定会死，也是非常确定的。"

寒月说："还没有炼金术的时候，人一定会死的道理就已经非常确定了。"

主人说："哎呀，我们是在探讨，你听着，懂吗？人无论如何也非死不可，确定之后，就出现了第二个问题。"

寒月说："嗯？"

主人说："反正得死，以哪种方式死才好呢？这就是第二个问题。自杀俱乐部命中注定要与这个问题同时出现。"

寒月"哦"了一声。

主人接着说下去："死，是痛苦的，死不成，则更痛苦。人患了神经衰弱，生不如死，因此，以死为苦。并不是因为死而痛苦，而是苦恼怎样死才最好。只是一般人因智力不足，便在听天由命的过程中被社会玩弄死。但是有个性的人，不满足于社会切割成碎片而死，他一定要思考死的方式，经过各种钻研，势必会提出一个新鲜的妙计，因此今后的发展趋势必定是越来越多的人自杀，而这些自杀之人都以自己独创的方式离开人世。"

寒月说："哎呀，这个社会可够热闹的了。"

主人说："会，一定会。阿瑟·琼斯①在剧本中描写了一个坚决提倡自杀的哲学家……"

寒月问："他自杀了吗？"

主人说："他并没有自杀，但是一千年之后，这种方式一定推行开来。再过一万年后，一提到死，人们先想到自杀。"

寒月说："越来越不得了了。"

主人说："绝对没问题，于是，经过大量的研究，自杀也成了一门

---

① 阿瑟·琼斯：英国戏剧家。作品有《马尔加及其失去的天使》《说谎者》等。

295

专业学科，诸如落云馆那种中学就会把自杀课作为一门正式课来代替伦理课了。"

寒月说："太有意思了，要有这种课，我也要去旁听呢。迷亭先生，苦沙弥先生的精彩言论，你听见了吗？"

迷亭说："听见了。到时候，那位落云馆中学的伦理老师就会这样讲课：'各位作为国际青年，不应该墨守公共道德这种野蛮之风。首先应该尽到自杀的义务，可是，根据己所欲就施于人的原则，深入推进自杀，所以杀别人是自杀的进一步延展，非常值得推广。特别是和咱们学校相对而居的穷苦读书人——苦沙弥，既然那种人活着如此痛苦，诸位要以尽早结束他的生命为己任。当然，现在这个开明的年代与过去不同，因此，舞刀弄枪、飞箭投矢等卑劣的手段都不能用了，而要用一些类似讽刺的高级技术，只需用这种方法把他折磨致死，这既是对他本人积攒阴德，也是各位的荣誉……'"

（作者借迷亭之口对刚刚兴起的新型教育形式和内容进行了犀利的讽刺。结合下面一段迷亭对警察的评论，思考作者对当时日本社会现状的态度。）

寒月说："太棒了，这样讲课太生动了。"

迷亭说："更有意思的在后头呢。在现代，警察保护人民的生命财产是第一任务，可到了那时，警察就拿着棍棒，像打狗人一样到处打杀天下公民……"

寒月问："为什么呢？"

迷亭说："原因嘛，现如今，人民珍惜生命，所以需要警察来保护。到那时候，人民活着就是不幸，警察出于慈悲，所以就到处杀人。不过，聪明人已经自杀了，只有那些苟延残喘、贪生怕死之人和那些缺乏自杀能力的傻子和残废，才会死于警察的棍棒之下。于是，有想要被杀的人，就在门口贴个简单的纸条，只写上：'本宅有个男人或女人自愿被杀'，就行了。警察会在适当的时间里巡逻，立即赴约帮你实现愿望。至于尸体，由警察拉车收走。而且，还有事情更有趣呢……"

东风君敬佩不已，说道："先生，您讲起笑话来真是灵感不断啊。"

独仙君这时又捋着他的山羊胡子，慢条斯理地说道："把这事说成是笑话也行，说成是预言也可以。不能彻底掌握真理的人，总是被眼前的表面现象所束缚，时常就将泡沫一样的幻想，认定为永恒的事实。所以，如果有人说话略微言过其实，就会被当作笑话。"

我的批注

寒月君无比钦佩地说道："这岂不是'燕雀安知鸿鹄之志哉'？"这正好说中了独仙要表达的意思，独仙接着说道："从前，西班牙有个叫科尔多瓦的地方……"

寒月问道："今天也有这个地方吗？"

独仙说："也许有吧，先不纠结有没有了，反正那里有个习俗，只要太阳落山之后寺院里的钟声一响，每家每户的女人就要出门跳到河里游泳……"

寒月问："那冬天也要游泳吗？"

独仙说："这个就不知道了。总之不管贫富老少，都要跳进水里游泳，男人一个也不准参加，他们只能远远地看着。从远处看去，在暮色苍茫的水波上，只有白花花的裸体在朦朦胧胧中跃动……"

东风君一听说裸体，立即凑上前来，兴趣十足地说道："多富有诗意啊，可以写成新体诗了。那是在哪里啊？"

独仙说："科尔多瓦呀。当地的年轻男人禁止和女人一起游泳，可又不能从远处看清女人的体态，男人们觉得很遗憾，于是策划了一场恶作剧想捉弄一下她们……"

迷亭听说恶作剧，立刻来了兴致，好奇地说道："哎呀，是什么样的？"

独仙说："那些男人贿赂了寺院的敲钟人，这钟本应该在太阳落山之后敲，结果提前了一个小时。刚听到钟声，这些目光短浅的女人们就全部跑到河边，穿着裤衩背心就扑通扑通跳进了水里，但和往常不同的是，天还没有黑。"

独仙说："抬头看桥上，桥上站了很多男人使劲盯着她们看。她们个个被弄得面红耳赤，无地自容。虽然害羞，又有什么办法呢……"

东风问："后来呢？"

独仙说："至于后来，后来明白了，人往往被当前的习俗所迷惑，却忽略了背后的本质。稍不留神就会闹出笑话。"

迷亭说："太棒了，用这个例子说教确实太恰当了。我再讲一个被当前习惯所束缚的例子。前些天读了一本杂志，上边刊登了一篇小说，写了这样一个骗子。假如我在这里开了一家书画古玩店，店里陈列着几幅名家书画，名人遗物。绝对没有赝品，全是堂堂正正的上等佳品。由于都是佳品，自然价格不会便宜。有一位好奇的顾客，向我询问元信①的这幅画多少钱，我说那就六百元吧，顾客说：'买倒是想买，只是没带那么多钱，虽然遗憾，但还是不买了。'"

"你确定顾客是那么说的？"主人照例不善于逢场作戏。

迷亭说："对啊，这是小说啊。你就权当顾客是那么说的吧。于是我说：'钱无所谓，如果你喜欢就拿走好了。'那位顾客却说：'这怎么行呢。''要不这样吧，你可以分期付款，时间长点，每个月少付一些，反正今后您是我们的主顾。没事的，您不用客气，每月付给我十元怎么样？要不，每月五元也可以。'我说得十分豪爽，与顾客再三磋商，终于以六百元的价格将狩野元信的那幅画出售了，还分期付款，每月收款十元。"

寒月说："这与英国时报发行的《大英百科全书》上的故事一样呢。"

迷亭说："英国时报上说的事是真实发生的，我这个是虚构的。注意，你们好好听着，接下来就进行了巧妙的骗术。每月十元，需要多长时间才能付清六百元呢？寒月君，你算算。"

寒月说："当然是五年啦。"

迷亭说："是五年，不过在你看来，这五年时间是长是短呢，独仙君？"

> 我的批注

独仙君回答："一梦千年，千年一梦，说短也短，说不短也不短。"

迷亭说道："你说的什么，是道德歌吗？这道德歌真是不现实啊，不是吗？于是每月十元，一共付了五年，换句话说，对方只要付六十次就结清了。可是，每月重复一件事，重复六十次，已经形成了习惯，而最可怕的就是到了第六十一个月，按照习惯他依然会来付款，到了第六十二个月，依然如此。第六十三次，六十四次，月复一月地重复，每当日子到了，要是不付这十块钱，心里就觉得缺少点什么。看似人是最聪明的，但是最大的弱点就是出于惯忘记了初心。而我就是利用这个弱点，月月可以捡到十元钱的便宜。"

寒月君笑着说道："哈哈……至于这么健忘吗？"

主人十分严肃地接话道："当然有啦，这种事真的有，我毕业以后每个

① 元信：全名狩野元信，日本室町时代的大画家，在水墨画的基础上注入了浓彩技法，集新风之大成。

月偿还上大学时候的贷款，直到学校拒绝收款，告诉我还完了，我才反应过来。"主人是把自己羞于启齿的事情说成全人类的弱点。

迷亭说："你们瞧瞧，我们面前不就有这种人吗？这事就不用怀疑了。如果有人把我刚才讲的文明发展史当成笑话，谁就是六十个月把钱付清了，却认为应该付一辈子的家伙。特别是寒月君、东风君这类缺乏经验的年轻人，一定要认真听我说，不要上当受骗！"

寒月君说道："谨遵教诲，按月还款，六十个月后一定终止付款。"

独仙君对寒月说："听起来像个笑话，但实际上这故事真是发人深省啊。例如说，苦沙弥君和迷亭君刚刚觉得，你擅自结婚有些不稳妥。假设他们劝你跟金田道歉，你打算怎么做呢？你会去道歉吗？"

寒月君回答："我肯定不会道歉的。如果对方向我赔礼，那就另当别论了，我不打算那么做。"

独仙君追问："如果警察责令你去道歉，你会怎么办？"

寒月说："我更不会去了。"

独仙深入追问道："如果是大臣或贵族下达的命令呢？"

寒月说："那绝对不去了。"

独仙说道："你们瞧瞧，以前和现在的人居然有这么大的差别。以前，上边只要下达命令，什么事儿都可以解决；后来就发展为，即使上边下达命令了，也有解决不了的事儿。现在的社会是这样的，管你是皇家贵族还是朝廷命官，是不可能不加限制地践踏别人人格的。再说得严重些，如今的社会，压迫者的权力越大，被压迫者就越感到烦恼，越是要对抗。因此，今非昔比，竟然出现了新气象，只要朝廷出面，事情很难办到。如今，若依古人看来，几乎不敢相信的事情竟然无可非议地通行。世间人情冷暖真是变幻莫测。迷亭君刚才所说的发展史，当然也可称之为笑谈。但是，仔细品味，里边确实有很多深奥的东西值得探究。"

迷亭说道："能得到这样的知己实在不易，无论如何，我也要把这个发展史继续讲完。正像独仙君所说，当今时代，如果朝廷的人耀武扬威地手拿两三百根竹枪横行霸道，就如同坐轿子一定要和火车赛跑一样，可谓是时代落伍者中的老顽固。可以说这种人是稀里糊涂的张本人，是放高利贷的长范先生。所以对待这种人，只要静观其变就行了。我的发展史是一种社会现象，它关乎整个人类命运，而非眼前鸡毛蒜皮的小事儿。如果按照我所深思熟虑的那样，纵观当前文明趋势，预测遥远未来走向的话，结婚这种事将成为不可能。各位，万万不要觉得奇怪，结婚一事之所以不可能，是因为刚才我提到过的，当今时代的社会，推崇以'个性'为中心，不像从前，一家之主代表全家人，郡守代表整个郡县的人，将相代表一个国家，代表以外的人几乎毫无人格。即便有，也不被承认。这一现象如今发生了翻天覆地的变化，所有的生存者争先恐后地展示自己的个性，形成了一种风气——你我有别，不管谁看都是如此。假如两人在路上相遇，于是在各自内心吵嚷道：既然你是人，我也是人，两个人心里谁也不服谁，暗中较量，近距离相视而过，就这样，个性已经强化到了这种程度。换句话说，个性普遍地增强，实质上等于个性普遍地减弱。别人已经不那么容易侵犯自己，从这一点看，人确实变强大了。但对别人不得任意干预，对于这一点，相比过去，人的力量又明显地弱了不少。人变强大了，当然会高兴，但人变弱小了，就会扫兴。所以一方面，坚持别人不能动我一根毫毛的观念，同时又有哪怕动他人半根毫毛也好的想法，迫使自己最初的弱点变强。如此一来，人与人之间失去了空间，活着就越来越窘迫。总想尽可能地让自己膨胀，膨胀到几乎爆炸，让自己活得苦不堪言。因为太痛苦，于是才尝试各种方式发掘人与人之间的空间。人的痛苦是咎由自取的，因为痛苦太沉重了，他们想出的第一个方案就是父母和子女分居制。你们可以到日本的偏远乡村去看看，每家每户都在同一个屋檐下谋生，没什么值得提倡的个性，当然也没人去提倡，所以就那样，聚居生活。但对于文明人来说，他们是不同的，即使在父母与子女之间，如不任其自我扩张，都觉得吃亏。而只有分居，才能让双方相安无事。相比日本，欧洲的文明更为久远，很早就实行这一制度了。就算父母和子女仍然住在一起，父亲把钱借给儿子，也要跟他算利息，或是把他当作陌生人一样，跟他收房租。而这种良好的风俗之所以成立，是因为儿子的个性得到了父母的承认和尊重。这股风早晚会吹到日本。亲戚之间的关系早已冷淡，父母与子女分开了。分开住就会使一直被压制的个性得以舒展，等个性的发展和尊重蓬勃发展的时候，不分反而不痛快。可是，父子兄弟之间已经分居的今天，没有什么人需要分开了，于是，夫妻分居则成了最后的方案。在现代人的观念中，夫妻就应该共同生活，这是极大的判断失误。以共同生活为目的，就必须要有能共同生活的一致个性。假如是以前，这太容易了，这就是所谓的'异体同心'，看到的是妻子与丈夫两个人，实质上不过是一人罢了。正因为这样，所谓的'白头偕老，死为连理枝'真是野蛮啊。这一套在今天是行不通的，因为丈夫终究是丈夫，妻子也始终是妻子。现在的妻子，在女校里为显示自己的个性就穿着阔腿裤，结婚时梳着西式发型。对丈夫百依百顺，当然是不可能的。因为如果妻子对丈夫百依百顺，就成了泥偶，而不是妻子。个性突显得越强烈，越是贤妻。越是突显，越是和丈夫合不来。合不来，自然会和丈夫发生冲突。因此和丈夫一天到晚地闹别扭，才可谓贤妻。这当然是十分奇妙的，越是娶了个贤惠的夫人，两人的痛苦越多。夫妻之间隔阂鲜明，就好像油和水那样。假设力量相当，使这条隔阂能保持平衡，也还算可以。可是，油和水是双向发动的，于是家里的动荡就连续不断，就如同发生地震一般。于是，人类渐渐发现，夫妻住在一起的结果就是两败俱伤……"

寒月君说道："夫妻分居就因为这个吗？真让人担心啊。"

迷亭用十分直率的语气说道："要分居，一定要分居。世上所有的夫妻都要分居。过去，夫妻会住在一起，而从今往后，世人会把那些同居的人看成没有做夫妻的资格。"

在这非常微妙的关头，寒月说了句话，暴露了自己的情肠："照此说来，像我这种人也被划为缺少资格的那一类喽！"

迷亭接着说道："生在明治时代真是幸运。就拿我来说，我的头脑之所以能比当下超前了一两步，并从今往后过上独身生活，是提出了发展史的缘故。把旁人所说的不切实际的话归咎于我的失恋，这些人七言八语地说我这是失恋的结果。然而近视眼的目光真是浅薄得可怜。暂且不提，让我来接着讲我的发展史。到那时，一个学者从天而降，宣扬破天荒发现的真理，而这真理是前所未有的。他说：'人是个性的动物。如果消灭了个性，会导致人类的消失。'若想体验生而为人的意义，就应该不惜付出任何代价而保持个性，并且发展个性。那种束缚于陋习，并非两厢情愿的婚姻，是违背了人类的自然趋势的野蛮风气。在未开化的蒙昧时期，人的个性还不发达，可另当别论。但文明昌盛的今天，这种弊端依然存在，人们竟然不以为耻，这真是荒谬到极点。当今时代，文明高度发展到了顶点，两种个性不会有任何理由超出一般亲密程度而相结合。尽管原因显而易见，但那些学识浅薄的青年男女一时在卑劣情感的驱使下，擅自举行婚礼，这种行为实在是违背道德啊。为了维护人道、文明以及保护那些青年男女的个性，我们必须竭尽全力来抵制这种野蛮之风……"

这时，东风君用手往大腿上一拍，坚决果断地说："迷亭先生，对于你的这种学说，我彻底反对。依我看，世界上最宝贵的东西就是爱和美，我们之所以能获得慰藉，获得成就，获得幸福，归根结底是因为拥有这两种东

301

西。凭借这两种东西，使我们的情操优美，品德高尚，同情心也更为纯净。所以不管我们出生在什么年代，什么地方，都不能忘记这两种东西。将这两种东西放入现实，爱就化身为夫妻关系，美则分身为诗歌与音乐。所以我的观点是，只要地球上还有人类存在，夫妻和艺术就不会消亡。"

迷亭说："如果不至于消亡那当然最好，可是正好像当代哲学家所说的，其实它们要彻底消亡的，又有什么办法呢？只好绝望了。什么是艺术？艺术的命运也落得和夫妻命运一模一样了。什么是个性的发展？那就是个性自由。什么是解放个性？那就是，我是我，你是你。难道这种艺术真能存在吗？由于艺术家和欣赏者之间拥有共同的个性，因此艺术才能长久不衰。即便你希望自己成为一个了不起的新体诗诗人，但如果没有任何人夸赞你的诗，那么抱歉，你的新体诗就只能孤芳自赏了。不管你写出多少篇的《鸳鸯歌》都没用。幸运的是你出生于当今的明治时期，所以有那么多人喜欢读你的作品啊……"

东风说："过奖了，我的诗并没有受到那么多人欢迎。"

迷亭说："假如现在都没有受到那么多人的欢迎，那么到了文明极其发达的未来，也就是，当那位哲学家提出非结婚论的时候，就更没人喜欢你的诗了。倒不是因为你写的诗不受欢迎，而是因为每个人都有自己的个性，对别人写的诗完全不感兴趣。现在的英国文坛，这种趋势已经很明显。当代英国小说家中作品最有个性的是马勒第兹、乔伊斯，读他们作品的就很少。为什么会少呢？因为作品太有个性，读那种作品的人一定要具有相同的个性，否则会感到很无趣，不会产生共鸣。随着这种趋势的发展，等到结婚违背道德的时候，艺术也就彻底消亡了。等到了我写的东西你不懂，你写的东西我也不懂的时候，你和我之间还会有什么艺术可谈吗？"

东风君说："也许会这样，但我的直觉告诉我那样想是错的。"

迷亭说："你凭直觉认为那是错的，而我凭感觉认为那是对的。"

这次，独仙君开口说话了："直觉也好，感觉也罢，总之，人的个性越是得到解放，彼此之间越不自在，这是肯定的。尼采提出超人理论，就是因为无法排解这种被束缚感，不得已才将它转化为哲学。乍一看好像是他的理想，充其量只能说是他的满腹牢骚罢了。在个性发展被束缚的十九世纪，连对邻居都轻易不敢放心大胆地睡个好觉，于是这家伙就有点疯癫了，胡写一通。读他写的东西，与其说畅快，不如说深表同情。他的声音是怨恨愤慨的呐喊，而不是英勇无畏的誓言。这也不奇怪，在古时候，只要有伟大的人物出现，天下之人就会主动聚集到他的旗下。既然有这种快事成为事实，又有什么必要像尼采那样用笔表现在书本上。因此，不论荷马，还是《切维狩猎记》，虽然写的同样是超人，但性格完全不同，写得乐观开朗，也很快乐。因为这种快乐是真实的，将快乐的事情写在纸上，当然品不出晦涩。到尼采的时代，可就做不到这点了。因为连一个英雄人物都没有出现，即使出现了，也没有人称他为英雄。在古代，孔子之所以受拥戴，是因为只有一个孔子。现在，却有很多孔子，没准天下人都是孔子。因此有人强调我就是孔子，也不会得到别人信服的。既然不能让人信服，自己就会生气，因为生气，所以只能借书本卖弄超人哲学。我们渴望自由，之后就获得了自由，但获得自由的结果就是感觉不自由，感到困惑。因此，西方的文明看似不错，但实际上没用。与之相反，东方文明从古至今都注重修心，反而好用。个性发展的结果，就是每个人都患上了神经衰弱症。当人人都为不知怎么办而感到痛苦的时候，才意识到'王者之民荡荡焉'这句话的重要性，从而明白'无为而治'这句话不可小觑。（迷亭和独仙的表述代表了两种不同的思想：独仙代表的是消极的东方思想。迷亭代表的是积极的西方思想，这两种思想反映了明治维新后的日本资本主义是该消极地保守还是该积极地进取的争论。）醒悟是醒悟了，但已经晚了。这与酒精中毒之后才意识到不该喝那么多酒是如出一辙的。"

寒月君说道："听起来，诸位先生说的好像都很厌世。虽然这些话进了我的耳朵，但奇怪的是，我并没有受到一丁点儿触动。这是为什么呢？"

迷亭立即解释道："因为你刚结了婚啊。"

主人这时忽然发表了如下见解："刚一结婚，就认为女人真好，那是天大的错误。我给大家读一段有意思的文章，权当参考，请各位认真听。"说着他拿起之前从书房拿出来的一本旧书，读了起来：

"这本书虽然很旧了，但它让我们知道，有人从古时起就充分意识到，女人是毫无用处的。"

寒月问道："啧啧，请问这本书是哪个年代的？"

主人回答："这本书创作于十六世纪，作者为托马斯·纳希。"

寒月说："这太惊人了，难道从那时起，就已经有人咒骂我妻子了？"

主人说："书上写了各种关于女人的坏话。可是，这里面一定包括你妻子在内，你就听着吧。"

寒月说："嗯，洗耳恭听，真是感激不尽啊。"

主人说道："书中是这样写的，首先古往今来的圣贤介绍自己的女性观。喂，你们都在听吗？"

迷亭说："都在听，就连我这个单身汉都在听呢。"

主人读道："亚里士多德说：总之红颜祸水，若要娶妻，就要娶小妻，不可娶大妻，因为相比之下，小祸水其灾害较小，大祸水……"

迷亭说："那么寒月君的妻子呢？是大还是小啊？"

寒月回答："一定是大祸水啊！"

迷亭说："哈哈……这本书真有趣，读吧，你接着读。"

主人又读道："有人问：何为最大的奇迹？贤者回答：贞洁的女人……"

寒月说："所谓贤者是什么人？"

主人说："什么人？上面没写名字。"

迷亭说："反正一定是被女人甩了的。"

主人说："另外，书上还说到了第欧根尼①。有人问：什么时候娶妻最合适？第欧根尼回答：青年时太早，老年时太迟。"

迷亭说："这位先生是躺在酒桶里思考的吧！"

主人再次念道："毕达哥拉斯说，天下有三种东西值得敬畏：火、水和女人。"

独仙说："没想到希腊哲学家们竟然出乎意料地说了些豁达的话。要我说，天下根本没什么东西值得敬畏。入火而不燃，落水而不溺……"说到此处，独仙停顿了一下，接下来怎么说，他还没想好。

迷亭立即提示道："见色而不迷。"

主人继续读道："苏格拉底称世上最难的事就是支配女人。德摩斯梯尼称：人若无法征服敌人，最好的办法便是将自己的女人送与敌人。必将日日夜夜使他陷入家庭风波而让其深感疲惫，以至于一蹶不振。塞内加认为世上的两大灾难是女人和无知。玛卡斯、厄洛斯则称：女子就像船舶一样难以驾驭。普路托斯则认为：女人爱用

我的批注

---

① 第欧根尼：古希腊犬儒学派哲学家鼻祖，不修边幅，努力把生活需求降到最低，比如不住房屋，选择长期住在酒桶里。

绫罗绸缎装扮，只为遮掩天生的丑陋，这实属下策。瓦斯里乌斯曾经给朋友的信中说：没有女人做不出的事情。只希望上天眷顾，保佑你不落入圈套。他还说：女人是什么？她们难道不是友爱的敌人，不可避免的痛苦，自然的诱惑，蜜糖的剧毒？如果把抛弃女人视为不道德，那么不抛弃女人将会蒙受更大痛苦……"

寒月说："行了，先生。已经听了那么多关于我妻子的坏话，够了。"

主人说："还有四五页，你们全部听完怎么样？"

迷亭调侃主人道："大概念念算了，到此为止吧，夫人快回来了。"

迷亭刚说完，就听到女主人在起居室呼唤女佣道："阿三，阿三。"

迷亭说道："坏了，你夫人就在隔壁呢。"

主人低声笑了笑说："我不怕她。"

迷亭喊道："苦沙弥夫人，您什么时候回来的啊？"

起居室里非常安静，没听到有人回答。

"苦沙弥夫人，刚才说的那些，您都听到了吗？"

依然没有回答。

"刚才那些是十六世纪一位叫纳希的人说的，不是您丈夫说的，请您别介意！"

在远处的女主人随便回答了一声："不关我的事！"

寒月君咻咻地笑了起来。

"不好意思，这也不关我事。哈哈……"正在迷亭君大笑的时候，忽然间正门被猛然打开，除了沉重的脚步声，没人吱声，然后客厅的纸拉门哗啦一声被打开了，多多良三平君的脸出现在众人面前。

今天，多多良君穿着与平时不同的雪白衬衫和新的大礼服。他右手拎着用细绳捆在一起的四瓶啤酒，见干松鱼摆在那里，往它旁边一放，连招呼都没打。他是两膝分开坐，而不是正坐，简直一副非凡的武士做派。

多多良向主人问道："先生，这段时间，您的胃病怎么样了？一天到晚在屋里坐着对身体可是不好呀。"

主人回答："看不出好坏。"

多多良说道："先生，不是我说您，您的气色不太好，脸色发黄。最近应该去外边钓钓鱼为好。去品川雇一艘船，上个周日我去了一次。"

主人说道："钓到什么了吗？"

多多良说道："什么也没钓到。"

主人说道："什么也没钓到，该多无聊啊。"

多多良说道："养养浩然之气啊。怎么样，各位先生？去钓过鱼吗？钓鱼很有意思。乘坐小船在无边无际的大海上到处行驶，那是很有意思的。"多多良君不管见到谁，都主动说话。

迷亭接话道："我反而想在小小的海面上驾驭一艘大船自由漂荡呢。"

寒月君回答："若是去钓鱼的话，起码要钓上一条鲸鱼或是美人鱼，不然没意思。"

多多良君说："那种东西怎么能钓上来呢？看样子，文学家连一般常识都没有。"

寒月君说："我可不是什么文学家啊。"

多多良说道："哦？那您是干什么的？像我们这种在公司任职的，极为重视常识。先生，我最近的常识知道得越来越多啦。可见，在那种地方上班，听得多了，见得多了，自然而然就被熏陶了。"

主人问："熏陶成什么样了？"

多多良说："就说抽烟吧，如果你抽什么'朝日'牌啊，'敷岛'牌啊，就太没面子了。"他边说边掏出一盒带金嘴的埃及烟，吧嗒吧嗒地抽了起来。

主人问道："你太奢侈了，钱够用吗？"

多多良回答："钱是不够，总是能挣回来。但我抽这种烟，信誉就大大提高了。"

迷亭问寒月："人家想获得信任，比起寒月磨球，信誉来得更舒服。这多好啊。这种信誉轻轻松松就可以得到，不是吗？"

寒月还没来得及回答，多多良接着说道："你就是寒月先生啊？您到底没当上博士吗？因为您没当博士，我只好替代啦。"

寒月说："当博士吗？"

多多良回答："不，是给金田家当女婿。虽然感觉对不住您，先生，我也是没有办法，是对方非要把女儿嫁给我，我只能下决心娶她了。可是，我觉得很对不住寒月先生，所以心里非常过意不去。"

寒月说了声"不要客气"。主人则不清不楚地回答道："你想娶她就娶吧，不错啊！"

这时，迷亭又照例说道："这可真是皆大欢喜啊。我就说嘛，不管什么样的女儿，都能嫁得出去，不必发愁了。东风君，我刚才还说呢，这不正好有一位如此体面且能干的绅士当了乘龙快婿？"（多多良嘴上说"我只好替代啦""我也是没有办法"，实则是在炫耀自己攀附上了资本家金田。苦沙弥、寒

306

多多良说道："您就是东风君啊？等我结婚的时候，您给我写点东西吧，我可以把它印刷出来，人手一份，但愿也能刊登到《太阳》杂志上去。"

东风说道："可以啊，您打算什么时候需要，我马上去写。"

多多良赶快说道："什么时候都行，也可以是原来写好了的，从现成的诗里面挑一首。我请您喝香槟。香槟，您喝过吗？香槟这东西味道不错。先生，我打算把东风君的诗谱成曲，在结婚仪式上再请个乐队演奏出来，您看怎么样？"

主人面无表情地回答："你想怎么弄随便吧。"

多多良说："先生，您能给我谱曲吗，先生？"

主人说："我怎么会？"

多多良说道："在座的各位有没有会谱曲的？"

迷亭说："这位榜上有名的新郎候补者寒月君，可是个小提琴高手啊。你向他真心请求，可是，如果想让他答应，几口香槟恐怕不行吧。"

我 的 批 注

多多良说："香槟不行吗？四五块钱一瓶的香槟简直拿不出手。怎么可能请你喝那便宜的东西，不知你是否愿意为我谱个曲子？"

寒月说道："可以啊。我当然会作，即使你请我喝两毛钱一瓶的香槟，都可以。或者我白谱也行，不用你答谢我。"

"我不能白白求你，我会报答的。如果你不喜欢香槟这种答谢，你看看这些玩意儿行吗？"说罢，多多良就从上衣兜里掏出七八张照片纷纷扔在铺席上，随便一个都是妙龄女郎，有半身照、全身照、站着照、坐着照、穿裙裤照、穿阔袖正装照，还有盘着高田发髻照的。

多多良说："先生您瞧瞧，为了答谢寒月君和东风君，这些都可当结婚替补对象，寒月君和东风从中各挑出一个。"边说边拿起一张让寒月看，说道："这个怎么样，你看看？"

寒月君说道："这个真不赖，请你一定要撮合撮合。"

多多良又给寒月递过来一张说道："这个怎么样？"

寒月说道："这个也挺好啊，请一定撮合。"

多多良说："你想要哪个？"

寒月说："哪个都行。"

多多良说道："哎呀，你还真是博爱呢。苦沙弥先生，这位是一个博士的侄女。"

主人没有一点兴奋的样子，平淡地回答道："是吗？"

多多良一个人做着各种介绍："这一位性格特别温柔又年轻，才十七岁。如果娶她，上千元的陪嫁金。至于这个，是县知事的女儿。"

寒月调侃道："这么好的条件，我全娶了是不是不行啊？"

多多良说道："全部要娶，你的野心也太大了。你拥护一夫多妻主义吗？"

寒月回答："我并不拥护一夫多妻，我只是一个肉食论者。"

主人似乎很气愤，大声斥责道："别说那么多没用的了，你还是赶紧把这些东西收起来吧。"

多多良再次重申道："这么说，哪个都不娶了？"边说边将照片一张张装进兜里。

主人问道："你拎这些啤酒干吗？"

多多良说："我特意从街角的酒屋里买来送给您的，也是为了提前庆祝一下。请您笑纳。"

主人拍手示意女佣过来，让她打开一瓶。主人、迷亭、独仙、寒月、东风共五人煞有介事地共同举杯为多多良三平君祝福。

多多良看起来非常高兴，说道："各位先生，我今天邀请你们参加我的婚礼，你们都肯赏光吗？大家一定都来啊！"

主人毫不犹豫地回答："我不去！"

多多良说："为什么？那是我的终身大事呀，您不参加好像有点不近人情啊。"

主人继续坚持："不是不近人情，反正我不去。"

多多良说道："您是没有合适的衣服穿吗？随便穿个外褂和裙裤就可以的。你最好多参加点聚会，我把那些名人介绍给您认识。"

主人说道："不必了。"

多多良说道："有利于您的胃病。"

主人说道："胃病不好也不要紧。"

多多良说道："既然您这么坚决，我也不能勉强了。"他放弃了对主人的劝说，向迷亭问道："您能赏光吗？"

迷亭说道："我啊？不管怎样我都一定会去的。如果可以，我还想荣幸地承担媒人的任务。这儿冒出句俳句：'香槟九巡闹春宵'……什么？铃木当媒人了？好吧，我早料到你会找他。那太可惜了，若两个媒人就太浪费了。可是，我一定会去参加婚礼的。"

多多良又问独仙："您可以去吗？"

独仙回答："问我吗？我是'一竿风月闲生计，人钓白苹红蓼间'呐。"

多多良问："您说的是什么？背唐诗吗？"

独仙说道："是什么？我也不清楚。"

多多良说道："不清楚是什么你就说，服了你了。寒月君，你呢？可以来吗？老交情啊。"

寒月回答："我必须去，我都谱了曲子了，得去听听乐队是怎么演奏的，不然太遗憾了。"

多多良说："就是嘛。东风君，你呢？能来参加吗？"

东风略微思索了一下，说道："我呀，挺想当着你们新人的面，朗诵我的新体诗呢。"

多多良说道："我简直太高兴了。先生，我长这么大还从来没这么高兴过呢。我得再喝一杯。"他边说边独自把自己买来的啤酒咕咚咕咚地喝完，喝得满脸通红。（多多良看似大方，实际上是个吝啬的家伙。）

秋日白昼短暂，很快天就黑了。看看横七竖八躺着一大堆烟蒂的火盆，才发现炭火早已熄灭了。虽说这些家伙们东拉西扯时镇定自若，此时看起来也尽兴了。独仙首先起身说道："不早了，我得告辞了。"接着另外几人也都一起说道："我也得告辞了。"他们一起走出正门离开了。就像小剧院散场一样，客厅里突然变得冷冷清清。

主人吃完晚饭钻进了他的书房。女主人觉得有点冷，紧了紧薄薄的内衣领子，开始缝她平时穿的洗褪了色的夹袄。孩子们已经睡着了，女佣洗澡去了。

从外表看，这些人似乎悠闲，但叩其内心深处，却总能听到悲凉的回响。独仙君再怎么摆出一副不食人间烟火的顿悟模样，但实际上他的双脚还是要踩在凡间的泥土上；迷亭君或许毫无忧愁和烦恼，但是人间也并非画中美景；寒月君终于把妻子从老家接来，停止了磨玻璃球，这倒是稳稳当当，但这样的生活过得太久，他也会感到无聊；再过上十年八年，东风君总会意识到，一直为女人作新体诗，总会惹上麻烦的；也不知道多多良君是聪明过头还是古怪滑稽，希望他这一辈子都能以请人喝香槟为荣，并春风得意，那

309

就真是不错了；而铃木藤先生会闯江湖的，闯来闯去，但要以满身污泥为代价，即使沾了一身泥，也比不去闯荡的人神气；我作为一只猫，转眼间已经在人世上生活了两年。（在这两年中，"我"看过了苦沙弥和朋友、学生日常枯燥的生活和无聊的对话，以及金田一家无耻的行径、铃木和多多良拜金的嘴脸才有这样一段评论。）本以为像我这种有远见卓识的猫，恐怕世上少有。前段时间，有一个名叫穆尔的素不相识的同族出现了，这出乎我的意料。让我吃惊不已的是，它在那里高谈阔论。经我仔细探听，原来它一百年以前就已经死了。可是据说，它或许是图一时新鲜，想吓唬我一下，所以故意变作幽灵从遥远的冥界来到这里。据说这只猫去探望它的母亲，把一条鱼叼在嘴里作为母子相逢时的见面礼。但走到中途，馋得实在无法忍受，竟然自己把鱼吃了，这只猫真是太没有孝心了。但是这只猫才华横溢，听说它有时还会作诗，让它的主人都为此惊诧不已。这种英雄豪杰既然在一个世纪以前就已经出现了，像我这样不成气候的猫儿，不如速速辞别人间，回到虚无之乡，倒也好些呢。

主人早晚因胃病而亡。金田那老家伙利欲熏心，活得如同行尸走肉，已经离死不远了。秋叶已经快落光了。死亡是万物的归宿，如果活着也没有多大用处，早早迎来终极命运也许是明智之选。按照刚才各位先生的观点，人最终都应以自杀结束一生。人世万般无奈，若稍微不慎，那么猫儿也只得投生束缚太多的人世，实在是可怕。不知为什么，我心里总有些闷闷不乐，我也去找点多多良君带来的啤酒提提神吧。

（独仙消极应世的观点看来对"我"产生了影响，热闹之后的空虚、日常生活的无聊、对社会现状的失望……是猫的感慨，是苦沙弥的无奈，更是作者的心声。）

我溜达到厨房，厨房门没关紧，被秋风吹得哗哗直响。里边的煤油灯不知什么时候，被门缝里的风给吹灭了。大概是个月明之夜，长长的月影从窗户外边照射进来。茶盘上并排放着三只玻璃杯，其中两只剩下半杯茶色的液体。玻璃杯给人一种清冷的感觉，即使里面装的是热水也令人觉得冰冷，更不用说秋夜凉风习习，再加上安静地置于灭火桶旁边，感觉嘴唇一碰上就会全身冰凉，让人没有喝的欲望。可是所有的事情都是后知后觉的，例如多多良三平喝了这东西，整个脸都变得红通通，连呼吸都变得灼热了。即便我是只猫儿，喝下去肯定也能兴奋一阵子呢。反正早晚都会死，不管做什么事都要趁活着的时候去做。要是生命逝去，躺在坟墓下懊悔，说什么"唉，真是遗憾"一类的话，也是枉然的。我横下一条心，喝点儿尝尝！便把舌头使劲往杯子里伸，吧嗒吧嗒地舔了几下。不禁大吃一惊，舌尖就好像被针扎了一样，麻麻的。真不知人类是出于什么怪癖才会喝这种臭烘烘的东西，反正我们猫儿是无论如何也喝不下去的。猫儿是怎么也受不了啤酒的。我第一次尝试，觉着实在难喝，舌头伸出去又缩了回来。可是我再一想：人类常说良药苦口利于病，得了感冒，眉头一皱，一些奇怪的东西就下了肚。我至今还在纳闷儿：到底是喝了才好，还是为了好才喝。但是现在，是我用啤酒来寻找答案打消疑虑的最佳时机。如果喝下以后，只感到些许苦涩，那也不过如此。如果能像多多良三平君那样忘乎所以、愉悦至极，那便是空前的一大收获。我这只猫就足可以对附近的那些猫儿传授一番了。我一心想要把它喝下去，至于结果怎样，只得听天由命了。于是我又把舌头伸进杯子里。我知道，睁着眼睛是难以下咽的，便紧闭双眼又吧嗒吧嗒舔起来。（这是对猫偷喝啤酒的动作描写和心理描写。为什么"觉着实在难喝"却还要喝呢？在上下文中找一找答案。）

当我勉强耐着性子喝完这半杯啤酒之后，一个奇妙的现象发生了。刚开始感觉舌头麻麻的，嘴里难受得不得了，仿佛受到外界的压迫。不过几口下肚之后，就渐渐好受些了，越喝越轻松，逐渐舒服了。当喝完第一杯的时候，我觉得喝得容易多了。心想，再喝点也没关系，于是又把第二杯喝个精光。我像吸水抹布一样把洒到了托盘里的啤酒都悉数收入肚中。

喝完之后有那么一段时间，我蹲在那里纹丝不动，想弄清楚我喝酒后身体有什么变化。身体越来越热，眼皮发沉，耳朵也开始发烫。我想唱歌，想跳猫儿蹦擦擦。我心里想的是，主人、迷亭、独仙算什么，都给我靠边儿站！我真想使劲儿挠一把老家伙金田，我更想把金田老婆的那个大鼻子咬下来。我想干的事情实在太多啦。最后我跟跟跄跄地站起来，摇摇晃晃地走了几步，东倒西歪的，太好玩儿了，我得去外边散散步。出去之后问候一下月亮。反正心情真是太爽了。

怡然自得应该就是我现在的状态吧。我漫无目的，到处乱走，就用一种像是散步又不是散步的样子颤颤悠悠地向前迈动四条腿。不知怎么搞的，我很想睡觉，简直搞不清自己是睡着了，还是在走路，就感觉自己睁着眼睛，但眼皮无比沉重。既然如此，我只得鼓起勇气，管它什么上天入地，走下去就是了！我刚一伸出瘫软无力的前腿，突然扑通一声，还没等我反应过来，于是"哎呀"了一声，这下可完了。我发现意识开始模糊，到底什么完了，也来不及思索了。

等我清醒过来，发现自己正浮在水面上。我惊恐地用爪子到处乱抓，但是能抓住的只有水，并且一抓就往下沉。无奈，我抬起两条后腿，用前腿在水里划动，水发出了哗哗的响声，我的头也从水面露了出来，总算是奏效了。我环望四周，这究竟是什么地方？哎呀，原来我掉进了水缸里。在夏天还没到来的时候，这个水缸会长一种叫马蹄草的水草。但夏天一过，乌鸦来了，马蹄草不但被吃得一点不剩，水也被用来洗澡了。乌鸦来洗一次澡，水位就下降一些，下降得厉害了，乌鸦就不来了。最近水越来越少，我还慨叹乌鸦都不来了，没想到，自己竟然替代乌鸦在这儿洗起澡来了。

水面距缸沿大约有四寸多，我就是把爪子伸出去，也够不到缸沿。我向上跳，不管用。假设我直接做静止状，身子就咕噜咕噜往下沉。不论我怎么使劲，也只是让爪子碰到缸壁发出响声而已。挠到缸壁时身子好像浮起了一些，但是爪一滑，立刻又扎了个猛子。扎猛子太难受，便又咯吱咯吱地挠。此时，我身体疲惫得难以忍受，心里着急，腿就不听使唤了。到了最后，我都不知道我是为了去抓那缸壁而落入水里，还是由于落入水中去抓那缸壁呢？

那时候，我备受煎熬，心想："不管怎样，我只是想爬出这个缸，我之所以这么痛苦，是因为我急切盼望着爬出去，但我也意识到自己是爬不出去的。我的前腿还不到三寸，而缸沿足有四寸多高，就算身体全部浮在水面上，从浮着的地方向前尽力把前爪伸长，也够不着。既然我的爪子够不到缸沿，即便我再折腾，再怎么着急，就算花上一百年的时间，累得粉身碎骨我也没有逃出缸外的可能了。明明知道希望渺茫，还要寻找希望，这未免太勉强。明明知道出不去，再努力挣扎，都是强求，所有的痛苦都是来源于强求。强求无意义。自讨苦吃啊！我真是愚蠢得过头了。"

"算了，什么都无所谓。听之任之好了。"于是我任凭前腿、后腿、脑袋、尾巴顺其自然，不再抵抗了。

我渐渐感到轻松了一些。到底是痛苦还是对苍天的感激，我已经难以分辨了。也弄不清我是在水里还是在主人的客厅里。随便在什么地方，随便出了什么事吧，都无所谓了。我只感到很舒服。不对，我甚至都感觉不出舒服了。日月陨落，天地崩塌，我也已经进入了神奇而没有嘈杂的太平世界里去。死了才能得到这份太平，太平是非死得不到的。（"我"为什么会有这样的感叹？）南无阿弥陀佛！南无阿弥陀佛！谢天谢地！

312

阅读计划进度与自我测评

第四周

阅读计划完成情况

时间	阅读时间记录	阅读量记录	是否进行批注
周一	用时 _____ 分钟	从第 ____ 页读到第 ____ 页	是（ ） 否（ ）
周二	用时 _____ 分钟	从第 ____ 页读到第 ____ 页	是（ ） 否（ ）
周三	用时 _____ 分钟	从第 ____ 页读到第 ____ 页	是（ ） 否（ ）
周四	用时 _____ 分钟	从第 ____ 页读到第 ____ 页	是（ ） 否（ ）
周五、周六	已读完：第十章○　第十一章○ 未完成：分析原因：_____ _____ _____ _____ _____		

①在第十章中，苦沙弥的侄女雪江叙述了哲学家独仙演讲的内容，结合本章中"八妞大哭"的情节，分析独仙演讲中的地藏菩萨暗指了什么。

②请你用时间轴归纳第十章中苦沙弥去警察局的过程。

③在第十章中，苦沙弥的学生古井武右卫门到访，请你用一句话归纳出现场各人对古井的态度。

④面对多多良发出的婚礼邀请，在主人家客厅里的五个人分别是什么态度？体现了他们怎样的性格特点？

⑤夏目漱石和鲁迅都是二十世纪的文学巨匠，他们的小说都直面人生，在辛辣的讽刺中体现出对人生、对社会的审慎思考。读完《我是猫》这本小说后，请尝试对比你眼中的夏目漱石和鲁迅。

把你认为好的语句或段落摘抄下来，作为日常学习的积累。

阅 读 总 结

一　我的推荐

　　读完《我是猫》之后，无论是发生在人的世界里的故事，还是发生在猫的世界中的生活片段，你觉得哪一部分的描写最为精彩？请你把它推荐给小伙伴吧，并说明推荐理由。

　　我推荐的是＿＿＿＿＿＿＿＿＿＿＿＿＿＿＿＿＿＿＿＿＿＿＿＿＿。

　　我推荐的理由是＿＿＿＿＿＿＿＿＿＿＿＿＿＿＿＿＿＿＿＿＿＿＿。

二　专题探究

专题一：分析第一人称叙事视角的优点

　　《我是猫》这篇小说是以猫的视角进行观察、评论的，因此小说使用了第一人称"我"来进行叙事。你认为用"我"进行叙事的优点有哪些？如果换成第三人称叙事好不好，为什么？

专题二：探究女性在日本社会的地位和作用

　　《我是猫》中出现频率最高的女性形象是苦沙弥的妻子——"女主人"，其次是金田小姐和金田夫人。纵观全书中苦沙弥对妻子的态度，以及书中对金田小姐和金田夫人的正面描写与侧面描写，你认为作者对女性在日本社会中的地位和作用持什么态度？

专题三：评论书中人物形象

　　在本书的前两章中我们知道苦沙弥有记日记的习惯，你能不能从苦沙弥的角度替他写一篇日记来评论一位书中的人物。

三　我的阅读感悟

　　《我是猫》这部小说围绕金田小姐的婚事所引起的风波，有力地揭露了资产阶级及其走狗的丑恶嘴脸，批判了拜金主义的社会风气。读完这部讽刺小说后，你有什么感想？拿起手中的笔，写下你对夏目漱石笔下的人物或者其作品的理解与感悟吧。

拓 展 推 荐

推荐书目

◆ 老舍的《猫城记》

《猫城记》讲述的是一架飞往火星的飞机在碰撞到火星的一刹那机毁人亡，只剩下"我"幸存下来，"我"却被一群长着猫脸的外星人带到了他们的猫城，开始了艰难的外星生活的故事。

猫人拥有两万多年的文明；可是近五百年来，他们信仰缺失，自相残杀，文明退化。"我"亲眼目睹了一场猫人与矮子兵的战争。这场战争以猫城的全城覆没而结束。这座私欲日益膨胀的外星文明古城消失了。

作者借对猫人混乱生活和丑恶行径的描写，抨击了当时中国国内因纷争而引发的混乱。而猫人的全族毁灭，也显露了作者对民族前途的担忧，这反映了作者不断寻求真理过程的曲折和内心的矛盾痛苦。荒诞不经的情节，难以否定的逻辑，有思想，又有锋芒，黑色幽默背后的思想力，是当下全人类的醒世录。

◆《围城》

《围城》是钱锺书所著的长篇小说，是中国现代文学史上一部风格独特的讽刺小说。围城故事发生于1920到1940年，主角方鸿渐是个从中国南方乡绅家庭走出的青年人，迫于家庭压力与同乡周家女子定亲。但在其上大学期间，周氏患病早亡。准岳父周先生被方所写的唁电感动，资助他出国求学。他在欧洲游学期间，不理学业，于毕业前购买了虚构的博士学位证书回国。到达上海后，在已故未婚妻父亲周先生开办的银行任职。此时，方获得了同学苏文纨的青睐，又与苏的表妹唐晓芙一见钟情，整日周旋于苏、唐二人之间，在此期间又结识了追求苏文纨的赵辛楣。方最终与苏、唐二人感情终结，苏嫁与诗人曹元朗，而赵也明白方并非其情敌，从此与方惺惺相惜。方鸿渐逐渐与周家不和。抗战开始，方家逃难至上海的租界。在赵辛楣的引荐下，与赵辛楣、孙柔嘉、顾尔谦、李梅亭几人同赴位于内地的三间大学任教。由于方鸿渐性格等方面的弱点，陷入了复杂的人际纠纷当中。后与孙柔嘉订婚，并离开三间大学回到上海。在赵辛楣的帮助下，方鸿渐在一家报馆任职，与孙柔嘉结婚。婚后，方鸿渐夫妇与方家、孙柔嘉姑母家的矛盾暴露并激化。方鸿渐辞职并与孙柔嘉吵翻，逐渐失去了生活的希望……

《围城》是一幅栩栩如生的市井百态图，人生的酸甜苦辣千般滋味均在其中得到了淋漓尽致的体现。钱锺书的《围城》，感觉大于思想，大于语言。读了本书，你会觉得自己周围的一切，包括自身，包括自己原来颇为热衷的一些东西，都增加了不少的喜剧色彩。